허영의 시장 II

허영의 시장

II

월리엄 M. 새커리 지음 | 서정은 옮김

웅진 지식하우스

차례

〈1권 차례〉

일러두기

• 이 번역본은 새커리가 직접 수정하여 1853년 출간된 첫 번째 보급판에 기초한 것입니다.

• 일부 장의 끝에 표시한 별표(***)는 『허영의 시장』이 다달이 출간되는 동안 한 회분을 의미합니다.

34장

제임스 크롤리의 담뱃불이 꺼지다

피트의 상냥한 소개와 제인 양의 다정한 인사를 받고 의기양양해진 브리그스는 사우스다운 가문의 명함이 크롤리 노숙녀에게 전해진 후 기다렸다는 듯 제인 양을 칭찬했다. 갈 곳 없는 딱한 처지의 브리그스에게는 백작 부인이 자신 앞으로 따로 명함을 남겼다는 사실 역시 적잖은 기쁨이었다. "백작 부인이 뭘 바라고 당신 앞으로도 명함을 두고 갔을까, 브리그스?" 공화주의자인 크롤리 노숙녀가 말동무에게 물었다. 그러자 브리그스는 온순하게 "저처럼 딱한 처지의 여자에게 친절을 베풀어도 딱히 해가 될 것은 없다고 생각하신 거겠지요"라고 대답할 뿐이었다. 그러고서 그녀는 이 명함을 가장 소중한 보물들을 모아둔 자수 상자 속에 넣었다. 뿐만 아니라 브리그스는 어제 사촌인 동시에 오랜 약혼녀인 아가씨와 산책 중이던 피트를 만났는데 그 아가씨가 아주 상냥하고 다정해 보이더라는 이야기며 차림새가 수수하면서도 기품이 있더라고 논평을 하고는 여자다운 꼼꼼함과 정확성을 기하여 모자부터 신발까지 그녀 몸에 있던 모든 장신구에 대해 낱낱이 설명을 늘어놓았다.

크롤리 노숙녀는 별로 말을 가로채는 법도 없이 브리그스가 떠들도록 내버려두었다. 몸이 회복되어 가자, 그녀는 교제할 상대가 무척이나 그리웠다. 그녀의 의사 크리머는 그녀가 런던의 옛 친구들이나 그곳의 방탕한 생활로 돌아가는 것을 허락하지 않았다. 브라이턴에서 누구라도 교제할 사람을 갖게 된 것이 너무 반가운 나머지 노숙녀는 바로 다음 날 명함을 잘 받았다는 답례의 인사와 함께 관대하게도 피트 크롤리에게 집에 좀 놀러 오라는 초대의 말까지 보냈다. 그래서 피트가 사우스다운 부인과 딸 제인 양을 모시고 고모님 댁을 방문했다. 백작의 미망인은 크롤리 노숙녀의 영혼에 대해서는 한마디도 언급하지 않고 날씨며 전쟁, 괴물 같은 보나파르트의 몰락, 또 의사와 돌팔이며 자신이 최근 대단히 신뢰하는 의사 포저에 대해서만 퍽 신중한 태도로 이야기를 계속했다.

이 만남 동안 피트 크롤리는 노련한 수완을 보여주며 외교관으로서의 이력이 초반에 그렇게 좌절되지만 않았던들 그가 그 분야에서 상당한 지위에 오를 수도 있었을 것이라는 사실을 입증했다. 백작의 미망인이 당시 모두들 하던 대로 코르시카 출신의 벼락출세자를 맹렬히 비난하며 그가 온갖 종류의 죄악으로 얼룩진 괴물이고 겁쟁이인 데다 목숨을 부지해서는 안 되는 폭군으로서 그의 몰락은 예정된 것이었다는 등의 이야기를 늘어놓자 피트는 갑자기 이 운명의 개척자를 지지하기 시작했다. 그는 파리에서 있었던 아미앵 평화 회담[1] 때 제1집정관으로서 나폴레옹을 처음 만났던 일을 묘사하며 아무리 의견이 다르다 할지라도 진심으로 존경하지 않을 수 없는 위대한 정치가 폭스 씨 역시 영광스럽게도 그때 알게 되었는데 그는 언제나 나폴레옹 황제를 가장 높이 평가했다고 덧붙였다. 아울러 그는 왕위를 박탈당한 나폴레옹이 사내답게 그들의 처분에 자신을 맡겼는데도 그를 그렇게 잔인하고 비참한 유배지로 보낸 다음 편협하기 짝이 없는 교황의 꼬나풀이 프랑스를 다스리게 한 연합군의 신의 없는 처사에 대해서도 분노를 표했다.

미신적인 로마 교파에 대해 진심어린 적대감을 표현함으로써 사우스다운 부인의 높은 평가를 확보한 피트 크롤리는 다른 한편 폭스 씨와 나폴레옹에 대한 존경을 표시함으로써 크롤리 노숙녀의 마음 역시 크게 만족시켰다. 이 이야기에서 그녀를 처음 소개할 당시 우리는 이미 그녀가 이제 고인이 된 이 정치인과 맺고 있는 친분을 언급한 바 있다. 진정한 휘그 당원인 크롤리 노숙녀는 전쟁 내내 야당을 지지했다. 그러나 물론 그렇다고 해서 황제의 몰락이나 그에 대한 잔인한 처사가 이 늙은 숙녀의 마음을 대단히 불편하게 했거나 그녀의 수명을 단축하고 그녀의 일상적인 안락을 조금이라도 방해한 것은 아니었다. 그럼에도 불구하고 자신의 두 영웅을 찬양하는 피트의 말을 듣고 있으니 그녀는 실로 마음이 흡족했다. 그리고 이 단 한 번의 연설로 피트는 늙은 고모님으로부터 이전과는 달리 상당히 우호적인 평가를 받게 되었다.

"그래, 아가씨 의견은 어때요?" 크롤리 노숙녀는 첫눈에 마음에 쏙 들었던, 피트와 함께 온 젊은 아가씨에게 물었다. 그녀는 언제라도 예쁘고 얌전한 아가씨들을 퍽 귀여워했다. 물론 그 애정은 일어날 때만큼이나 빠르게 식어버리기도 한다는 사실을 밝혀두어야 하겠지만.

제인 양은 얼굴을 몹시 붉히면서 '자신은 정치를 잘 모르며 그래서 자신보다 지혜로운 분들께 그에 대한 판단을 맡긴다고, 하지만 어머니의 의견은 틀림없이 옳은 것이라고 생각하며 크롤리 씨의 연설 역시 대단히 아름다웠다'라고 대답했다. 숙녀들이 방문을 마치고 돌아갈 때 크롤리 노숙녀는 '사우스다운 부인께서 가끔 제인 양을 이리로 보내 병들고 외로운 늙은이를 위로할 수 있게 해주시면 좋겠다'라는 소망을 피력했다. 기꺼이 그렇게 하겠다는 백작 부인의 관대한 약속 후 그들은 대단히 우호적인 분위기에서 작별을 고하였다.

"피트, 사우스다운 부인은 다시 데리고 오지 말도록 해라." 노처녀가 조카에게 하는 말이었다. "그녀는 참을 수 없는 네 외갓집 식구들처럼 멍청한 데다 잘난 척도 엄청 하더구나. 하지만 온순하고 얌전한 제인 양은 언제든 데려 와도 좋아." 피트는 고모님의 말에 따르겠다고 대답했다. 그러나 사우스다운 백작 부인에게 그녀에 대한 고모님의 의견을 전하지는 않았다. 백작 부인은 사실과는 달리 자신이 크롤리 노숙녀에게 아주 고상하고 유쾌한 사람이라는 인상을 남겼다고 생각하고 있었다.

병든 노숙녀를 위로하는 일이 전혀 싫지 않았을 뿐더러 때로 바살러뮤 아이언스 목사의 지겨운 연설이며 뻐겨대는 자신의 어머니 백작 부인 발밑에 모여든 근엄한 표정의 아첨꾼 여인들에게 벗어나는 것 역시 싫지 않았기 때문에 제인 양은 꽤 자주 크롤리 노숙녀를 방문했다. 그리고 함께 드라이브를 하고 적잖은 저녁 시간을 같이 보내며 노처녀를 위로해주었다. 그녀는 천성적으로 대단히 온화하고 상냥했기 때문에 퍼킨조차도 그녀를 질투하지 않았다. 마음씨 착한 브리그스는 친절한 제인 양이 옆에 있을 때면 크롤리 양이 자신을 좀 덜 괴롭힌다고 생각하며 그녀에게 고마워했다. 크롤리 노숙녀도 제인 양에게는 무척 점잖게 굴었다. 그녀는 제인 양에게 젊은 시절의 일들을 자주 이야기해주었는데 그 태도나 이야기의 내용이 불경한 레베카와 대화를 나눌 때와는 사뭇 다른 것이었다. 제인 양에게는 그녀 앞에서 그런 경박한 이야기를 꺼내는 것을 적절치 못한 일로 생각하게 만드는 순진함이 있었는데 교양 있는 크롤리 노숙녀 역시 제인 양의 그런 순수함을 범할 수 없었던 것이다. 오빠와 아버지를 제외하고는 그런 친절한 대우를 받아본 일이 없었던 제인 양 역시 꾸밈없는 애정과 우정으로 노숙녀의 사랑에 응했다.

가을 저녁이면 (레베카가 그곳의 그 어떤 정복자보다 더 즐겁고 당당하게 파리 거리를 활보하고 있던 그때, 그리고 우리의 아멜리아, 아 우리의 상처 입은 아멜리아는 그때 대체 어디에 있었던 것일까?) 제인 양은 크롤리 노숙녀의 거실에 앉아 그녀에게 아름다운 노래들을 불러주었다. 황혼이 찾아드는 거실에 그녀의 소박하지만 사랑스러운 노래와 찬송가 들이 울려퍼지고 해 저무는 창밖으로는 해변의 파도 소리가 들려왔다. 노처녀는 제인 양의 노래가 멈추면 잠에서 깨어나 조금만 더 불러달라고 청을 하곤 했다. 브리그스는 뜨개질을 하는 척하며 행복의 눈물을 쏟곤 했는데, 창밖으로 펼쳐진 눈부신 저녁 바다며, 점점 더 선명하게 반짝이기 시작하는 밤하늘의 별들 같은 것들을 내다보며 그녀가 느낀 환희와 감정의 깊이는 감히 아무도 측량하거나 가늠할 수 없는 것이었다.

그 동안 피트는 식당에 앉아 곡물조례에 대한 설명서나 선교사 명단 같은 것을 옆에 둔 채 낭만적인 기질의 남자든 낭만적이지 않은 기질의 남자든 식사를 마친 후 할 법한 휴식을 취하고 있었다. 포도주를 마시고, 공중누각을 세워보고, 자신이 멋진 사내라고 생각하는가 하면 서둘러 결혼할 필요를 한 번도 느껴본 일이 없는 지난 칠 년 동안의 약혼 기간 중 그 어느 때보다 제인 양에게 더 강한 애정을 느끼기도 하면서. 물론 잠도 실컷 잤다. 그러다가 커피 타임이 되면 볼스 씨가 일부러 부산스럽게 소리를 내며 들어와 대개 어두운 구석에서 자료들을 읽느라 바쁜 듯 보이는 피트 도령을 불러내곤 했다.

"같이 카드놀이를 할 사람이 좀 있으면 좋겠는데." 어느 날 밤 볼스 씨가 커피와 초를 들고 방에 들어오자 노숙녀가 말을 했다. "저 바보 같은 브리그스는 올빼미만큼도 카드놀이를 할 줄 몰라. 너무 멍청해서 말이야." (그녀는 기회만 있으면 다른 하인들 앞에서 브리그스 흉을 보았다.) "카드놀이를 좀 하고 나면 잠이 더 잘 올 것 같은데."

이 말을 듣더니 제인 양은 작은 귀 끝이며 예쁜 손가락 끝까지 새빨갛게 물들이며 볼스 씨가 방을 떠나고 문이 닫힌 것이 분명해지자 이렇게 말하는 것이었다.

"크롤리 고모님, 제가, 제가 조금 할 줄 알아요. 돌아가신 아버지와 해본 적이 있거든요."

"이리 오렴, 키스를 해다오. 어서 이리 와서 키스를 해줘. 사랑스러운 아가." 크롤리 노숙녀는 황홀한 듯 소리쳤다. 그리고 마침 곡물조례에 대한 설명서를 가지고 이 층으로 올라오던 피트는 나이 든 여인과 젊은 아가씨가 아름답고 정다운 모습으로 서로를 안고 있는 모습을 목도할 수 있었다. 그러나 그날 저녁 내내 우리의 딱한 제인 양은 얼마나 얼굴을 붉혔던 것인지!

피트 크롤리가 이렇게 술수를 부리고 있는 것을 퀸스 크롤리의 목사관 친척들이 모르고 있었을 것이라고 생각해서는 곤란하다. 햄프셔와 서식스는 대단히 가까웠다. 그리고 뷰트 부인은 그곳의 모든 소식, 무엇보다 브라이턴의 고모님 숙소에서 벌어지는 일들을 특히 더 신경 써서 전해주는 친구들을 갖고 있었다. 피트는 점점 더 많은 시간을 브라이턴에서 보냈다. 경악할 늙은 아버지가 물 섞은 럼주와 하인 호록스 집안과의 수치스러운 교제에 완전히 빠져있는 퀸스 크롤리의 집을 이제 그는 몇 달씩 비워두고 찾아가지 않았다. 피트가 거둔 성공은 목사관 식구들을 분노케 했으며 뷰트 부인은 (그런 말을 대놓고 하지는 않았지만) 그 어느 때보다 더 브리그스를 모욕하고 볼스나 퍼킨에게 그렇게 거만하고 인색하게 굴어서 집안 소식을 전해줄 하인을 하나도 남겨두지 않은 자신의 돌이킬 수 없는 잘못을 뉘우쳤다. "이게 다 당신 쇄골 때문이에요." 그녀는 이렇게 주장했다. "쇄골만 부러지지 않았다면 고모님을 두고 오지 않았을 텐데. 저는 당신의 그 목사답지 않은 고약한 사냥 취미와 아내로서의 의무에 희생된 순교자예요, 뷰트."

"사냥 때문이라니, 당치도 않아! 고모님을 질리게 만든 건 바로 당신이야, 바버라." 목사의 대답이었다. "당신은 똑똑한 여자요. 하지만 한 성질 하는 데다 돈에 너무 인색하지."

"제가 돈을 지키지 않았으면 당신 결국 감옥에나 들어가고 말았을걸요."

"나도 알아요, 여보." 목사는 여전히 기분 나쁜 기색도 없이 대답했다. "당신은 똑똑한 여자지만 일을 지나치게 잘 처리해서 문제라는 거요, 당신도 알겠지만." 이렇게 말하더니 이 성직자는 커다란 와인을 한 잔 들이켜 스스로를 달랬다.

"도대체 고모님이 그 팔푼이 같은 피트 크롤리의 어디가 마음에 든 건지 모르겠군." 목사가 말을 계속했다. "소리를 질러 거위를 쫓을 용기도 없는 놈을 말이야. 로던이, 그놈은 망나니라도 사내인데, 마구간 근처에서 피트 놈을 마치 팽이처럼 채찍으로 갈겨대면, 그놈이 엄마를 찾아 집으로 도망가던 생각이 나는군, 하하! 내 아들놈들 누구라도 피트 같은 건 한 손으로 때려눕힐 수 있는데 말이야. 짐이 그러는데 옥스퍼드에서는 아직도 그놈을 크롤리 양으로 기억하고 있다는군, 팔푼이 같으니."

잠시 말을 멈추었던 목사가 다시 이야기를 시작했다. "그런데, 바버라."

"왜요?" 손톱을 물어뜯기도 하고 식탁을 두들겨대기도 하던 바버라가 대답했다.

"짐을 브라이턴에 보내서 고모님 마음에 들지 한번 보면 어떻겠소. 이제 졸업할 때가 다 되지 않았소. 그놈은 낙제도 두 번밖에 하지 않았어. 나도 그랬지만. 옥스퍼드에서 대학 교육을 받았다는 장점이 있으니까. 그곳에서 잘나가는 친구들도 몇 알고 있고. 조정 경기 선수로 나가 노도 저었지. 그놈은 인물도 훤칠하잖아. 제길, 여보, 그 애를 노인네에게 보내보자고. 피트가 뭐라고 떠들어대면 한 대 갈겨주라고 짐에게 말해주지 뭐, 하하하!"

"그래요, 짐이 가서 고모님을 만나보는 것도 좋죠." 아내가 한숨을 쉬며 대답했다. "딸애 중 하나를 보내면 좋겠는데. 우리 집 애들은 인물이 못나서 고모님이 참고 봐주시질 않을 거예요!" 엄마가 이런 말을 하는 동안 바로 옆 객실에서는 불운하지만 가정교육은 착실하게 받은 이 집 두 딸이 뻣뻣한 손가락으로 어려운 피아노곡을 열심히 치고 있는 소리가 들려왔다. 그들은 언제나 종일 피아노 연습을 하고, 척추 교정판을 대 자세를 바르게 하고, 지리 공부나 역사 공부 같은 것을 하고 있었다. 그러나 허영의 시장에서 키가 작고, 가난하고, 못생긴 데다 얼굴색도 나쁜 아가씨들에게 학문적 성취가 대체 무슨 소용이란 말인가? 뷰트

14

부인은 딸들을 데려가 줄 신랑감으로 목사보 이상의 사람을 생각할 수 없었다. 바로 그때 방수포 모자에 짧은 파이프를 낀 짐이 마구간에서 나와 창을 통해 거실로 들어왔다. 짐과 그의 아버지가 세인트레제 경마의 승률에 대한 이야기를 시작하자 목사와 부인 간의 대화는 끝이 났다.

뷰트 부인은 고모님께 아들 제임스를 사절로 보내는 일에 대해 별다른 기대를 갖고 있지 않았기 때문에 떠나는 그를 무거운 표정으로 배웅했다. 당사자인 짐 역시 자신의 임무가 무엇인지 듣고 나선 별다른 즐거움이나 이익을 기대하지 않았다. 하지만 어쩌면 그 노인네가 용돈을 제법 줄지도 모르고 그러면 곧 시작될 옥스퍼드에서의 다음 학기 시작에 맞춰 꼭 필요한 비용의 일부를 지불할 수 있을지도 모른다고 생각하니 좀 의욕이 나는 것도 같았다. 그래서 그는 사우샘프턴발 마차에 올라탄 후 같은 날 저녁 무사히 브라이턴에 도착했다. 여행 가방과 제일 귀여워하는 불도그 타우저, 다정한 목사관 식구들이 사랑하는 크롤리 고모님께 보내는 채마밭 수확물이 잔뜩 담긴 커다란 바구니를 들고서. 도착한 바로 그날 병든 고모님을 찾아뵙기엔 시간이 너무 늦었다고 생각하며 그는 여관에 짐을 풀고 다음 날 오후 늦게까지 고모님을 찾아가지 않았다.

고모님이 마지막으로 그를 보았을 때 제임스는 키만 비죽하게 큰 데다 목소리가 이상하게 갈라지고 기괴한 저음을 내기 시작하는 사춘기 소년에 불과했다. 얼굴에는 그맘때의 다른 아이들처럼 여드름이 잔뜩 나 있었고, 롤런드 칼리도르 약을 바르면 효과가 있다고들 하던데, 누이들의 가위로 몰래 수염을 깎는가 하면 누이들 말고 다른 여자들을 보면 무서워서 벌벌 떨고 팔다리가 갑자기 길어지는 바람에 꼭 끼는 옷 밖으로 큰 손과 발목이 비죽 나와 있었다. 저녁 식사 후 이런 사내아이들이 거실로 들어가면 어둠 속에서 속삭이던 숙녀들은 깜짝 놀라 당황하고 마호가니 테이블에 둘러앉아 이야기를 나누던 신사들은 키만 크고 아무것도 모르는 사내애들이 들어오는 바람에 자유롭게 하던 이야기를 나눌 수가 없어서 인상을 쓰곤 했다. 그래서 두 번째 와인 잔을 비운 다음 아버지가 이렇게 말을 한다. "얘, 잭, 나가서 저녁 날씨가 어떤지 한번 보고 오너라." 그러면 아이들은 자유를 얻은 것이 좋기도 하고 다른 한편 남자들 사이의 대화에 끼지 못하는 것에 섭섭함을 느끼기도 하면서 아직 끝나지 않은 만찬을 뒤로하고 방을 나가는 것이다. 이렇게 웃자란 어린 애에 불과했던 제임스는 이제 어엿하게 대학 교육까지 받은 청년, 대학에서 잘나가는 한 무리의 친구들과 어울린 덕분에 대단히 세련돼진 데다가 빚도 지고 낙제에 정학까지 당해본 청년이 되어 있었다.

브라이턴의 고모님께 인사를 드리는 그는, 그러나 인물이 아주 훤한 청년이었다. 그리고 이 변덕스러운 노숙녀는 언제나 예쁘고 잘생긴 사람을 귀여워하곤 했다. 쉽게 얼굴을 붉히고 어색한 행동을 하는 것 역시 노숙녀의 호감에 나쁜 영향을 주지 않았다. 오히려 그녀는 이런 것들을 젊은이다운 순진성을 보여주는 건강한 징표로 생각하고 마음에 들어 했다.

그는 '대학 친구를 만나고 고모님께 인사를 드리기 위해 하루 이틀 일정으로 왔노라고, 어머니 아버지께서도 고모님께 안부를 전하신다고, 어머님은 고모님의 쾌차를 빌고 계신다'라고 인사말을 드렸다.

볼스가 와서 제임스의 방문을 알릴 때 피트 역시 크롤리 노숙녀와 함께 방에 있었는데, 방문객의 이름을 들은 그는 무척 당황한 표정이었다. 언제나 사람을 놀려먹기 좋아하는 노숙녀는 단정한 조카의 당황한 모습을 마음껏 즐겼다. 그녀는 제임스에게 지대한 관심을 나타내며 목사관 식구들의 안부를 일일이 묻고 곧 한번 그곳을 방문할 예정이라고 말을 했다. 또 그녀는 제임스에게 외모가 반듯하다느니, 훌륭하게 성장했다느니, 여러 가지로 향상을 보이고 있으니 대견하다느니 하며 칭찬을 해주었다. 그러면서 그녀는 누이들이 이렇게 좋은 외모를 갖지 못한 것이 딱하다고 덧붙였다. 질문을 통해 그가 호텔에 짐을 풀었다는 사실을 알게 된 노숙녀는 그곳에 묵겠다는 제임스의 의견을 묵살하고 집사 볼스더러 곧바로 가서 제임스 크롤리 씨의 짐을 가져오라고 명령했다. "그리고, 볼스." 그녀는 대단히 관대히 덧붙였다. "제임스 앞으로 나온 청구서를 모두 계산하고 오도록 해요."

이렇게 말하고 그녀는 피트를 향해 교활한 승리의 미소를 던졌는데, 사실인즉 이 외교관은 고모의 이런 모습을 보고 질투로 거의 숨이 막히기 직전이었다. 고모님의 환심을 사는 데 꽤 성공했음에도 불구하고 그녀는 아직 한 번도 집에 와서 자라고 권한 한 적이 없었던 것이다. 그런데 이런 애송이 놈에게는 대번에 와서 묵으라고 하는 것이 아닌가.

"실례합니다만, 어느 호텔로 가서 도련님 짐을 가져 오면 될까요?" 볼스가 대단히 정중하게 절을 하며 다가가 물었다.

"이런, 제길," 제임스는 움찔하여 내뱉더니 대답했다. "제가 가겠습니다."

"뭐!" 노숙녀가 외쳤다.

"톰 크립스 암²⁾입니다." 제임스가 얼굴이 시뻘겋게 변하며 대답했다.

여관 이름을 듣더니 노숙녀는 왁 하고 웃음을 터뜨렸다. 집사 볼스 역시 참지 못하고 와락 크게 웃음을 터뜨리더니 바로 꾹 참고 자세를 가다듬었다. 외교관은 그저 조용히 미소만 짓고 있었다.

"달리 아는 곳이 없어서요." 제임스가 고개를 숙이며 대답했다. "이곳이 처음이라서, 역마차 차장이 일러주는 곳으로 갔지요." 그러나 이는 새빨간 거짓말이었다! 사실인즉 그는 전날 사우샘프턴에서 출발한 마차에서 로팅딘 피버와 경기를 치르기 위해 브라이턴으로 가던 텃버리 펫을 만났는데 그의 이야기가 너무 재미있었기 때문에 이 기술 좋은 권투 선수와 그의 친구들이 묵고 있는 문제의 여관에서 저녁을 함께 보냈던 것이었다.

"제가 가서 정산을 하고 오는 것이 좋겠습니다." 제임스가 말을 이었다. "고모님께 그런 부탁을 드릴 수는 없어요." 그가 호기롭게 덧붙였다. 이 사려 깊은 태도에 그의 고모는 다시 한 번 웃음을 터뜨렸다.

"가서 정산을 하고 와요, 볼스." 그녀가 손을 흔들며 말했다. "그리고 계산서를 내게 가져오고."

딱하게도, 그녀는 지금 자신이 무슨 일을 하고 있는지 전혀 알지 못했다! "저, 저, 그곳에 작은 개 한 마리가 있어요," 대단한 잘못이라도 한 표정으로 제임스가 말을 이었다. "제가 가서 데려오는 것이 좋겠습니다. 하인들 종아리를 물거든요."

이 말을 들은 일행 모두가 요란한 웃음을 터뜨렸다. 심지어는 브리그스와 이 대화 내내 노숙녀와 조카 사이에 말없이 앉아 있던 제인 양조차 웃음을 터뜨렸다. 볼스는 말없이 방을 떠났다.

그러나, 손위 조카를 좀 더 약 올릴 생각으로 크롤리 노숙녀는 계속해서 이 젊은 옥스퍼드 출신의 청년에게 친절을 베풀었다. 일단 시작되면 그녀의 친절과 칭찬에는 끝이 없었다. 크롤리 노숙녀는 피트에게 저녁을 먹으러 올 테면 와도 좋다고 말한 다음 제임스에게는 반드시 자신과 드라이브를 가야 한다고 주장하며 마차 뒷자리에 그와 나란히 앉아 아주 위엄 있는 표정으로 해안가 절벽 길을 오르내렸다. 드라이브 내내 그녀는 조카에게 여러 가지 듣기 좋은 말을 해주었다. 또 이탈리아어와 프랑스어 시를 인용해 이 딱한 젊은이를 당황케 하는가 하면 그가 아주 훌륭한 학자이며 자신은 그가 금메달을 받고 수학과의 최고 우등생이 될 것을 확신한다고도 말을 했다.

"하하." 칭찬에 고무된 제임스가 웃으며 대답했다. "수학과 최고 우등생이라니요, 그건, 저쪽 상점 이야긴걸요."

"저쪽 상점이라니, 그게 무슨 소리냐?" 고모님이 반문했다.

"수학과 최고 우등생 제도는 옥스퍼드가 아니라 케임브리지 대학에 있는 겁니다." 이 젊은 학자가 척척박사 같은 표정으로 대답했다. 그런 다음 좀 더 은밀한 이야기를 할 수도 있었는데, 갑자기 절벽 길 저쪽에서 멋진 조랑말이 끄는 이륜마차가 다가왔다. 마차에는 자개단추가 달린 흰색 플란넬 코트를 차려입은 그의 친구 텃버리 펫과 로팅딘, 그리고 그들의 또 다른 친구 세 명이 타고 있었는데 그들 모두는 맞은 편 마차에 타고 있는 가엾은 제임스에게 인사를 건네었다. 이 만남으로 풀이 죽은 바람에 이 천진한 젊은이는 남은 드라이브 내내 네, 아니요 정도의 대답 말고는 다른 말을 하지 않았다.

집으로 돌아온 그는 묵을 방이 준비돼 있고 여행 가방도 도착해 있는 것을 보았다. 그 역시 자신을 방으로 안내하는 볼스 씨의 얼굴에 걱정, 호기심, 동정의 표정이 떠오르는 것을 보았을런지도 모른다. 그러나 그는 볼스 씨 표정 같은 건 안중에도 없었다. 프랑스어와 이탈리아어를 읊어 대고 시를 논하기도 하는 나이 든 여자들 소굴에 들어오게 된 것 때문에 이 무시무시한 시련에 대해 걱정하느라 다른 일은 생각할 겨를이 없었던 것이다. "아주 제대로 궁지에 몰렸는걸, 제기랄!" 이플리 선착장에서라면 제일 거친 뱃사공을 향해서도 거침없이 욕을 퍼부어 댈 수 있지만, 여자들 앞에서는, 설사 제일 상냥하고 얌전한 여자라 할지라도 얼굴을 들지 못하는 이 숫기 없는 청년의 말이었다. 심지어 브리그스에게조차, 그녀가 자기에게 말을 걸면, 그는 고개를 들 수조차 없었다.

저녁 시간에 제임스는 숨 막힐 것 같은 흰색 넥타이를 하고 나타나 제인 양을 모시고 아래층으로 내려가는 영광을 누렸다. 그 뒤로 노숙녀위 숄, 쿠션을 포함해 다른 여러 가지 소지품을 손에 든 브리그스와 피트가 고모님을 모시고 따라갔다. 저녁을 먹는 동안 브리그스는 식사 시간의 절반 가까이를 환자 시중을 들거나 그녀의 뚱뚱한 스패니얼에게 닭고기를 썰어주는 데 써야 했다. 식사 도중 제임스는 별로 말을 하지 않았지만 잊지 않고 숙녀들 모두에게 포도주를 권했으며 피트 크롤리의 도전을 받아들여 볼스가 그를 환영하기 위해 딴 샴페인의 상당량을 들이켰다. 숙녀들이 방으로 올라가고 두 사촌만이 남게 되자 외교관 출신의 피트는 그에게 퍽 다정히 굴며 여러 가지 이야기를 건넸다. 그는 제임스가 대학에서 어떻게 지내는지 앞으로 무엇을 할 예정인지를 묻고 나서 진심으로 그의 성공을 바란다고 말을 했다. 그의 태도는 매우 상냥하고 정직한 것이었다. 포도주 덕에 말문이 트인 제임스 역시 빠른 속도로 자기 앞의 잔을 비우고, 대단히 명랑하게 술병을 새로 따가면서 사촌 형에게 대학생활이며, 미래의 전망, 지고 있는 빚이며 졸업 예비시험의 어려움, 또 대학 행정관과의 싸움 등에 대한 이야기들을 했다.

"고모님이 제일 좋아하시는 건 말이야." 자신의 잔을 채우면서 피트가 말을 했다. "사람들이 고모님 댁에 와서 마음 편히 지내는 거야. 여기는 자유의 집이라고 할 수 있지. 하고 싶은 대로 하면서 뭐든 원하는 것을 청하는 것보다 고모님을 더 기쁘게 할 수 있는 일은 없다네. 내가 토리당이라고 고향에서부터 자네가 언제나 나를 비웃곤 했던 것을 알고 있어. 그러나 고모님은 대단한 자유주의자시니까, 무슨 주의든 크게 상관 안 하시지. 하지만 원칙적으로 공화주의자시라서 계급이니 작위니 하는 것을 다 경멸하신다네."

"그런데 형은 왜 백작의 딸과 결혼하려는 거죠?" 제임스가 질문했다.

"이봐, 그녀가 좋은 가문에서 태어난 것이 제인 양의 잘못은 아니라는 점을 명심해두게." 피트가 점잖게 대답했다. "그녀는 그저, 백작 가문의 영애로 태어났을 뿐이야. 게다가, 알다시피, 나는 토리당의 지지자가 아닌가."

"아, 사실대로 말하자면 유서 깊은 혈통처럼 좋은 것은 없지요." 짐이 대답했다. "그렇고말고요. 전 그렇게 급진적인 사람은 못 됩니다. 저도 신사가 뭔지 정도는 알고 있지요. 조정 경기 선수들이나, 권투 경기 선수들, 쥐를 잡는 개들을 봐도 그렇잖아요. 이기는 놈은 누구란 말입니까? 혈통 좋은 것들이지요. 볼스, 이봐, 내가 이 병을 비우는 동안 포도주를 좀 더 가지고 오게. 제가 무슨 이야기를 하고 있었지요?"

"쥐 잡는 개 이야기를 하고 있었지." 피트가 사촌에게 술을 '따르라고' 포도주병을 건네주며 온화하게 대답했다.

"쥐 잡는 개 이야기요? 아 피트 형, 스포츠를 좋아하시나요?

개가 쥐 잡는 것을 보고 싶으시면 말씀만 하세요. 캐슬 가에 있는 톰 코듀로이네 마구간에 데려다 드릴 테니. 거기서 정말 무시무시한 불테리어를 보여드릴—아, 이런 무슨 말을 하는 건지." 제임스는 자기가 얼마나 바보 같은 소리를 하고 있는지 깨닫고 웃음을 터뜨리며 말을 끊었다. "형은 개나 쥐 따위엔 아무 관심도 없는데, 쓸데없는 소리를 지껄이고 있었군요. 형은 개와 오리를 구별하지 못하는데 말이에요."

"그래, 그런 데는 관심이 없네. 그런데," 피트가 좀 전보다 더 온화한 태도로 말을 이어갔다. "자네 혈통 이야기를 하고 있었지. 높은 혈통을 타고난 사람들의 장점들에 대해서 말이야. 자, 여기 술이 새로 왔군."

"그래요, 혈통." 제임스가 루비색 액체를 벌컥벌컥 들이켜며 말했다. "혈통처럼 중요한 건 없다니까요. 말이든 개든 **그리고** 사람이든 말이에요. 지난 학기만 해도, 그러니까 정학을 당하기 바로 전, 홍역에 걸리기 직전에 말이에요, 하하—저하고 크라이스트처치 칼리지의 링우드, 그러니까 생크바르 경의 아들인 보브 링우드하고 같이 블레넘에 있는 술집 벨에서 맥주를 마시고 있었는데, 밴버리의 사공 하나가 오더니 둘 중 아무나 펀치 한 사발을 걸고 자신하고 붙어보자고 하는 겁니다. 저는 할 수가 없었죠. 팔에 붕대를 감아 목에 걸고 있었으니까요. 심지어 마차도 몰 수 없었는걸요. 그 이틀 전에 여우 사냥을 나갔다가 제 말들 중 사나운 암말 한 마리와 함께 넘어지는 바람에요. 팔이 부러진 줄 알았었죠. 그래서 그놈과 붙을 수 없었던 거예요. 하지만 보브는 즉시 코트를 벗어 던지더니 그 사공 놈과 한 3분 동안 붙어 싸우더니, 4라운드쯤에 그놈을 간단히 눕혀버렸죠. 아, 정말 얼마나 멋지게 거꾸러뜨렸던지. 그 힘이 뭐라고 생각하세요,

형님? 혈통이죠, 다 혈통이라고요."

"제임스, 술을 먹지 않는구나." 전직 **외교관** 출신의 피트가 말을 받았다. "내가 옥스퍼드에 있을 때는 지금 젊은이들보다 더 빨리 술잔을 돌렸던 것 같은데."

"형님, 형님." 제임스가 코를 만지고 술에 취한 눈으로 사촌에게 윙크를 던지면서 대답했다. "농담 마세요, 형님, 저를 골탕 먹이고 싶으신 모양인데요, 그런 생각은 마세요. 소용없는 일이에요. '술 안에 진리가 있다'라고들 하지요, 마르스, 바쿠스, 아폴로 비로룸³⁾ 하면서요, 안 그래요? 고모님이 이런 술들을 시골에 좀 보내주시면 좋겠는데, 아주 맛좋은 술인걸요."

"고모님께 부탁드려 보려무나." 마키아벨리적인 외교관이 부추겼다. "아니면 지금 실컷 마셔두던지. 시인도 '이제 술과 함께 근심은 다 잊어버리자. 그리고 내일은 다시 광대한 바다로 나아가리.'라고 하지 않더냐?" 국회의원다운 태도로 위의 시구를 인용한 주신의 사도는 요란스럽게 술잔을 흔들어 댄 다음 한 모금이나 될까 말까한 와인을 입 안에 털어 넣었다.

목사관에서는 저녁 식사가 끝나고 와인을 따면 젊은 숙녀들은 건포도로 만든 와인 한 잔씩을 마시고, 뷰트 부인은 포트와인을 한 잔 그리고 제임스는 두 잔의 포트와인을 마시곤 했다. 술병에 그 이상 손을 대려고 하면 아버지가 바로 기분 나빠했으므로 말 잘 듣는 아들은 더 이상 병에 손댈 생각을 않고 건포도 술을 마시거나 아니면 마구간으로 건너가 파이프를 입에 문 채 마부를 벗 삼아 비밀스레 물 섞은 진을 마시곤 했다. 옥스퍼드에서는 술의 양에 제한이 없었지만 그 질은 형편없는 것이었다. 그런데 이렇게 고모님 댁에 와서 질 좋은 술을 양껏 마실 수 있게 되자 제임스는 자신이 그것을 얼마나 잘 음미할 수 있는지를 유감없이 보여주며 굳이 사촌 형이 부추기지 않더라도 잠시 후 볼스가 가져온 두 번째 와인마저 깨끗이 비워버렸다.

그러나 커피 시간이 되어 숙녀들에게 돌아온 그는 다시 바짝 얼어 좀 전의 솔직하고 쾌활하던 모습은 찾아볼 수 없었다. 평소처럼 시무룩하고 소심한 모습으로 돌아간 그는 그저 네, 아니요 하는 정도의 대답만을 하고 제인 양을 향해 인상을 쓰는가 하면 커피 잔을 엎지르기도 했다.

말을 하지 않을 때면 딱한 모습으로 하품이나 해대는 제임스의 존재는 이 평범한 저녁 시간을 불편한 것으로 만들었다. 카드놀이를 하던 제인 양과 크롤리 노숙녀도, 바느질을 하고 있던 브리그스도 그가 거친 시선으로 자신들을 보고 있는 것을 느끼고는 그의 술 취한 시선에 불안을 느꼈기 때문이다.

"저 애는 말도 없고, 행동거지도 서툰 데다 수줍음이 많은 것 같구나." 크롤리 노숙녀가 피트에게 말을 했다.

"숙녀분들보다는 남자들과 어울릴 때 말이 좀 더 유창한 것 같더군요." 마키아벨리의 후예가 담담하게 대답했다. 내심 그는 와인이 제임스를 좀 더 수다스럽게 만들지 않은 것이 유감스러운 것 같았다.

다음 날 제임스는 어머니께 고모님이 자신을 얼마나 반겨 맞아주셨는지 요란하게 설명하는 편지를 쓰면서 이른 오전 시간을 보냈다. 아, 그렇지만 그는 아직 그날 얼마나 나쁜 일이 벌어질 것인지, 자신이 누린 호의가 얼마나 단명할 운명인지 전혀 모르고 있었다. 짐은 잊고 있었지만, 사소하면서도 치명적인 일이 어제 그가 고모님 댁으로 오기 전에 크립스 암에서 벌어졌다. 짐은 언제나 기질적으로 인심이 후한 편인데다가, 술이 한잔 들어가면 특별히 더 씀씀이가 후해졌기 때문에 문제의 술자리에서 챔피언인 텃버리와 로팅딘, 그리고 그의 친구들에게 두 번인가 세 번 쯤 물 섞은 진을 돌렸었다. 그래서 한 잔에 8펜스씩 하는 그 진의 술값이 적어도 열여덟 잔 이상 제임스 크롤리 앞으로 청구되어 있었다. 잔당 8펜스씩 하는 그 술의 가격이 아니라, 열여덟 잔이라는 그 양이 문제였다. 고모님의 명에 따라 이 젊은 신사의 청구서를 정산하러 간 집사 볼스가 이 청구 내역을 보고 제임스에 대해 치명적으로 나쁜 인상을 가지게 되었기 때문이다. 술값을 한꺼번에 받지 못할까 봐 겁이 난 술집 주인은 엄숙하게 그 술을 한 방울도 남김없이 그 젊은이 혼자서 싹 다 마셨다고 맹세했다. 결국 비용을 정산한 볼스는 집으로 돌아와 그 청구서를 펴킨 부인에게 보여주었고, 그 어마어마한 진의 양에 충격을 받은 펴킨 부인은 다시 또 계산서를 들고 집안 살림 전체를 맡아보는 브리그스 부인에게 달려갔다. 청구서를 본 브리그스는 이를 주인 크롤리 노숙녀께 보고하는 것이 마땅하다고 판단했다.

차라리 포도주를 열두 병쯤 먹었더라면, 노처녀는 그를 용서했을지도 몰랐다. 폭스 씨도 셰리든 씨[4]도 포도주는 마셨기 때문이다. 신사들은 모두 포도주를 마셨다. 그러나 천박한 술집에서 권투 선수들과 어울려 열여덟 잔의 진을 마시다니, 그것은 용서할 수 없는 범죄였으며 쉽게 넘길 수 없는 천박한 행태였다. 모든 것이 이 소년에게 불리하게 돌아갔다. 데리고 온 개 타우저를 보고 오는 바람에 그에게는 마구간 냄새가 풍겼으며 산책을 시키기 위해 개를 데리고 나왔다가 크롤리 노숙녀와 그녀의 힐떡거리는 스패니얼을 만났는데, 스패니얼이 깽깽거리며 브리그스의 품속으로 도망쳤기에 망정이지 아니면 사납게 덤비는 타우저에게 봉변이라도 당했을지 몰랐다. 그런데도 이 사나운 불독의 주인은 그 무시무시한 광경을 보면서 웃음을 터뜨리고 있었다.

오늘따라 하필이면 이 불운한 소년의 수줍음조차 그를 저버리고 말았다. 그는 저녁 시간 내내 유쾌하고 명랑했으며 식사 도중 한 번인지 두 번쯤 사촌 형을 놀려대는 농담까지 던졌다. 전날 못지않게 포도주를 마셨으며 아무 생각 없이 객실로 들어가 옥스퍼드에서 흔히 하는 이야기들 중에서도 특히 더 재미있는 몇 가지로 숙녀들을 즐겁게 해주기 시작했다. 예컨대 권투선수 몰리뉴와 더치 샘의 자질을 비교하는가 하면 텃버리 펫과 로팅딘 간의 권투 경기를 두고 내기를 하면 자신이 제인 양에게 접어주고 들어가겠노라고, 제인 양이 원하시기만 하면 판돈을 올리셔도 기꺼이 받아들이겠노라고 신이 나서 농을 했다. 그리고 마침내 글러브를 끼고 하든, 아니면 글로브 없이 하든 사촌 형 피트하고 돈을 걸고 권투를 한판 해보면 어떻겠느냐고 제안함으로써 흥에 취한 농담의 최고조를 장식했다. "이봐, 형 괜찮은 제안 아닌가 말이야." 그는 피트의 어깨를 찰싹 치고 커다란 웃음을 터뜨리며 말했다. "아버지도 형과 한번 붙어보라고 하셨어. 내기 돈의 절반은 아버지가 내실 걸, 하하!" 이렇게 말하면서 이 매력적인 젊은이는 다 알지 않느냐는 표정으로 딱한 브리그스를 향해 고개를 끄덕이고 장난스럽고 뻐기는 태도로 어깨 너머의 피트를 엄지손가락으로 가리켰다.

피트는 딱히 기분이 좋은 것 같지는 않았지만 그렇다고 해서 기분이 썩 나쁜 것 같지도 않았다. 가엾은 짐은 요란하게 소리 내어 웃음을 터뜨리고 고모님이 방이 떠나실 때는 고모님의 촛불을 들고 비틀거리며 방을 가로질러 건너가 백치처럼 취한 얼굴로 인사를 드리더니 자신 역시 이 층의 침실로 올라갔다. 그는 스스로의 처신에 완전히 만족하여 이제 고모님의 돈은 자신의 것이라고, 고모님은 아버지 혹은 가족들 중 다른 누구도 아닌 자신에게 돈을 남겨주실 것이라고 생각하며 흐뭇해했다.

일단 방을 떠나 침실로 갔으니 이제 그가 더 이상 상황을 악화시킬 수는 없을 것이라고 누구라도 생각했을 것이다. 그러나 이 운 나쁜 소년은 결국 또다시 문제를 일으키고 말았다. 바다 위로 달이 아주 아름답게 빛나고 있었는데 창밖의 하늘과 바다가 만들어내는 낭만적인 풍경에 감동을 받은 짐은 담배를 피면서 이를 좀 더 감상해 보리라 마음먹었던 것이다. 창문을 열어 몰래 머리를 밖으로 내밀고 신선한 바깥 공기에 담배를 피우면 아무도 냄새를 맡지 못하겠지, 이렇게 생각한 그는 생각을 실행에 옮겼다. 그러나 너무 흥분하고 기분이 좋은 나머지 가엾은 짐은 자신의 방문이 내내 열려 있었으며 그 때문에 맞바람이 치고 통풍이 잘되어 담배 연기가 거의 아무런 방해도 받지 않고 아래층의 크롤리 노숙녀와 브리그스에게까지 도달했다는 사실을 깨닫지 못하고 있었다.

이 담배 한 대로 모든 것이 끝나버리고 말았다. 뷰트 크롤리 집안 식구들이 이 담배 한 대로 과연 몇 천 파운드를 잃은 것인지 아무도 알 수 없었다. 퍼킨이 부리나케 아래층의 볼스에게 달려갔다. 그는 크고 음산한 목소리로 자기 밑의 하인에게 「불과 프라이팬」을 읽어주던 참이었다. 퍼킨이 너무도 놀란 얼굴로 이 무서운 비밀을 그에게 이야기했기 때문에 볼스와 그 밑의 하인은 처음에 집에 강도가 들어왔거나 퍼킨 부인이 크롤리 노숙녀의 침대 밑에서 침입자의 발이라도 발견한 것이라고 생각했을 정도였다. 그러나 사실을 알게 된 볼스는 즉시 한 번에 세 칸씩 계단을 뛰어올라 가 아무것도 모르고 있는 제임스의 방으로 들어갔다. 그는 놀라서 어쩔 줄 모르는 목소리로 숨죽여 "제임스 도런님, 맙소사, 어서 그 파이프를 끄세요"라고 소리쳤는데 이는 실로 순식간에 취해진 조치였다. "아, 도런님, 대체 무슨 일을 하신 겁니까!" 파이프를 창밖으로 던져버리며 그가 아주 동정하는 목소리로 질책했다. "이게 대체 무슨 일이랍니까! 마님은 담배 연기를 제일 싫어하시는데."

"숙녀분들은 담배가 필요 없지요," 제임스가 미친 사람처럼 때에 맞지 않는 웃음을 터뜨리며 대답했다. 그는 이 모든 일이 그저 무척이나 재미있는 농담이라고만 생각했던 것이다. 그러나 아침에 제임스의 장화를 닦아주고 그가 공을 들여 기르는 수염을 다듬으라고 더운물을 가져다준 볼스 밑의 젊은 하인이 브리그스의 필체로 쓰인 쪽지를 침대 속의 제임스에게 전해주자 그의 기분은 일변하고 말았다.

"제임스 씨에게." 편지는 이렇게 시작하고 있었다. "경악스럽게도 부인의 집안이 담배 연기로 오염되었기 때문에 크롤리 노숙녀는 어제 대단히 불쾌한 밤을 지내셨습니다. 부인께서는 지금 건강이 무척 좋지 않아 도런님이 가시기 전에 다시 뵐 수 없을 것 같다는 유감스러운 소식을 좀 전해달라고 부탁하셨습니다. 아울러 처음부터 도런님을 그 술집에서 모셔 온 것이 실수였다고, 브라이턴에서의 남은 일정은 그곳에서 지내시는 것이 필시 더 편하실 것 같다는 말씀도 아울러 전해달라고 하셨습니다."

이렇게 해서 고모님의 총애를 받아보려는 제임스의 시도는 끝이 나고 말았다. 알고 한 것은 아니었지만, 그는 과연 자신의 제안대로 사촌 형 피트와 장갑을 끼고 한판 붙어본 셈이었다.

그동안 한때는 유산을 둘러싼 이 경기에서 제일 유리한 자리를 차지하고 있었던 로던은 대체 어디에서 무얼 하고 있었던 것일까? 앞서 이미 본 것처럼 워털루 전투가 끝난 후 베키와 로던은 파리로 와서 1815년의 겨울을 아주 명랑하고 화려하게 지내고 있었다. 레베카는 훌륭한 살림꾼이었다. 그녀가 가엾은 조 세들리에게 말 두 필 값으로 받아낸 돈은 이들 부부가 적어도 일년간 걱정 없이 살 만한 금액이었다. 굳이 '내가 마커 대위를 쐈던 바로 그 총'이나 금으로 된 화장품 상자, 담비 털을 댄 코트 따위를 팔아 돈을 마련할 필요도 없었다. 베키는 그 코트를 여성용 외투로 고쳐 입고 불로뉴 공원 같은 데로 말을 타고 나가서는 만인의 경탄을 자아냈다. 부대가 캉브레로 들어온 후 그녀는 기쁨에 넘치는 남편과 재회했다. 브뤼셀에서 탈출할 경우에 대비해 그녀가 몰래 솜에 넣어 옷에 바느질로 숨겨둔 시계며 장신구, 현금과 수표 등을 꺼내어 보여줄 때의 광경을 여러분도 보셨어야 하는 건데! 터프토 장군은 반해버렸고 로던은 신이 나서 요란한 웃음을 터뜨리며 지금껏 본 그 어떤 연극보다 그 장면이 더 재미있다고 맹세를 했다. 베키가 조를 어떻게 어르고 달래 말을 팔았는지 우스꽝스럽게 묘사하자 로던은 너무 재미있고 통쾌하여 정신을 잃고 말 지경이었다. 그는 프랑스군이 나폴레옹을 믿듯이 자신의 아내를 굳게 신뢰하고 있었다.

파리에서 베키가 거둔 성공은 눈부신 것이었다. 프랑스의 모든 상류층 여인들이 그녀의 매력을 인정했다. 베키는 그들의 언어인 프랑스어를 완벽하게 구사했으며 즉시 프랑스 여성의 우아함과 생기, 예의범절을 몸에 익혔다. 그녀의 남편은 분명 멍청이였다.—모든 영국인이 다 멍청하지만—그리고 파리에서 멍청한 남편을 두었다는 것은 언제나 그 아내에게 유리한 조건으로 작용했다. 게다가 로던은 망명 시기 동안 숱한 프랑스의 귀족들에게 자신의 집을 내주었던 돈 많고 재치 있는 크롤리 노숙녀의 상속자였다. 그들은 중령의 아내를 자신들의 호텔로 초대했다. 한 공작부인은 한때 부르는 값 그대로 자신의 레이스며 장신구를 사주고 혁명 이후의 그 어려운 시기 동안 식사 대접도 무척이나 여러 번 해주었던 크롤리 노숙녀에게 이렇게 편지를 썼다. "도대체 왜 조카와 조카며느리도 있고 소중한 친구들도 여럿 있는 이곳 파리에 부인께서는 한번 오지 않으시는 겁니까? 파리의 모든 이들이 크롤리 부인의 매력과 장난꾸러기 같은 아름다움을 칭송하고 있습니다. 우리의 벗 크롤리 부인은 실로 우아하고, 매력적이며 재치가 넘칩니다! 어제는 국왕폐하께서도 튈르리 궁에서 그녀를 눈여겨보시더군요. 저희들 모두 폐하의 관심에 질투를 느꼈지요. 선왕 폐하의 따님으로서 폐하와 함께 오신 앙굴렘 공작부인이 특별히 부인의 조카며느리이자 피후견인이기도 한 크롤리 부인을 만나보고 싶다고 하시며 망명 기간 중 불운한 프랑스 귀족들에게 베풀어주신 부인의 후의에 프랑스를 대표하여 인사를 전하고 싶어 하셨을 때 바르아크르라는 한 멍청한 부인이 얼마나 이를 갈며 분해했는지를 보셨어야 하는 건데 말이에요.(그곳에 있던 사람들 모두가 깃털을 단 모자를 쓰고 매부리코를 한 그 부인이 사람들 머리 너머로 그 광경을 노려보고 있는 모습을 보았을 겁니다!) 그녀는 모든 사교 모임과 파티─파티에는 오지만 춤은 추지 않아요─에도 항상 참석한답니다. 이 작고 어여쁜 부인이 그녀를 경배하는 남성들에 둘러싸여 있는 모습이 얼마나 귀엽고 보기 좋은지 말이에요. 게다가 그녀는 곧 엄마가 된다지요! 그녀가 어머니이시자 보호자이시기도 한 당신에 대해 말하는 것을 듣노라면 귀신이라도 눈물을 흘리고 말 지경입니다. 그녀는 부인을 얼마나 사랑하는지 몰라요! 그리고 우리도 존경하는 부인을, 다정하신 부인을 얼마나 사랑하는지 모른답니다!"

그러나 불행하게도 파리에서 온 이 귀부인의 편지는 베키와 그녀의 존경하고 사랑하는 친척 간의 관계 개선에 조금도 도움이 되지 않는 것 같았다. 오히려 레베카의 현재 상황과 그녀가 대담하게도 파리의 상류사회 진입을 위해 자신의 이름을 이용해온 것을 알게 된 노처녀의 분노는 하늘을 찌를 듯 대단한 것이었다. 그녀는 분노로 몸과 마음이 너무 동요되어 프랑스의 지인에게 프랑스어로 답장도 쓰지 못할 정도이었다. 그녀는 브리그스에게 모국어인 영어로 분기탱천한 답장을 불러주며 크롤리 부인과의 관계 일체를 부인하고 사람들 모두에게 그녀가 얼마나 교활하고 위험한 인물인지에 대해 경고하는 편지를 보내도록 했다. 그러나 ×× 공작 부인은 영국에서 이십 년이나 지냈음에도 불구하고 영어를 한마디도 할 줄 몰랐기 때문에 다음번에 로던 크롤리 부인을 만났을 때 친애하는 부인께 다정한 편지를 받았는데 거기에 크롤리 부인에 대해 여러 가지 칭찬의 말이 잔뜩 들어 있었다고 전하는 것으로 만족하고 말았다. 그래서 로던 크롤리 부인은 고모님이 이제 정말 마음을 푸시려는가 하고 진지한 희망을 품기 시작했다.

그사이 그녀는 영국 여인들 중 가장 명랑하고 인기 있는 부인으로서의 지위를 만끽하고 있었다. 그녀가 손님을 초대하는 날이면 그녀의 집은 마치 작은 유럽연합 각료 회의라도 열리는 것 같은 풍경이었다. 프로이센인과 카자크인들, 스페인인과 영국인들까지, 이 유명한 겨울 동안 파리에는 세계 각국의 사람들이 모여 있었기 때문이다.

레베카의 소박한 객실에 나타난 훈장이며 수장(綬章)들을 보았더라면 허세 부리기 좋아하는 베이커가[5]의 인사들 모두 질투심으로 얼굴이 창백해지고 말았을 것이다. 그녀가 공원으로 마차를 몰고 나가면 유명한 군인들이 그녀의 마차 옆으로 말을 타고 따라갔고, 그녀가 오페라 공연에 나타나면 그녀의 작고 소박한 좌석 주위로 사람들이 몰려들었다. 로던은 더할 나위 없이 의기양양해져 있었다. 아직 파리에는 그를 쫓는 빚쟁이들이 없었고 베리며 보빌리에에서는 매일 파티가 열렸다. 노름도 적잖이 했는데 운이 좋아 돈도 제법 손에 쥘 수 있었다. 터프토 장군은 다소 시무룩한 상태였을 것이다. 부르지도 않았는데 아내가제 발로 파리로 건너왔기 때문이다. 나쁜 일은 이것만이 아니었다. 이제 베키의 주위에는 장군들이 열두어 명이나 몰려들어 극장에 갈 때면 그녀는 열두 개의 꽃다발 중에서 제일 마음에 드는 것을 골라 들어야 할 지경이었다. 바르아크르 경 부인을 비롯해 영국 사회를 대표하는 귀족부인들, 멍청하지만 흠잡을 데 없는 이 여인들은 베키의 갑작스러운 출세에 질투와 분노로 몸을 비틀었다. 그러면 베키는 악의적인 농담으로 그녀들의 순결한 가슴을 들쑤셔 쓰라리게 만들었다. 하지만 남자들은 언제나 그녀의 편이었다. 그리고 베키는 불굴의 용기로 여자들에 맞서 싸웠다. 게다가 그들은 아무리 베키의 흉을 보고 싶어도 영어로밖에 떠들 수 없는 불리함을 안고 있었다.

그래서 로던 크롤리 부인은 1815년에서 1816년으로 넘어가는 그해 겨울을 아주 즐겁고 풍족하게 온갖 연회들에 참석하며 보낼 수 있었다. 그녀는 지난 수 세기 동안 자신의 조상이 상류사회에 속해 있었던 사람인 양 귀족 사회의 풍습을 완벽히 몸에 익혀 행동했는데 사실 그녀 정도의 재능과 정력을 가지고 있으면 허영의 시장에서 명예로운 자리를 하나 차지해야 마땅했다.

1816년 초봄, 갈리냐니 신문6)의 출생소식란에는 다음과 같은 기사가 실렸다. "3월 26일, 영국 근위대 크롤리 중령의 부인, 후계자인 장자 분만."

이 기사는 런던의 신문에도 실렸고 브리그스는 브라이턴에서 아침을 먹던 노숙녀에게 이 소식을 읽어주었다. 예상하고 있던 일인데도 불구하고 이 소식은 크롤리가문에 큰 분란을 일으켰다. 노처녀의 분노는 하늘을 찌를 듯 치솟았고 그녀는 즉시 조카 피트와 브런즈윅 스퀘어의 사우스다운 백작 부인을 호출해 너무 오래 미뤄뒀던 두 집안 간의 결혼을 즉시 거행하자고 요청했다. 아울러 그녀는 자신이 살아 있는 동안에는 이 젊은 부부에게 매년 천 파운드를 보내주고 자신이 죽고 나면 재산의 대부분을 조카와 사랑스러운 조카며느리 제인 크롤리 양에게 넘기고 싶다는 소망을 공표했다. 변호사 왁시 씨가 변경된 유언장의 내용을 확증했고 사우스다운 경이 죽은 아버지 대신 동생을 남편에게 인도했으며 주교가 주례를 서 혼인이 치러졌다. 주례를 서지 못한 바살러뮤 아이언스, 정식 목사 자격을 갖지 못한 그 명망 높은 성직자의 실망은 상당한 것이었다.

결혼을 한 후 피트는 그런 신분의 사람들이 흔히 하듯 신혼여행을 가고 싶어 했다. 그러나 제인 양을 너무도 좋아하는 노숙녀는 자신이 가장 귀여워하는 조카며느리와 헤어질 수 없다고 분명하게 잘라 말을 했다. 그래서 피트와 그의 아내는 고모님 댁에서 함께 살게 되었다. 그 때문에 이웃에 사는 사우스다운 백작 부인은 피트와 제인, 크롤리 노숙녀와 브리그스, 볼스와 퍼킨을 포함한 크롤리 노숙녀 집 식솔들 전체를 수중에 넣고 마음대로 휘두르게 되었다.(가엾은 피트는 한편으로는 고모님에게 다른 한편으로는 장모님에게 시달리게 되었기 때문에 이 일로 인해 제일 피해를 입은 사람은 자신이라고 생각하며 무척이나 억울해하고 있었다.) 그녀는 크롤리 댁 식구들에게 자신의 종교 책자며 각종 약물들을 무자비하게 처방했으며 크리머 선생을 해고하고 로저스 선생을 새로 고용했다. 얼마 되지 않아 크롤리 노숙녀는 형식상의 권위마저 모두 박탈당하고 말았다. 가엾은 노처녀는 너무 소심해진 나머지 이제 브리그스를 위협하는 일조차 하지 못하고 나날이 조카며느리에게만 더 집착하고 매달리게 되었다. 친절하지만 이기적인 그대, 허영으로 가득하지만 인심이 후하기도 했던 이 늙은 영혼에 평화가 깃들기를! 우리는 이제 다시 그녀를 만날 일이 없을 것이다. 그러니 제인 양이 그녀의 다정한 손으로 이 늙은 영혼을 부축해 허영의 시장에서도 가장 번잡한 거리에서 그녀를 데리고 나가기를 함께 기원하도록 하자.

35장
미망인이자 어머니가 되다

　카트르 브라와 워털루에서의 대전투 소식은 영국에도 곧바로 전해졌다. 관보가 제일 먼저 이 두 전투의 결과를 보도했다. 이 영광스러운 소식에 온 영국민들이 승리의 환희와 두려움에 몸을 떨었다. 승리를 알리는 기사 뒤로 좀 더 상세한 전투관련 보도가 이어졌으며 부상자와 사상자 명단도 공개되었다. 명단을 펼쳐 읽을 때의 그 공포를 과연 누가 가늠할 수 있겠는가! 상상을 해보라. 영국 내 세 왕국의 모든 마을과 농가가 플랑드르 지역의 대전투 소식을 접하고, 사상자의 명단을 확인한 후, 자신들의 소중한 친구와 일가친척들의 생사를 확인한 후 한 편에서는 얼마나 큰 안도와 감사에 휩싸이고 다른 한편에서는 얼마나 쓰라린 슬픔과 낙담에 사로잡혔겠는지. 지금도 당시의 신문 더미를 뒤져 사상자 명단을 확인해본 사람들은 간접적이나마 그때의 그 숨 막히는 긴장감을 느낄 수 있을 것이다. 매일 새로운 사상자 명단이 신문에 올라왔다. 그래서 마치 신문 연재소설을 읽

듯, 사람들은 명단을 읽다가 멈추고 다음 날 이어지는 명단을 또 다시 확인해야 했다. 매일 새로운 사상자 명단이 올라오는 신문을 확인해야 하는 사람들의 심정을 생각해보라. 그리고 이만의 군사가 전투에 참가했던 영국에서 사람들이 이렇게 가슴을 졸일 때 지난 이십 년 간 수천, 수만도 아니고 수백만의 사람들이 전투에 참가했던 유럽의 상황은 어땠을지 생각해볼 일이다. 누군가 적군을 하나 쓰러뜨릴 때마다 그는 먼 곳의 무고한 지인들 가슴에도 끔찍한 상처를 남기고 있었던 셈이다.

그 유명한 관보의 소식은 오스본가에도 날아들어 가족과 그 가장에게 무서운 충격을 안겨주었다. 딸들은 억제할 수 없는 슬픔에 사로잡혔고 이미 우울과 낙담에 시달리고 있던 늙은 아버지는 자신의 운명을 한탄하며 더더욱 슬픔에 빠져들었다. 그는 아들놈이 자신 말을 듣지 않다가 천벌을 받은 것이라고 생각하려고 노력했다. 그러나 그 천벌의 가혹함에 식겁한 것은 정작 자기 자신이며 어쩌면 자신의 저주 때문에 형의 집행이 그렇게도 신속하게 이뤄진 것인지도 모른다는 사실만은 도저히 인정할 수 없었다. 때때로 그는 아들에게 그런 불운이 일어난 것은 자신 때문이라는 생각에 공포에 사로잡혀 온 몸을 벌벌 떨었다. 전에는 화해의 가능성이 있었다. 며느리가 죽을 수도 있었고 그가 돌아와 잘못했다고 빌 수도 있었을 터이니. 그러나 이제 아무런 희망도 남아 있지 않았다. 그는 이미 건널 수 없는 강의 저편에서 슬픈 눈으로 아버지를 보고 있는 것이다. 아버지는 전에도 한번, 조지가 열병에 걸려 모두 아들이 죽을 것이 틀림없다고 생각했을 때, 그 애가 그런 눈동자를 하고 있었던 것을 기억했다. 조지는 조용히 침대에 누워 무섭게도 어두운 눈으로 그를 바라보았다. 오, 하느님, 제발! 그때 그는 얼마나 간절히 의사에게 매달렸으며 타들어가는 가슴으로 얼마나 불안히 의사 뒤를 따라다녔던가. 마침내 열병이 고비를 넘겨 조지가 회복기로 접어들고 다시 한 번 맑은 눈으로 아버지를 알아보며 쳐다보았을 때, 그는 얼마나 한시름을 놓았던가. 그러나 이제 그 어떤 희망, 회복, 화해의 가능성도 없었다. 무엇보다 이제 분노로 가득한 이 노인네의 가슴을 달래고 위로해서 미움과 분노라는 독으로 물든 그의 피를 다시 원래대로 평온하게 흐르게 해줄 몇 마디 회개의 말을 들을 가능성은 영원히 사라지고 말았다. 이 도도한 아버지의 가슴을 가장 미어지게 만든 것이 과연 이제 다시는 아들을 용서해줄 수 없다는 사실이었는지 아니면 그의 영혼이 그렇게도 갈구하던 사죄를 받아낼 가능성이 영영 사라지고 말았다는 사실인지는 알 수 없는 일이다.

그러나 진짜 속내가 무엇이었든 이 완고한 노인네는 누구에게도 자신의 속마음을 털어놓지 않았다. 딸들 앞에서도 결코 아들의 이름을 언급하지 않았다. 그러나 그는 만딸에게 집안 모든 여자들에게 상복을 입게 하고 남자 하인들 역시 진한 검은색 옷을 갖춰 입게 하라고 당부했다. 파티나 그 밖의 여흥들 역시 물론 다 연기되었다. 결혼 날짜가 잡힌 장래의 사위에게도 그는 아무 말을 하지 않았다. 그러나 오스본 씨의 표정을 본 불럭 씨는 아무런 질문도 하지 않았고 예정된 식을 굳이 치루겠다고 고집을 피우지도 않았다. 그와 집안의 여식들은 때로 객실에 앉아 숨죽인 목소리로 아버지가 이제 영 거실로 내려오시지 않을 건지에 대해 의견을 나누었다. 그는 서재 밖으로 도통 나오질 않았다. 일반적인 장례 절차가 모두 끝나고 나서도 저택의 앞쪽 문 전체가 얼마간 폐쇄되어 있었다.

6월 18일로부터 삼 주 정도 지난 어느 날 오스본 노인의 지인 윌리엄 도빈 경이 러셀 스퀘어의 집으로 찾아와 아주 창백하고 심란한 표정으로 주인장을 꼭 만나봐야겠다고 주장했다. 그의 방으로 안내된 도빈 경은 자기도 집주인도 이해하지 못할 말을 몇 마디 한 다음 붉은 인주로 봉인된 편지를 하나 꺼냈다. "내 아들, 도빈 소령이 오늘 시내에 도착한 ××연대 하사관 편으로 편지를 하나 보내왔소." 시 의장은 잠시 망설이다 말을 이었다. "거기에 오스본 씨 당신 앞으로 온 편지가 하나 동봉되어 있었소." 이렇게 말한 시 의장은 테이블 위로 편지를 내려놓았다. 오스본은 잠시 말없이 그를 노려보고 있었다. 그 표정에 겁을 먹은 사절은 한동안 죄라도 지은 표정으로 슬픔에 빠진 상대 노인을 바라보고 있다가 다른 말 없이 서둘러 자리를 떠났다.

편지는 노인이 익히 아는 조지의 대담한 글씨체로 쓰여 있었다. 그것은 조지가 6월 16일의 아침이 밝기 전, 아멜리아를 두고 전쟁터로 떠나기 바로 전에 아버지 앞으로 써두었던 편지였다. 크고 붉은 인장 위로 오스본이 귀족 연감에서 골라 멋대로 자기네 것으로 만든 문장이 '전쟁 중의 평화'라는 문구와 함께 찍혀 있었다. 이 허영심 많은 노인네는 그 문장을 써서 공작 가문과 자기 집안이 무슨 관련이라도 있는 것처럼 굴고 싶었던 것이다. 이 편지에 서명을 했던 손은 이제 다시 펜이나 검을 잡지 못할 것이다. 편지를 봉인했던 인장 역시 그가 시체로 쓰러져 있는 동안 누군가 훔쳐 가고 말았다. 그러나 아버지는 그 사실을 모르고 망연한 시선으로 그 편지를 바라보고 있었다. 편지를 여는 순간 그는 쓰러질 것만 같았다.

독자 여러분께서는 잘 지내던 친구와 싸워본 일이 있으신지? 그럴 때 사랑과 신뢰가 유지되던 시절 친구가 보낸 편지들을 읽으면 얼마나 마음이 아프고 가책이 느껴지는지! 죽어버린 사랑의 맹렬한 항의에 얼마나 우울한 애도의 마음을 느끼게 되는지! 그런 편지들은 죽어버린 사랑의 시신 위에 쓰인 묘비명에 다름 아니다! 아, 이런 편지들이 우리네 인생과 허영에 던지는 논평이란 얼마나 우울하고 가혹한 것인지! 우리 대부분은 서랍 가득히 이런 편지들을 갖고 있다. 그들은 우리가 몰래 숨겨두고 피하려고 하는 벽장 속의 해골과도 같은 존재들인 것이다. 오스본은 죽은 아들의 편지 앞에서 오래도록 몸을 떨었다.

가엾은 아들의 편지는 그다지 길지 않았다. 그는 마음에 일어나던 애정을 인정하고 또 표현하기에는 너무도 자존심이 강했다. 그는 단지 큰 전투를 앞두고 아버지께 인사를 드리고 싶다고 하면서 남겨두고 가는 아내를, 어쩌면 아이도, 부디 잘 보살펴 달라고 엄숙하게 부탁하고 있었다. 그는 자신이 사치를 하고 돈을 함부로 써서 어머니가 남겨주신 돈의 대부분을 이미 다 써버렸다는 사실을 통탄하며 고백하기도 했다. 또 아버지가 베풀어 주셨던 은혜에 감사하면서 전투에서 죽건 혹은 살아 돌아오건 간에 조지 오스본이라는 이름에 부끄럽지 않게 행동하겠다고 약속하고 있었다.

아마 영국인다운 습성, 자존심, 어쩌면 어색함 같은 것들 때문에 더 이상의 말을 하지 못했는지도 모른다. 아버지는 조지가 편지의 수취인 주소 위로 남긴 키스 자국을 볼 수 없었다. 아버지는 상처 입은 애정과 복수의 고통, 가슴을 넝마로 만드는 그 치명적인 고통에 신음하며 편지를 바닥으로 떨어뜨렸다. 그는 여전히 아들을 사랑했고 또 용서할 수 없었다.

그로부터 약 두어 달이 지난 후 집안 여자들이 아버지를 모시고 예배를 보러 갔을 때, 그들은 아버지가 평소 예배에 참석할 때 늘 앉곤 하던 자리와 다른 자리에 앉아 딸들 맞은 편 자리에서 그들 머리 위 벽을 보고 있는 것을 발견했다. 딸들 역시 아버지의 우울한 시선이 고정되어 있는 방향으로 시선을 돌렸다. 벽 위에는 정교한 기념상이 있었다. 그것은 영국을 상징하는 여신 브리타니아가 유골함 위로 눈물을 흘리는 상이었다. 부러진 칼과 웅크린 사자 형상이 전몰용사를 기념하기 위해 세워진 조각임을 보여주고 있었다. 당시의 조각가들은 이런 전몰용사 기념 조각, 지금도 세인트폴 대성당 벽들을 가득 덮고 있는, 이교도적 비유를 담고 있는 이런 요란한 조각들을 잔뜩 만들고 있었다. 19세기의 첫 십오 년 동안 실로 지속적으로 이런 상들에 대한 수요가 존재했기 때문이다.

문제의 기념상 밑에는 우리가 익히 알고 있는, 허영 가득한 오스본가의 문장과 아래의 추도문이 새겨져 있었다. "영광스러운 승전을 거둔 워털루 전투에서 왕과 국가를 위해 싸우다 향년 28세의 나이로 1815년 6월 18일 사망한 보병 ××연대 고(故) 조지 오스본 대위를 추도하며. 나라를 위해 싸우다 죽는 것은 마땅하고 행복한 일이어라[1]."

이 기념상을 본 누이들은 마음이 너무 동요돼 교회를 떠날 수밖에 없었다. 회중들은 검은 상복을 입고 흐느끼는 소녀들에게 애도를 표하며 길을 내주었고 죽은 아들의 기념상 맞은편에 앉아 있는 굳은 얼굴의 노인네에게 동정을 표하였다. "아버지는 올케를 용서해주실까?" 격정적인 슬픔이 가라앉자마자 누이들은 서로 속삭였다. 오스본가를 알고 있는 사람들, 이전의 그 결혼 때문에 아버지와 아들이 어떻게 갈라섰는지를 아는 사람들 사이에서도 이 젊은 과부가 시아버지와 화해할 가능성에 대해 여러 가지 이야기가 오갔다. 러셀 스퀘어 근처와 시내 금융가 모두에서 남자들은 이 일을 두고 내기를 하기도 했다.

아버지가 아멜리아와 화해하고 그녀를 가족의 일부로 맞을 가능성에 대해 딸들이 약간이라도 걱정을 하고 있었다면, 그 걱정은 최근, 그러니까 가을이 끝나 갈 무렵 더욱더 커져가고 있었다. 아버지가 해외에 다녀올 예정이라고 말했기 때문이다. 물론 오스본은 행선지를 밝히지 않았지만 그들은 아버지가 벨기에로 갈 것이라는 사실을 바로 짐작할 수 있었다. 그들은 또 조지의 미망인이 여전히 브뤼셀에 있다는 사실 역시 익히 알고 있었다. 사실 도빈의 어머니와 그 딸들을 통해 그들은 가엾은 아멜리아에 대한 소식을 꽤 자세히 전해 듣고 있었다. 전투 중 오다우드 연대 부 소령이 전사했기 때문에 우리의 도빈 대위는 그 사이 소령으로 승진해 있었다. 용감한 오다우드 소령은 그의 침착함과 용기를 보여줄 기회가 있을 때면 언제나 그랬던 것처럼 이번 전투에서도 능력을 십분 발휘하여 대령으로 승진하였을 뿐만 아니라 제3급 배스 훈장도 받았다.

이틀간의 전투에서 심각한 부상을 입은 용감한 ××연대원의 상당수는 그해 가을 여전히 브뤼셀에 머물면서 부상을 치료하고 있었다. 그 대전투 이후의 몇 달 동안 도시 전체가 마치 거대한 군사 병원이 된 것처럼 보였다. 군인들이 부상에서 회복함에 따라 공원이며 공공 위락 장소들은 이제 막 죽음에서 벗어난 병사들, 젊거나 늙었거나 간에 다리를 절면서도 여기저기 모여들어 허영의 시장 사람들이라면 누구나 그렇듯이 도박을 하고 향락을 쫓고 연애 놀음을 하는 병사들로 가득 찼다. 오스본 씨는 그곳에서 어렵지 않게 ××연대 소속 병사들을 발견할 수 있었다. 그는 그들의 제복을 익히 알고 있었으며 연대 내의 전출이며 승진 상황에 대해서도 빠짐없이 소식을 챙겨 들으며 마치 자신이 연대원의 일원이라도 되는 듯 연대와 연대 장교들에 대해 이야기하는 것을 좋아했던 것이다. 브뤼셀에 도착한 다음 날, 공원에 면한 자신의 호텔에서 걸어 나오던 오스본은 익숙한 제복을 입은 군인 하나가 정원 돌 벤치 위에 앉아 쉬고 있는 것을 발견했다. 그는 떨면서 그곳으로 가 이 회복기 부상병 옆에 앉았다.

"혹시 오스본 대위의 부대에 계셨습니까?" 그가 질문했다. 그러고는 잠시 말을 멈췄다가 "그 애가 제 아들입니다." 하고 말을 이었다.

그는 조지의 부대원이 아니었다. 그러나 그는 부상당하지 않은 쪽 팔을 들어 모자에 갖다 대며 질문을 던진 이 수척한 얼굴의 상심한 노인에게 슬픈 표정으로 경의를 표했다. "영국 군대 어디에서도 그보다 더 훌륭하고 용감한 군인은 다시 찾아볼 수 없을 겁니다. 부상병이 말을 했다. "대위님 중대(지금은 레이먼드 대위님이 부대를 이끌고 계십니다만)의 하사관 한 분이 이곳에 있습니다. 아마 지금쯤 어깨 부상에서 회복하셨을 걸로 생각됩니다만. 원하신다면 그분을 만나보실 수 있을 겁니다. 그분께서 필시 ××연대의 전투에 관련된 모든 것을 다 말해주실 수 있을 겁니다. 틀림없이 벌써 용감한 대위님의 존경받는 벗인 도빈 소령님과 이곳에 함께 계신 오스본 부인은 만나보고 오셨겠지요. 사람들 말이 지금 부인께서는 상태가 무척 좋지 않다고, 지난 육 주 동안, 아니 그 이상 계속 제정신이 아니라고들 하더군요. 그렇지만, 물론 선생님께서도 이런 소식들은 이미 다 알고 계시겠지요. 그러면 저는 이만 가보겠습니다." 그 병사는 그렇게 덧붙였다.

오스본은 병사의 손에 1기니를 쥐어 주며 그가 좀 전에 말한 하사관을 파크 호텔로 데리고 오면 1기니를 더 주겠다고 했다. 병사는 곧 그 하사관을 오스본에게 데려왔다. 그러고 나서 그는 바로 그곳을 떠나 동료 한 둘에게 오스본 대위의 아버지가 오셨으며 그가 돈을 아주 후하게 쓰더라는 이야기를 하고 나서 아들을 잃은 노인네의 두둑한 지갑에서 나온 그 돈이 떨어질 때까지 다들 먹고 마시며 흥겨운 시간을 보냈다.

그 동안 오스본은 아직 부상에서 회복 중인 하사관을 옆에 태우고 워털루와 카트르 브라를 둘러보았다. 당시에는 그 말고도 수천 명의 사람들이 이 유명한 격전지를 둘러보러 오곤 했다. 자신의 마차에 하사관을 태우고 그의 설명을 들으며 오스본 노인은 두 격전지 모두를 둘러보았다. 16일 연대가 전장을 향해 출발하며 행진하던 도로를 보았으며 후퇴하던 벨기에군을 쫓으며 돌진하는 프랑스 기병대를 향해 말을 몰고 달려간 비탈길도 가보았다. 부대 깃발을 들고 있던 젊은 소위와 프랑스 장교가 격투를 벌이다가 소위가 총을 맞고 쓰러지자 오스본 대위가 달려와 프랑스군 장교를 칼로 베어버린 지점도 보았다. 이 길을 따라 다음 날 부대가 퇴각을 했고 비가 오던 17일 밤에는 바로 이곳 강둑 옆에서 노숙을 했다고 했다. 하사관은 계속해서 다음 날 낮, 몰려드는 적의 기병대에 맞서 계속해서 대오를 가다듬으며 맹렬하게 날아드는 프랑스군의 포탄을 피해 강둑 밑에 몸을 숨기고 고지를 사수했던 지점도 보여주었다. 그리고 바로 그날 저녁, 이 언덕에서 고지를 사수하던 영국 부대 전체가 최후의 일격 후 후퇴하는 적군을 향해 진격하라는 명령을 받았으며 그때 대위는 만세를 외치고 검을 휘두르며 언덕 아래를 향해 돌진하다가 총을 맞고 쓰러져 전사했다고, 하사관은 설명했다. "대위의 시신을 브뤼셀로 옮긴 것은 도빈 소령이었습니다." 하사관이 낮은 목소리로 덧붙였다. "또 이미 알고 계시겠지만, 소령님께서 대위님을 묻어드렸습니다." 하사관이 이야기를 하는 동안

전장에서 기념품을 주워와 파는 사람들과 근처의 소작농들이 이 둘을 향해 계속해서 십자 훈장이며 견장, 또 부서진 흉갑(胸甲)과 독수리 깃발 등 이런저런 전쟁 기념품들을 사라고 외쳐댔다.

아들의 마지막 전투지 곳곳을 둘러본 후 하사관과 헤어질 때 오스본은 그에게 적잖은 사례금을 주었다. 아들의 묘지는 이미 다녀온 뒤였다. 사실 그는 브뤼셀에 도착한 후 마차로 제일 먼저 그곳을 방문했다. 조지는 도시 근교 래켄에 있는 아담한 묘지에 묻혀 있었다. 사실 조지는 일전에 다른 일행들과 소풍 삼아 이곳에 놀러 왔다가 장난처럼 자신이 죽으면 이곳에 묘를 만들어달라고 말한 적이 있었다. 그래서 그 말을 기억하고 있던 친구가 이 젊은 장교의 시신을 이곳에 매장했던 것이다. 그의 묘는 사원과 탑, 꽃과 관목들로 장식된 로마 가톨릭교도들의 묘역과 작은 울타리로 구분된 일반인 묘역에 자리 잡고 있었다. 영국의 신사이자 대 영국군의 대위인 자신의 아들이 저런 외국인들이 묻혀 있는 곳에 안장될 자격도 없단 말인가 생각하자 오스본 노인은 분한 마음이 들었다. 그러니 타인에 대한 우리의 애정에 대체 얼마만큼의 허영이 도사리고 있는지, 우리의 사랑이 얼마나 이기적인 것인지를 대체 누가 가늠할 수 있단 말인가? 그러나 오스본 노인은 이렇게 복잡한 여러 결의 감정이나 아버지로서의 본능적인 애정과 개인적인 이기심의 충돌에 대해 깊이 생각하지는 않았다. 그는 자신이 한 일은 다 옳으며 어떤 경우라도 자신이 원하는 방식으로 일이 진행되어야 한다고 굳게 믿고 있었다. 그리고 자기 뜻에 반하는 것이라면 그 무엇에든 말벌의 침이나 뱀의 이처럼 날카로운 맹독의 화살을 들이대는 것이었다. 다른 모든 것들에 대해서와 마찬가지로 그는 자신의 이런 증오에 대해서도 자부심을 느꼈다. 언제나 자신이 옳다고 생각하며 무엇이든 짓밟고 나아가고 결코 자신의 전제를 의심하지 않는 것, 이런 것들이야말로 아둔한 군상들이 세상에서 앞서 나가기 위해 반드시 필요한 자질이 아니던가?

워털루를 둘러보고 온 오스본의 마차는 해가 질 무렵 브뤼셀 시내의 성문 근처에 도착했다. 그곳에서 그는 한 신사와 두 명의 숙녀가 앉아 있는 무개마차 한 대와 마주쳤다. 마차 옆에는 장교 하나가 말을 타고 따라가고 있었다. 오스본은 화들짝 놀라며 몸을 뒤로 젖혔다. 그 모습에 놀란 하사관이 오스본을 보며 상대편 장교에게 거수경례를 했다. 상대편 역시 반사적으로 그를 향해 거수경례를 보냈다. 마차에 타고 있는 것은 아멜리아였다. 그 옆에는 부상당한 스터블 소위가 앉아 있었고 그녀의 맞은편 좌석에는 충실한 벗 오다우드 부인이 타고 있었다. 그녀는 분명 아멜리아였다. 하지만 오스본 노인이 알고 있던 신선하고 어여쁜 아멜리아는 아니었다. 얼굴은 창백했고 몹시 여위어 있었다. 예쁜 갈색 머리카락은 미망인이 쓰는 모자 밑으로 갈라져 내려와 있었다. ─가엾게도, 그녀의 초점 없는 눈동자는 그 무엇도 보고 있지 않았다. 마차가 스쳐 지나갈 때 그녀는 멍한 눈동자로 오스본 노인을 보았지만 그를 알아보지 못했다. 오스본 역시 시선을 돌려 마차 옆에서 말을 타고 가는 도빈을 보기 전까지는 그녀가 아멜리아라는 사실을 알아차리지 못했다. 그는 아직도 그녀가 미웠다. 이곳에서 만나기 전까지는 자신이 얼마나 그녀를 미워하는지 미처 깨닫지 못하고 있었다. 상대편 마차가 지나가자 그는 몸을 돌려 저주와 분노가 뒤섞인 시선으로 그를 빤히 보고 있던 하사관을 노려보았다. 마치 "네놈이 뭔데 나를 그렇게 보는 거지? 망할 녀석 같으니! 나는 저 여자를 미워한다고. 내 희망과 자존심을 모두 짓밟아버린 것이 바로 저 애니까 말이야"라고 말하는 것 같았다. "마부 놈에게 빨리 가자고 해." 그가 마부석의 하인에게 욕을 하며 소리쳤다. 얼마 되지 않아 보도 위로 말굽 소리를 울리며 오스본의 마차를 향해 누군가 말을 타고 달려왔다. 말을 몰고 온 것은 도빈이었다. 조금 전 마차가 마주쳤을 때 도빈은 잠시 다른 생각에 빠져 있었다. 그래서 마차가 서로를 스쳐 지나가고도 조금 더 시간이 지난 후에야 그는 상대편 마차에 타고 있던 사람이 오스본 노인이라는 사실을 깨달았던 것이다. 그는 시아버지를 만난 아멜리아의 반응을 살피기 위해 고개를 돌려보았지만 딱하게도 아멜리아는 스쳐 지나간 사람이 누구인지조차 모르는 눈치였다. 그래서 매일 그녀가 드라이브를 나갈 때면 그 옆을 호위하는 윌리엄은 시계를 보며 갑자기 약속이 하나 생각났다고 변명을 한 뒤 말을 타고 오스본을 따라왔던 것이었다. 그녀는 아무런 대꾸 없이 가만히 앉아 눈앞의 풍경만을 바라보고 있었다. 그 옆으로 조지가 행진해 사라져간 저 멀리 평범한 숲 쪽의 풍경들을.

"오스본 선생님, 오스본 선생님!" 말을 몰고 온 도빈이 마차를 향해 손을 뻗으며 그를 불렀다. 오스본은 그 손을 잡을 생각도 않고 다시 한 번 욕을 하며 하인에게 어서 마차를 몰라고 소리쳤다.

그러나 도빈은 마차 옆을 손으로 잡으면서 말했다. "선생님을 뵈어야겠습니다. 드릴 말씀이 있어요."

"그 여자가 나한테 할 말이 있다던가?" 오스본이 사납게 소리쳤다.

"아닙니다. 아드님이 남기신 말이에요." 도빈이 대답했다. 이 말을 들은 오스본은 자리 구석으로 몸을 숙이고 말았다. 도빈은 마차가 계속해서 달려가게 놔두고 그 뒤로 말을 몰아 마차를 따라갔다. 그렇게 그들은 아무 말 없이 시내를 통과해 오스본이 묵고 있는 호텔에 다다랐다. 호텔에 도착하자 도빈은 오스본을 따라 그의 방으로 들어갔다. 조지 역시 종종 이 방에 오곤 했었다. 크롤리 부부가 브뤼셀에 머무는 동안 묵었던 방이었기 때문이다.

"그래, 나한테 뭐 명령할 것이라도 있나, 도빈 대위. 아, 미안하네, 이제 도빈 **소령**이라고 해야겠지. 자네보다 잘난 사내들이 죽어버렸으니 **그 사람들 자리를** 차지했군 그래." 평소에도 곧잘 하는 그 비꼬는 말투로 오스본 노인이 말을 했다.

"네, 더 훌륭한 사람들이 죽었습니다." 도빈이 대답했다. "그리고 그중 한 명에 대해 선생님께 드릴 말씀이 있습니다."

"짧게 하게." 맞은편의 노인이 인상을 쓰고 욕을 하며 대답했다.

"저는 아드님의 제일 가까운 벗이자 유언 집행인으로 선생님을 찾아 왔습니다." 도빈 소령이 말을 이었다. "아드님은 전장으로 가기 전에 이 유언을 남겼습니다. 선생님께서는 조지의 유산이 얼마나 적은지 그리고 그의 미망인이 지금 얼마나 어려운 상황에 처해 있는지를 아시는지요?"

"그 애 미망인 따위 나는 모르네." 오스본이 대답했다. "그 여자를 아버지에게 다시 보내도록 하게." 그러나 상대편 신사는 어떤 경우에도 화를 내지 않으려고 굳게 마음을 먹고 왔기 때문에 노인이 말을 가로채도 굽히지 않고 하던 이야기를 계속했다.

"선생님, 지금 오스본 부인의 상태를 아시는지요? 그녀에게 닥친 불행 때문에 지금 그녀는 제정신을 유지하기도, 목숨을 온전히 보존하기도 어려운 지경입니다. 그녀가 회복될 수 있을지

도 지금으로서는 대단히 의심스럽습니다. 그러나 아직은 희망
이 있습니다. 저는 그 말씀을 드리려고 선생님을 따라온 겁니다.
그녀는 이제 곧 어머니가 됩니다. 부모에 대한 화를 아이에게도
계속 품고 계실 생각이십니까? 가엾은 조지를 생각해서 그 아이
를 용서해주지 않으시겠습니까?"

오스본은 자기를 치켜세우고 아들놈을 비난하는 말들을 쏟아
내기 시작했다. 그는 자신의 행동은 양심에 비추어 한 치의 부
끄러움도 없는 것이었다고 말을 했다. 또 조지의 배은망덕은 과
장해 비난했다. 그는 영국 내 다른 어떤 아버지도 자신보다 아
들에게 더 관대하게 하지는 못했을 것이라고 말하면서 그런데
그 아들놈은 자신을 그렇게도 욕보이고 거역했다고 퍼부었다.
심지어 잘못했다고 빌지도 않고서 죽었으니 자신의 어리석음과
배은망덕의 결과를 달게 받도록 하라고, 오스본은 그렇게 말을
했다. 오스본은 또 자기로 말하자면, 한 번 내뱉은 말은 꼭 지키
는 사람이며 이미 그 여자를 며느리로 받아들이지도, 만나지도
않겠다고 맹세한 바 있다고도 덧붙였다. "가서 그 여자한테 그
렇게 말해주게." 오스본이 욕설과 함께 이렇게 말을 맺었다. "나
는 죽는 날까지 이 결심을 바꾸지 않을 걸세."

그렇다면 이제, 오스본가로부터 더 이상 기대할 것은 없었다.
조지의 미망인은 이제 얼마 안 되는 수입과 오빠 조가 주는 돈
에 기대 사는 도리밖에 없었다. '그녀에게 그렇게 말해줘야겠
군. 제대로 듣지도 않겠지만.' 도빈은 슬픈 마음으로 생각했다.
그 재앙 이후 그녀는 제 정신이 아니었다. 슬픔의 무게에 짓눌
려 마비된 그녀의 마음은 기쁜 일에도 슬픈 일에도 똑같이 아무
런 관심을 보이지 않았다.

주위의 친절이나 우정에 대해서도 마찬가지였다. 그녀는 아

무런 불평 없이 벗들을 맞았고 그들의 친절을 받아들였으나, 곧 다시 자신의 슬픔 속으로 가라앉아 버렸던 것이다.

이 대화가 오간 후 약 열두 달의 시간이 지났다. 가엾은 아멜리아는 이 시기의 첫 절반을 깊은 슬픔에 잠겨 보냈다. 그것은 실로 심오하고 처연한 슬픔이었다. 이 연약하고 부드러운 여인의 마음을 약간이라도 지켜보고 또 그려온 우리로서는 가슴에서 피를 쏟는 것 같은 그 잔인한 슬픔 앞에서 잠시 삼가 뒤로 물러나는 것이 마땅하리라. 부디 이 낙담한 영혼이 앉아 쉬는 불운한 소파 옆을 지날 때는 발걸음 소리를 죽이시기길. 그녀가 괴로워하고 있는 어두운 방을 나올 때는 방문도 조용조용 닫으시기를. 그녀가 고통에 신음하던 첫 몇 달 동안 그녀 옆을 지키며 간호하던 다정한 벗들, 마침내 하늘이 그녀에게 위안을 허락하실 때까지 결코 그녀 곁을 떠나지 않았던 벗들이 그랬듯이. 마침내 그날이 왔다. 놀라운 기쁨과 경이의 그날이. 이제는 과부가 되고 만 젊은 엄마가 가슴에 아기를 안는 순간, 가버린 조지의 눈을 가진 작은 사내아기, 천사처럼 아름다운 아기를 가슴에 안는 순간이 온 것이다. 아기의 첫 울음소리가 얼마나 기적처럼 느껴졌는지! 아멜리아는 아기를 안고 웃고 또 울었다. 아기를 품에 안은 그녀의 가슴속에는 다시 기도와 희망, 사랑이 깨어나고 있었다. 이제 그녀는 안전했다. 그동안 그녀를 진찰해온 의사, 그녀가 제정신을 되찾지 못할까봐, 생명을 부지하지 못할까봐 걱정해온 의사는 산모와 아기 모두 안전하다고 말할 수 있을 때까지 이 순간을 몹시도 불안한 마음으로 기다리고 있었다. 줄곧 아멜리아 곁을 지켜온 사람들 역시 아멜리아가 다시 한 번 반짝이는 눈으로 상냥하게 그들을 바라보자 그렇게도 불안하고 걱정스러운 마음으로 몇 달을 기다린 보람이 있었다고 생각했다.

도빈 역시 그런 이들 중 하나였다. 오다우드 부인이 남편의 단호한 호출에 할 수 없이 환자 곁을 떠나 있을 동안 아멜리아를 영국의 친정에 다시 데려다준 사람 역시 도빈이었다. 유머를 이해하는 사람이라면 누구라도 도빈이 아기를 안고 있는 모습이나 아멜리아가 그런 그를 바라보며 놀리듯 터뜨리는 웃음소리에 기쁨을 느꼈을 터였다. 아기의 대부로서 윌리엄은 대자를 위해 컵과 숟가락, 배 모양 접시와 산호로 만든 치발기 등을 사다 주며 아낌없는 호의를 베풀었다.

아멜리아는 지성으로 아기를 먹이고 입히며 오직 아기만을 바라보고 살았다. 유모들을 모두 내보내고 다른 사람이 아기를 만지는 것조차 허락하지 않았다. 가끔 대부인 도빈 소령에게 아기를 안고 어르도록 해주면서 그것을 대단한 선심으로 생각한 것은 두말할 것도 없다. 아기는 그녀의 존재 그 자체였다. 그녀는 오직 엄마로서만 자신의 존재를 느낄 수 있었다. 아멜리아는 아무것도 모르는 작은 아기를 사랑과 숭배로 감싸 안았다. 아기는 그녀의 가슴에 안겨 그녀의 생명을 마시며 자라났다. 홀로 있는 밤이면 그녀는 강렬한 모성의 환희에 사로잡히곤 했다. 신의 놀라운 은총이 여성의 본능에 선사하신 사랑, 이성보다 한층 높고 또 한층 낮은 기쁨, 오직 여성의 가슴만이 알고 있는 아름답고 맹목적인 헌신의 기쁨을. 도빈은 이런 아멜리아의 마음과 일거수일투족을 지켜보았다. 아! 사랑하는 마음이 그에게 그녀의 마음 속 감정들을 다 읽을 수 있는 능력을 주었다면 그 역시 그 안에 자신을 위한 자리는 없다는 걸 분명히 알 수 있었을 터인데. 그러나 결국 그 역시 조용히 그것을 알아차리고 자신의 운명을 받아들이면서 그것에 순응하는 것에 만족하게 되었다.

나는 아멜리아의 아버지와 어머니 역시 소령의 마음을 알고 있었다고 생각하며 악의 없이 그를 격려하기도 했다고 생각한다. 도빈은 거의 매일 그들을 방문했으며 그들과 아멜리아, 선량한 집주인 클랩 씨 및 그의 가족들과 함께 여러 시간을 보내곤 했다. 그리고 이런저런 구실들로 거의 매일 모든 사람에게 선물을 사왔다. 그래서 아멜리아가 퍽 귀여워하는 주인집 어린 딸은 그를 봉봉과자 소령으로 불렀다. 보통 그녀가 소령을 오스본 부인에게 데리고 갔다. 어느 날 봉봉과자 소령이 승합마차를 타고 풀럼의 집 앞에 도착해 목마며 북, 트럼펫, 그밖에도 조지를 위한 여러 전쟁놀이 장난감들을 가지고 내리는 것을 보고 아멜리아는 웃음을 터뜨렸다. 조지는 아직 6개월도 채 되지 않은 아가였고 그런 물건들을 가지고 놀기에는 너무 어렸기 때문이다.

아기는 잠을 자고 있었다. "쉿!" 소령의 삐걱거리는 부츠 소리가 거슬렸던지 아멜리아가 말을 했다. 그런 다음 손을 내민 그녀는 소령이 잔뜩 들고 있는 장난감을 내려놓기 전에는 자기 손을 잡을 수 없다는 사실을 깨닫고 미소를 지었다. "아래층에 가 있으렴, 메리." 방에 들어온 소령이 소녀에게 말했다. "부인께 드릴 말씀이 좀 있단다." 아멜리아는 다소 놀란 듯 소령을 올려다보더니 아기를 침대에 눕혔다.

"작별 인사를 하러 왔어요, 아멜리아." 그가 그녀의 가늘고 작은 흰 손을 조심스레 잡으며 말했다.

"작별 인사요? 어디를 가시는데요?" 그녀가 웃으며 물었다.

"편지는 대리인에게 보내주세요." 그가 대답했다. "그러면 그가 편지를 제게 보내줄 겁니다. 편지를 보내주시겠지요? 꽤 긴 시간 동안 떠나 있을 겁니다."

"편지를 써서 조지 소식을 전할게요." 그녀가 대답했다. "월리엄, 당신은 저와 조지에게 정말 다정하셨어요. 조지를 좀 보세요, 천사 같지 않아요?"

아기의 작은 분홍색 손가락이 반사적으로 이 군인의 손가락을 쥐었다. 아멜리아는 엄마의 기쁨으로 빛나는 얼굴로 소령을 올려다보았다. 세상에서 가장 잔인한 표정도 이 무심하고 상냥한 시선보다 그를 더 다치게 할 수는 없었을 것이다. 그는 아기와 어머니 위로 몸을 숙이더니 잠시 아무 말도 하지 못했다. 그러더니 온 힘을 다 끌어 모아 겨우 "그럼 잘 있어요."라고 인사를 건넸다. "안녕히 가세요." 아멜리아도 대답하며 얼굴을 들어 그에게 키스를 했다.

"쉿! 조지가 깨겠어요!" 도빈이 무거운 걸음으로 문 쪽으로 걸어갈 때 아멜리아가 덧붙였다. 그녀에게는 도빈이 타고 가는 승합마차의 바퀴 소리 역시 들리지 않았다. 자면서 미소를 짓는 아기의 얼굴을 바라보고 있었기 때문이다.

* * *

36장
무일푼으로 한 해를 잘 살아내는 법

이 허영의 시장에, 가끔 지인들이 어떻게 살아가나 생각해보지 않을 만큼 무심하거나, 이웃 존스나 스미스가 한 해가 끝나갈 무렵 어떻게 살림 수지를 맞추는지 궁금해하지 않을 정도로 점잖은 사람이 있을 것이라고는 생각지 않는다. 예를 들어 나는 대단히 존경하는 젠킨스 댁의 커다란 무개마차가 영국 근위대 같은 하인들을 데리고 공원에 나타날 때마다 (나는 사교 시즌에 두세 번 그 집에 초대받아 저녁을 먹은 일이 있다.) 깜짝 놀라 의아해하는데, 이런 궁금증은 죽을 때까지 풀릴 것 같지 않다. 물론 나는 그 마차가 세를 낸 것이며 하인들 역시 숙식만 제공받는 조건으로 일한다는 것을 알고 있다. 그러나 하인을 세 명씩 부리고 저만한 마차를 굴리려면 아무리 적어도 일 년에 600파운드는 들어갈 것이다. 게다가 대단히 훌륭한 음식을 차려먹고 아들은 둘 다 명문 이튼에 보내고, 딸들을 위해서는 유명한 가정교사와 선생들을 불러들였다. 외국 여행을 다니고 가을이면

이스트본 혹은 워딩으로 놀러 가기도 했다. 해마다 여는 그 집의 무도회에는 건터스[1])의 음식들이 나왔는데(전에 빈자리를 채우기 위해 이 집 무도회에 초청받은 일이 있어서 잘 아는데, 이 집에서 연회가 열릴 때마다 여러 번 음식을 담당한 이 식당의 최고급 음식들은 더 지위 낮은 지인들이 초대될 때 이 집 식탁에 나왔던 **평범한** 음식과는 비교할 수 없이 훌륭한 것이었다.) 그 집에 대단히 우호적인 감정을 갖고 있는 사람이라도 대체 젠킨스가 어떻게 이런 살림을 꾸려가는지 의아해하지 않을 수 없을 것이다. 젠킨스의 직업은 무엇인가? 우리 모두 다 알고 있는 것처럼 그는 봉랍청의 관리로서 일 년에 천이백 파운드의 연봉을 받는 봉급생활자다. 그렇다면 그의 아내가 가져온 재산이라도 있는 것일까? 푸, 그의 아내는 플린트 양, 버킹엄셔 소지주의 열한 자녀 중 한 명인 플린트 양이었다. 그녀가 친정에서 가져오는 것이라곤 크리스마스에 쓸 칠면조 한 마리뿐이었는데 그나마도 사교 시즌에 여동생 두셋을 재워주고, 남동생들이 런던에 올 때면 그들에게 숙식을 제공하는 조건으로 받아오는 것이었다. 그렇다면 젠킨스는 도대체 어떻게 이런 살림을 꾸려가는 것일까? 나는 그를 아는 사람들 모두가 나와 같은 질문을 던질 것이라고 생각한다. 대체 그가 어떻게 아직까지 법의 심판을 받지 않고 버틸 수 있었던 것인지 또 그가 어떻게 지난해 (모든 사람을 놀라게 하면서) 불로뉴[2])에서 돌아올 수 있었던 것인지 말이다.

여기서 '나'라는 화자는 일반적인 사람들을 지칭하는 호칭일 뿐이다. 예컨대, 존경하는 독자 여러분들 역시 각자 지인들 중 그런디 부인[3])이라고 부를 만한 사람을 필경 하나씩은 알고 계실 터이다. 대체 어떻게 살림을 꾸려가는지 도무지 짐작할 수 없는 집안들을 말이다. 우리는 그런 집에 가 술을 적잖이 마셔대고, 확신컨대, 인심 좋은 주인장과 즐거운 대화를 나누면서도 속으로는 대체 저 작자가 어떻게 이 술값을 다 낼 수 있단 말인가 의아해 마지않는 것이다.

파리에서 지낸 지 삼사 년이 지나 로던 크롤리와 그의 아내가 메이페어의 커즌가에 아담한 집을 하나 장만했을 때 그들 집에 와 식사 대접을 받고 간 수 없이 많은 친구들 중 이런 질문을 던지지 않은 이는 거의 없었다. 이미 말한 것처럼 작가는 모든 것을 다 알고 있는 법이다. 그러므로 나는 로던과 그의 아내가 어떻게 수입 없이 살아갈 수 있는지 알려드릴 수 있지만, 그 전에 걸핏하면 여러 종류의 간행물에서 일부를 발췌해 게재하곤 하는 신문사들에게 아래의 정확한 기술과 계산을 베껴 가지 **말라고** 간청하는 바이다. (얼마간 비용까지 들여가며) 비밀을 밝혀낸 바, 발견의 이익은 온당히 내 것이 되어야 하기 때문이다. 만일 아들을 갖게 된다면 나는 그 애에게 그런 사람들을 주의 깊게 관찰하고 그와 지속적인 친분 관계를 유지하여 어떻게 돈 한 푼 없이 일 년을 편안하게 살아가는지 배우라고 말해줄 것이다. 그러나 이런 종류의 사람들과 너무 친해지지는 않는 것이 최선이다. 직접 해보려고 했다가는 경우에 따라 상당한 대가를 치를 수도 있으니 대수표 보듯 한 발 떨어져 그들 가계를 지켜보는 것이 가장 좋은 것이다.

크롤리 부부 역시 연 수입 한 푼 없이 이삼 년 간 파리에서 대단히 안락하고 즐거운 시간을 보냈다. 그러나 그 사연에 대해서는 간단하게만 설명하고 지나가야 할 것 같다. 이 시기에 로던은 근위대를 나와 중령 자리를 팔았다. 그러므로 그를 다시 만날 때는 턱수염과 명함에 쓰인 호칭만이 그가 한때 군인으로 일했음을 알려주는 유일한 기념품이 되어 있을 것이다.

파리에 도착하고 얼마 되지 않아 레베카가 이 도시 사교계에서 상당한 지위를 점했으며 복권된 프랑스 귀족들 중에서도 가장 저명한 가문들에서 환영받는 존재가 되었음은 이미 이야기한 바 있다. 파리에 있는 멋쟁이 영국 신사들 역시 레베카를 졸졸 따라다니며 그렇게 근본 없는 여자는 상대할 수 없다는 그들 부인네 심사를 어지럽혔다. 크롤리 부인은 포부르 생 제르맹의 살롱에서 확고한 지위를 인정받고 화려한 새 궁에서도 대단한 주목을 받았다. 성공에 다소 도취되고 또 흥분하기도 했던 이 몇 달 동안, 크롤리 부인은 남편 친구들의 대부분을 차지한 순박한 젊은 군인들에게는 시선조차 주지 않았다.

그러나 크롤리 중령은 궁 안의 신분 높은 공작 부인들과 또 다른 귀부인들 사이에 둘러싸여 우울하게 하품만 해대고 있었다. 5프랑을 걸고서도 법석을 떨어대는 노부인들하고 같이 카드 놀이를 한다는 것도 로던에게는 격에 맞지 않는 일이었다. 프랑스 말을 할 줄 모르니 그들이 재미난 대화를 나누고 있다 한들 알아들을 수도 없었다. 매일 밤마다 그런 귀족들을 만나 굽실거려봤자 얻을 것이 무엇이냐고, 로던은 아내에게 물었다. 결국 그는 얼마 되지 않아 레베카 혼자서 파티들에 참석하게 내버려두고 자기는 자기 마음에 드는 친구들을 찾아가 나름의 단순한 오락들을 즐겼다.

어떤 신사가 무일푼으로 일 년을 우아하게 살아간다고 말할 때, 우리는 사실 "무일푼"이라는 말을 "출처를 알 수 없는 돈"이라는 의미로 사용하는 셈이다. 문제의 신사가 대체 어디서 생활비를 염출해오는 것인지 알 수 없다는 의미인 것이다. 로던 중령은 운에 따라 승패가 결정되는 게임들에 대단한 재능을 가지고 있었다. 게다가 어릴 때부터 죽 카드며 주사위, 당구대 등을 가까이하며 지내왔기 때문에 어쩌다가 한 번씩 이런 놀이를 즐기는 사람들보다 자연히 훨씬 더 능숙하게 이런 도구들을 다룰 수 있었다. 당구를 친다는 건 펜을 쓰거나 플루트를 연주하거나 휴대용 검을 다루는 일과도 같다. 이런 기술들은 결코 한 번에 완전히 숙달할 수 없고 타고난 소질에 더해 꾸준한 연마와 학습을 통해서만 그분야에서 뛰어난 기량을 발휘할 수 있기 때문이다. 이제 크롤리 중령은 당구에 대해서라면 제법 실력 좋은 아마추어가 아니라 진정한 대가의 반열에 오를 만한 수준이 되어 있었다. 위대한 지휘관들이 흔히 그렇듯 그의 천재성 역시 위기 순간에 발휘되었다. 한동안 운이 없는 것처럼 보이거나 건 돈을 모두 잃을 것처럼 보이는 순간마다 그는 놀라운 기술과 대담함으로 깜짝 놀랄 반전으로 전세를 뒤바꾸고 결국 게임이 끝날 때쯤에는 모두를 경악케 하면서, 그러니까 그와의 게임이 처음인 사람들 이야기지만, 승리의 주인공이 되곤 했다. 이미 이런 광경을 여러 번 목격한 사람들은 이렇게 급작스러운 반전을 도모할 수 있는, 놀라운 기지와 압도적인 기술을 소유한 로던을 상대로 돈을 거는 위험한 짓은 좀처럼 하려 하지 않았다.

카드 게임에서도 그의 수완은 당구 못지않았다. 초저녁, 게임이 시작될 무렵에는 계속해서 부주의한 행동을 하고 이런저런 실수들로 돈을 잃는 것처럼 보이지만, 그래서 그와 처음 게임을 해본 사람들은 이 친구 게임할 줄 모르는군, 생각하기 십상이지만 반복되는 작은 실수들에 정신을 차리고 제대로 게임에 몰두하면 로던의 기술은 사뭇 달라졌던 것이다. 그리하여 거의 예외 없이 그날 밤이 다 가기 전에 적수들을 완전히 거덜 내고 말았다. 실로 한 번이라도 카드 게임에서 그를 이겨본 사람은 거의 없다고 말할 수 있을 정도였다.

그가 너무 자주 승리를 거두었으므로 때로 그의 승리에 대해 씁쓸하고 질투 섞인 비난의 말들이 나도는 것도 무리는 아니었다. 백전백승의 웰링턴 공을 두고 프랑스인들은 단지 운이 좋아 계속해서 승자의 지위를 누릴 수 있었다고 말을 한다. 그런 그들조차 워털루에서의 승리를 대해서는 웰링턴이 속임수를 썼으며 속임수 덕에 최후의 승리를 얻은 것이라고 떠들어대곤 했다. 이와 비슷하게 영국인 주둔부대 내에서도 크롤리 중령이 연거푸 돈을 따는 것은 뭔가 비열한 속임수를 쓰기 때문이 틀림없다는 말들이 나오기 시작했다.

당시 파리에는 허가받은 도박장 프라스카티와 살롱⁴⁾이 있었지만 도박을 즐기는 사람들이 너무 많아 공공 도박장만으로는 도박을 향한 대중의 열정을 다 충족시킬 수 없었다. 자연히 그들의 갈망을 채워줄 공식적인 수단이 없다는 듯 일반 가정집들에서 도박이 성행했다. 정숙한 크롤리 부인은 질색을 했지만, 크롤리의 작고 아담한 집에서도 저녁이면 이 위험한 오락들이 빈번히 행해졌다. 그녀는 남편의 주사위 놀음를 개탄하며 집에 오는 손님에게 마다 하소연을 해댔다. 젊은 친구들에게 절대, 절대로 주사위 상자에 손을 대지 말라고 당부를 했고 소총부대의 젊은 군인 그린이 상당한 액수의 돈을 잃었을 때는, 이 집 하인이 그 운 나쁜 젊은이에게 이 말을 좀 전해주었으면 좋겠는데, 밤새 눈물을 흘리고 남편 앞에 무릎을 꿇은 채 제발 그의 빚을 변제해주고 그 증서를 태워버리라고 사정을 했다는 것이었다. 그러나 어떻게 그럴 수 있단 말인가? 로던 역시 경기병대의 블랙스톤이나 하노버 기병대의 펀터 백작에게 그만한 돈을 잃은 적이 있다, 좀 천천히 갚는 것은 괜찮지만, 그린은 당연히, 마땅히 돈을 갚아야만 한다. 차용 증서를 태워버리라니, 그게 애들 장난인가? 로던은 이렇게 대꾸했다고 했다.

다른 장교들, 대체로 어린 장교들은—주로 젊은 장교들이 크롤리 부인 주위에 몰려들곤 했기 때문이다.—그녀의 치명적인 카드 게임에서 얼마간 돈을 잃고 울상을 한 채 그 집에서 돌아오곤 했다. 그녀의 집에 대해 안 좋은 평판이 나돌기 시작했다. 경험 많은 선배들이 신참 후배들에게 그 집의 위험에 대해 이야기를 해주었다. 파리에 주둔 중이던 부대 중 하나인 ××연대의 오다우드 대령은 부대의 스푸니 중위에게 주의를 주었다. 카페 드 파리에서 식사를 하고 있던 이 보병 부대의 대령 부부와 역시 그곳에서 식사를 하고 있던 크롤리 부부 사이에 결국 고성이 오가는 요란한 말싸움이 벌어졌다. 양편 부인들 역시 합세했다. 오다우드 부인은 크롤리 부인의 면전에 손가락질을 하면서 그녀의 남편을 '사기꾼 같은 작자'라고 비난했고 크롤리 중령은 제3급 배스 훈장 수상자인 오다우드 대령에게 결투를 신청했다. 그러나 이 소식을 들은 사령관이 '마커 대위를 쐈던 바로 그 총'으로 결투를 준비하던 크롤리 중령을 불러 타이른 덕분에 다행히 결투는 일어나지 않았다. 레베카가 터프토 장군에게 무릎을 꿇고 사정하지 않았다면 크롤리는 영국으로 송환되었을지도 몰랐다. 그 뒤로 몇 주간, 그래서 크롤리는 민간인들만을 상대로 도박판을 벌였다.

그러나 로던의 실패 없는 도박 기술과 지속적인 성공에도 불구하고 레베카는 여러 가지를 고려할 때 이런 식의 생활은 너무 불안한 것이며 거의 누구에게도 돈을 지불하는 법 없이 살고 있긴 하지만 얼마 안 되는 그들의 재산이 천천히 줄어들어 결국은 바닥을 치고 말 것이 자명하다는 결론에 도달했다. "여보, 도박은 수입에 조금 도움을 줄 수는 있지만, 수입 자체가 될 수는 없어요." 그녀는 로던에게 이렇게 말을 했다. "언젠가는 사람들 모두 저희 집 도박에 염증을 느끼고 말 거예요. 그럼 그때 저희는 어떻게 되겠어요?" 로던은 그녀 말이 옳다고 동의했다. 사실 그역시 그들 집에 와서 며칠 놀며 저녁을 들고 갔던 신사들이 자신과의 노름에 학을 떼고, 레베카가 아무리 매력이 있다 해도 다시 그들 집을 방문할 생각을 갖지 않는다는 것을 눈치 챘기 때문이었다.

파리에서의 삶은 편안하고 유쾌한 것이기는 했지만 결국은 시간을 허비하며 잔재미들을 누리는 생활에 불과했다. 레베카는 이제 영국으로 돌아가 로던이 자신의 운을 찾게 해야겠다고 생각했다. 본국이나 식민지의 어딘가에서 직책을 하나 받아야겠다고 생각한 것이다. 그래서 그녀는 상황이 허락되는 대로 영국으로 돌아가야겠다고 결심했다. 이를 위한 첫 번째 조치로 그녀는 크롤리에게 근위대 중령 자리를 팔고 대신 휴직급을 받아 살게 했다. 터프토 장군 부관 자리는 이미 그만둔 상태였다. 그래서 레베카는 노장군의 가발이며(그는 파리로 오면서 이 가발을 머리에 얹었다.), 거들, 틀니, 대단한 바람둥이인양 구는 허세, 자기가 손짓만 하면 여자들이 다 넘어온다고 믿는 말도 안되는 허영에 대해 만나는 모든 이들에게 그를 조롱하는 말을 하고 다녔다. 이제 장군은 병참부의 브렌트 아내, 눈썹이 짙은 브렌트 부인에게 관심을 돌려 그녀에게 꽃다발을 사 바치고 레스토랑에 데려가 저녁을 먹었으며 오페라에 함께 가고 장신구들도 사다 주었다. 가엾은 터프토 부인은 전보다 나아진 것도 없이 여전히 딸들과 긴긴 저녁 시간을 혼자 보내며 남편이 향수를 뿌리고 머리를 지진 후 나가서 극장의 브렌트 부인의 좌석 뒤에 서서 시간을 보내는 꼴을 지켜봐야 했다. 그러나 베키에게는 여전히 장군의 자리를 대신할 추종자들이 족히 열둘은 있었으며 날카로운 입담으로 경쟁자 코를 납작하게 해줄 수도 있었다. 그러나 이미 말했다시피, 그녀는 이런 한량 생활이 점점 더 지겹기만 했다. 오페라 구경이며 식당에서 먹는 저녁의 즐거움도 시들해졌다. 꽃다발이 앞날의 식량이 될 수는 없었다. 장신구며, 레이스 달린 손수건, 양가죽 장갑을 먹고 살 수도 없는 일이었다. 그녀는 이런 향락들이 시시하다고 느끼기 시작했으며 좀 더 실속 있는 이익들을 갈구하게 되었다.

이즈음 파리에 있는 로던의 채권자들 사이에 대단히 반가운 소식이 하나 도착했다. 로던이 상당한 유산을 받게 돼 있는 크롤리 노숙녀의 죽음이 임박했다는 소식이었다. 중령은 서둘러 그녀의 병상을 향해 출발해야 했다. 크롤리 부인과 아이는 남편이 돌아와 그들을 데리고 갈 때까지 파리에 남아 있기로 했다. 그는 칼레를 향해 출발해 안전하게 그곳에 도착했으나 그곳에서 다시 도버로 가서 배를 타리라는 사람들의 기대와는 달리 부지런히 됭케르크로 이동한 후 거기에서 다시 전부터 마음에 들어 하던 브뤼셀을 향해 떠났다. 사실인즉 그는 파리보다 런던에서 더 많은 빚을 지고 있던 터라 시끄러운 두 수도들 어디보다 이 조용한 벨기에 도시가 더 마음에 들었던 것이었다.

고모님은 결국 돌아가셨다. 크롤리 부인과 그녀의 아들은 진지한 애도의 기간을 보냈다. 남편은 상속과 관련된 일들을 처리하느라 바쁘다고 했다. 그들은 지금껏 묵던 작은 호텔의 층간 방[5]을 나와 제일 좋은 방으로 옮길 수 있게 되었다. 호텔 주인과 크롤리 부인은 옮겨 갈 방의 새 커튼에 대해 이야기를 나누고 카펫에 대해 기분 좋은 언쟁도 해보았다. 마침내 대금 계산만 빼고 모든 사항에 대해 다 합의가 이루어졌다. 그 다음 크롤리 부인은 프랑스 하녀를 데리고, 옆자리에 아기를 앉힌 다음 호텔 주인의 마차 중 하나에 올라 길을 떠났다. 친절한 호텔 주인장과 그 아내는 문 앞에 나와 웃으며 그녀에게 잘 다녀오라는 작별 인사를 건넸다. 그녀가 떠났다는 소식을 들은 터프토 장군은 분통을 터뜨렸고 브렌트 부인은 장군이 분통을 터뜨린다고 분해했다. 스푸니 중위는 가슴이 찢어졌으며 호텔 주인은 이 매력적인 부인과 그녀의 남편이 돌아오기 전에 제일 좋은 방을 준비하느라 분주했다. 그는 크롤리 부인이 맡겨두고 간 가방을 신주 단지 모시듯 소중하게 보관했다. 크롤리 부인이 특별히 잘 보관해줄 것을 당부했던 것이다. 그러나 얼마 후 열어보니 안에 별로 값진 물건이 있는 것도 아니었다.

그러나 벨기에의 수도로 가 남편을 만나기 전, 크롤리 부인은 어린 아들을 프랑스 하녀의 손에 맡겨두고 영국을 향해 홀로 대륙을 뒤로하고 떠났다.

작별의 순간, 엄마도 아이도 별로 섭섭해하는 기색은 없었다. 사실대로 말하자면 아기를 낳은 후 그녀는 몇 번 아이를 만나지도 않았다. 마음에 쏙 드는 프랑스 엄마들 방식대로 그녀는 파리 근교의 한 마을 농가에 로던을 맡겨 키웠다. 그래서 로던은 나막신을 신은 수많은 젖형제들과 함께 일생의 첫 몇 달을 그곳에서 나름대로 행복하게 보냈다. 아버지는 가끔 말을 타고 여러 시간을 달려 그곳까지 아기를 보러 갔다. 유모로 고용된 정원사 아내의 품 안에서 자신의 아기가 장밋빛 볼을 한 채 지저분한 얼굴로 기쁨에 넘치는 소리를 지르고 진흙으로 파이를 만들며 즐거워하는 것을 보면 그의 가슴은 부성으로 벅차올랐다.

그러나 레베카는 장손인 그 아이를 만나러 그곳까지 가는 것을 별로 좋아하지 않았다. 언젠가 한번 아이가 그녀의 비둘기색 새 코트를 더럽혔기 때문이다. 어린 로던 역시 엄마보다는 유모가 안아주는 것을 더 좋아했다. 그리하여 마침내 그 명랑한 유모 품을 떠나 부모에게 돌아오게 되었을 때 그는 몇 시간이고 커다랗게 울어대다가 다음 날 다시 유모에게 보내주겠다는 말을 듣고서야 울음을 멈추었다. 어린 로던을 보낸 후 똑같이 픽 가슴앓이를 하고 있던 그 유모 역시 아기를 곧 다시 보내준다는 말에 얼마간 애타게 아기가 돌아오기를 기다리고 있었다.

사실, 레베카 일행을 그 이후 대륙 곳곳에 잠입하여 유럽 각국의 수도에서 사기 행각을 벌이고 다녔던 대담무쌍한 영국인들의 시조로 보아도 무방할 것이다. 1817년과 1818년의 그 행복했던 시기 동안 영국인들의 부와 명예에 대한 존경은 대단한 것이었다. 듣자 하니 그때의 영국인들은 아직 현재의 그들을 특징짓는 집요하고도 인색한 흥정의 기술 같은 것은 모르고 있었다고 한다. 게다가 유럽의 주요 도시들 역시 아직 악랄한 영국 사기꾼들의 공격을 받기 이전이었다. 그러나 이제 프랑스나 이탈리아의 어떤 도시에서도 영국의 귀족이라는 작자들이 상표처럼 달고 다니는 거만한 자세로 여관 주인들을 등쳐먹고 믿을 수 없는 은행에서 발행된 허위 수표들을 남발하고 마차 제작자들에게는 마차를, 세공인들에게는 장신구를 만들게 한 후 돈을 지불하지 않고 가버리고 카드놀이로 순진한 여행객들의 돈을 뜯고 심지어 공공 도서관에서 책을 훔쳐 가는 등의 만행을 일삼는 것을 볼 수 있다. 그러나 불과 삼십 년 전만 해도 개인용 마차로 여행을 하는 영국 신사이기만 하면 어디에서든 원하는 곳에서 외상으로 거래를 할 수가 있었다. 다른 사람에게 사기를 치기는커녕 그들이 사기의 대상이었던 것이다. 크롤리 부인이 떠나고 몇 주가 지난 후에야 그들이 묵었던 호텔 주인은 자신이 어떤 손실을 입었는지 알게 되었다. 모자 상점의 모라부 부인이 몇 번이나 크롤리 부인 앞으로 주문된 계산서를 가져오고 팔레 루아얄의 불도르에서 온 디들로 씨가 대여섯 번이나 찾아와 자신에게 시계며 팔찌를 산 그 매력적인 밀라디 부인이 언제 돌아오시는지 묻기 전까지 호텔 주인은 아직 상황을 파악하지 못하고 있었다. 사실 크롤리 부인의 아기를 돌보았던 그 딱한 정원사 아내조차 튼튼하고 건강한 아기에게 정을 담뿍 담아 젖을 먹인 첫 여섯 달 이후 한 번도 임금을 지불받지 못했다. 유모에게까지 돈을 떼어 먹다니. 크롤리 부부는 필시 너무 서둘러 떠나느라 유모에게 줄 얼마 안 되는 임금 같은 건 잊어버렸던 모양이다. 호텔 주인은 남은 평생 영국을 저주하며 그 나라 국민에 대한 맹렬한 증오를 유지했다. 그는 만나는 여행자들 모두에게 체구가 자그마하고 아주 명랑한 부인과 함께 다니는 크롤리 중령이란 작자를 아는지 물었다. 그러고는 "아, 선생님! 그들이 저에게 아주 몹쓸 사기를 치고 달아났지 뭡니까!"라고 운을 떼며 실로 처량한 목소리로 자신이 겪은 재난을 늘어놓는 것이었다.

레베카가 런던으로 떠난 이유는 수 없이 많은 남편의 채권자들에게 일종의 타협을 제안하기 위해서였다. 그녀는 1파운드당 9펜스 혹은 1실링씩을 계산하고 빚을 청산해달라고 청해볼 생각이었다. 남편이 고국으로 돌아올 길을 마련하려는 것이었다. 이렇게 어려운 협상을 위해 그녀가 어떤 조치들을 취했는지를 일일이 다 따라다니며 관찰하는 것은 우리에게 어울리지 않는 일이다. 그러나 그녀는 자신이 제안한 금액이 남편의 전 재산이라는 사실을 납득할 만한 방법으로 그들에게 입증하고 빚을 청산해주지 않으면 남편은 영원히 귀국하지 않고 유럽에 머무를 것이라는 사실을 그들에게 확신시키는 데 성공했다. 아울러 그녀는 남편에게 달리 돈이 들어올 가능성이 전혀 없으며 따라서 자신이 제안한 금액 이외에 한 푼이라도 더 받을 현실적인 가능성이 전혀 없음을 그들이 인정하게 만들었다. 결국 그녀는 남편의 채권자들 모두가 그녀의 제안을 수락하게 했으며 천오백 파운드의 현금으로 열 배 이상의 빚을 모두 갚는 기지를 발휘했다.

크롤리 부인은 변호사도 일체 고용하지 않고 이런 협상을 진행했다. 그녀의 말처럼 문제는 간단한 것이었다. 자신이 제안한 돈을 받든지, 아니면 거절하든지. 그래서 그녀는 일처리를 채권자의 변호사들에게 맡겼다. 레드 라이언 스퀘어의 데이비드 씨 변호사인 루이스 씨나 (제일 큰 채권자 중 하나인) 커시터가(街)의 마나세 씨를 위해 일하는 모스 씨는 그녀가 일솜씨에 혀를 내두르며 그 어떤 전문적인 변호사도 그녀처럼 능숙하게 일을 해내지는 못할 것이라고 찬사를 해댔다.

레베카는 아주 겸손한 태도로 칭찬을 들으며 자신이 묵고 있는 작고 누추한 하숙집으로 셰리주와 케이크 따위를 주문해 업무를 처리하는 변호사들을 대접하고 그들이 일을 마치고 갈 때는 대단히 우호적인 태도로 서로 악수를 나누었다. 일을 마친 그녀는 곧바로 대륙으로 돌아가 남편과 아들을 조우한 후 남편에게 빚을 모두 청산하고 돌아왔다는 기쁜 소식을 전했다. 어머니가 자리를 비운 사이 프랑스 하녀 주느비에브는 아기를 제대로 돌보지 않고 내팽개쳐 두었다. 칼레의 주둔지에 있는 한 병사와 사랑에 빠져 연애놀음에 정신이 팔려 있었기 때문이다. 한번은 로던을 칼레의 해변에 두고 간 뒤 그를 잃어버리는 바람에 로던이 익사를 당할 뻔한 사건까지 있었다.

어찌 되었든, 그리하여 로던과 크롤리 부인은 런던으로 돌아왔다. 그리고 바로 이곳, 런던 메이페어의 커즌가에 위치한 새집에서 앞서 말한 기술, 수입 없이 훌륭하게 살아나가는 데 필수적인 기술들을 유감없이 발휘했다.

37장

앞 장에 이어서

무엇보다 우선 어떻게 연 수입 한 푼 없이 집을 구할 것인가 하는 문제부터 설명해야 되겠다. 가구가 구비되지 않은 집을 구하는 경우 길로나 밴팅 가구상[1]과 신용거래를 할 수만 있다면 대단히 근사한 가구들을 들이고 전적으로 집주인 취향에 맞게 실내를 장식할 수 있다. 다른 한편 가구가 이미 구비된 집을 세낼 수도 있다. 물론 후자가 대부분의 사람들에게 더 간편하고 간단한 방식이다. 크롤리 부부 역시 가구가 딸린 집을 선호했다.

볼스 씨가 크롤리 노숙녀의 파크 레인 저택과 지하실 일체를 관장하기 전, 크롤리 노숙녀에게는 퀸스 크롤리에서 태어나고 자랐으며 실은 그곳 정원사의 아들이기도 한 래글스라는 젊은 집사가 있었다. 그는 행동거지가 착실하고 인물이며 체격도 반듯한 데다 기품이 있어 부엌에서 칼 심부름이나 하는 자리에서 마부 보조로, 마부 보조에서 살림살이를 관리하는 집사로 곧 승진했다. 크롤리 부인의 자택에서 수년간 집사로 근무하는 동안 그는 적잖은 월급을 받았으며 부수입도 쏠쏠해서 착실히 저금을 늘려갈 기회를 가졌다. 그는 한때 크롤리 댁에서 요리사로 일했던, 롤러로 세탁물을 다림질하는 일을 하면서 근방에서 작은 채소 가게도 운영하는 반듯한 여인과 결혼할 예정이라는 사실을 발표했다. 한때 이 집 부엌을 노상 드나들어 브리그스 여사의 주목을 받았던 일곱 살짜리 사내아이와 여덟 살짜리 계집아이가 크롤리 부인에게 처음으로 래글스의 결혼 소식을 알리기는 했지만 그들의 결혼식은 이미 몇 년 전에 비밀리에 치러진 바 있었다.

그 후 래글스는 크롤리 노숙녀의 집사 직을 은퇴하고 직접 그 작은 채소 가게를 운영하기 시작했다. 그는 가게에 우유며 크림, 달걀, 그밖에도 시골에서 기른 돼지고기 같은 품목들을 추가로 갖춰놓고 은퇴한 다른 집사들이 술집에서 술이나 파는 동안 자신은 소박한 시골 음식들을 판매한다는 사실에 만족을 느끼고 있었다. 주변의 집사들을 잘 알고 지냈던 데다 아늑한 안쪽 객실에서 부부가 함께 그들을 따뜻이 대접했기 때문에 형제 같은 그들은 늘 그 집의 우유며 크림, 달걀 같은 것들을 구매했다. 래글스의 수입은 매년 착실하게 늘어갔으며 해마다 그는 조용하고 겸손하게 저축액을 늘려갔다. 마침내 프레더릭 듀시스 씨[2]가 해외로 가면서 최근까지 그가 살던 커즌가 201번지의 아늑하고 흠잡을 데 없는 독신자용 저택이, 일류 가구장이가 제작하여 그 집에 잘 어울리는 값비싼 가구들과 함께 시장에 나왔을 때 이 집과 가구들을 사들인 이는 다름 아닌 찰스 래글스였다. 물론 그는 저택 구입비용의 일부를 알고 지내던 한 집사에게 다소 비싼 이자로 빌렸다. 그러나 대부분의 비용은 자신의 주머니에서 나온 것이었다. 래글스 부인은 비단 커튼이 쳐져 있고 침대 맞은편에는 거대한 철제 거울이 놓여 있으며, 자신과 남편, 가족들이 다 들어갈 만큼 큰 옷장이 놓인 방에서 조각된 마호가니 침대 위에 누운 자신의 모습에 적잖은 자부심을 느꼈다.

물론 그들은 이렇게 화려한 집에서 계속해서 자기들이 직접 살 생각은 아니었다. 세를 낼 생각으로 그 집을 구입했던 것이다. 임차인이 나타나자마자 그는 곧 다시 야채 가게에 딸린 자신의 집으로 돌아갔다. 그러나 살고 있는 집을 나와 커즌가로 걸어가서는 그 집, 창가에 제라늄 화분이 놓여 있고, 조각된 청동 문고리가 대문에 달린 자기 소유의 그 집을 찬찬히 바라보는 것은 실로 즐거운 일이었다. 때때로 집 근처에서 어정거리던 하인은 그에게 경의를 표했고, 요리사는 그의 가게에 와 야채들을 구입해가면서 그를 집주인 어르신이라고 불렀다. 그래서 래글스는 마음만 먹으면 임차인들이 저녁으로 무엇을 먹었는지, 어떤 일을 했는지 그들로부터 빠짐없이 이야기를 들을 수가 있었다.

그는 선량한 사람, 선량하고 행복한 사람이었다. 그 집에서 나오는 연 수입이 상당했기 때문에 그는 아이들을 좋은 학교에 보내야겠다고 결심했다. 그래서 비용에 신경 쓰지 않고 아들 찰스는 스위시테일 박사의 슈거케인 기숙학교로, 딸 마틸다는 클래펌에 있는 페코버 여사의 로렌티넘 기숙학교로 보냈다.

래글스는 자신이 누리는 이런 번영이 크롤리가문의 덕이라고 생각하며 그 집안을 존경하고 사랑했다. 가게 뒤쪽에는 한때 모셨던 크롤리 노숙녀의 흑백 초상화와 노숙녀가 먹으로 직접 그린 퀸스 크롤리의 문지기 오두막 그림이 걸려 있었다. 커즌가의 집에 그가 덧붙인 유일한 장식품도 햄프셔의 퀸스 크롤리 영내를 묘사한 풍경화였다. 그림 속에서 준남작 월폴 크롤리 경은 하얀 말 여섯 마리가 끄는 금도금된 마차를 타고 호수 곁을 지나가고 호수 위에는 깃털을 꽂고 가발을 쓴 악사들과 버팀대를 넣어 부풀린 드레스를 입은 숙녀들을 태운 유람선이 떠 있었다. 래글스는 진심으로 세상에 퀸스 크롤리 같은 곳은 다시없으며 크롤리가문처럼 위엄 있는 집안도 다시없을 것이라고 생각하고 있었다.

그런데 다행인지 불행인지, 커즌가에 있는 래글스의 집을 빌린 것은 런던으로 돌아온 로던과 그의 아내 레베카였다. 로던 크롤리 중령은 그 집도, 그 집의 소유주도 익히 알고 있었다. 이 집 주인 래글스는 집사 일을 그만둔 이후에도 크롤리 노숙녀가 손님을 초대할 때마다 볼스를 도와 일하면서 크롤리 집안과의 인연을 이어가고 있었기 때문이다. 그래서 이 노인은 크롤리 중령에게 집을 세주었을 뿐만 아니라 그가 손님을 초대할 때마다 가서 집사 노릇을 하며 손님들 시중도 들어주었다. 래글스 부인은 아래층 부엌에서 일을 하면서 크롤리 노숙녀도 인정해줄 만한 요리들을 올려 보냈다. 이것이 크롤리 부부가 돈 한 푼 없이 집을 장만한 방법이었다. 그러나 래글스는 집에 대한 세금을 내고, 집을 사기 위해 아는 집사에게 빌렸던 돈의 이자를 갚고, 보험금을 내고 또 아이들의 학비를 장만해 보내야만 했다. 또 자기 가족들을 위한 고기와 음료만이 아니라 크롤리 중령 댁에서 소비하는 고기와 음료 값도 지불해야 했다. 이런 거래의 결과 이 가엾은 노인은 결국 완전히 파산하고 말았다. 아이들은 길거리로 나앉았고 자신은 플리트의 채무자 감옥에 갇히고 말았다. 하지만 설사 그렇더라도 누군가는 무일푼으로 살아가는 신사들을 대신해 비용을 치러야만 하지 않겠는가. 불운한 래글스 역시 실체 없는 크롤리 중령의 수입을 대신해 자신의 돈을 지불하는 대리인 역할을 떠맡은 것이다.

크롤리 중령처럼 살아가는 재주 좋은 사람들 때문에 실로 얼마나 많은 가족이 파산을 당하고 시련을 겪는지 알 수 없다. 신분 높은 귀족들이 얼마나 자주 소상인들을 등쳐먹고 얼마 되지도 않는 하인들 임금을 떼어먹고, 몇 실링 때문에 사기를 치곤 하는 것인지. 어떤 귀족이 대륙으로 도망갔다는 기사를 읽거나 또 다른 귀족이 파산을 당해 재산을 압류당했다는 기사를 읽을 때, 또 다른 누군가가 육칠백만 파운드에 달하는 빚을 지고 있다는 소식을 신문에서 접할 때면 그 규모 때문에 심지어 그들의 파산이 명예로운 것으로 느껴진다. 그렇게 큰 빚을 질 수 있었다는 사실 때문에라도 그들을 우러러보게 되는 것이다. 하지만 그 집 하인 머리에 분을 발라주고 대금을 받지 못한 이발사, 귀부인들의 점심 피크닉을 위해 임시 누각을 짓고 장식을 조각하느라 파산하고 만 가엾은 목수, 거만한 집사가 와서 생색내듯 주문하고 간 제복들을 날짜에 맞춰 준비하기 위해 능력 이상의 담보까지 잡혀버린 불쌍한 재단사를 동정하는 사람은 누구인가? 그러나 잘 나가는 집들이 파산해 쓰러지면 이 사람들 역시 주목도 받지 못하고 그 밑에 깔려 쓰러져 넘어지게 마련이다. 옛말에도 있지만 한 사람이 망하려면 그 전에 먼저 숱한 주위 사람들을 망하게 만드는 법이니까 말이다.

로던과 그의 아내는 관대하게도 크롤리 고모님 댁과 거래하던 상인들이며 식료품 조달 업자들 일체를 거래처로 선택했다. 몇몇 상인들, 특히 가난한 상인들은 자청해서 거래를 트고 싶어 했다. 토요일마다 수레를 끌고 왔다가 돌아가며 계산서를 붙이고 또 붙여두는 투팅의 세탁부 여인의 끈기에는 탄복을 금할 수가 없었다. 래글스 역시 자기 가게 물건으로 이 집에서 소비하는 야채를 공급했다. 이 집 하인들이 '포천 오브 워' 선술집에서 마셔댄 흑맥주 값은 맥주 판매 역사상 흔치 않은 기록으로 남을 만한 것이었다. 하인들 대부분이 임금을 거의 받지 못했으며 그 이유 때문에라도 크롤리 중령 댁을 떠나지 못했다. 돈을 받은 사람은 사실상 아무도 없었다. 잠긴 문을 열어준 대장장이도, 창을 갈아준 유리 장수도, 마차를 빌려준 임대인이나 그걸 몰아준 마부도, 양 다리를 배달한 정육점 주인도 돈을 받지 못했다. 양을 구운 석탄에도, 버터를 넣어 그 고기를 익힌 요리사에게도, 고기를 먹은 하인들에게도 돈이 지불된 일은 결코 없었다. 그리고 내가 이해하는 바로는 이것이 바로 사람들이 무일푼으로 일 년을 우아하게 살아가는 일반적인 방법이다.

작은 마을에서 사람들이 눈치 채지 못하게 이런 일을 하는 것은 불가능한 일이다. 그런 곳에서는 이웃집에서 우유를 얼마나 사 가는지, 옆집 식탁에 닭고기가 올라가는지 아니면 소나 돼지고기가 올라가는지까지 모두 알게 마련이다. 그러니 하인들끼리 담장 위로 이야기를 나누곤 하는 커즌가 200번지와 202번지 사람들 역시 그 사이에 낀 201번지에서 일어나는 일들을 아마 눈치 채고 있었을 것이다. 그러나 로던과 그의 아내, 그리고 그의 친구들은 200번지와 202번지 사람들을 전혀 알지 못했다. 201번지에 가면 집주인과 아내가 나와 친절한 미소로 따뜻이 맞아주었고 기분 좋은 악수를 건네고 맛좋은 식사를 대접했다. 그들은 의심의 여지없이 일 년에 삼사천 파운드는 족히 버는 사람들로 보였다. 그리고 사실이 그렇기도 했는데, 돈을 그렇게 벌었다는 뜻에서가 아니라 소비하는 물건이나 노동력의 규모에서 그랬다는 말이다. 양고기 값을 치르지는 않았지만 양고기를 먹었다. 포도주 값 대신 그들이 주류 상점 주인에게 금덩어리를 주었는지 어쨌는지 우리로서는 알 수 없는 일이다. 하여튼 로던

집에만 가면 그 어느 곳보다 더 좋은 포도주가 나왔고 보기에도 근사하고 맛도 좋은 식사를 대접받을 수 있었다. 그 집의 객실은 우리가 찾아볼 수 있는 런던의 그 어떤 객실보다 더 아름답고 아늑했다. 레베카는 자신의 세련된 취향에 맞게 파리에서 가져온 여러 장식품들로 객실을 장식했다. 그녀가 생기 넘치는 모습으로 피아노 앞에 앉아 떨리는 목소리로 노래라도 부를 때면 잘 모르는 이들은 이 작고 안락한 가족적 공간이 마치 천국 같다고 생각하며 남편은 좀 멍청해도 이 집 아내는 참 매력적이고 식사도 그 어디에서 먹었던 것보다 더 훌륭하다는 데 선선히 동의를 표했다.

레베카는 재치와 영리함 그리고 활발한 성격으로 곧 런던의 어떤 계급에게 인기 있는 인물이 되었다. 그녀의 집 문 앞에 위풍당당한 마차가 멈춰 서고 거기에서 신분 높은 사람들이 걸어 내려오곤 했으며 그녀가 마차를 타고 공원에 가면 유명한 멋쟁이들이 마차 주위로 몰려들었다. 오페라 극장 삼 층의 작은 특별석 앞도 언제나 그녀를 보러 오는 새로운 남자들로 북적였다. 그러나 부인네들은 그녀에게 눈길조차 주지 않았으며 이 작은 모험가에게 그들 집 문을 굳게 닫아걸었다는 사실도 밝혀야 되겠다.

여성들의 유행이며 관습과 관련된 세계에 대해서는 본 작가 역시 간접적인 정보만을 제공할 수 있을 뿐이다. 식사 후 이 층으로 올라간 여성들이 나누는 이야기 정도가 남자들이 접근할 수 있는 그 비밀스러운 세계의 전부인 것이다. 그러므로 사람들에게 캐묻고 집요하게 관찰을 함으로써만 조금이나마 그 비밀스러운 세계에 대한 정보를 얻을 수 있게 된다. 펠맬가를 활보하는 이들이나 이 분주한 메트로폴리스의 클럽들을 뻔질나게 드나드는 사람들 역시 비슷하게, 자기 자신의 경험 혹은 함께 당구를 치거나 술잔을 나누며 알게 된 사람들을 통해 부단히 정보들을 수집함으로써 런던의 상류사회 내부를 다소나마 들여다볼 수 있다. 그리하여 그들은 멋모르는 촌뜨기들 그리고 공원에 처음 발을 들인 입문자들의 눈에는 그저 훌륭한 인물로 보이는, 소문난 멋쟁이들과 어울려 다니는 부류의 남자들(이를테면 우리가 이미 그 정체를 알고 있는 로던 크롤리 같은 자들)의 실상을 알게 되고 진정 남성만을 위한 여자로 불릴 수 있는, 신사들에게는 언제나 열렬한 환영을 받지만 부인들에게는 냉대를 받는 부류의 여자들이 있다는 사실 역시 알게 된다. 파이어브레이스 부인 역시 이런 종류의 여성이다. 우리는 매일 하이드 파크에서 아름다운 금발 곱슬머리의 부인이 대영제국에서 제일 잘나가는 유명한 멋쟁이들에게 둘러싸여 있는 모습을 발견할 수 있다. 록우드 부인 역시 이런 여성 중 하나이다. 상류사회의 소식을 전하는 신문들은 매일같이 그녀의 파티를 열심히 보도했고, 이런 저런 대사들과 지체 높은 귀족들이 그녀와 함께 식사를 하는 모습을 어렵지 않게 목격할 수 있었다. 이 소설과 관련이 있기만 하다면 훨씬 더 많은 부인들의 이름을 언급해볼 수 있다. 그러나 화려한 세계 밖의 사람들, 귀족 사회를 동경하는 시골 사람들의 눈에는 공공장소에서 보란 듯 인기를 과시하는 이런 부인들이 대단해 보일지 모르고 그래서 멀리에서 그들을 부러워할지도 모르지만, 이 세계에 대해 조금 더 잘 아는 사람들이라면 그들에게 다음과 같은 사실을 알려 줄 수 있을 것이다. 당신들이 부러워하는 그들 역시 《모닝포스트》의 기사로 그들의 행적을 전해 듣는 서머셋셔의 촌스러운 시골 지주 아내만큼이나 런던 사교계에 진출해주목받을 가능성이 거의 없다는 사실을 말이다. 런던 가까이 사는 사람들은 이렇게 냉정한 현실을 잘 알고 있다. 일견 신분도 높고 부유해 보이는 많은 숙녀들이 얼마나 무자비하게 '사교계' 입성을 거부당하는지 자주 전해 듣기 때문이다. 그들이 사교계에 들어가기 위해 들이는 막대한 노력이며 기꺼이 감수하고 감내하는 굴욕과 모욕 같은 것들은 인간사를 연구하는 사람에게 실로 흥미로운 주제라 할 수 있다. 뿐만 아니라 온갖 어려움을 감수하고라도 유행을 쫓으려는 현상 역시 그에 대한 기록을 남기기 위해 필요한 기지와 여가, 영어 실력을 갖춘 사람에게는 좋은 주제가 될 것이 틀림없다.

크롤리 부인이 해외에서 알고 지냈던 몇몇 여인들은 해협을 건너 본국으로 돌아온 지금 그녀와의 만남을 거부했을 뿐만 아니라 공공장소에서 우연히 만났을 때도 냉담하게 그녀를 외면했다. 이 지체 높은 여인들이 어떻게 그녀를 그렇게 잊은 것인지는 알고 싶은 바이나, 물론 이는 레베카 입장에서 기분 좋은 탐구는 아니었다. 바르아크르 백작 부인은 오페라 극장 대기실에서 레베카를 만났을 때 그녀에게 닿으면 오염이라도 될 것처럼 딸들을 끌어당겨 한두 걸음 뒤로 물러서더니 딸들 앞에 서 그 작은 적수를 가만히 노려보았다. 그러나 레베카를 당황시키기 위해서는 그녀의 침침한 눈에서 쏘아내는 것보다 더 차갑고 냉혹한 시선이 필요했다. 브뤼셀에서 레베카와 함께 족히 스무 번은 말을 타고 함께 시간을 보냈던 드 라 몰 경 부인 역시 하이드 파크에서 무개마차를 타고 나온 레베카를 만났을 때 눈이라도 먼 것인지 한때의 친구를 전혀 알아보지 못했다. 은행원의 아내인 블렌킨숍 부인 역시 교회에서 레베카를 만나자 그녀를 외면했다. 베키는 이제 규칙적으로 교회에 나갔다. 그녀가 금박 입힌 두꺼운 성경책 두 권을 들고 로던과 함께 교회에 나와 경건하고 겸손하게 예배를 보는 모습은 퍽 교화적이었다.

아내가 무시당하는 것을 예리하게 간파한 로던은 처음에는 우울해하기도 하고 화를 내기도 했다. 아내에게 적절한 예를 갖추지 않은 여자들의 남편이나 형제들에게 결투를 신청하겠다고 이를 갈기도 했다. 그러나 아내의 간곡한 호소와 조언 덕에 그는 과격한 행동을 자제하고 올바른 행실을 유지할 수 있었다. "여보, 그렇다고 해서 저를 사교계로 쏘아 넣으실 수도 없잖아요." 그녀는 화도 내지 않고 이렇게 말을 했다. "제가 미천한 가정교사 출신인 데다, 당신은 빚이며 노름이며 이런저런 나쁜 행실들로 평판이 아주 좋지 않다는 사실을 기억하셔야지요. 나중에는 원하는 만큼 친구를 갖게 될 거예요. 그동안 당신은 행실을 반듯이 하시고, 선생님이 시키는 일은 다 하는 착한 학생처럼 행동해야 하는 거예요. 고모님이 재산의 대부분을 피트 형님 부부에게 남겼다는 소식을 들었을 때 당신이 얼마나 화를 냈는지 기억하세요? 제가 당신을 달래지 않았더라면 당신은 파리 사람 모두에게 그 사실을 말하고 다니셨을 거예요. 그럼 지금 당신이 어디에 계실까요? 런던에서 이렇게 좋은 집을 얻고 온갖 안락을 누리는 대신 빚쟁이들에게 쫓겨 결국 세인트펠라지 감옥에 갇히고 마셨겠죠. 당신은 펄펄 뛰면서 형님을 죽이겠다고 소리를 질렀지만, 여보, 카인, 그렇게 화만 내고 계셨다면 무슨 좋은 일이 있었겠어요? 되는대로 화를 내봐도 고모님 돈이 우리 손에 들어오지도 않을 텐데요. 바보 같은 목사관의 뷰트 숙부님 댁처럼 형님 댁하고 적이 되는 것보다는 친구가 되는 편이 얻을 것이 많은걸요. 아버지가 돌아가시면 퀸즈 크롤리 저택은 당신과 제가 겨울을 편안하게 보내기에 아주 맞춤한 집이 될 거예요. 더 이상 기댈 곳이 없어지면 당신은 마구간을 돌보고 고기도 쓰시고 저는 제인 부인이 낳은 아이들의 가정교사 노릇을 하면 되잖아요. 그러나 그렇게 되는 일은 없을 거예요! 없고말고요! 그 전에 당신을 그럴듯한 자리에 앉히고 말 테니까요. 또 형님과 그 집 아들이 죽기라도 하면 우리가 작위를 물려받아 로던 경 부부가 되면 되죠. 살아 있는 동안은 언제라도 희망이 있는 걸요. 저는 여전히 당신을 그럴듯한 남자로 만들어볼 생각이에요. 당신을 위해 말을 판 것이 누구였나요? 당신 대신 빚을 갚아 준 것은 또 누구였어요?" 로던 역시 그 모든 것이 아내 덕분이라는 사실을 인정하고 앞으로도 아내의 지시를 믿고 따르겠노라고 다짐하지 않을 수 없었다.

세상을 떠나면서 크롤리 노숙녀는 그녀의 친척들이 그렇게도 치열한 공방전을 펼쳤던 문제의 재산을 결국 피트에게 넘겼다. 이만 파운드는 되리라 기대했다가 겨우 오천 파운드만을 받게 된 뷰트 크롤리는 실망한 나머지 불같이 화를 내고 저주를 퍼부으며 조카에게 분을 풀려 들었다. 그리하여 오랫동안 좋지 않았던 그들 사이는 결국 완전한 절교 선언으로 끝이 나고 말았다. 반면 백 파운드밖에 받지 못한 로던의 대응은 실로 예상 밖의 것이었다. 그의 반응에 형은 깜짝 놀랐고 언제나 시댁 식구들에게 친절을 베풀고 싶어 하는 형수는 크게 기뻐했다. 그는 파리에서 형에게 아주 남자답고 솔직한 태도로, 기분 나빠하는 기색도 없이 다음과 같은 편지를 써 보냈던 것이다. 나는 내 결혼으로 인해 고모님의 애정을 잃었다는 사실을 알고 있다. 고모님이 자신에게 그렇게도 무자비한 처분을 내리셨다는 것에 실망을 감출 수 없지만 고모님의 돈이 가족 중 한 명에게 남겨져서 다행이라고 생각하며 형의 행운에 진심으로 축하를 보낸다는. 그는 또 형수님에 대해서도 애정 어린 안부의 인사를 전하면서 형수님께서 자신의 아내에게 친절을 베풀어주셨으면 좋겠다고 적었다. 편지는 그의 아내가 직접 피트에게 쓴 추신으로 마무리되어 있었는데 레베카는 자신 역시 남편과 함께 축하를 드린다고 적고 나서 의지할 데 없는 고아인 자신이 그의 어린 누이들을 가르치기 위해 처음 퀸스 크롤리에 갔을 무렵 크롤리 씨가 보여주신 친절을 잊지 않고 있다고 덧붙이고 그 누이들의 앞날에 아직도 큰 관심을 가지고 있다고 쓰고 있었다. 결혼 생활이 행복하시기를 바라며 형님 되시는 제인 부인께도 안부를 전해달라고 적고(부인께서 얼마나 훌륭한 분인지는 사람들에게 두루 들은 바 있다면서) 언젠가 어린 아들을 데리고 삼촌과 숙모님께 인사를 드리러 가고 싶다고, 자신의 어린 아들을 어여삐 여기고 굽어 살펴 주셨으면 한다고 부탁의 말을 적고 있었다.

피트 크롤리는 대단히 기뻐하며, 심지어 레베카가 불러주고 로던이 받아 적은 편지를 받아 읽던 크롤리 노숙녀보다 더 흡족한 마음으로 이 편지를 읽었다. 제인으로 말하자면 너무 감탄한 나머지 남편이 당장이라도 고모님의 재산을 반으로 나누어 파리에 있는 동생에게 보내주었으면 하고 바랄 정도였다.

그러나 제인 양의 기대와는 달리 피트는 동생에게 삼만 파운드짜리 수표를 송금할 마음이 없었다. 다만 그는 언제든 영국에 와 요청을 하면 섭섭지 않게 돕겠다고 적고 크롤리 부인에게는 자신과 아내에 대한 호의에 감사드리며 조카에 대해서는 언제라도 기꺼이 후원할 생각이라고 써 넣었다.

이렇게 해서 두 형제 사이에는 거의 화해가 이루어진 것처럼 보였다. 그러나 레베카가 런던에 왔을 때 피트와 그의 아내는 그곳에 없었다. 혹 크롤리 고모님 저택에 머무르고 있나 하여 레베카는 여러 번 파크 레인에 있는 저택 앞을 지나가 보기도

하였다. 그러나 새 식구들의 모습은 보이지 않았다. 그녀는 단지 래글스를 통해 그 집 소식을 전해 들을 수 있었다. 하인들이 섭섭지 않은 돈을 받고 노숙녀 집을 떠났다는 이야기며 피트가 딱한 번 런던에 와 그 집에 며칠 묵으며 변호사들과 해야 할 일들을 처리하고 본드가의 서점에 고모님의 프랑스 소설들을 싹 다 팔아치웠다는 이야기도 그로부터 들은 것이었다. 베키에게는 새 친척이 빨리 런던으로 오기를 기다릴 나름의 이유가 있었다. '제인 형님이 런던에 오시면 사교계 진출을 할 수 있도록 후원자 역을 부탁할 수 있을 텐데.' 그녀는 생각했다. '여자들이 문제긴 하지만! 흥! 남자들이 나한테 끌리기만 하면 여자들도 결국은 인사를 하지 않을 수 없을 테지.'

어느 정도 지위가 있는 여인들에게 지붕 있는 마차나 꽃다발만큼 꼭 필요한 품목 중 하나가 말동무라 할 수 있다. 나는 연민 없이는 살 수 없는 이 다정한 여인네들이 예외 없이 아주 못생긴 말동무를 고용해 꼭 붙어 다니는 행태를 보면서 감탄을 금하지 못해 왔다. 언제나 빛바랜 옷을 입고 친구의 오페라 좌석 뒤나 사륜마차 뒷자리에 앉아 있는 이 여인들의 모습은 실로 건전하고 교훈적인 것이며 이집트의 쾌락주의자들이 잔칫상에 올리는 해골만큼이나 보는 이의 흥을 돋우는 것이다. 나는 이들이 허영의 시장에 대한 기이하고 냉소적인 상징물이 될 만하다 생각한다. 닳고 닳아 뻔뻔한 데다 인물은 좋지만 양심도, 인정도 없는, 아버지조차 그녀의 행실을 부끄러워하다 죽고 만 파이어브레이스 부인이나, 매력적이고 담대하기 이를 데 없는 맨트랩 부인, 영국의 어떤 남자 못지않게 말을 타고 울타리를 뛰어넘고 어머니는 여전히 배스에서 행상으로 근근이 먹고살아도 직접 회색 말을 몰고 공원을 나다니는 맨트랩 부인 역시 말동무를 동반하지 않고는 세상에 나올 수가 없는 것이다. 언제나 누군가 매달릴 사람이 필요한, 아, 사랑 넘치는 존재들이여! 그리하여 그들이 공공장소에 나타날 때면 우리는 언제나 염색한 비단옷을 입고 안 보이는 곳 어딘가 그들 근처에 앉아 있는 남루한 말동무를 발견하게 되는 것이다.

한 무리의 신사들이 벽난로의 나무가 탁탁 소리를 내며 타고 있는 레베카의 거실에 모여 앉아 있던 어느 늦은 밤(이 남자들은 그날 밤을 새울 작정으로 레베카의 집에 와 있었다. 그 집에 가면 런던에서 제일 좋은 아이스크림과 커피를 대접받을 수 있기 때문이다.) 레베카가 말을 했다. "로던, 저 양치기 개가 한 마리 있어야 되겠어요."

"뭐?" 에카르테 카드 게임 테이블에서 얼굴을 들며 로던이 물었다.

"양치기 개라!" 젊은 사우스다운 경이 대답했다. "아, 크롤리 부인, 좋은 생각이신걸요! 대니시 종으로 한 마리 장만하시는 것이 어떻겠습니까? 정말이지 기린만큼 큰 놈을 한 마리 알고 있는데요. 그놈은 아마 부인 마차도 끌 수 있을걸요. 아니면 페르시안 사냥개는 어떻습니까? (괜찮으시면 이놈으로 추천하고 싶습니다만.) 스타인 경의 담뱃갑에 들어갈 만한 작은 퍼그는 어떨까요? 베이스워터에, 부인께서 —아, 그 킹은 내 거요. 자 계속해요. —모자라도 걸 수 있을 만큼 큰 코를 가진 녀석을 가진 사람이 하나 있는데요."

"내가 그 패를 먹었네." 로던이 진지한 목소리로 대답했다. 그는 평소처럼 게임에 집중하면서 말이나 내기에 대한 이야기 이외에는 별로 신경을 쓰지 않았다.

"그런데 양치기 개는 무엇에 쓰시게요?" 젊고 명랑한 사우스다운 경이 다시 물었다.

"저는 **도덕적** 의미의 양치기 개를 말하는 거예요." 베키가 웃음을 터뜨리며 스타인 경을 바라보고 대답했다.

"대체 그게 뭐죠?" 스타인 경이 물었다.

"늑대로부터 저를 지켜줄 개 말이에요." 레베카가 대답했다. "말동무 말입니다."

"아, 순진한 어린 양 같은 부인께서 말동무가 필요하시다." 후작이 대답했다. 그리고 턱을 앞으로 내밀며 작은 눈으로 레베카에게 추파를 던지더니 아주 징그러운 미소를 지었다.

스타인 경은 난롯가에 서서 커피를 마시고 있었다. 벽난로 불은 타닥타닥 소리를 내며 기분 좋게 환히 타오르고 있었다. 벽난로 선반 주위로 스무 개 남짓한 초들이 청동이며 자기로 된 또 도금된 가지가지 모양의 특이한 촛대 위에서 밝게 빛나고 있었다. 촛불이 화려한 꽃무늬 커버를 씌운 소파 위에 앉은 레베카의 얼굴을 아름답게 비춰주었다. 레베카는 장미처럼 신선한 핑크색 드레스를 입고 있었다. 팔과 어깨를 반쯤 가린 망사 스카프 사이로 눈부시게 흰 팔과 어깨가 빛나고 있었다. 곱슬머리는 목둘레로 늘어뜨리고 작고 예쁜 발 한쪽은 빳빳하게 다림질된 새 비단옷 자락 사이로 살짝 내밀고 있었다. 제일가는 비단 양말에 예쁜 신을 신은 작고 어여쁜 발이었다.

촛불은 붉은 머리카락이 머리 둘레에만 남아 있는 스타인 경의 대머리도 비추고 있었다. 숱 많은 눈썹 밑 작은 두 눈은 핏발이 선 채 반짝였고 눈 주위로 무수히 많은 잔주름이 자글자글 잡혀 있었다. 턱은 약간 주걱턱이었는데, 웃을 때면 하얀 뻐드렁니 두 개가 튀어나와 야비하게 번쩍였다. 오늘 이 자리에 오기 전에 왕실 인사들과 식사를 했기 때문에 경은 가터 훈장과 수장을 착용하고 있었다. 키가 작고 가슴은 넓었으며 다리는 휘었는데 내심 자신의 발과 발목이 잘생겼다고 생각해 언제나 무릎에 맨 대님을 손으로 쓸어대곤 했다.

"그런데, 저 양치기로는 양을 지키기에 충분치 않으신가 보군요?" 그가 물었다.

"저 양치기는 카드 게임을 너무 좋아하는 데다 노상 클럽에만 다녀서 말이에요." 레베카가 웃으며 대답했다.

"이런, 정말 타락한 목동이로군요!" 스타인 경이 대답했다. "담배까지 피우다니!"

"자네의 3대 2 제안을 받겠네." 이때 로던이 카드 테이블에서 말하는 소리가 들렸다.

"저 목동 하는 말 좀 들어보세요." 존귀한 후작의 말이었다. "목장 일로 바쁘군요. 사우스다운 종의 털을 깎고 있어요. 정말 순진한 양이 아닙니까? 눈처럼 하얀 저 털 좀 보세요!"

레베카가 조소의 눈빛을 던지면서 대답했다. "저 분야라면 경께서도 일가견이 좀 있지 않으시던가요?" 그의 목에는 과연 복권된 스페인 왕가에게 수여받은 황금 양털 기사단 훈장이 걸려 있었다.

사실 스타인 경은 젊은 시절 대담한 도박과 그 성공으로 이름을 날렸다. 폭스 씨와는 이틀 밤낮 동안 쉬지 않고 도박을 한 적도 있었다. 그는 그 방면에서 가장 유명한 사람들의 돈을 땄으며 심지어 후작 신분 역시 도박 테이블에서 따낸 것이라는 말이 나돌 정도였다. 그러나 그는 이런 과거의 풍문을 들먹이는 것을 좋아하지 않았다. 레베카는 그가 넓은 이마를 찡그리며 인상을 쓰는 것을 볼 수 있었다.

그녀는 소파에서 일어나 가볍게 허리를 숙이며 그의 손에서 커피 잔을 받아 들더니 말했다. "네, 그러니까 양치기 개가 한 마리 있어야 되겠어요. 하지만 그 개가 **후작님께** 짖는 일은 없을 거예요." 그러더니 이어지는 다른 객실로 들어간 그녀는 피아노 앞에 앉아 무척이나 매력적인 떨리는 목소리로 프랑스 가곡을 부르기 시작했다. 그러자 이 귀족 노인네 역시 곧 마음이 풀려 그녀 뒤를 따라 들어오더니 한동안 고개를 끄덕이며 그녀 위로 몸을 숙이고 있었다.

그동안 로던과 그의 친구는 이제 됐다 싶을 때까지 카드 게임을 계속했다. 결국 로던이 돈을 땄다. 그러나 사실 연일 돈을 딴다 하더라도 한 주에도 며칠이나 계속되는 이런 저녁들, 아내는 모든 사람의 주목을 받으며 시종일관 떠들어대는 동안 그들 사이에 오가는 농담, 은유, 신비로운 외국어 들을 한마디도 알아 듣지 못하고 친구도 없이 조용히 앉아만 있어야 하는 이런 저녁 시간들이 이 퇴역 기병대원에게는 다소 지루했을 것임이 틀림 없다.

"크롤리 부인의 바깥양반, 요즘 어떻게 지내십니까?" 그들이 만날 때면 스타인 경은 그에게 이렇게 인사를 하곤 했다. 그것 이 당시 그의 직업인 것도 사실이었다. 이제 크롤리 중령이 아니라 크롤리 부인의 남편으로 통하게 된 것이다.

그사이 어린 로던에 대해 한마디 말도 나오지 않은 것은 그 애가 다락방 어딘가에 숨겨져 있었거나 아니면 동무를 찾아 아래층 부엌 어딘가를 기어 다니고 있었기 때문이다. 어린 로던의 어머니는 아이에게 거의 아무런 신경을 쓰지 않았다. 프랑스인 유모가 아직 있던 동안에는 언제나 유모와 시간을 보냈는데 그녀마저 가버리자 이 꼬마는 밤이 되면 외로워서 소리를 지르며 울음을 터뜨리곤 했다. 그러면 꼬마의 다락방 바로 옆방에 기거하는 하녀가 아기를 그 외로운 방에서 데리고 나와 자기 침대로 데려가 달래주곤 했다.

레베카와 스타인 경, 그 외에도 한두 명의 손님이 오페라를 보고 돌아와 그녀의 객실에서 차를 들고 있을 때 아기의 이런 울음소리가 들려왔다. "어머, 저희 집 천사가 유모를 찾아 울고 있나 봐요." 레베카가 말을 했다. 그러나 일어나 아기를 보러 갈 기미는 보이지 않았다. "아기를 보러 가느라 흥을 깰 필요는 없지 않겠소." 스타인 경이 냉소적으로 말했다. "흥!" 레베카가 다소 얼굴을 붉히면서 대답했다. "울다가 잠이 들겠지요." 그러고서 그들은 다시 오페라에 대한 이야기를 계속했다.

그러나 로던은 장손인 아기를 보러 올라갔다가 충실한 하녀 돌리가 아기를 달래고 있는 것을 보고 다시 일행에게 돌아왔다. 로던의 드레싱룸이 이 층에 있었기 때문에 그는 그곳에서 레베카 모르게 은밀히 아들을 만나곤 했다. 매일 아침 로던이 면도를 할 때면 이 둘은 이 방에서 함께 시간을 보냈다. 어린 로던은 아버지 옆 의자에 앉아서 그가 면도하는 모습을 지치지도 않고 즐겁게 바라보곤 했다. 아버지와 아들은 대단히 사이좋은 친구였다. 아버지는 디저트로 나오는 사탕을 따로 챙겼다가 오래된 견장 상자 안에 숨겨두었다. 그러면 견장 상자를 찾으러 온 아기는 그 선물을 발견하고 기뻐서 웃음을 터뜨렸다. 그러나 너무 크게 웃을 수는 없었다. 아래층에서 자고 있는 어머니를 깨워서는 안 되기 때문이다. 그녀는 아주 늦게 잠자리에 들곤 했기 때문에 오전 중에 일어나는 일이 거의 없었다.

로던은 아들에게 그림책도 많이 사다 주고, 방 가득히 장난감도 들여 주었다. 벽에는 아버지가 현금을 주고 사서 직접 풀을 발라 붙인 그림들이 잔뜩 붙어 있었다. 아내와 함께 공원에 나가지 않는 날이면 그는 아들 방에서 몇 시간이고 아이와 함께 시간을 보냈다. 그러면 어린 아들은 그의 가슴 위에 올라타고 아버지의 커다란 구레나룻을 고삐나 되는 듯 잡아당기며 지치지도 않고 아버지와의 놀이를 즐기는 것이었다. 그 방은 다락방이라 천장이 낮았는데 한번은 그가 채 다섯 살이 되지 않았을 때, 아버지가 너무 힘껏 안아 올린 바람에 가엾게도 머리가 몹시 세게 천장에 부딪힌 일이 있었다. 어찌나 세게 부딪혔던지 로던은 놀라 그만 아기를 바닥에 떨어뜨릴 지경이었다.

어린 로던은 인상을 쓰며 막 요란하게 울음을 터뜨릴 기세였다. 그렇게 세게 부딪힌 걸 생각하면 당연한 반응이었다, 막 울음을 터뜨릴 찰나 아버지가 아기를 달래며 말을 했다.

"이런, 로디, 엄마를 깨우면 안 된단다." 아버지가 말했다. 그러자 아기는 아주 가여운 얼굴로 아버지 얼굴을 빤히 쳐다보더니 입술을 앙다물고 주먹을 꼭 쥐면서 울음을 눌러 삼켰다. 로던은 클럽에 가거나 군부대에 가거나 시내에서 누군가를 만날 때마다 이 이야기를 하곤 했다. "이봐, 우리 아들놈 기상이 대단하지 뭐야." 누굴 만나든 로던은 이렇게 말을 시작했다. "믿음직하기 이를 데가 없어! 천장에 구멍이 날 지경으로 머리가 부딪혔는데도 엄마를 깨울까 봐 울지를 않지 뭔가."

때때로, 한 주에 한두 번, 어머니 역시 아기가 생활하는 이 층방에 올라와 볼 때가 있었다. 아름다운 새 옷에 작은 장갑과 신발을 하고 올라와 관대하게 미소 짓는 그녀는 마치 《패션 매거진》에서 튀어나온 인물처럼 보였다. 눈부신 스카프와 레이스, 보석 들이 그녀의 몸에서 반짝이고 있었다. 언제나 새 모자를 쓰고 있었으며 모자 위에는 늘 활짝 핀 꽃이나 동백나무처럼 희고 부드러운 타조의 깃털이 우아하게 물결치고 있었다. 그녀가 인심이라도 쓰듯 아이를 향해 한두 번 고개를 끄덕이면 밥을 먹거나 군인 그림을 그리고 있던 아이는 고개를 들어 어머니를 보았다. 그녀가 방을 떠나면 장미 향기 혹은 신비로운 다른 향기가 아기 방에 맴돌았다. 어린 아들의 눈에 어머니는 아버지 혹은 세상 그 누구보다 더 지고하고 초월적인 존재로 먼발치에서 동경하고 숭배해야 할 존재로 비춰졌다. 그런 귀부인과 마차를 타고 드라이브를 한다는 것은 어린 로던에게 굉장한 의식이었다. 그는 뒷자리에 가만히 앉아 감히 입도 벙긋하지 못하고 공주처럼 아름답게 차려입고 맞은편에 앉아 있는 어머니 모습만 내내 바라보고 있었다. 멋진 말을 모는 신사들이 다가와 어머니에게 말을 걸며 미소를 건네기도 했다. 그 모든 신사들을 향해 그녀의 눈은 얼마나 밝게 빛났던지! 그들이 지날 때면 그녀는 손을 살짝 떨거나 우아하게 흔들어 인사를 하곤 했다. 어머니와 외출하는 날이면 로던은 붉은 새 옷을 차려입었다. 그러나 집에서는 낡은 갈색 삼베옷이면 충분했다. 때때로 어머니가 나가고 없을 때 돌리가 침대보를 갈고 있으면 어린 로던은 어머니 방에 들어가 보기도 했다. 그것은 마치 요정이 사는 방처럼 느껴졌다. 신기하고 눈부신 것으로 가득한 미지의 방. 옷장에는 분홍색, 푸른색, 또 각색의 아름다운 드레스들이 걸려 있었다. 화장대 위에는 은고리가 달린 보석함이 있었고 온갖 반지들이 반짝이며 걸려 있는 신기한 청동 손 조각도 놓여 있었다. 마술 같은 체경도 놓여 있었는데 그 안에서 그는 자신의 놀란 얼굴과 (마치 둥근 천장 위에 있는 것처럼 이상하게 일그러져 보이는) 침대에서 베개를 들어 두들기고 부풀리는 돌리의 모습을 볼 수 있었다. 아, 아무것도 모르는 외로운 소년이여! 아이들의 입과 마음에서 엄마란 하느님 같은 존재인데, 여기 돌덩이를 숭배하는 아기가 하나 있는 것이다!

로던은 막돼먹은 망나니긴 했지만, 마음속 깊은 곳에는 남자다운 애정이 자리 잡고 있었다. 그는 어린 로던에게 남몰래 큰 애정을 느끼고 있었는데 레베카 역시 남편의 이런 애정을 모르지 않았지만 그에 대해 가타부타 말을 하지는 않았다. 그녀는 마음씨 고운 여인인지라 이런 일로 화를 내지 않았던 것이다. 그러나 그녀는 바로 그 점 때문에 남편을 더 경멸하게 되었다. 그도 자신의 부성애를 어쩐지 부끄러워하며 아내에게는 속마음을 숨기고 아들과 둘이 있을 때만 부성애를 마음껏 드러내곤 했다.

아침이면 그는 아들을 데리고 나가 함께 마구간에 가거나 공원에 산책을 가기도 했다. 어쩌나 인심이 좋은지 쓰고 있던 모자도 벗어 선물로 줄 위인인 사우스다운 경, 결국 누군가에게 선물로 주고 말 물건들을 사들이는 것이 주된 일과인 젊은 사우스다운 경이 좀 큰 쥐보다 나을 것도 없다면서 조랑말 한 마리를 이 꼬마에게 사주었다. 그의 훌륭한 아버지는 이 작고 검은 셰틀랜드 종 조랑말에 어린 아들을 태우고 그 옆에서 말을 끌며 공원에 나가는 것을 즐겼다. 나이트브리지에 있는 이전 부대를 방문해 근위부대의 옛 동료들을 만나는 것도 즐거운 일이었다. 결혼하기 전의 생활을 떠올리며 그는 후회 비슷한 감정을 느끼기도 했다. 근위대원들은 이전 상사를 알아보고 반가워하면서 중령의 어린 아들을 어르고 귀여워해주었다. 부대 내 휴게실에서 한때의 동료들과 함께 식사를 하노라면 그의 기분도 다시 유쾌해졌다. "그래, 내가 그녀만큼 영리하지 않은 것은 사실이야. 나도 그건 알고 있어. 내가 없어져도 그녀는 아쉬워하지도 않을 거야." 그는 이렇게 혼잣말을 하곤 했다. 틀린 생각은 아니었다. 그의 아내는 딱히 그를 필요로 하지 않았으니까.

레베카는 남편을 좋아했다. 언제나 다정하고 유쾌한 태도로 남편을 대했으며 대놓고 남편을 조롱하는 일도 많지 않았다. 어쩌면 남편이 멍청해서 더 좋아했는지도 모르겠다. 그는 그녀의 집사이자 호텔 지배인 같은 존재였다. 그녀의 심부름을 하고 말대꾸 없이 그녀의 명령에 복종했다. 군소리 없이 그녀를 마차에 태워 공원을 드라이브하고 오페라 극장에 데려다주었으며 그녀가 공연을 즐기는 동안 자신은 클럽에 가서 시간을 보내며 지루함을 달래다 시간이 되면 그녀를 데려가기 위해 늦지 않게 극장으로 돌아왔다. 아내가 어린 아들을 조금만 더 사랑해주었으면 하고 바랄 때도 있었지만 그마저도 곧 체념하며 이렇게 중얼거리고 말았다. "그래, 아내는 너무 영리하니까 말이야. 난 아내만큼 공부를 하지도 못했으니, 할 수 없지." 앞서도 말했지만 카드 게임이나 당구에서 이기는 데는 대단한 지혜가 필요하지 않았다. 그리고 로던은 다른 기술에 대해서는 굳이 재능이 있는 척 허세를 부리지도 않았던 것이다.

레베카에게 말동무가 생기자 집안에서 그가 맡고 있던 역할이 좀 줄어들었다. 아내는 그에게 나가서 식사를 하고 오라고 부추겼다. 오페라에도 따라올 필요가 없다고 했다. "오늘 밤에는 그렇게 바보같이 집에 앉아 시간을 허비하지 마세요, 여보." 그녀는 이렇게 말하곤 했다. "당신을 지루하게 만들 손님들이 몇 분 오실 거예요. 오라고 하지도 않았는데 말이에요. 이런 일도 다 당신을 위해 하는 거예요. 이제 양치기 개가 있으니 당신이 안 계셔도 걱정 없어요."

'양치기 개라, 말동무라! 베키 샤프가 말동무를 거느린다! 세상 참 재미나지 않은가?' 크롤리 부인은 생각했다. 말동무를 거느린 자신의 모습을 생각하는 것만으로 그녀는 더할 수 없이 유쾌해졌다.

어느 일요일 아침, 평소처럼 아들을 조랑말에 태우고 공원을 향해 가다가 로던은 오래된 지인 하나를 우연히 마주쳤다. 한때 같은 연대에 있던 클링크 하사였는데 어린 로던과 비슷한 또래의 사내애를 품에 안은 노인과 이야기를 나누고 있었다. 이 사내아이는 하사가 차고 있던 워털루 훈장을 손에 쥐고 신이 난 얼굴로 구석구석 그것을 살펴보고 있었다.

"잘 지내나, 클링크?" 중령이 인사를 건네자 하사 역시 "안녕하세요, 중령님." 하고 답례를 건넸다. "이 아이도 중령님 댁 아드님과 나이가 비슷하겠는데요." 하사가 덧붙였다.

"이 아이 아버지도 워털루 전투에 참가했었지요." 소년을 데리고 있던 노인이 말했다. "그렇지, 조지?"

"네." 조지가 대답했다. 조지와 조랑말 위의 소년은 서로를 뚫어져라 바라보며 아이들이 흔히 하는 식으로 진지하게 서로를 관찰하고 있었다.

"네, 최전선 부대였지요." 클링크가 인심이라도 쓰듯 덧붙였다.

"제××연대의 대위였다오." 노인이 다소 으쓱한 태도로 설명했다. "조지 오스본 대위라고, 어쩌면 아실지도 모르겠소. 그 코르시카 출신의 독재자에 맞서 싸우다가 영웅다운 죽음을 맞았지요."

크롤리 중령이 얼굴을 몹시 붉히며 대답했다. "잘 알고말고요. 아내 분도요. 지금 미망인은 어떻게 지내시는지요?"

"그 애가 바로 내 딸이라오." 노인이 아이를 땅에 내려놓고 대단히 위엄 있는 태도로 명함을 꺼내며 대답했다. 중령에게 건네준 명함에는 다음과 같이 적혀 있었다.

"석탄 및 무개탄 판매 조합 대표. 세들리. 템스 가 벙커 부두. 자택: 런던 서구 폴럼 로, 애나마리아."

아이 조지가 일어나 셰틀랜드종 조랑말을 올려다보았다.

"한번 타볼래?" 안장 위에서 어린 로던이 물었다.

"응." 어린 조지가 대답했다. 흥미로운 듯 그를 바라보고 있던 중령이 아이를 안아 로던 뒤에 태워주었다.

"조지, 꽉 잡아라." 그가 말했다. "이 애 허리를 꽉 잡아. 이 아이 이름은 로던이란다." 두 아이가 함께 소리 내 웃음을 터뜨렸다.

"이런 여름 날, 이렇게 예쁜 아이들은 어디 가도 볼 수가 없겠는데요." 마음씨 좋은 하사가 말했다. 그리고 중령과 하사, 양산을 손에 든 세들리 노인은 함께 아이들 곁에 서서 걷기 시작했다.

38장
영락한 집안

어린 조지는 아마 조랑말을 타고 나이츠브리지에서 풀럼의 집으로 갔을 터이다. 그러니 우리도 여기 잠깐 멈춰 그곳에 남겨둔 몇몇 벗들의 근황을 확인하고 가는 것이 좋을 듯하다. 워털루 대전이 끝난 후 아멜리아는 어떻게 되었을까? 무사히 잘 지내고 있는 걸까? 늘 승합마차를 타고 그녀 집 주위를 배회하던 도빈 소령은 어떻게 되었을까? 보글리 울라의 징세관 나리에게는 뭔가 새로운 소식이라도 있는 걸까? 우선 조에 대해서는 다음과 같이 짤막한 근황을 전할 수 있을 것 같다.

우리의 뚱보 친구 조지프 세들리는 브뤼셀에서 도망 나온 뒤 얼마 되지 않아 곧 다시 인도로 돌아갔다. 휴가가 끝났던 것인지 아니면 워털루 전투 당시 도망쳐 나오던 자신을 본 누군가를 마주칠까 두려워 그랬는지는 알 수 없지만 말이다. 어쨌거나 그는 나폴레옹이 세인트헬레나 섬에 유배된 직후 벵골의 근무지로 돌아갔는데 가는 길에 세인트헬레나에서 폐위된 전 황제 나폴레옹을 볼 수 있었다. 배 위 갑판에서 조 세들리가 떠벌이는 소리를 들은 사람이라면 누구라도 그가 코르시카 출신의 전 황제를 만난 것이 이번이 처음이 아니며 몽생장에서 그 프랑스 장수와 한판 접전이라도 가졌던 모양이라고 생각했을 것이다. 그는 그 유명한 전투에 대한 수많은 일화들을 알고 있었으며 각 연대의 배치 및 인명 손실에 대해서도 낱낱이 알고 있었다. 그는 자신이 그 전투의 승리에 다소 관여한 바 있으며 군대와 함께 주둔했고 웰링턴 공에게 급전을 전하기도 했다는 사실을 부인하지 않았다. 워털루 전투 당일 공작의 일거수일투족에 대해 조가 공작의 감정 상태와 지시사항 까지를 포함해 어찌나 정확히 알고 있었던지, 그가 그날 종일 공의 바로 옆에 붙어 있었다는 사실을 의심할 여지는 없는 것 같았다. 비록 비전투원 신분인지라 전투 관련 공식 보도에서 그의 이름이 언급된 적은 없었지만 말이다. 어쩌면 조 스스로도 자신이 정말 전투에 참가했다고 믿었는지 모르겠다. 어쨌든 캘커타에서도 한동안 그 전투에 대한 조의 열정은 대단한 것이어서 벵골에서의 나머지 체류 기간 내내 그는 워털루 세들리로 통할 정도였다.

문제의 말을 사기 위해 조가 지불한 수표는 그와 그의 대리인을 통해 틀림없이 지불되었다. 그는 이후 결코 그 거래에 대해 다시 언급하는 일이 없었다. 또 아무도 말들이 어떻게 되었는지, 그가 말들을 어떻게 처분했는지, 1815년 가을의 언젠가 조가 타고 브뤼셀을 탈출했던 것과 대단히 비슷한 회색 말을 발랜시엔에서 판매한 그의 벨기에 출신 하인 이시도르는 어떻게 되었는지 확실히 아는 바가 없었다.

조는 런던의 대리인에게 매년 폴럼의 부모님께 백이십 파운드를 송금하도록 지시했다. 그것이 이 늙은 부부의 주된 수입원이었다. 파산 뒤 세들리 노인은 이런저런 투기들을 해보았지만 무엇도 이 불운한 노인의 재산을 다시 일으켜 세워주지 못했기 때문이다. 그는 술도 팔아보고 석탄도 팔아보고 복권 판매점도 해보고 그밖에도 이런저런 일들을 벌여보았다. 새로운 사업을 벌일 때마다 친구들에게 사업의 전망과 취지를 설명하는 문서들을 보내고 문 앞에 달 새 놋쇠 간판을 주문했으며 앞으로한 재산 만들어보겠다고 허세를 부려보곤 했다. 그러나 이 힘없고 불운한 노인에게 행운은 결코 다시 찾아오지 않았다. 친구들은 하나둘 그의 곁을 떠나갔고 그로부터 질 나쁜 와인이나 값비싼 석탄을 사는 일에 신물을 내게 되었다. 아침에 그가 런던 시내를 향해 터벅터벅 걸어갈 때 아직도 그가 그곳에서 뭔가 사업을 벌이고 있다고 생각하는 사람은 이제 이 세상에 그의 아내뿐이었다. 저녁이 되면 그는 발을 끌며 기듯이 동네로 돌아왔다. 그리고 밤이 되면 작고 초라한 술집에 들어가 그곳에서 일국의 재정을 들었다 놨다 했다. 그가 수백만 파운드의 금액을 들먹이며 환율이니 할인이니 하는 소리들을 지껄이고 로스차일드가 어쩌고 베어링브라더스[1]가 저쩌고 하며 떠들어대는 소리를 듣고 있으면 기가 찰 지경이었다. 그가 하도 엄청난 금액들을 입에 올렸기 때문에 술집에 모인 신사들은(약사며 장의사, 솜씨좋은 목수와 미장이, 몰래 숨어들어 온 교회 서기며 우리도 잘아는 클랩 씨 같은 이들) 이 노인네를 우러러보았다. "이봐요, 나도 한때는 남부럽지 않게 살던 사람이라우." 그는 '그 방을 이용하는' 모든 이들에게 이렇게 말하는 것을 잊지 않았다. "내 아들놈은 지금 벵골 람군지의 1급 행정관으로 있는데 다달이 사천 루피의 월급을 받는다오. 내 딸은 원하기만 하면 소령의 아내가 될 수도 있었고. 일급 행정관인 아들 이름으로 내일이라도 당장이라도 이천 파운드짜리 수표를 끊을 수도 있지. 그러면 알렉산더[2]가 카운터에서 바로 그걸 현금으로 바꿔줄 테고. 하지만 세들리 집안사람들은 품위를 중시하니까, 그런 일을 하지는 못해요." 얼마나 많은 우리의 벗들이 진작 이런 신세가 되고 말았는지 생각해 본다면 친애하는 독자 여러분이나 나 역시 언제 이런 처지가 될 지 알 수 없는 일이다. 운이 다하고, 기력이 떨어지고 더 젊고 뛰어난 배우들이 우리 자리를 채가고 나면 좌초해 부서진 채 기대할 것이라곤 남지 않은 인생의 뒤안길에 남겨지는 것이다. 그러면 사람들은 길에서 만나도 모르는 척 우리를 지나칠 것이며 더 나쁜 경우라면 동정하는 태도로 선심이라도 쓰듯 우리를 향해 손가락 한두 개를 내밀기도 할 것이다. 우리는 돌아서자마자 그들이 "저 바보 같은 녀석, 얼마나 멍청한 짓을 해 행운을 제 발로 차버린 것인지!"라고 떠들 것을 알고 있다. 글쎄, 그렇다 해도 자가용 마차를 굴리고 일 년에 삼천 파운드 수입을 갖는 것이 인생의 제일가는 성취도 아니겠고 우리에 대한 하느님의 최후 심판도 아닐 것이다. 사기꾼도 실패만큼 성공을 경험하고 바보며 악당들도 가장 능력 있고 정직한 사람들과 **똑같이** 번영과 불운을 겪으면서 때로 한 재산 장만하거나 한 자리 차지하는 성공을 누린다면 허영의 시장에서 누리는 행운과 기쁨이란 그다지 가치 있는 것도 아니지 않겠는가 묻고 싶다. 그리고 그건 필시…… 그러나 이런, 또 본래 이야기에서 벗어나고 있지 않은가.

세들리 부인이 좀 생활력 있는 여자였다면 남편 사업이 망한 뒤 큰 집을 하나 세내어 하숙을 칠 수도 있었을 것이다. 그러면 파산한 세들리 노인은 하숙집 부인의 남편으로, 유명무실한 집안의 왕이자 주인으로, 고기를 썰고 집사 노릇을 하며 무노스[3]

처럼 초라한 왕관을 부여잡고 이름뿐인 가장 노릇을 그럭저럭
해내었을 것이다. 나는 머리 좋고 집안도 좋은 젊은이들, 한때
왕성한 혈기에 원대한 희망을 품었던, 지방 유지들을 불러다 잔
치를 벌이고 사냥개도 키우던 한때의 청년들이 신경질쟁이 노
파가 된 아내를 위해 온순히 양고기 다리를 자르며 우울한 식탁
의 주인 시늉을 하는 것을 보아왔다. 그러나 이미 밝혔듯 세들
리 부인은 우리가 《타임스》에서 보곤 하는, "음악을 즐기는 명
랑한 가정에서 몇 분의 하숙인을 모십니다." 같은 광고를 내면
서 돈을 벌기 위해 법석을 떨 만큼 정력적인 여자가 아니었다.
그녀는 운명이 데려다 준 해안가에 잠자코 누워 있는 것으로 족
하는 사람이었던 것이다. 그러니 이제 이 노부부의 운명은 필시
이대로 저물어갈 것임을 짐작할 수 있다.

   그들이 불행했다고는 생각하지 않는다. 그러나 그들은 잘나
가던 때보다 몰락했을 때 더 뻐기고 잘난 척을 하긴 했다. 지하
실이나 장식된 부엌에서 함께 여러 시간을 보낼 때면 세들리 부
인은 집주인 클랩 부인에게 언제나 귀부인 노릇을 하려 들었다.
아일랜드 출신 하녀 베티의 모자며 리본, 건방진 태도, 게으름,
생각 없이 부엌의 양초를 헤프게 쓰는 습관이나 차와 설탕을 소
비하는 습관들에 대해서도 유난히 신경을 쓰고 잔소리를 하는
것을 큰 낙으로 삼았다. 이제 하녀라곤 그녀뿐이었지만 이전에
샘보와 마부, 마구간 지기와 심부름 소년, 가정부와 그녀 밑의
하녀들까지 모두 데리고 있을 때에 못지않은 정력을 그녀에게
쏟아 부었던 것이다. 그러면서 하루에도 족히 백번은 전에 부리
던 하인들 이야기를 하곤 했다. 그녀가 관심을 쏟는 것은 베티
만이 아니었다. 부인은 그 거리의 모든 하녀들을 다 지도, 감독
하려 들었다. 동네 집들에 세 들어 사는 사람들이 얼마 되지 않

는 그달 치 월세를 냈는지 못 냈는지 낱낱이 알고 있었으며 여배우 루즈몽이 신분이 의심스러운 가족들과 함께 길을 지날 때면 옆으로 비켜서면서도 약제사의 아내인 페슬러 부인이 남편이 일하러 다닐 때 쓰는, 말 한 마리가 끄는 마차를 타고 거리를 지나가면 고개를 획 돌려 그녀를 외면했다. 남편이 좋아하는 순무를 1페니어치 사면서도 재료에 대해 야채 가게 주인에게 품평을 늘어놓았고 우유 배달 장수나 빵집 소년을 감시했으며 푸줏간을 찾아가서는 한 주먹의 양 허릿살을 사면서도 몇 백 파운드어치 소고기를 사가는 손님보다 더 요란하게 법석을 떨어댔다. 일요일이면 고기 밑에 감자가 몇 개나 있는지 세어보고 제일 좋은 옷을 입고 교회를 두 번씩 나가고, 저녁이 되면 블레어 설교집을 꺼내어 읽었다.

그런 날이면 세들리 노인도 평소 '사업' 때문에 무척 하고 싶지만 못했던 일을 하곤 했다. 어린 손자 조지를 데리고 근처 공원이나 켄싱턴 가든으로 가 조지에게 군인들을 보여주거나 오리에게 모이를 주는 것이 그것이었다. 조지는 군인들의 붉은색 코트를 좋아했다. 그러면 할아버지는 아이에게 아버지가 얼마나 훌륭한 군인이었는지를 이야기해주고 가슴에 워털루 메달을 달고 있는 여러 하사관들이며 다른 군인들에게 그를 인사시키기도 했다. 그러면서 아주 자랑스럽게 이 아이가 18일의 대전에서 명예롭게 전사한 ××연대 오스본 대위의 아들이라고 손자를 소개하곤 하는 것이었다. 몇몇 퇴역 군인들에게 흑맥주를 한 잔씩 돌린 적도 있었다. 사실 처음으로 이런 일요일 산책을 나갔던 날 할아버지가 사과며 생강 빵을 너무 잔뜩 사주는 바람에 아기가 탈이 날 지경이 되었던지라 아멜리아는 결국 아버지가 대단히 엄숙하게, 자신의 이름을 걸고 다시는 아기에게 케이크나 사탕, 그 밖의 어떤 길거리 음식도 사주지 않겠다고 맹세하기 전에는 다시 손자와 함께 산책을 나갈 수 없다고 선언까지 했었다.

세들리 부인과 딸 사이에는 조지를 둘러싼 일종의 냉전이 지속되고 있었다. 조지가 아직 아주 어린 아기였던 어느 날 저녁, 작은 객실에 앉아 바느질을 하느라 어머니가 방을 떠난 사실조차 모르고 있던 아멜리아가 잠들어 있던 아기가 우는 소리를 듣고 본능적으로 이 층의 아기 방으로 뛰어올라 갔다. 거기에서 그녀는 세들리 부인이 몰래 아기에게 대피 물약⁴⁾을 먹이려 하고 있는 것을 보았다. 세상에서 가장 온순하고 상냥한 아멜리아조차 엄마로서의 자기 권위가 이렇게 침해당한 것을 발견하자 분노로 몸을 떨었다. 평소에는 창백한 그녀의 볼이 열두 살 소녀였을 때처럼 붉게 달아올랐다. 아멜리아는 세들리 부인 품에서 아기를 잡아채고 약병을 손에 움켜쥔 뒤, 몰래 먹이려던 약 숟가락을 들고 화가 나 입을 벌린 채 자신을 바라보는 어머니를 마주보았다.

손에 쥔 약병을 힘껏 벽난로 속으로 집어 던진 아멜리아는 아기를 안은 두 팔을 거칠게 흔들면서 활활 타는 시선으로 어머니를 바라보며 소리쳤다. "엄마, 아기에게 독약을 먹일 수는 없어요."

"독약이라고, 아멜리아!" 노부인이 대꾸했다. "이게 지금 엄마에게 하는 말버릇이냐?"

"페슬러 선생님이 처방해주신 약 이외에는 아기에게 아무것도 줄 수 없어요. 선생님께서 대피 물약이 독약이나 다름없다고 하셨어요." 아멜리아가 대답했다.

"그래, 좋다, 그러니까, 내가 살인자라는 거구나." 세들리 부인의 대꾸였다. "그래, 엄마에게 말을 참 곱게도 하는구나. 나는 불운도 겪어봤고 인생의 밑바닥도 경험했다. 한때는 자가용 마차를 부렸지만 지금은 두 발로 걸어 다니지. 그래도 지금까지 내가 살인자인 줄은 몰랐구나. 알려줘서 고맙다."

"엄마, 그렇게 화내지는 마세요." 걸핏하면 눈물부터 흘리는 딱한 딸 아멜리아가 대답했다. "그런 뜻이, 그런 뜻이 아니에요. 엄마가 아기한테 해를 끼치려고 하셨다는 게 아니에요. 전 그 저…… ."

"그래, 아니겠지, 그저 내가 살인자라고 말하려던 것이겠지. 그렇다면 올드 베일리의 재판소에나 가보는 것이 좋겠구나. 하지만 네가 어릴 때에도 널 독살하려 한 적은 없었단다. 오히려 제일 좋은 교육을 받게 해주고 돈으로 구할 수 있는 제일 비싼 선생님을 고용했지. 그래, 난 다섯 아이를 낳아서 그중 셋을 무덤에 묻었다. 그중에서도 내가 제일 사랑한 아이가 너였어. 후두염에 걸렸을 때나 이가 날 때, 홍역이 걸리고 백일해를 앓을 때도 내가 간호를 해주었지. 비용이 얼마나 들던 간에 외국에서 선생들을 데려다가 가르쳤고, 나는 어렸을 때 그런 교육을 못 받았지만 핑커턴 여학교에도 보내주었다. 그래도 어린 시절 나는 기꺼이 내 어머니와 아버지를 공경했다. 나이가 들어서는 유용한 사람이 되기를, 온종일 방 안에 우울하게 앉아 귀부인 노릇만 하는 사람이나 되지는 않기를 바랐지. 근데 이제 살인자 소리를 듣는구나. 아, 오스본 부인! 부디 너는 가슴에 독사를 품어 키우지 않기를 바란다. 그게 내가 너를 위해 해줄 수 있는 기도란다."

"엄마, 엄마!" 당황한 딸이 소리쳤다. 안겨 있던 아기 역시 놀라서 엄마와 함께 울어댔다.

"살인자라고, 그래! 가서 무릎을 꿇고 신에게 네 배은망덕을 용서해달라고 기도하렴. 내가 너를 용서한 것처럼 하느님께서도 너를 용서하시기를." 세들리 부인은 쉿소리로 독이라고 다시 한 번 외치며 그것으로 그녀의 자비로운 축복을 마무리하고 방을 나가 버렸다.

세들리 부인이 삶을 마감할 때까지 부인과 딸 사이의 이 불화는 결코 해소되지 않았다. 세들리 부인은 여자들 특유의 집요함과 영리함으로 이 싸움을 여러모로 자신에게 유리하게 이용하는 것을 잊지 않았다. 예를 들어, 그 뒤 몇 주 동안이나 그녀는 아멜리아에게 거의 말을 걸지 않았다. 하인들에게 오스본 부인의 심기를 건드릴 수 있으니 아기에게 손을 대지 말라고 경고를 하는가 하면 딸에게는 조지를 위해 만든 이유식에 독이라도 들어 있지 않는지 잘 보고 안심하라고 말하기도 했다. 이웃들이 손자의 건강에 대해 묻기라도 하면 그녀는 빈정거리듯 오스본 부인에게 물어보라고 말하면서 **자신은** 감히 아기가 건강한지 아닌지 묻지도 못하는 형편이라고 대답했다. 또 자기는 아이를 만지지도 않을 참이라고 조지가 손자이고 무척 귀여운 것은 사실이지만 자신은 아기 보는데 **익숙하지** 않으니 잘못하다 죽이기라도 할까 걱정이라고 덧붙이기도 했다. 페슬러 선생이 아기를 보러 올 때마다 부인이 어쩌나 차갑고 냉소적인 태도로 맞았던지 선생 역시 고객 중 하나인 레이디 티슬우드 부인조차 돈 한 번 낸 일 없는 이 세들리 부인보다 더 도도하게 굴지는 못할 것이라 선언할 지경이었다. 사실 에미 역시 다른 많은 엄마들과 마찬가지로 자기 대신 아기를 보살피며 아기의 사랑을 제일 먼저 독차지할 수도 있는 할머니에게 질투를 느꼈을지도 모른다. 분명 그녀는 자신 이외의 누군가가 아기를 돌볼 때면 불안을 느껴고 자신의 작은 침대 위에 걸린—그녀는 바로 이 침대를 떠나 조지에게 갔다가 이제 다시 돌아와 길고 긴 침묵과 눈물과 행복의 시간을 이 옆에서 보내었다—남편의 작은 초상화 닦는 것을 남들 손에 맡기지 않는 것과 마찬가지로 아기를 돌보고 옷을 입히는 등을 일을 클랩 부인을 포함해 다른 어떤 하녀에게도 맡기려 하지 않았다.

아멜리아의 모든 보물과 사랑이 이 방 안에 있었다. 여기서 그녀는 아들을 돌보고 조지가 아이들이 흔히 앓는 여러 병에 걸릴 때면 변치 않는 극진한 애정으로 아이를 간호했다. 죽은 남편 조지가 환생해 아기로, 심지어 더 훌륭한 모습으로 다시 태어난 같은 기분이 들기도 했다. 목소리며 표정이며 행동거지 등 셀 수 없이 많은 점에서 아기가 너무 아버지를 닮은지라 아기를 품에 안을 때면 홀로 된 엄마의 가슴은 떨려왔다. 아기는 종종 그런 엄마에게 왜 우는지 물었다. 그러면 그녀는 망설이지도 않고 네가 아빠를 닮았기 때문이라고 대답하곤 했다. 그녀는 언제나 아기에게 죽은 아버지의 이야기를 해주고 아무것도 모르는 순진한 아기에게 자신이 얼마나 아빠를 사랑했는지 말해주었다. 그녀는 남편 조지에게 고백했던 것보다 혹은 젊은 시절의 그 어떤 가까운 친구에게 털어놓았던 것보다 더 많은 내심을 아들에게 털어놓았다. 하지만 부모님에게 이렇게 속마음을 드러내는 이야기를 하는 법은 결코 없었다. 어린 아들이 부모님보다 더 그녀를 이해할 리도 없었건만, 그녀는 아기의 귀에, 오직 아기의 귀에만 자신의 감상적인 비밀들을 숨김없이 털어놓았다. 그녀의 기쁨은 사실 일종의 슬픔이었다. 아니 적어도 너무 섬세하고 유약한 것이라 눈물로 표현되곤 했다. 그렇게 연약하고 위태로운 감상들을 책에 옮기는 것은 부적절한 일인지도 모르겠다. 페슬러 선생은 (그는 요즘 부인네들 사이에서 가장 잘나가는 의사로서 맨체스터스퀘어에 저택이 있었으며 짙은 녹색의 화려한 마차를 타고 다녔다. 게다가 멀지 않은 미래에 기사 작위를 딸지도 모른다고들 했다.) 젖을 떼며 그녀가 슬퍼하는 광경을 보았다면 잔인한 헤롯 왕이라도 마음이 약해졌을 것이라고 말했다. 당시에는 그 역시 마음 약한 남자였던지라 그의 아내는 그때도 또 그 후로도 오랫동안 아멜리아를 몹시 질투하였다.

어쩌면 페슬러 선생 부인의 질투는 납득할 만 것이었을지도 모른다. 아멜리아를 아는 주위의 여성들 대부분이, 그 수가 많지는 않지만, 그런 질투를 공유하며 남자들이 그녀에게 반하는 것에 상당한 분노를 느꼈기 때문이다. 그 이유를 설명할 수는 없었지만 그녀 주위의 남자들은 대부분 다 그녀에게 연정을 느꼈다. 그녀는 똑똑하지도 않고 재치도 없었으며 대단히 현명하거나 뛰어나게 아름다운 것도 아니었다. 그러나 어디를 가든 그녀는 언제나 모든 남자들의 마음을 움직이고 그들의 흠모를 받았으며 또 예외 없이 같은 성(性)을 공유한 여자들로부터 불신과 조롱을 받곤 했다. 나로서는 그녀의 유약함이야말로 아멜리아의 가장 큰 매력이라고 생각된다. 그 온순함과 일종의 사랑스러운 굴종이 만나는 남자들 모두에게 연민과 보호 본능을 일깨우는 것이다. 그녀가 조지의 연대에 합류했을 때 조지의 동료들과 몇 마디 나누지도 않았는데 휴게실에 모인 연대의 모든 젊은이가 그녀를 위해 기꺼이 칼집에서 검을 뽑아들 각오를 다지던 모습을 이미 보지 않았던가. 풀럼의 이 작고 좁은 하숙집과 이웃들 사이에서도 상황은 다르지 않았다. 그녀는 이곳 남자들 모두의 시선을 끌고 그들의 호감을 샀던 것이다. 설사 그녀가 풀럼에 파이너리스라는 대 저택을 소유하고 여름이면 공작이며 백작들도 자주 참석하는 오찬회를 베푸는가 하면 노란 제복을 입은 하인들을 태우고 왕궁의 마구간에서도 찾기 어려울 멋진 갈색 말이 끄는 마차로 예배를 드리러 가는 크러치트 프라이어스 플랜틴 상회의 지체 높은 망고 부인이었더라도, 그러니까 망고 부인 본인이거나 아니면 (겸손하게도 농장 경영자와 기꺼이 결혼한 캐슬몰디 백작의 따님으로서) 망고 집안의 아들과 결혼한 레이디 메리 망고였다 하더라도 동네 상인들이 이 온순한 젊은 미망인이 그들 문 앞을 지나거나 가게에 와 얼마 되지도 않는 물건을 사갈 때 언제나 보여준 것 이상의 경의를 받을 수는 없었을 것이다.

페슬러 선생뿐만 아니라 주로 하인들, 하녀들 및 소상인들을 진찰하고 병원 사무실에서 언제나《타임스》를 읽곤 하는 그의 젊은 조수 린턴 씨 역시 공공연하게 자신은 오스본 부인의 노예라고 선언했다. 매력 있는 젊은 신사인 그는 세들리 부인 댁에서 페슬러 선생보다 더 큰 환대를 받았다. 조지가 조금이라도 아프면 그는 진찰료를 받을 생각도 않고 하루에도 두세 번씩 오스본 부인 댁에 와 아기를 살펴보고 가곤 했다. 조지를 위해 그가 병원 서랍에서 이런저런 알약과 타마린드 등을 섞어 신비스런 단맛이 나는 물약 따위를 조제해주곤 했기 때문에 조지는 병이 나는 것을 큰 즐거움으로 여길 지경이었다. 조지가 홍역을 앓았던 그 두렵고 급박했던 한 주, 그 어머니의 걱정하는 모양새를 보자면 세상에 홍역같이 위중한 병은 없는 것 같았던 그 한 주 동안 그와 그의 페슬러 선생은 꼬박 이틀 밤을 아기 옆에서 지새웠다. 그러나 그들이 다른 환자들을 위해서도 그처럼 정성을 다했던가? 파이너리스 저택의 가족들, 랠프 플랜태저넷과 그웬돌린, 기네버 망고가 비슷한 유아기 질병을 앓았을 때도 그들이 밤을 새웠던가? 오스본 부인의 주인댁 딸 메리 클랩이 어린 조지에게 옮아 홍역을 앓았을 때도 저녁 내내 그녀를 지켜보고 있었던가 말이다. 진실은 우리에게 아니라고 말해준다. 적어도 메리에 대해서라면 그들은 홍역은 별로 큰 병이 아니며 그냥 두어도 절로 낫기 마련이라고 말한 다음 물약이나 한두 병 보내주고 편히 단잠을 잤던 것이다. 메리가 회복기에 접어들었을 때도 아주 무관심하게, 가루약5)을 형식적으로 조금 처방해주었을 뿐이었다.

이웃의 여러 학교에서 모국어인 프랑스어를 가르쳐 먹고사는 맞은편 덩치 작은 프랑스 훈작사, 저녁이 되면 방에서 씨근덕거리는 소리를 내는 낡은 바이올린으로 오래된 미뉴에트나 가보트를 연주하는 이 훈작사 역시 예외가 아니었다. 머리에 분을 바른 이 예의 바른 신사는 일요일마다 해머스미스의 교회에 가는 것을 잊지 않을 뿐만 아니라 생각이나 행동, 태도 등 모든 면에서 쿼드런트 아케이드6)에서 시가를 피우며 우리를 향해 인상을 쓰고 더러운 영국 놈들7)이라고 욕설을 퍼붓는 수염 기른 야만인들과는 완전히 다른 인간이었다. 이 늙은 멋쟁이 훈작사는 오스본 부인에 대해 이야기를 할 때마다 코담배를 한 줌 꺼내 냄새를 맡은 다음 손에 묻은 담배 부스러기를 우아한 손짓으로 떨어내고 손가락을 다시 오므려 입에 갖다 댄 다음 키스와 함께 손을 다시 펼치며 여신과 같은 부인!이라고 외쳤다. 그는 아멜리아가 길을 걸을 때면 그녀의 발밑에서 꽃들이 눈부시게 피어난다고 말하기도 했다. 그는 또 어린 조지를 큐피드라고 부르며 어머니 비너스의 안부를 묻기도 했고 무슨 소리인지 몰라 어리둥절한 베티 플래너건에게는 그녀도 미의 여신 중 하나이며 사랑의 여신의 가장 아끼는 시녀라고 말해주기도 했다.

부지불식간에 노력도 없이 얻게 되는 아멜리아의 인기에 대해서라면 얼마든지 더 예를 들 수 있다. 그 구역 교회의 순박한 부목사 비니 씨는 열심히 그 미망인 집을 드나들며 어린 소년을 무릎 위에 앉혀 놀아주는가 하면 소년에게 라틴어를 가르쳐주겠다고 제안하여 그의 살림을 봐주는 노처녀 누이를 화나게 만들었다. "베일비, 그녀에게는 볼 것이 하나도 없어." 누이는 이렇게 야단을 쳤다. "차를 마시러 왔을 때도 저녁 내내 말 한마디 못하잖던. 그녀는 처량하고 감상적인 과부일 뿐이야. 아무 데도 관심이 없어 보이더라. 얼굴이 좀 반반하다고 젊은 남자들이 그렇게 따르는 모양인데. 내 눈에는 오천 파운드의 재산이 있고 유산도 받을 예정인 그리츠 양이 성격도 두 배나 좋고 몇천배나 더 매력 있어 보여. 그녀가 얼굴만 좀 예뻤으면 너도 아무런 흠을 잡을 수 없었을 거야."

사실 비니 양 말은 대부분 진실이었다. 몹쓸 난봉꾼에 불과한 남자들 마음에 연민을 불러일으키는 것은 사실 곱상한 얼굴이기 때문이다. 미네르바의 지혜와 순결을 가진 여인이라 하더라도 얼굴이 못생겼다면 아무 주목도 받지 못할 것이다. 두 눈이 반짝이기만 하면 그 어떤 어리석음도 용서가 되고 입술이 붉고 말투가 사랑스러우면 그 어떤 아둔함도 귀엽게 느껴진다. 바로 이런 이유에서 숙녀 분들이 일반적 정의에 따라 얼굴 예쁜 여자는 바보임에 틀림없다고 주장하는 것이다. 아, 그러나 여인들이여, 여인들이여! 여러분 중에는 얼굴이 못났으면서 지혜도 없는 분이 더러 있지 않던가.

이상의 소소한 일들이 우리 여주인공의 삶에 대해 말할 수 있는 것들이다. 너그러운 독자 여러분께서 이미 눈치 채셨듯이 그녀의 삶에는 그다지 흥미롭거나 놀라운 일이라곤 없다. 아들 조지가 태어난 이후 지난 칠 년 동안 그녀의 매일을 기록하는 일지를 작성했다 하더라도 조지의 홍역보다 대단한 사건은 찾기 어려울 것이다. 아, 물론 어느 날 바로 전에 언급한 비니 목사가 부디 오스본이라는 이름을 버리고 비니 부인이 되어달라고 청하는 바람에 그녀가 대경실색을 한 적이 있긴 했다. 그녀는 몹시 얼굴을 붉히고 눈물을 흘리면서 울음 섞인 목소리로 자신을 그렇게 생각해주어서 고맙고 자신과 가엾은 아기에 대한 관심에도 감사를 드린다고, 하지만 자신은 결코, 결코 돌아가신 남편 이외의 다른 분을 마음에 둘 수는 없다고 대답했다.

4월 25일과 6월 18일, 결혼기념일과 남편의 기일이 되면 그녀는 온종일 방에 앉아 그날들을 기념하며 이제 고인이 된 남편의 기억을 떠올리곤 했다. (물론 외로운 숱한 다른 밤에도 자신의 침대 옆 요람 속 잠자는 아기를 바라보며 죽은 남편을 추억하곤 했지만) 낮 시간에는 좀 더 활동적이었다. 조지에게 읽기와 쓰기를 가르치고 그림도 가르쳐주어야 했기 때문이다. 아기에게 이야기를 들려주기 위해 책도 읽어야 했다. 아기가 바깥 세계에 눈을 뜨고 정신 역시 성장함에 따라 아기에게 미약하나마 최선을 다해 창조주에 대해 설명을 해주기도 했다. 매일 아침과 저녁 그녀와 아들은 (그 장면을 본 적이 있거나 기억하고 있는 모든 사람들의 마음에 전율을 가져올 감동적인 교감 속에서) 함께 하늘에 계신 우리 아버지를 낭송했다. 엄마가 마음을 다해 기도문을 암송하면 어린 아들 역시 엄마의 말을 아직 불분명한 아기 발음으로 따라 읊었다. 그리고 하느님께 기도를 올릴 때마다 그들은 마치 아버지 조지가 그 방에 함께 있기라도 한 것처럼 매번 그에게 축복을 내려달라는 말을 잊지 않았다.

이 어린 신사를 씻기고, 아침이면 식사 전, 할아버지가 '사업'

차 나가시기 전에 산책을 데리고 갔다 오고, 아이를 위해 보기 좋고 독창적인 옷들을 지어 입히는데—이 검소한 미망인은 남편이 살아 있을 때 샀던 쓸 만한 옷들을 죄다 옷장에서 꺼내 잘라서 아기 옷을 만들기 위한 옷감으로 사용했다. 자신은(망하고 난 후 특히 더 옷차림에 신경을 쓰는 어머니는 질색을 했지만) 언제나 검은색 드레스에 검은 리본을 단 밀짚모자만을 착용했기 때문이다—그녀는 하루의 대부분을 할애했다. 그리고 남는 시간은 어머니와 나이 든 아버지를 보살피는 데 사용해야 했다. 그녀는 애써 카드를 배워 아버지가 술집에 가지 않는 저녁이면 함께 카드 게임을 하곤 했다. 아버지가 원하시면 노래도 불러드렸다. 아버지가 노래를 듣고 싶어 하는 건 좋은 신호였다. 그녀가 노래를 하면 그는 언제나 노래를 들으며 편안히 잠이 들기 때문이었다. 그녀는 또 아버지를 위해 수많은 서류와 편지, 사업 설명서, 계획서 따위를 받아쓰기도 했다. 세들리의 이전 지인들 대부분이 받아보았던 안내문, 그가 이번에 석탄 상회를 열면서 일반 소비자와 친지분들에게 촐드런[8]당 ××의 가격으로 최고의 석탄을 공급할 수 있게 되었다는 내용을 담고 있었던 그 안내문 역시 아멜리아의 필체로 쓰였다. 세들리 노인이 한 일이라곤 그 안내문에 멋을 부려 서명을 하고 서기 같은, 떨리는 손으로 겉봉을 쓴 것뿐이었다. 이런 사업 안내문 중 하나는 콕스앤그린우드 상회 앞으로 해서 ××연대의 도빈 소령에게도 보내졌다. 그때 소령은 마드라스에 주둔하고 있었기 때문에 별로 석탄이 필요하지 않았다. 그러나 그는 그 안내문의 필체를 대번에 알아보았다. 아, 그 글을 쓴 손을 직접 잡을 수만 있다면 그 어떤 값이라도 기꺼이 치를 터인데! 소령 앞으로 그다음에는 세들리 상회가 오포르토와 보르도, 세인트메리에 대리점을 두고 여러 친지 및 일반 소비자분들에게 가장 맛좋고 뛰어난 포트와인과 셰리주 그리고 클라레 와인을 합리적인 가격에 제공하여 큰 혜택을 보실 수 있도록 하겠다는 안내문이 날아왔다. 이 안내문에 영감을 얻은 도빈은 주지사와 사령관, 판사 및 연대 장교들, 그밖에도 그 지역에서 그가 알고 있는 모든 사람에게 열심히 권유해 엄청난 양의 주문서를 영국의 세들리 상회로 보냄으로써 세들리 노인뿐만 아니라 동업자 클랩 씨를 놀라게 만들었다. 이 첫 거래에 고무된 세들리 노인은 시내에 상점을 내어 점원을 여럿 두고, 전용 선착장도 만들어 전 세계에 대리인을 고용하겠다면서 꿈에 부풀어 있었지만 그 뒤로는 다시 주문이 들어오질 않았다. 전에는 와인 맛을 곧잘 식별했지만, 이제 그 감각을 상실했기 때문이다. 도빈 소령은 질 나쁜 와인을 소개했다고 연대 식당과 휴게실로부터 크게 욕을 먹었다. 결국 그는 그 와인의 대부분을 다시 사들인 다음 크게 손해를 보면서 일반 경매장에 다시 내다 팔았다. 그 즈음 캘커타의 국세청 요직에 승진해 있던 조는 우편으로 배달된 이 주류 판매 안내문을 보고 격분했다. 안내문 안에는 아버지의 개인적 서신도 첨부되어 있었다. 그는 조가 이번 사업을 많이 도와줄 것으로 믿는다고 말하면서 그에게 좋은 와인들을 골라 보내고 각각에 대해 그에 해당하는 금액의 수표를 조 이름 앞으로 끊겠다고 적고 있었다. 그러나 조는, 국세청의 중책을 맡고 있는 조 세들리의 아버지가 주류 상인이 되어 다른 이들에게 술 구매를 간청하는 것은 아버지가 잭 캐치[9]가 되는 것만큼이나 수치스러운 일이므로 용인할 수 없다면서 단박에 지불을 거절했다. 게다가 아버지 일은 아버지가 알아서 하시라는 오만불손한 답장까지 써 보냈다. 이런 거절의 편지를 받자 세들리 상회는 할 수 없이 마드라스에서의 첫 주문에서 발생한 이익과 에미가 가진 저금의 일부로 손해를 메울 수밖에 없게 되었다.

오스본이 사망했을 때, 남편의 유산 집행인은 그녀 앞으로 나오는 연간 50파운드의 연금 이외에도 대리인에게 아직 오백 파운드의 저금이 남아 있다고 알려주었다. 어린 조지의 후견인인 도빈 소령은 그 돈을 8퍼센트 이자로 인도의 한 대리점에 예치해 두자고 제안했다. 소령이 그 돈에 대해 뭔가 흑심을 품고 있다고 생각한 세들리 노인은 이 계획에 강하게 반대했다. 돈을 그렇게 운용하는 것에 항의하러 직접 대리인을 찾아 갔던 노인은 그러나 놀랍게도, 오스본 앞으로 그만한 돈이 남아 있지 않으며 남은 돈은 백 파운드도 채 되지 않는다는 사실을 알게 되었다. 그들은 그 오백 파운드는 자기들이 관리하는 것과는 상관 없는 돈인 것 같다면서 자세한 사항은 도빈 소령이 알고 있을 것이라고 말했다. 뭔가 수상하다는 심증에 더 한층 확신을 갖게 된 세들리 노인은 그길로 소령을 찾아갔다. 딸의 가장 가까운 보호자로서 그는 대단히 고압적인 태도로 죽은 사위의 재산에 대한 분명한 설명을 요구했다. 말을 더듬고 얼굴을 붉히며 당황해 어쩔 줄 모르는 도빈을 보자, 노인은 의심이 점점 더 굳어져 엄숙한 목소리로 그가 죽은 사위의 돈을 불법적으로 운용하고 있는 것은 아닌가 하는 의심이 든다고 말했다.

이 말에 도빈은 완전히 자제심을 잃고 말았다. 자신을 비난하는 사람이 늙고 영락한 노인만 아니었던들 이야기를 나누고 있던 슬로터스 커피하우스 테이블에서 한바탕 싸움이 벌어졌을 것이다. "선생님, 이 층으로 가시지요." 소령이 예의 혀 짧은 소리로 말했다. "이 층으로 가시자구요. 그러면 피해를 본 사람이 누구인지, 조지인지 저인지 알려드리죠." 자기가 묵고 있던 방으로 노인을 데려간 소령은 책상에서 오스본의 회계장과 한 뭉치의 차용 증서를 꺼내 보여주었다. 사실 오스본은 언제나 쉽게 차용증을 남발했었다. "영국에서 쓴 차용증은 그가 다 지불했습니다." 도빈이 설명했다. "하지만 브뤼셀에서 전사했을 때 그에게는 백 파운드도 채 남아 있지 않았어요. 그래서 저와 두세 명의 동료들이 할 수 있는 만큼 돈을 좀 모았던 겁니다. 그런데도 선생님께서는 우리가 미망인과 뒤에 남은 아기 돈을 가로채려 한다고 하실 참입니까." 이 말에 세들리 노인은 무척 부끄러워하며 자신의 잘못을 뉘우쳤다. 그러나 사실 도빈은 노인에게 진실을 감추고 있었다. 오백 파운드가 일전 한 푼까지 모두 자기 주머니에서 나온 것이며 친구를 매장하는 데 든 비용과 그 불행한 사건을 수습하고 가엾은 아멜리아를 본국으로 데리고 오는 데 든 비용까지 자신이 모두 지불했다는 사실을 말하지 않았기 때문이다.

세들리 노인은 이런 비용에 대해 한 번도 생각해본 일이 없었다. 아멜리아의 다른 가족들이나 아멜리아 자신 역시 마찬가지였다. 그녀는 도빈 소령이 재정 문제를 알아서 처리해주리라 믿으면서 뭔가 아귀가 맞지 않는 그의 계산을 당연한 것으로 받아들이고 도빈이 그녀를 위해 얼마나 돈을 썼는지에 대해서는 한 번도 신경을 쓰지 않았다.

약속한 대로 그녀는 일 년에 두세 번 마드라스의 소령에게 편지를, 온통 조지 이야기뿐인 편지를 썼다. 그러나 그는 이 편지들을 얼마나 소중히 여겼던 것인지! 아멜리아가 편지를 쓸 때마다 그도 답장을 썼지만, 그 외에는 달리 편지를 보내지 않았다. 그러나 그는 그녀와 대자가 자신을 잊지 않도록 끊임없이 선물을 보냈다. 스카프를 한 상자 주문해 보내기도 하고, 중국에서 상아로 만든 체스 말 세트를 주문해 보내기도 했다. 졸(卒)들은 녹색과 흰색의 작은 인형들로 진짜 칼과 방패를 갖고 있었으며 기사들은 말을 타고 있었고 성장(城將)들은 코끼리 등에 올라앉아 있었다. "망고 부인의 파이너리스 저택에 있는 것들도 이에 댈 수는 없겠는데요." 페슬러 선생의 말이었다. 체스 말을 받은 조지의 기쁨은 대단한 것이었다. 그는 심지어 생전 처음으로 선물을 보내주신 대부님께 감사의 편지를 써 보냈다. 도빈은 또 피클이며 다른 절임 식품들도 보냈는데 꼬마 신사 조지는 어느 날 부엌 찬장에서 몰래 이것들 중 하나를 꺼내 먹고는 놀라 죽을 뻔 한 적도 있었다. 조지는 엄마 몰래 이런 짓을 해 천벌을 받는구나 생각했다. 그렇게나 매웠던 것이다. 소령에게 보낸 편지에서 에미가 이 불운한 사건을 짧지만 코믹하게 적어 보냈기 때문에 소령은 그녀가 기운을 회복했으며 이제 가끔 명랑해질 수도 있구나 생각하며 기뻐했다. 그는 또 그녀를 위해서는 흰색을, 그녀의 어머니를 위해서는 종려나무 잎 모양이 프린트된 검은색 숄을 한 쌍 사서 영국으로 보내기도 했다. 세들리 노인과 조지를 위해서는 겨울용 붉은 목도리 두 벌을 보내주었다. 세들리 부인은 그 숄들이 하나에 적어도 50기니는 나가는 물건이라는 것을 짐작할 수 있었다. 성장을 하고 브롬프튼의 교회를 가면서 그 숄을 걸치고 간 세들리 부인은 아는 여자들 모두로부터 아주 멋진 숄이라는 칭찬을 들었다. 에미의 흰색 숄 역시 소박한 검은색 드레스에 썩 잘 어울렸다. "그 애가 소령을 마음에 두지 않다니 참말 답답한 일이지 뭐예요!" 세들리 부인은 클랩 부인이며 브롬프턴의 친구들 모두에게 이렇게 말을 했다. "조는 절대 우리에게 이런 선물을 보내주는 법이 없어요. 뭐라도 우리한테 돈이 드는 걸 아주 아까워한다니까. 소령은 얘한테 완전히 반한 게 틀림없는데, 내가 그 이야길 꺼내기만 하면 우리 애는 얼굴을 붉히며 울기 시작하고 이 층에 가서 제 남편 초상화만 부여잡고 있는다우. 난 이제 아주 그 초상화가 지긋지긋해요. 사악하고 돈만 밝히는 오스본 집안을 아예 몰랐다면 얼마나 좋았겠수."

　이렇게 소박한 풍경들과 사람들 속에서 어린 시절을 보내면서 조지는 섬세하고 민감하며 도도한, 여자 손에 자란 티가 나는 소년으로 자라났다. 엄마를 무척 사랑하면서도 아이는 마음 약한 어머니를 손에 쥐고 흔들었으며 자기 주변의 작은 세계 안 모든 사람을 지배하려 들었다. 그가 성장함에 따라 어른들은 그 오만한 태도를 포함해 그가 얼마나 아버지를 닮았는지에 경탄을 금치 못하였다. 매사에 질문을 던지는 여느 애들처럼 조지 역시 모든 것에 질문을 던졌다. 그가 하는 말이며 던지는 질문들이 얼마나 심오했던지 할아버지가 하도 술집에서 손자의 천재성이며 놀라운 학습 능력에 대해 매일 떠들어대는 바람에 그곳의 모든 사람들이 아주 다 신물을 낼 지경이었다. 그는 부러 무심하게 굴어 할머니를 애태우게 만들며 속으로 즐거워하기도 했다. 주위의 모든 사람이 이런 아이는 세상에 둘도 없을 것이라고 입을 모았다. 아버지의 자부심을 물려받은 조지는 사람들의 평가가 틀린 것이 아니라고 생각하는 눈치였다.

　조지가 여섯 살이 될 즈음부터 도빈 소령은 그에게 자주 편지를 써 보냈다. 곧 학교에 간다는 소식을 듣고 싶다거나 할 일을 잘 했으면 좋겠다고 적기도 했다. 혹시 좋은 선생을 구해 집에서 수업을 받을 계획인지도 물었다. 어쨌거나 이제 교육을 시작해야 할 때라고 의견을 밝히면서 조지의 대부이자 후견인으로서 그는 어머니의 빠듯한 수입으로 교육비를 대기는 어려울 터이니 자신이 교육비를 대고 싶다는 바람을 넌지시 비추었다. 한 마디로, 소령은 아멜리아와 그녀의 어린 아들을 한시도 잊지 않았으며 대리인을 통해 어린 조지에게 끊임없이 그림책, 물감, 책상 그밖에도 온갖 종류의 장난감과 교구들을 사 보냈다. 조지의 여섯 번째 생일 사흘 전, 이륜마차를 탄 한 신사가 하인과 함께 세들리 노인 집 앞에 도착해 조지 오스본 도련님을 뵈러 왔다고 말했다. 그것은 콩뒤 가에서 군복 전문 양복점을 운영하는 울시 씨였는데 소령의 주문을 받고 어린 도령의 양복 치수를 재러 왔던 것이었다. 그는 조지의 아버지 오스본 대위님의 옷도 자신이 만들어드렸었다고 말했다. 때때로, 물론 이 역시 소령의 부탁이었겠지만, 도빈의 누이들이 마차를 타고 와 아이와 엄마가 원하면 함께 드라이브에 데려가주기도 했다. 아멜리아는 그들의 생색이며 친절이 무척 불편했지만 무엇이든 양보하고 받아들이는 천성에 따라 온순히 그것을 견뎌냈다. 게다가 조지는 으리으리한 자가용 마차를 타고 드라이브 가는 것을 무척이나 좋아했던 것이다. 도빈의 누이들은 또 가끔씩 조지를 하루 데리고 가 놀다 오겠다고 청하기도 했는데 조지 역시 언제든 덴마크 힐에 있는 그들의 집, 멋진 정원이 있는 데다 온실에서는 맛좋은 포도가, 과수나무 위에서는 복숭아가 자라는 그들 집에 놀러 가는 것을 무척이나 좋아했다.

어느 날 그들은 친절하게도 **틀림없이** 아멜리아를 기쁘게 해줄 소식을 하나 가지고 그 집에 놀러 왔다. 오빠 윌리엄에게 아주 반가운 소식이 있다면서.

"무슨 소식인데요, 소령님이 돌아오시나요?" 기쁨으로 눈동자를 빛내면서 아멜리아가 물었다.

아니, 그의 귀환과는 전혀 상관없는 소식이었다. 그것은 오빠가 곧 결혼을, 그것도 아멜리아의 가까운 친구 오다부드 부인의 아가씨 글로비나 양과 결혼을 한다는 것이었다. 그들은 믿을 만한 소식통을 통해 이 이야기를 들었노라고 하면서 마이클 오다우드 경의 여동생인 그녀가 마드라스로 오다우드 경 부인을 방문하러 왔었는데 다들 그녀가 아주 예쁘고 교양 있는 여자라고 하더라고 전해주었다.

아멜리아는 "아!" 하고 소리쳤다. 그녀는 **진심으로** 기뻤다. 그러나 아멜리아는 글로비나가 무척이나 다정했던 자신의 오랜 벗 오다우드 부인만은 못할 것이라고 생각했다. 그래도 여전히 그녀는 진심으로 기뻤다. 그리고 뭔가 설명할 수 없는 충동에 사로잡혀 그녀는 조지를 품에 안고 몹시 다정하게 그에게 열렬히 입을 맞추었다. 아기를 내려놓을 때 그녀의 눈은 촉촉하게 젖어 있었다. 드라이브를 하는 내내 그녀는 거의 아무런 말도 하지 않았다. 그 소식이 정말로 기뻤음에도 불구하고.

* * *

39장
비웃고 지나갈 일들

도리 상 돈 많은 고모님의 유산만을 목 빠지게 기대하고 있다가 그 결과에 무참히 낙담한 햄프셔의 몇몇 친숙한 인물들 근황을 잠시 살펴보고 가야겠다. 누나로부터 삼만 파운드는 받을 수 있으려니 생각했던 뷰트 크롤리는 자신에게 떨어진 금액이 오천 파운드밖에 되지 않는다는 사실에 큰 충격을 받았다. 자신이 진 빚과 대학에 있는 아들 짐의 빚을 갚고 나니 못생긴 네 딸들 앞으로는 푼돈만이 남았다. 뷰트 부인은 자신의 독재적인 행위가 남편의 운을 얼마나 망쳤는지 결코 알지 못했고 설사 알았다 해도 절대 인정하지 않았을 것이다. 그녀는 자신이 할 수 있는 것을 다했노라 맹세하고 항변했다. 위선자 조카 피트 크롤리 같은 아첨 기술을 갖지 못한 것이 자신의 잘못이냐며 따져 묻기도 했다. 부정한 짓으로 얻은 행운을 어디 한번 마음껏 누려보라고 이를 갈 때도 있었다. "어쨌거나 고모님 돈이 피트 가문에 계속 남아 있을 테니 다행이죠." 그녀가 자비로운 태도로 말했다. "피트는 절대 그 돈을 쓰지 않을 거예요. 그건 틀림없어요. 영국 안에 그 애보다 지독한 구두쇠는 없으니까요. 그 애는, 종류는 참 다르지만, 돈을 물 쓰듯 하는 그 방탕한 로던 놈만큼이나 형편없는 악당이지요."

그러나 분노와 실망으로 인한 최초의 충격이 지나가자 뷰트 부인은 최선을 다해 돈을 아끼고 살림을 규모 있게 꾸려 상황을 호전시켜 보려고 노력했다. 딸들에게는 즐겁게 가난을 견디는 법을 가르쳐주고 가난을 숨기거나 극복하는 수천 가지 기발한 방법들을 고안해내기도 했다. 그녀는 감탄할 만한 정력으로 크롤리 고모의 얼마 안 되는 유산을 받기 전보다 훨씬 더 자주 딸들을 주변의 공공장소와 무도회에 데리고 다녔고 친구들을 목사관에 초대해 환대하며 식사를 대접하기도 했다. 겉모습만 보고는 아무도 그들이 몹시 실망스러운 유산을 받았다고 생각하지 않았을 것이며 그렇게 자주 사교 모임에 나타나는 그녀가 집에서는 살림을 쥐어짜며 한 푼 두 푼에 벌벌 떤다고도 생각하지 못했을 것이다. 딸들은 그 언제보다 많은 장신구를 장만하고 윈체스터나 사우샘프턴의 여러 사교 모임에 지치지도 않고 모습을 드러냈다. 그들은 보트 경기나 경마 후의 댄스파티에 참가하기 위해 카우스까지 오기도 했는데 이 때문에 밭을 갈다가 끌려나와 마차를 끄는 그 집 말들은 한시도 쉴 날이 없었다. 이런 집요함의 결과, 마침내 모든 사람들이 이 집의 네 딸들이 고모님으로부터, 이 집 식구들이 사람들 앞에서 언제나 지극한 감사와 경의를 담아 언급하곤 하는 고모님으로부터, 적잖은 유산을 받았다고 믿기에 이르렀다. 사실 이런 것들이야말로 허영의 시장에서 제일 흔한 거짓말이라 할 수 있다. 그런데 이렇게 사기를 치고 다니는 사람들이 자신들의 위선을 당당히 여기면서 진짜 재정 상태를 숨길 수 있다는 이유로 스스로를 훌륭하고 덕망 높은 사람으로 생각하는 모습이란 참으로 가관이라 할 만하다.

뷰트 부인 역시 스스로를 영국에서 손꼽히는 덕망 높은 여인으로 생각했다. 사실 아무것도 모르는 사람들 눈에 그녀의 화목한 가족은 본받아야 할 가정의 전형처럼 보이기도 했다. 그들은 그렇게 명랑하고 서로를 사랑하며 행동거지가 바른 데다 검소했던 것이다! 마사는 꽃 그림을 대단히 잘 그렸는데 그 지역 자선 바자회에 나오는 그림의 절반은 그녀가 그린 것이었다. 에마는 군내의 알려진 시인으로서 《햄프셔 텔레그래프》에 실린 그녀의 시는 언제나 시란을 빛내 주는 보배 같은 존재였다. 어머니가 피아노를 치면 패니와 마틸다는 함께 듀엣 곡을 불렀고 다른 두 딸은 팔로 서로의 허리를 안고 다정한 표정으로 그 노래를 경청했다. 그러나 이 가엾은 딸들이 남몰래 몇 번이고 되풀이하여 그 곡들을 연습하는 모습은 아무도 보지 못했고 어머니가 몇 시간이고 혹독하게 그들을 훈련시키는 모습 역시 아무도 보지 못했다. 그러니까 뷰트 부인은 운명에 맞서 미소를 지으며 할 수 있는 최선을 다해 덕 있는 부인의 역할을 했던 것이다.

뷰트 부인은 훌륭한 어머니가 할 수 있는 모든 일을 다했다. 사우샘프턴에 요트를 타러 온 남자들을 집에 초대하기도 했고 윈체스터의 성당에서는 목사들을, 그곳 주둔부대에서는 장교들을 집으로 불러들이기도 했다. 순회재판에 온 변호사들을 꾀어 보기도 하고 아들 짐에게 함께 여우 사냥을 했던 친구들을 집에 데리고 오라고 당부하기도 했다. 사랑하는 딸들을 위해서라면 어머니가 하지 못할 일이 무엇이란 말인가?

이렇게 덕망 높은 부인과 그녀의 시아주버니, 즉 퀸스 크롤리 저택의 악명 높은 준남작 사이에 공통점이라곤 없었음은 자명한 사실이다. 동생 뷰트와 형 피트 경은 이제 서로에게 완전히 등을 돌리고 있었다. 사실 퀸스 크롤리 영주들 전체가 지역의 수치인 피트 경에게 등을 돌리고 있었다. 나이가 들수록 상류사회에 대한 그의 반감은 심해져만 갔으며 피트와 제인이 결혼 후 도리 상 인사를 드리러 왔던 이후 이 집 문 앞에 신사의 마차가 멈춰 서는 일은 다시없었다.

새 식구들에게 그것은 참으로 몸을 떨지 않고는 생각할 수 없는 끔찍하고도 불행한 방문이었다. 피트는 무서운 얼굴로 아내에게 다시는 그 방문에 대해 언급하지 말아달라고 사정했다. 피트 경이 아들과 며느리를 어떻게 맞았는지가 조금이라도 주변에 알려졌다면 그것은 여전히 본가에서 일어나는 모든 일을 낱낱이 알고 있는 뷰트 부인 입에서 나온 것이었다.

잘 관리된 단정한 마차로 영지 안 가로수 길을 달리던 피트는 나무들 사이가 듬성듬성 비어 있는 것을 보고 놀라움과 분노를 금치 못했다. 나무들, 자신의 나무들을 노인네가 권한 없이 마구 베어다 판 것이었다. 영지는 관리가 전혀 되지 않아 완전히 황폐하게 버려진 상태였다. 길 역시 관리를 하지 않아 깔끔한 마차가 곧 물웅덩이에서 튄 진흙으로 지저분해졌다. 테라스와 현관 계단 앞 커다란 공터도 청소를 하지 않아 시커먼데다 온통 이끼로 뒤덮여 있었으며 한때 잘 가꾼 화단이었던 곳 역시 잡초만 무성하게 자라고 있었다. 집 창문 전체에 덧문이 내려져 있었고 초인종을 누르고도 한참이 지나도록 커다란 현관문을 열어주기 위해 나오는 이가 아무도 없었다. 마침내 집사 호록스가 나와 퀸스 크롤리의 상속인과 그 신부를 아버지 집으로 들어가게 해주었는데 집안에 들어온 그들은 검은 참나무 계단 위로 리본을 맨 여자 하나가 휙 지나가는 것을 볼 수 있었다. 집사는 소위 말하는 피트 경의 '서재'로 그들을 안내했는데 그 방에 가까워질수록 담배 냄새가 점점 더 지독하게 코를 찔렀다. "피트 경은 건강이 무척 좋질 않으세요." 피트 경이 요통으로 고생하고 있다는 사실을 넌지시 일러주며 호록스가 변명이라도 하듯 덧붙였다.

서재는 정원 앞 보도를 면하고 있었는데 피트 경은 창문 하나를 열고 짐을 내리려는 피트의 하인과 마부에게 고함을 질러대고 있었다.

"가방들 아무것도 내리지 말아" 그가 쥐고 있던 담배 파이프로 마차를 가리키며 소리쳤다. "잠깐 얼굴만 보고 갈 테니까. 터커, 이 멍청한 녀석. 이런, 저 말굽 갈라진 것 좀 보라지! 킹스 헤드에는 그걸 좀 수선해줄 인간도 없나 보지? 피트, 오랜만이구나. 며늘아가, 만나서 반갑구나. 이리 오렴, 예뻐서 마음에 드는구나. 늙어빠진 네 에미 같은 밉상은 아니야. 착한 아이처럼 이리 와서, 이 늙은 시아비에게 키스를 해다오."

수염도 깎지 않고 담배 냄새가 푹푹 나는 노인과의 포옹은 당연히 며느리를 당황하고 불편하게 만들었다. 그러나 그녀는 오빠 사우스다운 경도 수염이 있고 담배를 피운다는 사실을 생각하며 참을성 있고 얌전하게 준남작의 포옹을 받아들였다.

"피트 너는 살이 쪘구나." 며느리와 포옹을 한 뒤 준남작이 말했다. "저 아이가 너에게 긴 설교문을 읽어주더냐, 아가? 시편 100편이니 저녁 찬송 같은 것들 말이다, 그렇지 피트? 이봐, 뚱보 호록스, 살찐 돼지처럼 거기 서서 구경만 하지 말고 가서 며늘아기한테 줄 백포도주와 케이크를 좀 내와. 묵고 가라고는 하지 않겠다, 아가. 여기 있으면 너무 답답할 거야. 나도 피트랑 있는 것이 재미없고. 이제 늙었으니, 내 식대로 살고 싶어. 담배를 피우고 밤이면 주사위 놀이를 하면서 말이야."

"저도 주사위 놀이를 할 줄 알아요, 아버님." 레이디 제인이 웃으며 대답했다. "아버지하고도 했고, 크롤리 고모님과도 종종 했는걸요. 그렇죠, 여보?"

"네, 제인도 아버님이 즐기시는 그 게임을 할 줄 압니다." 피트가 거만한 태도로 대답했다.

"그래도 묵고 갈 건 없어. 아니, 아니, 머드베리로 가서 린서 부인이나 기쁘게 해주든지, 아니면 목사관에 가서 뷰트 부인한 테 저녁이라도 달라고 해라. 뷰트 그놈, 널 보면 반가워할 게다. 네가 그 노파 돈을 손에 넣어서 아주 고마워하고 있으니까. 하 하! 내가 죽으면 그 돈을 조금만 써도 이 집을 충분히 고치고 남을 게야."

"오다 보니까, 하인들이 나무를 베었더군요." 피트가 조금 높은 목소리로 말했다.

"그래, 그래, 참 철에 어울리는 좋은 날씨 아니냐." 갑자기 피트 말이 들리지 않는다는 듯 아버지가 대답했다. "난 이제 늙었다, 피트. 그래, 너도 쉰이 멀지 않았지. 하지만 저 애는 늙어 보이질 않아, 그렇지 않니, 아가? 반듯하게 생활하고 술도 먹지 않고 그래서 그런 모양이야. 날 봐라. 난 이제 곧 여든이야, 히히." 그는 웃음을 터뜨리고 담배를 한 번 들이마시더니 며느리를 힐끔힐끔 쳐다보고 손을 잡아보기도 했다.

피트는 다시 한 번 나무 이야기를 꺼냈지만 이번에도 준남작은 곧바로 귀머거리가 된 듯 그의 말을 알아듣지 못하는 척했다.

"난 이제 아주 늙었어. 올해는 허리가 아파서 무척 고생을 했지. 이제 오래 살지 못할 거다. 그래도 며늘아가, 네가 와주어서 기쁘구나. 얼굴이 예뻐서 마음에 들어. 잘난 척하는 빙키 집안 흔적은 어디에도 없구나. 내가 궁전에 갈 때 달고 갈 예쁜 장신구를 하나 주마." 그는 방을 가로질러 가더니 선반에 손을 뻗어 값이 좀 나가는 보석류를 넣어둔 오래된 상자 하나를 꺼냈다. "이걸 받으렴." 노인이 말했다. "아가, 이건 내 어머니 거였어. 나중에 내 첫 번째 아내가 물려받았고. 예쁜 진주지. 그 철물상 집 딸에게는 이걸 절대 주지 않았단다. 주지 않았지. 자, 이걸 얼른 받아 넣어두어라." 호록스가 쟁반에 다과를 담아 방 안으로 들어오자 그는 캐비닛 문을 쾅 닫고 며느리 손에 진주 상자를 떠밀어 쥐어주었다.

"피트의 부인에게 준 게 뭐였죠?" 피트와 레이디 제인이 노인을 떠나자마자 리본을 단 여자가 피트 경에게 다그쳐 물었다. 그녀는 집사의 딸로서 성내에 온통 추문을 일으키며 이제 퀸스 크롤리에서 거의 제일 막강한 힘을 행사하게 된 호록스 양이었다.

리본을 단 이 여인이 퀸스 크롤리 저택에서 이렇게 막강한 영향력을 행사하게 되기까지 집안사람들이나 영지 사람들 모두가 씁쓸하고 불쾌한 마음으로 그 과정을 지켜봤다. 호록스 양은 머드베리 은행에 계좌를 만들고 저택 하인들이 사용하는 조랑말 마차를 독점해 그 마차로 교회에 오곤 했다. 마음에 들지 않는 하인은 가차 없이 해고해버리기도 했다. 여전히 퀸스 크롤리 저택에 남아 있던 정원사, 자신이 가꾸는 온실이며 유실수에 크게 자부심을 느끼며 정원에서 나는 야채와 과일을 사우샘프턴에 몰래 내다 팔아 살림살이에 적지 않은 도움을 얻곤 했던 정원사는 어느 맑은 날 아침 남쪽 과수 정원에서 리본이 복숭아를 따먹는 것을 발견하고 남의 재산에 왜 손을 대느냐고 야단을 쳤다가 그녀에게 따귀를 얻어맞았다. 퀸스 크롤리에서 유일하게 건전한 생활을 계속하던 정원사와 그의 스코틀랜드 출신 아내, 또 부모의 스코틀랜드 피를 이어받은 그 집 아이들은 짐을 꾸려 퀸스 크롤리를 떠나야 했다. 그 후로 위풍당당하던 정원은 황폐해져 버렸고 꽃밭 역시 잡초 밭이 되었다. 가엾은 고 크롤리 부인의 장미 정원 역시 더 이상 음침할 수 없는 황무지가 되어버렸다. 이제 음산한 하인들 숙소에는 오직 하인들 두 셋만이 남아 몸을 떨고 있었다. 마구간도 곳간도 텅텅 비어 문이 잠긴 채 버려진 창고 같은 신세가 되었다. 피트 경은 바깥나들이를 통하지 않았다. 저녁이면 하인 우두머리 혹은 퀸스 크롤리의 집사(이것이 최근 그의 호칭이었다.) 호록스와 타락한 그의 딸 리본과 함께 진탕 술을 마셔댔다. 그녀가 짐마차로 머드베리에 나와 작은 가게의 상인들을 '선생님'이라고 공손하게 부르던 때와는 많은 것이 달라져 있었다. 자신의 행동이 부끄러워서였는지 아니면 이웃들이 자신을 싫어했기 때문인지 몰라도 이 늙은 견유주의자는 이제 영지 밖 외출을 하는 일이 거의 없었다. 그는 오직 편지로만 소작인들과 언쟁을 벌이고 임대인들에게 집세를 다그쳤다. 낮 시간의 대부분을 편지 주고받는 일로 보냈다. 변호사들도 토지 관리인들도 리본을 통하지 않고는 피트 경을 만나볼 수 없었다. 리본은 후문이 환히 내다보이는 가정부 방문 앞에 선 채 후문으로 들어온 변호사나 영지 관리인들을 피트 경에게 들여보냈다. 그 덕에 준남작의 업무는 나날이 엉망이 되어갔고 사업들도 점점 더 뒤죽박죽이 되어갔다.

대단히 반듯하고 모범적인 생활을 영위하는 피트가 망령 든 노인 같은 아버지의 처신들을 보고받고 경악을 금치 못했으리라는 것은 쉽게 상상할 수 있는 일이다. 그는 리본이 자신의 두 번째 정식 계모가 되었다는 소식이 전해질까 매일 두려움에 떨었다. 결혼 후 처음이자 마지막이 되고 만 그 방문 이후 피트의 품격 높고 반듯한 집안에서 아버지의 이름이 다시 거론되는 일은 결코 없었다. 아버지는 그 집안의 사신(邪神)이었다. 가족들 모두가 두려움과 침묵으로 아버지를 회피했다. 사우스다운 백작 부인은 마차로 퀸스 크롤리 근처를 지날 때마다 머리털이 쭈뼛 설 만큼 무서운 종교 책자들, 가지고 있는 것 중에서도 가장 무서운 내용의 책들을 그 집 문 앞에 두고 갔으며 목사관의 뷰트 부인은 밤이면 큰집이 화염에 휩싸여 집 뒤쪽 느릅나무 위 하늘이 붉게 물들지 않았는지 고개를 빼고 내다보곤 했다. 크롤리 집안의 오랜 친구인 퍼들스턴 경과 웝숏 경은 사계(四季) 법원에서 피트 경 옆에는 앉으려 하지 않았고 사우샘프턴 거리에서 만나도 아는 척을 하지 않았다. 이 방탕한 노인네가 더러운 손을 내밀며 악수를 청하는 데도 말이다. 그러거나 말거나 그는 신경도 쓰지 않고 주머니에 손을 넣고는 사두마차에 올라서며 웃음을 터뜨릴 뿐이었다. 사우스다운 부인이 두고 간 종교 책자를 보고도 웃음을 터뜨렸고 아들이며 세상을 향해서도, 걸핏하면 화를 내는 리본을 향해서도 조롱 섞인 웃음만을 터뜨렸다.

호록스의 딸은 이제 퀸스 크롤리의 안사람 역을 자처하며 대단한 정력과 위엄으로 하인들을 거느렸다. 하인들은 모두 그녀를 '부인' 혹은 '마님'이라고 부르라는 지시를 받았는데, 이 기회에 출세나 좀 해볼까 노린 어린 하녀 하나는 굳이 그녀를 '사모님'이라고 부르기를 고집했다. 그런데 안주인 역을 자처한 호록스의 딸은 굳이 이를 말리거나 야단치지도 않았다. "헤스터, 나보다 훌륭한 부인들도 계셨지만, 나만 못한 부인들도 계셨단다." 이것이 그녀가 하녀의 존칭에 응해 한 말이었다. 이렇게 그녀는 자기 아버지를 제외한 모든 사람들에게 막강한 권력을 행사했다. 심지어는 아버지에게조차 '장차 준남작의 부인이 될' 몸이니 너무 가까운 티를 내지 말라고 경고하며 오만불손한 태도를 취하기도 했지만. 그녀는 미래의 출세에 대비해 자아도취에 빠져 귀부인 연습을 해보기도 했는데 그러면 준남작은 그녀가 잘난 척하는 표정에 젠체하는 몸짓으로 상류사회 부인인 양 귀부인들의 위엄을 흉내 내는 것을 보며 몇 시간이고 킬킬거리며 재미있어 했다. 그는 그녀의 귀부인 행세가 어떤 연극 못지않게 재미있다면서 첫 번째 부인의 궁정 출입복을 입어보라고 꺼내주며 옷이 썩 잘 어울린다고 칭찬을 해주고(호록스의 딸 역시 전적으로 동의했는데) 바로 사륜마차로 궁전에 데려가겠다고 말해 그녀를 겁먹게 하기도 했다. 그녀는 죽은 두 마나님의 옷장을 샅샅이 뒤져 남은 옷가지들을 죄 자신의 몸매와 취향에 맞게 고쳐 입었다. 장신구며 보석들도 갖고 싶었지만 늙은 준남작은 개인 서랍장에 그것들을 넣고 잠근 다음 아무리 애원을 하고 꾀어보아도 절대 열쇠를 넘겨주지 않았다. 사실, 그녀가 퀸스 크롤리를 떠난 후 이 아가씨 소유의 공책이 하나 발견되었는데 그 공책을 보고 우리는 그녀가 아주 열심히 글자 쓰는 법을 배워 특별히 공을 들여 레이디 크롤리니, 레이디 베시 호록스니 혹은 레이디 엘리자베스 크롤리니 하는 호칭으로 자기 이름 적는 연습을 했다는 사실을 알 수 있었다.

목사관의 반듯한 식구들은 결코 큰집에 발을 들이지 않았고 그 집의 망령 난 가장을 슬슬 피해 다녔지만 그럼에도 불구하고 그 집에서 일어나는 대부분의 일들을 소상하게 전해 듣고 있었고 호록스 양이 갈망해 마지않는 그 소식이 발표될까 매일 가슴을 졸이고 있었다. 그러나 행운의 신이 그녀를 질투라도 한 것인지, 그 흠잡을 데 없는 사랑과 미덕에 합당한 보상을 받을 기회가 그녀에겐 결국 주어지지 않았다.

어느 날 리본이, 종종 쿼드릴을 연주하곤 하던 베키가 떠난 이후 거의 아무도 손을 댄 일이 없는 객실의 낡은 피아노, 키도 잘 맞지 않는 피아노 앞에 앉아 있는 대로 폼을 재며 최선을 다해 전에 몇 번 들어본 적이 있는 곡들을 흉내 내 쳐보고 있을 때 준남작이 갑자기 들어와 그가 장난삼아 종종 '남작 부인'이라고 부르는 그녀를 놀라게 했다. 리본에게 잘 보여 출세 좀 해보려는 어린 부엌데기는 안주인 옆에 서서 진짜 귀족들의 객실에서 볼 수 있는 상류층의 아첨꾼과 똑같이 연주에 감동하며 "와, 사모님, 정말 아름다워요"라고 외치고 머리를 이리저리 흔들며 박자를 맞추었다.

이 모습에 준남작은 평소처럼 박장대소하며 저녁 술자리에서 이 이야기를 몇 번이나 호록스에게 되풀이하여 리본을 아주 무안하게 만들었다. 그는 테이블이 악기라도 되는 듯 손가락으로 두들기며 리본이 꽥꽥 고함이라도 지르듯 노래 부르던 모양새를 흉내 내기도 했다. 그는 그렇게 아름다운 목소리를 썩힐 수는 없다면서 노래 선생님을 구해주겠다고 호언장담을 하기도 했는데 호록스 양은 이런 준남작의 제안을 조금도 농담으로 듣지 않는 눈치였다. 그날 밤 준남작은 아주 기분이 좋아서 친구이자 집사인 호록스와 상당한 양의 물 탄 럼주를 마셔댔다. 밤이 제법 깊어 충실한 벗이자 하인인 호록스가 주인을 침실로 모셔 갔다.

그리고 삼십여 분 후 집안이 온통 소란스럽게 웅성거리기 시작했다. 평소 두세 개밖에 사용되지 않는 이 버려진 외로운 저택의 방방마다 환하게 불이 켜졌고 심부름꾼 아이 하나가 조랑말을 타고 머드베리로 의사 선생님을 부르러 달려갔다. 그리고 다시 한 시간쯤 후 (이것만 봐도 매사 빈틈없는 뷰트 크롤리 부인이 얼마나 주의 깊게 본가의 동정을 살피고 있는지 알 수 있는데) 나막신을 신고 얼굴을 덮는 모자를 쓴 부인과 뷰트 크롤리 목사, 아들 제임스 크롤리가 열린 현관문을 통해 집안으로 들어왔다.

그들은 홀을 지나고 방 테이블 위에 그날 저녁 피트 경이 마신 빈 럼주병과 술잔 세 개가 아직도 놓여 있는 작은 참나무 객실을 지나, 서재로 이어지는 방 안에 들어섰다. 그리고 그곳에서 흥분한 얼굴로 한 뭉치의 열쇠를 들고 이런저런 서랍장들을 열어보려 애를 쓰던 호록스 양을 발견했다. 남몰래 그런 짓을 하다 들킨 호록스 양은 뷰트 부인이 모자 챙 밑으로 매섭게 쏘아보자 그만 공포에 사로잡혀 비명을 지르며 열쇠 다발을 바닥에 떨어뜨리고 말았다.

"이것 좀 봐요, 제임스, 그리고 여보." 뷰트 부인이 겁에 질려 떠는 검은 눈의 여자를 손으로 가리켰다.

"그분이 주신 거예요, 어르신이 제게 주신 거라고요!" 그녀가 소리쳤다.

"너에게 그걸 주었다고, 이 파렴치한 계집애 같으니!" 뷰트 부인이 고함을 질렀다. "여보, 잘 보세요. 지금 이 되먹지 못한 여자가 아주버님 재산을 훔치려는 걸 목격한 거예요. 제가 늘 주장했던 것처럼 이 여자는 교수형을 당하게 될 거예요."

완전히 겁에 질린 베시 호록스는 무릎을 꿇고 주저앉아 울음을 터뜨렸다. 그러나 진정 훌륭한 여성이 어떻게 행동하는지 아는 사람이라면 그들이 결코 용서를 서두르는 법이 없으며 상대방의 굴욕을 곧 자신들의 영혼의 고양으로 간주한다는 사실을 모르지 않을 것이다.

　"벨을 울려라, 제임스." 뷰트 부인이 말했다. "사람들이 다 모일 때까지 벨을 울려." 벨이 울리고 계속해서 부르는 소리가 들려오자 이 버려진 낡은 집의 하인들 서넛이 그 방으로 올라왔다.

　"이 여자를 금고실에 가둬요." 부인이 명령했다. "이 여자가 피트 경 물건을 훔치고 있는 것을 우리가 목격했어요. 여보, 당신은 고소장을 써주시고요. 베도스, 자네는 내일 아침 이 여자를 짐마차에 태워 사우샘프턴의 감옥으로 데려가게."

　"여보," 그 지역 행정관이자 교구 목사이기도 한 남편이 끼어들었다. "그녀는 그저……."

　"집에 수갑이 없던가?" 뷰트 부인이 나막신을 신은 발을 쿵쿵 구르며 말을 계속했다. "전에는 수갑이 있었는데. 이 계집의 사악한 아비는 어디 있지?"

　"그분이 주신 거예요." 베시는 여전히 울면서 호소했다. "그렇지 않아, 헤스터? 너도 피트 경이 오래전에 내게 이걸 주시는 걸 보았지. 머드베리에서 장이 섰던 다음 날 말이야. 넌 알지? 제가 달라고 한 게 아니에요. 제 것이 아니라고 생각하시면 다시 가져가세요." 이렇게 말하더니 이 불행한 여인은 주머니에서 모조 보석으로 만든 한 쌍의 구두 장식을 꺼냈다. 사실인즉 전부터 가지고 싶어 했던 그 구두 장식을 그녀는 좀 전에 서재 선반 위에서 찾아내 주머니에 집어넣었던 것이다.

　"이런, 베시, 이렇게 관대하고 친절하신 크롤리 부인과 목사님께 감히 어떻게 그런 거짓말을 할 수 있어!" 얼마 전까지도 그녀에게 잘 보여 승진을 해보려던 어린 하녀 헤스터가 이렇게 말한 다음 목사 부부를 향해 허리 숙여 절을 하고 말을 계속 이어갔다. "제 방은 얼마든지 뒤지셔도 좋아요. 여기 열쇠가 있어요.

저는 가난한 부모님 밑에 태어나 구빈원(救貧院)에서 자랐지만 정직하게 살아왔으니까요. 제 방에서 조그만 레이스 조각이나 비단 양말 하나라도 나온다면 저는 다시는 교회에 나가지 않겠어요."

"열쇠를 이리 내놔, 이 뻔뻔한 계집 같으니." 얼굴을 덮는 모자를 쓴 이 엄격한 부인이 쇳소리로 다그쳤다.

"여기 촛불이 있어요, 부인. 허락하신다면 제가 저 여자의 방과 그 안 서랍으로 안내해 드릴게요. 이 여자는 그 서랍에 온갖 것들을 다 넣어두었답니다." 연신 허리를 굽실거리며 이 작은 하녀가 열정적으로 소리쳤다.

"그 입 좀 다물어라. 이 계집애 방이 어디 있는지는 나도 잘 알고 있으니까. 브라운 부인, 나를 따라와요. 베도스, 자네는 이 여자를 잘 지키고 있게." 뷰트 부인이 촛불을 손에 쥐며 말했다. "여보, 당신은 이 층으로 가서 그들이 아주버님을 죽이려고 하지나 않는지 보시는 게 좋겠어요." 남편에게도 지시를 마친 부인은 얼굴을 가린 모자를 쓰고 브라운 부인의 호위를 받으며 과연 그 위치를 정확하게도 알고 있는 베시의 방으로 걸어갔다.

뷰트 목사는 이 층으로 올라가 보았다. 이 층에서는 놀란 표정으로 의자에 앉은 주인을 굽어보고 있던 호록스와 머드베리에서 온 의사가 환자에게 사혈(瀉血)을 실시하려 하고 있었다.

모든 것을 지휘하며 밤새 늙은 준남작을 간호한 목사 부인은 아침 일찍 피트 크롤리에게 급전을 보냈다. 준남작은 어찌어찌 목숨을 건지기는 했으나 말을 하지도 못했고 사람들을 알아보지도 못했다. 뷰트 부인은 끈기 있고 단호하게 병상 곁을 지켰다. 정작 의사는 안락의자에 누워 코를 골고 있어도 이 작은 부인의 불타는 검은 눈은 잠시도 쉬지 않는 것 같았다. 호록스는 자신이 직접 주인을 지키며 간호하겠다고 딴에는 강력하게 권리를 주장해 보았으나 목사 부인은 그를 술주정뱅이 노인이라 부르면서 이 집에 다시는 얼굴을 들이밀지 말라고, 그러지 않으면 그 사악한 딸년처럼 감옥에 보내버리겠다고 호통을 쳐 내보냈다.

부인의 단호한 태도에 질린 호록스는 꼬리를 내리고 풀이 죽어 제임스가 앉아 있던 객실로 내려갔다. 테이블에 놓인 술병을 들어보고 술이 없다는 사실을 안 제임스가 호록스에게 럼주를 한 병 더 가지고 오라고 시켰다. 그리고 호록스가 깨끗한 잔과 술병을 가져오자 아버지와 나란히 자리를 잡고 앉아 호록스에게 열쇠를 내놓고 당장 나가라고, 그리고 다시는 이 집에 얼굴을 비추지 말라고 명령했다. 목사관 식구들의 이런 태도에 겁을 먹은 호록스는 열쇠를 내려놓은 다음 어쩌면 자신들 손에 넣을 수도 있었을 퀸스 크롤리 저택을 포기하고 딸과 함께 야반도주를 해버렸다.

40장
베키, 크롤리가문의 인정을 받다

비보를 들은 크롤리가문의 후계자는 제 때 집으로 와 퀸스 크롤리에 대한 지배권을 확보했다. 준남작은 그 후로도 여러 달 목숨을 연명했지만 정상적인 판단력이나 언어능력을 결코 회복하지 못했기 때문이다. 그래서 영지에 대한 관리와 지배는 자연히 맏아들 손에 넘어갔다. 피트는 퀸스 크롤리의 부동산들이 이상한 상태에 있다는 사실을 발견했다. 피트 경은 언제나 뭔가를 산 다음 그걸 담보로 돈을 빌리곤 했다. 사업상 거래인이 족히 스무 명은 되었는데 그들 모두와 싸움을 벌였으며 소작인들과도 남김없이 분쟁을 일으켜 송사를 치르곤 했다. 변호사들을 상대로 소송을 걸고 자신이 경영자로 있는 광산 회사를 상대로도 소송을 걸었으며 사실상 그와 거래를 한 모든 사람들을 상대로 소송을 걸었다. 뒤죽박죽이 된 사업상의 일들을 정리하고 퀸스 크롤리 영지를 재정비하는 것은 펌퍼니켈의 체계적이고 끈기 있는 외교관 출신에게 맞춤한 일이었다. 그는 곧 일에 착수해 대단한 열성으로 일들에 매달렸다. 물론 가족들도 모두 다 퀸스 크롤리로 이사했고 사우스다운 백작 부인 역시 두말할 나위 없이 그들을 따라 이곳으로 옮겨 왔다. 백작 부인은 뷰트 목사의 코앞에서 교구민을 개종시키려 들고 정식 자격증도 없는 자기 목사를 불러들여 안 그래도 성난 뷰트 부인을 더욱 더 분노케 했다. 피트 경은 퀸스 크롤리 목사관의 연수입 수령권을 결국 팔지 않았는데, 백작 부인은 지금 목사가 목사직을 그만두면 임명권을 물려받아 자신이 후원하는 젊은 목사를 부임시켰으면 한다고 피트에게 제안했다. 그러나 외교관 출신의 피트는 이에 대해 이렇다 저렇다 아무 말도 하지 않았다.

베시 호록스에 대한 뷰트 부인의 계획은 실현되지 않았다. 그녀는 사우샘프턴의 감옥으로 보내지지 않았던 것이다. 베시와 베시의 아버지는 크롤리 저택을 떠났다. 호록스는 이전에 피트 경으로부터 임차권을 받았던 마을 내의 크롤리 암스 가옥을 구매했다. 그리고 그 덕에 작으나마 부동산 보유자가 됨으로써 크롤리 영지의 대표자를 선출할 수 있는 선거권 역시 한 표 확보하게 되었다. 뷰트 목사에게도 선거권이 있었고 이 둘 이외에도 다른 네 명이 선거권을 가지고 있어서 이렇게 여섯 명이 크롤리 영지를 대표하는 두 명의 의원을 선출할 선거인단을 구성하고 있었다.

목사관과 본가의 여자들은, 적어도 젊은 여성들은, 서로 예의를 지키며 무리 없이 지냈다. 그러나 뷰트 부인과 사우스다운 백작 부인은 만날 때마다 싸웠기 때문에 결국은 차츰 만나지 않게 되었다. 목사관 여자들이 본가의 사촌을 만나러 올 때면 백작 부인은 방에 들어가 나오지 않았다. 피트는 장모가 때로 이렇게 방에 들어가 나오지 않는 것이 별로 싫지 않은 눈치였다.

그는 빙키 가문을 세상에서 가장 훌륭하고 현명하며 흥미로운 집안으로 생각했기 때문에 장모이자 외가 쪽 친척이기도 한 백작 부인이 자신을 손에 쥐고 흔들도록 오랫동안 용인하고 있었다. 그러나 그 역시 때로는 장모의 압제가 지나치다고 느꼈다. 젊은 사람 취급을 받는 것은 물론 기분 좋은 일이지만 마흔여섯의 나이에도 어린 소년 취급을 받는 것은 부끄러운 일이다. 그러나 아내 제인은 어머니의 말이라면 무엇이든 복종했다. 아이들에게도 백작 부인이 보지 않을 때에나 남몰래 애정을 표현했다. 다행히 사우스다운 백작 부인은 여러 가지 일들, 예컨대 목사들과 모임을 갖고 아프리카며 아시아, 호주 등지의 선교사들과 서신을 주고받는 등의 일들로 퍽 바빠서 손녀인 마틸다와 손자인 어린 피트 크롤리에게 별로 시간을 할애하지 못했다. 피트는 아주 허약한 아이인지라 할머니가 그에게 엄청난 양의 수은[1]을 먹이는 덕에 겨우 생명을 부지하고 있었다.

피트 경은 크롤리 부인이 누워 앓다 명을 다한 바로 그 방으로 모셔져 그곳에서 헤스터의 간호를 받았는데 어떻게든 좀 출세를 해보려고 노력하는 그 하녀는 한눈을 팔지 않고 부지런히 이 늙은이를 간호했다. 그 어떤 사랑, 신의, 변치 않는 마음도 월급을 많이 받는 간호사들의 정성에는 대적할 수 없는 법이다. 이들은 베개를 털어 반듯하게 하고 갈분을 내어 환자에게 먹이고 밤이면 자지 않고 환자 곁을 지킨다. 환자의 불평불만을 조용히 참아내고 창밖으로 해가 환히 빛나는 것을 보아도 외출할 마음을 내지 않는다. 안락의자에서 잠을 자고, 홀로 외로이 밥을 먹고, 길고 긴 저녁 내내 하는 일 없이 벽난로의 불씨나 주전자에서 끓는 환자의 마실 물을 멍하니 바라보고 있는 것이다. 주간신문을 한 주 내내 읽고 또 읽는가 하면 한 해 내내 로의 『신실한 소명』[2]이나 『인간의 진정한 의무』[3] 같은 책만으로 만족하기도 한다. 그런데도 우리는 그들의 친척이 일주일에 한 번 그들을 보러 왔다 가면서 술을 훔쳐 바구니에 담아 갔다고 욕을 하며 성을 내는 것이다. 여인들이여, 그 어떤 남성의 사랑이 일 년간의 병자 간호를 견뎌낼 수 있겠는가? 하지만 간호사들은 석 달에 10파운드만 주어도 곁을 지켜주는데 우리는 여전히 급료가 너무 비싸다고 불평하는 것이다. 아니, 적어도 이 집의 새 가장 크롤리 씨는 헤스터가 아버지 준남작을 한결같이 간호하는 대가로 받는, 10파운드의 절반밖에 안 되는 석 달 치 급료를 가지고도 돈이 너무 나간다고 무척이나 싫은 소리를 해대었다.

해가 환한 날이면 늙은 병자는 의자에 앉혀 테라스 앞으로 갔다. 크롤리 노숙녀가 브라이턴에서 사용했던, 사우스다운 백작부인의 다른 여러 물건과 함께 이곳으로 옮겨진 바로 그 의자였다. 며느리 제인이 언제나 노인 옆을 지키고 있었는데 한눈에도 노인이 그녀를 제일 좋아한다는 걸 눈치챌 수 있었다. 제인이 방으로 들어오면 노인은 미소를 지으면서 여러 번 그녀를 향해 고개를 끄덕였고 그녀가 나가려고 하면 잘 알아들을 수 없는 말로 애원하듯 신음 소리를 내곤 했다. 제인이 나가고 문이 닫히면 노인은 울음을 터뜨리고 훌쩍거렸는데 제인이 함께 있을 동안 그렇게 상냥하고 온화했던 헤스터는 곧 태도와 표정이 일변하여 인상을 쓰고 주먹을 꽉 쥐며 "입 다물어, 이 멍청한 노인네야"라고 소리를 지르는가 하면 노인네가 보고 있기 좋아하는 벽난로 불빛을 볼 수 없도록 의자를 돌려버리기도 했다. 그러면 그는 더욱더 흐느끼며 눈물을 흘리는 것이었다. 칠십여 년 동안 남을 속이고, 싸움질을 일삼고, 술을 마시고, 계략을 꾸미고, 죄를 짓고 이기적인 행동들을 한 뒤에 남은 건, 아기처럼 밥을 먹여주고 씻겨주고, 침대에 눕혔다가 또 일으켜주어야 하는 늙은 머저리, 코를 훌쩍이며 울고 있는 바보 같은 노인네뿐이었다.

그러나 마침내 헤스터의 간호도 끝나는 날이 왔다. 어느 날 아침 일찍, 피트가 서재에서 집안 살림이며 토지 관리 장부들을 검토하고 있는데 문에서 노크 소리가 나더니 헤스터가 절을 하며 들어와서 말을 했다.

"실례합니다만, 피트 경, 피트 경께서 오늘 아침 돌아가셨습니다, 피트 경. 제가 죽과 함께 드실 빵을 굽고 있었는데, 피트 경, 그분은 아침마다 6시만 되면 그걸 드셨기 때문에, 피트 경, 그런데 무슨 신음 소리 같은 게 들려서, 피트 경 나리, 그리고, 그리고, 그리고……" 그녀는 다시 한 번 절을 했다.

피트의 창백한 얼굴이 그렇게 붉어진 것은 대체 무엇 때문이었을까? 마침내 자신이 국회에 의석을 가진 피트 경이 되었기 때문에, 그리고 그 결과 장차 여러 가지 명예를 누리게 되었기 때문이었을까? '이제 현금을 써 영지를 정리해도 되겠군.' 이렇게 생각하며 그는 영지에 잡혀 있는 저당이며 재정비에 필요한 비용을 빠르게 계산해보았다. 이전에는 피트 경이 혹 회복되어 자신의 지출을 헛되이 만들까 봐 고모 돈을 쓰지 않고 있었기 때문이다.

본가와 목사관 창문에 다 블라인드를 내렸고, 교회에서는 조종을 울렸으며 성상 안치소에도 검은 천을 드리웠다. 뷰트는 사냥 모임에 가는 대신 퍼들스턴 댁에 가서 조용히 식사를 하고 그 집 식구들과 죽은 형님이며 그 자리를 이어받은 새 피트 경에 대해 이야기를 나누었다. 그전에 이미 머드베리의 마구상과 결혼한 베시 호록스는 피트 경이 죽었다는 소식에 적잖이 눈물을 쏟았다. 가족 주치의는 말을 타고 저택으로 와 조의를 표하고 부인들에게 두루 안부를 물었다. 머드베리에서도, 호록스 소유의 크롤리 암스에서도 피트 경의 죽음은 큰 화젯거리였다. 호록스는 최근 뷰트 목사와 화해를 했는데 사람들 말로는 목사가 때로 이 집 객실에서 호록스네 부엌의 순한 맥주 맛을 보기도 한다고 했다.

"서방님께는 제가 편지를 쓸까요? 아님 당신이 쓰시겠어요?" 제인이 남편 피트 경에게 물었다.

"물론 내가 쓰겠소." 새로운 피트 경이 대답했다. "장례식에 불러야지. 그게 도리니까."

"그리고—그리고—부인도요." 제인이 소심한 목소리로 덧붙였다.

"제인!" 사우스다운 백작 부인이 소리쳤다. "어떻게 그런 생각을 다 하니?"

"부인도 물론 불러야지요." 피트 경이 단호히 덧붙였다.

"내가 이 집에 있는 동안은 안 돼!" 사우스다운 백작 부인이 맞받아쳤다.

"장모님, 제가 이 집안의 가장이라는 사실을 기억해주시면 좋겠군요." 피트가 대답했다. "제인, 당신이 로던 부인에게 장례식에 참석해주십사 편지를 좀 써주면 좋겠군요."

"제인, 종이에 펜을 댈 생각도 하지 말아라!" 백작 부인이 소리쳤다.

"제가 이 집안의 가장이라고 생각합니다만." 피트가 되풀이했다. "장모님이 이 집을 떠나신다면 그건 대단히 유감스러운 일입니다만, 저는 제가 옳다고 생각하는 대로 이 집을 다스려야되겠습니다."

사우스다운 부인은 시돈스 부인[4]처럼 위엄 있는 모습으로 일어서더니 마차에 말을 매라고 명령했다. 아들과 딸이 자신을 쫓아낸다면 외로운 곳에 숨어 슬픔을 달래며 그들의 생각이 바로잡히는 날이 오기를 기도하겠다면서.

"나가시라는 것이 아니에요, 엄마," 마음 약한 제인이 애원하듯 말했다.

"너희들이 지금, 기독교도 여성이라면 감히 만나서는 안 될 여자를 집으로 불러들이고 있지 않니. 내일 아침 떠날 준비를 하라고 시키겠다."

"제인, 내가 부르는 대로 좀 받아 적어주겠소?" 피트 경이 몸을 일으키더니 전시회에 걸린 초상화 속 신사들처럼 명령하는 자세를 취했다. "이렇게 시작해요. '퀸스 크롤리에서, 1822년 9월 14일. 친애하는 아우에게.'"

이렇게 가차 없고 단호한 태도를 보자, 사위가 마음이 약해지거나 흔들리는 모습을 보일 거라 기대하며 기다리던 맥베스 부인은 겁먹은 표정으로 일어나 서재를 나갔다. 제인은 따라 나가 엄마를 위로하고 싶다는 표정으로 남편을 올려다보았지만 피트는 아내가 움직이는 것을 허락하지 않았다.

"집을 나가시진 않을 거요." 그가 말했다. "브라이턴의 집은 세를 주셨고, 반년간의 생활비도 이미 다 써버리셨으니까. 백작 부인이 여관에 묵는다면 그건 완전히 영락한 신세가 되었다고 선전하는 셈일 테니. 난 이런 기회가 오기를 오랫동안 기다려왔어요. 이렇게 한번 위계를 분명히 할 기회를 말이오. 알고 있겠지만 한 집안에 가장이 둘일 수는 없어요. 자, 이제 다시 부를 테니 적어요. '아우에게, 이미 오래전부터 예상된 일이지만, 전해야만 하는 비보가 있어 이렇게 연락을 한다.'"

한마디로 말해, 운이 좋아서건, 아니면 자기 생각처럼 그럴 만한 자격이 있어서건 간에 크롤리 왕국을 손에 넣고 다른 친척들 모두가 그렇게 바랐던 재산의 거의 대부분을 수중에 넣은 피트는 가족들을 존중하고 친절하게 대해 다시 한 번 퀸스 크롤리 가문을 부흥시키겠다고 결심했다. 자신이 이 집안 전체의 가장이라는 생각에 그는 마음이 흐뭇했다. 그는 자신의 통솔력과 지위로 이 군내에서 곧 차지하게 될 막대한 영향력을 활용하여 동생 로던에게 자리를 하나 마련해주고 사촌들에게도 온당한 대우를 해주어야겠다고 생각했다. 어쩌면 피트는 그들 모두가 희망했던 것들을 자신이 독차지한 것에 대해 얼마간 양심의 가책이라도 느낀 것인지도 모른다. 어쨌거나 집안의 명실상부한 가장이 된 후 사나흘이 지나자 그는 평소와 태도가 완전히 달라졌고 분명한 앞날의 계획을 수립했다. 공명정대한 가장이 될 것과 사우스다운 부인으로부터 권력을 되찾을 것, 그리고 혈족들에게 가능한 친절하게 굴 것을 결심했던 것이다.

그는 계속해서 동생 로던에게 보낼 편지를 아내에게 불러주었다. 대단히 긴 단어들에 심오한 내용을 담고 있는 고상하고 엄숙한 편지였다. 남편의 명에 따라 그 편지를 받아 적는 소박한 심성의 작은 비서는 그저 경탄할 뿐이었다. '국회에 입성하기만 하면 이분은 얼마나 훌륭한 웅변가가 되실까.' 그녀는 생각했다.(자신의 국회 입성에 대해 그리고 사우스다운 부인의 횡포에 대해, 피트가 종종 잠자리에서 아내에게 언질을 주곤 했기 때문이다.) '이이는 얼마나 현명하고 다정하며 천재적인 분인지! 좀 냉정하다고 생각했는데, 사실은 정말 다정하고 머리가 좋은 분이셔!'

그러나 사실인즉 피트는 동생에게 보낼 편지의 내용을 이미 한참 전부터 공들여 구상한 후 토씨 하나 빠짐없이 외워두기까지 했다. 그러나 외교관다운 수완으로 그 사실을 숨기고 감탄해 마지않을 아내에게 불러줄 때가 왔다고 생각할 때까지 아무 내색을 하지 않고 있었던 것이다.

검은 테두리를 크게 두르고 봉인을 찍은 이 편지는 곧 새로운 피트 경의 손을 떠나 런던에 있는 동생 로던에게 배달되었다. 그러나 편지를 받은 로던은 별로 달가운 눈치가 아니었다. '그렇게 지루한 곳에 가봐야 뭘 하겠나?' 그는 생각했다. '저녁을 먹고 피트랑 같이 시간을 보내기도 싫고, 다녀올 말을 빌리려면 20파운드는 들 텐데.'

곤란한 일이 생길 때면 언제나 그랬듯 그는 편지를 이 층에 있는 아내에게 가져갔다. 그가 아침이면 언제나 타서 가져다주는 핫초콜릿 잔과 함께.

베키가 앉아 금발 머리를 빗고 있던 화장대 앞으로 그는 아침 식사를 담은 쟁반과 함께 편지를 내려놓았다. 베키는 검은색 테두리를 두른 편지를 들어 읽어보더니 의자에서 벌떡 일어나며 "만세!"라고 소리치고 머리 주위로 편지를 들고 흔들기 시작했다.

"만세라고?" 길게 늘어진 플란넬 가운을 입고 황갈색 머리카락을 늘어뜨린 채 뛰어다니는 아내의 모습에 로던이 의아한 듯 소리쳤다. "아버지는 우리한테 남기신 것이 별로 없어. 성년이 되었을 때 내 몫은 벌써 받았으니까."

"당신은 결코 성년이 되는 일이 없을 거예요, 바보 같은 중늙은이 양반." 베키가 대답했다. "이제 브루누아 부인한테 빨리 좀 다녀와요. 상복을 장만해야 되니까. 당신은 모자에 검은 띠를 두르고 검은색 조끼를 입으세요. 그런데 검은 조끼가 없지요? 내일까지 집으로 배달되도록 주문을 해두세요, 화요일에는 출발할 수 있도록 말이에요."

"갈 생각이야?" 로던이 물었다.

"물론이죠. 내년에 제인 형님을 통해 궁에 알현을 할 생각이니까요. 아주버님을 통해 당신이 국회에서 한자리 차지할 수 있도록 할 생각이고요. 이 바보 같은 양반. 스타인 경이 당신과 형님 선거권을 갖게 하고, 이 멍청한 양반, 당신을 아일랜드 장관이나 서인도제도 총독 아니면 재무장관이나 영사로 만들 생각이라고요."

"말을 빌리려면 돈이 적잖이 깨질걸." 로던이 툴툴거렸다.

"사우스다운 경의 마차를 얻어 타고 갑시다. 사돈 간이니 그이도 장례식에 가지 않겠어요? 아, 하지만, 그냥 합승마차로 가는 편이 낫겠네요. 그래야 더 검소하게 보일 테고……."

"물론 로디도 데려갈 거지?" 로던이 물었다.

"무슨 소리예요, 왜 차비를 더 들인단 말이에요? 나랑 당신 사이에 앉히기는 덩치가 너무 커요. 여기서 유모랑 있으라고 하세요. 브리그스에게 그 애가 입을 검은색 양복을 지어달라고 해둘 테니. 가서 이제 아까 말한 대로 하세요. 그리고 하인 스파크스에게 피트 경이 돌아가셨다고, 그래서 유산 문제가 정리되는 대로 상당한 수입이 확보된다고 말을 하고요. 그러면 그이가 래글스한테 전할 거예요. 래글스가 계속 밀린 돈을 재촉하고 있으니까요. 그 말을 들으면 래글스도 마음을 좀 놓겠죠." 그리고 그녀는 홀짝이며 핫초콜릿을 마시기 시작했다.

성실한 벗 스타인 경이 저녁에 이 집을 방문하니 베키와 베키의 말동무는, 그녀는 다름 아닌 우리의 오랜 벗 브리그스 여사였는데, 장례식 참석에 필요한 용품들을 만들려고 온갖 종류의 검은색 천들을 찾아내 찢고, 뜯고, 가위로 오리느라 분주했다.

"시아버님이 돌아가셔서 브리그스와 저는 슬픔과 비탄에 빠져 있어요." 레베카가 말했다. "피트 경이 돌아가셨답니다. 그래서 저희는 아침 내내 머리를 쥐어뜯으며 슬퍼하다가 지금은 오래된 옷들을 뒤져 뜯는 중이에요."

"아이 레베카, 그런 말을……." 눈을 들어 레베카를 바라보긴 했지만 브리그스는 그 말만 하고 말았다.

"아이, 레베카 그런 말을……." 스타인 경이 브리그스의 말을 따라 했다. "그래, 그 늙은 호색한이 죽었군그래. 쥐고 있던 패를 좀 더 잘 굴렸으면 상원의원이 될 수도 있었는데. 아들 피트가 기회를 거의 만든 적도 있었는데 그 노인네가 매번 엉뚱한 시기에 탈당을 해 일을 망쳐버렸지. 정말 대단한 술꾼이었어!"

"제가 하마터면 그 술꾼의 아내가 될 뻔했었답니다," 레베카가 말을 했다. "기억나죠, 브리그스, 그때 문밖에서 엿보고 있었으니까. 피트 경이 나한테 무릎을 꿇고 청혼하던 것을 보지 않았어요?" 우리의 오랜 벗 브리그스는 그 일을 생각하고 얼굴을 몹시 붉혔다. 그러나 스타인 경이 아래층에 가서 차를 한 잔 타다 달라고 부탁하자 안도하며 나가 버렸다.

레베카가 자신의 순결과 평판을 지키기 위해 고용한 양치기 개는 바로 브리그스였다. 크롤리 노숙녀는 그녀에게 얼마 안 되는 연금을 남겼다. 브리그스는 물론 자신뿐만 아니라 모두에게 친절한 제인 옆에 남아 계속 크롤리 집안의 말동무 역을 하고 싶었다. 그러나 사우스다운 부인은 노숙녀가 죽자마자 가엾은 브리그스를 해고했다. (고작해야 한 십여 년 크롤리 고모님 옆에서 충직한 말동무 역을 해주었을 뿐인 여자에게 너무 후한 돈을 남기는 바람에 자기만 손해를 보았다고 생각하던) 피트는 장모의 월권에 별다른 이의를 제기하지 않았다. 볼스와 퍼킨 역시 자신들 앞으로 남겨진 몫을 물려받고 해고를 당했는데 이 둘은 결국 결혼을 해 이런 형편과 상황의 사람들이 흔히 하듯 하숙집을 열었다.

브리그스는 시골에 가 친척들과 살려고 해보았지만 자신이 이미 상류사회에 익숙해져 그러기도 쉽지 않다는 사실을 깨달았다. 시골에 있는 브리그스의 지인들, 대부분 소상인인 그녀의 친척들은 일 년에 40파운드에 불과한 그녀의 연금을 놓고 크롤리 노숙녀의 재산을 두고 그녀의 친척들이 그랬던 것 못지않게 열정적으로 그러나 훨씬 더 노골적으로 싸움을 벌였다. 식료품점을 하는 브리그스의 남동생은 대단한 급진주의자였는데 누이가 가게에 물건들일 돈을 좀 융통해주지 않았다고 돈만 아는 귀족주의자라며 브리그스를 비난했다. 사실 거의 돈을 대줄 뻔도 했는데 브리그스의 여동생, 비국교도 구두 제조공의 아내인 그녀의 여동생이 종교상의 차이로 급진주의자 식료품상 주인인 오빠와 사이가 나빠 그가 파산 직전이라는 사실을 브리그스에게 일러주며 한동안 브리그스를 차지했던 것이다. 비국교도의 이 구두 제조공은 브리그스가 그들의 아들을 대학에 보내 신사로 만들어주었으면 하고 바랐다. 이 두 집 사이에 끼어 상당한 양의 저축을 쓰고 난 뒤 브리그스는 마침내 다시 런던으로 도망쳤는데 결국 양쪽 집안 모두로부터 적잖은 원망과 비난을 들어야 했다. 그녀는 자유보다 훨씬 덜 성가신 굴종의 삶을 다시 선택하기로 결심하고 신문에 '상류사회에 익숙한 상냥한 여성, 자리를 찾고 있음'이라는 광고를 내보냈다. 그러고는 하프문가에

있는 볼스네 하숙집에 자리를 잡고 누군가 광고를 보고 연락을
하기를 기다렸다.

그리고 바로 그때 우연히 레베카를 마주치게 되었다. 로던 부
인은 조랑말이 끄는 작은 마차로 거리를 달리고 있었고 브리
그스는 시내의 《타임스》 사무실에 들러 여섯 번째 광고를 접수
한 후 지친 몸을 이끌고 볼스네 하숙집 문 앞에 도달한 참이었
다. 거리를 달려가던 레베카는 즉시 다정했던 옛 친구를 알아보
았다. 워낙 싹싹한 성격에다 앞서 이미 본 것처럼 브리그스에게
호의를 갖고 있던 레베카는 볼스네 현관 앞에 고삐를 당겨 마차
를 세우더니 마부에게 고삐를 넘겨주고 내려 갑자기 옛 친구를
만난 충격에서 아직 회복되지 않은 상냥한 부인의 두 손을 꽉
붙잡았다.

브리그스는 눈물을 흘렸고 베키는 아주 큰 소리로 웃음을 터
뜨리며 집안 복도에 들어서자마자 여사에게 키스를 해주었다.
그리고 둘은 앞쪽 객실로 들어갔다. 객실에는 두꺼운 붉은색 모
직 커튼이 쳐져 있고 사슬에 매인 독수리 장식이 붙은 둥근 거
울이 놓여 있었다. 거울 위의 독수리는 '하숙방 있음'이라고 쓰
인 창문 위 광고문을 바라보고 있었다.

브리그스는 마음 약한 여자들이 옛 친구를 만나거나 거리에
서 아는 사람을 만날 때면 보여주는 불필요한 눈물과 놀라움 속
에서 지난 일을 모두 이야기하기 시작했다. 사람들은 매일 누
군가를 만나는 법이다. 그런데도 어떤 이들은 그런 만남을 굳이
기적 같은 사건으로 받아들이고 싶어 한다. 특히 여자들은 한때
싫어했던 사이라도 다시 만나면 이전에 싸웠던 일을 기억하고
후회하며 눈물을 흘리곤 한다. 하여튼 브리그스가 자기 이야기
를 죄다 들려주고 나자 베키 역시 예의 솔직하고 꾸밈없는 태도

로 자신의 지난 일을 들려주었다.

한때 퍼킨 부인으로 불렸던 현재의 볼스 부인은 복도에 서 앞쪽 객실에서 들려오는 히스테릭한 훌쩍거림과 낄낄거리는 웃음소리를 무서운 얼굴로 듣고 있었다. 그녀는 전에도 결코 베키를 좋아한 일이 없었다. 결혼을 해서 런던에 자리를 잡고 난 후 볼스 부부는 종종 옛 친구인 래글스를 만나곤 했는데 로던 부부에 대한 래글스의 이야기를 듣고 그 둘을 더욱더 싫어하게 되었다. "이봐, 래그, 나라면 그를 믿지 않겠네." 그는 이렇게 말을 했다. 볼스 부인은 베키가 객실에 나타나자 아주 냉정한 태도로 고개를 끄덕이며 굳이 은퇴한 크롤리 고모님의 옛 하녀와 악수를 하려 드는 베키에게 마지못해 소시지처럼 온기 없고 딱딱한 손가락을 내밀었다. 베키는 브리그스를 향해 대단히 다정한 미소를 짓고 고개를 끄덕인 다음 피커딜리를 향해 달려갔다. 브리그스는 광고문이 붙은 창 바로 밑에서 고개를 빼고 그녀를 바라보며 마주 고개를 끄덕였다. 곧 공원에 도착한 베키의 마차 주변으로 벌써 족히 대여섯은 되는 멋쟁이들이 따라붙고 있었다.

친구가 어떤 상황에 있는지 알게 된 레베카는 그녀가 크롤리 고모님에게 받은, 적긴 하지만 먹고살기에 충분한 연금 덕에 월급에 크게 개의치 않는다는 사실을 눈치 채곤 그녀를 식구로 맞아들이려는 대단히 자비로운 계획을 세웠다. 브리그스야말로 자신에게 꼭 맞는 말동무라 할 수 있었다. 그래서 베키는 브리그스에게 바로 그날 저녁 집에 와서 식사를 하자고 청하고 그때 자신의 아들 로던을 보여주겠다고 말해두었다.

볼스 부인은 브리그스에게 사자 굴로 들어갈 생각은 말라고 경고했다. "그런 짓을 했다간 틀림없이 나중에 후회하게 될 거예요, 브리그스, 내 말을 명심해요." 브리그스는 조심하겠다고 약속을 했지만 그렇게 조심을 한 결과, 다음 주에 바로 베키 집으로 들어가 버렸는가 하면 여섯 달도 되기 전에 자신의 연금을 담보로 잡히고 로던 크롤리에게 육백 파운드나 되는 돈을 빌려주고 말았다.

41장
베키, 선조들의 저택을 다시 방문하다

　문상을 위한 준비를 마치고 피트 경에게 곧 가겠다는 전갈을 보낸 로던과 그의 아내는 구 년 전 베키가 이제 돌아가신 준남작과 함께 세상을 향해 첫발을 내디뎠던 바로 그 낡은 합승마차에 두 자리를 차지하고 앉았다. 그녀는 여관의 안뜰이며, 마부에게 돈을 내지 않았던 것, 코트로 그녀를 덮어주며 환심을 사 보려던 케임브리지 출신 청년 등을 생생하게 기억했다! 로던은 바깥 자리에 앉았는데 직접 마차를 몰고 싶었지만 상중이라 그럴 수가 없었다. 대신 마부 옆에 앉아 여행 내내 말, 도로, 그와 피트가 이튼에 다니던 소년 시절, 자주 타던 마차에 말을 매던 사람들과 여관을 운영하던 사람들에 대해 이야기를 나누었다. 머드베리에 도착하자 상복을 입은 마부가 한 쌍의 말과 마차를 이끌고 와 그들을 기다리고 있었다. "옛날의 그 마차네요, 로던." 마차에 올라서며 레베카가 말했다. "좀이 잔뜩 슬었어요. 아, 이 얼룩은, 하!─도슨의 철물상이 상중이라고 덧문을 내렸네요.—이것 때문에 피트 경이 난리를 쳤었는데. 고모님께 드리려고 사우샘프턴에서 사온 체리브랜디가 깨지는 바람에 이렇게 된 거예요. 정말이지 시간이 얼마나 빠른지! 저기 오두막에 엄마 옆에 서 있는 건장한 여자애가 폴리 톨보이스일까요? 정원에서 잡초를 뽑던 더러운 장난꾸러기 애였는데."

"잘 자랐군." 오두막 쪽에서 인사를 보내자 자신도 상중임을 알리는 검은 띠 두른 모자에 두 손가락을 대고 답례하며 로던이 대답했다. 베키도 고개 숙여 인사했다. 그녀는 이곳저곳의 사람들을 잘도 알아보며 옛 사람들을 다시 보고 기억해내는 것을 무척이나 즐거워했다. 더 이상 크롤리 집안 이름을 사칭하는 사람이 아니라 진짜 선조들의 고향에 돌아온 사람인 것처럼. 반면 로던은 다소 얼굴을 붉힌 채 시선을 내리깔고 있었다. 철모르던 어린 시절의 기억들이 머릿속을 스치고 간 것일까? 막연한 후회와 회의, 부끄러움이 마음을 치기라도 했던 것일까?

"누이들은 이제 숙녀가 다 되었겠어요." 퀸스 크롤리를 떠난 후 처음으로 자신이 한때 가르쳤던 이 집의 소녀들을 떠올리며 레베카가 말했다.

"모르겠어, 아마 그렇겠지." 로던이 대답했다. "이런! 로크 할멈 아닌가. 어떻게 지냈나, 로크 할멈? 날 기억하겠나? 로던 도련님일세. 저런 노파들은 얼마나 오래 사는지 모르겠어. 내가 어릴 때도 이미 백 살은 된 것처럼 보였는데."

로크 노파가 지키는 현관문을 지나가며 레베카는 굳이 낡고 오래돼 삐걱거리는 현관문을 열어주는 노파와 악수를 하겠다고 했다. 그리고 마차는 상단에 비둘기와 뱀 장식이 조각된 두 기둥, 이끼로 덮인 기둥 사이를 지나갔다.

"아버지가 나무들을 베셨군." 주위를 둘러보며 로던이 말했다. 그러나 그는 곧 조용해졌다. 베키 역시 마찬가지였다. 둘 모두 과거의 기억이 떠올라 마음이 다소 동요되었던 것이다. 그는 이튼을 다니던 시절이며 냉정하고 엄한 모습으로 기억되는 어머니며 그가 무척이나 좋아했던 죽은 누이를 생각했다. 그는 또 형 피트를 때리고 괴롭히던 일과 집에 남아 있는 아들 로디에 대해서도 생각해보았다. 레베카는 자신의 어린 시절이며 불행으로 얼룩진 날들의 어두운 비밀들, 저 문을 통과해 세상에 첫발을 내딛었던 일과 핑커턴 여학교 또 조와 아멜리아에 대해 생각하고 있었다.

현관 앞 자갈길과 테라스는 깨끗하게 청소되어 있었고 웅장한 현관 위에는 이미 상가임을 알리는 커다란 휘장이 걸려 있었다. 마차가 눈에 익은 계단 앞에 멈춰 서자 검은 옷을 입은 두 남자, 키가 크고 근엄한 표정의 남자 둘이 현관 문 양쪽을 각각 잡고 문을 활짝 열어주었다. 팔짱을 낀 채 오래된 홀을 지나며 로던은 얼굴을 붉혔고 베키는 다소 창백해졌다. 참나무로 만들어진 객실로 들어서며 피트 경 부부가 이미 그들을 맞으려 준비하고 기다리는 것을 보고 레베카가 정신을 차리라고 남편 팔을 꼬집었다. 피트 경과 제인은 검은 상복을 입고 있었고 사우스다운 부인은 유리구슬과 깃털로 장식된 검은 모자를 쓰고 있었는데 모자는 마치 검은 장갑을 담아 나르는 장의사의 쟁반처럼 머리 위에서 흔들거리고 있었다.

장모가 집을 나가지 않을 것이라는 피트 경의 판단은 정확한 것이었다. 집을 나가는 대신 그녀는 피트 경과 배은망덕한 그의 부인과 함께 있을 때면 돌처럼 차갑고 냉정한 태도로 입을 꽉 다물고 무시무시한 표정으로 애들 방에 가 손자들을 겁주는 것으로 분을 풀고 있었다. 방탕한 로던 부부가 가족과 재회할 때 백작 부인은 보일 듯 말 듯 모자와 그 위 깃털을 살짝 기울이는 것으로 인사를 대신했다.

사실대로 말하자면 로던 부부는 백작 부인이 냉담하게 굴든 말든 신경도 쓰지 않았다. 그들은 형과 형수의 반응에만 집중하고 있어서 백작부인의 반응에는 별로 주의를 기울이지도 않았던 것이다.

피트는 다소 상기된 표정으로 다가와 동생과 악수를 하고 레베카에게도 공손하게 고개 숙여 인사를 한 후 악수를 청했다. 그러나 제인은 다가와 동서의 손을 꽉 잡고 애정 어린 키스를 해 주었다. 이런 포옹을 받자 작은 모험가 레베카는 어쩐지 울컥하여 눈물이 날 것만 같았다. 이미 보아왔듯이 그녀는 좀처럼 눈물을 흘리는 일이 없는 여인인데도 말이다. 꾸밈없는 친절과 신뢰가 그녀를 감동시키고 감사의 마음을 일으켰던 것이다. 형수의 다정함에 고무된 로던은 콧수염을 말아 올리고 형수에게 키스로 인사를 함으로써 그녀가 대단히 얼굴을 붉히게 만들었다.

"형수는 무척이나 다정하고 따뜻한 여자이던걸." 다시 아내와 둘만 있게 되었을 때 그가 한 말이었다. "피트는 살이 쪘어. 일처리를 아주 잘하고 있군." "돈이 있으니까요." 레베카의 대답이었다. 그리고 그녀는 "근데 그 노인네는 무시무시하지 않아? 동생들은 이제 인물도 좋아지고 아주 숙녀가 다 되었어"라는 남편의 다른 의견에 동의를 표하였다.

그들 역시 장례식에 참석하기 위해 학교를 잠시 쉬고 집에 돌아와 있었던 것이다. 피트는 집안의 위엄을 과시하기 위해 가능한 많은 사람이 상복을 입고 장례식에 참여해야 한다고 생각했던 모양이다. 집안의 하인 및 하녀들, 구빈원의 노파들—그런데 죽은 피트 경은 이들에게 가야할 돈을 적잖이 빼돌린 바 있었다.─목사관 서기 가족이며 본가와 목사관 양가에 묵고 있는 가외 식구들까지 모두 상복을 차려입고 나타났다. 여기에 더해 족히 스무 명은 되는 장의사 측 인부들이 팔과 모자에 상장(喪章)을 달고 장례식이 엄숙히 진행되는 동안 아주 장관을 연출했다. 그러나 이들은 우리 연극에서 아무런 대사도 할당 받지 못한 자들로서 언급할 것이 별로 없으므로 구태여 지면을 할애해 묘사할 필요는 없을 듯하다.

이제 시누이가 된 과거의 제자들에게 레베카는 굳이 자신이 한때 가정교사였다는 사실을 숨기거나 묻어두려 하지 않고 솔직하고 다정한 태도로 진지하게 학업에 대해 묻고 시누이들 생각을 무척 자주 했고 안부를 궁금해 했다고 말을 했다. 사실 이런 이야기를 듣고 있으면 누구라도 레베카가 크롤리를 떠난 후 언제나 무척 그들을 생각하고 걱정했다고 여길 터였다. 제인과 크롤리 댁 젊은 숙녀들 역시 마찬가지였다.

"팔 년이나 지났는데 하나도 변하질 않았네." 저녁 식사를 하러 내려갈 준비를 하면서 로잘린드 양이 바이올렛 양에게 말했다.

"저렇게 빨간 머리를 가진 여자들은 참 혈색이 좋아 보이지." 바이올렛 양이 대꾸했다.

"전보다 색이 더 진해진 것 같지 않아? 틀림없이 염색을 했을 거야." 로잘린드 양이 덧붙였다. "살이 붙고 전체적으로 보기 좋아졌더라." 쉽게 살이 찌는 체질인 로잘린드 양이 말을 이었다.

"그래도 잘난 척은 하지 않던걸. 한때 우리 가정교사였다는 것도 잊지 않고 말이야." 모든 가정교사들이 본래 신분을 잊어서는 안 된다는 사실을 암시하며, 동시에 자신 역시 월폴 크롤리 경의 손녀일 뿐만 아니라 머드베리 철물상 도슨 집안의 외손녀로서 문장에는 석탄 양동이가 그려져 있다는 사실이 생각나지 않는다는 듯 바이올렛 양이 대답했다. 그녀 못지않게 자신에게 불리한 일들을 쉽게 잊어버리는 사람들을 우리는 허영의 시장에서 매일 쉽게 만나볼 수 있다.

"목사관 집 사촌들이 말한 거랑 엄마가 오페라 무희였다는 이야기는 사실이 아닐 거야……."

"출생을 선택할 수는 없는 거니까." 로잘린드 양이 대단히 자유주의적인 태도로 대답했다. "그리고 오빠 말처럼 이제 우리 집으로 시집온 이상 인정해줘야만 한다고 생각해. 사실 뷰트 숙모는 이러쿵저러쿵 떠들 자격도 없어. 숙모는 케이트를 술장사 하는 후퍼하고 결혼시키려고 드는 걸 뭐. 그래서 주문을 받으러 목사관으로 오라고 그에게 당부를 하곤 하잖아."

"백작 부인은 결국 집을 나갈까? 새언니를 보고 아주 언짢은 얼굴이던데." 바이올렛 양이 궁금해했다.

"가버리면 좋겠어. 「핀칠리 공유지의 세탁부 여인」 같은 책자는 절대 읽지 않을 거야." 바이올렛 양의 다짐이었다. 평소처럼 식사 종이 울리자 이런 이야기들을 주고받으며 그들은 관이 안치되어 있고 두어 명의 감시인이 그 앞에서 망을 보는, 닫힌 문 안에서 촛불이 계속 타오르는 방으로 이어지는 복도를 애써 외면하며 식사를 하러 내려갔다.

식사 전에 제인은 저택의 다른 방들과 마찬가지로 피트가 살림을 맡은 뒤 외양을 개선하여 더 깨끗하고 아늑해진 방들 중 로던 부부를 위해 준비된 방으로 레베카를 안내했다. 그리고 로던 부인의 수수한 작은 가방들이 배달되어 침실과 붙어 있는 옷방 안에 내려지는 것을 확인하고 난 다음 레베카가 단정한 검은 모자와 망토 벗는 것을 도와주고 필요한 것이 더 있는지 물었다.

"전, 우선 아이들 방으로 가서 형님의 귀여운 아이들을 만나보고 싶어요." 레베카가 말했다. 그리하여 두 숙녀는 다정하게 서로를 바라본 후 손을 잡고 함께 아이들 방으로 건너갔다.

베키는 아직 네 살이 되지 않은 마틸다를 보고는 세상에 이렇게 귀엽고 사랑스러운 아기는 다시없을 거라고 감탄하고 이제 두 살이 된 사내아이, 얼굴빛이 창백하고 머리가 크며 눈빛은 흐린 아기에게는 체격과 지능, 외모에서 완벽한 천재의 소질이 보인다고 단언했다.

"엄마가 아기한테 억지로 약을 먹이시지 않으면 좋겠는데." 제인이 한숨을 쉬며 말했다. "약을 먹지 않으면 더 좋아질 것 같은 생각이 종종 들거든요." 그래서 제인과 그녀의 새 친구는 아이들 약에 대해 엄마들이, 아니 대부분의 여성들이 즐겨 나누는 친밀한 대화를 시작했다. 지금으로부터 오십여 년 전, 작가가 아직 호기심 많은 소년이었던 시절, 식사를 마친 후 숙녀들과 함께 나가라는 명령을 듣고 방에서 나가 그들과 함께 시간을 보내노라면 숙녀들의 대화가 주로 병에 대한 것이었던 생각이 난다. 나중에 두세 명의 숙녀에게 직접 물어본 결과 나는 세월이 흘렀어도 숙녀들이 애호하는 화제는 변하지 않았다는 사실을 확인했다. 친애하는 독자 여러분들도 오늘 저녁 부인네들이 후식을 먹은 후 객실에 모여 자기들끼리 비밀 이야기를 나눌 때 직접 한 번 유심히 들어보면 좋을 것이다. 이렇게 삼십 분 만에 베키와 제인은 가까운 친구가 되었으며 그날 저녁 제인은 남편 피트에게 동서가 아주 친절하고 솔직하고 꾸밈이 없으며 정이 많은 여인이라고 평을 했다.

쉽게 백작 부인 딸의 호감을 얻은 후, 지칠 줄 모르는 우리의 베키는 위풍당당한 사우스다운 백작부인과의 관계를 개선하기 위한 계획에 착수했다. 부인이 아이들 방에 혼자 있는 것을 발견하자마자 레베카는 즉시 그 방으로 들어가 파리의 모든 의사들이 자기 아들을 포기했을 때 수은을 잔뜩 먹인 덕분에 아기 목숨을 구해낼 수 있었다고 말을 했다. 베키는 또 자주 가는 메이페어 교회의 존경하는 로렌스 그릴스 목사님께 백작 부인에 대한 말씀을 자주 들었다고 덧붙이고 이런저런 일들을 겪고 불운도 겪으면서 생각이 무척 달라졌으며 과거에는 세속적인 삶을 살면서 많은 과오를 저질렀지만 앞으로는 **보다 신실한** 생활을 하고 싶다는 소망을 표현했다. 베키는 또 과거에 이제 피트 경이 된 젊은 피트 씨로부터 많은 종교적 가르침을 받았으며 「핀칠리 공유지의 세탁부 여인」을 읽고 크게 교화와 감동을 받았다고 말하면서 그 책의 재능 있는 저자 에밀리 양의 안부를 묻기도 했다. 에밀리 양은 지금 레이디 에밀리 혼블로어 부인이 되어 케이프타운에 있으며 남편은 그곳에서 곧 카프라리아의 주교가 될 가능성이 아주 크다고 했다.

그러나 베키는 무엇보다 장례식 후 마음이 무척 어지럽고 몸도 좋지 않다는 이유로 사우스다운 백작 부인에게 의학적 조언을 구함으로써 그 어떤 방법보다 성공적으로 부인의 완벽한 호의를 얻는 데 성공했다. 베키의 요청에 이 미망인은 잠옷을 입은 채, 그 언제보다 더 맥베스 부인 같은 모습으로 평소 가장 좋아하는 종교 책자 한 묶음과 직접 조제한 약제를 가지고 밤중에 베키 방으로 건너왔다. 그녀는 약을 주기만 한 것이 아니라 자기 눈앞에서 마시라고 고집을 부렸다.

베키는 종교 책자를 먼저 받아 들었다. 그리고 무척 관심을 보이면서 책자들을 훑어보고 책의 내용이며 영혼의 구원 문제를 이야기함으로써 약 먹는 일을 모면해보려고 애를 썼다. 그러나 종교에 대한 이야기가 다 끝난 이후에도 맥베스 부인은 베키가 약을 비울 때까지 방을 떠나려 하지 않았다. 가엾은 베키는 할 수 없이 감사의 표정을 지으면서 이 가차 없는 늙은 과부가 지켜보는 가운데 물약을 들이켜야만 했다. 그러자 마침내 부인은 축복의 말과 함께 그 방을 떠나는 것이었다.

그러나 약을 먹어도 로던 부인의 상태는 좋아지지 않았다. 로던이 방에 들어와 무슨 일이 있었는지 들었을 때도 부인의 안색은 예사롭지 않았다. 자기 자신이 희생자긴 했지만 베키가 웃음을 참지 못하고 어떻게 사우스다운 백작 부인의 강권 아래 그 약을 마셔야만 했는지 묘사하자 로던은 평소처럼 요란한 웃음을 터뜨렸다. 런던에 있는 그들의 아들과 스타인 경 역시 부부가 런던으로 돌아간 후 베키가 그 이야기를 해주기만 하면 몇 번이고 웃음을 터뜨렸다. 베키는 그들을 위해 전 장면을 연기했다. 잠옷과 침상용 모자를 쓰고 아주 근엄한 표정으로 약을 들고 권하면서 효능에 대한 연설을 늘어놓는 것이다. 그 진지한 표정이며 연기가 얼마나 완벽했던지 콧물을 훌쩍이는 그녀의 코가 진짜 백작 부인의 매부리코처럼 보일 지경이었다. 메이페어에 있는 베키의 작은 거실에서는 그 덕에 언제나 '사우스다운 백작 부인과 검은 물약' 극을 상연해달라는 요청이 쇄도했다. 그리고 이런 식으로 사우스다운 백작 미망인은 생전 처음으로 다른 사람들에게 큰 즐거움을 선사하고 있었다.

피트 경은 전에 레베카가 개인적으로 자신을 대단히 존경하고 우러러보았던 것을 기억하고 그녀에게 관대한 태도와 호감을 유지하고 있었다. 물론 이 부부가 경솔한 결혼을 한 것은 사실이었지만 그 덕에 로던이 전보다 철이 든 것도 사실이었다. 로던의 습관이며 태도가 바뀐 것만 봐도 그건 명백한 사실이었다. 게다가 자신에게는 이 결혼이 행운으로 작용하지 않았던가? 자신의 행운은 이 결혼 덕분이었다는 사실을 속으로 인정하며, 또 적어도 자신만은 이 결혼에 반대할 수 없다는 사실 역시 인정하며 이 교활한 외교관은 미소를 지었다. 레베카의 언행이며 그녀와의 대화 역시 이 부부의 결혼에 대한 피트 경의 만족감을 전혀 반감시키지 않았다.

레베카는 젊은 시절의 피트를 들뜨게 만들었던 그에 대한 존경심을 배가해 표현했는데 그 때문에 피트는 자신도 놀랄 만큼 유창한 능변을 그녀에게 늘어놓곤 했다. 평소에도 늘 자신의 화술을 자랑스럽게 생각하고 있었지만 레베카가 그에 대해 찬사를 던질 때면 그 능력이 더욱더 빛나는 것처럼 느껴졌다. 레베카는 또 손위 형님 제인에게 자기 부부의 결혼을 주선한 것이 이후에 그렇게도 자기들을 비방한 뷰트 부인이었다는 사실을 만족스럽게 입증해낼 수 있었다. 고모님의 재산을 모두 차지할 목적으로, 고모님이 로던에게 등을 돌리게 하기 위해 그런 계획을 세우고 자신에 대해 온갖 소문을 날조해 유포했다는 것이었다. "그분은 저희를 가난하게 만드는 데는 성공했지요." 천사 같은 인내심을 보이며 레베카가 말했다. "그러나 세상에서 제일 훌륭한 남편을 만나게 해주신 부인에게 제가 어떻게 화를 낼 수 있겠어요? 게다가 유산에 대한 희망이 모두 다 깨지고 그렇게도 바랐던 재산을 얻지 못하게 되었으니 그분의 욕심 역시 충분히 벌을 받은 셈이 아닌가요? 딱하게도!" 그녀는 소리쳤다. "제인 형님, 가난이 뭐 대수인가요? 저는 어릴 때부터 가난하게 자랐어요. 저는 때로 고모님의 돈이 이제 영광스럽게 저 역시 그 일원이 된 유서 깊은 크롤리가문의 영광을 다시 일으키는 데 사용된 것이 감사하기조차 한걸요. 로던보다는 피트 경께서 그 돈을 훨씬 더 잘 사용하실 것이라고 확신해요."

누구보다 충실한 아내의 입을 통해 레베카의 말은 모두 피트에게 전달되었고 피트가 이미 레베카에게 갖고 있던 호의를 배가시켰다. 레베카의 태도에 얼마나 흐뭇했던지 장례식이 끝나고 사흘째 되던 날의 저녁 식탁 상좌에서 닭고기를 자르던 피트 경은 로던 부인에게 "아함, 레베카, 날개 쪽을 드릴까요?"라고 다정하게 묻기까지 했다. 그리고 이렇게 친절한 말을 들은 레베카는 기쁨으로 두 눈을 반짝였다.

레베카가 여러 희망을 품고 계획을 실천에 옮길 동안, 피트 크롤리가 장례식을 주관하고 미래의 출세와 영광을 위해 필요한 일들을 진행하는 동안, 제인이 어머니가 용인하는 한에서 아기들 방에 가 육아로 시간을 보내는 동안, 해가 뜨고 지고, 저택의 시계탑이 식사 시간과 기도 시간을 알리기 위해 평소처럼 울리는 동안, 퀸스 크롤리의 이전 주인 시신은 한때 자신이 소유했던 방들 중 하나에 안치된 채 장례식을 위해 고용된 장의 전문 인부들에 의해 계속 관리되고 있었다. 한두 명의 여자와 서너 명의 장의사 측 인부들이, 사우샘프턴에서 구할 수 있는 제일 번듯한 사람들이었는데, 검은 옷을 입고 장례식에 적합한 슬프고도 삼가는 표정으로 시신이 안치된 관을 교대로 지키면서 쉬는 시간에는 하녀들 방에 가서 남몰래 맥주를 마시거나 카드 놀이를 하곤 했다.

가족들과 집안 하인들은 기사와 신사를 두루 배출한 유서 깊은 가문의 후계자가 이제 최후로 가족 묘지에 안치될 순간을 기다리며 누워 있는 그 으스스한 방을 피해 다녔다. 한때 피트 경의 아내, 그리고 미망인이 되기를 희망했으나 결국 거의 손에 넣을 뻔했던 저택을 수치 속에 버리고 도망가야 했던 그 딱한 여인을 제외하고는 그의 죽음을 슬퍼하는 사람 역시 전혀 없었다. 그 여인, 그리고 노인이 천치처럼 굴던 동안에도 애정을 유지했던 늙은 애견 이외에는 죽음을 애도해줄 단 한 명의 벗도 없었다. 사실 한평생 사는 동안 그는 그런 친구를 갖기 위한 노력 같은 것은 결코 해본 적이 없었다. 가장 훌륭한 인품과 다정한 성품을 가진 이라 할지라도 죽은 후 이 세상을 다시 방문할 기회가 있다면 (그때 우리가 속할 저세상에서도 허영의 시장에서와 같은 감정이 유지된다면 말이지만) 남아 있는 사람들이 얼마나 빨리 슬픔에서 벗어나는지를 발견하고 섭섭해 할 것이 틀림없다. 피트 경 역시, 가장 훌륭하고 다정한 사람들처럼 그렇게 잊혀졌다. 단지 몇 주 가량 더 빨리.

운구 행렬을 따를 사람은 무덤까지 동행해도 좋을 것이다. 그의 시신은 정해진 날, 한 치도 예법에 어긋남이 없이 묘지에 안장되었다. 검은 상복 차림의 유족들은 나오지도 않을 눈물에 대비하여 손수건을 코에 대고 있었고 장의사 쪽 인부들은 대단히 비통한 표정을 짓고 있었다. 새로운 영주에게 예를 갖추기 위해 뽑혀 나온 소작농 대표들이 뒤를 따르는 가운데 주변 귀족들의 텅 빈 마차 역시 심오한 애도를 표하며 시속 3마일의 속도로 행렬을 따라가고 있었다. 그리고 목사는 「소중한 형제를 보내며」라는 공식 추도문을 읽었다. 인간의 육체를 지니고 있는 한 우리는 그 위에 허영들을 전시하고 거짓과 위선으로 그것을 둘러싸며 허세를 부려 금칠과 벨벳으로 그것을 장식하다가 종국에는 거짓말이 잔뜩 쓰인 비문을 그 위에 세움으로써 의무를 마감하는 법이다. 옥스퍼드를 졸업한 젊고 똑똑한 뷰트 밑의 부목사와 피트 크롤리가 함께 죽은 준남작을 애도할 적절한 라틴어 비문을 만들었다. 그러고 나서 부목사는 살아남은 사람들에게 너무 슬픔에 빠지지 말 것을 당부하고 할 수 있는 가장 장중한 말로 그들 역시 언젠가는 이제 막 사랑하는 형제의 시신을 묻고 돌아선 슬픈 그 미지의 문을 지나게 될 것임을 상기시켰다. 장례식이 끝난 후 소작농들은 말을 타고 다시 마을로 돌아가거나 퀸스 크롤리 암스에 들러 다과를 들었다. 퀸스 크롤리 저택의 하인들 방에 차려진 점심을 먹고 나서 이웃 귀족들 마차 역시 각기 다른 방향으로 떠나갔다. 장의사 쪽 사람들도 밧줄이며 휘장이며 벨벳 천과 타조 깃털, 그 외에 다른 장례 용품들을 챙겨 영구차 위에 올라 앉아 사우샘프턴을 향해 출발했다. 퀸스 크롤리 저택 문을 빠져나간 말들이 활짝 뚫린 길 위로 속도를 내 달리기 시작하자 그들의 얼굴도 곧바로 평소의 표정을 되찾았다. 몇몇은 그날 바로 술집 문 앞에서 검은 상복을 그대로 입은 채 하얀 주석 잔을 햇빛에 반짝이며 기울이고 있었다. 죽은 피트 경이 앉아 있곤 했던 환자용 의자는 정원의 창고로 들어갔고 늙은 애견만이 한동안 슬픈 듯 짖어대곤 했는데 그것만이 고 피트 크롤리 준남작, 지난 육십여 년간 이 저택의 주인이었던 피트 경의 저택에 울려 퍼진 유일한 슬픔의 울음소리였다.

*

영지에는 새가 많았고 자고 사냥은 정치인 자질을 가진 영국 신사들의 의무로 간주되었으므로 피트 크롤리 경은 부친상으로 인한 최초의 슬픔이 다소 가시고 나자 조금씩 바깥나들이를 시작해 검은 띠를 두른 흰 모자를 쓰고 새 사냥을 하며 기분 전환을 했다. 이제 자신의 것이 된 들판의 나무 그루터기들이며 순무밭 등을 바라보고 있노라면 마음속으로 말할 수 없는 기쁨이 비밀스레 일어났다. 때로는 대단히 겸손한 모습으로 총 대신 평화롭게 대나무 지팡이를 들고 산책을 나가기도 했는데 그럴 때면 덩치 큰 아우 로던과 사냥터지기들이 옆에서 요란하게 총을 쏘았다. 피트의 돈과 땅이 동생에게 갖는 영향력이란 대단한 것이어서 이제 일전 한 푼 없는 로던은 집안의 가장인 형을 무척이나 어려워하며 굽실거렸다. 형을 계집애 같다며 놀려대는 일은 더 이상 있을 수 없었다. 로던은 경작과 배수 등에 대한 형의 계획에 동의를 표했고 마구간이며 가축에 대해서는 자신의 의견을 피력하기도 했다. 또 머드베리에 가서 형수님이 타시기에 적당할 것 같은 암말을 하나 구해 길을 들여주겠다는 등의 제안을 하기도 했다. 늘상 대들던 이 기병대원이 이제 아주 기가 죽고 고분고분해져서 누구보다 더 얌전하고 순종적인 아우가 된 것이었다. 그는 런던에 혼자 남겨진 아들에 대해 브리그스 부인에게 계속 보고를 받았는데 거기에는 아들이 직접 쓴 편지도 동봉되어 있었다. "저는 잘 지내고 있습니다." 어린 로던은 이렇게 쓰고 있었다. "아버지도 편안하시겠지요. 어머니도 편안하시기를 바랍니다. 조랑말은 아주 건강합니다. 그레이가 말을 태워주려고 저를 공원에 데려갑니다. 저는 말을 타고 구보할 수 있습니다. 전에 말에 태워준 아이를 만났습니다. 그 아이는 말이 구보를 하자 울었습니다. 저는 울지 않습니다." 로던이 이 편지를 형과 형수에게 읽어주자 그들은 무척 기뻐하며 조카를 대견하게 생각했다. 준남작은 조카의 학비를 자신이 책임지겠다고 약속했고 마음씨 착한 그의 부인은 어린 조카에게 선물이라도 사주라면서 레베카에게 현찰을 한 장 꺼내 주었다.

이렇게 하루하루가 지나갔다. 집안 여자들은 시골 숙녀들이 즐기는 조용한 소일거리나 여흥거리로 나날을 보냈다. 식사 시간과 기도 시간이 되면 종소리가 울렸다. 이 집의 젊은 아가씨들은 아침을 먹고 나서 매일 오전 피아노를 연습했는데 레베카는 옆에 앉아 그들을 지도하는 친절을 베풀었다. 그러고 나면 그들은 두꺼운 신발을 신고 영내의 공원이며 관목 숲을 산책하고 때로는 울타리 너머 마을까지 가서 사우스다운 경 부인의 약과 종교 책자들을 그곳 오두막의 병든 사람들에게 전해주기도 했다. 사우스다운 백작 부인이 조랑말이 끄는 마차를 타고 드라이브를 나갈 때면 레베카는 곧잘 그 미망인 곁에 앉아 그녀의 엄숙한 연설을 대단히 흥미롭다는 듯 듣고 있었다. 저녁이 되면 가족들에게 헨델이나 하이든의 가곡을 불러주고 마치 자신이 그 일을 하기 위해 태어난 듯, 적지 않은 유산과 애도하는 사람들을 남겨두고 반듯한 노파로 늙어 죽을 때까지 그 일을 계속할 듯, 또 퀸스 크롤리 저택 문만 벗어나면 자신을 덮칠 온갖 근심, 걱정, 빚쟁이들, 이런저런 획책과 기만, 가난 같은 것은 일체 모르는 듯 커다란 뜨개질 거리를 들고 손을 바삐 움직였다.

'시골 신사의 아내가 되는 것은 어려울 것이 없지.' 레베카는 생각했다. '일 년에 오천 파운드만 있으면 나도 훌륭한 부인 노릇을 할 수 있는데. 아이들 방에 가서 좀 어정거리다가 과수원에 가서 살구 수도 세어보고 온실의 화초에 물을 주고 제라늄 화분에서 시든 잎도 뜯어내고 말이야. 동네 노파에게 신경통은 좀 어떤지 물어보고 가난한 사람들에게 반 크라운어치 수프를 주문해주는 것 정도야, 뭐. 오천 파운드의 연수입이 있다면 그 정도로 쩨쩨하게 굴 건 없으니까. 이웃집에서 식사를 하기 위해 10마일쯤 마차를 몰고 가고 이 년 전에 유행한 드레스를 입는 것도 기꺼이 할 수 있지. 교회에 가서는 큰 가족 좌석에 앉아 졸지 않고 연설을 듣고 조금 연습만 하면 커튼 뒤에서 모자 베일을 내리고 얼마든지 졸 수도 있어. 돈만 있으면 나도 누구에게든 현금을 지불할 수 있단 말이야. 이곳의 마술사들은 그걸 마치 자기 능력인 양 뻐기고 있지만. 돈 없는 우리를 비참한 죄인 취급하며 동정하고 멸시하면서. 우리 애들한테 5파운드짜리 지폐를 한 장 던져주면서 자신들을 퍽도 인심 좋은 사람이라 생각하고 그만한 돈이 없다는 이유로 우리를 깔보면서 말이야.' 사실 레베카의 생각이 틀린 것은 아닌지도 모른다. 그녀와 정직한 여자들 간의 차이란 사실 돈이 있는지 없는지에 불과한 것일지도 모르는 것이다. 마음 속 유혹까지 계산한다면 누가 누구보다 낫다는 평가를 하는 것이 가능하기나 할 것인가? 편안하게 먹고살 만한 재산은 사람을 더 정직하게 만들지는 못해도 유혹에 넘어가지 않게 지켜줄 수 있는 법이다. 거북고기를 뜯는 만찬에서 돌아오는 시의원이 양 다리를 훔치려고 마차에서 내리지는 않겠지만 그 역시 굶주림에 시달린다면 빵 한 조각을 훔치려 들지 않을 거라 누가 장담하겠는가. 베키는 누구는 운이 좋아 돈이 있으니 정직하게 살 수 있고 또 누구는 운이 나빠 돈이 없으니 그럴 수 없는 것이라고 나름으로 선악의 기준을 정리함으로써 스스로를 위로했다.

베키는 이전에 자주 가던 들이며 숲, 덤불숲, 연못, 정원, 칠년 전 이 년간 묵었던 방들 같은 곳들을 다시 찾아가 찬찬히 둘러보았다. 그때는 젊었었다. 아니, 지금보다는 젊었었다. 아주 어릴 때의 일은 다 잊어버리고 말았다. 그러나 칠 년 전 당시의 생각이며 느낌 같은 것들은 모두 기억할 수 있었다. 그녀는 세상에 나와 자신의 초라한 신분을 극복하고 지체 높은 사람들과 어울리게 된 지금의 마음이며 생각을 그때의 심정이나 생각과 비교해 보았다.

'나에겐 머리가 있으니까, 여기까지 올 수 있었던 거지.' 베키는 생각했다. '하지만 세상 사람들 대부분은 바보란 말이야. 이젠 다시 과거로 돌아가 아버지 화실에서 만나곤 했던 그런 사람들과 어울릴 수가 없어. 주머니에 손으로 만 담배를 넣고 다니는 가난한 예술가들 대신 내 집 문 앞에는 훈장을 주렁주렁 단 귀족들이 찾아온다고. 몇 년 전만 해도 하인이나 다름없는 신세로 있었던 이 집에서 이제 나는 신사를 남편으로 두고 백작의 딸을 손위 형님으로 두고 있어. 그렇긴 하지만 가난한 화가 딸로 살면서 설탕과 차를 얻기 위해 길모퉁이 식료품상을 유혹하던 때보다 지금이 정말 더 나은 것일까? 나를 그렇게도 좋아했던 프랜시스와 결혼을 했다면 어땠을까. 그랬다 하더라도 지금보다 더 가난할 수도 없었을 텐데. 휴! 사회에서의 내 모든 지위와 관계를 3퍼센트 이자로 편안히 먹고살 만한 금액의 공채와 바꿀 수만 있다면.' 인생살이 이런 허영들이 다 무슨 소용인가 싶어진 베키는 이제 그만 안전하고 편안한 삶에 닻을 내리고 싶은 생각이 들었다.

어쩌면 그녀 역시 정직하고 겸손하게 의무를 다하고 주어진 길을 성실하게 걸어갔다 하더라도 지금 다른 방법으로 손에 넣으려고 발버둥 치는 정도의 행복은 얻을 수 있었을지 모른다는 생각을 했을지도 모른다. 그러나 퀸스 크롤리의 자녀들이 아버지의 시신이 놓인 복도를 슬슬 피해 다녔듯이 베키 역시 그런 생각이 떠오를 때면 회피하고 대면하지 않았다. 그런 생각을 피할 뿐만 아니라 경멸했다. 그녀는 다른 길을 선택했고, 이제 돌아가는 것은 불가능한 일이었다. 나는 후회야말로 인간의 여러 도덕 감각 중에서도 가장 취약한 것이어서 설사 일어났다 해도 쉽게 억누를 수 있으며 어떤 사람의 경우에는 아예 일어나지도 않는다고 생각한다.

잘못을 들키거나 다른 사람 앞에서 수치를 당하고 벌을 받게 될 생각을 하면 뉘우치는 마음이 들기도 하는 법이다. 그러나 단지 잘못했다는 생각만으로 불행을 느낄 사람은 허영의 시장에는 거의 없다.

그래서 퀸스 크롤리에 머무르는 동안 레베카는 가능한 많은 수의 부정한 황금만능주의자들을 친구로 만들었다. 제인과 그녀의 남편은 이별을 무척이나 섭섭해하며 베키에게 작별을 고했다. 그들은 곤트가의 집이 다 수선되어 장식까지 끝나면 런던에서 다시 만나기를 고대한다고 말했다. 사우스다운 백작 부인은 한 꾸러미의 약과 함께 그녀 편에 로렌스 그릴스 목사님에게 보낼 편지도 같이 전해주었는데 그 편지에는 이 편지를 가지고 가는 '은혜 입은' 자를 불구덩이에서 구해달라는 당부의 말이 적혀 있었다. 사냥으로 잡은 상당량의 고기들과 함께 짐은 전날 미리 부쳐두었기 때문에 피트가 이들 부부를 사륜마차로 머드베리까지 배웅해주었다.

"귀여운 아들을 다시 만날 테니 얼마나 기쁘겠어요!" 손아래 동서에게 작별을 고하며 제인이 말했다.

"네, 정말이지 기뻐요!" 초록색 눈을 올리며 레베카가 대답했다. 그녀는 퀸스 크롤리를 떠나는 것이 무척 기뻤지만 다른 한편 다시 런던으로 가는 것이 싫었다. 퀸스 크롤리는 정말 지루한 곳이었다. 그래도 그곳의 공기는 분명 그녀가 지금껏 숨 쉬어온 곳들의 공기보다 다소 더 깨끗하고 순수했다. 모두가 지루하고 멍청했지만, 나름으로 친절했다. "그게 다 3퍼센트 이자를 오래 받아먹고 산 덕이지." 베키는 혼잣말로 중얼거렸다. 아마 그녀 말이 틀린 것도 아니었을 것이다.

그러나 마차가 피커딜리로 접어들자 런던의 불빛들이 명랑하게 반짝이는 것이 보였다. 브리그스는 커즌가의 집에 불을 환하게 켜놓고 있었고 어린 로던은 엄마와 아빠를 맞으려고 잠을 자지 않고 기다리고 있었다.

42장
오스본가 근황

러셀 스퀘어의 오스본 노인에 대해서는 상당히 오랫동안 근황을 듣지 못했다. 우리가 그를 마지막으로 만난 이후 결코 그가 대단히 행복한 시간을 보냈다고는 할 수 없을 것이다. 점점 더 성질을 나쁘게 만드는 일들이 일어났고 뜻대로 되지 않는 일도 한두 가지가 아니었다. 대단하달 것도 없는 욕망이 번번이 좌절되니 노인은 심신이 몹시 지쳤고 통풍과 고독, 이런저런 실망들이 다 함께 마음을 짓눌러 일이 뜻대로 되지 않을 때면 평소보다 갑절이나 좌절감을 느꼈다. 아들이 죽은 후 뻣뻣하던 검은 머리는 하얗게 세어버리고 말았다. 얼굴은 전보다 더 붉어졌으며 잔에 와인을 따를 때면 손도 점점 더 많이 떨렸다. 그 때문에 시내 상점의 점원들은 무시무시한 나날을 보내야 했다. 가족들이라고 형편이 더 나은 것은 아니었다. 얼마 전까지 레베카는 이자가 나오는 공채라면 무엇과도 기꺼이 바꾸겠다고 장담했었다. 그러나 그런 레베카라도 자신의 운명과 가난, 무모한 도전들을 오스본의 돈과 그를 둘러싼 매일의 우울과 정말 바꾸려 할지 나는 의심스럽다. 그는 스워츠 양에게 청혼을 했지만 그녀의 보호자들은 그의 청을 조롱하며 보기 좋게 거절했다. 그들은 결국 그녀를 스코틀랜드 귀족 가문의 젊은이와 결혼시켰다. 오스본은 신분이 낮은 여자와 결혼을 해서 두고두고 그녀를 못살게 굴며 괴롭힐 인간이었다. 그러나 입맛에 딱 맞는 여자가 나타나질 않아서 그는 대신 시집안 간 딸에게 분을 풀어대고 있었다. 그의 딸은 좋은 마차와 말에 최고의 요리가 잔뜩 차려진 식탁의 상좌를 차지하고 있었다. 수표책에다가 산책을 나갈 때면 그녀를 따라다니는 풍채 좋은 하인, 제한 없이 외상으로 물건을 살 수 있는 신용이 있었고 그녀가 지나갈 때면 상인들이 죄다 굽실거리며 아부의 말들을 늘어놓았다. 그 외에도 부족한 것 없이 모든 것을 가지고 있었지만 그녀는 실로 불행한 나날을 보내야만 했다. 고아원의 여자애나 거리에서 청소를 하는 소녀들, 부엌에서 일을 하는 몹시 가난한 하녀라도 이 불행한 중년의 노처녀보다는 행복했을 것이다.

상당한 난관에도 불구하고 헐커 불럭 은행의 프레더릭 불럭 경은 적잖은 불평을 쏟아놓으며 마리아 오스본과 결혼했다. 조지가 죽었고 오스본 노인의 유언장에서 이름이 아주 삭제되었기 때문에 프레더릭은 노인 재산의 절반이 마리아에게 와야 한다고 주장하며 오랫동안 다른 조건으로는 "거래를 시작할 수" 없다고(프레더릭 자신의 표현을 빌자면) 결혼을 거부했다. 오스본은 프레더릭이 이만 파운드의 지참금을 받고 마리아와 결혼하기로 했으니 그 이상을 요구해선 안 된다고 그에 맞섰다. "그걸 받고 마리아를 데려가든지, 싫으면 관두고 꺼지든지." 조지가 유산을 받지 못하게 된 후 기대에 부풀어 있었던 프레드는 이 늙은 상인에게 단단히 사기를 당했다고 생각하며 한동안 파혼이라도 할 것처럼 행동했다. 오스본 역시 헐커 불럭 은행에 맡겨둔 돈을 모두 찾고 주식거래소로 채찍을 들고 가서 어떤 놈의 등판을 후려갈겨 주겠다고 이를 갈며 평소 늘 하는 거친 행동을 해서 점점 더 나쁜 평판을 얻게 되었다. 이렇게 집안 간의 갈등이 불거진 동안 제인은 "마리아, 그가 사랑하는 건 네가 아니라 네 돈이라고 내가 늘 말하지 않던"이라며 다정하게 동생을 위로했다.

"그래도 그이는 나와 내 돈을 선택했지, 언니와 언니의 돈을 선택한 건 아니야." 마리아가 고개를 획 젖히며 이렇게 대답했다.

그러나 갈등은 일시적인 것이었다. 프레드의 아버지와 은행의 연륜 있는 이사들이 일단 이만 파운드의 지참금을 지금 절반, 그리고 오스본 노인이 죽은 후 절반 받는 조건으로라도 마리아와 결혼을 하라고 그를 설득했기 때문이다. 그들은 또 그때가 되면 유산을 조금 더 받을 수 있을지도 모른다고 그를 달랬다. 그래서 다시 한 번 더 그의 표현을 빌자면 그는 마침내 "고집을 꺾었고" 아버지 헐커 노인을 오스본에게 보내 화해를 청하도록 했다. 그는 현재의 결혼 조건에 반대해 분란을 일으킨 것은 자신의 아버지였다면서 자신은 약속을 지키고 싶었다고 변명했다. 오스본은 마지못해 그 변명을 받아들였다. 헐커 불럭 은행은 시내 금융가의 유력가문이었으며 웨스트엔드의 '귀족'들과도 인연을 맺고 있었다. "우리 사위는 헐커 불럭 은행의 아들이고, 캐슬몰디 백작의 딸인 레이디 메리 망고가 내 딸의 시댁 쪽 사촌되지요"라고 말할 수 있다는 것은 오스본 노인에게 적잖은 유혹이었다. 그는 속으로 자신의 집에 귀족들이 북적대는 풍경을 그려본 후 프레드를 용서하고 이 결혼을 예정대로 치르는 것에 동의했다.

식은 성황리에 치러졌다. 식이 치러진 하노버 스퀘어의 세인트조지 성당 근처에 살고 있는 신랑 쪽 친척이 손님들에게 식사를 대접했다. "웨스트엔드의 귀족들"도 초대를 받았고 상당수는 기꺼이 방명록에 이름을 적고 갔다. 망고 부부도 신부 들러리를 설 두 딸 그웬돌린과 기네버를 데리고 결혼식에 참석했다. 신랑 쪽의 또 다른 사촌인 근위대의 블러다이어 (민싱 레인의 블러다이어 브라더스 상회의 장남)와 지체 높은 블러다이어 부인도 참석했고, 리밴트 경의 아들 조지 볼터 및 망고 집안 출신인 그의 아내도 있었다. 캐슬토디 자작과 제임스 뮬, 그리고 (한때 스워츠 양으로 불렸던) 아내 뮬 부인, 그밖에도 롬바드가의 중산층 가족들과 결혼함으로써 콘힐 구역의 신분 상승에 적잖이 기여한 한 무리의 귀족들이 하객으로 이 결혼식에 참석했다.

젊은 부부는 버클리 스퀘어 근처에 집을 장만하고 은행원들이 많이 모여 사는 로햄프턴에 별채도 하나 마련했다. 비록 그들의 친 할아버지는 자선학교에서 교육을 받았지만 영국에서도 제일가는 혈통의 남자들과 결혼을 한 불럭가의 여자 형제들은 프레드가 **볼 것 없는** 신분의 여자와 **결혼**했다고 평가했다. 그래서 마리아는 이런 손님들이 왔노라고 당당히 내놓을 수 있도록 대단히 공을 들여 자기 쪽 방명록을 정리해 들이밀며 출신상의 약점을 극복해보려고 노력했다. 또 그녀는 아버지와 언니를 가능한 만나지 않는 것이 좋겠다고 생각했다.

그러나 여전히 물려받을 가능성이 있는 수만 파운드의 재산을 가진 아버지와 완전히 인연을 끊는다는 것은 말도 안 되는 일이었다. 남편인 프레드 역시 그런 일은 절대 허락하지 않을 터였다. 그러나 그녀는 여전히 젊고 감정을 잘 숨기지 못했기 때문에 아버지와 언니를 볼품없는 식사에 초대하고 그들이 찾아오면 아주 냉담하게 굴었을 뿐만 아니라 러셀 스퀘어의 친정집에는 가보지도 않으면서 경솔하게 아버지에게 그 천박한 지역을 좀 떠나시라고 통사정을 하기까지 했다. 경솔하고 무모한 불럭 부인은 결국 이런 식으로 남편의 외교술로도 결코 회복할 수 없을 만큼 추가적인 유산 상속의 가능성을 완전히 희박하게 만들었다.

"그래, 마리아는 이제 러셀 스퀘어가 아주 부끄럽다 그거구나." 딸집에 가서 저녁을 먹고 돌아오던 어느 날 밤 딸과 함께 마차에 올라탄 후 창문을 드르륵 닫으며 노인이 말했다. "그래, 그래서 친정아버지랑 언니는 둘째 날 만찬에 초대하고(고기 요리 나오기 전에 그 애가 온트리인지 뭔지 하고 불렀던 그 요리들, 그것들도 다 어제 한 번 나갔던 것들인지 모르지. 쳇) 은행원 나부랭이, 어중이떠중이들을 불러놓고 백작이며 귀족 부인들은 자기 혼자만 만나겠다 이거지? 귀족들이라? 이런 망할. 그래, 난 평범한 영국의 상인이야. 하지만 그런 거지같은 신분쯤 돈으로 얼마든지 살 수 있지. 귀족이라, 허참! 그래, 저번에 그 애 스워리[1])에서 보니까 귀족이라는 놈 하나가 바이올린 켜는 놈과 떠들어대고 있더군. 나라도 말을 섞지 않을 그런 놈과 말이야. 그러면서도 러셀 스퀘어에는 오지 않겠다, 그렇다는 거지? 하지만 우리 집에는 더 좋은 포도주가 있어 그리고 난 돈 따윈 신경 쓰지 않고 좋은 포도주를 살 수 있고, 멋진 은그릇에 그 놈들은 한 번도 본 적 없는 최고의 요리들도 마호가니 식탁에 내놓을 수 있다고. 비굴하고 비열하고 잘난 척만 하는 종족들. 제임스, 말을 빨리 몰아. 어서 러셀 스퀘어의 집으로 돌아가고 싶으니까—하하!" 그는 분노의 웃음을 터뜨리며 마차 구석에 몸을 파묻었다. 이렇게 자신의 우월한 점들을 떠올리며 노인은 자주 스스로를 위안하곤 했다.

　동생의 행실에 대해서는 제인 역시 아버지 의견에 동의할 수밖에 없었다. 프레더릭의 첫 번째 아들, 프레더릭 오거스터스 하워드 스탠리 데브뢰 불럭이 태어났을 때 외할아버지 오스본 노인은 대부 자격으로 세례식에 와달라는 초대를 받았다. 그러나 그는 아기 앞으로 금으로 된 컵을 보내고 유모 앞으로는 그 안에 20기니의 돈을 담아 보내는 것으로 만족했다. "내 장담하지만, 그 애가 좋아하는 귀족들 누구도 그런 선물은 못했을 거다." 그는 이렇게 말하면서 식에 참석하는 것을 거부했다.

　그러나 값나가는 선물을 받은 불럭의 식구들은 대단히 만족했다. 마리아는 아버지가 자신을 무척 아낀다고 생각했으며 프레드는 자신의 후계자이자 첫아들인 아기의 앞날이 아주 밝다고 생각하고 기뻐했다.

　제인 오스본이 러셀 스퀘어의 집에 외롭게 앉아 때로 동생의 이름이 언급된 《모닝포스트》의 "상류사회 모임" 관련 기사를 읽으면서 얼마나 쓸쓸하고 비통한 심정을 느꼈을지는 쉽게 미루어 짐작할 수 있는 일이다. 언젠가 한 번 신문의 기사는 프레드 불럭 부인이 시누이 되는 레이디 프레데리카 불럭의 소개로 왕실 접견을 했을 때 입었던 의상에 대해 상세히 소개하기도 했다. 이미 말했지만 제인의 생활에는 그런 화려함이라곤 일체 없었다. 그것은 참으로 끔찍한 생활이었다. 아직 깜깜한 겨울 아침에도 그녀는 차가 8시 30분까지 준비되지 않으면 온 집을 뒤집어놓을, 인상을 잔뜩 구긴 늙은 아버지의 아침을 차리기 위해 침대에서 일어나야 했다. 그리고는 주전자에서 물이 끓는 소리를 들으면서 말없이 아버지 앞자리에 앉아 정해진 만큼의 차와 머핀을 먹고 신문을 읽는 아버지를 겁에 질린 채 마주하고 있는 것이었다. 9시 30분이 되면 아버지는 일어나 시내로 나갔는데 그러면 저녁때까지 대체로 자유 시간을 갖게 되는 제인은 부엌에 가 하인들을 꾸짖거나 마차를 타고 나가 허리를 굽실대는 상인들을 상대하기도 하고 시내 금융가의 지인들 댁을 방문하여 그 음울하고 크기만 한 저택에 자신과 아버지의 명함을 두고 오기도 했다. 또 제인은 이피게니아상이 조각된 커다란 시계 옆 소파에 홀로 앉아 시계가 똑딱거리며 누군가를 애도하듯 슬프고 쓸쓸한 소리로 시간을 알리는 객실에서 불을 쬐고, 커다란 털실 뭉치를 들고 뜨개질을 하며 손님이 찾아오기를 기다리기도 했다. 벽난로 선반 위의 큰 거울과 방 끝 맞은편에 놓인 커다란 화장대 위 거울이 천장의 샹들리에를 덮고 있는 갈색 보자기를 확대하며 여러 개로 보이도록 상을 서로 되비치고 있어서 거울 속으로 갈색 보자기가 끝없이 펼쳐졌고 제인이 앉아 있는 그 방이 셀 수 없이 많은 다른 방들의 중심에 있는 것처럼 보였다. 제인이 그랜드 피아노의 말가죽 커버를 벗겨내고 용기를 내 건반을 몇 개 두드려보면 구슬픈 소리가 우울한 반향을 불러일으키며 집안에 울려 퍼졌다. 객실에 있던 조지의 사진은 옥탑의 창고 방으로 옮겨졌다. 여전히 조지 생각을 했고 아버지와 딸 모두가 본능적으로 서로 조지 생각을 하고 있다는 사실을 짐작할 수 있었지만, 한때 그렇게도 사랑받았던 용감한 아들에 대해 이야기를 꺼내는 일은 거의 없었다.

다섯 시가 되면 오스본 노인이 저녁을 먹으러 돌아왔고 그러면 아버지와 딸은 다시 말없이 함께 식사를 하곤 했다.(요리가 마음에 들지 않아 오스본이 욕설을 퍼붓는 경우에만 드물게 이 침묵이 깨졌다.) 그들은 또 한 달에 두 번씩 오스본과 신분이나 나이가 비슷한 재미없는 노인네들과 저녁을 함께하기도 했다. 블룸즈버리 스퀘어의 걸프 의사와 그 부인, 베드포드 로의 잘나가는 변호사로 업무상 "웨스트엔드의 귀족들"과도 절친하게 지내는 프라우저 씨, 봄베이 군대의 리버모어와 어퍼 베드포드 플레이스의 리버모어 부인, 늙은 경사 토피 씨와 그 부인, 그리고 때로는 베드포드 스퀘어의 토머스 코핀 경과 그 부인 등이 그런 저녁 식사 자리의 주요 손님들이었다. 토머스 경은 걸핏하면 교수형을 내리는 판사로 유명했는데 그가 와서 식사를 할 때면 오스본은 특별히 더 붉은 포도주를 식탁에 내곤 했다.

이들 역시 거들먹거리기 좋아하는 러셀 스퀘어의 상인을 집에 초대하여 똑같이 허영으로 치장한 저녁 식사를 답례 삼아 대접하기도 했다. 저녁을 먹고 와인까지 마신 뒤에는 이 층에 올라가 엄숙하게 카드놀이를 했고 10시 30분이 되면 마차가 와서 그들을 태우고 집으로 돌아갔다. 우리같이 가난한 이들이 언제나 질투하곤 하는 부자들 대다수는 앞서 묘사된 것 같은 생활을 하면서 자족하고 지낸다고 할 수 있다. 제인 오스본은 예순 살 이하의 남자를 만날 기회를 거의 갖지 못했고 그들 모임에 나타나는 유일한 독신자라야 부인네들 사이에 잘 알려진 의사 스머크 씨 정도였다.

그러나 이렇게 지루하고 단조로운 생활을 깨뜨릴 사건이 전혀 일어나지 않은 것은 아니었다. 사실 가엾은 제인에게도 비밀스러운 사건이 하나 있었던 것이다. 그리고 그 때문에 그녀의 아버지는 타고난 기질, 과한 자부심, 과식으로 인한 평소의 성질보다 더 거칠고 야만적인 행태를 보여주었다.

스미 씨(그는 한때 미술에 대한 조예는 상당했지만 무절제하고 방탕한 생활에 예술가로서는 성공을 하지 못한 프리스가의 화가 샤프[2]의 제자였는데)는 가정교사 워트 양의 사촌이었는데 그녀의 소개로 오스본가에 발을 들여놓게 되었다. 그는 여러 번의 연애에도 불구하고 아직 사랑하는 사람을 만나지 못한 제인에게 큰 호감을 가졌는데, 제인 역시 그를 향해 비슷한 감정을 품게 되었던 모양이었다. 워트 양은 그들 사이의 비밀스러운 감정을 잘 알고 있었다. 워트 양은 어쩌면 다른 사람 앞에서는 편하게 표현할 수 없는 언약이나 감상을 주고받을 수 있도록 선생과 제자가 그림을 그리고 있는 방을 슬그머니 빠져나가주기도 했을지 모르겠다. 사촌이 돈 많은 상인의 딸과 결혼하면 그런 부를 얻도록 도와준 자신에게 재산의 일부를 조금 떼어줄 것이라 기대했을지도 모른다. 어쨌거나 확실한 것은 오스본이 이런 관계를 눈치 채고 갑자기 시내에서 일찍 귀가하여 지팡이를 휘두르며 객실로 쳐들어왔다는 사실이다. 화가와 제자, 딸의 가정교사이자 말동무인 워트 양 모두가 일순 창백하게 질려버렸다. 오스본은 뼈를 모조리 부러뜨려버리겠다고 협박하며 화가를 문밖으로 몰아내고 30분 후에는 워트 양 역시 해고해버렸는데 그녀의 가방을 계단 위에서 발로 차 떨어뜨리고 모자 상자를 밟아버리는가 하면 그녀가 잡아타고 떠나는 마차 뒤에서 맹렬하게 주먹을 휘두르기도 했다.

제인 오스본은 여러 날 동안 방 밖으로 나오지 않았다. 그리고 이후로 그녀는 다시 말동무를 곁에 둘 수 없었다. 아버지는 제인 양에게 허락 없이 결혼을 하면 한 푼도 유산을 주지 않겠다고 을러댔다. 사실 집안일을 돌볼 사람이 하나 필요했기 때문에 그는 딸이 결혼하는 것을 바라지도 않았다. 결국 제인 양은 연애나 사랑에 관련된 모든 계획을 접고 아버지가 살아 계신 동안 앞서 묘사한 것 같은 생활을 계속하며 노처녀로 살아가는 것에 만족하게 되었다. 그동안 동생은 해마다 아기를 낳아 점점 더 거창한 이름을 붙여주었는데 자매간의 우애는 해가 갈수록 점점 약해졌다. "제인 언니와 나는 속한 세계가 다른 걸." 불럭 부인의 말이었다. "물론, 언니를 자매라고 생각은 하지만." 이 말의 뜻인즉슨, 자기 같은 귀부인이 제인을 언니로 생각해주는 것만 해도 과분하지 않은가? 하는 것이었다.

도빈의 누이동생들이 아버지와 함께 덴마크 힐의 근사한 저택에 살고 있으며 어린 조지가 그곳 정원의 아름다운 포도 덩굴이며 복숭아나무들을 무척 좋아한다는 이야기는 이미 한 바 있었다. 아멜리아를 만나기 위해 종종 브롬프턴으로 행차하곤 했던 도빈의 누이들은 오래된 벗인 제인 오스본 양에게 인사를 하기 위해 러셀 스퀘어도 종종 찾아갔다. 도빈의 누이들이 조지의 미망인을 찾아간 것은 필시 인도에 있는 오라버니 도빈의 부탁 때문이었을 것이다. 어린 조지의 대부이자 후견인이기도 한 도빈 소령은 그의 할아버지가 이제 마음을 풀고 아들 생각을 해서라도 어린 조지를 정식 손자로 인정해주었으면 하는 소망을 여전히 품고 있었다. 도빈의 누이들은 제인에게 아멜리아의 근황을 계속 전해주었다. 아멜리아가 부모와 살고 있다는 이야기며 그들이 얼마나 궁색한지, 오스본 대위나 자기 오빠 같은 남자들이 그 볼 것 없는 여자의 무엇에 빠진 건지 모르겠다는 이야기, 그녀는 예나 지금이나 유약하고 생기가 없다는 등의 이야기들이었다. 그러나 그들은 그녀의 아들만은 여태껏 본 적 없는 기품 있는 아이라고 칭찬을 해댔다. 여자들은 으레 어린아이들에게 더 호의적인 법이며 신경질적인 노처녀들도 아이들에게는 다정한 법이다.

어느 날 도빈의 누이들이 통사정을 하는 통에 아멜리아는 조지가 덴마크 힐에 가서 그들과 함께 하루를 보내도록 허락해주었다. 그리고 바로 그날 아멜리아는 시간을 좀 내어 인도의 도빈 소령에게 편지를 써 보냈다. 우선 그녀는 소령의 누이들이 전해준 기쁜 소식에 대해 축하를 전하고 그와 그의 부인 되실 분의 안녕을 기원했다. 그녀는 또한 자신과 아들에게 지금껏 보여준 셀 수 없이 많은 친절과 변치 않는 우정에 대해 감사를 드린다고 말하고, 조지의 근황과 그 애가 오늘도 소령의 누이들과 함께 시간을 보내기 위해 교외로 놀러 갔다는 등의 이야기를 전했다. 그녀는 편지의 주요 구절들에 여러 번 밑줄을 치고 애정을 담아 벗 아멜리아 오스본 친필, 이라고 서명을 써넣었다. 그러나 전에는 언제나 오다우드 부인에게 안부를 전하곤 하던 그녀가 이번에는 그 인사를 잊었을 뿐만 아니라 글로비나 역시 이름을 직접 언급하는 대신 소령님의 **신부**라고 이탤릭 글자로 적어 넣고 **축복**을 빈 것은 특기할 만했다. 그러나 이 결혼 소식 덕분에 아멜리아는 언제나 소령에게 유지하던 거리를 잊을 수 있었다. 그녀는 그간 그에게 느껴온 감사와 호의를 사실대로 고백하고 또 표현할 수 있게 되어서 기뻤다. 글로비나에게 질투라도 느꼈는지 하는 문제에 대해서라면, 설사 하늘에서 천사가 내려와 혹 그런 마음이 들지는 않았는지 떠보았다 하더라도 실소하며 그런 의심을 일축해버리고 말았을 터였다.(글로비나에게 질투라니, 세상에!)

그날 밤 조지는 평소 그가 무척 좋아하는 조랑말이 끄는 마차를 타고 집으로 돌아왔다. 윌리엄 도빈 경 댁의 늙은 마부가 마차를 몰아 아이를 집까지 데려다 주었는데 어린 조지의 목에는 멋진 금줄이 달린 시계가 걸려 있었다. 그는 못생긴 늙은 여자가 그걸 자기에게 주면서 무척이나 울고 또 키스를 했다고 엄마에게 말을 했다. 조지는 또 그 여자가 싫었으며 포도는 아주 맛있었다고 그리고 자기는 엄마만을 사랑한다고도 이야기했다. 아멜리아는 흠칫 놀라 몸을 웅크렸다. 이 소심한 어머니는 아기 아버지의 친척이 아이를 만나러 왔다는 소식에 불길한 예감을 느끼고 공포에 사로잡힌 것이었다.

제인 오스본은 아버지에게 저녁을 차려드리기 위해 집으로 돌아왔다. 그날 시내에서 투자가 제법 성공적이었던 터라 기분이 좋았던 그는 딸이 심란해 보이는 것을 눈치채고 평소답지 않게 무슨 일인지 물어보는 친절을 베풀었다. "왜 그러지, 제인?"

그러자 딸은 눈물을 와락 쏟아내며 "아버지" 하고 말을 꺼냈다. "어린 조지를 보고 왔어요. 마치 천사처럼 예쁘고, 오빠를 너무 닮아서!" 맞은편의 노인네는 한마디도 못하고 얼굴을 붉히며 사지를 벌벌 떨기 시작했다.

* * *

43장

희망봉을 돌아 인도로

  좀 갑작스럽긴 하지만 이제 만 마일이나 떨어진 인도 마드라스 지역의 번들건지 기지로 시선을 돌려야 하겠다. ××연대의 용맹한 전사들이 용감한 마이클 오다우드 대령 지휘 하에 그 기지에 주둔하고 있으니까. 위장이 좋고 기질이 온순하고 머리를 많이 쓰는 일로 스스로를 괴롭히지 않는 사람들이 흔히 그렇듯이 이 뚱뚱한 장교 역시 시간이 지나도 별로 변한 것이 없었다. 점심 때 왕성한 식욕을 자랑한 그는 저녁에도 그에 못지않은 식욕을 보이곤 했다. 점심이든 저녁이든 식사를 마치고 나면 수연통(水煙筒)을 집어 들고 아내가 뭐라거나 말거나 워털루의 프랑스군 포화 밑에서도 그랬던 것처럼 조용히 담배를 빨아대기 시작했다. 나이가 들고 인도의 폭염 아래 시달렸어도 멀로니와 몰로이의 피를 이어받은 오다우드 부인의 활력과 달변은 시들 줄을 몰랐다. 우리의 오랜 친구 오다우드 부인은 마드라스에서도 브뤼셀 못지않게 편안하게 지냈고 열대의 병영에서도 전장의 텐트에서처럼 불편 없이 지냈다. 그녀가 화려하게 장식된 코끼리를 타고 행진하는 군대의 선두에서 앞장서 나가는 모습은 참으로 볼만한 광경이었다. 그녀는 코끼리를 타고 정글로 호랑이 사냥을 나가기도 했다. 토호들의 초대를 받고 글로비나와 함께 그들의 내실까지 가본 적도 있었는데 그들이 선물로 준 숄이며 보석을 거절할 때는 무척이나 마음이 아팠다. 부대의 보초병들은 누구나 그녀가 모습을 드러내면 거수경례를 했는데 그러면 그녀도 모자에 손을 갖다 대며 엄숙하게 그 인사에 답례했다. 인도 내 영국의 3대 관할 지구 중 하나인 마드라스에서 오다우드 부인은 가장 대단한 여인 중 하나였다. 마드라스에는 지금도 여전히 그녀가 하급 판사 미노스 스미스의 아내인 스미스 부인과 싸운 일을 기억하는 사람들이 있는데 그때 오다우드 부인은 판사 부인 얼굴 앞에서 손가락질을 해대면서 **자신**이 비루한 민간인 뒤를 따라 걷는 일은 결코 없을 거라고 소리를 질러댔다. 이십오 년이 지난 지금도 어쩌면 그녀가 총독 관저에서 지그로 부관 두 명과 마드라스 기병대의 소령 하나, 그리고 행정관 두 명을 지쳐 쓰러지게 만든 다음 ××연대의 부지휘관 도빈 소령의 권유를 받고서야 마지못해 "피곤하긴 하지만 만족하지 못한 채"[1] 연회장으로 물러났다는 이야기를 기억하는 사람이 있을지도 모른다.

페기 오다우드는 정말이지 변한 것이 없었다. 생각과 행동은 친절했고 욱하는 성미에다 명령하는 것을 좋아하고 남편 마이클에게는 언제나처럼 폭정을 퍼부었다. 부대 내의 모든 부인들에게 깐깐한 감시인 노릇을 하려 들었고 젊은 병사들에게는 어머니 노릇을 하면서 아플 때면 간호를 해주고 어려움에 처했을 때는 도움을 주었기 때문에 병사들 사이에서 그녀의 인기는 대단한 것이었다. 그러나 준(準)대위와 대위의 부인들은(소령은 아직 결혼을 안 했으니) 그녀를 아주 아니꼽게 생각했고 뒷말들이 무성했다. 그들은 글로비나는 너무 잘난 척을 하고 폐기는 참을 수 없을 만큼 대장 노릇을 하려 든다면서 불평을 했다. 폐기는 한 번 커크 부인이 연 작은 기도회에 끼어들어 군인의 부인이 웬 목사 노릇이냐고 비웃음으로써 젊은 군인들이 더 이상 그녀의 설교를 듣지 못하게 만들었다. 커크 부인에게는 남편의 옷이나 수선하는 편이 더 바람직할 거라면서 만약 이 부대에 설교가 필요하면 자신의 삼촌 딘이 저술한, 세상에서 가장 훌륭한 설교집이 있으니 그걸 주겠다고 말했다. 또 그녀는 군의관 아내와 연애질을 하고 있던 스터블 중위에게 지금 당장 그 관계를 정리하고 병가를 내 희망봉으로 떠나지 않으면 빌려 간 돈을 모두 내놔야 할 것이라고 위협해(이 젊은 중위는 아직도 낭비하는 버릇을 고치지 못하고 있었다.) 그들의 관계를 곧바로 끝장냈다. 다른 한편 두 병째 비운 브랜디병을 흔들며 광분하여 쫓아오는 남편을 피해 숙소에서 도망쳐 온 포스키 부인을 자기 집에 숨겨주고 알코올 중독으로 인해 환각 증세까지 보이는 포스키를 계도하여 남자들한테 흔한 다른 나쁜 습관들도 그렇듯 일단 시작된 뒤 뿌리 깊게 자리 잡은 그의 술버릇을 고쳐주었다. 다시 말해 어려움에 처한 사람들에게는 최고의 보호자요, 간호인이었지만 잘 지내는 사람들에게는 더할 수 없이 성가시고 귀찮은 친구라 할 수 있었다. 언제나 자신이 최고라고 생각하며 뭐든 자기 식대로 하지 않으면 성이 풀리지 않았으니까.

신경을 써야 할 일들은 많았지만 그녀는 우선 글로비나를 도빈 소령과 결혼시켜야겠다고 결심했다. 오다우드 부인은 소령이 물려받을 재산을 적지 않다는 사실을 알고 있었으며 그가 가진 여러 장점들과 군인으로서 누려온 명성도 높이 평가하고 있었다. 얼굴이 퍽 예쁘고 볼이 발그레하며 머리는 검고 눈은 푸른 이 젊은 숙녀는 아일랜드의 코크 지역 출신 그 어떤 소녀 못지않게 말도 잘 타고 피아노 소나타도 잘 연주하는지라 오다우드 부인은 글로비나야말로 도빈이 그렇게 못 잊어하는 유약하기만 한 가엾은 미망인 아멜리아보다 훨씬 더 그를 행복하게 해 줄 신붓감이라 확신했다. "글로비나가 방에 들어오는 걸 좀 봐요." 오다우드 부인은 이렇게 말을 했다. "그리고 거위도 쫓지 못하는 그 딱한 오스본 부인과 저 아이를 좀 비교해 보라고요. 저 애는 당신에게 아주 맞춤이에요, 소령. 당신은 말이 없는 편이니 당신 대신 말을 해줄 여자가 필요할 거예요. 저 앤 멀로니나 몰로이만큼 좋은 피를 이어받진 못했지만, 장담컨대, 그 어떤 귀족도 저 애와의 결혼을 부끄러워하지 않을 만큼 혈통 있는 가문의 후손이랍니다."

그러나 사실 도빈 소령을 남편으로 만들고 말겠다고 이렇게 단호하게 결심을 하기 전에도 글로비나가 다른 곳에서 여러 번 비슷한 시도를 했었다는 사실을 밝혀야 할 것이다. 그녀는 더블린에서 한 번 그리고 코크나 킬라니, 멜로에서는 얼마나 여러 번 사교계에 나왔는지 모른다. 그녀는 해당 지역 군부대에 주둔하고 있는 모든 미혼 남자에게 연애를 걸었으며 지역 유지 중에서도 결혼 가능성이 있는 모든 독신 남성들을 유혹했다. 아일랜드에서만 족히 열 번은 약혼을 했고 배스에서도 그녀를 아주 냉정하게 배반했던 성직자와 약혼한 일이 있었다. 마드라스까지 오는 길에도 동인도회사 소속 배 램천더호의 선장과 1등 항해사에게 꼬리를 쳤고, 소령이 부대를 책임지고 있는 사이 마드라스 지역 사교계에 참석했던 오빠와 새언니를 따라 그 지역의 사교 무대에도 모습을 드러내었다. 그곳의 모든 이가 그녀에게 찬사를 보냈고 그녀와 춤을 추었지만 정작 결혼할 만하다 싶은 이들 중에 청혼을 한 이는 아무도 없었다. 한두 명의 중위가 그녀에게 연심을 품었고 수염을 기르지 않은 행정관 한둘 역시 그녀를 흠모했지만 그녀는 격에 맞지 않는다는 이유로 이들을 거절했다. 글로비나보다 어린 처녀들은 속속 먼저 결혼을 하고 있는데도 말이다. 세상에는 이런 운을 타고난 여자들, 그것도 얼굴 예쁜 여자들이 있는 법이다. 이런 여자들은 스스럼없이 누구하고든 사랑에 빠지고 연대 남자의 절반과 말을 타고 이야기를 나누면서도 정작 마흔이 다 되어가도록 결혼은 못하고 노처녀로 늙어간다. 글로비나는 오다우드 부인이 판사 부인과 그렇게 고약하게 싸움을 벌이지만 않았다면 마드라스에서 좋은 짝을 만날 수 있었을 것이라고 주장했다. 마드라스 총독부에서 요직을 맡고 있는 처트니 노인이(결국 후에 유럽에서 막 학교를 졸업하고 온 열세 살짜리 소녀 돌비 양과 결혼하고 말았지만) 자신에게 청혼을 할 참이었다는 것이었다.

오다우드 부인과 글로비나는 하루도 거르지 않고 거의 모든 일에 대해 언쟁을 벌였는데, 정말이지 믹 오다우드가 천사처럼 온화한 성품의 소유자가 아니었다면 두 여인이 노상 옆에서 싸워대는 소리에 제정신을 잃고 말았을지도 모른다. 그래도 두 사람은 한 가지에 대해서는, 그러니까 글로비나가 도빈 소령과 결혼을 해야 하며, 그 일이 성사될 때까지 소령에게 쉴 틈을 주어서는 안 된다는 점에 대해서는 의견의 일치를 보았다. 사오십 번이나 실패를 한 뒤에도 그녀는 낙담하는 법 없이 계속해서 도빈에게 덫을 놓았다. 끊임없이 아일랜드 노래를 불러주고 몹시 애절한 목소리로 셀 수 없이 여러 번 '저와 정자로 가시겠어요?'라고 물었는데 조금이라도 동정심이 있는 남자라면 어떻게 그 청을 그렇게 계속해서 거절할 수 있는지 알 수 없는 일이었다. 그녀는 지치지도 않고 그에게 이제 젊은 날의 슬픔은 잊었는지 물어보고 그가 전장에서 겪은 일이며 위험에 처했던 일을 이야기할 때면 데스데모나처럼 눈물을 흘리기도 했다. 앞서 소령이 때로 홀로 플루트 부는 것을 즐긴다는 이야기를 했는데 글로비나는 그에 맞춰 듀엣곡을 연주하겠다고 고집하기도 했다. 그러면 오다우드 부인은 두 사람이 함께 연주를 하도록 내버려 두고 일어나서 무슨 일을 꾸미는 기색도 없이 자연스레 방을 나가 버렸다. 글로비나는 또 아침이면 소령에게 함께 말을 타러 가자고 졸랐는데 막사 안 부대원 전체가 그들이 함께 길을 나섰다가 돌아오는 모습을 지켜볼 수 있었다. 그녀는 계속해서 그에게 편지를 써 보내고 책을 빌리는가 하면 공감한 재미난 구절이나 감상적인 구절에 연필로 마구 표시를 해서 돌려보내기도 했다. 그녀가 도빈에게 말도 빌리고, 하인도 빌리고, 수저며 가마까지 빌렸기 때문에 그녀가 그와 결혼할 것이라는 소문이 돌고 영국의 도빈 누이들이 이제 곧 새언니를 갖게 될 것이라고 생각한 것 역시 무리는 아니었다.

그러나 이렇게 맹렬한 공격을 받고 빠져나갈 수 없이 포위된 도빈은 정작 전혀 동요되는 기색이 없었다. 연대의 젊은 친구들이 글로비나의 명백한 흑심에 대해 농담을 던져대면 그는 웃으면서 "흥, 그녀는 날 가지고 구혼 연습을 하는 것뿐이야. 토저 부인의 피아노로 연습을 하는 것처럼 말이야. 내가 부대에서 제일 만만한 상대니까. 글로비나처럼 젊고 예쁜 아가씨 상대가 되기엔 난 너무 늙고 초라하다고." 이렇게 말하면서 그는 계속해서 그녀와 말을 타러 나가거나 그녀의 악보 첩에 악보나 가사를 옮겨 적어주기도 하고 얌전히 함께 체스를 두기도 했다. 좀 더 활동적인 친구들은 멧돼지나 도요새 사냥을 나가고 도박을 하거나 여송연을 피우는가 하면 물 탄 브랜디를 마시며 여가시간을 보냈지만 도빈을 비롯한 몇몇 장교들은 이런 수수한 일들로 여가를 보내는 데 더 익숙했던 것이다. 아내와 여동생이 소령을 불러 결혼에 대한 그의 의견을 밝히고 순진하고 가엾은 처녀를 계속 이렇게 부끄러운 상황에 두지 말라고 권고할 것을 강요했지만 늙은 군인 오다우드 대령은 어떤 식으로도 그들의 음모에 가담하지 않겠다고 딱 잘라 거절했다. "이봐, 소령은 자기 짝을 알아서 고를 만큼 충분히 나이를 먹었다고." 마이클의 말이었다. "글로비나와 결혼하고 싶으면 직접 청혼을 할 테지." 때로는 장난삼아 "혼사 문제를 결정하기엔 너무 어리니까 아마 어머니에게 허락을 구하는 편지라도 보낸 모양이군"이라며 딴소리를 하기도 했다. 심지어 도빈과 개인적으로 대화를 나누는 자리에서 "이봐, 도빈 정신 똑바로 차리게. 저 여자들이 자네를 사로잡을 계략을 꾸미고 있으니. 아내 앞으로 유럽에서 소포가 하나왔는데 거기 글로비나가 입을 분홍색 새틴 드레스가 있더구먼. 자네 역시 예쁜 여자나 새틴 드레스를 보면 껌뻑 죽는 사내라면 말이야, 그 드레스를 보면 넘어가고 말 걸세"라고 말하며 그에게 경각심을 일깨우기도 했다.

그러나 도빈은 여자들의 외모나 옷차림에 마음이 흔들리는 사람이 아니었다. 우리의 정직한 벗 도빈 소령의 마음에는 오직 한 명의 여인만이 있었다. 그리고 분홍색 새틴 드레스를 입은 글로비나 오다우드는 그녀와 조금도 닮은 점이 없었다. 갈색 머리에 큰 눈, 검은색 상복을 입은 작고 상냥한 이 여인은 누군가가 말을 걸기 전에는 입을 여는 법이 거의 없었으며 드물게 입을 열 때 역시 글로비나와는 아주 다른 목소리로 말을 했다. 어린 아기를 돌보는 젊고 상냥한 엄마, 미소 띤 얼굴로 그를 바라보며 이리 와보라고 부르는, 러셀 스퀘어의 집에서 노래를 부르며 걸어오던 장밋빛 볼의 그녀, 행복하고 사랑이 넘치는 표정으로 조지 오스본의 팔에 매달려 있던 그녀, 낮이나 밤이나 소령의 마음을 채우고 있는 것은 오직 그녀뿐이었다. 그녀의 모습만이 온통 그의 마음을 지배하고 있었던 것이다. 사실 소령이 마음에 품고 있는 이미지는 실제의 아멜리아와는 별로 상관없는 것인지도 모른다. 도빈은 누이들이 영국에서 받아보던 패션 잡지 속의 한 인물을 몰래 오려내 책상 서랍 뚜껑에 붙여두고 그것이 어딘지 오스본 부인을 좀 닮았다고 생각하며 즐겨 보곤 했는데 일전에 그것을 보았더니 그건 단지 허리가 높이 올라간 드레스에 바보 같은 미소를 짓고 있는 인형, 현실에는 있을 것 같지도 않은 인형의 모습에 불과했다. 그러니 도빈 소령이 마음에 품고 있는 감상적인 아멜리아의 이미지 역시 그가 소중히 여기는 이 우스꽝스러운 작은 그림만큼이나 실제의 아멜리아와 별로 닮은 데가 없는지도 모른다. 그러나 사랑에 빠진 사람이라면, 그 아니라 누구인들 대상을 바로 볼 수 있겠는가? 또, 대개 그런 환상을 유지하며 향유하는 것이 현실을 직시하는 것보다 훨씬 더 행복한 일이 아니던가? 도빈 역시 이런 사랑의 주문에 사로잡혀 있었다. 그러나 그는 친구나 주위 사람들에게 자신의 감정을 말하는 법도 없었고 그런 감정에 휩싸여 일상적인 휴식이나 식욕에 방해를 받는 일도 드물었다. 우리가 그를 마지막으로 만난 이후 그의 머리는 전체적으로 회색으로 변해 있었고 부드러운 갈색 머리 사이로 한두 개 흰머리도 보였다. 그러나 그의 마음은 조금도 변하거나 늙지 않았고 그가 품은 사랑 역시 어린 시절의 기억처럼 생생하게 마음속에 살아 있었다.

　앞서 도빈 소령의 주요 서신 왕래자인 두 누이동생과 아멜리아 모두가 영국에서 도빈 소령에게 편지를 보냈다고 밝혔었다. 오스본 부인의 편지는 아주 솔직하고 다정하게 오다우드 양과의 임박한 결혼에 대해 축하의 말을 전하고 있었다.

　"동생분들이 친절하게도 집에 찾아와 주셨어요." 아멜리아의 편지는 이렇게 적고 있었다. "그리고 저에게 흥미로운 소식을 전해주셨는데, 그 소식에 저는 진심 어린 축하를 전하고 싶습니다. 소령님과 결혼하실 신부님께서 여러모로 훌륭하고 다정한 소령님에게 부족함이 없는 분이기를 기원합니다. 이 가련한 미망인은 소령님의 무궁한 평안과 안녕을 기도하고 또 기도하겠습니다! 조지도 사랑하는 대부님께 사랑을 전하면서 대부님께서 자신을 기억해주길 바라고 있습니다. 저는 조지에게 소령님은 이제 다른 인연을 맺게 되실 것이라고, 소령님의 사랑은 아낌없이 그분에게 바쳐질 것이라고, 그러나 물론 그 새로운 인연이 무엇보다 강하고 또 신성한 것이며 다른 무엇보다 우선하는 것이기는 해도 소령님께서는 지금껏 보호하고 사랑해주셨던 미망인과 아이를 위해 마음의 한 자리를 언제나 비워두실 것이 틀림없다고 말해주었답니다." 앞서 이미 넌지시 말한 바 있었지만, 아멜리아의 편지는 이렇게 시종일관 자신이 그의 결혼에 대단히 기뻐하고 있다는 사실을 강조하고 있었다.

　런던의 양장점에서 보낸 오다우드 양의 옷상자와 함께 같은 배편으로 도착한 이 편지를(물론 도빈은 그에게 배달된 여러 우편물들 중에서 아멜리아의 편지를 가장 먼저 뜯어보았는데) 읽고 난 도빈은 글로비나고 그녀의 분홍색 새틴 드레스고, 그밖에도 그녀에게 속한 모든 것이 다 끔찍하게만 느껴졌다. 소령은 여자들의 뒷말뿐만 아니라 여성이란 족속 자체에 저주를 퍼부었다. 그날은 모든 것이 짜증스럽기만 했다. 관병식 역시 참을 수 없을 만큼 덥고 지루했다. 맙소사! 멀쩡하게 교육을 받은 사내가 매일매일 탄약띠 따위나 점검하고 바보들 훈련이나 시키며 허송세월을 보내야 한단 말인가? 휴게실에서 젊은 병사들이 지껄여대는 무의미한 이야기들 역시 그 어느 때보다 귀에 거슬렸다. 이제 마흔이 다 된 그에게 스미스 중위가 사냥에서 도요새를 몇 마리 잡았는지가 무에 흥미로우며 브라운 소위의 암말이 뛰어난 기량을 가졌다고 해서 무에 대단히 관심이 가겠는가? 식탁 주위에서 들려오는 시시껄렁한 이야기들을 듣고 있자니 그는 수치스러운 생각이 들었다. 보조 의사의 농담이나 젊은 병사들의 속어들을 듣고 있기에는 이제 그는 너무 나이가 많던 것이다. 물론 더 늙은 오다우드 대령은 대머리에 붉은 얼굴로 아무 불만 없이 웃음을 터뜨리고 있었지만. 이 노장은 지난 삼십여 년 동안 언제나 이런 농담들을 들어왔다. 도빈 자신도 이미 이런 농담들을 십오 년이나 들어오지 않았던가. 그의 심기를 어지럽히는 것이 휴게실의 의미 없고 요란스러운 잡담만은 아니었다. 부대를 따라다니는 여자들 간의 싸움질이며 무성한 뒷말들은 또 어떤가! 정말이지 참기 어려운 부끄러운 날들이었다. '아, 아멜리아, 아멜리아.' 그는 생각했다. '내가 진심을 다했던 당신, 당신이 나를 꾸짖는구려! 내가 이렇게 한심한 생활을 계속하는 것도 당신이 마음을 주지 않기 때문이오. 긴 세월 당신에게 헌신한 나에게 이제 당신은 내 결혼을 축하한다고 말해 보답을 하는구려. 그래, 내가 그 잘난 척하는 아일랜드 여자하고 결혼을 한다 이 말이지!' 가엾은 도빈은 너무 속이 상하고 울적해 그 언제보다 더 비참하고 외로운 심정이 되었다. 이 모든 노력들이 무익하고 아무 성과도 없는 데다 앞으로도 당최 좋은 일은 없고 암울한 일만 있을 것 같아 그만 이 삶을 끝내고 이 생의 모든 허영과도 이별하고 싶은 마음조차 들었다. 그날 저녁 내내 도빈은 한숨도 자지 못했다. 그저 영국으로 돌아가고 싶은 생각뿐이었다. 아멜리아의 편지는 그를 공황 상태로 빠뜨렸다. 한결 같은 진심과 열정, 신의로도 그녀의 마음에 상응하는 반향을 불러일으킬 수는 없었다. 그녀는 그가 사랑한다는 사실조차 알지 못할 것이다. 침대에서 뒤척이며 그는 소리쳤다. "아아, 아멜리아, 내가 사랑하는 건 이 세상에 오직 당신뿐이라는 걸 모르는 거요, 당신, 나에게 돌처럼 냉정한 당신, 슬픔에 빠져 병이 들어 있을 때 몇 달이나 간호하고 지켜주었던 당신, 나에게 작별 인사를 고한 다음 우리 사이의 문이 닫히기도 전에 나를 잊어버리고 만 당신!" 그의 침실 밖에서 누워 자던 현지 하인들은 평소 그렇게도 침착하고 조용하던 소령이 그렇게 동요되어 번민하는 모습을 이상하다고 생각하며 지켜보았다. 이런 그를 보았다면 아멜리아 역시 동정심을 느꼈을까? 그는 지금까지 그녀에게 받은 편지들을 모조리 읽고 또 읽어보았다. 남편이 남긴 것처럼 말해둔 얼마간의 돈에 대한 사무적인 편지며 간단한 초대의 글, 그밖에도 그녀가 지금까지 그에게 보낸 이런저런 편지들을. 얼마나 냉정하면서도 다정하고 무심하면서도 이기적인 편지들인지!

말은 없지만 속정 깊은 소령의 마음을 읽고 헤아려줄 다정한 영혼이 누구라도 하나 옆에 있었다면 그의 마음을 사로잡고 있던 아멜리아의 독재도 마침내 끝이 나고 윌리엄의 애정은 자연스레 더 다정한 출구로 흘러갔을지 모른다. 그러나 그 주위에서 쉽게 만날 수 있는 여자라곤 새카만 곱슬머리의 글로비나뿐이었다. 그런데 이 저돌적인 여성은 소령에게 사랑을 바치는 것보다는 소령이 자신을 흠모하게 만드는 데 더 관심이 있었다. 그런데 이는 실로 허황되고 가망 없는 희망이었다. 적어도 그녀가 그 소망을 성취하기 위해 활용한 수단들을 보아서는. 그녀는 머리를 곱슬곱슬하게 지지고 마치 이렇게 검은 곱슬머리와 예쁜 살결을 보셨나요, 묻기라도 하듯이 드러난 어깨를 도빈 앞에 들이밀었다. 박힌 이빨이 모두 튼튼하다는 것을 보여주기 위해 이를 씩 드러내고 그를 향해 미소 짓기도 했다. 그러나 그는 이런 매력들에 눈길조차 주지 않았다. 런던의 양장점에서 드레스가 도착하고 얼마 되지 않아, 필시 이 드레스를 보여주기 위해 오다우드 부인과 부대의 부인들이 동인도회사 소속 부대와 현지 행정관들을 위한 무도회를 개최했다. 글로비나는 뇌쇄적인 분홍색 드레스를 입고 보란 듯 나부댔지만 파티에 참석해서도 우울한 표정으로 서성이기만 하던 소령은 그녀가 입은 옷에는 신경도 쓰지 않았다. 분노한 글로비나는 부대의 모든 젊은 중위들과 춤을 추며 소령 앞을 지나갔다. 그러나 도빈은 조금도 질투를 느끼지 않을 뿐 아니라 근위대의 뱅글스 대위가 글로비나를 식사 테이블로 모시고 가도 전혀 화를 내지 않았다. 소령의 마음을 움직일 수 있는 것은 드러낸 어깨나 분홍색 드레스 혹은 질투심이 아니었는데 글로비나에게는 그것들 말고 가진 것이 없었다.

이렇게 이 둘은 저마다 손에 넣을 수 없는 것을 갈망하며 이 삶의 욕망이 허망함을 몸소 보여주고 있었다. 글로비나는 소령을 사로잡으려는 계획이 실패하자 분해서 울음을 터뜨렸다. 소령에게 "다른 그 어떤 남자보다 더" 마음을 주었노라, 그녀는 울며 고백했다. "그이는 내 마음을 아주 넝마로 만들어버렸어요.

그이는 정말, 폐기 언니." 새언니와 싸우지 않을 때면 그녀는 훌쩍이며 하소연했다. "이제 내 옷들을 다 줄여야겠어요. 살이 빠져 해골이 되고 말 테니까요." 그러나 뚱뚱하건 말랐건, 명랑하건 슬픔에 빠져 있건, 말을 타건 피아노 의자에 앉아 있건, 소령은 그녀에게 조금도 관심이 없었다. 오다우드 대령은 동생의 하소연을 들으면서 그저 담배를 피우고 다음번에 런던에서 옷을 주문할 때는 검은색으로 하는 것이 좋겠다거나 아일랜드에는 결혼도 하기 전에 남편을 잃은 슬픔 때문에 죽은 여자가 있다거나 하는 알 수 없는 이야기만을 해댔다.

소령이 청혼을 하지 않고 그녀에게 마음도 주지 않으며 글로비나를 애타게 만들고 있는 동안 유럽에서 또 한 척의 배가 도착했는데 그 배에는 이 무심한 남자 앞으로 온 또 다른 서신들도 있었다. 영국에서 온 이 편지들에는 전에 도착한 문제의 편지들보다 더 이른 날짜의 소인이 찍혀 있었다. 도빈은 그 중 하나에서 누이동생의 필체를 발견했다. 오빠에게 보내는 편지에서 그의 성을 돋우고 전할 수 있는 가장 나쁜 소식들을 죄다 전하는가 하면 오빠를 마구 비난하고 누이다운 솔직함으로 설교를 늘어놓아 "윌리엄 오빠에게"라고 시작되는 그 편지 중 하나를 읽는 날이면 도빈은 언제나 하루 종일 기분이 언짢았다. 해서 도빈은 누이동생의 편지 봉투를 서둘러 뜯지 않고 특별히 기분 좋은 날에나 열어볼 생각으로 내버려두었다. 게다가 이 주 전 그는 아멜리아에게 그 소식은 전혀 근거 없는 것이며 "자신은 현재 상태를 바꿀 마음이 조금도 없다"라는 사실을 강조하는 편지를 보낸 후 동생에게 오스본 부인에게 말도 안 되는 소리를 했다고 화를 내는 편지를 보내기도 한 뒤였던 것이다.

두 번째 편지들이 도착하고 이삼 일이 지난 후 소령은 오다우드 부인 댁에서 상당히 즐거운 저녁 시간을 보냈다. 글로비나는 소령이 그날따라 그를 위해 자신이 부르는 노래들을 귀 기울여 듣는다고 생각했다. 「물들이 만나는 곳」이나 「소년 방랑시인」, 또 그 외에도 그만그만한 노래들을 퍽 귀 기울여 듣는다고 생각했던 것이다.(그러나 사실 소령은 달빛 아래 길게 우는 자칼의 울음소리, 밖에서 들려오는 그 소리만큼도 글로비나의 노래에 신경을 쓰지 않았다. 평소처럼 그녀 혼자만의 착각이었을 뿐.) 그는 그녀의 체스 상대까지 해준 뒤(오다우드 부인은 군의관과 카드놀이 하는 것을 가장 즐거운 저녁의 소일거리로 생각하고 있었다.) 평소와 같은 시간 대령의 집을 나와 숙소로 돌아갔다.

숙소의 책상 위에는 누이동생의 편지가 그를 꾸짖듯 놓여 있었다. 그는 편지를 무심히 버려두었던 자신의 태만에 다소 부끄러움을 느끼며 읽기 힘든 필체의, 멀리 영국에서 보낸 누이동생의 편지를 읽고 한 시간쯤 불쾌한 기분에 시달릴 마음의 준비를 하며 편지를 집어 들었다. 소령이 대령 집을 떠나고 한 시간쯤 지난 뒤였을까, 마이클은 이미 단잠에 빠져 있었고 글로비나는 평소처럼 검은 곱슬머리에 머리를 마는 종이들을 둘둘 감고 있었으며, 오다우드 부인 역시 일 층 침실의 침대로 들어가 아름다운 그녀의 실루엣 주위로 모기를 막기 위한 커튼을 모두 두른 후였다. 사령관 숙소 현관 앞 막사에 있던 초병들은 도빈 소령이 아주 흥분한 얼굴에 빠른 걸음으로 달빛 아래 달려오는 모습을 보았다. 그는 초병을 지나 곧바로 대령 침실 창문을 향해 걸어갔다.

"오다우드 대령님!" 도빈이 불렀다. 그는 계속해서 큰 소리로 대령의 이름을 불러댔다.

"이런, 소령님이시잖아!" 머리 마는 종이를 감은 글로비나도 창문으로 고개를 내밀며 소리쳤다.

"도빈, 무슨 일인가?" 부대에 화재가 났거나 중앙 본부에서 출동 명령이라도 내려온 모양이라고 생각하며 대령이 물었다.

"저, 휴가를 좀 얻어야겠습니다. 아주 급한 일, 개인적인 일로 영국에 가봐야 되겠습니다." 도빈이 대답했다.

'이런, 대체 무슨 일일까!' 머리 마는 종이들을 파르르 떨며 글로비나는 생각했다.

"지금, 오늘 밤 바로 출발하고 싶습니다." 도빈이 멈추지 않고 말을 이어갔다. 대령은 그와 이야기를 하기 위해 침대에서 일어나 밖으로 나왔다.

실은 조금 전 읽은, 뒤늦게 도착한 동생의 편지 추신에 소령을 이렇게 황급히 달려오게 만든 구절이 하나 있었던 것이다. "어제 오빠의 오랜 친구인 오스본 부인을 만나 뵈러 갔었어요. 파산을 한 후 그 집은 형편없는 곳에서 살고 있는데, 그 오두막 집(정말 오두막집이나 다름없답니다.) 문 앞에 걸린 간판으로 봐서는 세들리 씨가 아마 석탄 장사를 하고 있나 봐요. 오빠의 대자인 그 집 아들은 잘생긴 귀공자예요. 하지만 고집이 세고, 건방진 데다 하고 저 싶은 대로만 하려고 들더군요. 그래도 우린 오빠 부탁대로 그 아이를 데려다가 고모 되는 오스본 양에게 보여주었어요. 오스본 양은 그 애가 무척 마음에 든 눈치예요. 아마 러셀 스퀘어의 그 애 할아버지도—그 앨 벌벌떨며 애지중지하는 파산한 외할아버지 말고 친할아버지 오스본 씨 말이에요.—오빠 친구 분, 제 멋대로 결혼을 해 신세를 망친 아들 분의 아이에게는 마음을 푸실지 모르겠어요. 그러면 아멜리아도 선선히 아이를 포기하겠죠. 아멜리아는 슬픔을 좀 잊었는지 브롬프턴 교회에서 부목사로 있는 비니 씨와 결혼을 할 예정이래요.

볼 것 없는 결혼이죠. 하지만 오스본 부인도 이제 나이를 먹었으니까요. 회색 머리카락도 많이 생겼던 걸요. 그녀는 잘 지내고 있는 것 같더군요. 오빠의 대자는 우리 집에 와서 과식을 했고요. 어머니도 안부를 전하시네요. 사랑하는 동생 앤 도빈."

44장
런던에서 햄프셔로

그레이트 곤트가에 있는 우리의 벗 크롤리가 저택 문 앞에는 피트 경의 죽음을 애도하는 조기(弔旗)가 여전히 걸려 있었다. 그러나 저택 일체가 고 피트 경이 관리하던 때보다 훨씬 더 으리으리하게 변한 이 저택에서는 이제 이런 애도의 상징조차 화려하고 과시적인 장식의 일부처럼 보였다. 벽돌 바깥의 검은색 칠을 벗겨내자 흰색 줄무늬 벽돌이 붉게 상기된 명랑한 얼굴을 드러냈다. 현관 문 손잡이에 달려 있던 오래된 청동 사자 장식도 다시 말끔히 금물을 입혔고 난간에도 페인트칠을 새로 해서 그레이트 곤트가에서도 제일 칙칙하고 볼썽사납던 집이 이제 그 지역에서 가장 보기 좋은 집으로 변해 있었다. 작고한 피트 경의 관이 마지막으로 그 밑을 지날 때 여전히 푸르렀던 햄프셔의 퀸스 크롤리 저택 가로수 잎들이 채 노란색으로 변하기도 전에 말이다.

체구가 작은 여인 하나와 그녀를 태운 마차 하나가 매일 이 저택 주위에 나타났다. 어린 사내아이를 하나 데리고 다니는 노숙녀 역시 매일 볼 수 있었다. 피트 경 저택 내부 수선이 어떻게 진행되는지 보러 온 브리그스 여사와 어린 로던이었다. 그녀는 커튼과 벽걸이 장식들을 손보는 여자들을 감독하고 두 크롤리 부인이 남기고 간 오래된 유품과 시시한 장신구들이 처박혀 있는 서랍들을 모두 열어보고 선반과 창고에 있는 사기와 유리 그릇 및 다른 세간 목록을 정리하는 일을 맡고 있었다.

로던 크롤리 부인은 이 공사의 총책임자로서 피트 경의 전적인 신임을 받아 가구를 팔고, 교환하고, 자기 것으로 만들거나 새로 사들이기도 하는 일을 맡고 있었다. 자신의 적성과 자질에 딱 맞는 이 일이 레베카는 더할 나위 없이 즐거웠다. 곤트가의 저택 수리 문제는 현 피트 경이 변호사를 만나기 위해 런던에 왔다가 거의 일주일간 사랑하는 동생과 제수씨의 커즌가 집에서 머물렀던 지난 11월에 결정되었다.

피트는 원래 호텔에 묵을 생각이었다. 그러나 준남작이 런던에 도착했다는 소식을 듣자마자 베키가 혼자 득달같이 달려가 한 시간 만에 마차의 옆자리에 피트 경을 태워 커즌가의 집으로 데려왔다. 이 꾸밈없는 여인은 너무도 다정하고 솔직하고 상냥하게 호의를 표했기 때문에 그것을 거부하는 것은 때로 거의 불가능한 일이었다. 그가 커즌가로 가겠다고 승낙하자, 베키는 감사의 뜻을 표하기 위해 피트의 손을 꽉 잡았다. "고맙습니다." 그녀는 그의 손을 더 세게 잡으면서 얼굴이 새빨개진 준남작의 눈을 바라보고 이렇게 말했다. "남편이 정말 기뻐할 거예요!" 베키는 피트의 트렁크를 들고 따라오는 하인들 앞에 서서 서둘러 그를 그가 묵을 방으로 안내했다. 그런 다음 자기 방에서 석탄 통을 직접 들고 명랑하게 웃으며 그 방으로 돌아왔다.

피트 경 방에는 이미 불이 기분 좋게 타오르고 있었다.(그것은 사실 브리그스 방이었는데 그녀는 이제 이 층으로 올라가 하녀들과 함께 방을 써야만 했다.) "오실 줄 알았어요." 레베카가 기쁨으로 환히 빛나는 얼굴로 피트 경을 바라보며 말했다. 사실 그녀는 피트가 자신의 집에 묵게 된 것이 진심으로 기쁘기도 했다.

베키는 로던에게 일 핑계를 대고 한두 번 바깥에서 저녁을 먹으라고 해 피트 경 혼자 브리그스와 자신을 벗 삼아 안락하고 즐거운 저녁 시간을 보낼 수 있게 했다. 아래층 부엌에 내려가 그를 위해 직접 요리를 만들기도 했다. "새고기 스튜 맛이 괜찮지요?" 그녀가 물었다. "아주버님을 위해 직접 만들어봤어요. 더 맛있는 요리도 할 수 있는데, 다음에 오시면 그때 해드릴게요."

"제수씨는 참 뭐든 못하는 게 없으시군요." 준남작이 우아하게 대답했다. "스튜 맛이 정말 좋아요."

"가난한 사람의 아내는요," 레베카가 명랑한 태도로 대답했다. "할 줄 아는 것이 많아야 한답니다." 그러자 그녀의 아주버니는 "제수씨는 황제의 아내가 되어도 손색이 없는 분이며 살림을 잘 하는 것은 여성이 갖춰야 할 가장 아름다운 미덕 중 하나라고" 힘주어 대답했다. 그러더니 그는 집에 있는 아내 레이디 제인이 굳이 직접 파이를 굽겠다고 고집하더니 저녁 만찬에 나온 그 파이가 지독히도 맛이 없었던 생각을 하고 어쩐지 부끄럽고 분한 마음마저 들었다.

스타인 경의 스틸브룩 별장에서 사냥해온 꿩으로 만든 그 스튜 외에도 말재간 좋은 베키는 로던이 프랑스에서 돈 한 푼 내지 않고 거저 얻은 것이라며 백포도주 역시 권했는데 사실은 그것도 스타인 백작의 유명한 지하실에서 나온 프랑스산 백포도주 중 하나였다. 포도주를 마시자 준남작의 창백한 볼이 붉게 달아올랐고 기력 없는 몸에도 반짝 활기가 도는 것 같았다.

그가 포도주 한 병을 다 비우면, 레베카는 손을 내밀어 그를 객실로 안내한 후 불 옆자리 소파에 편히 앉게 하고 자신은 그 옆에 앉아 사랑하는 어린 아들의 셔츠 단을 꿰매면서 그에게 말을 걸고 또 그의 말을 아주 상냥하고 다정한 태도로 주의 깊게 경청했다. 로던 부인은 특별히 더 소박하고 덕 있는 여인으로 보이고 싶은 날이면 언제나 이 아기 셔츠를 바느질 바구니에서 꺼내 들었다. 그러나 사실 옷이 완성될 때쯤이면 아니 이미 한참 전부터 이 옷은 로던이 입기에는 너무 작을 것이 틀림없었다.

어쨌거나 레베카는 피트의 이야기를 들어주고, 그에게 말을 걸고 노래를 불러주고, 듣기 좋은 칭찬을 하고 그를 치켜세워주었기 때문에 그는 그레이스 인의 변호사 사무실에서 불이 기분 좋게 타오르는 커즌가의 동생 집으로 돌아오는 것이 매일매일 더 즐거워졌다. 피트의 장광설이 끝이 없었기 때문에 변호사들 역시 피트만큼이나 그의 귀가에 기뻐했다. 그리하여 마침내 그 집을 떠나는 날, 피트는 이별이 퍽도 섭섭할 지경이었다. 마차에서 그를 향해 손 키스를 보내던 모습이며 그가 햄프셔 행 마차에 올라타 자리를 잡았을 때 손수건을 흔들던 모습은 또 얼마나 사랑스러웠던 것인지! 그녀는 심지어 한 번 눈에 손수건을 갖다 대기까지 했다. 합승마차가 출발하자 그는 물개가죽 모자를 머리에 깊이 눌러쓴 후 등을 좌석 깊이 파묻으며 그녀가 자신을 존경한다고, 또 자신은 그럴 만한 자격이 있다고 생각했다. 저런 아내를 두고도 그 가치를 반도 알지 못하니 로던은 얼마나 멍청한 자식인가 하는 생각이며 영리한 베키와 비교하면 자신의 아내이자 아이들 엄마인 제인은 얼마나 아둔한가 하는 생각 역시. 사실 이런 생각은 모두 베키가 주입한 것이었다. 그러나 그 방식이 너무도 섬세하고 온화해서 그는 언제 어디에서 그런 생각을 주입받은 것인지도 눈치 채지 못했다. 헤어지기 전에 그들은 런던의 크롤리 저택을 다음번 사교 시즌 전에 수선하는 것이 좋겠다고 합의하고 크리스마스에는 시골에서 형제가 다시 한 번 만나자고 약속을 교환했다.

"당신이 형한테 돈이나 좀 받았으면 했더니만." 준남작이 떠나고 난 후 로던이 아내에게 침울한 목소리로 말했다. "래글스 노인한테 얼마라도 좀 주고 싶은데. 조금이라도 주지 않고는 정말 곤란하다고. 그 노인네, 한 푼도 받지 못하고 있는데, 이건 정말 옳지 않아. 이렇게 되면 그이도 견디지 못해서 다른 사람한테 세를 줄지도 모른다고."

"그이한테 피트 경 일이 마무리되는 대로 모두에게 돈을 줄 거라고 말해두세요." 베키가 대답했다. "그리고 선금으로 돈을 조금 주시고요. 여기 피트가 우리 애 로던 앞으로 두고 간 수표가 있어요." 그러면서 그녀는 로던의 형이 그들의 어린 아들이자 크롤리가문의 다음 대 후계자 중 하나인 로던에게 써달라며 주고 간 수표를 가방에서 꺼냈다.

사실 그녀라고 남편이 바란 일을 시도해보지 않은 것은 아니었다. 하지만 아주 조심스럽게 시도해보았다가 바로 그것이 좋은 방법이 아니라는 사실을 발견했다. 돈이 없어서 겪는 곤란에 대해 슬쩍 암시만을 주었을 뿐인데 피트는 바로 경계하는 태도를 보이며 돈 문제로 자신이 얼마나 곤란을 겪고 있는지 장황하게 늘어놓기 시작했기 때문이다. 그는 소작농들이 임대료를 제

때 지불하지 않는다고, 아버지가 벌여놓은 일들이며 장례식과 관련해서 들어가는 비용이 만만치 않다고, 돈을 갚고 부동산의 저당을 좀 풀었으면 좋겠다고 그리고 은행과 대리인들에게 돈을 얼마나 갖다 썼는지 모른다고, 일장 연설을 늘어놓았다. 그런 다음 그는 결국 그녀의 어린 아들을 위해 돈을 조금 내어놓는 것으로 제수씨와 타협을 보았던 것이다.

피트 역시 동생과 그의 가족들 생활이 얼마나 어려울지 잘 알고 있었다. 그처럼 경험 많고 냉철한 외교관이 로던 가족에게 고정 수입이 전혀 없으며 돈 한 푼 없이 이런 집과 마차를 유지하기는 어려우리라는 사실을 짐작하지 못할 수는 없기 때문이다. 워낙 동생에게 갈 돈을 자신이 가로챈 것이라는 사실을 그역시 잘 알고 있었다. 어쩌면 그 역시 속으로는, 왜 그렇지 않았겠는가, 얼마간 양심의 가책을 느끼면서 실망한 동생 가족들에게 뭐라도 합당한 보상을 해야 한다고 생각하고 있었을지 모른다. 공정하고 점잖고 머리도 나쁘지 않은 신사로서, 매일 기도를 올리며 교리문답을 하고, 한평생 언제나 외관상 의무를 다해 온그가 아우의 손에 갈 재산을 자신이 취했다는 사실이며 따라서 도덕적으로는 자신이 동생의 채무자라는 사실을 모를 수는 없는 것이다.

그러나 《타임스》를 보다보면 우리는 가끔 재무 장관이 올린 기이한 공고문을 읽게 된다. 이런 공고문에서 장관은 갑이라는 사람에게 50파운드를 받았으며 을이라는 사람에게도 10파운드를 받았다고, 그리고 이는 그들 각각에게 부과된 세금에 대한 양심상의 선금이며 대중매체에 공식적으로 그 납부를 고지해달라는 당사자들의 요청에 따라 이를 알린다는 내용을 담고 있다. 물론 장관도 또 글을 읽는 독자도 언급된 갑 혹은 을이라는 사람이 실제로 납부할 금액 중 아주 작은 일부만을 냈을 뿐이며 20파운드짜리 수표 한 장을 보낸 그가 실제로 지불해야 할 금액은 사실 수백 아니 수천 파운드 이상 더 많으리라는 것을 분명히 알고 있다. 적어도 나는 갑 내지 을이라는 사람들의 알량한 양심 선납에 대한 기사를 읽을 때면 언제나 그렇게 생각을 하곤 한다. 동생 덕에 그렇게 큰 이익을 본 피트 크롤리가 동생에게 느낀 가책, 혹은 동생에게 베푼 친절이라 부를 수도 있겠지만, 역시 사실 그가 로던 덕에 수중에 넣은 자산의 규모를 생각하면 턱없이 작은 것에 불과했다. 그러나 사실 그만한 돈이라도 사람들이 선뜻 내놓는가 하면 그렇지도 않다. 계산이 분명한 사람들 대부분이 돈을 내놓는 것을 큰 희생으로 생각하기 때문이다. 사실 이웃에게 고작 5파운드를 쓰고 나서 대단한 자선을 베풀었다고 생각하지 않는 사람은 거의 없다. 돈을 물 쓰듯 하는 사람들은 베푸는 즐거움 때문이 아니라 그저 돈을 쓰는 데서 오는 게으른 만족감 때문에 적선을 한다. 오페라 좌석, 말, 저녁식사, 거지에게 5파운드를 던져주는 일, 그 무엇이든 재미를 주는 일이라면 마다하지 않는 것이다. 그러나 반듯하고 영리하고 사리에 어긋나는 일을 하는 법이 없는, 누구에게든 한 푼 빚지는 일 없이 살아가는 절약가들은 거지에게 등을 돌리고 전세마차 마부와 요금을 두고 옥신각신 말다툼을 하고 가난한 친척을 외면한다. 이 둘 중 과연 누가 더 이기적인 인간인지 모르겠다. 돈이란 그저 서로 다른 사람에게 서로 다른 가치를 갖는 것뿐이 아닐까 한다.

그래서 결국 피트 크롤리는 동생을 위해 뭔가 좀 해주긴 해야겠다고 생각을 하다가 다시 또 그 생각은 나중에 하기로 마음을 먹었다.

베키에 대해서라면, 그녀는 주위 사람들에게 대단한 호의를 기대하는 여인이 아니었기 때문에 피트가 그녀에게 주고 간 것만으로 퍽 만족하고 있었다. 무엇보다 가문의 수장으로부터 인정을 받은 것이 만족스러웠다. 당장은 피트가 아무것도 해주지 않았지만 언젠가는 그녀를 위해 뭔가를 할 터였다. 아주버니에게 돈은 별로 얻어내지 못했지만, 그녀는 돈 못지않게 귀중한 신용을 얻었다는 사실에 만족했다. 래글스는 크롤리 형제간의 우애가 탄탄한 것을 보고, 또 얼마 되진 않지만 우선 현금을 좀 받고, 빠른 시일 내에 훨씬 더 많은 금액을 받게 될 것이라는 약속을 받고 나서 한결 마음을 놓았다. 레베카는 또 창고에 금이 넘쳐나는 사람처럼 대놓고 신난 얼굴로 브리그스에게 빌린 얼마간의 돈에 대해 크리스마스 이자를 좀 주고 나서 큰 비밀처럼 다음과 같은 이야기를 시작했다. 자신이 특별히 브리그스 여사를 생각하여 자산 관리를 잘하기로 유명한 피트 경에게 어떻게 하면 여사의 남은 자산을 가장 이익이 많이 나는 곳에 투자할 수 있겠는지 물었더니, 피트 경이 한참의 숙고 끝에 가장 안전하고 수익이 많은 방법을 찾아주었다는 것이었다. 피트 경은 그녀를 돌아가신 고모님의 가까운 벗이자 크롤리가문 전체의 벗으로 생각해 여사의 일에 특별한 관심을 가지고 있으며 눈여겨 봐둔 주식을 적기에 사들일 수 있도록, 언질만 주면 쓸 수 있는 현금을 부인이 미리 좀 준비해두는 것이 좋겠다고 런던을 떠나기 한참 전에 미리 당부하고 갔다고 레베카는 말을 했다. 가엾은 브리그스는 피트 경이 자기 일에 그렇게 신경을 써주었다는 말에 매우 기뻐하며 공채에 넣어둔 돈을 달리 굴릴 수 있다고는 생각도 하지 못했는데 피트 경이 먼저 그런 제안을 해주고, 상세히 마음을 써주시니 정말 친절하시기도 하다면서 바로 대리인을 만나 때가 되면 쓸 수 있게 현금을 준비해두겠다고 약속했다.

이 마음씨 착한 부인은 레베카와 그녀의 관대한 남편, 로던이 자신에게 보여준 호의가 너무 고마워서 레베카로부터 받은 반 년 치 이자의 대부분에 해당되는 금액을 치르고 로던에게 입힐 검은색 벨벳 옷을 사가지고 돌아왔다. 그러나 로던은 이제 그런 아이용 검정 벨벳 옷을 입기에는 너무 컸고 성인용 상의와 바지를 입어야 할 체격이었다.

로던은 푸른 눈에 담갈색 곱슬머리를 가진 순진한 얼굴의 건강한 사내아이였다. 사지는 단단하지만 마음은 부드럽고 관대한 이 아이는 자신에게 다정히 대하는 모든 이들, 자신의 조랑말이며, 그 말을 준 사우스다운 경(그는 그 친절한 젊은 귀족을 볼 때마다 얼굴을 붉히며 기뻐했다.), 말을 보살피는 마부, 밤이면 무서운 이야기를 잔뜩 해주고 저녁 식탁에서 맛난 것을 챙겨서 그에게 가져다주는 요리사 몰리, 그가 언제고 괴롭히며 놀려대는 브리그스 부인 모두에게 애정을 품었고 무엇보다 그에 대한 사랑이 가히 유난하다 할 만한 아버지에 대해서는 한층 각별한 애정을 가지고 있었다. 그러나 그가 자라 여덟 살이 되었을 무렵 주위 사람들에 대한 그의 이런 순진한 애정은 끝이 나고 말았다. 아름다운 여신 같은 어머니에 대한 환상은 이미 잃은 지 오래였다. 거의 이 년 동안 레베카는 아이에게 말조차 거는 법이 없었다. 레베카는 자기 아이를 싫어했다. 아기는 홍역에 걸리는가 하면 백일해를 앓았고 그녀를 성가시게 만들었다. 어느 날, 아기는 스타인 경에게 불러주는 어머니의 노랫소리에 이끌려 이 층 자기 방에서 기어 내려와 객실로 이어지는 계단참에 서 있었다. 그때 갑자기 객실 문이 열리는 바람에 바로 조금 전까지 음악 소리를 들으며 벅찬 기쁨에 사로잡혀 있던 어린 스파이는 그만 발각되고 말았다.

어머니가 문밖으로 나오더니 그의 뺨을 호되게 두 번이나 내려쳤다. 소년은 방 안에서 스타인 경이 터뜨리는 웃음소리를 들을 수 있었다.(그는 베키가 숨기지도 않고 이렇게 성질을 드러내는 것이 재미있었던 것이다.) 그는 아래층 부엌의 친구들에게 달려가 분하고 슬픈 마음에 울음을 터뜨렸다.

"아파서 우는 것이 아니야," 어린 로던이 헐떡이며 소리쳤다. "난 그냥, 그냥." 눈물로 목이 메고 흐느끼느라 숨이 차 격앙해 터져 나오던 말문이 막히고 말았다. 상처를 입어 피를 흘리는 것은 얼굴이 아니라 마음이었다. "나는 왜 엄마 노래를 들으면 안 되는 거지? 엄마는 그 이빨이 크고 머리가 벗겨진 남자한테는 늘 노래를 해주면서 왜 나한테는 한 번도 노래를 불러주지 않는 거야?" 그는 울며 헐떡이는 사이로 이렇게 슬픔과 원망의 말들을 쏟아냈다. 요리사가 하녀의 얼굴을 바라보았다. 하녀는 다시 다 알겠다는 얼굴로 하인의 얼굴을 바라보았다. 어느 집에나 있게 마련인, 그 집안의 모든 것을 다 알고 있는 부엌의 무시무시한 재판이 그 순간 레베카에게 내려지고 있었다.

이 일이 있고 나서 레베카는 아이를 더 미워하게 되었다. 집에 아이가 있다는 생각만 해도 그녀는 불쾌하고 기분이 나빠졌다. 아이를 보면 짜증이 치솟았다. 아이의 마음속에도 두려움과 의심, 반항이 일어났다. 엄마에게 따귀를 맞았던 그날 이후 그렇게 모자간의 사이는 완전히 벌어지고 말았다.

스타인 경 역시 아이를 마음 깊이 미워했다. 우연히 마주치기라도 하면 아이에게 조롱하듯 인사를 하고 놀리는 말을 던지기도 했으며 때로는 사나운 시선으로 아이를 빤히 보기도 했다.

그러면 로던 역시 빤히 그를 마주보며 작은 두 주먹을 불끈 쥐었다. 그는 자신의 적이 누구인지 알고 있었다. 집에 드나드는 다른 사람들 중에서도 그는 이 노인이 가장 밉고 싫었다. 어느 날 하인은 로던이 홀에 걸린 스타인 경의 모자에 주먹질을 해대고 있는 것을 보았다. 하인이 재미 삼아 이를 스타인 경의 마부에게 말했고 마부는 다시 이를 스타인 경의 몸종과 집안 하인들 모두에게 이야기해주었다. 그 일이 있고 얼마 되지 않아 크롤리 부인이 곤트가의 저택에 모습을 드러냈을 때 현관 앞 문지기나 제복을 입은 홀의 하인들, 하얀 앞치마를 입고 각 층의 계단참마다에 서서 크롤리 부인과 중령님이 오셨다고 소리치는 하녀들 모두가 그녀를 알고 있었다. 아니, 적어도 그렇다고 생각했다. 그녀에게 다과를 가져다주고 의자 뒤에 서서 대기하고 있던 하인 역시 얼룩덜룩한 옷을 입고 그 옆에 서 있던 덩치 큰 다른 사내와 크롤리 부인의 성품이며 행실에 대해 뒷이야기를 나눈 바 있었다. 아, 이런! 무시무시한 하인들의 재판이 시작된 것이다! 우리는 화려한 살롱의 눈부신 파티에 머리를 지지고 입술을 붉게 칠하고 흠잡을 데 없는 드레스를 입고 나타난 귀부인이 열렬한 추종자들에게 둘러싸여 눈빛을 반짝이며 행복하게 미소 짓는 모습을 볼 수 있다. 그러나 소문이라는 놈은 머리에 분을 바른 덩치 큰 하인, 두꺼운 종아리에 아이스크림이 담긴 쟁반을 들고 온 하인으로 분장한 채 조신하게 그녀를 따라다닌다. 그 뒤로는 또 비방이라는 놈이(그것 역시 소문만큼이나 치명적인데) 비스킷 바구니를 든 육중한 하인의 모습으로 따라간다. 이들은 오늘 밤 술집에 모여, 문제의 귀부인 뒷이야기를 안주 삼아 술을 마실 것이다. 제임스는 담배를 피우고 맥주를 들이켜며 당신에 대해 떠들어댈 것이다. 그러니 허영의 시장에 거주하는 몇몇 인사들은 벙어리, 그것도 글을 쓸 줄 모르는 벙어리를 하인으로 고용하는 것이 현명할 듯하다. 죄 있는 자들이여, 근심하고 떨지어다. 당신 의자 뒤의 그 하인이 사실은 플러시 바지 주머니에 동아줄을 숨긴 채 그대의 목을 조르기 위해 서 있는 사신일지 모르니.

"레베카는 유죄인가, 무죄인가?" 하인들의 심판에서는 모두가 그녀에게 유죄를 선언했다.

말하기도 부끄러운 일이지만, 하인들이 그녀에게 유죄 선고를 내리지 않았다고 해서 그녀의 평판이 더 좋아질 리도 만무했다. 래글스가 나중에 회고하며 말했던 것처럼 그의 밤잠을 설치게 만든 것은 레베카의 잔재주나 감언이설이 아니라 그녀 집 문 앞에 서 있는 스타인 경의 마차 등불이었으니.

이렇게 레베카는—사실은 대단한 죄도 짓지 않았을 터인데—온몸을 비틀며 소위 "사회적 지위"라고 부르는 것을 향해 돌진해 나갔고 그런 그녀를 두고 하인들은 타락한 여자네, 몸을 버렸네 하며 손가락질을 해대었다. 아침나절 거미 한 마리가 문기둥을 기어 다니며 바지런히 거미줄 치는 것을 볼 만치 보고 있다가는 지겨워지면 빗자루를 들어 그 재간꾼을 획 쓸어버리는 하녀 몰리처럼.

*

퀸스 크롤리의 선조 저택에서 성탄절을 보내기 위해 크리스마스가 되기 하루이틀 전에 베키와 남편, 그리고 아들이 모두 준비를 하고 길을 나섰다. 베키는 밉상스러운 아들을 데려가고 싶지 않았다. 아이를 꼭 데려오라는 제인의 당부만 아니었다면 그리고 아들을 너무 돌보지 않는다고 남편 로던이 대놓고 불만을 터뜨릴 기세만 보이지 않았다면 그녀는 필시 아이를 런던에 두고 떠났을 것이다. "로던은 영국에서 둘도 없는 좋은 아이요." 아이의 아버지는 꾸짖듯 그녀에게 말을 했다. "그런데 당신은 당신이 키우는 스패니얼만큼도 그 애에게 마음을 써주지 않으니. 그 앤 당신을 별로 귀찮게 하지도 않을 거요. 집에 있을 때는 아이들 방에만 있을 테고 마차에서도 나와 함께 밖에 앉을 테니까."

"당신은 그 냄새나는 시가를 피우려고 밖에 앉으시는 거잖아요." 레베카가 대답했다.

"당신이 그 냄새가 좋다고 한 적도 있었던 생각이 나는군." 남편의 대답이었다.

베키는 웃음을 터뜨렸다. 그녀는 거의 언제나 이렇게 화를 풀고 말았다. "그건 내가 출세 좀 해보려고 애쓸 때의 일이죠, 이 바보 양반아." 그녀가 말했다. "로던을 데리고 밖에 앉으세요, 그리고 그 애한테도 시가를 한 대 권하시지 그래요."

그러나 로던은 담배를 권해 아들이 추운 겨울 여행의 고단함을 잊게 만들지는 않았다. 대신 브리그스와 함께 숄과 목도리로 아이를 든든하게 감싼 후 아직 어두운 이른 새벽, 화이트 호스 셀라 여관의 등불 아래서 아이를 조심스레 들어 마차 지붕 자리에 앉혀 주었다. 아이는 설레는 가슴으로 아침 해가 떠오르는 모습을 바라보며 아버지가 여전히 자신의 집이라고 부르는 곳을 향해 생의 첫 번째 여행을 시작했다. 아이에게 그것은 말할 수 없이 즐거운 여정이었다. 길 위에서 만나는 모든 풍경과 사건이 그로서는 신기하고 흥미로울 따름이었다. 아버지는 그가 처음 보는 것들에 대해 물어볼 때마다 일일이 대답을 해주면서 오른쪽의 크고 하얀 저택에는 누가 살았고 저 공원은 누구의 소유였다는 등의 이야기를 해주었다. 모피며 담요를 둘러쓰고, 정신을 차리게 하는 향수병까지 챙겨 들고 하녀와 함께 안쪽에 앉아 있던 그의 어머니는 어찌나 야단법석을 떨어대는지 누가 보면 생전 합승마차를 타본 적이 없는 사람이라고 생각할 지경이었다. 그러니 누군들 그녀가 불과 십여 년 전 바로 이 길에서 돈을 내고 타는 승객에게 자리를 양보하기 위해 밖으로 쫓겨났던 여인이라고 생각할 수 있을 것인가.

머드베리에 마중나온 큰아버지의 마차로 옮겨 타기 위해 어린 로던이 눈을 떴을 때 날은 다시 어두워져 있었다. 아이는 마차에 앉아 커다란 철 대문이 활짝 열리는 것이며 마차가 달려가는 길 가장자리의 하얀 나무 둥치들을 어리둥절한 눈으로 바라보고 있었다. 마침내 마차가 환하게 불을 밝힌 집 문 앞에 도착했다. 크리스마스 손님을 환영하느라 불을 활활 지펴 집안은 따뜻하고 아늑했다. 현관문이 활짝 열리자 오래된 큰 벽난로에 불이 활활 타오르는 것과 바둑판 모양의 검은 포석 위에까지 융단이 깔려 있는 것이 보였다. '부인들 초상화가 걸린 방에 있던 그 오래된 터키산 양탄자군.' 레베카는 생각했다. 그리고 곧바로 그녀는 형님되는 제인과 키스를 나누었다.

그녀는 피트 경과도 아주 정중하게 인사를 주고받았다. 그러나 좀 전까지도 담배를 피웠던 로던은 형수에게 조금 거리를 두고 물러나 서 있었다. 형수를 따라 나온 조카 아이 둘이 사촌에게 다가왔다. 마틸다는 손을 내밀며 어린 로던에게 키스를 했지만 이 집의 장자이자 후계자인 피트 빙키 사우스다운은 조금 멀찍이 떨어져서 작은 강아지가 큰 강아지를 관찰할 때 같은 자세로 로던을 살펴보고 있었다.

곧 다정한 이 집안주인이 불이 활활 타오르는 아늑한 방으로 손님들을 인도했다. 이 집의 젊은 숙녀들도 뭐 도와드릴 것은 없는지 물으러 왔다는 핑계로, 그러나 사실은 베키의 옷이며 모자 따위를 구경하기 위해 로던 부인의 방문을 두들겼다. 검은색이긴 했지만 베키의 옷이며 장신구는 모두 런던의 최신 유행을 따르고 있었기 때문이다. 그들은 또한 베키에게 저택이 얼마나 좋아졌는지 모른다는 이야기며 사우스다운 백작 부인이 떠난 이야기, 피트 경이 관내에서 크롤리 집안 지위에 어울리는 유력한 자리를 차지했다는 이야기 등을 들려주었다. 그러고 있을 때 식사 시간을 알리는 커다란 종소리가 들려왔다. 가족들이 식당에 모여 앉았다. 어린 로던은 마음씨 좋은 이 집의 안주인인 큰어머니 옆자리에 앉았다. 피트 경은 자신의 오른쪽에 앉은 제수씨에게 유난히 신경을 쓰며 친절을 베풀었다.

어린 로던은 음식들을 맛있게 먹고 신사처럼 예의 바르게 행동했다.

"여기서 밥 먹는 것이 좋아요." 식사를 마치고 나서 로던이 큰어머니에게 말을 했다. 식사를 마치고 난 뒤, 피트 경이 장중하게 감사 기도를 올리고 이 집의 어린 후계자를 소개한 후 자기 옆자리의 높은 의자 위에 앉히고 이 집 딸은 어머니 옆에 앉아 자기 몫으로 나온 포도주 잔을 받은 후, 로던이 큰어머니의 다정한 얼굴을 올려다보며 말을 했다. "여기서 밥 먹는 것이 좋아요."

"왜 좋지?" 제인이 다정한 목소리로 물었다.

"집에 있으면 부엌에서 밥을 먹거든요." 어린 로던이 대답했다. "아니면 브리그스 아줌마랑 먹거나요." 그러나 베키는 이 집 주인인 준남작과의 대화에 정신이 팔려 그에게 이런저런 찬사의 말들을 쏟아내고, 기쁨과 감탄의 말들을 전하고, 너무도 아버지를 닮은 이 집의 후계자가 정말이지 세상에서 가장 아름답고 똑똑하고 기품 있는 아이라고 떠들어대느라고, 반짝이는 큰 식탁 저편에서 자기 아이가 하는 말은 듣지 못하고 있었다.

손님이기도 하고, 큰 집에 도착한 첫날이기도 해서, 어린 로던은 차를 다 마시고 금박을 입힌 커다란 성경책이 피트 경 앞 테이블에 놓인 후 집안의 하인들이 모두 모여 피트 경이 기도문을 읽을 때까지 함께 있어도 좋다는 허락을 받았다. 이 가엾은 어린 소년은 태어나서 지금까지 이런 종류의 의식을 단 한 번도 본 적이 없었다.

새로운 준남작이 가장이 되고 난 후 시간이 얼마 흐르지도 않았는데 저택은 현격히 개선되어 있었다. 베키는 준남작의 안내로 저택을 둘러본 후 감탄하고 기뻐하며 완벽하다고 선언했다. 사촌들의 안내로 집안을 둘러본 어린 로던에게는 길고 긴 화랑과 그림, 오래된 도자기, 갑옷 등이 놓여 있는 고풍스러운 큰 방들이 있는 이 집이 동화에나 나올 법한 신기하고 놀라운 궁전처럼 느껴졌다. 그중에는 할아버지가 돌아가셨다는 방도 있었는데, 사촌들은 그 방 옆을 지나갈 때 겁에 질린 표정을 지었다. "할아버지는 어떤 분이셨어?" 로던이 물었다. 그러자 그들은 그가 무척 늙은 노인으로 바퀴 달린 의자에 앉아 있곤 했었다고 말해주고 후에 창고에서 썩어가고 있는 바퀴 달린 의자를 로던에게 보여주었다. 그가 그 의자를 떠나 정원의 느티나무 위로 그 첨탑이 반짝이는 교회 밑 묘지로 옮겨지던 그날 이래 그 의자는 죽 그렇게 창고에 처박혀 있었다.

형제들은 피트 경의 뛰어난 경제 감각과 천재적 두뇌에 의해 개선된 크롤리 영지의 곳곳을 둘러보며 여러 날 아침을 함께 보냈다. 걷거나 말을 탄 채 개선 사항들을 확인하면서 그들은 서로를 너무 지겹게 만들지 않고도 이런저런 이야기를 나눌 수 있었다. 피트는 로던에게 이렇게 영지를 개선하느라 돈이 얼마나 들었는지 모른다는 이야기며 공채나 부동산으로 재산을 가지고 있는 사람은 때로 단돈 20파운드가 없어서 쩔쩔 맨다는 등의 하소연을 하는 것을 잊지 않았다. "새로 해 넣은 저 대문만 해도 그래." 피트가 형편이 어려운 사람처럼 대나무 지팡이로 대문을 가리키며 말을 했다. "1월에 이자가 들어오기 전에는 공사비를 줄 수도 없지 뭐야."

"그때까지 내가 돈을 좀 빌려줄 수 있어요, 형." 로던이 다소 우울한 목소리로 대답했다. 그러고 나서 그들은 그리로 걸어가 새로 단 현관문을 보았다. 돌 위에 문장이 새로 조각되어 있었다. 그 밑에는 로크 부인이 문지기로 일해 온 긴긴 세월 동안 처음으로 꼭 맞는 문에, 비가 새지 않는 지붕, 깨지지 않은 창문이 달린 문지기 숙소 안에 들어앉아 있었다.

45장
햄프셔와 런던 사이

그러나 새로운 피트 경이 퀸스 크롤리 저택의 담장을 수리하고 낡아빠진 문지기 숙소나 고치기만 한 것은 아니었다. 영리한 사내답게 그는 무너진 집안의 명성을 회복하고 규모 없는 살림살이에 온갖 추잡한 짓들로 집안을 엉망으로 만든 아버지의 과오를 씻어나가기 위해 노력했다. 그는 아버지의 죽음 후 얼마 되지 않아 곧 그 지역구 의원으로 선출되었다. 지역의 치안판사이자 국회의원이며 유서 깊은 가문의 가장이자 군내의 유지로서 그는 햄프셔 지역의 공공 행사에 모습을 드러냈고 군내의 자선사업에 상당한 금액을 내놓았으며 군내 모든 주요 인사들을 부지런히 방문했다. 한마디로 자신이 그 천재적인 재능에 의해 햄프셔에서 또 장차 대영제국 내에서 차지하게 될 지위에 부합하는 인물임을 만인에게 과시하는 것을 의무로 간주했던 것이다. 그는 제인에게 퍼들스턴 경과 웁숏 경, 또 인근의 다른 유명한 준남작들과 긴밀히 친교를 유지하라고 당부하기도 했다. 이제 이웃 준남작 댁들의 마차가 빈번히 퀸스 크롤리 저택의 가로수 길을 드나들었고 그들이 피트의 저택을 찾아와 식사를 하는 일도 잦아졌다.(음식 맛이 퍽 좋아진 것을 보아 제인이 이제는 요리에 손을 대지 않는 것이 분명했다.) 그에 대한 답례로 피트와 그의 아내 역시 날씨며 이런저런 곤란한 정황들에도 불구하고 정력적으로 그들 집을 방문하여 함께 식사를 들곤 했다. 건강이며 식욕이 좋지 않고, 사교 활동을 즐기기 않는 기질에도 불구하고 피트는 겸손하게 모임에 참여하고 상냥한 태도를 유지하는 것이 자신의 지위에 합당한 태도라고 생각하며 식사 후의 대화가 길어져 두통이 올 때마다 의무를 다하리라는 비장한 심정으로 그 자리를 지켰다. 군내의 제일가는 신사들과 함께 곡물이며 곡물법, 정치에 대해 담화도 나누었다. (이전에는 사냥에 대해 아무런 관심도 없던 그였지만) 이제 밀렵이며 조수 보호에 대해서도 열정적으로 대화에 참여했다. 그는 사냥을 하지 않았다. 그는 사냥보다는 독서와 그 밖의 평화로운 취미를 즐기는 사람이었던 것이다. 그러나 그는 이제 군내의 말 혈통이며 여우 종자들이 유지될 수 있도록 신경을 써야 한다고 생각했고 그의 벗 허들스턴 퍼들스턴 경이 이전처럼 사냥개들을 모아 퀸스 크롤리 영지 내에서 사냥을 하고 싶으시면 기꺼이 그와 동료 신사들이 자신의 영지에서 사냥하는 모습을 지켜보겠다고 말하기도 했다. 사우스다운 부인을 경악케 만들면서, 그는 또 종교에 있어서는 점점 더 정통파로 기울었다. 그래서 대중 연설이나 비국교도 예배당 방문을 그만두고 꼭 영국국교회 교회로 예배를 보러 가곤 했다. 그는 또 주교와 윈체스터 내의 모든 성직자들을 방문하고 부주교 트럼퍼가 카드놀이를 하자고 하니까 기꺼이 그에 응하기도 했다. 사위가 이렇게 불경스러운 짓들을 저

지르고 다니는 것을 보고 사우스다운 백작 부인은 얼마나 마음이 아팠겠으며 그를 얼마나 타락한 인간으로 생각했겠는가! 가족들이 윈체스터에서 열린 음악회에 다녀오던 길에 준남작은 또 누이들에게 다음 해에는 꼭 "지역 댄스파티"에 데리고 가겠다고 약속하기도 했는데 이 말에 누이들은 오빠의 친절함을 칭송하며 그를 우러러보았다. 제인은 언제나처럼 남편의 말에 순종적이었으며 자신 역시 그 댄스파티에 참석하는 것이 싫지 않은 눈치였다. 백작 부인은 「핀칠리 공유지의 세탁부 여인」을 쓴 저자로서 희망봉에 가 있는 또 다른 딸에게 제인의 세속적인 행동을 무시무시한 말들로 고해바치는 편지를 써 보냈다. 그리고 마침 그 즈음 브라이턴의 집이 비게 되자 바닷가의 자기 집으로 돌아가버렸다. 그러나 부인이 떠나는 것을 사위도 딸도 그다지 슬퍼하지 않는 것 같았다. 아마 두 번째로 퀸스 크롤리를 방문했던 레베카 역시 약상자를 들고 다니던 백작 부인이 보이지 않는 것이 크게 섭섭하거나 애석하지는 않았을 것이 틀림없다. 물론 그녀에게 보내는 크리스마스 편지에서는 이곳에 오니 부인 생각이 난다면서 이전에 방문했을 때 부인이 들려준 여러 가지 이야기며 병이 났을 때 주셨던 약에 대해 감사와 기쁨의 마음을 전하고 퀸스 크롤리의 모든 것이 이제는 떠나버린 부인을 생각나게 한다고 공손한 인사의 말을 적어 보냈지만.

그러나 사실 피트 경이 이렇게 태도를 일변하고 주위 사람들로부터 좋은 평판을 얻기 위해 노력하게 된 배후에는 커즌가에 사는 작고 영리한 부인의 입김이 적잖은 힘을 발휘했다. "아주버님께서는 준남작으로만 사실 생각이신가요, 시골 신사로 사는 것에 만족하시는가 말이에요." 피트가 런던의 그녀 집에 머무르는 동안 그녀가 말을 꺼냈다. "아니죠, 아주버님. 전 아주버님을 잘 알아요. 아주버님의 재능과 야망을요. 아주버님께서는 둘 모두를 잘 숨기고 있다고 생각하실지 모르지만, 저한테는 아무것도 숨기실 수 없는걸요. 전 스타인 경에게 맥아에 대한 아주버님의 소논문을 보여드렸어요. 스타인 경은 이미 그 논문에 대해 잘 알고 계시던걸요. 경께서는 내각 각료들 모두가 아주버님의 논문이 그 주제에 대해 지금껏 발표된 것 중 가장 훌륭한 글이라고 입을 모았다고 하셨어요. 내각에서는 아주버님을 눈여겨보고 계셔요. 전 아주버님께서 무얼 바라시는지 알고 있습니다. 국회에서 두각을 나타내길 원하시지요. 모든 사람이 다 아주버님이 영국에서 제일가는 웅변가라고들 해요.(아주버님이 옥스퍼드에서 하셨던 웅변을 아직도 다들 기억하고 있다지 않아요.) 아주버님은 군내의 대의원 자리를 바라시지요. 선거구와 선거권이 있으니까, 무엇이든 마음먹은 대로 하실 수가 있잖아요. 또 퀸스 크롤리의 남작이 되기를 원하실 거예요. 생전에 꼭 그렇게 되실 거고요. 저는 이 모든 걸 알 수 있어요. 아주버님의 마음을 읽을 수 있으니까요. 크롤리가문의 일원이 되는 것에 더해 아주버님 같은 머리를 가진 분을 남편으로 모셨더라면 어땠을까, 그러면 그분에게 부끄럽지 않은 부인이 될 수 있지 않았을까, 저는 이따금 생각해볼 때가 있지요. 물론, 물론, 저는 지금 아주버님의 제수씨가 되었지만요." 그녀가 웃음을 지으며 덧붙였다. "돈 한 푼 없는 처량한 신세지만, 아주버님의 일에 무척 관심을 가지고 있으니까요, 혹시 모르죠, 쥐가 사자를 도울 수 있을지."

피트 크롤리는 레베카의 연설에 놀라 감탄했다. '저 여자는 정말이지 내 속을 환히 알고 있군!' 그는 생각했다. '아무리 노력해도 제인에게는 내 소논문을 세 장 이상 읽힐 수가 없었는데. 아내는 내가 얼마나 재능이 있는지, 내가 어떤 남모를 야망을 품고 있는지도 전혀 알지 못하지. 그래, 옥스퍼드에서 아직 내 연설을 기억한다? 그렇단 말인가? 망할 것들! 이제 내가 내 선거구의 의원으로 뽑히고 장차 대의원이 될지도 모르니 이제 야 내 생각을 하는 건가! 스타인 경도 작년 접견식에서는 나를 본체만체하더니, 웬일인가. 마침내 그들 모두가 피트 크롤리를 알아보기 시작하는 거야. 그들이 날 무시할 때도 난 언제나 지 금과 같은 피트 크롤리였지. 단지 기회가 오지 않았을 뿐. 이제 그들에게 내가 글만 잘 쓰는 것이 아니라 말과 행동에 있어서도 그 못지않다는 것을 보여줘야 하겠어. 아킬레우스라도 칼을 쥐 기 전에는 실력을 보일 수 없는 법이지. 이제 나도 손에 칼을 쥐 었으니 세상에 내 이름을 한 번 떨쳐보아야지.'

이런 이유로 이 교활한 외교관은 갑자기 그렇게 관대한 사람 으로 돌변했던 것이다. 그리하여 자선 음악회나 양로원에 가 선 심을 베풀고 교회의 부감독이며 사제들에게 다정하게 구는가 하면 인심 좋게 만찬을 열고 답례 정찬에 참가하고 장날에 농 부들에게 전례 없이 자상한 인사를 건네고 군내의 일에도 지대 한 관심을 표현했던 것이다. 퀸스 크롤리 저택에서 크리스마스 가 이렇게 명랑하고 즐겁게 치러진 것 역시 실로 오랜만의 일이 었다.

크리스마스에는 크롤리 전 일가가 모여 함께 만찬을 나눴다. 목사관의 식구들 역시 빠짐없이 만찬에 참여했다. 레베카는 뷰 트 부인과 한 번도 사이가 나쁜 적이 없었다는 듯 꾸밈없는 태 도로 뷰트 부인에게 호의를 표했다. 다정하게 그녀의 딸들에게 관심을 표하고 저번에 봤을 때 이후 음악 실력이 무척 향상되었 다며 감탄했다. 레베카는 또 그들에게 큰 노래책에서 이중창을 하나 더 골라 불러달라고 졸라대어 결국 짐이 투덜거리며 목사관에 가 노래책을 들고 오게 만들었다. 뷰트 부인 역시 부득불이 작은 모험가에게 점잖은 태도를 유지할 수밖에 없었다. 물론 나중에 딸들과는 거리낌 없이 피트 경이 제수한테 그렇게 유난스레 구는 것이 수상하다며 뒷이야기를 해댔지만. 그러나 식사 중 레베카 바로 옆에 앉았던 짐은 그녀가 훌륭한 부인이라고 칭찬했다. 뿐만 아니라 목사관 식구들 모두가 로던이 사랑스런 아이라는 데 의견을 같이했다. 그들은 어린 로던이 장차 준남작이 될지 모른다고 생각하며 아이에게 경의를 표했다. 그 앞을 가로막고 있는 존재라곤 늘 아파 얼굴이 창백한 피트 빙키뿐이기 때문이다.

사촌들끼리는 사이가 좋았다. 하지만 피트 빙키는 너무 작아서 로던처럼 큰 아이하고 같이 놀기 어려웠고 마틸다 역시 계집아이인지라 이제 거의 여덟 살이 돼 곧 어른처럼 정장 상의를 입게 될 어린 신사의 좋은 동무가 되기 힘들었다. 그러나 로던은 곧 이 작은 무리의 우두머리가 되어 자신이 기꺼이 시간을 내 놀아주기만 하면 대단한 존경심을 가지고 졸졸 따라다니는 이 작은 소녀와 소년을 부하처럼 이끌고 다녔다. 그는 이곳에서의 시간이 말할 수 없이 즐거웠다. 부엌 앞 정원이 너무도 흥미로웠고 꽃밭의 꽃들도 마음에 들었다. 비둘기들과 닭들, 들어가도 된다고 허락을 받은 마구간도 재미나기 그지없었다. 고모들이 키스를 할 때면 몸을 빼며 싫은 티를 냈지만 때로 제인이 껴안아 줄 때면 얌전히 몸을 맡겼다. 식사 때면 큰어머니 제인 옆에 앉고 싶어 했고 식사 후 자기들끼리만 포도주를 마실 양으로 남자들이 부인들은 객실로 가주었으면 하는 신호를 보내오면 객실로 자리를 옮겨서도 제인 옆자리를 차지해 앉곤 했다. 어느 날 저녁 모두들 자기 아들을 귀여워하는 것을 보고 레베카가 로던을 불러 허리를 굽힌 다음 여자들이 모두 보는 앞에서 로던에게 키스를 해준 일이 있었다.

엄마의 키스가 끝난 후 로던은 동요될 때면 흔히 그렇듯 빨갛게 상기된 얼굴에 몸을 떨면서 "엄마, 집에서는 한 번도 키스를 해주지 않으시잖아요"라고 대꾸했다. 그러자 그 자리에 있던 모든 사람들이 놀라 할 말을 잊었다. 베키 역시 즐거운 표정은 아니었다.

형수가 자기 아들을 귀여워해주었기 때문에 로던은 형수를 좋아했다. 그러나 베키는 전에 방문했을 때만큼 제인에게 싹싹하게 굴지 않았고 둘 사이의 관계 역시 전처럼 대단히 다정해 보이지는 않았다. 어린 로던이 무심코 엄마에 대해 내뱉은 한두 마디 말을 듣고 제인은 온몸이 오싹해졌다. 어쩌면 피트 경이 베키에게 너무 신경을 쓰는 것이 거슬렸는지도 모른다. 로던은 나이며 덩치에 어울리게 부인들보다 남자들과 어울려 노는 것을 더 좋아했고 아빠와 함께 마구간에 가는 일에 결코 싫증을 내는 법이 없었다. 크롤리 중령은 때로 시가를 피우기 위해 마구간으로 갔다. 목사관의 아들 짐 역시 때로 사촌 형과 함께 이곳에서 담배를 피우거나 다른 여흥거리들을 찾아 함께 시간을 보내곤 했다. 짐은 준남작의 마구간 지기와 아주 가까운 사이였으며 개에 대한 공통의 취미 덕에 이 셋은 더욱더 친한 사이가 되었다. 어느 날, 제임스와 크롤리 중령, 마구간 지기 혼은 어린 로던을 데리고 함께 꿩 사냥을 나갔다. 또 다른 어느 날의 아주 상쾌한 아침, 네 신사는 헛간에서 쥐잡기 놀이를 하며 즐거운 시간을 보내기도 했다. 어린 로던은 이렇게 고상한 놀이는 처음이라고 생각하며 흥분했다. 그들은 우선 헛간의 하수관 한쪽 끝을 막고 나서 다른 쪽 끝으로 흰 족제비들을 집어넣었다. 그 다음에는 손에 몽둥이를 들고 조금 떨어진 곳에서 기다리는데, 옆에는 흥분해서 거의 숨도 쉬지 않고 한 발을 든 채 하수도관 아래쪽에서 희미하게 들리는 쥐들의 찍찍 소리에 귀를 기울이고 있는 테리어 사냥개 한 마리가 서 있었다.(바로 이 개가 제임스가 그렇게 자랑스럽게 여기는 포셉스였다). 궁지에 몰린 쥐들이 마침내 최후의 용기를 내어 땅 위로 튀어나왔는데 이때 테리어가 한 마리를 잡고, 마구간 지기가 또 한 마리를 잡았다. 어린 로던은 너무 흥분한 나머지 서두르다가 자기가 잡을 쥐는 놓치고 정작 그 뒤의 족제비를 반 죽도록 내려치고 말았다.

그러나 누가 뭐라 해도 가장 기억에 남는 날은 허들스턴 퍼들스턴 경의 사냥개들이 퀸스 크롤리의 영지에 모여 사냥을 나간 날이라 할 수 있었다.

어린 로던에게 그것은 놀라운 광경이었다. 10시 30분이 되자, 허들스턴 퍼들스턴 경의 사냥꾼 톰 무디가 늠름한 한 무리의 사냥개를 이끌고 퀸스 크롤리가로수 길에 나타났다. 그 뒤로 얼룩진 선홍색 조끼를 입은 두 소년이 채찍을 들고 개들을 몰아오고 있었다. 덩치는 작지만 무서운 인상의 이 소년들은 관리가 잘된 늘씬한 말들에 올라타고 있었는데 감히 본대를 이탈하거나 잠깐 한눈을 판 개들, 혹은 그저 바로 코밑을 지나가는 토끼를 향해 시선을 던졌을 뿐인 개들에게도 묵직하고 긴 채찍 끝을 휘갈기는 놀라운 재주를 가지고 있었다. 그것도 개들의 살갗이 가장 얇은 곳을 골라서.

그 뒤로 톰 무디의 아들 잭이 따라오고 있었다. 잭은 체중이 32킬로그램 정도 나가고 키는 48인치 정도 되는 사내아이였는데 결코 거기에서 더 자라지를 않았다. 잭은 울툭불툭 골격이 드러난 호리호리한 큰 말, 등의 절반가량이 큼지막한 안장으로 덮여 있는 말에 앉아 있었다. 이 말이 바로 허들스턴 퍼들스턴 경이 가장 아끼는 놈이었다. 또 다른 작은 소년들이 올라탄 말들 역시 차례로 나타나 여유 있는 구보로 곧 다가올 주인들을 기다리며 서 있었다.

톰 무디는 저택 현관 앞으로 말을 몰아갔다. 집사가 그를 환영하며 술을 한 잔 권했지만 톰은 그 술을 거절하고 무리들과 함께 잔디밭 한쪽 구석에 쳐진 차양 아래로 들어갔다. 거기에서 개들은 장난을 하고 서로 사납게 으르렁거리는가 하면 가끔은 맹렬하게 싸움을 벌이기도 했는데 톰이 도저히 흉내 낼 수도 없는 목소리로 고함을 지르거나 뱀 같은 채찍들이 일제히 개들을 향해 날아가면 순식간에 다시 진정되곤 했다.

많은 젊은 신사들이 혈통 좋은 말을 타고 사냥용 각반을 찬 채 크롤리 저택으로 모여들었다. 집안에 들어가 체리브랜디를 마시고 부인들에게 인사를 드리는 이들이 있는가 하면 다소 수줍음을 타거나 바깥 활동에 더 취미가 있는 이들은 진흙 묻은 장화를 벗고 사냥용 말로 옮겨 탄 다음 잔디밭을 한 바퀴 돌며 본격적인 사냥에 앞서 몸을 풀기도 했다. 그러고 나서는 잔디밭 구석에 모여 있는 사냥개 무리로 가 톰 무디와 함께 이전의 사냥이나 스니벨러와 다이아몬드의 사냥 실력, 크롤리 관내의 이런저런 일들, 형편없이 변해버린 여우 품종 등에 대해 이야기를 나누었다.

곧 허들스턴 경이 다리가 짧고 튼튼하며 영리한 자신의 말을 타고 저택을 향해 다가왔다. 집안에 들어가 숙녀들에게 예를 표한 그는 그러나 워낙 말이 없는 성품이라 곧바로 사냥 준비에 착수했다. 사냥꾼들이 사냥개들을 현관문 앞으로 모으자 흥분한 로던은 개들 사이로 들어가 보았다. 개들이 덤벼들기도 하고 흔들리는 사냥개들의 꼬리가 몸을 건드리는가 하면 톰 무디가 소리를 지르고 채찍을 갈겨도 개들끼리 으르렁거리는 소리가 좀처럼 잦아들지 않자 얼마간 두려운 마음도 들었다.

그사이 허들스턴 경은 자신의 말 놉 위에 힘들게 올라타 자리를 잡더니 "이봐, 톰, 소우스터네 숲을 한번 살펴보세"라고 말을 꺼냈다. "농부 맹글이 그러는데 거기 여우가 두 마리 있다는군." 허들스턴 준남작이 또 이렇게 덧붙였다. 톰이 뿔피리를 불며 무리를 이끌고 앞장서 말을 몰아가기 시작했다. 그 뒤를 사냥개 무리와 채찍을 손에 든 사냥꾼들, 윈체스터에서 온 젊은 신사들이며 인근의 농부들이 따라갔고 다시 또 그 뒤로 교구의 인부들이 걸어서 무리를 쫓아갔는데 그들로서는 오늘이 큰 휴일인 셈이었다. 허들스턴 경이 크롤리 중령과 함께 제일 뒤에서 무리를 몰아갔고 곧 이 긴 **행렬** 모두가 가로수 길 저 너머로 사라졌다.

(조카 집 창문 앞에 모인 사냥꾼 무리 앞에 대놓고 모습을 드러내기에는 좀 쑥스러운 생각이 들었던) 뷰트 크롤리 목사 역시 (그러나 톰 무디는 젊고 날씬했던 목사가 사십여 년 전 가장 거친 말들에 올라탄 채 넓은 개울들이며 군내에 새로 생긴 그 어떤 울타리라도 거침없이 뛰어넘던 모습을 잘 기억하고 있었다.) 허들스턴 경이 지나갈 때에 딱 맞춰 힘 좋은 자신의 검은 말에 올라탄 채 목사관 앞 도로에 모습을 드러내더니 유명한 준남작의 사냥 대열에 합류했다. 사냥개와 사냥꾼들이 사라지고 나서도 어린 로던은 여전히 흥분과 경이에 사로잡힌 채 현관 계단참에 서 있었다.

오래도록 기억에 남을 이 크리스마스 휴가 동안 어린 로던은 큰어머니와 결혼 안 한 두 고모들, 크롤리 저택의 두 어린 사촌과 목사관의 짐에게서 무척이나 사랑을 받았다. 그러나 언제나 무서운 얼굴을 하고 냉정한 데다 서재에 틀어박혀 재판에 관한 일들을 처리하고 소작인들이나 농장 관리인들에게 둘러싸여 지내는 큰아버지에게는 별다른 애정을 느낄 수 없었다. 피트는 목사관의 짐에게 자신의 이복누이들을 자주 찾아보라고 부추겼다. 여우 사냥이나 다니는 그의 늙은 아버지가 죽고 나면 목사관 앞으로 나오는 연수입을 그에게 넘기겠다는 언질도 함께 주었을 것이 틀림없었다. 그래서인지 짐은 여우 사냥 같은 것은 포기하고 오리나 도요새처럼 잡아도 별로 죄가 되지 않는 작은 짐승들을 사냥하러 다니거나 쥐잡기 놀이 같은 것으로 소일을 삼으며 조용히 크리스마스 휴가를 보냈다. 휴가가 끝나면 다시 대학으로 돌아가 이번에는 낙제를 당하지 않도록 노력할 참이었다. 그는 벌써 녹색 코트나 붉은 넥타이, 그밖에도 세속적으로 보이는 이런저런 장신구들을 포기하고 앞으로의 변화에 대비해 준비를 하고 있었다. 피트 경은 또 이렇게 알뜰하고 별도로 돈이 들어가지 않는 방식으로 작은아버지 댁에 진 마음의 빚을 갚을 수가 있었다.

즐거운 크리스마스 명절이 끝나기 전에, 준남작 피트는 다시 한 번 마음을 크게 써서 동생에게 백 파운드나 되는 은행 수표를 끊어주었다. 이렇게 큰 지출을 하게 되어 처음에는 마음이 무척 아팠지만 그 덕에 이후로 자신이야말로 세상에서 가장 관대하고 인심 후한 사람이라고 생각하게 되어 기분이 나쁘지만은 않았다. 로던과 그의 아들은 대단히 슬픈 마음으로 퀸스 크롤리 큰댁을 떠났다. 그러나 베키와 퀸스 크롤리의 여인들은 이별이 전혀 섭섭하지 않은 눈치였다. 베키는 런던으로 돌아가자마자 이 장을 처음 시작할 때 이미 언급했던 임무에 다시금 매진하기 시작했다. 그녀의 지휘 감독 하에 그레이트 곤트가의 크롤리 저택은 완전히 면모를 쇄신하여 준남작이 국회에서의 의무를 다하기 위해, 또 자신의 위대한 천재성에 걸맞은 나라 일을 처리하기 위해 런던으로 올 때를 대비해 그와 그의 가족을 맞아들일 채비를 완전히 갖추었다.

국회의 첫 회기 동안, 속을 드러내지 않는 의뭉스러운 성격의 그는 머드베리로부터의 청원서를 발표할 때를 제외하고 좀처럼 입을 여는 일 없이 야심을 감추고 있었다. 그러나 부지런히 국회에 등원하여 의회 일정이며 의사 처리 방식을 철저하게 익혔다. 집에 와서는 정부의 각종 보고서를 어찌나 열심히 읽었던지 제인은 남편이 저렇게 늦은 시각까지 너무 과하게 일을 하다가 건강을 해치고 말겠다고 생각해 긴장하며 걱정을 할 정도였다. 그는 또 장관들 및 소속 정당의 지도자들과 안면을 익히면서 자신도 머잖아 저 자리에 올라가고 말겠다고 결심을 하기도 했다.

레베카는 레이디 제인의 상냥함이나 친절함이 경멸스럽기만 했는데 그걸 감추는 것이 결코 쉽지 않았다. 베키는 제인처럼 단순하고 선량한 심성을 가진 사람들이 싫었다. 때로 이런 경멸감을 드러내지 않는 것, 깔보고 조롱하는 마음을 상대가 알아채지 못하게 하는 것은 거의 불가능한 일이었다. 제인 역시 베키와 함께 있으면 불편한 눈치였다. 남편은 언제나 베키와만 대화를 나누었다. 그녀는 뭔가 어려운 사안들에 대해서도 잘 아는 듯 남편과 대화를 나누었고, 남편 피트 역시 자신에게는 말도 꺼내지 않는 주제들에 대해 베키와 의견을 주고받았다. 물론 제인은 그들이 하는 말을 제대로 이해할 수 없었다. 그러나 말 한마디 하지 못하고 가만히 앉아만 있는 것은 수치스러운 일이었다. 말을 하고 싶어도 할 말이 없다는 사실은 더욱더 부끄러웠다. 그런데 저 작고 담대한 베키는 남자들하고 어울려 주제들을 바꿔가며 거침없이 이야기를 나누고 언제나 상황에 꼭 맞는 농담을 던져 좌중을 즐겁게 하는 것이다. 정작 집의 안주인인 자신은 혼자 불 옆에 앉아 경쟁자가 남자들에게 온통 둘러싸여 인기를 누리는 것을 바라만 보고 있어야 하는데 말이다.

한번은 제인이 무릎 주위로 모여 앉은 아이들에게 이야기를 들려주고 있었는데(그녀를 무척이나 따르는 어린 로던 역시 무리에 함께 있었다.), 베키가 초록색 눈동자에 경멸과 조롱의 빛을 가득 띤 채 방으로 들어왔다. 그러자 레이디 제인은 그 악의적인 시선에 그만 이야기를 멈춰버리고 말았다. 동화 속 작은 요정이 더 힘이 센 나쁜 요정 앞에서 그러는 것처럼 그녀의 소박한 상상력 역시 겁을 먹고 움츠러들고 말았던 것이다. 레베카가 최대한 냉소와 조롱의 빛을 감추면서 어서 그 재미난 이야기를 계속해달라고 애원해도 제인은 계속할 수 없었다. 사실 베키는 다정한 생각이라든가 소박한 즐거움 같은 것은 아주 딱 질색이었다. 그런 건 그녀의 성미에 맞지 않았다. 그녀는 그런 취향을 가진 사람들을 싫어했고 아이들이며 아이들을 사랑하는 사람들을 경멸했다. "그렇게 멍청하고 순해 빠진 여자들은 지루해요." 이따금 스타인 경 앞에서 제인의 행동거지를 흉내 내며 그녀를 놀려먹은 후 베키는 이렇게 말을 했다.

"저도 경건한 일에는 당췌 취미가 없답니다." 그러면 스타인 경은 또 절을 하고 씩 웃으며 질세라 이렇게 대답을 하고 나서 쇳소리를 내며 웃음을 터뜨렸다.

그래서 이 둘은 아우 되는 베키가 뭐 얻어낼 것이나 있어서 형님 댁을 찾아가는 경우가 아니면 서로 만나지 않는 사이가 되고 말았다. 만날 때면 서로 다정히 형님, 아우하고 불러대며 인사를 나누었지만 그 외에는 언제나 냉랭한 관계를 유지했다. 다른 한편 피트 경은 그 바쁜 일과 중에도 매일같이 짬을 내어 제수씨를 만났다.

처음으로 국회의장 주최 만찬에 초대받아 가던 날, 피트 경은 이전 펌퍼니켈 공사관에서 근무할 때 입었던 오래된 외교관 정장을 입고 잠시 짬을 내어 제수씨 앞에 그 모습을 선보였다.

베키는 옷이 참 멋지다고 칭찬을 해주고 집을 나오기 전 성장을 한 그를 보고 그의 아내와 아이들이 그랬던 것만큼이나 경탄하며 그를 우러러봐 주었다. 그녀는 좋은 혈통의 신사만이 궁정용 예복을 잘 소화할 수 있다고 말하는가 하면 짧은 바지가 그렇게 잘 어울리는 것은 피트 경처럼 유서 깊은 집안의 남자들뿐이라고 말하기도 했다. 이 말을 들은 피트는 만족스러운 얼굴로 다리를 내려다보았는데 사실 그의 다리는 허리에 매달린 가느다란 예장용 검보다 더 굵지도 반듯하지도 않았다. 그래도 그는 그 다리를 내려다보며 자신이 아주 여자들 애간장을 다 녹이고 있다고 생각했다.

피트가 떠나고 난 후 베키는 피트의 모습을 그림으로 그려 가지고 있다가 스타인 경이 집에 오자 보여주었다. 베키의 그림을 본 스타인 경은 아주 딱 피트 경을 닮았다고 좋아하며 그 그림을 가지고 갔다. 스타인 경은 일전에 베키 집에서 피트 경을 만난 일이 있었는데 그때 새로운 준남작이자 의회의 일원이 된 그에게 대단히 우호적으로 예를 표하며 인사를 건넨 바 있었다. 피트는 그렇게 신분 높은 명사가 자신의 제수 되는 이에게 취하는 공손한 태도며 또 베키가 아주 편안하고 쾌활한 태도로 그와 이야기를 나누는 품새, 그 집을 방문한 다른 남자들이 즐겁게 그녀의 이야기를 경청하는 모습 등에 깜짝 놀라 감탄하고 말았다. 준남작이 이제 막 정치인으로서의 이력을 시작했다는 사실을 잘 아는 스타인 경은 곧 그의 연설을 들을 수 있게 되기를 고대한다고 말했다. 또한 그들의 집이 서로 이웃하고 있었으므로(그레이트 곤트가는 곤트 광장으로 이어졌는데 다들 알고 있다시피 스타인 경의 저택이 바로 그 광장 한쪽에 자리 잡고 있었기 때문이다.), 스타인 경은 자기 부인이 런던에 도착하는 대로 크롤리 부인을 뵙고 서로 인사를 드리도록 하겠다고 말하기도 했다. 그리고 하루이틀 내로 스타인 경은 실제로 피트의 집에 들러 자신의 명함을 남겼다. 피트의 선친이 관리하는 동안에는 거의 한 세기 동안이나 서로 이웃하며 살아왔음에도 불구하고 한 번도 아는 척을 않았던 바로 그 집에.

이렇게 서로 다른 계산들이 오고 가고, 근사한 파티들이 열리고 똑똑하고 잘나가는 인사들이 자기 집에 드나드는 동안 로던은 나날이 점점 더 설 자리를 잃어갔다. 그는 전보다 더 자주 클럽에 나가고 결혼 안 한 친구들과 더 자주 밖에서 식사를 했으며 마음 내키는 대로 나갔다가 아무 때나 들어왔지만 그에게 신경을 쓰는 이는 아무도 없었다. 피트 경이 의회에 나가는 길, 혹은 의회에서 퇴근하는 길에 자신의 집에 들러 베키와 시간을 보내는 동안 그와 어린 로던은 자주 곤트가까지 걸어가 제인이나 그녀의 아이들과 함께 둘러앉아 시간을 보내곤 했다.

퇴역 군인 로던은 형의 집에 와서도 거의 아무런 생각도 행동도 하지 않고 몇 시간이고 말없이 가만히 앉아만 있곤 했다. 그러다가 작은 심부름, 이를테면 가서 말이나 하인과 관련된 뭔가를 묻고 오거나 식사 자리에서 아이들을 위해 양고기를 잘라 주는 일 같은 소일거리를 맡게 되면 기뻐하며 선뜻 그 일을 하는 것이었다. 그는 점점 더 위축되고 기가 죽어 아무것도 하지 않고 다른 사람의 말에 따르기만 하는 사람이 되어가고 있었다. 델릴라가 그의 머리카락을 자르고 그를 꼼짝 못하게 손아귀에 가둬버린 것이다. 불과 십여 년 전만 해도 대담하고 거칠 것 없었던 젊은이는 이제 완전히 노예처럼 변해 무감각하고 순종적인 중년의 비대한 사내가 돼버리고 말았다.

가엾은 제인 역시 레베카가 자신의 남편을 유혹해 완전히 손에 넣고 말았다는 사실을 잘 알고 있었다. 로던 부인을 만날 때면 언제나 형님, 아우하며 다정히 인사를 주고받았지만.

46장
고난과 시련들

그사이 브롬프턴에 있는 우리의 친구들 역시 그다지 즐겁다고는 할 수 없는 상황에서 나름의 크리스마스를 보내고 있었다.

연 수입 100파운드 중에서 오스본 부인은 자신과 아들의 생활비로 약 4분의 3을 늘 부모에게 내어놓곤 했다. 그것에 조가 보내주는 120파운드의 돈을 더해 이 네 명의 가족은 클랩 씨 부부와 공동으로 아일랜드 출신 하녀 아이 하나를 부리고 그럭저럭 최소한의 편의와 체면을 유지하고, 여전히 고개를 꼿꼿이 세운 채 지인이 방문하면 차를 한 잔 대접할 정도의 살림을 꾸려가며 그들을 덮친 재난과 불행 이후의 시간을 견뎌가고 있었다. 세들리는 지금도 한때 그의 서기로 일했던 클랩 씨 부부에게 상전 노릇을 하고 있었다. 클랩 씨는 러셀 스퀘어 저택의 이 부유한 상인 집 식탁에 앉아 "세들리 마님과 에미 아씨, 인도의 조지프 도련님을 위해"라며 건배를 들던 일을 여전히 기억하고 있었다. 시간의 흐름과 함께 이 정직한 서기의 마음속에서 이런 과

거의 기억들은 더욱더 화려하게 윤색되어 갔다. 저녁을 먹고 거실로 올라갈 때나 세들리 노인과 함께 차를 마시고 물 섞은 진을 마실 때마다 그는 "전에는 이렇지 않으셨는데 말이에요"라고 말을 꺼내면서 대단히 진지하고 공손한 태도로 세들리 가족이 최고의 번영을 누리던 시절처럼 부인과 아씨의 건강을 위해 잔을 들었다. 그는 아멜리아 아씨의 연주가 이 세상에서 가장 숭고한 음악이라고 생각했고 그녀를 이 세상에서 가장 고상한 여인이라고 생각했다. 클럽에 가도 세들리 노인이 자리를 잡기 전에 자기부터 앉는 일이 없었고 그곳의 누구라도 세들리 노인을 욕보이는 말을 하면 상대방을 가만두지 않으려고 했다. 그는 런던의 제일가는 인사들이 세들리 노인과 악수를 나누는 것을 보았던 것이다. 그는 "주식거래소에서 로스차일드 씨가 세들리 씨와 함께 있는 모습을 언제라도 볼 수 있었던 시절의 그를 기억하고 있었으며 개인적으로 자신의 모든 것을 그에게 빚지고 있다고 생각하고" 있었다.

성품이 나무랄 데 없는 데다 필체도 반듯한 그는 주인이 파산한 후 곧 얼마든지 다른 일자리를 얻을 수가 있었다. "나처럼 작은 물고기는 어떤 양동이에서도 헤엄을 칠 수 있는 법이니까." 그는 이렇게 스스로에 대해 논평을 하곤 했다. 이전에 세들리 씨와 함께 일을 하다 사업을 분리해 나간 동업자 한 명도 기꺼이 클랩 씨를 고용해 섭섭지 않은 월급을 주고 일을 시키려고 했다. 그러나 결국 세들리 씨의 부유한 친구들이 차례로 그를 저버리는 동안에도 가난한 이 과거의 고용인만은 충직하게 주인 곁을 고수했다.

자기 앞으로 남겨둔 얼마 안 되는 금액 중 일부로 어린 조지에게 조지 오스본의 아들로서 부끄럽지 않을 만한 옷을 해 입히고 그렇게도 오랜 망설임과 두려움, 남모를 근심과 걱정, 주저 끝에 보내기로 결정한 소학교 학비까지 감당하기 위해서 이 미망인은 최선을 다해 검소한 생활을 해야만 했다. 그녀는 조지에게 가르쳐줄 생각으로 저녁 늦게까지 자지 않고 앉아 교과서들을 숙독하고 어려운 문법책들이며 지리책 등을 공부했다. 심지어 조지에게 라틴어를 가르쳐줄 수 있을지도 모른다는 희망을 품고 라틴어 어형변화를 공부하기조차 했다. 아이와 종일 떨어져 있어야 하고 애를 학교 선생의 회초리와 거친 다른 사내아이들 틈으로 보내야 한다는 생각을 하니 이 연약하고 겁 많은 어머니는 다시 한 번 젖을 떼는 것처럼 마음이 한없이 아파왔다. 그러나 정작 조지는 아주 신이 나서 학교로 달려갔다. 그는 변화를 갈망하고 있었던 것이다. 이 아이다운 기쁨의 표현은 아이를 떼어놓기가 몹시도 힘들었던 어머니의 마음에 상처를 남겼다. 조지도 엄마와 헤어지는 것을 조금 더 서운해 해주었으면, 그녀는 생각했던 것이다. 그러나 그녀는 곧 아들의 마음이 슬퍼지기를 바란 자신의 이기심을 꾸짖으며 회개했다.

조지는 여전히 어머니를 연모하는 비니 목사의 친구가 운영하는 학교에서 퍽 눈부신 성취를 보였다. 그는 무수히 많은 상장과 능력을 입증하는 이런저런 증명들을 집으로 가져왔다. 그리고 매일 밤 어머니에게 학교 친구들에 대해 셀 수 없이 많은 이야기를 해주었다. 라이언스가 얼마나 멋진 녀석이며 스니핀은 얼마나 교활한 녀석인지, 스틸의 아버지는 정말로 학교에 급식용 고기를 납품하지만 골딩의 어머니는 토요일마다 마차를 타고 와서 그를 태워 데려간다는 이야기, 니트가 바지에 부츠와 연결되는 고리를 달고 왔는데 자신에게도 그런 것을 하나 사줄 수 있는가 하는 이야기, 불 메이저가 얼마나 힘이 센지 모르며

(비록 에우트로피우스[1] 수업 시간에만 그런 것이지만) 아이들은 그가 정말로 문지기 워드 씨를 때려눕힐 수 있다고 믿는다는 이야기 등을. 덕분에 아멜리아는 학교의 모든 아이들에 대해 조지 못지않게 훤히 알고 있을 정도였다. 저녁이면 조지의 숙제를 돕느라고 아멜리아는 마치 자신이 내일 아침 선생님 앞에서 그 문제를 풀기라도 할 것처럼 열심히 그 작은 머리를 굴려 연습문제를 푸는 데 골몰했다. 한번은 조지가 매스터 스미스와 한바탕 싸움을 벌인 후에 한쪽 눈에 시커멓게 멍이 들어 집으로 돌아와서는 아주 허풍스럽게 그 전투에서 자신이 발휘한 용맹을 어머니와, 잘 싸웠다고 아주 신이 난 할아버지 앞에서 과시한 적이 있었다. 그러나 사실인즉 조지는 그 싸움에서 별달리 용기를 발휘하지도 못하고 보기 좋게 한 방에 나가떨어지고 말았었다. 그러나 아멜리아는 그가 레스터 스퀘어 근처에서 평화로운 약제사로 살아가고 있는 오늘까지도 결코 문제의 스미스를 용서하려 하지 않았다.

이렇게 평화로운 수고와 큰 문제랄 것도 없는 근심 걱정 속에서 이 미망인은 조용한 하루하루를 보내고 있었다. 머리 위의 흰 머리카락 한두 가닥이 세월의 흐름을 보여주고 있었고 고운 이마 위에도 희미한 주름이 자리를 잡아가고 있었다. 그녀는 이런 세월의 흔적을 볼 때마다 미소를 지으며 "나처럼 나이 든 여자에게 이런 게 무슨 문제람?"이라며 혼잣말을 하곤 했다. 그녀의 바람이라곤 오직 아들이 그 자질에 걸맞게 이름을 널리 떨치는 훌륭한 신사로 성장하는 것을 지켜보는 것뿐이었다. 그녀는 아들의 모든 습자책이며 그림, 작문 등을 소중히 간직하면서 마치 대단한 천재의 작품이나 되는 듯 주위의 얼마 안 되는 벗들에게 그것들을 보여주곤 했다. 그녀는 이런 작품 일부를 도빈

양에게 주었는데 그녀는 이를 다시 조지의 고모인 오스본 양에게 주었고 오스본 양은 다시, 이제 죽고 없는 아들에 대한 잔인함과 원한을 뉘우치게 하기 위해 이를 오스본 노인에게 보여주었다. 아멜리아는 남편의 사소한 잘못과 결점 모두를 그와 함께 무덤 속에 묻어버렸다. 이제 그녀는 모든 것을 희생하면서까지 자신과의 결혼을 감행한 연인으로서의 그만을, 전장으로 떠나던 날 아침 그녀를 안아주었던 너무도 아름답고 용감한, 고귀한 남편으로서의 그만을, 그리고 왕을 위해 영광스럽게 죽어간 병사로서의 그만을 기억하고 있었다. 천국에서 이 영웅은 아내를 위로하기 위해 남겨두고 떠난 이 훌륭한 소년을 바라보며 미소 짓고 있을 것이 틀림없었다.

우리는 이미 조지의 두 할아버지 중 하나가(오스본 씨 말이다.) 어떻게 러셀 스퀘어의 안락의자에 앉아 매일 더 우울하고 성미 나쁜 노인네로 늙어가고, 화려한 마차에 멋진 말을 가진 그의 딸 역시 아버지의 폭정 아래 외롭고 비참한 노처녀로 늙어가고 있는지 보았다. 조지를 한 번 만나고 온 그녀는 죽은 오빠의 아들인 아름다운 소년을 생각하고 또 생각했다. 자신의 멋진 마차를 몰아 아이 집에 가보고 싶은 마음이 간절했다. 홀로 공원으로 외로운 드라이브를 나갈 때면 혹시 아이를 만날 수 있을까 하는 기대에 유심히 주위를 둘러보곤 했다. 은행원의 부인이 된 여동생은 때로 선심이나 베푸는 듯 러셀 스퀘어의 친정집에 들러 언니를 보고 갔다. 점잔빼는 유모에 병약해 보이는 아이들 둘을 데리고 와서 그녀는 귀족 부인처럼 가느다란 목소리로 킬킬거리며 언니에게 자신이 알고 지내는 명사들에 대해 떠들어 대고 아들 프레더릭이 클로드 롤리팝 경을 쩍 닮았다느니 로햄프턴에서 당나귀 마차를 타고 지나는 길에 사랑스러운 딸 마리

아가 남작 부인의 눈에 띄었다는 등의 이야기를 해댔다. 그녀는
또 언니에게 아버지를 잘 구슬려 자기 아이들 앞으로 뭘 좀 하
게 해달라고 사정하기도 했다. 프레더릭은 근위부대에 넣을 생
각인데 그 애에게 상속을 하고 나면 (게다가 남편 불럭은 땅을
사대느라 가진 재산을 거의 다 쓰고 말았으니) 귀여운 딸아이에
게는 무얼 해줄 수 있겠느냐는 것이었다. "언니, 그러니까 나한
테 올 아버지 재산이 우리 집 맏아이에게 가야 해요." 불럭 부인
은 이렇게 말하곤 했다. "로다 퓰은 간질병이 있는 캐슬토디 경
이 돌아가시자마자 캐슬토디 재산 전부를 집안 상속자에게 양
도할 거래요. 어린 맥더프 퓰이 캐슬토디 백작이 될 테니까요.
민싱 레인의 블러다이어 집안 아들들 둘도 모두 패니 블러다이
어의 어린 아들에게 재산을 물려주기로 했대요. 프레더릭도 꼭
우리 집안 상속자가 되어야 해요. 그리고, 그리고 아버지에게 롬
바드가 은행에 넣어둔 예금을 다시 우리 은행으로 옮기시도록
말 좀 해줘요, 언니, 그렇게 해줄 거죠? 아버지가 스텀피 로디
은행까지 가시는 것은 보기 좋질 않아요." 이렇게 잘난 척과 실
리를 챙기는 말들을 뒤섞어서 하고 나면 그녀는 마치 굴이 피부
에 닿을 때처럼 징그러운 키스를 남기고 뻣뻣한 아이들을 데리
고 억지웃음을 지으며 다시 마차에 올라탔다.

그러나 유행을 선도하는 이 부인이 친정을 방문할 때마다 상
황은 그녀에게 더욱더 불리하게 변해갔다. 아버지는 보란 듯 더
많은 금액을 스텀피 로디 은행에 예치하곤 했던 것이다. 친정
식구들은 그녀가 선심이라도 베풀 듯 집에 와 하는 작태들을 도
저히 견딜 수가 없었다. 다른 한편 브롬프턴의 작은 집에서 자
신의 보물을 소중히 지키고 있던 가엾은 미망인은 몇몇 사람들
이 얼마나 맹렬하게 그 보물을 노리고 있는지 거의 눈치 채지

못하고 있었다.

제인 오스본이 아버지에게 오빠의 아들을 보았다고 말했던 그날 밤, 오스본 노인은 아무 대답도 하지 않았다. 그러나 그는 화를 내지도 않았다. 그저 잠자리에 들기 위해 방으로 가면서 평소보다 조금 더 다정한 목소리로 잘 자라고 딸에게 인사를 건 넬 뿐이었다. 그러나 그는 제인이 한 말에 대해 곰곰이 생각을 해보고 도빈 가족에게 딸의 방문에 대해 문의도 했던 것이 틀림 없었다. 그로부터 약 2주가 지난 어느 날, 오스본 노인이 딸에 게 평소 차고 다니던 줄달린 프랑스산 회중시계를 어쨌는지 물 었다.

"아버지, 그건 제 돈으로 산건데요." 그녀가 깜짝 놀라 말했다.

"가서 그런 걸 하나 더 주문하도록 해라. 아니, 가능하면 더 좋 은 걸로." 노인은 이렇게 말하더니 다시 침묵 속에 빠져들었다.

최근 도빈의 누이들은 아멜리아에게 여러 번 조지를 집에 좀 놀러오게 해달라고 졸라댄 바 있었다. 조지의 고모가 그 아이를 아주 귀여워했는데, 아이의 할아버지 역시 그 애를 보면 마음을 풀지 모른다고, 은근슬쩍 암시를 주기도 했다. 아멜리아 역시 아 들에게 무척이나 득이 될 그 제안을 거절할 수는 없을 것이라고 그들은 생각했다.

과연, 아멜리아 역시 그 제안을 거절할 수는 없었다. 그러나 그녀는 아주 석연찮고 무거운 마음으로 그들의 청을 수락했 고 아이가 자신으로부터 떨어져 있는 내내 대단히 불안해하다 가 아들이 돌아오면 마치 위험에서 벗어난 것처럼 반기며 아들 을 맞았다. 조지는 돈이며 장난감 등을 가지고 돌아오곤 했는데 그러면 미망인은 경계와 질투의 시선으로 그것들을 보았다. 그 녀는 언제나 아들에게 혹 어떤 신사를 만났느냐고 물었다. "사륜마차로 저를 드라이브 시켜주신 윌리엄 경하고요, 오후에 아름다운 갈색 말을 타고 온 도빈 아저씨[2]를 만났어요. 아저씨는 초록색 코트에 분홍색 넥타이를 매고 금색 손잡이가 달린 채찍을 들고 오셨는데 나중에 런던타워에 데리고 가주신다고, 그리고 서리종(種) 사냥개와 함께 산책을 데리고 가주신다고 약속하셨어요." 아이는 이렇게 대답했다. 그러나 마침내 어느 날 아이는 "아주 굵은 눈썹에 챙이 넓은 모자를 쓴 노신사를 만났어요. 커다란 줄에 인장도 달고 있었어요"라고 대답했다. 아이는 또 어느 날 마부가 조지를 회색 조랑말에 태워 잔디밭을 돌고 있을 때 그가 나타났다고 했다. 그 노신사는 자신을 아주 빤히 바라보더니 몸을 무척이나 떨었다고 했다. 밥을 먹고 나서 자신이 "제 이름은 노발입니다"[3]라는 암송 시구를 읊자 고모는 울음을 터뜨렸다고도 했다. 아이는 또 고모가 언제나 울음을 터뜨린다고 덧붙였다. 이것이 그날 밤 조지의 보고였다.

그래서 아멜리아는 아이가 할아버지를 만났다는 사실을 알 수 있었다. 그러고는 곧 뒤따를 그쪽의 연락을 무척이나 걱정스럽게 기다리고 있었다. 과연 며칠이 지나 오스본 노인에게 서신이 도착했다. 오스본 노인은 공식적으로 자신이 그 아이를 데려가 워낙 그 애의 아버지가 물려받게 되어 있었던 재산의 상속자로 만들고 싶다는 의견을 전해왔다. 오스본 부인에게는 편안하게 살 만한 수입을 보장해줄 것이며 그녀가 재혼한다는 소식을 들었는데 그런 경우에도 그 수입을 다시 빼앗지는 않을 것이라고도 덧붙였다. 그러나 아이는 전적으로 러셀 스퀘어의 할아버지 집 혹은 그 어떤 곳이든 오스본 씨가 선택한 장소에서 지내야 하며 때로 오스본 부인의 거처로 그녀를 만나러 갈 것이라는 조건도 덧붙여져 있었다. 이 편지는 어머니는 외출 중이고 아버지 역시 평소처럼 시내에 나가 집에 안 계시던 어느 날, 그녀에게 배달되었다. 아니, 그녀 앞에 배달되어 낭독되었다.

그녀는 평생 살면서 두세 번밖에 화를 낸 일이 없었다. 그리고 오스본 씨의 변호인은 하필 그 두세 번 중의 한 번을 목도하는 불운을 감수하게 되었다. 그녀는 편지의 낭독이 끝나자마자 얼굴을 붉히고 몸을 바르르 떨면서 일어섰다. 변호사 포 씨가 편지를 그녀에게 건네주자 그녀는 그것을 산산조각으로 찢은 후 발로 짓밟았다. "제가 다시 결혼을 한다고요! 아이와 헤어지는 조건으로 돈을 받으라고요? 누가 감히 이런 제안으로 저를 모욕하려 한단 말입니까? 오스본 씨에게 이건 비겁한 편지라고, 비겁한 편지라고, 저는 이에 대해 아무 답도 않겠다고 전해 주세요. 안녕히 가십시오, 선생님. 이렇게 말하더니 그녀는 비극에 나오는 여왕처럼 고개 숙여 인사를 하고 방을 나가 버렸습니다." 이것이 변호사가 오스본 노인에게 전한 이야기였다.

부모는 아멜리아의 동요를 눈치 채지 못했고 그녀 역시 부모에게 그날의 일에 대해 아무 언급을 하지 않았다. 그들에게는 신경을 써야할 또 다른 일이 있었던 것이다. 일이 어떻게 되어 가는지 모르는 천진한 아멜리아 역시 그러나 이 일에 적지 않게 연루되어 있었다. 아버지 세들리 노인은 이런저런 투기에 계속해서 손을 댔다. 우리는 이미 그가 와인이며 석탄 사업에 손을 댔다가 망한 것을 알고 있다. 그러나 그는 그 후에도 지치지도 않고 시내 주식가를 들락거리며 새로운 투기들에 손을 대고 있었다. 그리고 클랩 씨의 만류에도 불구하고 새로 시작한 그 일에 투자하길 참 잘했다고 생각하는 것이었다. 사실 그는 클랩 씨에게 자신이 그 투자에 얼마나 많은 돈을 걸었는지 솔직히 털어놓지 않았다. 그리고 여자들 앞에서는 돈 이야기를 하지 않는 것이 세들리 씨의 철칙이었기 때문에 결국 그가 마지못해 조금씩 털어놓을 때까지 이 집 여인네들은 자신들을 기다리고 있는 불행에 대해 조금도 눈치 채지 못하고 있었다.

주 단위로 정산되던 이 집 외상 계산서들에 대한 지불이 처음으로 지연되기 시작했다. 인도에서 조가 부치는 돈이 도착하지 않았다고 세들리 씨가 무척 곤란한 얼굴로 부인에게 말을 했다. 지금까지 언제나 규칙적으로 외상값을 갚아왔음에도 불구하고 한두 명의 상인들은 조금 말미를 달라고 부탁하는 가엾은 이 집 부인에게 무척 짜증을 냈다. 외상값을 제때 갚지 않는 다른 고객들도 흔히 있는데 말이다. 그러나 아무 질문도 하지 않고 기꺼이 내어놓는 아멜리아의 돈으로 이 집 식구들은 식량을 반으로 줄여가며 그럭저럭 버텨나갔다. 첫 여섯 달은 그래도 견딜 만했다. 세들리 노인은 여전히 주가가 오르면 모든 일이 잘 해결될 것이라는 기대를 품고 있었다.

그러나 반년이 지나도 이 집 생활비를 해결해줄 하반기의 60파운드는 여전히 도착하지 않았다. 상황은 점점 더 악화되기 시작했다. 세들리 부인은 이제 몸이 무척 약해지고 기도 많이 죽어서 말을 잃고 부엌에서 클랩 씨 부인을 붙잡고 우는 일이 많아졌다. 푸줏간 주인이 특히 짜증을 심하게 냈고 야채 가게 주인도 무례하게 굴기 시작했다. 한 번인가 두 번쯤 조지가 식탁에서 맛난 것을 먹고 싶다고 투정을 부리기도 했다. 자신은 한두 조각의 빵만으로도 충분하다고 생각하면서도 아들이 제대로 된 식사를 하지 못하는 것만은 차마 볼 수 없었던 아멜리아는 아들의 건강을 위해 자기 앞으로 남겨둔 돈에서 뭔가를 조금 더 사서 아이에게 먹이곤 했다.

마침내 노부부는 아멜리아에게 사실을 털어놓고 말았다. 아니, 어려움에 빠진 사람들이 흔히 그렇듯이 노부부 역시 사실과는 꽤 다른 이야기를 그녀에게 털어놓았다. 어느 날 자신의 수입이 도착하자 아멜리아는 여느 때처럼 그 돈을 어머니께 드리려고 했다. 그리고 언제나 자신의 지출 목록을 보고하는 그녀는 조지를 위해 새 양복을 맞춰주기로 했다고 설명하며 자신 몫으로 돼 있는 금액의 일부를 가져가려 했다.

그때 조가 보내주는 생활비가 도착하지 않았다는 이야기며 그래서 집안이 지금 몹시 어렵다는 이야기가 터져 나왔다. 어머니는 아멜리아가 진작 눈치를 챘을 법도 한데 조지 말고는 누구에게도 신경을 쓰지 않는다며 원망을 퍼부었다. 그러자 아멜리아는 아무 말 없이 돈을 전부 테이블 건너편의 어머니 쪽으로 밀어놓고 방으로 돌아가 눈이 퉁퉁 붓도록 울었다. 그녀는 또 크리스마스에 조지에게 입히려고 주문해둔 옷, 알고 지내는 재단사와 여러 번 상의하여 모양을 결정했던 그 옷을 취소하러 가던 날도 적잖이 눈물을 흘렸다.

그중에서도 가장 힘든 일은 조지에게 그 사실을 설명하는 것이었다. 조지는 큰 울음을 터뜨렸다. 모두들 크리스마스에는 새 옷을 입는데 사람들이 자신을 비웃을 것이라고, 자기도 새 옷을 **가져야겠다고** 조지는 졸라댔다. 그녀는 이미 아이에게 새 옷을 해주겠다고 약속을 했었다. 가엾은 미망인이 아이에게 해줄 수 있는 것이라곤 그저 키스뿐이었다. 그녀는 눈물을 흘리며 아이의 낡은 옷들을 손질했다. 그리고 아들을 기쁘게 해줄 만한 새 물건을 사주기 위해 뭐 팔 만한 것이 없을까 하고 낡은 장신구들을 살펴보았다. 도빈이 보내준 인도산 숄이 눈에 띄었다. 그녀는 일전에 어머니하고 러드게이트 힐에서 보았던, 인도산 물건을 취급하는 고급 가게를 떠올렸다. 그것은 부인네들이 이런 종류의 온갖 물건들을 사고파는 가게였다. 팔 만한 물건이 생겼다고 생각하자 그녀는 기뻐서 볼이 붉어지고 두 눈이 반짝였다. 아침에 조지를 학교에 보내면서 그녀는 아들에게 키스를 해주고 환히 미소 지으며 아들을 배웅했다. 엄마의 표정을 보고 아들은 뭔가 좋은 소식이 있으리란 것을 눈치 챌 수 있었다.

숄을 손수건에 잘 싼 후(이 손수건 역시 인심 좋은 도빈의 선물이었지만) 아멜리아는 그것을 망토 밑에 잘 숨겨서 얼굴이 빨개진 채 열심히 러드게이트 힐까지 걸어갔다. 공원 담장 옆을 경쾌한 발걸음으로 지나가고 교차로도 빠른 걸음으로 건너갔다. 많은 남자들이 서둘러 그들 옆을 지나가는 그녀를 향해 고개를 돌리고 그녀의 붉게 상기된 얼굴을 바라보았다. 그녀는 이 숄을 팔아 생긴 돈을 어떻게 쓸까 머릿속으로 궁리를 해보았다. 옷 말고도 조지가 무척 갖고 싶어 했던 책을 좀 사줄 생각이었다. 그리고 반년 치 학비를 내고 아버지에게도 지금 입고 계시는 그 낡은 코트 대신 망토를 하나 사드리고 싶었다. 소령의 선물은 과연 그녀가 기대했던 만큼 값나가는 것이었다. 그것은 대단히 정교하고 아름답게 짜인 직물이어서 상인은 그녀에게 20기니를 주고 사서 훨씬 더 비싼 값에 그 물건을 되팔 수가 있었다.

수중에 이렇게 돈이 들어오자 그녀는 흥분하여 서둘러 세인트폴 사원 근처에 있는 다턴 어린이 서점으로 가 조지가 무척이나 갖고 싶어 했던 『샌드포드와 머턴』이며 『부모님의 조수』[4]를 산 다음 책 꾸러미를 들고 합승마차 편으로 기뻐하며 집으로 돌아왔다. 그리고 공을 들여 단정한 글씨로 책날개에 "조지 오스본에게, 사랑하는 어머니의 크리스마스 선물"이라고 행복한 마음으로 적어 넣었다. 이런 책들은 그녀의 아름답고 섬세한 책날개 메모와 함께 지금도 여전히 잘 보관되어 있다.

학교에서 돌아온 조지가 볼 수 있도록 선물을 아들 책상에 위에 갖다 두려고 방을 나선 아멜리아는 복도에서 어머니와 마주쳤다. 책등에 금박을 입힌 말끔한 일곱 권의 작은 새 책을 늙은 어머니는 놓치지 않았다.

"그게 뭐니?" 어머니가 물었다.

"조지의 책이에요." 아멜리아가 대답했다. "크리스마스에 사주겠다고 약속을 했거든요."

"책이라고!" 분노한 어머니가 소리쳤다. "책이라고, 집에는 먹을 것이 하나도 없는데 책이라고! 너와 네 아들이 계속 호사스런 생활을 유지하고 아버지가 감옥에 가시지 않게 하려고 나는 내가 가진 장신구란 장신구는 죄다 팔아치웠다. 어깨에 덮고 다니던 인도산 숄부터 숟가락 하나까지 모두 다. 상인들한테 모욕을 당하지 않으려고 또 클랩 씨한테, 그이는 좋은 집주인이고 교양 있는 사람인 데다 점잖은 부모니까 이렇게 불러드려야 마땅하겠지, 집세를 내느라고 말이다. 아, 아멜리아! 넌 정말이지 그런 책이며 아들 일로 내 속을 다 뒤집어 놓는구나. 너는 그 애를 부여잡고 그 애 인생을 다 망치고 있어. 부디 너는 나처럼 은혜라곤 모르는 자식들을 키우지 않았으면 좋겠구나. 조는 늙은 제 아버지를 나 몰라라 내버리고, 너는 아버지가 돈 한 푼 없어 쩔쩔 매는 동안에도 제 친할아버지 재산을 물려받아 남부럽지 않게 살 수 있을 조지 목에 금시계를 둘러 왕처럼 학교에나 보내고 있으니." 세들리 부인은 히스테릭한 울음을 터뜨리며 신세 한탄을 마무리 지었다. 그녀의 하소연과 울음소리가 자그마한 집 전체에 울려 퍼졌기 때문에 집안의 다른 여자들 역시 그녀의 말을 토씨 하나 빼놓지 않고 모두 엿들을 수 있었다.

"아, 어머니, 어머니!" 가엾은 아멜리아가 해명했다. "어머니가 아무 말씀을 안 해주셔서, 저는, 저는 조지에게 이 책을 사주겠다고 약속했기 때문에. 저도 오늘 아침 제 숄을 팔았어요. 이 돈을 가져가세요. 이 돈을 모두 가져가세요." 그러면서 그녀는 떨리는 손으로 은화며 소중한 금화들을 꺼내 어머니 손에 쥐어주었다. 손에 다 담기지 않는 동전들이 떨어져 계단 아래로 굴러 내려갔다.

그러고 나서 아멜리아는 자신의 방으로 들어가 완전히 슬픔과 절망에 사로잡혀 주저앉고 말았다. 이제 그녀도 모든 것을 알 수 있었다. 자신의 이기심이 아이의 미래를 망치고 있다는 것을. 자신만 아이를 포기하면 아이는 돈도 사회적 지위도 제대로 된 교육도, 그리고 그 애 아버지가 자신을 위해 포기했던 그 모든 것들을 다 받을 수 있을 터인데. 단지 그녀가 동의하기만 하면, 아버지는 위신을 회복할 만큼 돈을 손에 쥘 수 있을 테고 아이는 가난에서 벗어날 수 있을 텐데. 아, 그러나 이 상처 입은 어머니의 유약하기만 한 마음에 그것은 얼마나 힘든 결정이었을 것인가!

* * *

47장
곤트가

　스타인 경의 런던 자택이 곤트 광장에 자리 잡고 있으며 그
광장에 이어진 그레이트 곤트가 한쪽 편에 죽은 피트 경이 처음
으로 레베카를 만났던 크롤리가문의 런던 자택이 자리 잡고 있
다는 것은 모두 다 아는 사실이다. 짙푸른 나무들과 담장 너머
로 곤트 광장에 서 있는 이 집 정원을 들여다보면, 우리는 불행
해 보이는 몇 명의 가정교사들이 생기 없는 얼굴의 학생들을 데
리고 정원과 민덴 전투[1]에 출전한 바 있는 곤트 경 동상이 가운
데 서 있는 쓸쓸한 잔디밭 주변을 돌고 있는 모습을 볼 수 있을
지도 모른다. 곤트 경 동상은 세 갈래로 땋은 가채를 쓴 모습이
었는데 그것만 제외하면 마치 로마 황제를 연상시키는 차림을
하고 있었다. 곤트 저택은 광장의 한쪽 면을 거의 다 차지하고
있었다. 나머지 세 면에는 이미 주인들이 다 죽고 없는 크고 음
침한 저택들, 돌이나 더 연한 붉은색 벽돌로 만들어진 창문틀을
가진 저택들이 자리 잡고 있었다. 이제 그 길고 우울한 창문들

에서 불빛이 보이는 일은 거의 없었다. 한때 이 집 문 앞에 나와 손님들을 맞곤 했던 제복 차림의 하인들과 횃불을 든 소년들 역시 이 집을 방문하던 왁자한 손님의 무리들과 함께 사라져버린 것 같았다. 그들이 횃불을 눌러 끄곤 하던 쇠로 만든 소등기(消燈器)는 아직도 층계 위 램프 옆에 자리 잡고 있었지만. 동판 위에 새긴 각종 간판들, 병원들이며 디들섹스 은행의 서부 영업점, 또 영국-유럽 연합회 같은 각종 간판들이 광장의 다른 세 면 곳곳에 침투해 들어와 음침하고 우울한 풍경을 연출하고 있었다. 그렇다고 해서 스타인 경의 저택이 그보다 더 쾌활한 풍경을 연출하고 있었던 것은 아니다. 우리가 볼 수 있는 것이라곤 앞쪽의 높은 담벼락과 녹슨 기둥에 매달린 거대한 현관문, 붉고 뚱뚱한 얼굴에 우울한 표정을 짓고 이따금 현관문 너머로 밖을 내다보곤 하는 문지기와 담벼락 너머 보이는 다락방과 침실 창문들, 그리고 요즘에는 연기가 피어오르는 일이 거의 없는 굴뚝이 전부였다. 곤트 광장의 삭막한 풍경보다는 카프리 섬이며 베수비오 화산, 바닷가의 정경을 더 좋아하는 스타인 경이 지금은 나폴리에 머물고 있었기 때문이다.

뉴 곤트가를 따라 곤트 마구간들로 이어지는 길을 몇십 야드 내려가면 그곳의 마구간 문들과 거의 구별되지 않는 작고 초라한 뒷문이 하나 있다. 내 정보원(나에게 이 장소를 알려준, 모든 것을 다 아는 톰 이브스 말이다) 말에 따르면 창문을 내린 많은 마차들이 은밀히 이 문 앞에 멈춰서곤 한다고 했다. "황태자님과 그분의 연인 페르디타²⁾ 역시 이 문을 드나드셨더랬지요." 그는 이렇게 말을 하곤 했다. "요크 공작의 연인 마리안 클라크³⁾ 역시 경과 함께 이 문을 이용하신 적이 있었고요. 그러니까 이 문이 스타인 경의 그 유명한 밀실 중 하나로 이어지는 문이랍니다. 온통 상아와 흰색 새틴으로 장식된 방이며 흑단과 검은색 벨벳으로 꾸며진 또 다른 작은 방 말입니다. 거기에는 폼페이의 살루스트 저택을 모델로 내부 장식을 하고 코스웨이[4]가 그림을 맡아 그린 작은 연회실이 하나 있고 작은 개인용 부엌도 하나 있는데 그 안의 냄비들은 모두 은으로 된 것이고 고기를 굽는 꼬챙이들은 모두 금으로 된 것이라 하죠. 오를레앙 공작이 스타인 후작과 함께 한 유명인사와 카드게임을 해 십만 파운드나 되는 돈을 따셨던 날 밤에도 공작이 바로 이 부엌에서 금꼬챙이로 자고새를 구워 드셨답니다. 그 돈의 절반은 프랑스 혁명으로 들어갔다고 하고 나머지 절반은 곤트 경의 후작 작위와 가터 훈장을 구입하는 데 들어갔다는데, 그러고도 남은 돈은……." 그러나 남은 돈이 어떻게 쓰였는지는 우리의 현재 이야기와 아무런 상관이 없다. 물론 만사를 다 알고 있는 톰 이브스는 그 돈 한 푼한 푼이 어떻게 사용되었는지, 그리고 그밖에도 또 다른 여러 사실들에 대해 얼마든지 더 이야기를 들려줄 수 있지만 말이다.

런던의 곤트 광장에 있는 저택 이외에도 스타인 경은 대영제국 내 세 왕국 곳곳에 저택과 성을 소유하고 있었는데, 우리는 이런 저택들에 대한 설명을 여행 안내서에서도 만나볼 수가 있다.—섀넌 해변 숲에 둘러싸여 있는 스트롱보 성이며, 리처드 2세가 유폐되어 있었던 카마던셔의 곤트 성, 집에 초대된 손님들의 조반상에 나갈 이백 개의 은주전자를 비롯해 다른 것들도 모두 그에 걸맞게 호화롭게 갖춰져 있다는 요크셔의 곤틀리 저택, 소박한 거주지로서 후작의 별장이기도 했던 햄프셔의 스틸브룩 저택, 또 후작이 죽자 그와 마찬가지로 이제는 죽고 없는 유명한 경매인에 의해 팔려나간 이 저택들의 아름다운 가구들, 우리도 여전히 기억하고 있는 그 가구들에 대해서도.

스타인 후작 부인은 대단히 유명하고 유서 깊은 캐멀롯 후작 칼라이언 집안 출신인데 이 가문은 브루트 왕이 영국으로 건너오기 한참 전부터 존재한 집안으로 그 시조에 해당되는 드루이드 경의 개종 이래 죽 구교를 신봉해오고 있었다. 이 집안의 장남들에게는 펜드래건이라는 칭호가 주어졌다. 그리고 기억할 수 없는 옛날부터 이 집 아들들에게는 아서, 유서, 캐러독 등의 이름이 부여됐다. 이들 중 상당수는 왕가를 위해 비밀스러운 임무를 수행하다가 목숨을 잃었는데 엘리자베스 여왕부터가 필립 공과 스코틀랜드의 메리 여왕 수하로 있으면서 여왕과 그녀의 삼촌 기즈 공들 사이에 편지를 전달하곤 했던 아서의 목을 벤 일이 있었다. 이 집안의 차남은 대공의 부관으로서 그 유명한 성 바르톨로메오 학살 사건에서 이름을 드높인 바 있었다. 메리 여왕이 유폐되어 있던 기간 내내 캐멀롯 집안은 여왕을 위한 음모에 가담했다. 이 집안은 가톨릭 성직자들을 숨겨주고, 국교를 끝끝내 거부하며 가톨릭을 옹호한 죄에 대해 엘리자베스 여왕이 부과한 막대한 벌금 및 재산 압수에 더하여 스페인의 무적함대에 맞서기 위한 군비 부담 때문에 결정적인 타격을 입었다. 제임스 1세의 통치 기간 중 이 집안 가장은 그 위대한 신학자[5]의 설교에 넘어가 잠시 자신의 종교를 저버렸는데 이 일시적 변절의 결과로 집안의 부는 오히려 얼마간 회복될 수 있었다. 그러나 찰스 왕 시절의 캐멀롯 백작은 구교에 대한 집안 대대로의 믿음을 회복했고 반란을 조장하며 그 선두에 설 스튜어트 왕가의 후손이 남아 있는 한 계속해서 구교를 위해 싸우며 일가의 몰락을 경험하기도 했다.

메리 칼라이언은 파리의 한 수녀원에서 자랐는데 프랑스의 황태자비 마리 앙투아네트가 그녀의 대모였다. 그 미모가 절정에 달했을 즈음 그녀는 당시 파리에 있던 곤트 경에게 시집을 갔다. 사람들은 이 결혼을 두고 그녀가 팔려간 것이라고 말하고들 했다. 당시 부인의 오라버니가 필리프 오를레앙 공이 연 파티들에서 곤트 경에게 노름으로 막대한 금액을 잃었기 때문이다. 들리는 소문에 따르자면 곤트 백작과 회색 기병대의 드 라 마르슈 백작 간의 그 유명한 결투는 (한때 여왕의 충복이었으며 이후에도 죽 여왕의 총애를 받았던) 드 라 마르슈 백작이 메리 칼라이언을 자신의 여인이라고 주장해서 시작된 것이라고 한다. 그러나 메리는 드 라 마르슈 백작이 결투로 인한 부상으로 누워 있는 동안 곤트 경과 결혼을 해 영국의 곤트 저택으로 왔고 잠깐 동안이긴 하지만 영국 황태자의 화려한 궁전에서 두각을 나타냈다. 폭스 경은 그녀를 위해 축배를 들었고 모리스[6]와 셰리던은 그녀에 대한 노래를 만들었다. 맘스베리 백작[7]은 할 수 있는 가장 정중한 태도로 그녀에게 절을 했으며 월폴 경[8]은 그녀를 매력적이라고 칭송했고 데번셔 공작부인[9]은 그녀를 질투하기까지 했다. 그러나 그녀는 갑자기 내던져진 런던 사교계의 그 대담한 쾌락과 활기에 겁을 집어먹어 아들을 둘 낳은 후에는 세속과 연을 끊고 조용한 성자적 생활로 은퇴했다. 그러니 세속적 쾌락을 탐닉하는 스타인 경이 결혼 후에 이 불행하고 겁 많은, 말 수가 적은 데다 미신을 숭앙하는 부인과 별로 얼굴을 마주하는 일이 없는 것도 이해 못할 바는 아니었다.

앞서도 말한 바 있는 톰 이브스(그러나 런던의 모든 유명 인사들과 그들 집안의 일을 낱낱이 알고 있다는 사실만 제외하면 그는 현재의 이야기와 아무런 상관이 없다.)는 사실인지 아닌지 모르겠으나 스타인 부인에 대해 또 다른 정보들도 제공했다. "그녀가 자기 집에서 겪어야 했던 그 수치와 치욕은 말입니다."

그는 이렇게 말하곤 했다. "정말 끔찍한 것이었답니다. 스타인 경은 부인을 크래컨베리 경 부인, 치프넘 부인, 또 프랑스 서기관 부인인 드 라 크뤼슈카세 부인 같은 사람들과 같은 테이블에 앉게 했는데 저라면 제 아내를 그런 이들과 어울리게 할 바에는 차라리 목숨을 포기하고 말겠어요."(그러나 사실 톰 이브스는 이런 부인들 중 누구하고든 안면을 트기 위해서라면 아내를 기꺼이 팔아먹을 위인이었으며 이들에게 절을 한번 하거나 식사를 함께할 수 있다면 이를 최고의 영광으로 생각했을 위인이었다.) "그러니까 한마디로 그때그때 가장 경의 총애를 받던 부인들과 말이에요. 그런데, 선생님 부르봉가만큼이나 자긍심 높은 가문 출신의 부인이, 사실 부인 입장에서 보자면 스타인가 같은 건 어쩌다 벼락출세를 한 가문으로서 부리는 하인들보다 나을 것이 없는데(어쨌건 간에 그들은 유서 깊은 곤트가문의 직계 후손이 아니라 뿌리도 분명치 않은 방계 혈족 중 하나니까요.), 그러니까 선생님은(이 지점에서 독자 여러분은 이 말을 하고 있는 것이 내가 아니라 톰 이브스라는 사실을 분명히 기억하셔야 할 것이다.), 영국에서도 가장 도도한 스타인 후작 부인이 아무 이유도 없이 남편에게 그렇게 순종적으로 허리를 굽히며 굴종을 감수할 거라고 생각하시겠습니까? 푸! 제가 그 비밀을 다 말씀드리지요. 사실 프랑스 혁명 후 망명 시절 영국에 머무르며 퓌사예 및 탱테니아크와 함께 키브롱 전투에 가담했던 아베 드 라 마르슈 경은 1786년에 스타인 경과 결투를 치렀던 회색 기병대의 바로 그 드 라 마르슈 백작이었답니다. 그와 스타인 부인이 영국에서 다시 만난 것이지요. 그리고 그 기병대 출신 신부가 영국에서 총에 맞아 죽고 난 후부터 부인의 지금까지 계속되는 그 극단적인 신앙생활이 시작된 것입니다. 부인은 매일 자기만의 기도실에서 신부님을 영접하고 아침마다 스페인 대사관에 딸린 가톨릭 성당으로 가 미사를 올립니다. 저도 그곳에서 부인을 뵌 적이 있었지요. 우연히 그곳을 지난 일이 있었거든요. 부인의 그런 신앙생활에는 뭔가 비밀이 있는 것이 틀림없죠. 뭔가 뉘우칠 일이 없는 사람들이 그렇게까지 불행하기란 쉽지 않은 일이니까요." 톰은 알 만하지 않느냐는 듯 머리를 끄덕이며 덧붙였다. "그리고 또 후작에게 뭔가 약점을 잡힐 만한 일이 없었다면, 그녀가 그렇게 굴종적인 삶을 살 리가 없다는 것도 분명한 일이지요."

그러니 만일 이브스의 정보가 정확한 것이라면 이 귀부인은 그 고귀한 신분에도 불구하고 남모를 숱한 모욕들을 견뎌야만 했으며 그 평온한 얼굴 아래 비밀스러운 슬픔들을 적잖이 감추고 있었음에 틀림없다. 그러니, 귀족 명단에 이름을 올려보지 못한 나의 형제들이여, 우리보다 높은 신분의 사람들도 얼마나 큰 불행을 안고 있을 수 있는지를 생각하며, 또 새틴 방석에 앉아 금접시에 음식을 담아 먹는 다모클레스 역시 소름 끼치는 품새로 아름답게 수놓인 휘장 뒤에 숨어 호시탐탐 바깥을 내다보는 빚쟁이 혹은 유전병이나 숨겨진 가족의 비밀 같은 불행들이 이제나저제나 머리 위로 떨어질 무서운 칼날처럼 그를 노리고 있다고 생각하며 마음을 달래어보기로 하자.

그뿐만이 아니다. (이브스가 늘 주장하는 바에 따르면) 가난한 사람은 돈 많고 지위 높은 사람들과 비교해 그들에게 없는 이점을 가지고 있다고 한다. 물려주거나 물려받을 재산이 거의 없거나 아주 없는 이들은 아버지 혹은 아들과 좋은 관계를 유지할 수 있는 데 반해 스타인 경처럼 대단한 부와 지위를 가진 이들은 당연히 자신의 왕국에서 손을 떼는 것, 또 다른 이가 그것을 차지하는 것을 참기 어려우며 고운 시선으로 그것을 바라보기 어렵기 때문이다. 그래서 이 냉소적인 노인네 이브스는 노상 "명망가의 맏아들과 아버지는 언제나 서로를 미워하는 것이 정해진 이치지요"라고 말하곤 했다. "왕위를 물려받을 자는 언제나 왕위를 지닌 자에 반발하며 그 자리를 노리기 마련이니까요. 셰익스피어는 정말이지 세상을 정확하게 알고 있었어요. 아버지의 왕관을 써보는 할 왕자[10] (곤트가문은 자신들이 할 왕자의 후손인 양 꾸미고 다니지만 사실 선생님만큼도 존 곤트와 아무 관련이 없답니다.)의 묘사는 모든 후계자들의 욕망을 적나라하게 보여주니까요. 아, 선생님 역시 하루에 천 파운드의 수입과 공작 칭호를 받게 될 후계자시라면 하루 빨리 그걸 손에 넣고 싶지 않으시겠어요? 푸! 그러니 자기 아버지에게 이런 감정을 느껴본 명망가의 자식들이 자기 아들 역시 자신에게 같은 감정을 품으리라는 사실을 모를 수가 없는 것이죠. 그래서 아들을 의심하고 적대심을 품는 겁니다. 게다가 맏아들이 동생들에게 품는 감정은 또 어떻습니까. 선생님도 모든 맏아들이 남동생들을 타고난 적으로 생각한다는 것을 모르시지 않겠지요. 마땅히 자기 몫이 되어야 할 현금이며 재산을 빼앗아 갈 존재들이니까요. 저는 바자제 경의 맏아들 조지 맥터크 경이 자신이 작위를 물려받아 무엇이든 뜻대로 할 수 있게 되면 술탄들처럼 즉시 남동생들의 목을 베어 모든 재산을 자기 것으로 만들 거라고 말하는 것을 자주 들었습죠. 집집마다 차이는 있겠지만, 대부분이 다 이런 실정이란 말씀입니다. 그러니 그들 모두가 심성에 있어서는 야만적인 터키족과 하나 다를 것이 없다 이 말입니다. 푸! 선생님, 그들은 세상 돌아가는 이치를 빤히 알고 있으니까요." 이렇게 말을 하고 있을 때 마침 신분 높은 인사 하나가 이쪽으로 다가오자 톰은 즉시 모자를 벗어 들더니 절을 하고 미소를 지으며 그쪽을 향해 달려갔는데 그 모습을 보아하니 그 역시 세상 돌아가는 이치를, 그러니까 톰 이브스 방식의 세상살이 이치를 잘 알고 있는 것 같았다. 재산을 한 푼도 남김없이 연금식 저축에 넣은 그는 조카나 질녀에게 악의를 품을 일도 없었고 자기보다 잘사는 이들에 대해서도 그저 한 번 그들과 같은 식탁에 앉아보고 싶다는 한결 같이 간절한 욕망 이외에 딱히 다른 마음을 품을 일이 없었다.

자녀들에 대한 후작 부인의 자연스러운 모성애는 종교 차이에서 비롯된 잔인한 장벽으로 방해받고 있었다. 아들들을 향한 그녀의 사랑은 이 소심하고 경건한 부인을 더욱 더 불행하고 두렵게 만들었다. 그들 사이를 나누고 있는 간극은 치명적이고 돌이킬 수 없는 것이었다. 그녀는 그 장벽 너머로 자신의 약한 손을 뻗을 수도, 자신의 신앙심이 위험하다고 경고하는 곳으로부터 아이들을 안전한 이쪽으로 데려올 수도 없었다. 아이들이 아직 어렸을 때 훌륭한 학자이자 아마추어 신학자이기도 했던 스타인 경은 가정교사인 트레일 목사와(지금은 일링의 대주교로 계시지만) 후작 부인의 종교 지도인 몰 신부를 맞서게 해 옥스퍼드 출신과 아쉴 예수교 학교 출신의 논쟁을 지켜보는 것을 시골 저택에서 저녁을 든 후 와인을 한잔 하는 시간의 가장 큰 도락으로 삼았다. 그는 이럴 때면 차례로 "멋진데, 라티메르[11], 근사해요, 로욜라[12]!"라고 외쳐댔다. 그는 몰 신부에게 개종을 하기만 하면 대주교 자리를 주겠다고 약속을 하는가 하면 트레일 목사에게도 개종을 하기만 하면 추기경 자리에 앉을 수 있도록 모든 영향력을 발휘해 보겠다고 약속을 하곤 했다. 그러나 두 성직자 모두 자신의 믿음을 저버리지 않았다. 다정한 어머니인 공작 부인은 가장 귀여워하는 둘째 아들만이라도 자신의 종교로, 아이의 모태신앙이기도 한 구교로 돌아오기를 바랐지만 이 신실한 부인을 기다리고 있는 것은 몸서리나게 슬픈 실망과 좌절, 잘못된 결혼에 대한 벌인지도 모를 실망과 좌절뿐이었다.

귀족 명단을 자주 보는 사람이라면 누구나 익히 알겠지만 이 집의 맏아들 곤트 경은 이 진실한 이야기의 앞부분에서 이미 언급된 바 있었던 바르아크르 백작의 영애 블랑슈 티슬우드 양과 결혼했다. 곤트 저택의 일부가 이 부부의 공간으로 배정되었다. 이 집의 가장 스타인 경은 모두를 다스리려 했고 자신이 가장으로 있는 동안은 절대적 권력을 행사하려 들었기 때문에 아들이자 후계자이기도 한 맏아들은 집에서 시간을 보내는 일이 거의 없다시피 했다. 아내하고도 사이가 좋지 않은 그는 아버지가 주는 얼마 안 되는 용돈으로 도저히 충당할 수 없는 자신의 지출을 감당하기 위해 아버지가 돌아가신 후 지불하겠다는 차용증서를 남발해 돈을 빌려 썼다. 스타인 경은 아들이 진 빚에 대해 한 푼도 빠짐없이 낱낱이 알고 있었다. 후작이 죽은 후 알려진 사실이지만, 그는 이 차용증서들을 적잖이 구입해 가지고 있다가 이익이 될 거라며 차남의 아이들 앞으로 이 증서를 넘겨주었다고 한다.

이 집의 장자 곤트 경에게는 실로 안타까운 일이었으며 그의 최대 적수인 아버지 스타인 경에게는 고소하기 그지없는 일이었는데 곤트 부인에게는 아이가 생기지 않았다. 그래서 외교관으로 비엔나에 머무르며 왈츠를 추는 데 여념이 없던 조지 곤트가 런던으로 소환되어 스레드니들 가의 존스 브라운 로빈슨 은행의 은행장이며 헬벨린 초대 남작이기도 한 존 존스의 무남독녀 외동딸 조앤 양과 결혼을 해 양가의 결합을 성사시켰다. 이 결혼에서는 여러 명의 아들딸들이 태어났는데 그들이 무엇을 했는지는 현재의 이야기와 하등 관련이 없으므로 생략하기로 하자.

처음에 이 결혼은 행복하고 유망한 것이었다. 차남 조지 곤트는 읽고 쓰는 능력이 뛰어났으며 프랑스어도 제법 유창하게 말할 수 있었고 왈츠로는 유럽에서 둘째라가면 서러울 만큼 훌륭한 춤꾼이기도 했다. 이렇게 재능이 있고 본국에서도 그에게 관심을 두고 있으니 그가 크게 출세를 할 것은 의심할 여지없는 사실처럼 보였다. 그의 아내는 궁전들을 자신의 무대로 생각했고, 막대한 재산 덕에 남편의 외교관 업무 때문에 방문한 유럽 각국의 도시들에서 성대한 파티를 열어 손님을 접대할 수도 있었다. 그가 곧 공사로 임명될 것이라는 소문이 돌았는데 트래블러스 클럽에서는 그의 임명을 두고 내기들을 걸기도 했다. 그런데 그즈음 이 외교관의 기이한 행동에 대한 소문들이 떠돌기 시작했다. 상관이 베푼 성대한 외교 만찬에서 그가 갑자기 벌떡 일어나더니 거위 간 파이에 독이 들어 있다고 소리를 질렀다는 것이었다. 그는 또 바이에른의 공사 스프링보크 호헨라우펜 백작이 호텔에서 연 무도회에 머리를 박박 민 채 프란체스코파의 카푸친 수도회 수사 복장으로 나타나기도 했다. 그것이 가장무도회였다고 생각하고 싶은 사람도 있겠지만 사실은 그렇지가 않았다. 좀 이상하다고, 사람들은 수군거리기 시작했다. 그랬다. 사실은 그의 외할아버지도 그랬다. 가족 내력이었던 것이다.

그의 아내와 자녀들은 영국으로 돌아와 곤트 저택에 짐을 풀었다. 조지 경은 유럽 대륙에서의 관직을 사퇴하고 브라질로 갔다는 소식이 관보를 통해 전해졌다. 그러나 사람들은 그것이 사실이 아니라는 것을 알고 있었다. 그는 결코 브라질 파견에서 돌아오지 않았다. 그곳에서 죽은 것도 아직 그곳에 살고 있는 것도 아니었다. 사실 처음부터 그곳에 간 적도 없었다. 그는 어디에도 없었다. 완전히 사라져버린 것이었다. "브라질이라니." 사람들은 비웃으며 서로에게 말했다. "그 브라질이란 곳이 사실은 세인트존 숲[13]을 말하는 거야. 리우데자네이루는 네 벽으로 둘러싸인 오두막이고 말이야. 조지 곤트는 거기서 맘대로 움직이지 못하게 구속복을 입고 경비원의 감시 아래 갇혀 있지." 이것이 허영의 시장에서 사람들이 그에 대해 떠들어대는 일종의 묘비명 같은 구설수의 내용이었다.

한 주에 두세 번, 아주 이른 새벽, 가엾은 그의 어머니는 자신의 죄를 안고 태어난 가엾은 병자 아들을 보러 그곳을 찾아갔다. 때로 그는 어머니를 보고 웃음을 터뜨렸다.(우는 것보다 그가 웃는 모습을 보는 것이 실은 훨씬 더 마음 아픈 일이었는데.) 때로 이 어머니는 한때 비엔나 회의의 촉망받는 멋쟁이 외교관이었던 아들이 아이들 장난감을 질질 끌고 다니거나 경비원 아이의 인형을 어르고 있는 모습을 발견할 때도 있었다. 그는 때로 어머니나 어머니의 종교 지도자이자 동반자로서 함께 그를 방문한 몰 신부를 알아볼 때도 있었지만 대부분의 경우 아내나 아이들, 자신의 사랑이며 야망, 허영에 대해서와 마찬가지로 그들을 전혀 기억하지 못했다. 그러나 그는 식사 시간만은 정확하게 기억했으며 물을 섞은 와인이 진하지 않으면 울음을 터뜨리곤 했다.

그것은 알 수 없는 혈통상의 문제였다. 가엾은 어머니는 자신의 오래된 가문으로부터 유전병을 옮겨 왔던 것이었다. 이 무서운 악마는 스타인 부인이 죄를 짓기 전부터, 그녀가 참회를 위해 금식과 눈물의 나날을 보내기 전부터 이미 그녀의 친가 쪽에서 한두 번 모습을 드러낸 바 있었다. 태어나자마자 죽어야 했던 이집트 파라오의 장자처럼 이 집안의 자긍심 역시 저주를 받고 말았다. 저주와 불운이라는 어두운 표식이 보관(寶冠)과 문장으로 장식된 이 집의 유서 깊은 문지방 위에 새겨져 있었던 것이다.

그사이 아버지가 없이도 조지 경의 아이들은 자신들을 덮고 있는 어두운 그림자를 조금도 의식하지 못한 채 명랑하게 재잘거리며 자라고 있었다. 처음에는 아버지에 대해 종종 이야기를 하고 아버지가 왜 돌아오시지 않는지 이런저런 이유들을 생각해보기도 했던 아이들 역시 차츰 살아 있으되 죽은 것이나 다름없는 이 사내의 이름을 점점 언급하지 않게 되었으며 결국은 전혀 입에 담지 않게 되었다. 그러나 깊은 마음의 상처를 입은 할머니는 이 아이들이 아버지의 재능과 명예만이 아니라 수치스러운 병 역시 물려받을지 모른다는 생각에 몸을 떨며 끔찍한 조상의 저주가 아이들 위에 떨어질 날을 몸서리치는 심정으로 예비하고 있었다.

스타인 경 역시 같은 불안과 공포에 시달리고 있었다. 시끌벅적한 연회와 와인의 바다에 빠져 침대 옆의 그 무서운 귀신을 잊으려고도 해보고 때로는 사람들 무리나 쾌락의 추구로 그 귀신을 외면하려고도 해보았다. 그러나 다시 혼자가 되면 그 귀신은 영락없이 그에게 돌아왔다. 그것도 세월이 흐를수록 더욱더 무서운 모습으로. "난 이미 네 아들놈을 데려갔지." 그놈은 이렇게 말을 했다. "너라고 못 데려갈 것 같으냐? 너 역시 언젠가는 네 아들 조지처럼 외딴 방에 갇혀 살게 만들지 못할 것 같으냐 말이다. 내일이라도 내가 네 머리를 한 번 치면 쾌락이고 명예고 향연이고 미인이고 친구고 아첨이고 프랑스 요리사들이고 멋진 말이고 집이고 죄 사라져버리고 대신 외딴 방 한 칸에, 감시원, 조지 곤트가 쓰는 것과 같은 짚을 넣은 침대만 갖게 되는 거야." 후작은 이렇게 그를 위협하는 유령에 맞서 싸웠다. 잠시나마 유령을 물리칠 방법들을 알고 있었기 때문이다.

그러니 오래된 보관과 문장들로 장식된 곤트 저택의 크고 으리으리하게 조각된 현관문 뒤에 틀림없이 부와 명성은 있었을망정 대단한 행복이랄 것은 없었다고 해야 할 것이다. 그 집에서 열리는 파티들은 런던에서 가장 성대한 것이었지만 스타인 경의 식탁에 앉아 있는 손님들 이외에는 딱히 특별하달 것도 없었다. 그가 저명한 귀족이 아니었더라면 아마 그를 방문하는 사람도 없었을 것이다. 그러나 허영의 시장에서 신분 높은 귀족들의 허물은 아주 하찮게 여겨지는 법이다. (프랑스 귀부인의 말처럼) 후작처럼 훌륭한 분을 비난하기 전에 "한 번 더 생각을 해봐야만" 하는 것이다. 신랄한 비평가나 트집 잡기 좋아하는 도덕주의자들이라면 스타인 경에게 불만을 품을지도 모르겠다. 그러나 그들 역시 혹 후작의 초대를 받는다면 기뻐 어쩔 줄 모르며 경의 댁을 방문할 것이 틀림없다.

"스타인 경은 정말이지 행실이 좋지 않아요." 슬링스톤 경 부인은 이렇게 말을 했다. "하지만 모두들 그 집엘 가거든. 물론 난 내 딸들을 단단히 간수할 생각이지만." 또 대주교의 건강상태가 위태롭다는 것을 떠올리며 트레일 목사는 "난 내 인생을 통째로 후작님께 빚진 사람이오. 모든 것이 후작님 덕이었으니까"라고 말하기도 했다. 트레일 부인과 젊은 딸들 역시 후작의 파티를 놓치느니 예배에 가지 못하는 것이 낫다고 생각할 정도였다. "그는 행실이 좋지 않아." 어머니에게 곤트 저택에서 벌어지는 무시무시한 일들에 대한 이야기를 듣고 오빠에게 완곡한 충고의 말을 하기 위해 찾아온 누이동생에게 젊은 사우스다운 경은 이렇게 말을 했다. "하지만, 그러면 어때. 경의 집에는 유럽에서 제일가는 백포도주가 있는데!" 그리고 준남작 피트 크롤리 경, 반듯한 행동의 교범이라 할 그는 어땠나 하면, 선교사 모임을 이끌기도 했던 그 역시 단 한 번도 스타인 경의 초대를 거절할 생각은 해보지 않았다. "그곳에 가면 틀림없이 일링 주교나 슬링스톤 백작 부인 같은 분들을 만나볼 수 있을 거요. 여보." 준남작은 아내에게 이렇게 말을 했다. "그러니 우리에게 해될 것은 없지. 스타인 경처럼 높은 지위와 신분을 가진 분들은 우리 같은 사람들에게 명령을 내릴 수 있는 법이니까. 한 군의 수장이라는 건 굉장한 직위거든. 게다가 난 젊은 시절 조지 곤트와 친하게 지냈다오. 펌퍼니켈 공사관에서 함께 일할 당시 그가 내 밑에 있었거든."

그러니까, 모든 이들, 초대를 받은 모든 이들이 이 명망 높은 인사를 알현하려 그 집을 찾아갔다. 이 글을 읽는 여러분이나 (부디 아니라고는 하지 마시기를) 이 글을 쓰는 나 역시 초대만 받았더라면 그렇게 했을 것처럼 말이다.

48장
독자들, 최고의 사회로 초대되다

시댁 가장에 대한 베키의 충성과 상냥함은 마침내 그에 상응하는 큰 보상을 받게 되었다. 손에 쥘 수 있는 것은 아니었지만 그것은 이 작은 여인이 그 어떤 물질적 이익보다 더 열렬히 원했던 보상이었다. 실제로 정숙한 여인의 삶을 살고 싶지는 않았을지 몰라도 그녀는 적어도 정숙하다는 세상의 평판만은 확보하고 싶었다. 그러나 다들 알고 있듯이 상류사회의 그 어떤 귀부인도 긴 옷자락을 끌고 깃털 장식을 단 채 궁전에서 폐하를 알현하기 전에는 자신의 덕을 공식으로 인증받을 수 없는 법이다. 그 엄숙한 배알을 통해 그들은 비로소 정숙한 여인의 증표를 얻게 된다. 폐하를 모시는 시종 장관들이 그들에게 정숙한 여인이라는 증명서를 발급하는 것이다. 검역소에서 뭔가 의심스러운 물건이나 편지 등을 열가마에 넣었다 꺼내고 또 소독용 식초를 뿌린 후에 이제 깨끗하다고 선언하는 것처럼 행실이 바르지 못하다는 평을 듣거나 다른 부인들에게 나쁜 영향을 줄 수 있다고 간주되는 여인들 역시 폐하를 알현하는 시험, 그들을 정화시켜 줄 그 시험을 통과하기만 하면 모든 누명을 벗고 다시 정숙한 여인으로 인정을 받을 수가 있었다.

바르아크르 백작 부인과 터프토 장군 부인, 시골의 뷰트 크롤리 부인, 또 그 외에도 로던 크롤리 부인을 알고 있는 다른 모든 부인들이 이 교활한 작은 모험가가 국왕을 배알해 그 앞에 절을 올린다는 생각에 불쾌감을 드러내며 어처구니없어 하는 것, 또 덕망 높은 샬럿 왕비님이 살아 계셨다면 **결코** 그렇게 정숙치 못한 여인을 순결한 접객실에 들이지 않으셨을 것이라고 단언하는 것도 이해 못할 바는 아니다. 그러나 유럽 제일의 신사인 국왕 폐하 앞에서 로던 부인이 시험을 통과해 정숙을 인증받은 이상, 더 이상 그녀의 덕을 의심하는 것은 폐하에 대한 불충일 뿐이라는 사실을 우리는 기억해야 할 것이다. 나는 경애와 존경의 마음으로 그 위대한 역사적 인물을 다시 한 번 떠올려 본다. 아, 이 제국의 가장 학식 높고 교양 있는 인사들의 한결 같은 요청으로 이 거룩한, 만인의 존경을 받는 폐하께 왕국 최고의 신사[1] 라는 칭호가 주어졌을 때 그분을 배알하는 것은 부인들에게 얼마나 큰 명예가 되었을 것인가. 젊은 시절의 친구였던 M 군[2], 자네는 기억하는가? 이십오 년 전의 그 축복받은 날 밤, 엘리스턴이 무대감독을 하고 다우턴과 리스턴이 배우로 출연했던 「위선자」 공연을 보기 위해 두 소년이 슬로터 하우스 학교[3]의 엄격한 사감 선생님들에게 외출 허가를 얻어 드루리 레인 극장에 폐하를 뵙기 위해 모여 있던 군중 사이에 끼었던 일을? 그래, 국왕 폐하가 그곳에 계셨지! 폐하의 좌석 앞으로 근위병들이 있었고 (폐하의 화장방[4]을 담당하는) 스타인 후작과 다른 고위 관료들이 그분 뒤에 자리 잡고 있었어. 폐하가 그곳에 계셨어. 훈장으로 뒤덮인 의장에 윤기 나는 곱슬머리의 폐하가. 혈색이 좋고 풍채는 또 얼마나 당당하셨던지. 우리는 목이 터져라「신이여 폐하를 축복하소서」를 불러대지 않았나! 무대 안의 모든 사람들이 얼마나 소리 높여 그 웅장한 곡을 함께 불렀던가 말이야. 사람들은 환호하고 울음을 터뜨리고 손수건을 흔들었지. 부인네들은 흐느끼고 엄마들은 아이 손을 쥐었으며 어떤 이들은 너무 흥분하고 감격한 나머지 기절까지 했고. 몸을 비틀며 소리를 질러대는 사람들 사이로 비명과 신음 소리가 들려오고 그 난리 통에 객석의 사람들은 거의 질식해 죽을 지경이었으니 참말이지 폐하를 위해 목숨이라도 바칠 준비가 되어 있다는 사실을 그 자리에서 보여준 셈이나 다름없었지. 그래, 우리는 그분을 뵈었어. 운명의 신이라도 그 사실만은 어떻게 할 수 없을 거야. 나폴레옹을 봤다는 사람도 있고, 프리드리히 대왕이며, 존슨 박사, 마리 앙투아네트 왕비 등을 본 사람들도 여전히 몇몇 살아 있지만 우리는 선하고, 훌륭한, 위대하신 조지 폐하를 뵈었다는 사실을 두고두고 손자들에게 자랑해 마땅할 걸세.

각설하고, 로던 크롤리 부인에게도 그런 축복의 날이 왔다. 형님 제인을 대모 삼아 이 천사 역시 그렇게 갈망해온 궁전이라는 천국에 발을 들일 수 있게 되었던 것이다. 알현식 날, 피트 경과 그의 아내는 (군수로 임명될 것에 대비해 준남작이 막 새로 맞춘) 웅장한 가족용 마차를 타고 커즌가의 작은 집으로 찾아왔다. 자신의 식료품상에서 이 모습을 지켜본 래글스는 마차 안의 멋진 깃털 장식이며 새로 맞춘 제복을 입은 하인들의 가슴에 달린 거대한 꽃 장식 같은 것에 깊이 감명을 받아 그간의 의심을 반성했다.

번쩍이는 제복을 입은 피트 경이 마차에서 내리더니 다리 사이로 검을 늘어뜨린 채 커즌가 저택으로 들어섰다. 어린 로던은 객실 유리창에 얼굴을 대고 마차 안의 큰어머니에게 열심히 고개를 끄덕이며 인사를 했다. 곧 피트 경이 하얀 숄을 덮고 멋진 깃털로 장식한, 최고급 천으로 만든 드레스 치맛자락을 우아하게 잡은 귀부인과 함께 다시 모습을 드러냈다. 그녀는 마치 공주나 되는 듯, 그리고 궁전에 늘 익히 드나들었다는 듯 마차 안으로 들어서며 문 앞의 하인과 그녀를 따라 마차 안으로 들어온 피트 경을 향해 우아한 미소를 지었다.

그 뒤로 이제 너무 낡고 작아져 꽉 끼는 근위대 제복을 입은 로던이 따라왔다. 원래 그는 전세 마차로 일행을 따라가, 궁에는 들어가지도 못하고 밖에서 폐하를 향해 인사나 하고 가야 할 형편이었으나 마음씨 고운 형수가 가족이 함께 가야만 한다고 주장해 마차에 합류할 수 있었다. 마차는 충분히 컸고, 숙녀들은 덩치가 크지 않았으며 치맛자락을 위로 말아 올리고 해서 마침내 이 넷은 우애 좋은 모습으로 함께 출발할 수 있었다. 마차는 곧 피커딜리와 세인트제임스가를 지나 브라운슈바이크 공국의 성군[5]이 신분 높은 방문객들을 기다리고 있는 오래된 벽돌 궁전을 향해 달려가는 다른 귀족들의 마차 행렬에 합류했다.

베키는 자신이 마침내 이렇게 고귀한 명예를 확보했다는 사실에 가슴이 터질 듯 고양되었으며 창밖의 사람들에게 축복을 해줘야 할 것 같은 기분마저 들었다. 우리의 베키도 이런 약점을 가지고 있었던 것이다. 사실 다른 사람들은 별로 인정해주지 않는 자질을 무척 자랑스럽게 생각하는 사람들을 만나는 것은 어렵지 않은 일이다. 예를 들어 희극배우 코머스는 자신이 영국 최고의 비극배우라고 굳게 믿고 있는가 하면, 유명한 소설가 브라운은 천재적인 문인으로서가 아니라 최고의 멋쟁이로 인정받기를 갈망하기도 한다. 또 위대한 변호사 로빈슨이 웨스트민스터 홀에서의 명성 따위에는 신경도 쓰지 않으면서 장애물 넘기 경기에서는 영국에서 자신을 당할 자가 없다고 생각하는 것처럼, 베키 역시 순결하고 덕 있는 부인이 되는 것, 또 다른 사람들로부터 그 사실을 인정받는 것을 인생의 목적으로 삼았다. 실제로 그녀는 놀랄 만큼 부지런히, 즐겁게, 그리고 성공적으로 귀부인 흉내를 내기도 했다. 우리는 앞서 이미 그녀가 자신을 귀부인이라고 믿으면서 정작 집안 서랍에는 돈 한 푼 없고 현관문 앞에는 빚쟁이들이며 어르고 달래어야 할 장사꾼들이 득실거린다는 사실을 종종 까맣게 잊곤 한다는 사실을, 다시 말해 자신이 딛고 설 기반을 전혀 가지고 있지 않다는 사실을 완전히 잊곤 한다는 사실을 이야기한 바 있다. 가족 마차를 타고 궁전으로 가면서 베키가 얼마나 완전히 자기만족에 빠져 도도하고 고상한 태도를 취했던지 제인마저도 그 모습에 실소를 금할 수 없을 지경이었다. 그녀는 여왕이라도 된 듯 고개를 들고 왕궁으로 걸어 들어갔는데, 나는 그녀가 정말 여왕 자리를 차지했다 하더라도 그 역할을 완벽하게 소화해 냈을 것이라 믿어 의심치 않는다.

우리는 로던 크롤리 부인이 폐하를 뵐 당시 입었던 궁전 예복이 가장 우아하고 아름다운 것이었다고 당당히 주장해도 좋을 것이다. 훈장과 수장을 달고 세인트제임스 궁의 연회에 참석했던 사람들이나 진흙 묻은 장화를 신고 펠맬가 주위를 어슬렁거리며 깃털 장식을 한 신분 높은 인사들이 타고 가는 마차 안을 훔쳐본 사람들 모두가 접견식 날 오후 2시경, 레이스 장식 재킷을 입은 근위병 무리가 크림색 말을 타고 연주대 위에서 개선행진곡을 연주할 때 그곳을 지나가는 귀부인들을, 그렇게 환한 낮 시간에는 전혀 사랑스럽지도 매력적이지도 않은 귀부인들을 본적이 있을 것이다. 예순이 다 된 뚱뚱한 백작 부인들이 등과 가슴이 훤히 드러나는 드레스를 입고, 분칠을 하고, 축 처진 눈꺼풀에까지 연지를 덕지덕지 바르고 가발에는 번쩍이는 다이아몬드 장식품을 달고 다니는 광경은 나름의 교훈을 주는 것으로서 나쁘다고만 할 수는 없겠지만 결코 보기 광경이라고는 할 수 없다. 그녀들의 얼굴은 절반쯤은 이미 꺼져버린, 그리고 나머지 절반 역시 터오는 여명 앞에 사라지고 말 유령처럼 희미하기만 한 이른 새벽 세인트제임스가의 가로등처럼 창백했다. 그런 귀부인의 마차가 지나갈 때 힐끗 곁눈질로 훔쳐볼 수 있는 그녀들의 매력은 밤에만 빛나는 매력이다. 요새도 겨울철이면 흔히 볼 수 있지만, 낮에 나온 달님도 반대쪽 하늘에서 해님이 바라보면 당황해 창백하게 얼굴빛이 변하고 마는데, 하물며 나이 든 캐슬몰디 백작 부인이 어떻게 마차 창문 가득히 들어오는 햇살을 받으며 얼굴을 꼿꼿이 들고 세월이 얼굴에 아로새긴 주름들을 대놓고 드러낼 수 있겠는가! 안될 일이다. 접견은 오직 11월의 첫 번째 안개 낀 날에 이루어져야 한다. 그러지 않으면 허영의 시장 내 나이 든 귀부인들은 모두 문을 꼭꼭 틀어막은 마차를 타고 와서 휘장이 쳐진 길을 따라 눈부신 조명의 도움 아래 국왕 폐하를 알현해야만 할 것이기 때문이다.

그러나 우리의 사랑스러운 레베카는 미를 과시하기 위해 그런 친절한 후광의 도움을 받을 필요가 전혀 없었다. 그녀의 안색은 아무리 환한 햇살 아래에서도 그 빛을 잃지 않았고 의상 역시, 물론 지금 본다면 허영의 시장에 사는 그 어떤 숙녀라도 우스꽝스럽고 볼썽사나운 것이라 평할 것이 틀림없지만, 지금으로부터 이십오 년 전 당시에는 본인이나 대중 모두에게 당시 사교계 최고의 미인이 입은 가장 멋진 의상에 못지않게 멋지고 우아한 의상으로 평가되었다. 그러나 이십여 년만 지나면, 그렇게 멋지다고 칭송을 받았던 의상 역시 다른 모든 허영들과 함께 우스꽝스럽고 볼썽사나운 것이 되고 마는 것이다. 아, 하지만, 또 이야기가 너무 샛길로 빠진 것 같다. 어쨌든 그 기념비적인 접견식 날 로던 부인이 입었던 의상은 대단히 매력적인 것이었다고 보도되었다. 마음씨 고운 제인 역시 동서를 보며 그 옷이 불러일으키는 효과를 인정하지 않을 수 없었다. 그녀는 또 자신이 분명 취향으로는 로던 부인을 따라갈 수 없다는 사실 역시 쓸쓸한 마음으로 받아들여야만 했다.

그러나 제인은 로던 부인이 그 의상에 얼마나 신경을 쓰고 긴긴 시간 고민하며 자신의 천재성을 쏟아 부었는지 알지 못했다. 레베카는 유럽의 그 어떤 의류상에도 지지 않을 세련된 안목을 가지고 있었으며 제인 같은 이는 상상도 못할 만큼 교활하게 일을 처리하는 법을 알고 있었다. 제인은 힐끗 베키가 입은 드레스의 그 멋진 치맛자락이며 드레스에 달린 눈부신 레이스를 바라보았다.

베키는 그 치마가 오래된 천으로 만든 것이며 레이스는 헐값에 구한 것이라고 말했다. 둘 다 아주 오래전부터 가지고 있던 것이라고 덧붙이면서.

"크롤리 부인, 그것 돈이 꽤 들었겠어요." 제인은 베키 것만큼 질이 좋지 않은 자신의 레이스를 내려다보며 말했다. 그런 다음 로던 부인의 궁전용 드레스 천을, 무척 오래된 것이라는 그 천을 찬찬히 바라보며 제인은 자신은 그렇게 좋은 천을 살 만한 여유가 없다고 말하고 싶은 것을 간신히 꾹 참았다. 동서에게 그런 말을 하는 것은 너무 인정머리 없는 짓인 것 같았기 때문이었다.

　그러나 제인이 진상을 모두 알았다면, 나는 다정한 그 기질에
도 불구하고 그녀가 결코 분노를 참지 못했을 것이라고 생각한
다. 사실, 피트 경의 런던 저택을 정리하는 동안 로던 부인은 낡
은 옷장 서랍에게 그 옷과 레이스를 발견했다. 그것들은 이 집
안 이전 안주인들의 물건이었다. 베키는 남몰래 그것들을 집으
로 가져와 자신의 자그마한 체구에 맞도록 자르고 재단해 그것
을 고쳐 입었다. 브리그스는 베키가 옷들을 가지고 가는 것을
보았지만 아무런 질문도, 논평도 하지 않았다. 그러나 나는 아마
도 그녀가 이 일로 베키를 퍽 동정했을 것이라고 생각한다. 다
른 많은 정직한 여인들 역시 그렇겠지만.

　그녀의 남편 로던은 또 "여보, 베키, 그 다이아몬드는 어디서
난 거요?"라며, 전에 보지 못한 그 보석들, 아내의 귓불과 목에
서 눈부시게 반짝이는 그 보석들을 감탄하듯 바라보며 물었다.

　베키는 약간 얼굴을 붉히더니 잠시 남편을 매섭게 노려보았
다. 피트 크롤리 역시 다소 얼굴을 붉히더니 창밖으로 얼굴을
돌렸다. 사실, 그 보석들 중 아주 적은 일부는 피트 경이 베키에
게 준 것이기 때문이다. 베키가 걸고 있는 진주 목걸이 끝의 다
이아몬드 장식 걸쇠, 그것이 그가 선물한 것이었다. 게다가 준남
작은 그 사실을 자기 부인에게 말하는 것을 그만 깜빡 잊고 있
었다.

　베키는 남편을 한 번 보더니 그다음에는 "어디 한번 다 까발
려 볼까요?"라고 말이라도 하듯 뻔뻔하고 당당한 얼굴로 피트
경을 보았다.

　"한번 맞혀보세요!" 베키가 남편에게 말했다. "그래요, 이 바
보 양반," 그녀가 말을 계속했다. "내가 이것들을 어디서 구했을

거라고 생각해요? 소중한 친구가 오래전에 준 목걸이 걸쇠의 작은 다이아몬드만 빼고는 모두 다 빌린 거예요. 코번트리가의 폴로니어스 씨 상점에서요. 설마 궁전에서 선을 뵌 그 모든 다이아몬드들이 다 제인 형님의 아름다운 보석들처럼 그걸 달고 온 사람들 소유라고 생각하는 건 아니겠죠? 제인 형님의 보석들은 정말이지, 내 것보다 훨씬 더 아름다워요."

"그것들은 집안 대대로 내려오는 장신구들이오." 피트 경이 다시 불편한 표정을 지으며 대답했다. 이렇게 가족들 간에 대화가 오고가는 가운데 마차는 계속해서 거리를 내달려 마침내 폐하께서 위풍당당한 모습으로 기다리고 계시는 궁전 현관 앞에 일행을 내려놓았다.

그러나 로던의 감탄을 자아냈던 그 다이아몬드들은 결코 코번트리가의 폴로니어스 상점으로 반납되지 않았다. 상점 주인 폴로니어스가 반환을 요청하는 일도 결코 없었다. 대신 그것들은 아주 오래전 아멜리아 세들리가 베키에게 주었던, 오래된 서랍장 속의 작은 비밀 상자 속으로 들어갔다. 베키는 그 안에 남편 모르게 여러 가지 유용한 물건들, 그리고 필시 꽤 값이 나갈 만한 물건들도 숨겨두고 있었다. 아내가 하는 일에 대해 아무것도 모르거나 아니면 거의 모르는 것은 많은 남편들이 공유하는 속성이다. 남편에게 뭔가를 숨기는 것이 많은 여자들의 속성이듯이. 아, 부인들이여, 남편이 모르는 의상실 청구서를 들고 있는 이가 대체 얼마나 많은가? 또 얼마나 많은 부인네들이 새 옷이나 목걸이를 사고서도 감히 남편 앞에 선보이지 못하거나 입고서도 벌벌 떨며 남편의 눈치를 살피는가? 그러나 부인네들이 벌벌 떨고 옆자리의 남편에게 미소를 던지며 교태를 부려도 남편들은 새 벨벳 드레스와 이전 것을 구분하지도 못하고 새 목걸이와 작년에 걸었던 목걸이를 분간하지 못하며 너덜너덜해 보이는 노란색 레이스 스카프가 무려 40기니나 된다는 사실이며 보비노 부인이 그 돈을 받아내려고 매주 독촉 편지를 보내고 있다는 사실 역시 전혀 눈치 채지 못하는 것이다!

로던 역시 그 아름다운 다이아몬드 귀걸이에 대해서나 아내의 하얀 가슴 위를 장식한 그 멋진 목걸이에 대해 전혀 아는 바가 없었다. 그러나 폐하의 화장관이자 영국 왕실을 수호하는 고관대작의 한 사람으로서 그날 온갖 훈장들을 주렁주렁 달고 궁전에 나와 이 작은 여인에게 특별히 신경을 써주었던 스타인 경은 그 보석들이 어디서 온 것이며 누가 그 비용을 치렀는지 잘 알고 있었다.

베키를 향해 고개 숙여 인사를 하면서 그는 미소를 짓고 『머리타래의 강탈』[6]에 나오는 아름답고도 진부한 한 구절, "유대인들도 키스를 하고 이교도들도 감탄해 마지않으리라"라는 벌린다의 다이아몬드에 대한 한 구절을 인용했다.

"하지만 바라건데 후작님은 이교도가 아니시겠죠." 이 작은 여인은 고개를 들며 이렇게 대꾸했다. 후작처럼 지체 높은 귀족이 이 작은 모험가에게 특별히 더 신경을 쓰는 것을 보고 주변의 여러 귀부인들이 귓속말을 주고받으며 수군거렸고 다른 많은 귀족 신사들 역시 고개를 끄덕이며 웅성거리기 시작했다.

결혼 전 샤프라고 불렸던 레베카 크롤리 부인과 위대한 폐하 간의 만남을 이렇게 재능 없고 미숙한 필력으로 묘사하는 것은 가당치 않은 일이다. 그 엄숙한 장면을 생각하는 것만으로도 필자는 눈이 부셔 그만 두 눈을 감을 수밖에 없기 때문이다. 폐하에 대한 충성과 존경이 있다면 상상으로라도 그 성스러운 접견실을 너무 가까이, 또 너무 대담히 들여다보지 말고 거룩하신 폐하의 안전에 깊이 고개를 조아린 후 조용하고 신속하게, 삼가는 마음으로 물러서는 것이 마땅할 것이다.

그러나 폐하를 배알하고 난 후 런던 시내에 베키보다 더 충성스러운 신민은 없었다고 말해도 과장은 아닐 것이다. 그녀는 언제나 폐하의 이름을 입에 올리며 자신이 만난 모든 남성분들 중 폐하께서 가장 매력적인 분이셨다고 공표하고 다녔다. 그녀는 콜나기[7)에 가서 지금까지 나온 것 중 가장 잘 그려진 폐하의 초상화를 외상으로 구입했다. 그녀가 고른 것은 모피 깃이 달린 프록코트를 입고, 짧은 바지에 비단 스타킹을 신은 채 고불거리는 갈색 가발을 쓴 폐하가 안락의자에 앉아 선웃음을 짓고 있는, 그 유명한 초상화였다. 베키는 또 자신의 브로치에도 폐하의 초상을 그리도록 해 그것을 달고 다녔다. 폐하의 세련된 태도며 아름다운 용모에 대해 그녀가 어찌나 쉴 새 없이 이야기를 해댔던지 모든 지인들이 처음에는 재미있게 듣다가도 아주 신물을 내고 말 지경이었다. 그러니 그 작은 여인이 혹 자신도 맹트농 부인이나 퐁파두르 부인[8) 같이 될 수 있다고 생각이라도 한 것인지 그 속이야 누가 알 수 있겠는가.

그러나 접견식 후 가장 볼만했던 것은 그녀가 정숙한 부인의 흉내를 내고 다니는 것이었다. 베키에게는 알고 지내는 부인들이 몇 명 있었는데, 사실대로 말하자면, 그들은 허영의 시장 내에서 그렇게 평판이 좋은 여인들이라고는 할 수 없었다. 그러니 굳이 말하자면 이제 정숙한 여인이라는 인증을 얻은 베키로서는 더 이상 그렇게 평판이 의심스러운 부인들과 교류를 할 수가 없었다. 그래서 그녀는 오페라 극장에서 크래컨베리 부인이 자신을 향해 고개를 끄덕이며 인사를 건네었을 때 모르는 채 시치미를 떼었을 뿐만 아니라 하이드 파크의 드라이브 길에서 워싱턴 화이트 부인을 만났을 때도 모르는 척 외면해버렸다. "여보, 이제 저도 평범한 사람이 아니라는 걸 알려줘야 하니까요." 그녀가 말을 했다. "그렇게 소문이 좋지 못한 사람들하고 어울리는 모습을 보여서는 안 되잖아요. 사실 크래컨베리 부인에 대해서는 참 유감스럽게 생각해요. 워싱턴 화이트 부인도 알고 보면 착한 사람일지 모르죠. 여보, 당신은 카드놀이를 좋아하시니까 가서 그이들과 어울리거나 식사를 하셔도 괜찮아요. 그러나 저는 그럴 수 없어요. 그렇게 하지도 않을 거고요. 부탁인데, 스미스 부인께 화이트 부인이니 크래컨베리 부인이 저를 찾으면 집에 없다고 이르도록 당부 좀 해주셔요."

베키가 접견식 날 입고 갔던 의상에 대해서는 그 깃털이며 치마 주름이며 굉장한 다이아몬드 장식이며 그 밖의 모든 것에 대해서까지 모두 시시콜콜 신문에 보도되었다. 크래컨베리 부인은 쓰린 마음으로 그 기사를 읽고 자신의 추종자들에게 베키가 얼마나 눈꼴사납게 잘난 척을 하고 다니는지 쓴소리를 해댔다. 시골에 있는 뷰트 부인과 딸들은 시내에서 가져온 《모닝포스트》를 읽으면서 숨기지도 않고 울분을 터뜨렸다. "너희가 연한 갈색 머리에 초록색 눈동자를 가지고 프랑스 곡예사의 딸로나 태어났다면……." 뷰트 부인이 (이와는 정반대로 피부색이 검고 키가 작은 데다 들창코를 가진) 큰딸에게 말을 했다. "정말이지 멋진 다이아몬드 장식을 달고 새언니 제인의 인도 하에 궁전에 가서 폐하를 뵈었을 텐데 말이다. 하지만 그저 영국에서 제일가는 혈통의 일부와 훌륭한 예의범절, 경건함이 네 몫이니 어쩌겠니. 준남작의 동생 부인인 나조차 한 번도 궁전에 발을 들일 생각은 해보지 못했는데. 지엄하신 샬럿 왕비님이 살아계셨더라면 다른 이들도 감히 그런 생각은 할 수 없었을 테지." 이렇게 이 덕망 높은 목사 부인은 자신을 위로했다. 그러나 그 딸들은 한숨을 내쉬면서 밤새 귀족 명단만을 뒤적이고 있었다.

그 유명한 알현식이 있은 지 며칠 뒤, 또 한 번의 커다란 영예가 정숙한 베키에게 주어졌다. 스타인 후작 부인의 마차가 로던 크롤리 부인의 자택 앞에 멈춰 서더니, 하인 하나가 내려와, 사납게 문을 두드리는 모양새로 봐서는 사실 그 집 앞에 마차를 세우지 않고 그냥 지나가고 싶었던 모양인데, 고개를 숙이고 스타인 후작 부인과 곤트 백작 부인의 이름이 새겨진 명함 두 장을 전하고 사라졌던 것이다. 설사 이 종이 명함이 아름다운 그림이었다거나 이백 기니 이상 값어치가 나가는 길고 긴 고급 레이스로 가장자리가 장식되어 있었다 해도 베키를 지금보다 더 기쁘게 할 수는 없었을 것이다. 그 명함들은 물론 베키가 방문객들의 명함을 모아두는 객실의 사기 그릇 위에서도 아주 눈에 잘 띄는 자리 위에 놓였다. 아! 아! 그러나 몇 달 전만 해도 베키가 그렇게 감사히 받았던 그리고 이 어리석게도 적잖이 자랑스럽게 생각하기도 했던 화이트 부인의 명함과 크래컨베리 부인의 명함은—아! 아! 이 위풍당당한 귀족 명함 앞에 얼마나 재빨리 볼 것 없는 패가 되어 카드의 제일 밑바닥으로 들어갔던 것인가. 스타인! 바르아크르! 헬벨린의 존스! 캐멀롯의 칼라이언! 베키와 브리그스가 귀족 명단에서 이 거룩한 이름들을 찾아보고 그 고귀한 혈통들의 가계도를 작은 가지 하나도 빼놓지 않고 샅샅이 검토해 보았다는 것은 두말할 필요도 없는 일이다.

한두 시간 후쯤 베키 집을 방문한 스타인 경은 여느 때처럼 주위를 두루 살펴본 후 자기 집 부인들 명함이 마치 베키 손에 들어간 으뜸 패처럼 벌써 가지런히 전시되어 있는 것을 보고 씩 미소를 지었다. 인간의 약점이 순진하게 드러나는 순간을 마주할 때면 이 늙은 냉소주의자가 언제나 그랬던 것처럼. 곧 베키가 그를 맞으러 나타났다. 스타인 경이 올 거라고 생각할 때면 그녀는 언제나 화장을 하고 머리를 완벽하게 손질한 후 손수건이며 앞치마, 스카프, 작은 모로코 슬리퍼, 그 외에도 이런저런 여성적인 소품들을 잘 준비해 갖춘 채 자연스럽고도 편안한 태도로 그를 맞을 준비를 하고 의자에 앉아 있었다. 물론 그가 예기치 않게 집을 방문할 때면 재빨리 자기 방으로 올라가 순식간에 거울을 보고 매무새를 점검한 뒤 이 위대한 인물을 모시기 위해 다시 아래층으로 내려왔다.

스타인 경이 명함이 담긴 사기그릇을 앞에 두고 씩 웃는 모습을 본 베키는 다소 얼굴을 붉혔다. "후작님, 감사합니다." 그녀가 말했다. "댁의 부인들께서 다녀가셨어요. 다 후작님 덕분이에요! 부엌에서 푸딩을 만들고 있느라 더 빨리 나와 보질 못했네요."

"당신이 거기 있는 줄 알고 있었소. 마차로 오면서 울타리 너머로 당신을 보았거든." 늙은 신사가 대답했다.

"못 보는 것이 없으시네요." 그녀가 대답했다.

"시야가 좀 넓긴 하지만, 뭐 다 보는 정도는 아니라오, 귀여운 아가씨." 신사가 재미있다는 듯 대답했다. "이런 바보 같은 거짓말쟁이! 난 당신이 방에 있는 소리를 다 들었어요. 거기서 필시 연지라도 칠하고 있었겠지.—그런데 당신 연지를 곤트 부인에게 좀 나눠줘야 하겠소. 그 애 안색이 아주 말이 아니거든.-그 다음 방문이 열리고 당신이 계단을 내려오는 소리도 들리더군."

"후작님이 오셨을 때 예쁜 모습을 보여드리려는 것이 죄인가요?" 로던 부인이 슬픈 듯 대답하며 마치 볼에 연지 따위는 바르지 않았다는 것을 보여주려는 듯 손수건으로 볼을 문질렀다. 자신의 볼을 물들인 것은 순수한 수줍음과 기쁨의 홍조일 뿐이라는 듯. 그러나 그 누가 사실을 밝힐 수 있으랴? 나는 손수건으로도 지워지지 않는 연지가 있다는 사실을 알고 있으며 또 심지어 눈물을 흘려도 지워지지 않을 정도로 성능 좋은 연지도 있다는 사실을 알고 있다.

"그래." 노신사는 아내의 명함을 만지작거리면서 말을 했다. "당신은 귀부인이 되어보려고 아주 기를 쓰는군. 상류사회에 끼어보려고 이 가엾은 늙은이를 아주 들볶아대고 있어. 하지만, 거기에 들어간다 해도 버텨내질 못할 거야, 이 바보 같은 아가씨야. 당신은 돈이 없으니까."

"후작님께서 저희에게 자리를 마련해주셔야지요." 베키가 끼어들었다. "가능한 빨리 말이에요."

"당신은 돈도 없으면서 재산을 가진 자들과 경쟁하고 싶어 하는군. 흙으로 구운 작은 사기 물병 주제에 커다란 구리병들과 물살을 따라 헤엄치고 싶어해. 여자들이란 다 똑같아. 가질 가치가 없는 것을 가지려고 모두 애를 태우지! 아! 난 어제 폐하와 식사를 하며 양의 목살과 순무를 먹었지만 야채밖에 없는 밥상이 외양간에서 살찌운 수소 고기보다 나을 때가 자주 있는 법이야. 당신은 곤트 저택을 방문할 게요. 거길 들어갈 때까지 이 늙은이를 가만 놔두지 않을 테니까. 거긴 이곳의 반만큼도 좋지 않아. 지루하기만 할 거요. 나도 그러니까. 우리 집 마누라는 맥베스 부인만큼 쾌활하고 내 딸들은 리건과 거너릴⁹⁾만큼 명랑하지. 나는 그들이 내 침실이라고 부르는 곳에서 잠도 잘 수가 없어. 침대가 꼭 성 베드로 성당 제단의 천개(天蓋) 같고 그 방의 그림들도 소름이 끼치거든. 그래서 대신 화장실에 작은 놋쇠 침대를 하나 가지고 있지. 마치 은자(隱者)처럼 머리털을 넣은 요를 깐 침대 말이야. 그래, 난 은자야 하하! 당신은 다음 주 저녁에 초대를 받을 거요. 여자들을 조심해요. 정신 단단히 차리라고! 여자들이 당신을 얼마나 괴롭히려는지!" 스타인 경처럼 말수 적은 사람에게 이것은 대단히 긴 연설이었다. 뿐만 아니라 이것은 그가 그날 베키를 위해 한 첫 번째 연설도 아니었다.

저쪽 방에 앉아 있던 브리그스가 뜨개질 테이블 너머로 이쪽을 한 번 바라보더니 지체 높은 후작이 여성들을 그렇게 얕잡아 보는 말을 하는 것을 듣고 깊은 한숨을 내쉬었다.

"저 지긋지긋한 양치기 개를 내쫓지 않으면." 스타인 후작이 사나운 표정으로 어깨 너머 브리그스를 쳐다보며 말했다. "내가 독살을 해버릴 테요."

"저는 늘 제 접시에서 음식을 덜어 저 개 밥을 주는걸요." 레베카가 장난스럽게 웃음을 터뜨리며 대답했다. 크롤리 중령의 어여쁜 아내와 단둘이 시간을 보내는 것을 방해하는 딱한 브리그스가 못마땅해 심기가 잔뜩 불편해진 후작의 모습이 그녀는 얼마간 재미있었던 것이다. 그러나 로던 부인은 마침내 이 추종자를 동정하여 브리그스를 불러다가 날씨가 좋다면서 아이와 함께 산책이라도 다녀오라고 그녀를 밖으로 내보냈다.

"그녀를 내보낼 수가 없어요." 곧 잠시 말이 없던 베키가 아주 슬픈 목소리로 덧붙였다. 눈에는 눈물이 가득 고여 있었다. 그녀는 고개를 돌렸다.

"월급을 주지 못한 게군?" 후작이 물었다.

"그 정도가 아니에요." 여전히 시선을 내리깐 채 그녀가 대답했다. "저희가 그녀를 아주 거지로 만든걸요."

"거지로 만들었다고? 그렇다면 왜 그녀를 내쫓지 않는 거지?" 노신사는 다시 물었다.

"남자들은 그런 짓을 하지만요." 베키가 씁쓸히 대답했다. "여자들은 남자들만큼 잔인하지 않답니다. 작년에 저희가 마지막 남은 돈까지 다 써버렸을 때 브리그스가 자기 돈을 모두 저희에게 빌려주었어요. 그녀는 저희가 완전히 파산할 때까지, 그것도 머지않은 것 같지만, 아니면 제가 그녀에게 빌린 돈을 모두 갚아줄 때까지 제 곁을 결코 떠나지 않을 거예요."

"이런 망할, 그게 얼마나 되는데?" 욕설을 내뱉으며 후작이 물었다. 그가 가진 막대한 재산을 머릿속에 떠올리며 베키는 브리그스에게 빌린 금액만이 아니라 거의 그 두 배에 이르는 금액을 대답했다.

액수를 들은 스타인 경은 다시 한 번 짧고 강렬한 분노의 표현을 내뱉었고 레베카는 다시 한 번 고개를 떨구며 비통한 울음을 터뜨렸다. "어쩔 수 없었어요. 그 길밖에 없었으니까요. 남편에게도 이야기하지 못했어요. 제가 한 짓을 이야기하면 남편은 저를 죽이고 말 거예요. 경 말고는 다른 누구에게도 말한 적이 없어요. 경께서 강제로 이야기를 하게 만드신 거예요. 아, 저는 어쩌면 좋아요, 스타인 경? 저는 정말, 정말이지 너무 비참해요!"

스타인 경은 그저 테이블을 두드리고 손톱을 물어뜯을 뿐 아무 대답이 없었다. 마침내 그가 머리 위로 모자를 덮어쓰더니 방 밖으로 휙 나가 버렸다. 그가 문을 쾅 닫고 나간 후 마차가 출발할 때까지 레베카는 고뇌와 슬픔에 사로잡힌 사람의 자세를 바꾸지 않았다. 마차가 떠나고 난 후에야 그녀는 초록색 눈동자에 승리감 가득한, 수수께끼같이 짓궂은 표정을 떠올리며 자리에서 일어났다. 그러더니 뜨개질 테이블에 앉으면서, 또 피아노 앞에 앉아 아주 의기양양하게 마음 내키는 대로 건반을 두들겨 대면서 한 번인가 두 번쯤 혼자 웃음을 터뜨렸다. 창문 아래에 서는 사람들이 발길을 멈추고 그녀의 멋진 음악에 귀를 기울이고 있었다.

그날 밤 곤트 저택으로부터 이 작은 여인 앞으로 두 통의 서신이 전달되었다. 봉투 하나에는 스타인 경 부부가 보낸, 다음주 금요일에 곤트 저택에서 열리는 만찬에 참가해 달라는 초대장이 들어 있었다. 그리고 나머지 한 봉투에는 스타인 경의 서명과 롬바드 가의 존스 브라운 로빈슨 은행 주소가 적힌 회색 종이 한 장이 들어 있었다.

로던은 밤에 한 번인가 두 번쯤 베키가 깔깔 웃는 소리를 들었다. 그녀는 곤트 저택에 가 그곳 부인들을 만나볼 생각에 즐거워서 웃는 것이라고만 대답했다. 그러나 사실 그녀의 머릿속에는 이런저런 온갖 궁리들이 가득했다. 빚을 모두 갚고 브리그스를 해고해 버릴까? 래글스에게 진 빚을 청산해 그를 깜짝 놀라게 해줄까? 베개를 베고 누워 이런 오만 가지 생각들을 하던 베키는 다음 날 아침 로던이 평소처럼 클럽으로 나가자 (수수한 드레스에 베일을 쓰고) 승합마차를 불러 시내로 달려갔다. 존스 로빈슨 은행에 내린 그녀는 책상에 앉아 있던 관계자에게 봉투 안의 수표를 내밀었다. 그는 "어떻게 가져가시겠습니까?"라고 물었다.

그녀는 부드럽게 "백오십 파운드는 현금으로 주시고 나머지는 수표 한 장으로 써주세요"라고 대답했다. 돈을 받아 든 그녀는 세인트폴 교회 앞 광장에 내려 브리그스를 위해 대단히 고급스러운 검은색 비단 드레스를 한 벌 샀다. 그리고 키스와 더할 수 없이 다정한 말을 덧붙여 그 순박한 노숙녀에게 드레스를 선물했다.

그다음 그녀는 래글스에게 가서 다정하게 그 집 아이들의 안부를 물은 다음 외상값으로 50파운드를 쥐어주었다. 또 마차를 빌리곤 하는 마부에게도 비슷한 금액을 쥐어주었다. "스파빈, 당신도 이 일로 좀 느끼는 바가 있으면 좋겠군요." 그녀가 말을 했다. "그러니 다음번 알현 날에는, 마차가 준비되지 않아 아주 버님 피트 경께서 네 명이나 그분 마차에 태워 폐하를 알현하는 불편을 겪지 않도록 해줘요." 아마 저번 알현식 날 마차를 빌리는 문제로 그와 마찰이 좀 있었던 모양이었다. 그래서 하마터면 중령이 승합마차로 폐하를 알현하러 가야 하는 수치스러운 일을 겪을 뻔했던 것이다.

이런 일들을 모두 처리하고 나자 베키는 이 층에 올라가 이전에도 말한 적 있었던, 아멜리아 세들리가 오래전, 아주 오래전 그녀에게 주었던 비밀 상자가 든 서랍장, 작지만 유용하고 값진 물건들이 다수 들어 있는 그 서랍장을 열었다. 그리고 그 은밀한 상자 속에 존스 로빈슨 은행 직원이 건네준 수표를 잘 모셔두었다.

49장
세 가지 코스 요리와 디저트를 즐기다

그날 아침 곤트 저택의 부인들이 함께 조반을 들고 있을 때 (아침이면 혼자 자기 방에서 핫 초콜릿을 마시고 좀체 부인네들 자리에 끼는 일이 없는, 그 이외에도 공식 만찬자리나 집안 복도에서 우연히 마주칠 때, 또 오페라 극장 일 층 뒤쪽 좌석에서 앞쪽 좌석에 앉은 부인들의 모습을 관찰할 때가 아니면 얼굴조차 마주치는 일이 거의 없는) 스타인 경이 아이들과 부인들이 모여 차와 토스트를 들고 있는 아침 식탁에 모습을 드러냈다. 그러더니 난데없이 레베카의 초청을 언급해 가족 간에 큰 설전이 벌어지고 말았다.

"부인." 그가 말을 꺼냈다. "금요일 저녁 만찬 초대 명단을 보여주구려. 그리고 크롤리 중령 부부 앞으로 초청장을 좀 보내줘요."

"초청장은 블랑슈가 쓰는데요." 스타인 부인이 불안한 목소리로 대답했다. "곤트 부인[1]이 초청장을 써요."

"그런 사람에게는 초청장을 쓰지 않겠습니다." 큰 키에 위엄 있는 곤트 부인이 잠시 얼굴을 들어 시아버지를 올려다보더니 이렇게 대답하고 다시 시선을 내리깔았다. 성미를 돋운 다음 스타인 경의 눈을 마주보는 것은 좋은 생각이 아니었기 때문이다.

"아이들을 내보내거라. 자, 어서 나가!" 스타인 경이 호출용 종 끈을 잡아당기며 말했다. 할아버지 앞에만 서면 언제나 겁을 먹는 아이들이 밖으로 나가자 아이들의 어머니도 애들을 따라 자리에서 일어섰다. "넌 나가지 말고." 스타인 경이 말을 했다. "넌 여기 있어."

"여보." 그가 말을 했다. "한 번 더 부탁하는데, 책상으로 가서 금요일 저녁 만찬 초대장을 좀 써주겠소?"

"아버님, 그렇다면 저는 그 자리에 참석하지 않겠어요." 곤트 부인이 대답했다. "저는 친정으로 가겠습니다."

"그래, 그거 좋은 생각이구나. 그리고 거기 죽 있는 것이 좋겠 다. 거기 가면 바르아크르 댁의 빚쟁이들이 좋은 친구가 되어줄 테니. 그 덕에 나도 네 친척들에게 돈 빌려주는 일에서 좀 해방 되고, 음침한 네 얼굴이며 잘난 척하는 꼴도 안 봐도 되겠구나. 이 집에서 누가 누구한테 명령을 할 수 있다고 생각하는 거냐? 너는 돈도 없고, 머리도 영리하지 않아. 아이를 낳으러 이 집에 왔으면서 아이 하나도 낳지 못했지. 곤트도 너한테 아주 진절머 리를 내고, 네가 죽지 않기를 바라는 건 아마 조지의 아내[2] 하나 뿐일 게다. 네가 죽으면 곤트는 바로 다시 결혼을 할걸."

"네, 저도 죽었으면 좋겠어요." 곤트 부인이 분노의 눈물을 그 렁거리며 대답했다.

"하기는, 너도 정숙한 부인 흉내를 내긴 해야 할 테지. 하지만, 사람들이 다 알고 있듯이 흠 하나 없이 성자처럼 살아온 내 아내, 평생 잘못이라곤 해본 적 없는 네 시어머니 역시 내 젊은 친구 크롤리 부인을 초대하는 데 전혀 반대를 하지 않아. 스타인 경 부인께서는 가장 훌륭한 부인들도 때로는 겉보기와 같지 않고 가장 순수한 이들에 대해서도 때로는 헛소문이 나돈다는 것을 잘 알고 계시니까. 이봐, 얘야, 내가 네 어머니 바르아크르 부인에 대해 몇 가지 재미있는 이야기를 해주랴?"

"아버님, 원하신다면 저를 때리셔도 좋아요. 얼마든지 잔인하게 때리셔도 상관없어요." 곤트 부인이 대답했다. 아내나 며느리들이 고통 받는 모습을 보면 스타인 경은 언제나 기분이 좀 나아지곤 했다.

"이런, 아가, 아가." 그가 대답을 했다. "난 신사란다. 귀여워서 그럴 때가 아니라면 난 절대 여자에게 손을 대지 않아. 난 그저 네 성격의 단점을 좀 고쳐주려는 것뿐이란다. 여자들은 너무 교만하고 겸손함은 턱없이 부족하단 말이지. 몰 신부님도 이 자리에 계시다면 틀림없이 스타인 경 부인에게 그렇게 말하셨을 거야. 너도 그렇게 잘난 척을 해서는 못써. 더 온순하고 겸손해야지. 네 시어머니 되는 양반도 잘 알고 계시지만, 사람들이 공연히 헐뜯는 크롤리 부인은 순박하고 마음씨 좋고 아주 순진한, 심지어 우리 집사람보다 더 순진한 부인네야. 남편 되는 이는 형편없는 작자지만 그래도 뭐 바르아크르 백작보다 못한 위인은 아니라고 할 수 있지. 도박을 하고 진 빚을 갚지도 않고 네 앞으로 되어 있던 얼마 안 되는 유산마저 모조리 갖다 쓴 다음 너를 알거지로 내 손에 넘겼으니. 물론 크롤리 부인은 혈통이 좋지 않다. 그렇다 해도 패니의 잘난 선조, 초대 드 라 존스보다 더 나쁜 것도 아니지."

"제가 이 집에 가져온 돈은, 아버님······." 조지의 아내가 소리쳤다.

"넌 그 돈으로 상속권을 산 셈이야." 후작이 어두운 목소리로 대답했다. "곤트가 죽고 나면 네 남편이 장자가 될 테고, 네 아들들이 그 돈을 다 물려받게 될 게다. 그리고 또 더 있을지도 모르지. 그 전에는 제발 밖에서는 얼마든지 고상을 떨고 잘난 척을 해도 좋지만 내 앞에서만은 그렇게 거들먹거리지 말아다오. 크롤리 부인의 인품에 대해서는 내가 왈가왈부 변명을 하는 것이 그 흠잡을 데 없이 정숙한 부인이나 나 자신의 명예에 누만 될 뿐이니 더는 말 않겠다. 내가 초대하는 모든 손님에 대해서 그래야 하겠지만, 부디 그 부인을 할 수 있는 한 다정하고 친절하게 환영해주었으면 좋겠구나. 그래, 이 집?" 그가 갑자기 웃음을 터뜨렸다. "이 집 가장이 누구지? 이 집이 누구 집이고? 이 순결의 사원은 내 것이야. 설사 내가 뉴게이트의 죄수들이나 베들램 병원의 미치광이들을 모두 불러들인다 해도, 너희들은 기꺼이 그들을 환영해야만 할 게다."

누구라도 불복종의 낌새를 드러내면 스타인 경은 "규방" 식 솔들을 이렇게 호되게 을러대곤 했는데, 그러면 풀죽은 여인들은 그의 말을 따를 수밖에 없었다. 곤트 부인은 후작이 시킨 대로 초청장을 쓰고 나서, 직접 시어머니와 함께 마차를 타고 가 굴욕과 분노를 삼키며 로던 부인 집에 그것을 전하고 돌아왔다. 아무것도 모르는 로던 부인은 그 초청장을 받고 한없이 기뻐했지만.

런던에는 그렇게 신분 높은 귀부인들로부터 만찬 초대를 받는 영광을 위해서라면 일 년 수입을 모조리 바쳐도 아깝지 않다고 생각하는 집안들이 없지 않다. 예를 들어 프레더릭 불럭 부인 역시 만약 스타인 부인과 곤트 부인이 "다음 주 금요일 우리 집 만찬에 오도록 하세요"라는 말을 하기 위해 시내에서 기다리고 있다면 롬바드 가에서 메이페어까지 두 무릎으로 기어서라도 기꺼이 그들을 찾아갈 터였다. 누구나 초대를 받는 곤트 저택의 대규모 연회나 무도회가 아니라 제한된 소수만이 참석하는 범접할 수 없이 은밀하고 신비로운 연회에 초대를 받는 것은 너무도 큰 특권이자 영광이고 또 축복이기 때문이었다.

엄격하고 정숙하고 아름다운 곤트 부인은 허영의 시장에서 가장 높은 신분을 차지하고 있었다. 스타인 경이 그녀를 대할 때 보여주는 그 완벽한 공손함과 예의범절은 모든 이를 경탄케 했으며 가장 냉정한 비평가조차도 스타인 경이 진정한 신사이며 적어도 그의 심성만은 비뚤어지지 않았다는 사실을 인정하지 않을 수 없게 만들었다.

곤트 저택의 부인네들은 공동의 적을 물리치기 위해 바르아크르 백작 부인의 도움을 요청했다. 곤트 부인의 마차 한 대가 친정어머니를 모시기 위해 힐 가로 달려갔다. 부인은 지금 마차들은 다 빚쟁이들 손에 넘어가고 의상이며 장신구들 역시 무자비한 유대인 고리대금업자들에게 모두 차압당한 상태였다. 바르아크르 백작 문중의 성 역시 그 안의 값진 그림이며 가구, 흔치 않은 수집품들과 함께 빚쟁이들 손에 넘어갔다. 반다이크의 장엄한 작품들이며 기품 있는 레이놀스의 그림들, 또 요란하고 천박하기만 하지만 삼십 년 전에는 진정한 천재의 작품인 양 귀한 대접을 받았던 로렌스의 초상화들 역시. 이제는 이빨도 머리도 모두 빠져버린 노파이자 한창때 입던 눈부신 옷의 넝마 조각 같은 형편이 되고 말았지만 한때는 젊고 아름다웠던 바르아크르 백작 부인이, 돈도 지위도 미모도 모두 갖추고 있던 그 시절 직접 모델이 되어 카노바에게 제작을 의뢰했던, 비길 데 없는 명작 「춤추는 요정」 같은 조각상들 역시 예외가 아니었다. 그즈음 로렌스에 의뢰해 제작한 초상화에서 티슬우드 군 대령 제복을 입고 바르아크르 성 앞에서 검을 휘두르던 남편은 이제 회색 코트에 브루투스 가발을 쓴, 왜소하고 늙은 노인네가 되어 아침이면 주로 그레이스 인 법학원 주위를 배회하고 저녁이면 혼자 클럽에 가서 밥을 먹는 신세가 되고 말았다. 그는 더 이상 스타인 경과 함께 식사하는 것을 좋아하지 않았다. 젊은 시절 그들은 재미 삼아 서로 경쟁을 하곤 했는데 당시의 승자는 바르아크르 백작이었다. 그러나 그보다 지구력이 좋았던 스타인 후작이 결국 뒷심을 발휘해 그를 추월하고 말았다. 이제 후작은 1785년 당시의 젊은 곤트 경보다 열 배나 더 영향력 있는 인물이 되었는데 늙고 파산해 비참하게 쇠락하고 만 바르아크르 백작은 아예 경주 자체에서 탈락해버렸기 때문이다. 스타인 경에게 돈을 너무 많이 빌려 쓴 그는 이제 옛 동료를 자주 만나고 싶지 않았다. 그래서 기분 전환이 필요할 때면 스타인 경은 언제나 곤트 부인에게 친정아버지가 왜 요새는 통 오시지 않는지를 조롱하듯 물어보곤 했다. "아버지가 오신 지가 넉 달이나 되었구나." 스타인 경은 이렇게 말을 했다. "바르아크르 백작이 언제 다녀갔는지는 언제나 나중에 내 수표책을 보면 알 수 있거든. 얘, 아가, 참 편리하기도 하지 뭐냐. 한쪽 사돈댁이 돈을 빌려 가면 다른 사돈댁에서는 돈을 갖다 맡기니!"

베키가 이 눈부신 세계에 첫발을 들여놓았던 날 만나볼 수 있었던 다른 유명 인사들에 대해 현재의 작자가 너무 많은 말을 하는 것은 어울리지 않는 일이다. 군인다운 넓은 가슴에 눈부시게 빛나는 훈장을 달고 목에는 붉은색 황금 양털 기사 훈장을 두른 페터바라딘 공이 허리띠를 단단하게 두르고 공비와 함께 자리하고 있었다. 그는 대단히 많은 양을 소유하고 있었다. "저분 얼굴 좀 보세요. 저분의 조상은 양이 틀림없어요." 베키가 스타인 경에게 속삭였다. 과연 길고 희고 근엄한 얼굴에다 목에는 황금 양털 기사 훈장까지 두르고 있으니 페터바라딘 공은 얼마간 위풍당당한 우두머리 양처럼 보이기도 했다.

거기에는 또 명목상으로는 미국 대사관 수행원으로 알려져 있지만 사실은《뉴욕 데마고그》의 통신원인 존 폴 제퍼슨 존스도 있었는데 그는 식사 중 잠시 이야기가 끊어진 틈을 타 스타인 부인에게 조지 곤트가 브라질 생활을 마음에 들어 하는지 물어봄으로써 스타인 부인의 호감을 사려 했다. 그와 조지는 나폴리에서 둘도 없는 친구로 지내면서 함께 베수비오 산에도 올라갔던 적이 있었다. 그는 이날의 만찬을 시시콜콜한 것까지 빼놓지 않고 자세히 묘사하는 기사를 써 보냈는데 이는 지체 없이《뉴욕 데마고그》에 소개되었다. 그는 참석한 모든 손님들의 이름이며 작위를 써 보내고 주요 인물들의 경우에는 간단한 약력도 함께 소개했다. 귀부인들의 차림새를 수려하게 묘사하는 한편 식탁에 놓인 식기들이며 하인들의 체구와 제복에 대해 기술하고 어떤 요리와 와인이 나왔는지까지 열거한 다음 식기장의 장식이며 식기들의 대략적인 가격까지 기사에 적어 넣었다. 거기에는 이런 저녁을 차려내려면 1인당 최소한 15에서 18달러 정도의 비용이 들 것이 틀림없다는 계산도 포함되어 있었다. 그는 스타인 경의 선친과 유지했던 각별한 친분 덕분에 최근까지도 자신이 현 스타인 후작에게 추천서와 함께 능력 있는 인사들을 자주 보내곤 했다고 설명하고 별로 볼 것 없는 젊은 귀족 사우스다운 백작이 식당으로 내려가는 길에 자신을 앞질렀을 때 대단히 불쾌했다는 소회도 함께 적고 있었다. "내가 대단히 사교적이고 재치 있는데다가 세련되고 명민하며 무척 눈에 띄는 로던 크롤리 부인에게 손을 내밀려고 다가갈 때, 그 젊은 귀족 청년이 나와 부인 사이에 끼어들어 한마디 양해도 구하지 않고 나의 헬레나를 낚아채 가버렸다." 그는 이렇게 적고 있었다. "나는 어쩔 수 없이 체격이 다부지고 얼굴이 붉은, 그 부인의 남편, 워털루 전투에서 공을 세운 바 있으며 분명 뉴올리언스[3]에 출전한 동료 군인들보다 운이 좋았던 것이 틀림없는 크롤리 중령과 함께 그들 뒤를 따를 수밖에 없었다."

이 고상한 사회에 끼어든 중령의 얼굴은 누이의 학교 친구들을 처음 만난 열여섯 살짜리 소년의 얼굴처럼 새빨갛게 상기되어 있었다. 나는 이미 전에도 순박한 로던이 한평생 별로 여인네들의 세계에 끼어 그들과 어울려본 일이 없다는 사실을 밝힌 바 있다. 클럽이나 부대 내 휴게소에서 남자들과 함께 시간을 보내는 데는 아무 문제도 없었다. 아무리 거친 사내들과도 말을 타거나 내기를 하고 담배를 피우거나 당구를 칠 수 있었다. 물론 여자들과도 친분을 나누던 시기가 있기는 했다. 그러나 그건 벌써 이십여 년 전의 일이고 그 여자들은 젊은이 말로[4]가 하드캐슬 양 앞에서 얼굴을 붉히기 전에 흔히 만나곤 했던 천한 신분의 여자들이었다. 그러나 이런 때에 감히 그런 여자들, 허영의 시장 내의 수많은 젊은이들이 매일같이 찾아가는 여자들, 저녁이면 도박장과 무도회장을 가득 메우고 하이드 파크의 드라이브 길뿐만 아니라 세인트제임스 궁 앞에 모인 군중들 사이에도 엄연히 존재하는, 그러나 대단히 도덕적인 사회, 혹 깐깐하고 점잖 떨기 좋아하는 사회에서는 무시하기로 작정한 그런 여인들이야기를 꺼낼 수는 없는 법이다. 그러니 결국 크롤리 중령은 마흔다섯의 나이에도 불구하고 정숙한 여인의 전형이라 할 아내를 제외하면 훌륭한 여인이라고는 평생 대여섯 명도 채 만나보지 못한 셈이라 할 수 있었다. 그래서 이 점잖은 중령은 아내와, 그 다정한 성품으로 그를 길들이고 그의 마음을 얻어낸 형수 제인을 제외한 대부분의 여인들이 무섭기만 했다. 곤트 저택에 처음 초대를 받아 갔던 날도 그는 날이 무척 덥다는 이야기를 제외하곤 한마디도 하지 않았다. 사실은 베키 역시 그를 집에 두고 오고 싶었지만 상류사회에 처음 모습을 드러낼 때 겁을 집어먹고 바들바들 떨 연약한 부인을 보호하기 위해 남편을 동반하는 것이 이 점잖은 사회의 법도였기 때문에 어쩔 수가 없었다.

베키가 저택에 나타나자 스타인 경이 앞으로 나와 손을 내밀며 대단히 공손하게 인사를 한 다음 그녀를 스타인 부인과 며느리들, 여식들에게 소개했다. 며느리들은 세 번 위엄 있게 그녀에게 예를 표했고 스타인 부인은 이 새로운 손님에게 손을 내밀어 환영의 뜻을 표했는데 그 손은 대리석처럼 차고 생기가 없었다.

하지만 베키는 공손한 태도로 감사히 그 손을 잡고 최고의 무용 선생에게 배우기라도 한 것처럼 우아한 자세로 부인의 발에 닿을 듯 공손히 답인사를 올렸다. 그녀는 또 스타인 후작님께서는 아버지의 오랜 친구이자 후원자이셨으며 자신은 어릴 때부터 스타인 가문을 우러러보고 존경하도록 배웠다고 말을 했다. 사실 스타인 경은 죽은 베키의 아버지 그림을 두어 점 구매한 일이 있는데 은혜를 입으면 잊지 않는 이 고아는 그의 친절을 마음 깊이 간직하고 있었던 것이다.

그리고 나서 바르아크르 백작 부인을 본 베키는 그녀에게도 대단히 공손히 예를 갖추어 인사를 올렸다. 지체 높은 백작 부인은 싸늘하고 도도한 태도로 그 인사에 답했다.

"십 년 전 브뤼셀에서 부인을 뵙는 영광을 가졌지요." 베키가 싹싹한 태도로 말을 건네었다. "워털루 전투 하루 전날 리치먼드 공작 부인의 댄스파티에서요. 부인께서 영애 블랑슈 양과 함께 말을 기다리며 호텔 현관 앞에 마차를 대고 기다리시던 생각이 나네요. 부인의 그 아름다운 다이아몬드는 모두 무사하겠지요?"

모두 옆 사람과 시선을 교환했다. 그 유명한 다이아몬드가 빚쟁이 손에 넘어갔다는 건 누구나 다 아는 사실인데 베키는 아무것도 모르는 모양이었다. 로던은 사우스다운 경과 창가로 물러갔다. 그곳에서 크롤리 중령에게 바르아크르 백작 부인이 말을 구하느라 쩔쩔 맸던 일이며 크롤리 부인 앞에서 "통사정을 하며 무릎을 꿇었던 일"을 들은 사우스다운 경은 요란한 폭소를 터뜨렸다. '저 여자를 무서워할 필요는 없겠군.' 베키는 생각했다. 과연 바르아크르 백작 부인은 딸과 두려움과 분노의 시선을 주고받더니 테이블 있는 곳으로 물러나 열심히 그곳의 그림들을 바라보기 시작했다.

도나우 지역의 유력 인사가 나타나자 대화가 프랑스어로 진행되기 시작했다. 그러자 바르아크르 백작 부인과 이 집 며느리들은 좀 전보다 한층 더 분한 마음으로 크롤리 부인이 자기들보다 훨씬 더 프랑스어를 잘하고 억양도 자연스럽다는 사실을 인정하지 않을 수 없었다. 베키는 또 1816년과 17년 사이 군대를 이끌고 프랑스에 주둔하고 있었던 다른 헝가리 출신 유력 인사들과도 인사를 나누었다. 해외에 있는 저명인사들이 자신의 친구라도 되는 양 베키가 아주 열심히 그들의 안부를 물었으므로 외국에서 온 이 손님들은 그녀가 아주 지체 높은 부인일 거라고 생각했다. 페터바라딘 공 부처는 자신들을 식당으로 인도하는 스타인 경과 후작 부인에게 몇 번이나 저렇게 프랑스어를 잘 하는 저 작은 부인이 누구시냐고 묻기까지 했다.

마침내 미국 출신 외교관이 앞서 언급한 순서대로 일행이 식당을 향해 움직이기 시작했다. 저자가 독자 여러분에게 벌써 약속드린 그 만찬이 준비된 식당으로 손님들 모두가 이동했던 것이다. 그러니 이제 마음 내키시는 대로 자유롭게 그곳의 음식들을 만끽하시면 되겠다.

그러나 식사가 끝나고 부인들만 남게 되자 베키는 이제부터 쉽지 않은 전투가 시작될 것이라는 것을 직감했다. 그녀보다 신분 높은 부인네들 사회를 만만히 보지 말고 정신 똑바로 차리라는 스타인 경의 충고가 참으로 정확한 것이었음을 인정하지 않을 수 없는 상황에 놓인 것이다. 사람들은 흔히 아일랜드 사람을 가장 싫어하는 것은 같은 아일랜드 사람이라고들 한다. 이와 비슷하게 여성들의 가장 잔인한 폭군 역시 같은 여성들이라 할 수 있을 것이다. 부인들과 남겨진 베키가 지체 높은 부인들이 모여 있는 난롯가로 다가가자 그들은 다른 쪽으로 우르르 몰려가 그림이 있는 테이블 주위를 차지하고 앉았다. 베키가 테이블로 그들을 따라가자 그들은 한 명씩 다시 난롯가로 돌아왔다. 그녀가 아이 하나에게 말을 걸려고 하자(그녀는 다른 사람들이 보는 앞에서는 아이들을 퍽도 좋아했다.) 조지 곤트의 부인이 자신의 아들을 불러 데리고 가버렸다. 부인네들이 어찌나 베키에게 잔인하게 굴었던지 마침내 스타인 후작 부인이 딱히 여기고 다가와 그녀에게 말을 걸 지경이었다.

"스타인 경께서 그러시는데 크롤리 부인께서는 피아노 연주를 잘하시고 노래도 아주 잘 부르신다고요." 후작 부인이 창백한 볼을 붉히며 말했다. " 저희에게도 노래를 한 곡 불러주셨으면 좋겠네요."

"후작님이나 부인께 기쁨을 드릴 수 있다면 무엇이라도 하겠습니다." 진심으로 감사하는 마음으로 이렇게 말하고 나서 레베카는 피아노 앞에 앉아 노래를 시작했다.

베키는 모차르트의 종교 가곡 하나를 불렀는데 그 곡은 스타인 부인이 젊은 시절 가장 좋아했던 노래 중 하나였다. 베키가 너무 부드럽고 아름답게 노래를 불렀으므로 처음에는 피아노 주위를 서성이며 듣고 있던 후작 부인도 마침내 피아노 옆에 자리를 잡고 앉아 노래에 귀를 기울이다 결국은 눈물까지 흘렸다. 방의 저쪽 끝에서는 다른 부인네들이 계속해서 시끄럽고 요란하게 떠들고 있었지만 이제 스타인 부인에게 그런 뒷이야기들은 들리지도 않았다. 사십여 년의 거친 세월을 거슬러 올라가 그녀는 다시 어린 시절의 그 수녀원으로 되돌아가 있었던 것이다. 행복하기만 했던 그 시절, 그녀가 수녀원에서 가장 좋아했던 손위 언니가 이 곡들을 교회당 오르간으로 연주하며 그녀에게 가르쳐주곤 했었다. 그녀는 다시 어린 소녀가 되어 있었다. 그 짧았던 행복의 순간이 한 시간가량 다시 그녀에게 되돌아온 것만 같았다. 요란한 웃음소리와 함께 스타인 경이 신이 난 남자들 무리를 거느리고 삐거덕거리며 문을 열고 들어오자 부인은 흠칫 놀라 감상에서 깨어났다.

한눈에 자신이 없는 사이 무슨 일이 일어났는지를 눈치챈 후작은 이번만은 진심으로 부인에게 고마운 생각이 들어 그녀에게 다가가 세례명으로 부인의 이름을 불렀다. 그러자 다시 한번 창백한 후작 부인의 얼굴이 붉게 달아올랐다. "아내 말이 부인께서 천사처럼 아름답게 노래를 부르셨다고요." 그는 베키에게도 이렇게 말을 건네었다. 글쎄, 세상에는 두 종류의 천사가 있는데 사람들 말로는 둘 모두가 나름의 매력을 가지고 있다고들 하긴 한다.

만찬의 전반에 무슨 일이 있었든 간에 그날 저녁의 후반부는 베키의 완전한 승리였다. 그녀는 최선을 다해 노래를 불렀고 그 노래가 너무 아름다웠기 때문에 모든 남성들이 다 피아노 주위로 몰려와 그녀의 노래에 귀를 기울였다. 그녀의 적인 부인네들은 뒤에 버려져 있었다. 다른 한편 폴 제퍼슨 존스는 곤트 부인에게 다가가 부인 친구 분의 노래 솜씨가 정말 최고라고 찬사를 던진 후 자신이 부인의 호감을 확실하게 얻어냈노라 자평하고 있었다.

50장
마음 아픈 사연

아홉 중 그 누가 됐든 간에 이 희극적인 이야기를 주관하는 뮤즈여, 이제 고상한 그 위쪽 풍경을 뒤로하고 브롬프턴에 사는 존 세들리의 낮은 지붕 위로 내려와 그 집에서 일어나는 일을 묘사해야 할 것이다. 이 작고 초라한 집에도 근심과 불신, 슬픔이 거주하고 있으니. 부엌에서 클랩 부인은 조용히 남편에게 집세에 대한 불만을 털어놓으며 마음씨 좋은 그에게 한때의 벗이자 후원자이며 지금은 하숙인이기도 한 세들리 씨를 이제 그만 저버리라고 부추기고 있었다. 세들리 부인은 이제 이 집안주인을 만나기 위해 아래층으로 내려오는 일을 그만두었고 더 이상 클랩 부인에게 생색을 내거나 잘난 척을 할 만한 입장에 있지도 못했다. 40파운드나 빚을 진 부인에게, 그것도 계속해서 그 돈을 좀 돌려달라고 눈치를 주는 부인에게 어떻게 거드름을 피우며 잘난 척을 할 수 있단 말인가? 이 집의 아일랜드 출신 하녀는 평소의 그 공손하고 친절한 태도를 조금도 바꾸지 않았지만 세들리 부인은 그녀가 점점 더 오만불손해진다고 생각하며 경찰 옷자락만 봐도 두려움에 떠는 죄지은 도둑처럼 그녀의 말이나 대답에서 번번이 이런저런 불충과 반역의 기미들을 발견했다. 이제 다 큰 처녀가 된 클랩 양을 두고도 이 심사 뒤틀린 노부인은 참 돼먹지 못한, 봐주기 힘든 말괄량이라고 단언하며 아멜리아가 왜 그렇게 그 애를 귀여워하며 노상 방에 불러들이고, 함께 외출을 하곤 하는지 모르겠다고 투덜거렸다. 비참한 가난이 한때는 명랑하고 다정했던 이 부인의 성정을 이렇게 비뚤어진 것으로 만들어버린 것이다. 그녀는 자신을 향한 아멜리아의 한결 같고 다정한 태도에 아무런 고마움도 느끼지 못했고 그녀를 기쁘게 해주려는 아멜리아의 노력들을 못마땅하게 여겼으며 아들 조지에 대한 아멜리아의 어리석은 자부심을 비난하고, 이제 부모는 나 몰라라 한다고 불평을 해댔다. 조 삼촌의 생활비가 끊긴 뒤 조지의 집은 더 이상 행복한 곳이 아니었으며 이 작은 가족은 거의 굶어 죽기 직전의 상황에 처해 있었다.

아멜리아는 얼마 안 되는 자신의 수입, 온 가족이 간신히 굶어 죽지만 않고 버텨나가는 그 수입을 어떻게 좀 늘려볼 수 없을까 궁리하느라 머리를 쥐어짜며 생각하고 또 생각을 해보았다. 뭔가 좀 가르쳐볼 수 있지 않을까? 명함꽂이에 그림을 그려볼까? 아니면 그냥 그림이라도? 그녀는 다른 여자들이 2펜스를 벌기 위해 자신보다 훨씬 더 열심히, 그리고 더 잘 일한다는 사실을 발견했다. 그녀는 문방구에 가 금박 입힌 마분지를 두 장 사다가 최선을 다해 그 위에 그림을 그려보았다. 하나에는 연필로 그린 풍경의 중앙에 분홍색 얼굴에 미소를 띠고 붉은색 조끼를 입고 있는 양치기 소년을 그리고, 다른 하나에는 작은 개를 데리고 조그마한 다리를 건너고 있는 양치기 소녀를 음영을 제

법 잘 살려 그려보았다. 브롬프턴 중앙 화구상 겸 문구상 주인
장은(아멜리아는 직접 그림을 그리고 장식한 후 그 종이를 그에
게 다시 팔 수 있지 않을까 하는 헛된 희망을 안고 그에게 마분
지를 구입했었다.) 이 조잡한 예술 작품을 훑어보더니 굳이 비
웃음을 숨기려 들지도 않았다. 그는 가게에 서서 기다리고 있
던 아멜리아를 곁눈질로 한 번 쳐다보더니 원래 들어 있던 옅은
갈색 종이봉투에 그림을 다시 싸서는 가엾은 미망인과 그 옆의
클랩 양에게 그것을 건네주었다. 평생 이렇게 아름다운 그림은
본 적이 없으며 화구상이 아무리 적어도 2기니는 줄 것이라 확
신했던 클랩 양에게. 그들은 점점 더 희미해지는 불안한 희망을
안고 런던 시내의 다른 상점들에도 들어가 보았다. "이런 그림
은 필요하지 않습니다." 어떤 상점에서는 이렇게 말을 했다. "나
가세요." 또 어떤 상점에서는 이렇게 사납게 그들을 내쫓았다.
공연히 36펜스만 낭비한 셈이었다. 그림들은 여전히 그것들이
아름답다고 주장하는 클랩 양 방으로 옮겨졌다.

아멜리아는 또 오랜 고민 끝에 무척이나 공을 들여 단정한 글
씨로 작은 카드에 다음과 같은 광고를 적기도 했다. "소녀들에
게 영어와 프랑스어, 지리, 역사, 음악을 지도할 수 있는 부인이
있습니다. 브라운 씨 상점을 통해 연락주세요. AO." 그녀는 마
분지를 샀던 문구상에 가서 이 광고문을 좀 붙여달라고 부탁
해 보았다. 주인장은 더럽고 구더기 슨 카운터의 한쪽에 그 광
고문을 걸어도 좋다고 허락을 해주었다. 아멜리아는 브라운 씨
가 뭔가 소식이라도 전해주지 않을까 기대하며 그 가게 문 앞을
셀 수 없이 지나다녀 보았다. 그러나 브라운 씨는 한 번도 그녀
에게 들어오라는 신호를 보내지 않았다. 소소한 물건 몇 가지를
사기 위해 가게에 직접 들어가 보기도 했지만 그녀 앞으로 남겨

진 메모 같은 것은 없었다. 단순하고 상냥하고 약하기만 한, 가없은 아멜리아. 대체 그녀는 이 거친 세상에서 어떻게 살아남을 것인가?

그녀는 매일 점점 더 수심과 슬픔에 사로잡혔으며 두려움 가득한 눈으로 아들을 가만히 쳐다보곤 했다. 아들은 엄마의 그 표정이 무엇을 의미하는지 도무지 알 수 없었지만. 그녀는 자다가 벌떡 일어나 아들이 잘 자고 있는지, 누군가 아들을 데려가 버린 것은 아닌지 확인하기 위해 조용히 걸어가 아들 방문 안쪽을 들여다보기도 했다. 이제 도통 잠을 이룰 수도 없었다. 똑같은 고민과 공포가 그녀를 계속 사로잡고 놔주지 않았다. 그 길고 조용한 밤 그녀는 얼마나 눈물을 흘리고 또 기도를 올렸던가. 얼마나 여러 번 아들을 보내야 한다는 생각, 자신이 아들의 출세와 성공을 가로막는 유일한 방해물이라는 생각을 애써 지워보려, 아무리 지우려 해도 결국 또 떠오르는 그 생각을 잊어보려 노력했던 것인가. 그러나, 그러나 도저히 보낼 수가 없었다. 적어도 지금은 보낼 수 없었다. 나중에, 조금 더 후에. 생각만으로도 그것은 너무 힘들고 고통스러운 일이었다.

생각이 하나 있었지만 그녀는 곧 얼굴을 붉히며 안 될 일이라고 고개를 저었다. 연금을 부모님이 받으시도록 하고 자신은 비니 목사와 결혼하면 아들과 함께 살 집을 마련할 수 있지 않을까. 그러나 조지의 사진이며 소중한 추억들이 그녀를 꾸짖었다. 사랑과 수치심이 그녀에게 그런 희생은 가당치 않은 것이라고 항변했다. 그녀는 불경스럽다는 듯 그 생각을 외면했고 그 생각은 다시는 그녀의 순수하고 다정한 마음에 떠오르지 못했다.

우리는 한두 문장으로 정리하고 말았지만 이런 갈등이 몇 주 동안이나 가없은 아멜리아의 마음을 괴롭혔다. 그 시간 동안 그녀에게는 터놓고 비밀을 말할 친구 하나도 없었다. 사실 그런 친구를 만들 마음도 없었다. 이 전투에서 질 수도 있다는 가능성을 인정할 수 없었으니까. 그러나 실상 그녀는 매일매일 조금씩 적에게 격퇴당하고 있었다. 이런저런 현실들이 조용히 그녀를 압박하며 밀고 들어와 자리를 잡고 있었던 것이다. 모두의 가난과 비참, 부모님이 겪어야 하는 무시와 곤궁, 아들이 부당하게 겪는 모든 고초들, 이런 것들이 하나둘 이 가엾은 영혼이 자신의 유일한 보배이자 사랑인 아들을 혼신으로 지켜내 온 방어벽을 무너뜨리고 있었다.

갈등이 막 시작되었을 무렵 아멜리아는 부모님의 고달프고 외로운 상황을 꾸밈없이 묘사하며 캘커타에 있는 오빠에게 제발 지금껏 부모님께 보내던 생활비를 중단하지 말아달라고 부드러운 탄원의 편지를 써 보냈다. 그러나 그녀는 실상을 모르고 있었다. 조가 보내는 생활비는 계속해서 규칙적으로 송금되고 있었다. 그러나 그 돈을 수령하는 것은 시내의 한 대부업자였다. 세들리 노인이 허황된 사업 추진 자금을 빌리느라 조에게 오는 정기송금 수령권을 팔아버렸기 때문이었다. 에미는 그 편지가 오빠 손에 도착한 후 다시 답장을 받게 될 때까지의 날을 열심히 계산해 보았다. 편지를 부친 날을 수첩에 적어두기도 했다. 그러나 아들의 대부인 마드라스의 마음 좋은 소령에게는 자신이 겪고 있는 슬픔이며 곤란을 전혀 알리지 않았다. 곧 있을 결혼을 축하한다는 편지를 보낸 후로 다시는 그에게 편지를 써 보내지 않았던 것이다. 그녀는 쓰라린 심정으로, 친구, 그렇게도 자기 일을 염려해주었던 유일한 친구가 이제 떠나고 말았다고 생각했다.

모든 것이 더 악화되어 가던 어느 날, 빚쟁이들의 독촉이 점점 더 심해지고 세들리 부인은 히스테리와 우울증에 사로잡히고 아버지는 평소보다 더 침울하고 가족들 모두 자기만의 불행과 죄책감에 사로잡혀 서로 슬슬 피해 다니던 어느 날, 우연히 아버지와 딸 단 둘이 자리를 함께하게 되었다. 아멜리아는 아버지를 위로할 생각으로 오빠에게 보낸 편지 이야기를 꺼냈다. 그녀는 오빠에게 편지를 보냈으며 서너 달이면 답신이 올 거라고, 오빠는 좀 무심하기는 해도 늘 관대한 편이었으니 부모님의 상황이 얼마나 곤란한지를 알면 자신의 청을 거절하지 못할 것이라고 말을 했다.

그러자 이 딱한 노인네는 마침내 조는 여전히 생활비를 보내고 있으며 자신이 경솔하게도 그 돈의 수령권을 저당 잡히고 일을 벌였다는 사실을 모두 딸에게 털어놓고 말았다. 차마 그 사실을 더 빨리 털어놓을 수가 없었다면서. 풀 죽고 떨리는 목소리로 사실을 털어놓으며 그는 아멜리아의 겁에 질린 창백한 얼굴이 자신을 책망하고 있다고 생각했다. "아!" 그가 고개를 돌리며 떨리는 입술로 말을 했다. "이제 너도 이 늙은 아비를 경멸하는구나!"

"아, 아버지! 아니에요," 아멜리아가 그의 목을 껴안고 여러 번 키스를 하면서 소리쳤다. "아버지는 언제나 따뜻하고 다정한 분이세요. 잘해 보려고 그러신 거잖아요. 돈 때문에 그런 게 아니에요. 그건, 아, 주님! 아, 주님! 부디 자비를 베푸시어 제게 이 시련을 극복할 힘을 주시옵소서." 그녀는 다시 한 번 열정적으로 아버지에게 키스를 퍼붓고는 자기 방으로 돌아갔다.

아버지는 딸의 말이며 자신에게 보여준 격정적인 고뇌가 무엇을 의미하는지 알 수 없었다. 그녀는 마침내 패배했다. 선고가 내려졌다. 아이는 그녀 손을 떠나야 했다. 다른 사람 손에 맡겨져 그녀를 잊어야 했다. 그녀의 심장, 그녀의 보배, 그녀의 기쁨, 희망, 사랑, 숭배의 대상, 아, 거의 그녀의 신이라고도 할 수 있을 아이! 그녀는 그 아이를 포기해야 했다. 그러고 나면 그녀는 남편을 따라가 하늘에서 아이를 바라보며, 마침내 때가 와 하늘에서 다시 아들을 만날 때까지 그곳에서 그를 기다리고나 싶었다.

그녀는 뭘 하는지 의식도 하지 못한 채 모자를 쓰고 조지가 학교에서 돌아오는 길, 그녀가 자주 아들을 마중하기 위해 나가 있곤 하던 그 길로 걸어 나갔다. 그날은 5월의 반공일이었다. 사방에서 나뭇잎이 새로 돋아나고 있었고 날씨는 눈부시게 화창했다. 조지가 혈색 좋게 발그스레한 얼굴로 노래를 부르며 가죽끈으로 묶은 책 꾸러미를 들고 그녀에게 달려왔다. 그녀는 두 팔로 아이를 감싸 안았다. 안 돼, 그럴 수는 없어. 헤어지는 것은 불가능했다. "엄마, 왜 그러세요?" 조지가 물었다. "얼굴이 아주 창백해요."

"아무것도 아니란다, 조지." 그녀는 이렇게 대답하고 허리를 굽혀 아들에게 입을 맞추었다.

그날 저녁 아멜리아는 조지에게 성서의 사무엘 이야기를 읽게 했다. 어머니 한나가 어떻게 아이를 포기하고 주를 섬기게 하기 위해 아들을 대제사장에게로 데리고 갔는지에 대한 이야기를. 조지는 또 한나가 부르는 감사의 노래 역시 낭독했다. 노래는 가난과 부, 천하고 고귀한 것을 주관하시는 분은 하느님이시며 하느님이 어떻게 가난한 사람을 흙더미에서 일으켜·세우시는지, 또 인간이 어떻게 자신의 힘만으로는 강성해질 수 없는지에 대한 것이었다. 그러고 나서 조지는 또 사무엘의 어머니가 작은 코트를 만들어 해마다 제단에 헌물을 바치기 위해 올 때 아들에게 그 코트를 가져다주는 구절도 읽었다. 낭독이 끝나자 아멜리아는 소박하고도 다감하게 이 감동적인 이야기에 대해 아들에게 나름의 해석과 논평을 해주었다. 한나가 아들을 얼마나 사랑했는지 설명해주고 그럼에도 불구하고 맹세 때문에 그를 포기할 수밖에 없었던 사정, 비록 멀리 떨어져 있어도 집에서 아들의 작은 코트를 만들며 얼마나 아들 생각을 했을지 등에 대해서도 말해주었다. 아멜리아는 또 사무엘이 결코 어머니를 잊지 않았을 것이라면서 마침내 때가 되어 아들과 다시 만났을 때 (물론 그 시간은 순식간에 지나갔다) 또 그 아들이 아주 지혜롭고 훌륭한 청년으로 자란 것을 발견했을 때 한나는 한없이 기뻤을 것이 틀림없다고도 덧붙였다. 눈물을 보이지 않고 부드럽고 엄숙한 목소리로 이렇게 작은 설교를 하던 아멜리아는 성경 속의 모자가 다시 만나는 장면에서 갑자기 말을 멈추었다. 그리고 감정이 복받쳐 올라 아이를 가슴에 꼭 안고 두 팔로 흔들면서 아이의 머리 위로 성인 같은 고행의 눈물을 조용히 흘렸다.

마음을 먹고 나자 이 미망인은 결심한 일을 추진하기 위해 필요한 조치들을 취하기 시작했다. 어느 날, 러셀 스퀘어의 오스본 양은 아멜리아로부터 편지를 한 통 받아 읽더니 흥분으로 얼굴이 상기되어(아멜리아는 지난 십 년 동안 그 이름이나 그 집 주소를 한 번도 쓴 적이 없었는데 봉투에 그 이름과 주소를 적고 있노라니 젊은 시절의 일들이 주마등처럼 눈앞에 스쳐 지나갔다.) 테이블 반대쪽 자기 자리에 우울하게 앉아 있던 아버지를 보았다.

간단한 말로 아멜리아는 아들에 대한 기존의 입장을 바꾸게 된 경위를 설명했다. 아버지가 다시 또 사업상 불운을 겪게 되어 완전히 파산하고 말았으며 자신의 수입은 너무 작기 때문에 그 돈으로는 도저히 부모님을 부양하고 조지에게 합당한 양육 환경을 제공할 수 없다, 아이와 헤어지는 것은 대단히 큰 슬픔 이지만, 신앙의 힘으로, 또 조지의 미래를 위해 그것을 견디어 낼 것이다, 아들이 함께 살게 될 친가 식구들이 아이의 행복을 위해 최선을 다할 것이라는 것을 알고 있다, 그녀는 이렇게 말 을 하고 자신이 느끼는 바대로 아이의 성정도 함께 적어두었다. 성미가 급하고 구속이나 명령을 싫어하며 사랑이나 친절에 쉽 게 감동을 받는다고. 그녀는 추신에 자신이 원하는 대로 아이를 만날 수 있다는 문서상 약속이 필요하며 그 조건이 없이는 결코 아이와 헤어지지 않겠다고 부기했다.

"뭐라고? 그 지조 높은 부인께서 허리를 굽히셨다 이건가, 그 래?" 오스본 양이 편지를 읽어주자 오스본 노인이 상기되어 떨 리는 목소리로 말했다. "그래, 다 굶어 죽게 되었다는 거지? 하, 하! 결국 그럴 줄 알았어." 그는 평온을 잃지 않고 평소처럼 다 시 신문을 보려고 노력했다. 그러나 도저히 기사에 집중할 수 없었다. 그는 신문지 뒤에서 킬킬거리며 혼잣말로 욕설을 내뱉 었다.

마침내 그는 신문을 집어 던져버렸다. 평소처럼 딸에게 인상 을 한 번 쓰고 나서 바로 옆 서재로 들어간 그는 곧 열쇠를 들고 다시 나타나 오스본 양에게 휙 하고 열쇠를 던져주었다.

"내 방 위층의 조지 방을, 그 아이 용으로 준비해두어라." 노 인이 말했다. "네, 아버지." 딸이 떨리는 목소리로 대답했다. 그 것은 조지의 방이었다. 지난 십여 년 동안 그 방문은 한 번도 열 린 적이 없었다. 옷가지, 서류, 손수건, 채찍과 모자, 낚싯대와 운 동도구 일부가 아직도 그 방에 보관되어 있었다. 표지에 그의 이름이 적힌 1814년의 군인 명단과 그가 글을 쓸 때 사용하곤 했던 작은 사전, 어머니가 그에게 주었던 성경이 한 쌍의 박차 및 지난 십 년간의 먼지가 뿌옇게 앉은 마른 잉크스탠드와 함께 벽난로 선반 위에 놓여 있었다. 아! 그 잉크스탠드가 사용되던 날로부터 얼마나 많은 시간이 지났으며 얼마나 많은 사람들이 떠나갔는가! 테이블 위에는 아직도 그의 손 글씨가 적힌 습자책이 놓여 있었다.

하녀를 데리고 처음으로 그 방의 문을 연 오스본 양의 마음은 떨렸다. 그녀는 창백한 얼굴로 방 안 작은 침대 위에 앉아보았다. "정말이지 기쁜 소식입니다요, 아가씨." 하녀가 말했다. "이제 좋았던 시절이 다시 올 거예요, 아씨. 그 사랑스러운 도련님이 오시면 틀림없이 그렇게 되겠지요. 아, 도련님도 얼마나 행복하시겠어요! 그러나 메이페어에는 도련님을 두고 뒷말을 하는 이들도 있겠지요." 이렇게 말하면서 하녀는 창문의 덧문 걸쇠를 풀어 바깥 공기가 방안으로 들어오게 했다.

"그 여자한테 돈을 좀 보내도록 해라." 나가기 전에 오스본 노인이 말을 했다. "부족한 것이 없게 해줘야지. 우선 백 파운드를 보내줘."

"그리고 내일 가서 제가 한번 만나볼까요?" 오스본 양이 물었다.

"그건 네가 알아서 하고, 그 여자가 여기에 오는 일은 없도록 해라. 명심해, 무슨 일이 있어도, 런던에 있는 돈을 죄다 준다고 해도, 그 애가 여기에 오는 일은 없도록 하란 말이다. 하지만, 이제 돈이 궁해 고생은 않을 게다. 그러니까 네가 알아서 잘 일을 처리해." 이렇게 짧은 지시를 남기고 오스본은 집을 떠나 늘 하던 대로 시내 사무실로 출근했다.

"아버지, 여기 돈이 있어요." 그날 밤 아멜리아가 늙은 아버지에게 키스를 하고 손에 백 파운드짜리 지폐를 쥐어주며 말을 했다. "그리고, 그리고, 엄마, 조지에게 그렇게 성을 내지 마세요. 이제 이 집에서 저희와 살 날도 그다지 많지 않으니까요." 그녀는 더 이상 말을 잇지 못하고 조용히 방으로 들어갔다. 그녀가 홀로 슬픔에 잠겨 기도할 수 있도록 우리는 그만 돌아서도록 하자. 이런 사랑과 슬픔에 대해서는 될 수 있으면 사설을 덧붙이지 않는 것이 낫다고 생각된다.

전날 메모지에 적어 보낸 대로 다음 날 오스본 양이 찾아와 아멜리아를 만나고 갔다. 그들 간의 만남은 우호적이었다. 오스본 양의 표정이며 몇 마디 말을 듣고 이 가엾은 미망인은 적어도 이 여인에 대해서라면 그녀가 혹 아들의 사랑을 독차지할까봐 두려워할 필요는 없으리라는 것을 깨달았다. 오스본 양은 침착했고 양식이 있었으며 인정을 모르는 여인이 아니었다. 만약 오스본 양이 더 젊고 예쁘고 다감한 사람이었다면 이 어머니의 마음은 한결 더 불편했을 터였다. 그러나 오스본 양은 이전의 일들이며 추억들을 떠올리며 아멜리아의 딱한 상황에 연민을 금할 수가 없었다. 완전히 패배한 아멜리아는 모든 무기를 내려놓고 이렇게 순순히 항복을 선언하고 있었다. 그날 그들은 항복문서에 기록할 조항들에 대해 함께 미리 의견들을 나누었다.

다음 날 조지는 학교에 가지 않고 기다리고 있다가 고모를 만났다. 아멜리아는 둘만 남겨놓고 자기 방으로 들어갔다. 곧 목위로 떨어져 가냘픈 몸을 두 동강 낼 칼날을 느끼고 있었던 레이디 제인 그레이[1]처럼 그녀 역시 닥쳐올 이별을 연습하고 있었던 것이다. 방문을 해 이야기를 주고받고, 이런저런 준비를 하면서 날들이 흘러갔다. 아멜리아는 아주 조심스럽게 그 사실을 조지에게 이야기했다. 그녀는 그 소식에 조지가 무척 놀라고 동요할 것이라 생각했다. 그러나 조지는 오히려 기뻐서 다소 들뜬 모습이었다. 가엾은 엄마는 슬프게 돌아섰다. 그는 그날 학교 친구들에게 자랑스레 그 이야기를 떠들고 다녔다. 자신은 이제 가끔씩 이곳에 오는 외할아버지 말고 자기 아버지의 아버지인 친할아버지와 살게 될 것인데, 그러면 아주 부자가 되어 마차와 말을 갖게 될 것이며 훨씬 더 좋은 학교에 다니게 될 것이라고 말을 했다. 부자가 되면 리더스 필통을 사고 타르트 파는 여자에게 돈을 줄 거라고도 말했다. 그의 다정한 어머니가 생각했던 것처럼 과연 그 아이는 아버지를 꼭 빼닮았던 것이다.

정말이지 가엾은 아멜리아를 생각하면 조지가 떠나기 전의 며칠간 일을 나는 차마 여기에 다 적을 수가 없다.

마침내 그날이 왔다. 마차가 집 앞에 도착했다. 사랑과 추억의 징표들을 담은 작고 초라한 짐 꾸러미들이 벌써 한참 전부터 복도에 준비되어 있었다. 조지는 새 옷을 입고 있었는데 그 옷을 짓기 위해 얼마 전 재단사가 와 치수를 재어 갔었다. 조지는 그날 해가 뜨자마자 일어나 그 새 옷을 입었다. 바로 옆방 침대 위에 누워 있던 어머니는 말없이 슬픔에 잠겨 아이가 옷 입는 소리를 들으며 이별을 기다리고 있었다. 며칠 전부터 그녀는 이 마지막 날을 대비해 여러 가지 준비들을 해두었다. 조지가 쓸 소소한 물건들을 구입해두기도 하고, 책과 속옷에 조지의 것이라고 표시를 해두는가 하면 자상한 엄마답게 그에게도 마음의 준비가 필요하다고 생각하며 앞으로 있을 변화에 대해 미리 이야기를 해주기도 했다.

그러나 그런 변화에 대해 조지는 조금도 신경 쓰는 눈치가 아니었다. 오히려 그 애는 변화를 갈망하고 있었다. 할아버지랑 같이 살게 되면 무엇 무엇을 하리라고 신이 나서 늘어놓는 아이를 보면서 가엾은 미망인은 조지가 정작 자신과 헤어지는 것을 별로 슬퍼하지 않는다는 사실을 깨달았다. "엄마, 조랑말을 타고 자주 엄마를 보러 올 거예요." 그는 이렇게 말을 했다. "와서 마차에 어머니를 모셔가지고 공원으로 드라이브를 가고, 또 어머니가 원하시는 건 뭐든지 다 갖게 해드릴 거예요." 가엾은 어머니는 이렇게 이기적인 애정의 표현에 기쁜 척을 하면서 아들이 자신을 깊이 사랑하고 있다고 믿으려 노력했다. 조지는 나를 사랑하는 것이 틀림없다. 아이들은 모두 다 그러니까. 그저 새롭고 신기한 것에 열광하는 것뿐이다. 그래, 이기적인 것이 아니라 자기 의견이 뚜렷한 것뿐이다. 조지 역시 이 세상의 도락과 명성을 누릴 권리가 있다. 이기심과 아들에 대한 무분별한 애정 때문에 지금껏 그 애가 누려 마땅한 권리와 즐거움을 자신이 가로막고 있지 않았던가.

여자들의 자기 비하와 눈물 섞인 자책보다 더 보기 딱한 것은 많지 없다. 잘못한 것은 남자가 아니라 자신이라고 자책하는 여인들, 모든 잘못을 다 껴안으면서 자신이 저지르지도 않은 잘못에 대해 죗값을 치르려고 드는, 그러면서 고집스럽게 진짜 죄인을 감싸고 드는 그런 여인들! 여인들로부터 가장 큰 사랑과 보살핌을 받는 자들, 바로 그들이 여인들에게 상처를 입히는 자들이다. 타고난 겁쟁이에 폭군인 그들이 자기들 앞에 한없이 허리를 숙이고 몸을 낮추는 여성들을 학대하는 것이다.

가엾은 아멜리아는 조용히 홀로 슬픔을 삼키며 아들을 떠나보낼 채비를 갖추고 있었다. 이 마지막 날에 대비하기 위해 그녀는 얼마나 길고 긴 외로움의 시간을 보내야만 했던가. 조지는 엄마 옆에 서서 조금도 슬프거나 동요한 기색 없이 아멜리아가 자신을 떠나보낼 채비를 하는 것을 지켜보고 있었다. 이 짐 꾸러미들 위로 아멜리아는 얼마나 눈물을 쏟았던가. 그녀는 조지가 좋아하는 책들에 글귀를 적어주고 오래된 장난감과 기념품, 또 아이의 보물들을 기이한 느낌이 들 정도로 공들여 단정히 포장해 두었다. 그러나 조지는 이 모든 것들에 아무 주의도 기울이지 않았다. 엄마는 가슴이 찢어지는데도 아이는 미소를 지으며 그녀를 떠나갔다. 아, 얼마나 마음 아픈 일인가, 허영의 시장에서 아이들을 향한 엄마의 사랑이란 이렇게도 덧없는 것이니.

그로부터 며칠이 흘러갔다. 아멜리아 일생일대의 커다란 사건이 이렇게 마무리되고 있었다. 아무 천사도 나타나지 않았다. 아이는 운명의 제단에 제물로 바쳐졌고 미망인은 완전히 홀로 남겨졌다.

과연 조지는 자주 어머니를 보러 왔다. 아이는 조랑말을 탄 채 마부를 뒤에 대동하고 나타났다. 그러면 그의 늙은 외할아버지 세들리는 기뻐 어쩔 줄 모르며 의기양양하게 외손자의 말 옆에 서 산책을 나 다니곤 했다. 아멜리아는 이렇게 조지를 만날 수 있었다. 그러나 그는 더 이상 그녀의 아이가 아니었다. 호언장담했던 대로 그 애는 말을 타고 이전에 다니던 작은 학교로 친구들을 만나러 가기도 했다. 가서 자신의 새로운 부와 신분을 과시하고 싶었던 것이다. 이틀 만에 그 애는 얼마간 거들먹거리는 태도와 생색내는 태도를 배워서 나타났다. 제 아버지도 그랬던 것처럼, 저 애도 타고나기를 사람들 위에 군림하는 체질이다, 라고 아이의 엄마는 생각하였다.

날씨가 아주 좋은 계절이 돌아왔다. 조지가 오지 않는 저녁이면 그녀는 런던까지, 그러니까 러셀 스퀘어까지 길고 긴 산책을 나가서 오스본 씨 댁 맞은편 정원의 울타리 옆 돌 위에 앉아 쉬

곤 했다. 날이 정말 시원하고 상쾌했다. 그녀는 고개를 들어 불
켜진 객실 창문을 바라보았다. 아홉 시경이 되면 조지가 자는
이 층 방 창문에도 불이 들어왔다. 조지가 말을 해주었기 때문
에 그녀는 그 방이 조지 방이라는 것을 알고 있었다. 그녀는 그
곳에서 방에 불이 꺼질 때까지 겸허한 마음으로 기도를 올렸다.
그러고는 어깨를 구부리고 말없이 집으로 돌아왔다. 집에 오면
완전히 녹초가 되고 말았다. 그러나 어쩌면 그렇게 길고 고달픈
산책을 했기 때문에 잠을 더 잘 수 있었는지도 모를 일이다. 그
리고 어쩌면 조지의 꿈을 꾸었을지도.

어느 일요일, 그녀는 우연히 오스본 댁 저택으로부터 얼마간
거리를 둔 채 러셀 스퀘어 옆을 지나가고 있었다.(그러나 여전
히 멀리에서 그 집을 바라볼 수 있었다.) 안식일을 알리는 종이
사방에서 울려대자 조지와 아이 고모가 교회로 가기 위해 집을
나서는 것이 보였다. 작은 청소부 아이 하나가 적선을 요구하자
성경책을 들고 가던 하인이 그 아이를 멀리 쫓아버리려 했다.
그러나 조지는 멈춰 서더니 그 애에게 돈을 주었다. 아, 저 애에
게 신의 가호가 함께하기를! 에미는 광장을 에둘러 달려가 자신
도 그 청소부에게 자신이 갖고 있던 동전을 쥐어주었다. 사방에
서 안식일을 알리는 교회 종이 울려 퍼지는 가운데 그녀는 조지
일행을 따라 결국 파운들링 교회까지 따라 들어가고 말았다. 그
녀는 아이 아버지의 묘비 아래로 아들의 머리가 보이는 곳에 자
리를 잡고 앉았다. 수백 명의 아이들이 청아한 목소리로 선하신
아버지 하느님을 향한 찬가를 부르기 시작했다. 이 성스러운 찬
송가의 울림을 들은 조지의 영혼은 기쁨으로 전율했다. 그의 어
머니는 눈앞이 흐려져서 한동안 그의 모습을 볼 수 없었다.

51장
독자 분들이 풀지도 못 풀지도 모를
수수께끼 연극

　소수의 선별적인 손님만이 초대받는 스타인 경의 사적인 파티들에 베키가 모습을 드러낸 후 이 훌륭한 여성을 사교계의 정식 회원으로 인정해야 한다는 주장이 곧 힘을 얻게 되었다. 이 도시의 가장 명망 있고 문턱 높은 가문들이 빠르게 그녀를 향해 활짝 문을 열었는데, 그들로 말하자면 독자 여러분이나 이 글을 쓰는 필자 자신이나 감히 범접도 할 수 없는 그런 가문들이라 할 수 있다. 친애하는 독자들이여, 그 웅장한 현관문 앞에서는 몸을 사리도록 하자. 그런 집 현관문 앞에서는 불이 활활 타오르는 은갈퀴를 든 하인이 지켜 선 채 들어갈 자격이 없는 이들을 솎아낼 것만 같다. 사람들 말로는 멋모르는 신문기자가 그런 집 거실에 앉아 만찬에 초대받은 유명 인사들의 이름을 적고 있다가 얼마 되지 않아 그만 죽고 말았다고 한다. 그런 상류사회의 불길을 오랫동안 견디어낼 수 없었던 것이다. 상류사회의 화려한 불길이 마치 유피테르가 그 눈부신 위용으로 철없게도 그의 본래 모습을 보여달라고 간청한 가엾은 세멜레를 태우고 만 것처럼 그 기자를 태워버렸던 것이다. 타고난 한계 너머의 세계를 엿보려다 인생을 망치고 만, 경솔한 나방 같은 세멜라처럼. 티버니아나 벨그라비아 지역[1]에 사는 사람들이라면 세멜레의 신화, 그리고 베키의 이야기 역시 곰곰히 새겨들을 필요가 있을 것이다. 아, 부인들이여, 서리퍼 목사에게 한번 물어보아라. 벨그라비아며 티버니아의 요란한 나팔 소리 징 소리가 마음을 홀리는 미망이 아닌지를. 그 모든 것이 다 결국 사라지고 말 허영일 뿐이다. 언젠가는(다행히 우리 생전에는 그런 일이 없겠지만) 하이드 파크의 정원들 역시 전설 속 바빌론의 원예지대처럼 잊혀지는 날이 올 것이며 벨그레이브 광장 역시 베이커가나 황야 속 타드모르[2]만큼 적막하고 황량해지는 날이 올 것이다.

부인들이여, 위대한 윌리엄 피트 경이 한때 베이커가에 사셨다는 사실을 아시는가? 지금은 쇠락해버린 그 저택의 레이디 헤스터 부인[3] 파티에 초대받기 위해 여러분의 할머니들은 그 어떤 희생도 기꺼이 감수했을 것이다. 여러분에게 이 이야기를 들려드리는 이 작가 역시 그 저택에서 만찬을 들었던 일이 있다. 나는 그 방에서 위대한 사자(死者)들의 유령과 조우했다. 우리가 그 방에서 현 세대의 사람들과 맑은 정신으로 포도주를 나누고 있을 때 사자들의 영혼이 들어오더니 어두운 테이블 주위로 자리를 잡고 앉았다. 폭풍을 헤치며 배를 몰았던 키잡이는 신성한 포도주를 큰 잔으로 몇 잔이고 마셔댔다. 던다스[4]의 영혼 역시 한 방울도 남기지 않고 술잔을 말끔히 비웠다. 애딩턴[5]은 무시무시한 모습으로 능글맞은 미소를 띤 채 인사를 건네며 앉아 있다가도 소리 없이 포도주 병이 돌 때면 누구에게 뒤질세라 술잔을 받곤 했다. 스콧[6]은 숱 많은 눈썹 아래로 오래 묵은 포도주의 유령에게 윙크를 했다. 윌버포스[7]는 천장을 응시하고 있었는데 그래서 자신의 가득 찬 잔이 입에까지 올라왔다가 빈 채로 다시 내려가는 것을 의식하지도 못하는 것 같았다. 어제만 해도 우리 머리 위에 있었던 그 천장, 과거의 숱한 위인들이 모두 바라본 적 있었던 바로 그 천장을 말이다. 이제 그들은 그 저택을 가구 딸린 하숙집으로 세 주고 있었다. 그렇다, 한때 베이커가의 저택에 살던 헤스터 부인도 지금은 황야에 누워 있다. 이오선[8] 역시 베이커가가 아니라 외로운 황야에서 그녀를 만났다.

그러니, 모든 것이 허영이다. 그러나 누구라도 조금씩은 허영이 있는 법이니 그렇지 않다고 자신 있게 말할 수 있는 사람이 그 누가 있단 말인가? 제정신을 가진 사람이라면 그 기쁨이 일시적이고 덧없는 것이라는 이유로 로스트비프를 싫어할 수는 없을 것이다. 물론, 그것 역시 허망한 것이지만, 이 이야기를 읽는 독자 여러분 모두가, 설사 그 수가 오십만이나 된다 하더라도, 평생 살아가는 동안 그런 유익한 허영을 약간씩을 누리실 것을 기원하는 바이다. 자, 신사 여러분, 이제 자리를 잡고 앉아 왕성한 식욕으로 고기의 기름이며 살코기, 그레이비소스며 홀스래디시를 내키는 대로 마음껏 먹도록 하자. 이봐, 존스, 와인 한 잔 더 들지 그래. 이 최상급 소고기도 조금 더 먹고 말이야. 어디 한번 허영을 한껏 채워보고 그럴 수 있는 것에 감사를 드려보자 이 말이야. 그리고 레베카가 누리는 상류사회의 쾌락 역시 할 수 있는 한 즐거운 마음으로 감상해보기로 하지. 이런 것들 역시, 생의 다른 모든 즐거움과 마찬가지로, 결국은 한때의 것일 뿐이니.

그녀가 스타인 경의 파티에 모습을 드러낸 후, 다음 날 클럽에서 크롤리 중령을 만난 페터바라딘 공은 전 같지 않게 중령에게 아는 척을 했고 하이드 파크 드라이브 길에서 크롤리 부인을 만났을 때는 모자를 벗어 정중하게 인사를 건넴으로써 부인에게 경의를 표했다. 크롤리 부인과 그녀의 남편은 즉시 그 집의 지체 높은 본래 소유주가 잠시 영국을 떠나 있는 동안 공이 빌려 묵고 있던 리밴트 하우스의 작은 파티 하나에 초대를 받았다. 식사가 끝나자 레베카는 실로 몇 안 되는 작은 청중을 위해 노래를 부르기도 했다. 스타인 후작 역시 제자의 발전을 지도, 감찰하기 위해 아버지 같은 태도로 그 파티에 참석하고 있었다. 리밴트 하우스에서 베키는 유럽 제일의 신사이자 최고의 정치인 중 하나인 자보티에르 공작을 만날 수 있었는데 당시 프랑스 국왕⁹⁾의 외교사절이었던 그는 이후 프랑스를 대표하는 대사가 되었다. 내 펜으로 이런 위대한 인물들의 이름을 적고 있자니 정말이지 긍지로 가슴이 벅차오르는 것만 같고 베키가 실로 대단한 인사들과 어울리고 있다는 실감이 든다. 그녀는 이제 프랑스 대사관에서 열리는 파티의 일상적인 초대 손님이 되었으며 이 매력적인 마담 라브돈 크라블리[로던 크롤리 부인 ─ 옮긴이]의 참석 없이는 그 어떤 파티도 완성된 것으로 간주되지 않았다.

프랑스 대사관 직원인 트뤼피니(페리고르 가문 출신)와 샹피냐크는 곧바로 이 아름다운 중령 부인의 매력에 완전히 사로잡혀 버렸고 프랑스 남자들이 흔히 그렇듯이 자신들이 이 아름다운 라브돈 부인과 절친한 친구 사이라고 선언하기에 이르렀다.(그러나 영국에 다녀온 프랑스 남자치고 대여섯 가정을 파탄으로 몰아넣고 최소한 같은 수의 여자들 이름을 수첩에 적은 채 돌아오지 않는 이를 찾아볼 수 있단 말인가?)

그러나 나는 그들의 주장이 사실에 부합하는 것인지에 대해 의구심을 품고 있다. 샹피냐크는 에카르테 카드놀이를 대단히 좋아해서 저녁이면 크롤리 중령과 자주 게임을 하곤 했는데 그동안 베키는 정작 다른 방에서 스타인 경에게 노래를 불러주고 있곤 했다. 트뤼피니에 대해서라면 그가 웨이터들에게 진 빚을 갚지 못해 트래블러스 클럽에 감히 출입할 생각도 못하고 있으며 만약 대사관에서 식사를 해결하지 못한다면 점잖은 신사 형편이지만 필시 굶어 죽고 말 것이라는 사실을 누구나 알고 있다. 고로, 나는 베키가 이 두 젊은이 중 누구에게도 특별히 관심이 있었을 것이라고 생각하기 어렵다. 그들은 그녀의 심부름을 하고 장갑이나 꽃을 사다 바쳤으며 빚을 내 오페라 극장 표를 사다 주기도 하는 등 여러가지 방법으로 그녀의 마음을 사보려고 애를 썼다. 그들은 귀여울 만큼 단순한 영어를 써보기도 했는데 그러면 베키는 언제나 즐거워하며 스타인 경 앞에서 둘 중 하나의 흉내를 내고 아주 진지한 태도로 그들에게 영어가 많이 늘었다고 칭찬을 함으로써 늙고 냉소적인 후견인 스타인 후작이 결국 웃음을 터뜨리게 만들었다. 트뤼피니는 베키의 심복을 매수할 생각으로 브리그스에게 숄을 하나 선물하면서 편지도 한 통 함께 부탁했는데, 이 단순한 노처녀는 그만 사람들이 다 있는 자리에서 그 편지를 수신인에게 전달했다. 그런데 그 편지의 문장이 얼마나 우스꽝스러웠던지 편지를 읽은 사람들 모두가 박장대소를 터뜨리고 말았다. 스타인 경 역시 그 편지를 읽었다. 순진한 로던만 빼고 모든 사람들이 다 그 편지를 읽었다 해도 과언이 아니었다. 사실 로던에게 메이페어의 작은 집에서 일어나는 일들을 모두 알려줄 필요는 없었던 것이다.

오래지 않아 베키는 (우리의 고귀한 귀족 사회에서 흔히 사용되는 속어에 따르자면) "최고의" 외국 인사들뿐만 아니라 최고의 영국 인사들로부터도 환영을 받게 되었다. 그러나 여기에서 최고라는 수식어는 가장 덕이 있거나 가장 덕이 없는 것 혹은 가장 영리하거나 지독히 멍청한 것 혹은 최고의 부자이거나 최고의 가문에서 태어났다는 의미가 아니다. 최고라는 수식어는 레이디 피츠윌리스 부인이나 올맥 클럽의 운영자, 레이디 슬로보어 부인, 레이디 그리젤 맥베스 부인(그녀는 글로리의 그레이경 따님 레이디 G. 글로리인데)처럼 의문의 여지가 없는 사람들을 묘사하는 표현이다. 피츠윌리스 백작 부인이(그녀는 킹 스트리트 가문 출신이다, 데브렛 및 버크의 인명록 참조)누군가를 자기 사람으로 선택하면 그 사람은 남자건 여자건 간에 안전하다고 할 수 있었다. 그들에 대해 더 이상 의문을 제기하는 것은 불가능한 일이 되는 것이다. 그건 피츠윌리스 부인이 다른 사람보다 잘나서가 아니었다. 아니, 오히려 그녀는 이제 쉰일곱이나 된 여성으로 아름답지도 않고 돈이 많지도 않으며 그다지 유쾌한 사람도 아니었다. 그러나 그녀가 "최고의 사람들" 중 하나라는 것은 만인에 의해 인정된 사실이었다. 그녀의 초대를 받은 사람들 역시 그러므로 최고의 그룹에 속할 수 있었다. 필시 스타인 부인에 대한 오랜 원한때문인 듯한데 (왜냐하면 황태자의 총애를 받던 포턴셰리 백작의 딸로서 당시에는 젊은 조지나 프레데리카였던 그녀 역시 한때 스타인 후작 부인 자리를 노렸기 때문이다.), 이 유명한 사교계의 대모는 로던 크롤리 부인을 인정하기로 결심하고 자신이 주최한 모임에서 그녀를 향해 눈에 띄게 상냥한 태도로 인사를 건네었다. 그녀는 아들 키츠 경에게 (그는 스타인 경의 후원 덕에 현재의 자리를 차지한 바 있었다.) 크롤리 부인 집을 자주 찾아가라고 권유했을 뿐 아니라 크롤리 부인을 직접 집으로 초대해 만찬 중 두 번이나 그녀에게 아주 공공연히, 큰 은혜나 베푸는 태도로 말을 걸기도 했다. 이 중대한 사실은 그날 저녁 내로 런던 전역에 알려졌다. 크롤리 부인을 헐뜯던 사람들은 모두 입을 다물었다. 스타인 경의 오른팔로서 변호사 겸 재사(才士) 일을 겸하고 있는 웨넘 씨는 어디에서고 크롤리 부인을 칭찬하고 다녔다. 그동안 망설이던 사람들도 즉시 현관문을 열고 그녀를 환영했다. 한때 그렇게 타락한 여자 집을 방문한다고 사우스다운 경에게 주의를 주었던 톰 토디조차 이제 제발 그녀에게 좀 소개를 해달라고 간청하는 신세가 되었다. 간단히 말해 베키는 이제 "최고의" 사람들에게 인정을 받고 그들 무리에 끼게 되었던 것이었다. 아, 친애하는 독자 및 형제들이여, 그러나 섣불리 베키를 부러워할 일은 아니다. 사람들 말이 이런 종류의 영광이란 덧없는 것이라고 하지 않던가. 오늘 우리는 가장 신분 높은 사람들 역시 사실은 그 고귀한 세계 바깥의 헐벗은 방랑자보다 조금도 더 행복하지 않다는 이야기를 듣곤 하는데, 그 상류사회의 핵심에 진출해 심지어 위대한 조지 4세를 직접 알현하기까지 한 베키 역시 후에 그 세계 역시 허영일 뿐이더라는 사실을 토로한 바 있었다.

최고의 사회에 입문한 뒤 베키가 쌓아간 이력에 대해서는 길게 묘사하지 않는 편이 좋겠다. 쓸데없는 헛소문일 뿐이라는 사실을 짐작할 정도의 지혜는 있지만 그래도 여전히 프리메이슨을 둘러싼 여러 의혹들을 설명할 수 없는 것처럼 그 세계에 입문해본 적이 없는 자가 그토록 존귀한 세계를 정확하게 그린다는 것은 불가능한 일이며 따라서 그 세계에 대한 나름의 상상은 각자의 머릿속에나 품고 있는 것이 타당할 것 같기 때문이다.

베키는 이후 종종 자신이 런던 상류층 중에서도 제일 잘나가는 사람들과 어울렸던 이 당시의 일을 이야기하곤 했다. 그녀는 자신의 성공에 흥분했고 의기양양했지만 곧 그런 생활에 권태를 느끼기 시작했다. 처음에는 눈부시게 아름다운 새 드레스들과 장신구들을 어떻게든 장만해(로던 크롤리 부인처럼 수입이 적은 사람에게 이는 결코 쉽지 않은 일이었으며 여러모로 머리를 쥐어짜야 하는 일이었는데) 마차를 타고 근사한 저녁 파티에 참석해 지체 높은 사람들로부터 환영을 받는 것보다 더 신나는 일이 없었다. 어제도 같이 저녁을 먹은, 그리고 내일도 또 만날 것이 틀림없는 그런 이들. 반짝반짝 광나게 닦은 부츠에 하얀 장갑을 끼고 흠잡을 데 없는 옷차림에 보기 좋게 넥타이를 맨 젊은이들이며 놋쇠 단추가 달린 재킷을 입은, 풍채 좋고 고상한 표정의, 예의 바르고 지루하기 짝이 없는 중늙은이들, 그리고 금발에 분홍색 옷을 입은 수줍은 젊은 숙녀들과 다이아몬드로 장식한, 화려하고 위풍당당하며 탐욕스러운 데다 잔뜩 무게를 잡는 그녀들의 엄마들. 그녀들은 소설에서 흔히 묘사되는 것과는 달리 서툰 프랑스어가 아니라 영어로 이야기를 나누었다. 그들은 존스네 집 사람들이 스미스네 집안 이야기를 하는 것처럼 서로의 집이며 지인, 가족에 대해 이야기를 나누었다. 이전부터 베키를 알고 지내던 사람들은 그녀를 미워하고 질투했지만 정작 우리의 딱한 베키는 이 사회에 권태를 느끼며 속으로 하품을 해대고 있었다. "이제 그만 이런 곳에서 나갔으면 좋겠다." 그녀를 이렇게 혼잣말을 하곤 했다. "이런 생활을 하느니 차라리 시골 목사의 아내가 되어 일요학교에서 아이들을 가르치거나 군인의 아내가 되어 부대 짐마차를 타고 다니는 편이 더 낫겠어. 아, 차라리 반짝이 달린 바지를 입고 장날의 무대에서 춤을 추는 것이 이보다는 백배 더 즐거울 텐데."

"당신이라면 아주 잘해낼 텐데 말이야." 그러면 스타인 경은 웃으면서 이렇게 대답했다. 그녀는 이 위대한 신사에게 자신의 권태와 지루함을 솔직히 털어놓곤 했던 것이다. 그러면 그는 그녀의 이야기를 들으며 즐거워하곤 했다.

"로던이 무대 감독 노릇을 아주 멋지게 해낼 텐데, 공연을 이 끄는 사람 있잖아요. 그런 사람을 뭐라고 하죠, 그 왜 큰 부츠에 제복을 입고 채찍을 휘두르며 무대를 돌아다니는 사람 말이에요. 그이는 키가 크고 살집이 있는 데다 군인다운 외모를 가지고 있으니까요." 그녀는 생각에 잠겨 이렇게 계속해서 말을 했다. "전에 어릴 때, 아빠가 브룩그린 페어에 데려가서 쇼를 구경시켜 주신 생각이 나요. 집에 돌아와서 저는 직접 죽마를 한 쌍 만들어서 그 위에 올라가 춤을 춰서는 스튜디오에 있던 아빠의 제자들을 깜짝 놀라게 했었는데 말이에요."

"나도 그걸 봤어야 했는데 말이야." 스타인 경이 대답했다.

"지금도 그걸 다시 해보고 싶어요." 베키가 계속해서 말했다. "그러면 레이디 블링키 부인은 놀라서 눈을 동그랗게 뜨고 그리젤 맥베스 부인은 저를 아주 노려보시겠죠? 쉿! 조용! 저기 파스타가 노래를 부르기 시작해요." 베키는 이런 귀족들의 파티에 참석한 전문 예인(藝人)들에게 언제나 눈에 띄게 공손한 태도를 취했으며 그들이 말없이 앉아 있는 한쪽 구석까지 따라가 모든 사람들이 보는 앞에서 미소를 지으며 그들과 악수하는 일을 게 을리 하지 않았다. 그녀가 사실대로 밝힌 바와 같이 그녀 역시 예술가의 딸이었다. 그녀는 아주 솔직하고 겸손하게 타고난 신분을 밝히곤 했는데 어떤 이들은 이런 태도를 싫어하기도 했고 어떤 이는 그녀에 대한 경계심을 풀었으며 또 어떤 이들은 그런 자세를 퍽 좋게 보기도 했다. "정말이지 뻔뻔한 여자인데"라고 말하는 사람이 있는가 하면, "조용히 앉아서 누군가 말을 걸면 고마워나 해야 할 처지면서 픽도 나부대고 다니는군!"이라고 말하는 사람도 있었고 "참 정직하고 마음씨 착한 여자야!"라고 평하는 이가 있는가 하면 "정말 교활한 계집이지 뭐야!"라고 뒷이야기를 하는 이도 있었다. 사실 이런 말들 모두가 나름의 진실을 담고 있다고 할 수 있다. 그러나 베키는 이런 말들에 아랑곳 않고 자기 나름의 방식으로 처신하면서 이런 예인들을 완전히 손에 넣어버렸다. 그래서 그들은 목이 아픈 데도 불구하고 그녀의 파티에 와서 노래를 불러주고 그녀에게 보수도 받지 않고 노래 지도를 해주기도 했다.

그렇다. 그녀는 커즌가에 있는 자신의 작은 집에서 파티를 열곤 했다. 수십 대의 마차들이 눈부시게 램프를 밝히고 이 거리로 모여들어 요란한 노크 소리 때문에 잠을 자지 못하는 100번가 사람들 혹은 샘이 나서 잠을 자지 못하는 102번가 사람들을 분통 터지게 만들었다. 마차를 몰고 온 덩치 큰 하인들은 도저히 베키의 작은 집 현관에서 다 기다릴 수가 없었기 때문에 이웃 술집에 가서 맥주를 마시고 있다가 심부름꾼 아이가 와서 부르면 다시 돌아가곤 했다. 수십여 명의 런던 멋쟁이들이 이 집에 몰려와 비좁은 계단에서 서로의 발을 밟으면서도 자신들이 그곳에 있다는 사실에 흡족해하곤 했다. 흠잡을 데 없이 조신한 상류사회 부인네들 역시 이 집의 작은 거실에 앉아 전문 가수들이 언제나처럼 마치 창문이라도 깨뜨릴 것 같은 기세로 노래하는 소리를 듣고 있었다. 그러고 나면 다음 날 《모닝포스트》의 사교 모임 란에는 다음과 같은 기사가 소개되곤 했다.

"어제, 크롤리 중령 부처께서 메이페어 자택에서 소수의 명사들을 초대해 파티를 개최했다. 페터바라딘 공 부처, (사절단의 키보브 베이를 통역으로 동반하신) 터키 대사 H. E. 파푸시 파샤 각하, 스타인 후작, 사우스다운 백작, 피트 경 부처, 웨그 씨 등이 참석했다. 만찬 후에 크롤리 부인께서는 스틸턴 공작 미망인, 드 라 그뤼에르 공작, 체셔 후작 부인, 알레산드로 스트라치노르 후작, 드 브리 백작, 샤프추거 남작, 토스티 훈작, 슬링스톤 백작 부인, 레이디 F. 마카당 부인, 맥베스 소장 부처와 그 댁의 두 따님, 패딩턴 자작, 호레이스 포지 경, 샌스 베드윈 경, 보바키 바호더 경 등등과 함께 모임을 가지셨다." 등등. 생략된 부분은 독자들께서 마음 내키는 대로 작은 활자로 마저 여남은 줄을 넣어 완성하시기 바란다.

지체 높은 이들과의 교제에서도 우리의 벗 베키는 낮은 신분의 사람들을 사귀는 과정에서 이미 그 효과를 보여준 바 있었던 그 솔직한 태도를 유지했다. 어느 날인가, 아주 멋진 저택에 초대받아 갔던 날, 레베카는(필시 사람들에게 과시하기 위해서) 프랑스의 아주 유명한 테너 가수와 프랑스어로 대화를 나누고 있었는데 그리젤 맥베스 부인이 그 둘을 어깨 너머로 바라보고는 인상을 찌푸렸다.

"부인께서는 정말 프랑스어를 잘하시는군요." 출신지 에딘버러의 억양을 섞인 우스꽝스러운 프랑스어를 구사하는 그리젤 부인이 이렇게 말을 걸었다.

"잘할 수밖에요." 베키는 눈을 아래로 내리깔며 겸손하게 대답했다. "학교에서 아이들에게 프랑스어를 가르치기도 했고 저희 어머니는 프랑스 분이신걸요."

그리젤 부인은 베키의 겸손한 태도에 감복해 이 작은 여인에 대해 갖고 있던 반감을 버리게 되었다. 그녀는 신분 질서가 엉망으로 무너져 온갖 종류의 인간들이 다 상류사회를 기웃거릴 수 있게 된 당대의 상황에 통탄을 금치 못하고 있었다. 그러나 그녀는 크롤리 부인은 적어도 자신의 신분을 잊지 않고 그에 맞게 처신하고 있다는 평가를 내렸다. 그녀는 덕 있는 여인이었다. 자신보다 가난한 사람들을 동정할 줄 알고 아둔하긴 하지만 조신하고 의심 모르는 그녀가 여러분이나 이 작자보다 자신이 더 월등한 인간이라고 생각하는 것이 그녀의 잘못만은 아니다. 그녀 조상의 옷자락은 수 세기 동안 존경과 찬탄의 입맞춤을 받아왔다. 이 위대한 집안의 선조가 스코틀랜드 왕이 되었을 때 시해당한 덩컨 왕의 대신과 귀족이 이 집 선조의 타탄 옷자락에 손을 대며 왕으로 인정했던 것도 벌써 천 년 전 일이라고, 그들은 말을 했다.

베키의 노래를 들은 후, 스타인 부인은 베키에게 완전히 무릎을 꿇었으며 그녀를 싫어하지도 않는 눈치였다. 곤트 저택의 젊은 며느리들 역시 결국 패배를 선언하지 않을 수 없었다. 한 번인가 두 번쯤, 사람을 고용해 그녀를 공격하게 한 일이 있었지만 그 시도도 실패로 돌아갔다. 영리한 레이디 스터닝턴 부인이 그녀에게 말싸움을 걸어보았으나 용감무쌍한 베키의 반격에 완패하여 물러나고 말았다. 때때로 이런 공격을 받을 때면 베키는 위협적인 발톱을 순진하고 침착한 얼굴 밑에 숨기고 전투에 응하는 재주가 있었다. 그녀는 아이처럼 순진한 얼굴로 서늘한 독설을 내뱉은 다음 좌중 모두가 그것이 실수라는 사실을 알 수 있도록 다시 순진한 표정으로 사과를 하곤 했다.

잘 알려진 입담꾼으로 스타인 경을 추종하며 그 집 식객 노릇을 하고 있는 웨그 씨가 한번은 부인네들의 사주를 받아 베키를 골탕 먹이려 든 일이 있었다. 어느 날 저녁 이 점잖은 양반은 마치 "자, 이제 잘 보십시오"라고 말하는 듯 자신을 사주한 부인네들을 향해 추파를 던지며 윙크를 한 번 하고 나서 경계를 풀고 식사를 하던 베키를 향해 공격을 시작했다. 갑작스러운 공격에 직면하긴 했지만 베키 역시 나름의 무기를 상비하고 있던 터라 즉시 반격 태세를 갖추고 급소를 찌르는 말로 그의 모욕을 되받아침으로써 결국 그가 수치심으로 얼굴을 붉히게 만들었다. 그러고 나서 그녀는 더할 수 없이 침착한 태도로 미소를 띤 채 다시 수프를 먹기 시작했다. 웨그의 가장 큰 후원자로서 그에게 식사를 제공하고 때때로 돈도 좀 빌려주면서 선거와 관련된 일이나 신문기사 관련 업무, 그 밖의 소소한 일을 시키기도 하는 스타인 경이 이 운 나쁜 양반을 어찌나 사납게 노려보았던지 그는 그만 식탁 밑으로 기어들어가 눈물을 터뜨릴 지경이었다. 그는 식사 내내 한 번도 말을 걸지 않는 스타인 경과 자신을 외면하며 모르는 척하는 부인네들을 애원하는 눈빛으로 바라보았다. 마침내 베키가 그를 딱하게 여겨 말을 걸어주었다. 이후 그는 육 주 동안이나 식사에 초대받지 못했다. 스타인 경의 심복인 피슈 씨가 찾아오자 웨그는 물론 그의 비위를 맞추기 위해 몹시 애를 썼다, 다시 한 번 크롤리 부인에게 그렇게 무례한 행동을 하거나 부인을 멍청한 농담의 소재로 삼는다면 스타인 경께서는 그의 약속어음을 모두 변호사에게 넘겨버리고 그동안의 빚을 청산하기 위해 그의 재산을 무자비하게 매각해버릴 것이라는 통고를 하고 갔다. 웨그는 피슈 앞에서 눈물을 보이며 제발 스타인 경께서 마음을 푸시게 말을 좀 잘 해달라고 애원했다. 그는 R. C.라는 이니셜의 부인을 칭송하는 시를 한 편 써서 그것을 자신이 주관하는 《해럼스캐럼 매거진》 지면에 실었다. 파티에서 베키를 만나면 선처를 호소했고 클럽에서 로던을 만나면 굽실대며 아첨을 해댔다. 결국 얼마 후 그는 다시 곤트 저택에 돌아와도 좋다는 허락을 받았다. 베키는 언제나 그에게 친절했고 그를 보면 재미있어했으며 결코 화를 내는 일이 없었다.

스타인 경의 가장 믿음직한 수행원으로서 일도 더 많이 맡아보는 웨넘 씨는(그는 국회에 좌석을 하나 가지고 있었을 뿐만 아니라 스타인 경의 저녁 만찬 자리에도 고정석이 있었는데) 웨그 씨보다 말과 행동에 한결 더 신중했다. 속으로야 갑자기 신분이 상승한 인간들을 얼마나 싫어했든 간에(그 자신은 완강한 정통 왕당파 지지자였으며 아버지는 잉글랜드 북부에서 작은 석탄 상회를 운영했는데), 이 수석보좌관은 새로이 후작의 총애를 입고 있는 이 인물에게 어떤 적대감도 드러내지 않고 속모를 친절과 정중하긴 하지만 뭔가 찜찜한 예의를 유지했는데 베키로서는 이런 태도가 대놓고 적대감을 드러내는 사람들 태도보다 어쩐지 더 불편하고 불안했다.

크롤리 부부가 상류사회 인사의 접대를 위해 필요한 비용을 어떻게 마련했는지는 당시 사람들 입에 곧잘 오르내리던 화젯거리인데 필시 이런 뒷이야기 덕에 그런 작은 모임들의 여흥이 한결 돋워졌을 것임에 틀림없다. 어떤 사람들은 피트 크롤리 경이 동생에게 상당한 금액의 생활비를 줄 거라고 주장했는데 만약 그게 사실이라면 준남작에 대한 베키의 영향력이 실로 굉장한 것이었거나 아니면 나이가 들어감에 따라 준남작의 성격이 상당히 변한 것이 틀림없었다. 또 다른 사람들은 베키가 상습적으로 남편 친구들에게 돈을 빌리고 다닌다고 주장하기도 했다. 이 사람에게 가서 집의 물건들이 모두 압류를 당하게 되었다고 눈물을 흘리며 호소를 하는가 하면 또 다른 이에게 가서 무릎을 꿇고 이런저런 비용이 지불되지 못한다면 온 가족이 채무자 감옥에 들어가거나 아니면 자살이라도 해야 할 판이라고 사정을 한다는 것이었다. 사람들 말로는 사우스다운 경이 그녀의 이런 눈물겨운 호소에 수백 파운드를 건네준 바 있으며 (모자와 군장비 제조업자인 타일러 펠섬 사의 아들로서) 크롤리 부부를 통해 사교계에 발을 들이게 된 ××기병대의 젊은 펠섬 역시 비슷한 수법으로 베키에게 상당액을 뜯긴 희생자 중 하나라고들 했다. 사람들은 또 그녀가 정부에 그럴듯한 자리를 하나 마련해 줄 것처럼 행세하며 순진한 사람들 여럿에게 돈을 뜯어냈다고 주장하기도 했다. 그 외에도 우리의 죄 없는 벗 베키에 대해 오고 간 이야기들을 누가 다 짐작이나 하겠는가? 만약 사람들 말처럼 그녀가 정말로 그렇게 많은 돈을 구걸해 얻고, 빌리고, 또 갈취했다면 그녀는 그 돈을 은행에 맡기고 남은 평생을 정직하게 살아갈 수도 있었을 것이다. 그러나 그건 너무 앞질러 간 추측일 뿐이다.

사실 알뜰하고 영리하게 살림을 꾸려가기만 한다면, 다시 말해 현금을 아끼고 거의 누구에게도 돈을 지불하지 않는다면, 아주 적은 수입으로도, 적어도 한동안은 꽤 번듯한 삶을 사람들에게 선보일 수 있는 것이다. 말도 많은 베키의 그 파티들 역시 사실은 따지고 보면 사람들 생각처럼 그렇게 자주 열렸던 것은 아니며 그 파티에 들인 비용이라 봤자 기껏해야 방을 밝히는 데든 양초값 정도에 불과했다. 스틸브룩과 퀸스 크롤리에서 사냥으로 나온 고기와 과일을 넉넉하게 보내주었고 스타인 경의 식품저장고 역시 베키 마음대로 사용할 수 있었으며 이 굉장한 귀족 댁의 유명한 요리사들 역시 그녀의 작은 부엌에 나와 만찬을 위한 요리들을 준비하거나 스타인 경의 명령에 따라 맛보기도 힘든 온갖 진귀한 음식들을 만들어 보내기도 했다. 나는 당시 사람들이 베키에게 한 것처럼 죄 없고 순진한 사람을 비방하는 것은 부끄러운 일이라고 주장하는 바이며 그녀에 대한 온갖 뒷이야기들을 10분의 1도 믿지 마시라고 권고하는 바이다. 빚을 지고 갚지 못하는 사람들을 죄다 사회에서 추방해버리거나 다른 사람의 사생활을 몰래 들여다보고 그들의 수입을 어림짐작해본 뒤 그 지출이 수입에 걸맞지 않는다는 이유로 그들과 절교해버린다면 허영의 시장은 얼마나 황량하고 쓸쓸하며 살기 힘든 장소가 될 것인가! 그렇게 되면 사람들은 모두 이웃에게 등을 돌릴 것이며, 아, 친애하는 독자 분들이여, 문명의 혜택 역시 모두 사라지고 말 것이다. 사람들은 서로 싸우고 욕하면서 고개를 돌릴 테고 집들은 동굴이나 헛간처럼 될 것이며, 누가 보든 말든 신경도 쓰지 않을 터이므로 옷들도 넝마같이 입고 다닐 것이다. 그러면 집세는 떨어지고 파티는 열리지 않을 것이며 도시의 상인들도 죄다 파산하고 말 것이다. 사람들이 어리석은 원칙에 집착하여 싫어하는 사람들과는 어울리지 않고 그들을 욕하기만 한다면, 포도주며 양초, 식품들과 입술연지, 버팀대를 넣은 페티코트, 다이아몬드, 가발, 루이 카토르즈 장신구들, 골동품 사기그릇이며 공원의 전세마차와 앞발을 쳐드는 최상급 말들, 그러니까 인생의 모든 쾌락과 기쁨이라 할 수 있는 것들은 모두 없어지고 말 것이다. 반면, 얼마간의 자비와 상호 간 관용이 있으면 만사가 한결 더 즐겁고 순조롭게 흘러가게 마련이다. 어떤 이를 원하는 만큼 비방하고 그놈이 아직까지 교수형을 당하지 않은 최고의 악당이라고 불러도 무방하다. 그러나 그렇다고 우리가 정말 그 사람이 교수형에 처해지길 바라는 것일까? 천만의 말씀. 그를 만나면 우리는 악수를 하고 그 집에 훌륭한 요리사가 있으면 마음을 풀고 가서 함께 식사를 나누며 그 역시 우리에게 똑같이 굴 것을 기대한다. 그리고 그 덕에 상업은 번창하고 문명은 진보하며 평화가 유지되는 것이다. 매주 새로운 모임에 입고 갈 옷들이 지어지고 지난해 시장에 나온 라피트[10] 역시 포도밭 농장주에게 합당한 이익을 안겨줄 것이다.

이 글이 쓰이던 당시는 조지 폐하의 통치를 받고 있던 시기로서 숙녀들이 사실상 오늘날 유행하는 단순한 소매와 귀여운 화관 대신 양 다리 모양의 삼각 소매에 머리에는 거북 등딱지로 만든 부삽처럼 큰 빗을 장식으로 꽂고 다녔지만, 상류사회의 풍습은, 단언컨대, 그때나 지금이나 근본적으로 다르지 않으며 오락 역시 상당히 비슷하다고 할 수 있다. 바깥에서 경찰들 어깨 너머로 궁전이나 무도회장에 들어가는 아찔하게 아름다운 부인들을 바라보는 우리에게는 그들이 천상의 존재처럼 느껴지며 우리 같은 인간들은 범접도 하지 못할 지고의 행복을 누리고 있는 존재처럼 생각된다. 그러나 우리가 베키의 이야기를 지금 이렇게 적고 있는 이유는 바로 그렇게 낙담한 이들을 위로하기 위함이다. 베키 역시 잘나가는 사람들 사회에 들어가 그들 모두가 겪는 시련과 승리, 실망을 제 몫만큼 경험했으므로.

당시에는 수수께끼 연극이라는 재미난 오락이 프랑스에서 수입되어 영국에서 상당한 인기를 누리고 있었는데, 이 연극 덕에 상당수의 아름다운 부인들과, 몇 명 되지는 않지만 기지 넘치는 부인들이 매력과 재치를 사람들 앞에 과시할 수 있었다. 필시 자신이 기지와 미모 모두를 갖추고 있다고 믿었던 베키의 부추김 때문에 스타인 경 역시 곤트 저택에서 몇 편의 작은 수수께끼 연극을 상연하는 모임을 열기로 결정했다. 이제 독자 여러분께 이 여흥을 소개하기 위해 자리를 옮기면서, 그러나 나는 다소간 섭섭한 마음을 금할 길이 없다. 이 수수께끼 연극을 끝으로 독자 여러분께 앞으로는 더 이상 상류사회의 여흥을 보여드릴 수 없을 테니 말이다.

곤트 저택의 으리으리한 화랑 일부가 수수께끼 극장의 무대로 꾸며졌다. 이 방은 조지 3세의 재위 기간 동안에도 한 번 연극무대로 사용된 적이 있었다. 방에는 아직도 곤트 후작이 머리에 분칠을 하고 분홍색 리본을 단 채 애디슨의 비극[11]에서 카토 역을 연기하는 그림이 걸려 있었다. 관객은 당시의 황태자와 오스너버러 주교, 윌리엄 헨리 공 등이었는데, 당시 그들은 카토로 분했던 배우 곤트 후작과 마찬가지로 아직 새파란 젊은이들이었다. 그때 이후 죽 그곳에 보관된 있던 소품들 몇 가지가 다락에서 나와 현재의 연극을 위해 다시 수선되었다.

당시의 고상한 멋쟁이로서 동방 여행가이기도 했던 젊은이 베드윈 샌스가 연극의 총감독을 맡았다. 그 시절에는 동방 여행가 하면 꽤 대단한 사람으로 생각되었는데 여행기를 출간했을 뿐만 아니라 사막의 텐트 아래에서 몇 달이나 지내기도 한 모험가 베드윈은 상당한 저명인사라 할 수 있었다. 그가 쓴 책에는 여러 가지 동방 의상을 차려입은 샌스의 초상화가 포함되어 있었다. 그는 또 브라이언 드 부아길베르[12]만큼 험상궂은 외모의 검둥이 흑인을 데리고 여행을 하기도 했는데 베드윈과 그의 의상들, 그리고 그의 검둥이 하인은 곤트 저택의 이번 연극에 상당한 기여를 할 존재들로 환영을 받았다.

그가 첫 번째 연극을 이끌었다. 거대한 깃털 장식을 단 터키인 관리가 긴 의자에 누워 수연통을 빨고 있는 모습이 처음 무대에 상연되었다.(오스만투르크의 보병대 예니체리가 여전히 존재한다는 가정 아래 이 무대에서는 둥글고 붉은 이슬람식 모자 타부시가 사용되기 이전 시기의, 진정한 회교도들의 웅장한 전통 머리 장식이 연출되었다.) 숙녀들을 생각해서 무대에서 피우는 담배 역시 진짜 담배가 아니라 태우면 좋은 향이 나는 허브들이 사용되었다. 터키인 관리는 하품을 하면서 무료함과 지루함을 표현했다. 그가 손뼉을 치자 키가 크고 호리호리하며 흉악한 인상을 한 누비아 출신의 흑인 하인 메스루르가 맨팔에 팔찌를 차고 터키식 검에 온갖 동방풍 장신구들을 달고 방 안으로 들어왔다. 그가 터키 관리 아가에게 예를 갖춰 회교도식 인사를 했다.

관중들 사이로 흥분과 공포의 전율이 일어났다. 숙녀들은 서로 귓속말을 주고받기도 했다. 베드윈 샌스는 이집트인 고관에게 체리브랜디 서른여섯 병을 주고 이 검둥이 노예를 데려왔다. 그는 엄청나게 많은 후궁들을 자루에 싸 나일 강에 던진 이력을 가지고 있었다.[13]

"노예 상인을 들이도록 하라." 터키인 관리가 손을 흔들며 탐욕스러운 표정으로 말을 했다. 메스루르가 노예 상인을 주인 앞으로 데려왔다. 그는 베일을 쓴 여성을 데리고 있었다. 그가 베일을 걷어내자 환희의 박수 소리가 저택에 울려 퍼졌다. 베일 뒤에는 아름다운 두 눈과 머리카락의 윙크워스 부인이 있었다. (그녀가 압솔롬의 딸 줄레이카를 연기하고 있었다.) 그녀는 매력적인 동방식 의상을 입고 두 갈래로 땋아 늘인 검은 머리 위로 셀 수 없이 많은 보석들을 달고 있었으며 드레스는 터키 금화로 덮여 있었다. 음탕한 터키 관리는 그녀의 아름다움에 반한 모습이었다. 그녀는 무릎을 꿇고 그에게 제발 자신을 고향으로, 자신을 잃고 슬퍼하는 연인이 있는 체르케스의 산악 지대로 돌려보내 달라고 애원했다. 그러나 그 어떤 간청도 완고한 하산의 마음을 움직일 수 없었다. 체르케스에 있는 신랑 이야기에 그는 코웃음을 쳤다. 줄레이카는 두 손으로 얼굴을 감싸고 더할 수 없이 아름다운 모습으로 절망을 표현하며 주저앉았다. 이제 그녀에게는 아무런 희망도 없는 것 같았다. 그런데 그때 흑인 내시 하나가 들어왔다.

손에는 왕이 보낸 서신이 있었다. 하산이 그 무서운 서신을 받아 머리 위로 올렸다. 무시무시한 공포가 그를 사로잡았다. 반면 검둥이 내시의 얼굴에는(메스루르가 다른 옷을 입고 나와 이역을 연기했는데) 섬뜩한 기쁨의 표정이 스쳐 갔다. "자비! 자비를!" 내시가 무시무시한 표정으로 미소를 지으며 활을 꺼내 들자 터키인 관리가 소리쳤다.

내시가 막 그 무시무시한 도구를 이용하려 할 때 커튼이 내려지고 하산이 그 안에서 "첫 번째 두 음절"이라고 소리를 질렀다. 역시 이제 곧 연극에 등장할 로던 크롤리 부인이 앞으로 나와 윙크워스 부인의 고상한 취향과 아름다운 의상을 칭찬하고 들어갔다.

수수께끼 연극의 두 번째 막이 시작되었다. 배경은 여전히 동방이었다. 다른 옷을 입은 하산이 이제 완전히 자신의 여자가 된 줄레이카의 시중을 받으며 등장한다. 흑인 내시는 이제 아주 온순한 종이 되어 있다. 사막에 해가 뜨자 터키인들은 머리를 동쪽으로 하고 사막을 향해 절을 했다. 낙타가 없기 때문에 대신 악대가 경쾌하게 「낙타가 오고 있네」라는 곡을 연주했다. 거대한 이집트인의 머리가 무대에 나타나고 웨그 씨가 작곡한 경쾌한 노래가 흘러나와 동방 여행자들을 놀라게 만든다. 놀란 동방 여행자들이 「마술 피리」의 파파게노와 무어인 왕처럼 춤을 추며 뛰어다닌다. 거대한 머리가 "마지막 두 음절"이라고 소리친다.

마지막 장이 시작되었다. 이번에는 그리스군의 텐트가 배경이었다. 키가 크고 체격이 좋은 남자가 텐트 안 침상에서 쉬고 있다. 머리 위로 투구와 방패가 걸려 있었다. 이제 투구나 방패는 필요하지 않았다. 트로이는 멸망했고 이피게네이아는 희생되었으며 카산드라는 밖의 감옥에 갇혀 있었다. 그리스군 전체를 지휘하는(크롤리 중령이 이 역을 연기하고 있었는데 물론 그는 트로이의 멸망이며 카산드라의 굴복 등에 대해서는 아무것도 아는 바가 없었다.) 아가멤논은 아르고스의 그의 방에서 잠을 자는 중이다. 램프 불빛 때문에 잠자는 전사의 커다란 그림자가 벽 위에 어른거린다. 트로이의 검과 방패도 그 램프 불빛에 반짝거린다. 석상이 들어오기 전 악대가 「돈 조반니」[14]의 무서운 곡을 연주한다.

아이기스토스가 창백한 얼굴로 살금살금 텐트 안에 들어온다. 텐트 뒤쪽에서 불길한 시선으로 그를 바라보는 무서운 얼굴은 누구의 것인가? 어서 내려치라는 듯 넓은 가슴을 드러내며 침상에서 돌아눕는 왕 위로 그가 단도를 치켜든다. 그러나 그는 도저히 자고 있는 그 위대한 지휘관을 찌를 수가 없다. 그때 클리타임네스트라가 유령처럼 소리 없이 방 안으로 미끄러져 들어온다. 아무것도 걸치지 않은 팔은 새하얗고, 황갈색 머리카락은 어깨 위에서 물결치며, 얼굴은 무섭도록 창백한데 번득이는 두 눈에는 너무도 무서운 미소가 어려 있어 그녀를 바라보는 관객들의 몸이 다 떨릴 지경이었다.

방 안에는 전율이 흘렀다. "맙소사!" 누군가가 내뱉었다. "로던 크롤리 부인이잖아."

그녀는 조롱하듯 아이기스토스의 손에서 단도를 낚아채 침대로 다가갔다. 흔들리는 램프 불빛 속에서 그녀의 머리 위로 번득이는 단도가 보이더니 신음 소리와 함께 불빛은 꺼지고 사방이 깜깜해지고 말았다.

마지막 장면과 어둠 때문에 사람들은 겁을 먹고 말았다. 레베카가 소름 끼치도록 실감 나게 자신의 역을 연기했기 때문에 관객들은 모두 완전히 얼어붙어 홀의 불이 다시 다 밝혀지고 사람들이 요란하게 박수를 치기 시작할 때까지 아무도 입을 열 수 없었다. "브라보! 브라보!" 늙은 스타인 경의 쇳소리가 다른 소리들을 제압하며 울려 퍼졌다. "장담컨대, 베키 역시 기꺼이 남편에게 단도를 꽂을걸." 이 사이로 스타인 경이 나지막하게 내뱉었다. 관객들이 "총감독! 클리타임네스트라!"를 연호하며 배우들을 불러대자 연기자들 모두가 다시 무대 위로 올라왔다. 아가멤논[15]은 그리스 식 속옷 튜닉을 입고 있었기 때문에 무대 앞에는 설 수 없어 아이기스토스와, 이 작은 연극에 출연했던 다른 배우들과 함께 무대 뒤쪽에 서 있었다. 베드윈 샌스가 줄레이카와 클리타임네스트라를 이끌고 올라왔다. 한 저명인사가 매력적인 클리타임네스트라에게 꼭 인사를 하고 싶다고 우겨댔다. "아하? 그를 찔러 죽이고 다른 사람하고 결혼하겠다는 건가? 그래?" 전하께서도 이렇게 적절한 농담을 던지셨다.

"로던 크롤리 부인, 맡은 역을 아주 근사하게 해내셨는걸요." 스타인 경의 말이었다. 베키가 건방지면서도 즐거운 얼굴로 웃음을 터뜨리더니 그 어느 때보다 귀엽고 사랑스러운 모습으로 살짝 허리를 굽혀 경에게 답례했다.

하인들이 여러 가지 시원한 고급 다과를 쟁반에 가득 담아 들어왔다. 배우들은 두 번째 수수께끼 극을 준비하기 위해 무대 뒤로 사라졌다.

이번 수수께끼 연극의 세 단어는 대사 없이 몸짓만으로 표현될 예정이었다. 공연은 다음과 같은 순서로 진행되었다.

첫 번째 음절. 배스 기사 훈장의 소유자인 로던 크롤리 중령이 모자를 깊숙이 눌러 쓰고 커다란 코트에 지팡이를 짚은 채 마구간에서 빌린 등불을 손에 들고 나타나 사람들에게 시간을 알려주기라도 하듯 소리를 지르며 무대 위를 가로질러 지나간다. 아래층 창문으로 두 명의 보부상이 카드 게임을 하는 모습이 보이는데 게임이 별로 재미없는지 그들은 연방 하품을 하고 있다. 방문이 열리고 여관의 구두닦이처럼 보이는 한 사내가(G. 링우드 경이 이 역을 연기했는데) 들어와 그들에게 다가갔다. 링우드 경은 그 역을 아주 완벽하게 연기하며 두 상인의 신발을 벗겨 들었다. 곧 하녀 하나가(그건 바로 사우스다운 경이었다.) 두 개의 촛대와 탕파를 들고 나타나 이 층 방으로 올라가더니 탕파로 침대를 데웠다. 하녀는 상인들의 시선을 막기 위해 탕파를 마치 무기처럼 사용하며 무대 밖으로 사라졌다. 상인들은 수면 모자를 덮어쓰더니 창문의 블라인드도 내렸다. 구두닦이가 나와 일 층 방 덧문을 닫아걸었다. 관객들은 그가 안에서 문을 잠그느라 철컹대며 고리를 거는 소리를 듣는다. 「잘 자요, 잘 자요, 내 사랑」이라는 곡이 흘러나온다. 커튼 뒤에서 누군가가 "첫 번째 음절"이라고 소리친다.

두 번째 음절. 갑자기 불이 환하게 밝혀진다. 음악이 「파리의 장」에 나오는 오래된 노래 「여행은 얼마나 즐거운지」를 연주한다. 무대는 여전히 같은 장면을 보여준다. 무대 위 저택의 일 층과 이 층 사이에 스타인 가문의 문장이 그려져 있는 것을 볼 수 있다. 집안의 모든 종이 울려대는데 아래층에서는 한 사내가 긴 종잇조각을 다른 이에게 보여주고 있다. 그러나 그는 주먹을 흔들어대고 협박을 하면서 이건 말도 안 되는 일이라고 고함을 지른다. "이봐, 마부, 내 마차를 다시 가져오게." 다른 이가 문을 향해 소리친다. 그가 하녀의 턱 밑을 가볍게 툭 치고 지나간다.(사우스다운 경이 하녀를 연기했다.) 전설적인 여행자 오디세우스가 떠날 때 칼립소가 그랬던 것처럼 그녀 역시 그가 떠나는 것을 슬퍼하는 것처럼 보인다. 구두닦이가 식탁용 포도주병이 든 나무 상자를 들고 지나가면서 아주 섬세한 유머를 담아 천연덕스럽게 "술병이오" 하고 소리치자 관객들 전체가 갈채를 보내었고 누군가 꽃다발을 하나 그에게 던지기도 했다. 찰싹, 찰싹, 찰싹 채찍 소리가 들려온다. 여관 주인과 하녀, 급사가 서둘러 문 쪽으로 달려간다. 누군가 중요한 손님이 도착한 것 같은데 이때 커튼이 닫히고 커튼 뒤쪽에서 연극의 총감독이 "두 번째 음절"이라고 외치는 소리가 들려온다.

"아무래도 '호텔'이 답인 것 같은데." 친위대의 그리그 대위가 말하자 그의 영리함에 관객들 대부분이 호응하며 웃음을 터뜨린다. 사실 그의 추측은 정답에서 그다지 멀지 않았다.

세 번째 음절을 위한 무언극이 준비되고 있는 동안 악대가 「다운스 항구의 모든 것」이며 「멈춰라, 사나운 북풍이여」, 「브리타니아를 다스릴지니」, 「오, 비스케 만에서」 같은 바다 관련 곡들을 연이어 연주했다. 필시 바다에 관련된 상황이 무대 위에 펼쳐질 모양이었다. 커튼이 한쪽으로 젖히면서 종소리가 들려왔다. "제군들이여, 상륙 준비!" 누군가가 이렇게 소리쳤다. 사람들은 서로 헤어지더니 짙은 색 커튼으로 표현된 구름 쪽을 걱정스럽게 가리켰다. 그들은 두려운 표정으로 고개를 끄덕였다. 스큄스 부인(다름 아닌 사우스다운 경)이 애견과 짐가방, 손가방을 든 채 남편과 바다에 앉아 뭔가 밧줄 같은 것을 꽉 부여잡고 있었다. 분명히 배 안 풍경이었다.

삼각모를 쓰고 망원경을 든 선장(배스 훈장 수상자인 크롤리 중령)이 머리 위 모자를 부여잡고 나타나 밖을 내다본다. 코트 자락이 바람 때문인 듯 휘날린다. 망원경을 보기 위해 잡고 있던 모자에서 손을 떼자 그의 모자가 날아가고 관중석에서는 커다란 박수가 터져 나온다. 거센 바람이 불고 있었다. 음악 소리가 점점 높아지고 호각 소리도 점점 더 요란해졌다. 배가 몹시 흔들리는 듯 혼비백산한 선원들이 무대 위를 기어 다녔다. 선원 하나가(G. 링우드 경이 그를 연기했다.) 여섯 개의 대야를 들고 비틀거리며 무대 위를 지나간다. 그가 대야 하나를 재빨리 스큄스 부인 옆에 내려놓는다. 그녀는 처량하게 짖어대는 개를 한 번 꼬집더니 손수건을 얼굴에 대고 선실로 가려는 듯 달려가 버린다. 음악이 폭풍의 흥분을 가장 높고 거친 음조로 표현하는 가운데 세 번째 무언극도 끝이 난다.

그리고 나서 짧은 프랑스 발레곡 「로시뇰」16)이 연주되었다. 당시 프랑스 무용수 몽테쉬와 노블레가 이 극으로 유명세를 탔는데 웨그 씨가 이를 오페라로 개작해 영국 무대에 올리면서 그 사랑스러운 발레 곡조에 어울리는 적절한 가사를 작사했다. 무대 위로 낡은 프랑스 옷을 입은 사우스다운 경이 나타났다. 이제 그는 아주 그럴듯하게 구부러진 지팡이를 짚고 무대 위를 절뚝거리며 다니는 노부인으로 완벽하게 분장하고 있었다.

긴장감 넘치는 선율이 무대 뒤쪽에서 들려오다가 장미와 격자 울타리로 둘러싸인 사랑스러운 오두막 그림판 뒤에서 흘러나왔다. "필로멜라17), 필로멜라." 노부인이 소리치자 필로멜라가 나타났다.

더 많은 박수가 관중석에서 터져 나왔다. 그건 분을 바르고 애교점을 찍어 세상에서 가장 매력적인 젊은 후작 부인으로 분장한 로던 크롤리 부인이었다.

그녀는 웃고 나지막하게 노래를 흥얼거리고 무대 위를 깡충 깡충 뛰어다니기도 하면서 더할 나위 없이 순수한 젊은 아가씨 의 모습을 연기했다. 그녀가 공손히 절을 하자 어머니는 "애야, 어쩌면 그렇게 노상 노래를 부르고 깔깔거리며 다니는 거니" 라고 말을 건다. 그러자 딸은 다음과 같은 노래를 부르기 시작 한다.

내 창가의 장미

내 창가의 장미, 아침이면 향기를 뿜어내는,
겨울 내내 잎이 진 채 봄이 오기를 기다리네.
장미의 숨결이 왜 그렇게 달콤하고 그녀의 볼이 왜 그렇게 환하 게 밝아지는지 물으신다면
그건 태양이 빛나고 새가 노래를 시작했기 때문이랍니다.

푸른 숲속에 울려 퍼지던 나이팅게일 노래소리
잎이 다 지고 바람이 차게 불면 들리지 않네.
어머니, 나이팅게일이 왜 그렇게 노래를 하는지 물으신다면,
그건 태양이 빛나고 잎들이 다시 푸르게 돋아나기 때문이랍니다.

이렇게 각자가 맡은 바 일을 하니, 어머니, 새들은 제 노래를 찾고
어머니, 장미는 싱그러운 볼을 물들이며 붉게 피어나지요.
제 마음속에도 태양이 있어, 어머니, 저를 일으켜 깨우고 환희에 젖게 한답니다.
그래서 저도 노래하며 얼굴을 붉히지요. 어머니, 그게 바로 노래 와 웃음의 이유예요.

이 작은 노래가 불리는 동안, 노래하는 아가씨가 어머니라고 부른 노부인의 모자 밑으로 무성한 구레나룻이 보였다, 애정이 넘치는 그 부인은 딸 역할을 맡은 순진한 아가씨를 껴안으며 모정을 드러내고 싶어 어쩔 줄을 몰라 했다. 그녀가 딸을 껴안을 때마다 공감하는 관객들로부터 커다란 웃음과 박수가 터져 나왔다. (무수히 많은 새들이 지저귀는 듯 악대가 교향곡을 연주하며) 극이 대단원에 이르자 관객은 일제히 앙코르를 외쳐댔고 그날 밤을 빛낸 나이팅게일[18]을 향해 끝없는 꽃다발과 박수가 던져졌다. 그중에서도 스타인 경의 박수 소리가 가장 컸다. 나이팅게일이 되어 노래를 부른 베키는 스타인 경이 던진 꽃다발을 받아 노련한 희극배우 같은 포즈로 가슴에 끌어안았다. 스타인 경은 기뻐 어쩔 줄을 몰랐다. 열광하는 관객들 속에서 그 역시 자신의 기쁨을 마음껏 발산했다. 첫 번째 연극에서 대단히 찬사를 받았던 아름다운 검은 눈의 동방 미녀는 이제 간 데 없었다. 그녀가 베키보다 두 배는 더 아름다웠지만 베키의 매력이 그녀의 미모를 완전히 압도하고 말았다. 모든 관객이 베키를 연호하고 있었다. 사람들은 베키를 스티븐스, 카라도리, 론지 드 베니스 같은 유명 오페라 가수들에 비교했다. 그리고 만약 베키가 배우가 되었다면 무대 위의 누구도 그녀를 능가하지 못했을 것이라고 확신에 차 이야기했다. 베키에게 그것은 절정의 순간이었다. 우레와 같은 박수 소리를 뚫고 그녀의 밝고 고운 목소리는 떨리면서 그녀가 거둔 승리만큼 높고 명랑하게 날아올랐다. 연극이 끝난 후 무도회가 열렸는데 모든 이들이 그날 저녁 관객을 완전히 사로잡은 베키와 춤을 추기 위해 그녀 주위로 모여들었다. 황태자 폐하께서도 그녀가 완벽한 연기를 했다고 단언하시며 몇 번이나 그녀에게 말을 걸었다. 이런 영광에 베키의 영혼은 환희와 자긍심으로 부풀어 올랐다. 부와 명성, 인기가 모두 그녀의 눈앞에 있었다. 스타인 경은 그녀의 노예가 되어 있었다. 그녀가 가는 곳마다 따라다니면서 그녀 외에는 방 안의 누구와도 거의 이야기를 하지 않고 그녀에게 최고의 경의와 관심을 드러냈다. 그녀는 여전히 후작 부인 의상을 입은 채 드 라 자보티에르 공작의 수행원 트뤼피니 씨와 함께 미뉴에트를 추었다. 전통적인 궁전 예법들을 익히 알고 있는 공작은 크롤리 부인이 베스트리스[19]의 제자가 될 만한 자격이 있다고, 또 베르사유 궁전에 출입할 자격이 있다고 선언했다. 체신도 있고 관절통도 있는데다 의무감과 희생정신이 도운 덕에 직접 크롤리 부인과 춤을 추겠다고 나서지는 않았지만 그는 로던 부인처럼 말을 잘하고 춤을 잘 추는 여인이라면 유럽 어느 궁전에서도 대사 부인으로 활약하기에 손색이 없을 것이라고 칭찬을 아끼지 않았다. 결국 크롤리 부인이 반은 프랑스 사람이라는 이야기를 들은 그는 퍽도 흡족해하며 "오직 우리 프랑스 사람만이 저 우아한 춤을 저렇게 완벽하게 소화해낼 수 있는 법이지"라고 덧붙였다.

베키는 또 페터바라딘 공의 사촌이자 수행원이기도 한 클링겐스포어 씨와 왈츠를 추기도 했다. 프랑스 대사 동료 드 라 자보티에르 공작보다 자제력이 부족했던 페터바라딘 공은 매력적인 크롤리 부인과 꼭 춤을 추겠다고 고집하여 그녀와 함께 부츠술과 기병대 재킷에 달린 다이아몬드를 쨀랑거리며 무도회장을 한 바퀴 돈 끝에 숨이 차 헐떡댔다. 터키 대사 파푸시 파샤 역시 그 나라에 왈츠나 미뉴에트를 추는 풍습만 있었다면 베키와 함께 춤을 추고 싶었을 것이 틀림없었다. 사람들은 베키 주위에 빙 둘러서 마치 그녀가 노블레나 타글리오니[20]라도 되는 듯 요란하게 박수를 쳤다. 모두가, 물론 베키 역시 완전한 흥분과 환희에 사로잡혀 있었다. 그녀는 조롱하는 표정으로 스터닝턴 부인 옆을 지나갔고 곤트 부인과 놀라기도 하고 분해하기도 하는 그녀의 동서에게 은혜라도 베푸는 태도로 말을 걸기도 했다. 한마디로 베키는 경쟁자 여인들을 모두 완전히 무릎 꿇게 하고 말았던 것이다. 그 긴 머리와 아름다운 눈으로 그날 밤이 시작될 때 그처럼 환호를 받았던 윙크워스 부인에 대해서는 더 말할 것도 없었다. 이제 그녀는 어디에 있는지도 알 수 없이 완전히 관심 밖이 되고 말았기 때문이다. 어쩌면 그녀는 긴 머리를 쥐어뜯으며 아름다운 눈이 퉁퉁 붓도록 울고 있을지도 몰랐다. 그러나 그녀의 슬픔에 관심을 기울이거나 같이 한탄해줄 사람은 어디에도 없었다.

무엇보다 가장 큰 승리는 저녁 식사 자리에서 주어졌다. 그녀는 앞서 이미 언급된 지엄하신 황태자 폐하와 다른 지체 높은 하객들을 위해 마련된 별도의 웅장한 식탁에 한 좌석을 배정받았다. 요리들이 금 접시에 담겨 앞에 놓였다. 원하기만 했다면 필시 그녀는 샴페인에 진주라도 넣어 녹일 수 있었을 것이다. 베키는 마치 클레오파트라라도 된 것만 같았다. 그녀가 그 반짝이는 눈으로 한 번 다정하게 바라봐주기만 한다면 페터바라딘 공은 재킷에 달린 보석들 반이라도 선뜻 뜯어 내어줄 기세였다. 자보티에르 공작은 본국 정부에 보내는 편지에 그녀에 대한 이야기를 써 보내기도 했다. 다른 식탁에 앉아 은접시에 담긴 음식을 먹고 있던 귀부인들은 스타인 경이 계속 베키만을 주목하는 것을 보며 후작이 완전히 그녀에게 홀렸으며 이는 상류사회 부인들에 대한 커다란 모욕이라고 단언했다. 미워하는 마음이 사람을 죽일 수만 있다면 스터닝턴 부인은 그 자리에서 베키를 저세상으로 보내고 말았을 터였다.

로던 크롤리는 아내의 이런 성취가 두려웠다. 아내가 거둔 승리들 때문에 자신과 아내 사이가 그 어느 때보다 더 멀어지는 것만 같았던 것이다. 그는 아픔 비슷한 것을 느끼면서 베키가 자신보다 얼마나 비교할 수 없이 우월한 존재인지를 실감했다.

떠날 시간이 되자 젊은 남성들이 마차까지 그녀를 따라 나왔다. 바깥에 있던 이들이 크롤리 부인의 마차를 부르라고 소리를 지르자 곤트 저택의 큰 현관문 앞에 횃불을 든 채 대기하고 있다가 나오는 하객들에게 부디 즐거운 시간이 되셨기를 바란다고 인사하는 하인들이 그 소리를 듣고 마차를 불러왔다.

소리를 질러 부른 마차가 문 앞으로 다가와 불 밝힌 마당 안으로 덜그럭거리며 들어오더니 포장도로 위로 올라왔다. 로던이 아내를 안아 마차 위에 앉히자 마차가 출발했다. 웨넘 씨는 로던에게 집까지 함께 걸어가면서 시가나 한 대 피우자고 미리 말을 해두었었다.

그들은 횃불을 들고 밖에 서 있는 소년 하나의 불로 담배에 불을 붙였다. 담배를 피우며 로던은 친구 웨넘과 함께 길을 걷기 시작했다. 두 명의 사내가 무리에서 떨어져 나오더니 이 두 신사를 뒤따르기 시작했다. 곤트 광장을 지나 수십 발자국쯤 걸어갔을 때 그 둘 중 하나가 다가오더니 로던의 어깨를 치며 "실례합니다만, 중령님께 따로 드릴 말씀이 있습니다"라고 말을 걸었다. 그가 이렇게 말을 거는 동안 옆에 있던 이가 요란하게 호루라기를 불었다. 그 신호에 곤트 저택 현관 앞에 정차해 있던 승합마차 한 대가 덜컹거리며 그들에게 다가왔다. 호루라기를 불었던 이가 재빨리 뛰어와 중령 앞을 지키고 섰다.

이 용감한 중령은 즉시 무슨 일이 벌어지고 있는지 이해했다. 법정 정리들 손에 체포를 당한 것이었다. 중령이 몸을 움찔하며 물러서자 처음 어깨를 쳤던 그 사내가 그를 막아섰다.

"세 명이 함께 왔습니다. 도망가려고 하셔도 소용없을 겁니다." 뒤에 있던 사내가 말을 했다.

"모스, 자네군? 그렇지?" 상대방을 아는 듯 중령이 물었다. "그래, 얼마나 되지?"

"얼마 되지 않아요." 미들섹스 주 집행관 밑에서 일하는 챈서리 레인 커지터가의 모스가 대답했다. "네이션 씨의 고소로 백삼십육 파운드 68펜스가 잡혀 있어요."

"웨넘, 부탁이니 백 파운드만 빌려주게." 가엾은 로던이 부탁했다. "집에 70파운드가 있어."

"단돈 10파운드도 가진 것이 없다네." 곤란해진 웨넘 씨가 대답했다. "잘 가게, 친구."

"잘 가게." 로던이 침울하게 대답했다. 그러고는 웨넘은 자기 길로 가버렸다. 마차가 템플 바를 지날 무렵 로던은 시가를 다 피웠다.

52장
스타인 경, 더할 나위 없이 관대한 일면을 과시하다

일단 누군가를 돕기로 마음을 먹으면 스타인 경은 결코 어중
간하게 인심을 쓰는 법이 없었다. 크롤리 집안에 베푼 그의 친
절은 이런 관대한 성품을 가장 잘 보여주는 예라고 할 수 있다.
경은 어린 로던에게까지 마음을 쓰면서 아이의 부모에게 아이
를 공립학교에 보내는 것이 좋겠다고 권고했다. 이제 친구들과
경쟁을 하고, 라틴어의 기본 규칙들을 익히며 권투를 배우고 또
래 소년 사회를 경험하는 것이 로던에게 크게 유익할 것이라면
서. 아버지 되는 이는 아이를 좋은 공립학교에 보낼 형편이 안
된다는 이유로 스타인 경의 의견에 반대했고, 어머니는 브리그
스가 훌륭히 선생 노릇을 하면서 아이에게 영어며 기초 라틴어,
또 다른 일반적 지식을 잘 가르쳐왔다는 이유로 반대했다. 그러
나 스타인 경이 고집스레 인심을 베풀고 싶어 했기 때문에 부모
들은 결국 모두 무릎을 꿇고 말았다. 후작은 화이트프라이어스
라는 전통 있고 유명한 고등교육 기관의 이사였다. 원래 이 학

교는 시토 수도회의 수도원이었다. 그 시절 수도원 바로 옆의 스미스필드는 중세의 마상(馬上) 시합 경기장으로 사용되었으며 완고한 이교도들이 이곳으로 끌려와 화형에 처해지기도 했었다. 이후 국교의 군건한 지지자인 헨리 8세가 이 수도원과 소유물을 압수한 후 이곳에서 종교개혁을 따르지 않는 몇몇 수도사들을 고문하고 또 교수형에 처한 역사도 있었다. 결국 돈 많은 상인 하나가 수도원과 인근 땅을 구입하고 다른 부자들로부터 땅과 돈을 더 기부 받아 노인들과 아이들을 위해 유명한 자선병원을 설립했다. 여전히 수도원 분위기를 풍기는 이 낡은 자선병원 옆으로 통학 학생들을 받는 학교가 생겨났다. 이 학교는 중세식 전통과 관습을 계속해서 유지하고 있었으며 모든 시토파 수도사들이 이 학교의 영원한 번성을 기원하고 있었다. 대단히 신분 높은 귀족과 고위 성직자들, 영국의 저명한 인사들 몇몇이 유서 깊고 유명한 이 학교의 이사로 운영에 참여하고 있었는데 학생들은 편안한 숙소에서 생활하며 잘 먹고 수준 높은 교육을 받았을 뿐만 아니라 이후에는 흔히 대학에서 훌륭한 학자가 되거나 교회에서 성직자로 재임하는 경우가 많았다. 상당수의 소년들이 아주 어린 나이부터 성직자로서의 삶을 헌신적으로 준비하기도 했는데 이 학교에 자리를 얻기 위해서는 높은 경쟁률을 뚫어야만 했다. 원래 이 학교는 가난하지만 존경받는 성직자나 평신도의 아들들을 교육하기 위해 지어진 것이었다. 그러나 기관을 운영하는 상당수의 귀족 이사진들이 변덕스럽게 이 혜택을 확장 적용하여 인심을 써야 할 이런저런 사람들의 자녀에게 입학을 허가해주었다. 돈을 내지 않고 교육을 받을 수 있을 뿐만 아니라 장차 직업도 보장받을 수 있다는 것은 대단한 혜택이었으므로 아주 돈많은 사람들 중에도 이 학교를 높이 평가하는 이들이 있었고 지체 높은 귀족의 친척들뿐만 아니라 귀족들 자신 역시 주교직이나 하나 얻을 수 있을까 하는 기대에서 아들들을 이 학교로 보냈다. 고위 성직자들은 친척 자제들이나 자기 밑의 성직자들 자녀를 이 학교에 보냈으며 귀족들은 충복의 자녀들을 이 학교에 입학시켜 뒤를 보아주는 것을 충분히 생색낼 만한 은혜라고 생각했다. 그래서 이 학교에는 온갖 종류의 소년들이 다 입학했으며 실로 다양한 종류의 소년들이 한데 모여 하나의 사회를 형성하고 있었다.

읽는 책이라고는 경마 일정표뿐이며, 제대로 한 공부라고는 어린 시절 이튼 학교를 다녔던 것이 전부인데, 그나마도 회초리를 맞은 기억밖에는 나지 않는 로던 크롤리 역시 다른 모든 영국 신사와 마찬가지로 고전에 대해 진심 어린 존경심을 가지고 있었다. 그는 아들 역시 미래를 준비할 기회를 갖게 될 것이며 어쩌면 학자가 될 기회를 갖게 될지도 모른다는 사실을 기쁘게 생각했다. 비록 아들이 그의 가장 큰 친구이자 위안이요, 이런저런 이유에서 소중하기 그지없는 존재이긴 했지만―그러나 로던은 아들에게 일체 아무 관심도 보이지 않는 아내에게 아들에 대한 자신의 애정을 좀처럼 드러내는 법이 없었다.―로던은 아들의 장래를 위해 기꺼이 자신의 가장 큰 위안을 포기하고 아이를 학교에 보내는 데 동의하였다. 아들과 헤어져야 하는 이 순간이 오기까지, 그는 자신이 아들을 얼마나 사랑하는지 미처 깨닫지 못하고 있었다. 아이가 가고 나자 로던은 스스로도 인정하기 어려울 만큼 슬픔에 빠졌고 의기소침해졌으며 또래 친구들을 만나고 새로운 경험을 해볼 수 있어서 퍽 즐거운 마음으로 집을 떠난 아들보다 훨씬 더 그 이별을 아파했다. 중령이 한두 번 서투르고 두서없는 말로 아들과의 이별에 대한 슬픔을 표현하려 하자 베키는 웃음을 터뜨렸다. 이 가엾은 아버지는 가장 가까운 친구이자 가장 큰 기쁨을 잃고 말았다. 그는 자주 옷방에 놓인 주인 없는 아들의 작은 침대, 아들이 자곤 했던 그 작은 침대를 쓸쓸한 표정으로 바라보곤 했다. 아침이면 슬픈 마음으로 아들을 그리워하며 아들 없이 혼자 공원까지 산책을 해보려고 하다가는 차마 하지 못하고 돌아오고 말았다. 어린 로던이 떠날 때까지 그는 자신이 얼마나 외로운 사람인지 미처 모르고 있었다. 그는 자기를 좋아해주는 사람들에게 의지했으며 마음씨 고운 형수 제인에게 가서 여러 시간 로던의 착한 성품이며 잘생긴 얼굴 그 외에도 셀 수 없이 많은 아들의 장점에 대해 이야기하기를 좋아했다.

앞서도 이미 말했지만, 로던의 큰어머니는 조카를 퍽 귀여워했다. 그녀의 딸 역시 사촌 로던을 무척 좋아해서 로던이 떠나는 날 무척이나 울었다. 로던의 아버지는 형수와 조카가 자기 아들을 좋아해주는 것이 고마웠다. 한 인간으로서 그가 가진 가장 정직하고 아름다운 성품들이 아들에 대한 진실한 애정을 통해 발현되었는데, 그는 형수와 조카 앞에서 이를 숨기지 않고 드러내었으며 그들은 그의 애정에 공감하며 그를 격려했다. 아내에게는 터놓고 드러내지 못했던 아들에 대한 애틋한 부정을 토로한 덕에 그는 제인 형수에게 공감만이 아니라 존경까지 얻게 되었다. 제인과 베키는 될 수 있으면 서로 만나지 않으려고 노력했다. 베키는 제인의 상냥함이나 온순함을 가차 없이 비웃었으며 제인은 손아래 동서의 매정한 행동에 반감을 느끼지 않을 도리가 없었다.

로던은 의식하거나 인정했던 것보다 훨씬 더 아내와 멀어져 있었다. 그러나 베키는 남편하고 멀어지든 말든 전혀 신경 쓰지 않았다. 사실 그녀는 남편만이 아니라 그 누구와 소원해진다 해도 별로 아쉽지 않았다. 그는 로던을 심부름꾼이나 천한 노예 이상으로 생각하지 않았다. 그가 아무리 의기소침해하고 우울해해도 그녀는 그의 기분 따위에 신경쓰지 않고 코웃음과 조롱으로 일관했다. 자신의 사회적 지위며 향락, 출세 등에 대해 고민하느라 정신이 없었기 때문이다. 그녀는 기필고 모든 사람이 우러러보는 자리에 앉고 말 생각이었다. 그리고 틀림없이 그럴 수 있을 것 같은 생각이 들었다.

로던이 학교로 가져갈 작은 짐 꾸러미를 챙겨준 사람은 순박한 브리그스 여사였다. 한참 동안이나 급료를 받지 못했음에도 불구하고 성실하고 친절하게 자신의 임무를 다해온 하녀 몰리는 로던이 떠나는 날 복도에서 아주 엉엉 소리내어 울고 말았다. 베키는 남편이 아들을 학교에 데려다주기 위해 마차를 사용하는 것을 허락하지 않았다. 말들을 주렁주렁 맨 마차를 끌고 시내를 간다니 그런 일은 들어본 적이 없다면서 승합용 마차를 부르라고 했다. 아들이 떠날 때 그녀는 키스를 해주지도 않았고 아들 역시 엄마를 안으려 하지 않았다. 그러나 늙은 브리그스 여사에게는 키스를 하고(평소에는 그녀를 안는 것을 무척 부끄러워했는데) 토요일에는 집에 올테니 그때 자신을 볼 수 있을 것이라고 여사를 위로해주었다. 아들이 탄 승합마차가 시내로 달려가고 있을 때 베키가 탄 마차는 공원으로 달려가고 있었다. 아버지와 아들이 오래된 학교 문에 들어가 작별을 고할 때 베키는 서펜타인 호수 옆에서 스무 명은 되는 젊은 멋쟁이들에 둘러싸여 즐겁게 떠들며 웃어대고 있었다. 가엾은 로던은 학교에 아이를 남겨두고 나오면서 어릴 때부터 지금까지 한 번도 경험한 적이 없는 순수한 슬픔에 사로잡혀 있었다.

그는 아주 우울한 마음으로 집까지 걸어와 브리그스와 단둘이 저녁을 먹었다. 그는 브리그스에게 대단히 친절했으며 아들에 대한 여사의 세심한 배려와 사랑에 크게 감사하고 있었다. 그는 자신이 브리그스의 돈을 빌리고 그녀를 속이는 데 공모한 일이 있음을 떠올리고 양심의 가책을 느꼈다. 베키는 잠깐 집에 와서 옷을 갈아입더니 다시 저녁을 먹으러 나가 버렸기 때문에 그들은 오랫동안 어린 로던에 대해 이야기를 나누었다. 그러고 나서 그는 심란한 마음으로 형수와 차를 마시러 가서 그날 있었던 일들을 이야기해주었다. 어린 로던이 아주 어른스럽게 학교로 갔으며 앞으로는 가운과 짧은 바지를 입게 될 것이라고, 또 이전에 같은 부대에 있었던 잭 블랙볼의 아들 블랙볼이 책임지고 로던을 잘 보살펴주기로 했다고 그는 형수에게 말을 했다.

로던이 입학하고 한 주 만에 블랙볼은 어린 로던을 자신의 심부름꾼으로 만들어 구두를 닦거나 아침 식탁에서 빵을 구워 오는 등의 일을 시켰다. 또한 그는 신비로운 라틴 문법의 세계로 그를 인도했으며 세 번인가 네 번쯤 매질을 하기도 했으나 별로 세게 때리지는 않았다. 이 어린 소년의 선량하고 정직해 보이는 얼굴은 곧 사람들의 호감을 얻었다. 로던은 딱 유익한 수준의 매질만을 당했으며 사실 구두를 닦거나 빵을 굽고 그 밖의 자질구레한 심부름을 하는 것 역시 어린 영국 신사들이 피해갈 수 없는 필수적 교육과정의 하나라 할 수 있었다.

그러나 이는 다음 세대의 일이며 어린 로던의 학교생활은 이 글의 주된 관심사가 아니다. 만약 그랬다면 로던의 학교생활에 대해 얼마든지 더 늘어놓을 수도 있을 터이다. 얼마 되지 않아 아들을 만나러 간 중령은 로던이 퍽 건강하고 행복하게 잘 지내고 있으며 검은 가운에 반바지를 입고 명랑하게 웃고 있는 모습을 볼 수 있었다.

아버지는 지혜롭게도 아들의 선배이자 왕이기도 한 블랙볼에게 용돈을 주면서 졸병에게 잘해줄 것을 부탁했다. 위대한 스타인 경의 후원을 받고 있을 뿐만 아니라 군 의원의 조카이기도 하고 《모닝포스트》의 상류사회 파티 란에 종종 이름이 소개되곤 하는 배스 훈장 수상자 크롤리 중령의 아들에 대해, 학교 당국에서도 불친절하다는 인상을 주지 않으려고 노력했다. 로던은 넉넉한 용돈이 있었으며 그래서 친구들에게 당당히 산딸기 파이를 사줄 수도 있었다. 토요일이면 그는 자주 외출 허가를 얻어 아버지를 보러 집으로 왔는데 그러면 아버지는 반갑고 기뻐 어쩔 줄을 몰랐다. 별다른 일이 없으면 로던은 직접 아들을 데리고 연극을 보러 가기도 했고, 혹 일이 있으면 하인을 딸려 보내 아들이 연극을 볼 수 있도록 해주었다. 일요일이 되면 로던은 브리그스와 큰어머니, 사촌들과 함께 교회에 가서 예배를 보았다. 그는 학교 이야기며 사내아이들의 싸움 이야기, 하급생들이 해야 하는 잔심부름 등에 대해서 이야기해주었다. 오래지 않아 로던은 아들 못지않게 학교의 주요 학생들과 선생들 이름을 환히 알게 되었다. 그는 아들의 친구를 집으로 초대해 연극을 보여주고 바삭한 파이와 굴, 흑맥주를 물리도록 먹여 보내기도 했다. 아들이 배우고 있는 교재를 보여주면 아버지는 잘 모르는 라틴어 문법을 아는 척하려고 애를 썼다. "열심히 해라, 애야." 로던은 아주 진지한 얼굴로 말을 했다. "고전처럼 중요한 건 없는 거야! 그렇고말고!"

남편에 대한 베키의 경멸은 나날이 더 커져만 갔다. "당신 좋을 대로 뭐든 하세요, 어디든 마음에 드는 곳에서 식사를 하고 서커스 구경을 가서 톱밥 가루를 마시며 진저에일을 드시든 제인 형수하고 찬송가를 부르든 당신 마음대로 해요. 하지만 로던 일로 나를 성가시게 하지는 말아줘요. 당신이 직접 일을 못 보시니까 제가 지금껏 당신 일을 보아드리지 않았어요? 제가 당신을 보살펴드리지 않았다면 당신 지금 어디에 계셨을지, 어떤 신세가 되어 있었을지 정말 알고 싶군요." 사실 베키가 노상 다니는 파티에서는 누구도 늙고 처량한 로던이 함께 오는 것을 원하지 않았다. 그래서 이제 그녀는 남편 없이 혼자 초대받는 일이 잦았다. 이제 그녀는 메이페어의 타고난 귀족처럼 상류사회 사람들에 대해 대화를 나누곤 했으며 왕실에 애사라도 있으면 자신도 언제고 상복을 입곤 했다.

어린 로던을 학교로 보낸 스타인 경은 여전히 이 가난하지만 정이 가는 크롤리 집안에 부모와 같은 관심을 기울이며 브리그스 여사를 내보내면 생활비를 한결 줄일 수 있을 것이라는 의견을 내놓았다. 베키는 영리하니 혼자서도 충분히 집안을 운영할 수 있을 거라고 말하면서. 앞 장에서 우리는 이미 이 인정 많은 귀족께서 브리그스에게 진 얼마 안 되는 빚을 갚아버리라고 베키에게 돈을 준 일을 들었었다. 그러나 브리그스는 그 뒤에도 죽 크롤리 집에 머무르고 있었다. 결국 스타인 경은 크롤리 부인이 너그러운 후견인이 빌려준 돈을 원래 목적과 상관없는 곳에 써버렸음에 틀림없다는 뼈아픈 결론에 도달하게 되었다. 그러나 스타인 경은 이런 의심을 베키에게 직접 말할 만큼 무례한 인사가 아니었다. 섣불리 민감한 돈 이야기를 꺼냈다가 베키의 감정을 상하게 할 수도 있었고 그녀에게 후작이 준 돈을 원래 목적과 달리 사용할 오만 가지 마음 아픈 이유들이 있을지도 몰랐기 때문이다. 그래서 그는 이 일의 진상을 스스로 밝혀야겠다고 결심하고 아주 섬세하고 조심스럽게 필요한 질문들을 생각해 두었다.

우선 그는 브리그스 여사를 떠볼 기회를 만들었다. 그녀의 속을 떠보는 것은 전혀 어려운 일이 아니었다. 아주 약간의 부추김만으로도 그녀는 수다스럽게 온갖 속내를 다 드러내었기 때문이다. 어느 날, 로던 부인이 드라이브를 나간 뒤(크롤리 집안의 말과 마차를 보관해두는 마구간, 아니 크롤리 부부가 빌려 쓸 마차 한 대와 말 몇 마리를 관리해주는 마구간이라고 하는 편이 더 정확하겠는데, 하여간 그곳으로부터 스타인 경의 충복 피슈 씨가 손쉽게 이 정보를 구해 왔다.) 스타인 경이 커즌가의 크롤리 댁에 들러 브리그스 여사에게 커피 한잔을 부탁하며 로던의 학교생활에 대한 재미난 이야기가 있다고 말을 꺼냈다. 스타인 경은 오 분만에 로던 부인이 그녀에게 준 것은 검은색 비단 드레스 한 벌뿐이며 그에 대해 브리그스 여사가 얼마나 고마움을 느끼는지 모른다는 사실을 알게 됐다.

그는 이 숨김없는 이야기를 듣고 속으로 웃음을 터뜨렸다. 사실 우리의 벗 레베카는 이미 그에게 브리그스가 그 돈 천백이십오 파운드를 받고 얼마나 기뻐했는지, 또 그녀가 그 돈을 어떻게 안전한 곳에 다시 투자했는지, 그리고 그렇게 큰 금액을 내줘야 해서 자기 속이 얼마나 쓰렸는지 아주 상세하게 이야기를 했었기 때문이다. '혹시 알아?' 이 영리한 여인은 혼자 이렇게 생각했을지도 모른다. '경이 돈을 조금 더 주실지?' 그러나 스타인 경은 결코 다시 이 작은 계략가에게 그런 제안을 하지 않았다. 당연한 일이지만, 이미 자신이 할 만큼 했다고 생각했기 때문이다.

그다음 그는 브리그스에게 현 재정 상황에 대해 물어보았다.

그녀는 경에게 솔직하게 크롤리 노숙녀가 유산을 좀 남겼으며 친척들이 그 일부를 가져갔고 크롤리 중령이 또 다른 일부를 가져갔는데 그 돈은 이자가 아주 잘 나오는 곳에 맡겨져 안전하게 관리되고 있다고 대답했다. 그녀는 또 크롤리 부부가 친절하게도 피트 경에게 부탁을 해서 그러고도 남은 돈을 피트 경이 시간이 나는 대로 가장 유리한 곳에 투자해주시기로 했다는 이야기도 해주었다. 스타인 경은 중령이 그녀를 위해 지금까지 대신 투자를 해준 돈이 얼마나 되느냐고 물었다. 그녀는 즉시 솔직하게 육백몇십 파운드 정도 된다고 대답했다.

그러나 이 이야기를 하자마자, 수다스러운 브리그스는 자신이 너무 숨김없이 다 이야기해버린 것을 후회하며 경에게 제발 크롤리 씨에게 이런 이야기를 했다는 사실을 알리지 말아달라고 부탁했다. "중령님은 제게 정말 친절히 대해주셨답니다. 그런데 이런 이야기를 들으면 화가 나서 돈을 다 돌려 주실지도 몰라요. 그러면 저는 어디에서도 다시 그렇게 높은 이자는 받을 수 없을 거예요." 스타인 경은 웃으면서 절대 그들 사이 이야기를 다른 사람한테 발설하지 않겠다고 약속했다. 브리그스 여사와 헤어지고 나서도 스타인 경은 계속해서 웃어댔다.

'정말이지 솜씨 좋은 악당인걸!' 그는 생각했다. '정말이지 굉장한 배우에 연출가야! 요전 날에도 그렇게 아양을 떨면서 한 번 더 돈을 뜯어갈 뻔했었지. 그녀는 정말이지 내가 한평생 봐온 그 어떤 여자보다 더 영악하군. 베키에 대면 그 여자들은 아기나 다름없어. 나조차 애송이처럼 그녀 손에 놀아났으니, 나이 든 바보로군. 거짓말에서는 정말이지 그녀를 당할 이가 없겠어.' 그녀가 얼마나 영악한지를 확인한 경은 이전보다 훨씬 더 베키를 높이 평가했다. 거짓말로 돈을 빌리는 것쯤은 아무것도 아니다. 그러나 그녀는 필요한 금액의 두 배를 손에 넣었고 그다음에는 그 돈을 누구에게도 주지 않았다. 이건 정말 굉장한 솜씨 아닌가. 그리고 크롤리 중령, 그는 겉보기처럼 어리석은 사람이 아니다, 스타인 경은 생각했다. 그는 자기 방식으로 이 일을 제법 영리하게 처리해온 것이다. 얼굴이나 태도만 봐서는 그 누구도 그가 이런 문제에 관여하고 있다고 생각하지 못할 것이다. 그러나 필시 그가 아내를 시켜 돈을 구해 오게 한 다음 그 돈을 쓴 것이 틀림없다. 우리는 경의 판단이 사실이 아님을 알고 있다. 그러나 이런 판단은 크롤리 중령에 대한 그의 태도에 상당한 영향을 끼쳐 이제 그는 이전에 외관상으로나마 표하던 예조차 취하지 않게 되었다. 크롤리 부인의 후원자는 결코 이 작은 부인이 혼자 그 돈을 다 취했을 것이라고 생각하지 못했다. 사실 한평생 만나고 또 경험해온 숱한 남편들, 경으로 하여금 사내들이 얼마나 나약하고 시시한 존재인지 깨닫게 해주었던 그런 사람들을 떠올리며 후작은 크롤리 중령 역시 그런 종류의 인간이라고 결론 내려 버렸던 것이다. 한평생 돈으로 사람들을 매수해온 후작이니 이번에도 그 돈으로 상대의 값어치를 알게 되었노라 생각한 것이 무리는 아니었다.

그는 베키와 둘만 있게 될 기회가 생기자 바로 이 건에 대해, 필요한 것보다 더 많은 돈을 얻어낸 것에 대해 기분 좋게 그녀를 칭찬해주었다. 베키는 별로 놀라지도 않고 그저 조금 움찔할 뿐이었다. 꼭 필요한 경우가 아니라면 우리의 베키는 결코 거짓말을 하는 법이 없었다. 그러나 이렇게 위급한 상황에서는 아주 거침없이 거짓말을 하는 것이 그녀의 방식이었다. 즉시 그녀는 아주 그럴듯한 또 하나의 거짓말을 생각해 내 후견인에게 줄줄이 읊어댔다. 그녀가 전에 경에게 했던 말은 거짓말이다, 그것도 아주 사악한 거짓말이다. 그녀는 이렇게 사실을 인정했다. 그러나 그녀는 왜 그런 거짓말을 했던가? "아, 후작님." 그녀가 말을 했다. "후작님은 제가 남몰래 얼마나 고통을 겪었는지 정말 모르실 거예요. 후작님 앞에서는 언제나 명랑하고 행복한 얼굴을 하고 있었으니까요. 후작님께서는 제게 아무런 보호자도 없을 때 제가 어떤 일을 겪어야 했는지 아실 턱이 없으시지요. 그건 제 남편이 시킨 일이었어요. 그이가 협박을, 아주 무섭고 야만적인 협박을 하면서 제가 거짓말을 해서 그 돈을 빌려 오게 했어요. 그 돈을 어디에 쓸 건지 후작님께서 물어볼 거라고 예상하고 미리 제 대답을 준비한 것도 그이예요. 그이가 그 돈을 다 가져갔어요. 남편은 브리그스의 돈을 다 갚았다고 말했어요. 저는 남편을 의심하고 싶지도 않았고 감히 의심할 수도 없었어요. 절망에 빠진 남자가 어쩔 수 없이 저지른 잘못을 부디 용서해주세요. 그리고 비참한, 비참한 이 여인에게도 자비를 베풀어주세요." 이렇게 말하며 그녀는 눈물을 터뜨렸다. 박해를 받은 정숙한 부인 중 누구도 일찍이 그녀보다 더 매력적으로 비참함을 과시한 여인은 없었다.

그들은 함께 크롤리 부인의 마차로 리젠트 파크를 몇 바퀴고 돌며 긴긴 대화를 나누었다. 여기에서 그 긴 대화를 일일이 다시 적을 필요는 없을 터이다. 그러나 그 요지는 다음과 같은 것이었다. 집에 돌아온 베키는 미소 띤 얼굴로 브리그스에게 뛰어가 아주 좋은 소식이 있다고 말을 했다. 스타인 경이 더할 수 없이 관대하고 고귀하게 마음을 써주셨다. 그분은 언제나 어떻게 남을 도울 수 있을지 생각하는 분이다. 이제 로던도 학교로 갔으니 자신은 더 이상 말동무나 친구가 필요치 않다. 브리그스와 헤어지는 것은 견딜 수 없이 슬픈 일이다. 그러나 살림살이가 빠듯하니 할 수 있는 한 생활비를 줄여야만 한다. 게다가 관대한 후작님의 배려 덕에 사랑하는 브리그스가 이 초라한 집보다 훨씬 더 좋은 곳으로 갈 수 있다고 생각하니 그나마 위로가 된다. 곤틀리 홀을 지키고 있는 가정부 필킹턴 부인은 이제 너무 늙은 데다 쇠약하고 류머티즘이 있어서 커다란 저택을 관리하는 일을 더 이상 맡아보기 어렵다. 그래서 그 후임자를 찾아야만 한다. 그 자리로 말하자면 더 이상 좋을 수 없는 자리다. 가족들은 이 년에 한 번도 곤틀리 홀에 오지 않는다. 가족들이 오지 않을 때는 가정부가 이 거대한 저택의 안주인이나 다름없다. 매일 네 번씩 식사를 하고 성직자며 그 주에서도 가장 명망 높은 이들의 방문을 받는다. 그러니 사실 곤틀리 홀의 안주인 노릇을 하는 셈이다. 필킹턴 부인 전에 일했던 다른 두 명의 가정부들은 곤틀리 교구의 목사들과 결혼했다. 그러나 필킹턴 부인은 지금 목사의 고모이기 때문에 그렇게 할 수 없었다. 아직 다 결정된 것은 아니다. 곧 필킹턴 여사를 만나보고 브리그스 자신이 그 자리를 잇고 싶은지 결정하면 된다.

브리그스는 말로 다 하지 못할 만큼 고마워하며 감격했다! 그녀가 조건으로 내건 것이라고는 로던이 부디 곤틀리 홀로 자신을 만나러 오게 허락해달라는 것뿐이었다. 베키는 그렇게 하겠다고 약속했다. 사실 다른 무엇이라도 기꺼이 약속해주었을 것이다. 그녀는 남편이 집에 오자마자 그에게 달려가 이 기쁜 소식을 알려주었다. 로던 역시 대단히 기뻐했다. 가엾은 브리그스의 돈을 떼어먹은 것에 대한 양심의 가책도 조금 덜어지는 것 같았다. 이제 그녀는 어떻게든 다소간 보상을 받게 되었다. 그러나, 그러나 그의 마음은 편치만은 않았다. 왜 그런지 모르게 찜찜했다. 그는 사우스다운 경에게 가 스타인 경의 친절에 대해 이야기했다. 그러자 사우스다운 경은 뜻밖의 표정으로 그를 쏘아보았다.

로던은 제인 형수에게도 스타인 경이 베푼 이 두 번째 은혜에 대해 이야기했다. 그녀 역시 의아해하며 경계하는 표정이었는데 피트 경의 반응 역시 다르지 않았다. "베키는 너무 영리하고 명랑하기 때문에 말동무 없이 혼자 파티에 가게 두면 안 된다"고 피트 경 부부는 입을 모아 말했다. "로던, 어딜 가든 네가 꼭 따라가야 해. 아니면 누군가 다른 사람이 따라가게 하거나. 퀸스크롤리에 있는 누이들 중 하나도 괜찮은데, 그 애들은 베키한테 붙이기에는 좀 어리숙하긴 하지."

누군가 베키를 따라다녀야만 했다. 그러나 그렇다고 해도 정직한 브리그스가 이렇게 좋은 기회를 잃게 할 수는 없는 일이었다. 그래서 결국 그녀는 짐을 싸 집을 떠났다. 이렇게 로던의 파수꾼 둘 모두가 적의 손에 넘어가고 말았다.

피트 경이 건너와 브리그스의 해고며 다른 민감한 집안일들에 대해 제수씨에게 의견을 말하고 갔다. 그녀는 처지가 딱하게 된 남편을 일으켜 세우기 위해서는 스타인 경의 후원이 절실하다는 둥 브리그스에게 그렇게 좋은 기회를 빼앗는다는 것은 너무 잔인한 일이라는 둥 하며 항변해보았지만 피트 경을 설득할 수는 없었다. 달래어도 보고, 감언이설도 써보고, 웃기도 하고 울기도 해보았지만 피트 경의 마음을 돌릴 수는 없었다. 그는 한때 그렇게 높이 평가했던 베키와 거의 언쟁 비슷한 것을 한후 돌아갔다. 그는 가문의 명예며 오점 없는 크롤리가의 평판에 대해 이야기하고 나서 분노한 목소리로 그녀가 평판 나쁜 사교계의 프랑스 젊은이들을 집안으로 불러들인 것이며, 또 매일 찾아와 몇 시간씩 그녀와 시간을 보내는 스타인 경을 그렇게 집안에 들여놓는 것에 대해 반감을 표현했다. 그는 스타인 경이 늘 그렇게 베키의 집에 와 있는 것에 대해 사람들이 이미 이런저런 뒷말들을 하고 있다고도 이야기했다. 집안의 가장으로서 피트 경은 그녀에게 제발 좀 더 조신하게 행동해달라고 간청했다. 세상 사람들이 이미 그녀를 우습게 보는 말들을 하고 있으며 스타인 경이 비록 대단히 지체 높고 능력 있는 귀족이긴 하지만 여성으로서 그의 총애를 받는다는 것은 십중팔구 평판에 누가 되는 일이라고, 피트는 말을 했다. 그러면서 제수씨에게 제발 그 귀족과의 교제에 있어 좀더 신중히 처신할 것을 간절히 부탁하고, 당부하고 또 명령했다.

베키는 그가 원하는 대로 무엇이든 다 하겠다고 약속했다. 그러나 스타인 경은 전과 똑같이 그녀 집에 드나들었고 피트 경의 분노는 커져만 갔다. 남편이 결국 그렇게도 좋아했던 제수씨의 결점을 발견한 것을 아내 제인이 기뻐했는지 화를 냈는지 알 수 없는 일이다. 스타인 경의 방문이 계속됨에 따라 피트 경은 더 이상 베키 집을 가지 않게 되었고 레이디 제인은 앞으로 스타인 경과 일체의 교제를 하지 않겠다고 선언하기에 이르렀다. 수수께끼 연극이 있던 날 저녁에도 그녀는 후작 부인의 초청장을 받고 그 파티에는 참석하지 않겠다고 의견을 밝혔다. 그러나 피트 경은 전하께서도 참석하는 파티이니 가지 않을 수 없다고 생각했다.

결국 문제의 파티에 참석하긴 했지만 피트 경은 곧 자리에서 일어났고 아내 역시 속히 그 자리를 떠나는 것을 기뻐했다. 베키는 피트 경에게 거의 말을 걸지 않았고 제인에게는 제대로 인사조차 하지 않았다. 피트는 그녀가 대단히 경솔하고 예법에 맞지 않게 처신하고 있다면서 야릇한 옷을 입고 사람들 앞에서 연극을 하는 것은 귀족 가문 영국 여성에게 결코 어울리는 일이 아니라고 강하게 비난했다. 연극이 끝나고 난 뒤에는 동생 로던을 불러 아내에게 그렇게 부적절한 처신을 허락해주었을 뿐만 아니라 그 자신이 직접 무대에 서기도 한 것을 호되게 나무랐다.

로던은 아내가 앞으로는 그런 놀이에 참가하지 않을 것이라고 약속했다. 형과 형수의 염려 때문에 정신을 차린 것인지 모르겠지만 사실 요새는 그 역시 아내에게 퍽 주의를 기울이며 될 수 있으면 집에서 많은 시간을 보내려고 노력하고 있었다. 클럽을 드나들고 당구를 치는 일을 그만두고 온종일 집에만 있었다. 베키와 함께 드라이브를 나갔으며 그녀가 초대받은 파티에도 부지런히 따라다녔다. 스타인 경은 이제 베키의 집을 방문할 때마다 크롤리 중령을 마주치게 되었다. 남편 없이 외출할 일이 생기거나 혼자서만 파티에 초대를 받을 때면 중령은 단호히 그 초대를 거절하라고 요구했다. 그의 태도에는 복종하지 않을 수 없게 하는 무언가가 있었다. 사실, 털어놓고 말하자면 베키는 로던의 이런 태도가 싫지 않았다. 로던이 퉁명스럽게 말을 해도 그녀는 결코 불친절하게 대꾸를 하는 법이 없었다. 친구들이 옆에 있든 없든 간에 그녀는 언제나 친절한 미소를 짓고 남편이 편안하고 기분 좋게 지낼 수 있도록 신경을 썼다. 마치 신혼으로 돌아간 것만 같았다. 막 결혼했을 당시처럼 그들은 다정하게, 서로 배려하며 명랑하게 그리고 꾸밈없는 신뢰와 존경을 가지고 부부 생활을 해나갔던 것이다. "그 멍청한 브리그스 여사 대신 당신이 마차 옆에 앉으시니 얼마나 즐거운지 모르겠어요!" 그녀는 이렇게 말을 하곤 했다. "여보, 로던, 우리 언제까지나 이렇게 지내도록 해요. 돈만 좀 있다면 정말 얼마나 좋을까요. 그러면 아무런 걱정 없이 늘 행복하게 지낼 텐데요!" 저녁을 먹고 난 후 로던은 의자에 앉아 잠이 들었다. 그는 맞은편에서 지치고 고단한 표정의 그녀가 무서운 얼굴로 자신을 보고 있는 것을 알지 못했다. 그러나 그가 눈을 뜨면 그녀는 다시 신선하고 꾸밈없는 미소를 지어 보였다. 그녀는 즐거운 얼굴로 그에게 키스했다. 그는 자신이 쓸데없이 그녀를 의심했다고 생각했다. 아니, 실은 한 번도 아내를 의심한 적이 없었다. 마음속에 떠올랐던 바보 같은 의심들과 말도 안 되는 걱정들은 그저 근거 없는 질투였을 뿐이었다. 그녀는 그를 사랑한다. 그녀는 언제나 그래 왔다. 사교계에서 주목을 받는다고 해서 그것이 베키 잘못은 아니지 않는가. 그녀는 그저 그렇게 태어났을 뿐이다. 그녀처럼 노래를 잘하고 이야기를 재미나게 하고 또 다른 여러 가지 일들을 해낼 수 있는 여인이 또 어디에 있단 말인가? 아내가 그저 아들 로던을 좀 사랑해주기만 한다면 더 바랄 것이 없겠는데! 로던은 생각했다. 그러나 이제 이 어머니와 아들은 결코 다시 화해할 수 없었다.

이런 의심이며 여러 가지 사념들로 로던의 마음이 어지러울 때 바로 앞 장에서 언급한 사건이 일어났다. 그리고 운 나쁜 중령은 집에서 멀리 떨어진 채무자 감옥에 꼼짝없이 갇힌 신세가 되고 말았다.

53장
구출과 파국

모스를 이미 알고 있던 로던은 마차로 커저터가에 있는 그의 집으로 가 기분 나쁜 장소이긴 하지만 나름의 방식으로 손님들을 환대하는 채무자 구치소로 인도를 받았다. 승합마차가 보도를 울리며 달려갈 때 챈서리 레인의 그 명랑한 집들 지붕 위로 아침이 밝아오고 있었다. 떠오르는 해처럼 머리가 붉은, 각막염을 앓는 유대인 사내아이 하나가 일행을 집으로 맞아들였다. 집 주인이자 여기까지 함께 마차를 타고 온 모스가 로던을 일 층에 있는 방 하나로 안내한 뒤 마차를 타고 온 뒤이니 뭔가 따뜻한 차라도 한잔 드시겠느냐고 명랑하게 물어보았다.

집과 다정한 아내를 떠나 쇠창살이 쳐진 구금소에 갇히게 되면 보통 사람들은 꽤 낙담하고 기가 죽지만 중령은 별로 그래 보이지 않았다. 사실을 말하자면 그는 이전에도 한두 번 모스의 집에 손님으로 묵은 일이 있었다. 지금까지 이야기를 진행해 오는 동안 이런 사소한 집안사를 다 말할 필요는 별로 없을 것이라고 생각했다. 그러나 독자 여러분은 돈 한 푼 없이 일 년을 살아가는 사람에게 이런 일이 드물지 않을 것이라는 사실을 어렵지 않게 짐작하실 수 있을 터이다.

처음 모스 씨의 집을 방문했을 때는 결혼 전이었는데 그때는 관대한 고모님 덕에 감옥을 벗어날 수 있었다. 두 번째로 이 집을 방문하는 불운에 처했을 때는 무척이나 다정하고 기백 있는 아내 베키가 사우스다운 경에게 돈을 좀 빌리고 남편의 채권자들에게(사실 그들은 모두가 베키에게 숄이며 벨벳 드레스며 레이스 달린 손수건이며 자질구레한 장신구 따위를 외상으로 준 상인들이었는데) 우선 빌린 돈의 일부를 받고 남은 금액에 대해서는 로던이 약속어음을 써주는 조건으로 타협을 보아 그를 풀어준 일이 있었다. 두 번 모두 그를 잡고 또 풀어주는 과정에서 조금도 무례하거나 기분 나쁜 일이라곤 없었기 때문에 모스와 중령은 아주 사이가 좋았다.

"전에 쓰시던 침대를 다시 쓰시면 됩니다, 불편한 건 없으실 거예요." 모스가 이렇게 말을 했다. "솔직히 그 방은 환기를 잘 시켜서 침대도 보송보송하고 최고의 신사 분들이 거기서 묵고 가시기도 했답니다. 마지막으로 그 침대에서 주무신 것은 제15 기병대의 패미시 대위였는데 어머님이 이 주 후에 마침내 돈을 치르고 그분을 데려 가셨죠. 어머님 말씀이 벌을 주기 위해 그러셨다고 하더군요. 하지만, 사실 말이지, 그분 덕에 혼쭐이 난 것은 우리 집 샴페인이었지 뭡니까. 매일 밤 파티를 열어 클럽이며 웨스트엔드에서도 제일 잘나가는 멋쟁이들을 불러들였으니까요. 래그 대위며 템플에 사시는 듀시스 경이며 그밖에도 다른 분들이 와서 우리 집의 맛 좋은 포도주 맛을 보고 가셨지요. 이 층에는 신학 박사님이 한 분 계시고 다실(茶室)에 또 다른 신사 다섯 분이 계십니다. 5시 30분에 제 아내가 이분들 상을 차려 드리고 그 이후에는 카드 게임을 하거나 음악들을 듣기도 하시는데 중령님도 오셔서 식사도 하시고 시간을 함께 보내시면 좋겠습니다."

"필요한 게 있으면 종을 치지요." 로던은 대답하고 조용히 방으로 들어갔다. 이미 말했지만 그는 인생 살 만큼 산 퇴역 군인이었고 자그마한 운명의 기복 따위에 별로 충격을 받지 않았다. 심약한 사람이었다면 잡히자마자 당장 아내에게 편지를 써 보냈을 터였다. '공연히 아내가 밤잠을 설치게 할 이유가 뭐람?' 로던은 생각했다. '아내는 내가 방에 있는지 없는지도 모를 텐데 뭐. 아내도 나도 한숨 푹 자고 난 후 편지를 써도 늦지 않지. 고작해야 백칠십 파운드인데, 그 정도 변통하지 못할 리가 있겠나.' 그래서 어린 로던을 생각하면서(자신이 이렇게 이상한 곳에 와 있다는 사실을 아들이 알게 하고 싶지는 않았다.) 중령은 최근에 패미시 대위가 잤던 그 침대 위에서 몸을 돌리고 잠에 빠졌다. 잠에서 깼을 때는 아침 10시였다. 붉은 머리 소년이 퍽 자랑스러운 표정으로 중령이 면도를 할 수 있도록 그럴듯한 은제 세면도구를 방으로 가져다 주었다. 조금 지저분하긴 했지만 모스의 집은 전반적으로 화려한 편이었다. 찬장 위에는 언제나 더러운 쟁반과 와인 쿨러가 있었고 벽 위에는 금박을 입힌 더러운 돌림띠 장식이 커다랗게 둘러져 있었다. 커지터가 쪽으로 나 있는 쇠창살 달린 창문에는 더러운 노란색 새틴 커튼이 달려 있었다. 수렵하는 모습이나 종교적 주제를 다룬 그림들은 모두 금박을 한 크고 더러운 액자에 표구되어 있었는데 이들은 모두 대가들의 작품으로 값도 상당히 나가는 것이었다. 몇 번이고 손을 바꿔가며 팔리고 되팔리고 하는 동안 점점 더 값이 올라갔기 때문이다. 중령의 아침 식사 역시 똑같이 지저분하고 화려한 접시에 담겨 방으로 배달되었다. 검은 눈의 모스 딸이 머리에 여전히 컬 페이퍼를 단 채 미소를 지으며 찻주전자를 가지고 들어와 안녕히 주무셨느냐고 인사를 했다. 그리고 그에게 전날 밤 스타인 경의 연회에 참석했던 저명인사들의 이름이 모두 실려 있는 《모닝포스트》도 가져다주었다. 기사는 그 연회가 얼마나 성황리에 치러졌는지, 또 아름답고도 우아한 로던 크롤리 부인이 얼마나 멋진 연기를 선보였는지 화려한 문체로 묘사하고 있었다.

차를 가지고 온 모스 씨의 딸과 한동안 즐겁게 이야기를 나눈 후(그녀는 주름진 스타킹에 굽이 닳은, 한때는 흰색이었을 새틴 신을 신고 편안한 자세로 아침 식탁 한쪽에 앉아 있었다.) 중령은 펜과 잉크, 종이를 좀 가져다 달라고 부탁했다. 그녀는 종이가 몇 장이나 필요하신지를 묻고 그가 한 장이라고 대답하자 엄지와 검지로 종이 한 장을 집어 그에게 갖다 주었다. 이 검은 눈의 처녀는 실로 셀 수 없이 여러 번 이 종이를 손님들에게 가져다 주었었다. 얼마나 많은 채무자들이 서둘러 애원하는 편지를 휘갈겨 써 보낸 다음 심부름꾼이 답을 가지고 돌아올 때까지 그 끔찍한 방에서 초조하게 서성이곤 했던가. 이런 이들은 언제나 우체국 대신 심부름꾼들을 이용하곤 했다. 봉투의 풀이 마르지도 않은 편지를 받아 들고 심부름꾼이 홀에서 답을 기다리고 있다는 전갈을 받아보지 않은 이가 어디 한 명이라도 있을 것인가?

상황을 설명하는 편지를 쓰면서 로던은 그러나 그렇게 불안한 마음은 아니었다.

베키에게(로던은 이렇게 썼다.),

지난밤 잠은 잘 잤소? 아침에 당신 방으로 커피를 가지고 올라가지 않아서 놀라지나 않았는지 모르겠소. 지난밤 담배를 피우며 집으로 오는 길에 사고가 좀 생겼소. 커지터가의 모스가 나를 붙잡아 데려와서—지금 그의 금박칠 된 화려한 객실에서 이 편지를 쓰고 있소. 이 년 전에도 묵었던 바로 그 방이오. 모스 양이 차를 가지고 왔는데 상당히 살이 붙었고 평소처럼 발꿈치가 다 닳은 스타킹을 신고 있더군.

네이선이 고소를 한 모양이오. 백오십 파운드가 원금인데, 처리비용까지 해서 백칠십 파운드가 잡혀 있는가 보오. 필기도구함과 옷을 좀 보내주기 바라오. 지금 (모스 양 양말처럼) 하얀색 타이를 입고 무도회용 구두를 신고 있소. 서랍 안에 70파운드가 있소. 편지를 받는 대로 네이선에게 가서 우선 75파운드를 주고 차용증을 다시 쓰자고 해봐요. 내가 그 집 술을 사겠다고 말을 해요. 우리도 저녁상에 놓을 포도주가 있어야 하니까, 그러나 그림은 안 되겠소. 그림은 너무 비싸니까.

네이선이 그 제안을 거절하면 내 시계랑 당신 물건들을 볼스에게 가지고 가봐요. 오늘 저녁까지는 돈을 마련해야 하겠소. 내일이 일요일이니 오늘을 넘겨서는 안 될 일이오. 여기 침대들이 별로 깨끗하지 않고 다른 채권자들도 나를 고소할 수 있을 테니 말이오. 이번 주 토요일에는 로던이 집에 오지 않아서 다행이구려. 당신 건강을 빌며 급히 써 보내오.

R. C.

추신-부디 서둘러 와주기 바라오.

풀로 봉한 이 편지는 모스의 구금소 주위를 언제나 배회하고 있는 심부름꾼 한 명에 의해 배달되었다. 심부름꾼이 출발하는 것을 보고 난 뒤 로던은 마당으로 가서 키보다 더 높은 철책을 눈앞에도 두고도 제법 편안한 마음으로 시가를 한 대 피워 물었다. 자신의 환대에도 불구하고 혹 몰래 도망치려는 신사가 있을까 봐 모스는 마치 새장처럼 마당 주위로 높은 철책을 둘러쳐 두고 있었다.

베키가 와서 감옥 문을 열고 자신을 데리고 나갈 때까지 길어 봐야 세 시간 이상은 걸리지 않을 것이라고 생각하며 로던은 제법 즐겁게 그 시간을 보냈다. 담배도 피우고 신문도 읽고 다실에서 만난 지인 워커 대위와 함께―그 역시 어쩌다보니 그곳에 와 있었다.―6펜스짜리 은화를 걸고 잠깐 카드놀이도 해봤지만 운이 비슷하여 누가 돈을 더 따거나 잃지는 않았다.

그러나 날이 다 저물도록 심부름꾼은 돌아오지 않았고 베키 역시 그를 찾으러 오지 않았다. 예정대로 5시 30분이 되자 모스 씨의 저녁 식사가 차려졌고 식사비를 낼 수 있는 투숙객들은 모두 내려와 앞서 묘사한 그 화려한 객실에 자리를 잡고 앉아 저녁을 들기 시작했다. 크롤리 중령이 임시로 묵고 있는 방은 그 객실에 연해 있었다. 미스 엠(아니, 그녀 아버지가 부르는 대로 미스 헴)이 아침에 달고 다니던 머리 마는 종이를 떼고 객실에 나타났다. 헴 부인이 안주인 노릇을 하며 최상품 양 다리 삶은 것과 순무를 신사들에게 대접했는데 중령은 거의 아무런 맛도 느끼지 못하고 이런 음식들을 먹었다. 혹시 일행들을 위해 샴페인을 한 병 사겠는가 질문을 받자 그는 그러겠노라 대답했다. 헴 모녀가 중령의 건강을 기원하며 잔을 들었고 모스는 더할 수 없이 공손한 태도로 중령을 위해 "축배를 들었다."

식사를 하고 있을 때 초인종이 울렸다. 그러자 붉은 머리의 모스 아들이 열쇠를 들고 일어나 나가보더니 심부름꾼 아이가 가방과 휴대용 필기도구함, 편지를 받아 왔다면서 중령에게 그것들을 넘겨주었다. "저희에게 신경 쓰지 말고 어서 열어보세요." 모스 부인이 손을 저으며 말을 했다. 로던은 손을 약간 떨면서 편지를 열었다. 분홍색 종이에 연한 연두색 인장으로 봉을 한, 향수 냄새가 진하게 풍기는 아름다운 편지였다.

나의 가엾은 소중한 당신에게(크롤리 부인은 이렇게 적고 있었다.),

지난밤에는 나의 고약한 늙은 악마에게 대체 무슨 일이 일어난 건지 생각하느라 한숨도 자지 못하다가 아침에 블렌치 선생을 부르러 사람을 보낸 후에야 겨우 눈을 붙였어요.(열이 났거든요.) 선생님께서 진정제를 주시고 피네트에게 무슨 일이 있어도 저를 깨우지 말고 푹 쉬게 하라고 당부하고 가셨어요. 그래서 저의 가엾은 늙은 남편이 보낸 심부름꾼이, 피네트 말로는 아주 인상이 나쁘고 진 냄새를 풀풀 풍겼다는데, 몇 시간 동안이나 홀에 서서 제가 하녀를 부르는 종을 칠 때까지 기다려야만 했답니다. 언제나처럼 철자가 엉망인 당신 편지를 받아 읽었을 때 제 상태가 어땠는지 당신도 아마 짐작하실 수 있을 테지요.

몸이 아프긴 했지만 저는 즉시 마차를 부르고 옷을 입자마자(코코아 한 모금도 마시지 못했지만 말이에요. 정말이지 저만의 악마가 타다 주는 코코아가 아니면 저는 절대 다른 것을 마실 수가 없으니까요.) 네이선의 집으로 황급히 달려갔답니다. 그를 만나서 흐느끼고 울고 그 사악한 이 앞에 무릎을 꿇고 애원도 해보았지만 그 무엇으로도 이 사악한 인간의 마음을 돌릴 수는 없었어요. 돈을 다 갚지 않으면 저의 가엾은 악마를 감옥에서 꺼내주지 않겠다는 거예요. 저는 비참한 마음으로 전당포를 찾아가 볼 생각으로 집으로 돌아왔지요.(당신이 필요하다면 제가 가진 장신구는 얼마든지 다 처분할 수 있으니까요. 그러나 아시다시피 이미 일부를 전당포에 잡혔기 때문에 남은 것을 다 합친다 해도 백 파운드는 되지 않을 거예요.) 집에 도착해보니 스타인 후작께서 늙은 양 같은 얼굴을 한 불가리아 출신 괴물과 함께 와 계시더군요. 지난밤의 연기를 치하하기 위해 오셨다는 거예요. 패딩턴 역시 알아들을 수도 없는 말을 웅얼거리고 머리카락을 비비 꼬며 나타났고 샹피냐크와 그의 요리사도 집에 와 모두들 듣기 좋은 말을 하고 이런저런 칭찬들을 마구 쏟아내며 그들을 모조리 싹 다 내쫓고만 싶은 저를 괴롭혔답니다. 저는 갇혀 있는 가엾은 당신 생각 말고는 한순간도 다른 것을 생각할 수 없었으니까요.

그들이 모두 떠나고 나서 저는 후작님께 무릎을 꿇고 뭐라도 다 저당을 잡힐 테니 제발 이백 파운드만 좀 변통해주십사 애원했어요. 그분은 화를 내고 경멸을 표하면서 저당을 잡히고 돈을 얻는 것 같은 바보짓을 말라고 하셨어요. 돈을 빌려주실 수 있을지 알아보시겠다면서요. 결국 후작님께서 내일 아침 그 돈을 보내준다고 약속을 하고 가셨어요. 그러면 그걸 가지고 저의 가엾은 늙은 괴물에게 달려갈 수 있을 거예요.

사랑의 키스를 담아, 당신의 베키.
지금 침대에서 이 글을 쓰고 있는데,
아, 정말이지 머리가 너무너무 아프네요!

편지를 다 읽은 로던의 얼굴이 시뻘겋게 변하고 무시무시한 표정을 띠었기 때문에 식탁에 함께 있던 일행들은 곧 좋지 않은 소식이 왔다는 사실을 짐작했다. 그간 잠재워 보려고 노력했던 온갖 의심들이 다시 일어나기 시작했다. 자신을 풀어주기 위해 장신구를 팔러 나갈 수도 없었다는 아내, 그러나 자신이 갇혀 있는 동안 웃고 자신에게 쏟아지는 찬사에 응대할 수는 있었던 베키. 자신을 여기 집어 넣은 것은 누구인가? 웨넘이 자신과 함께 걷고 있었다. 그렇다면 혹, 이 일에……. 그는 그 의심을 감히 머리에 떠올릴 수도 없었다. 서둘러 객실을 떠나 자기 방으로 간 그는 휴대용 필기도구함을 열고 서둘러 두어 줄 문장을 적어 넣더니 지금 당장 승합마차를 타고 곤트가로 가서 피트 경이나 크롤리 부인에게 그것을 전해달라고 하면서 한 시간 내에 돌아오면 1기니를 주겠다고 약속했다.

편지에 그는 형과 형수에게 제발, 자신의 소중한 아들과 그 자신의 명예를 생각해서 이리 와서 이 곤란한 상황으로부터 그를 좀 구해달라고 적었다. 그는 지금 채무자 구금소에 있으며 이곳을 벗어나기 위해서는 백 파운드가 필요하니 제발 돈을 가지고 좀 와달라고 애원했다.

심부름꾼을 보낸 후 그는 다시 객실로 돌아와 와인을 좀 더 달라고 부탁했다. 식탁의 좌중은 모두 중령이 이상하게 요란스럽게 웃고 또 떠든다고 생각했다. 때로 그는 자신의 두려움을 미친 듯 비웃기도 했다. 한 시간가량 이렇게 술을 먹는 동안에도 그는 줄곧 자신의 운명을 구해 줄 마차 소리에 귀를 기울이고 있었다.

약속한 한 시간이 끝날 때쯤 문 앞으로 마차 바퀴 소리가 점점 가까워지며 들려왔다. 젊은 문지기가 현관 열쇠를 가지고 밖으로 나가 이 법원 정리의 집안으로 모시고 온 것은 한 귀부인이었다.

"크롤리 중령님을 뵈러 왔는데요." 그녀가 몹시 떨며 입을 열었다. 문지기는 알겠다는 표정으로 그녀를 들인 후 바깥문을 잠그고 다시 안쪽 문을 연 다음 "중령님, 손님이 오셨습니다"라고 소리치며 그녀를 중령의 객실로 안내했다.

로던이 모두 흥청망청 술을 마셔대고 있던 객실에서 나와 자기 방으로 들어왔다. 화려한 불빛이 부인이 여전히 바짝 긴장한 채 서서 기다리고 있는 방 안으로 그를 따라 들어왔다.

"저예요, 로던." 그녀가 겁에 질린 채 그러나 어떻게든 명랑하게 인사를 하려고 노력하며 말을 꺼냈다. "형수 제인이에요." 로던은 이 다정한 목소리와 존재에 완전히 압도당하고 말았다. 그는 그녀에게 달려가 팔 안에 그녀를 안더니 알아들을 수도 없는 감사의 말을 내뱉으며 어깨에 기대 거의 흐느끼고 있었다. 그녀는 그가 왜 이렇게 복받쳐 하는지를 알 수 없었다.

모스 씨에게 지불될 금액이 신속히 처리되었다. 적어도 일요일까지 중령을 손님으로 모실 것이라 생각했던 그는 다소 실망하는 눈치였다. 제인은 환한 미소와 함께 행복한 얼굴로 로던을 정리 집에서 데리고 나갔다. 그리고 그들은 그를 풀어주기 위해 제인 형수가 급히 잡아타고 온 승합마차로 함께 집으로 돌아갔다. "서방님 편지가 왔을 때 형님은 국회 만찬에 가고 안 계셨어요." 그녀가 말을 했다. "그래서, 제가, 제가 직접 간 거예요." 그러더니 그녀는 다정히 그의 손을 잡았다. 피트가 그 만찬 자리에 참석하느라 집에 없었던 것이 로던에게는 차라리 잘된 일일지도 몰랐다. 로던은 진심 어린 감사를 담아 형수에게 몇 번이고 고맙다고 인사를 했는데 그의 그런 인사를 받고는 이 다정한 성품의 부인은 감동하기도 하고 조금 놀라고 걱정이 되기도 했다. "아." 그가 평소처럼 거칠고 꾸밈없는 태도로 말을 했다. "형수님은, 형수님은 제가 형수님을 알게 된 후, 그리고 우리 아들

로디를 갖게 된 후 정말 얼마나 달라졌는지 모르실 거예요. 저는 정말, 달라지고 싶어요. 제 마음을, 제 마음을 형수님도 아실 거예요." 그는 차마 말을 다 끝내지 못했지만 제인은 그를 이해할 수 있었다. 그날 밤 그는 그녀를 집에 데려다주고 자기 집으로 돌아갔다. 아들의 침대 옆에 앉은 제인은 인생살이에 지친 이 가엾은 죄인을 위해 겸허한 마음으로 기도를 올렸다.

형수를 데려다주고 난 로던은 걸어서 빠르게 집으로 돌아갔다. 때는 저녁 9시였다. 그는 거리를 가로지르고 허영의 시장의 커다란 광장들을 지나 마침내 자신의 집 맞은편에 숨을 헐떡이며 도착했다. 그는 움찔하며 멈춰 서더니 이 층 창문을 올려다보고 몸을 떨면서 넘어질 듯 울타리에 몸을 기대었다. 객실 창문으로 방 안의 환한 불빛이 새어 나오고 있었다. 그녀는 아파서 침대에 누워 있다고 하지 않았던가. 방 안에서 흘러나오는 불빛이 그의 창백한 얼굴을 비추는 채 그는 그곳에 한동안 가만히 서 있었다.

열쇠를 꺼내 든 그는 집안으로 들어갔다. 이 층 방에서 웃음소리가 들려왔다. 로던은 전날 밤 사내들에게 잡힐 때 입고 있었던 무도회복을 아직도 입고 있었다. 그는 난간 손잡이에 몸을 기댄 채 조용히 계단을 올라갔다. 이 층에서 나는 소리를 제외하면 집안에는 아무도 없었다. 하인들 역시 모두 내보내고 없었다. 로던은 방 안에서 나는 웃음소리, 웃음소리와 노랫소리를 들을 수 있었다. 베키가 전날 밤 불렀던 노래의 일부를 다시 부르고 있었다. 쉰 목소리가 "브라보!"를 외쳐대고 있었다. 스타인 경의 목소리였다.

로던은 문을 열고 방 안으로 들어갔다. 방 안의 작은 테이블 위에 저녁 식사가 차려져 있었고 포도주와 접시가 놓여 있었다. 스타인 경은 베키가 앉은 의자 위로 허리를 구부리고 있었다. 이 야비한 여인은 눈부시게 화장을 한 채 팔과 손가락을 팔찌와 반지로 장식하고 가슴에는 스타인 경이 선사한 화려한 목걸이를 걸고 있었다.

스타인 경이 베키의 손을 잡고 그 손에 키스하기 위해 허리를 굽힐 때 로던의 창백한 얼굴을 바라본 베키가 희미한 비명을 지르며 깜짝 놀라 몸을 뒤로 뺐다. 바로 다음 순간 그녀는 미소를 지으려고, 남편을 환영하는 듯 보기에도 끔찍한 미소를 지어보려고 애를 썼다. 스타인 경은 창백한 얼굴로 이를 갈며 일어났다. 얼굴에는 분노가 가득했다.

후작 역시 손을 뻗고 앞으로 나오며 웃음을 지으려고 노력했다. "이런, 돌아오셨구먼, 그래 괜찮소, 크롤리 중령?" 그가 이렇게 인사를 건네었다. 침입자를 향해 미소를 지어보려고 노력할 때 후작 입 주위의 근육이 경련이라도 일으킬 듯 실룩거렸다.

로던의 얼굴에는 베키로 하여금 서둘러 남편에게 달려가지 않을 수 없게 하는 무언가가 있었다. "전, 아무 짓도 하지 않았어요, 로던." 그녀가 말을 했다. "하느님께 맹세해요. 전 결백해요." 그녀는 남편의 옷을 잡았다가 또 그의 손을 붙잡았다. 그녀의 손은 온통 사문석이며 반지며 그 밖의 화려한 장신구들로 뒤덮여 있었다. "전 아무 죄가 없어요, 후작님, 제가 결백하다고 좀 말해주세요." 그녀가 후작에게 애원하였다.

그는 자신을 노리고 놓은 덫에 잡혔다고 생각하며 베키 못지 않게 그녀의 남편에게도 분노했다. "당신이 결백하다고! 이런 제길." 그가 소리쳤다. "베키, 당신이 결백하다고! 그래, 당신 몸 위에 걸친 그 모든 장신구는 다 내가 사준 것이지. 난 이미 당신에게 수천 파운드나 쏟아 부었는데 그 돈을 이 작자가 갖다 써버렸지. 그 돈을 받고 이 작자가 당신을 판 것이 아니던가. 결백하다, 이런 망할! 그래, 무용수였던 당신 어머니나 포주 노릇을 하는 당신 남편만큼은 결백하다고 해두기로 하지. 당신들이 다른 사람을 후린다고 해서 나까지 겁을 줄 수 있을 거라고는 생각하지 마. 비키게, 중령. 떠나야겠으니." 스타인 경이 모자를 움켜쥐더니 분노로 이글거리는 눈동자로 적을 뚫어지게 바라보며 그를 향해 걸어갔다. 상대방이 자신에게 굴복하지 않을 거라고는 생각조차 하지 못한 채.

그러나 로던이 뛰어나오더니 후작이 거의 질식할 지경이 되어 비틀거리며 그의 팔 밑으로 넘어질 때까지 그의 목덜미를 움켜쥐었다. "거짓말, 이 개 같은 자식!" 로던이 외쳤다. "거짓말, 이 비겁한 악당 같으니!" 그러더니 그는 맨손으로 후작의 얼굴을 두 번 내려치고 피 흘리는 후작을 바닥으로 내던졌다. 레베카가 미처 말리기도 전에 이 모든 일이 벌어졌다. 그녀는 로던 앞에서 바들바들 떨며 서 있었다. 힘세고 용맹하게 상대방을 꼼짝없이 제압하는 남편이 그녀는 자랑스러웠다.

"이리 와." 로던이 말했다. 그녀는 즉시 남편에게로 갔다.

"그것들 죄다 던져버려." 그러자 그녀는 몸을 떨며 팔에서 장신구들을 벗겨내고 떨리는 손가락에서 반지들을 뽑아낸 다음 손 가득 그것들을 든 채 떨며 그를 올려다보았다. "그것들을 던져버려." 그가 말을 했다. 베키가 그것들을 바닥에 떨어뜨렸다. 로던이 그녀 가슴 위의 다이아몬드 목걸이를 떼어 스타인 경에게 집어 던져버렸다. 목걸이는 그의 벗어진 이마 위에 상처를 냈는데 경은 죽을 때까지 그 상처를 이마에 달고 다녀야만 했다.

"위로 올라와." 로던이 아내에게 말을 했다. "살려주세요, 로던." 그녀가 말을 했다. 로던은 사납게 웃음을 터뜨렸다. "저치가 좀 전에 돈에 대해 한 말이 사실인지 아닌지 알아야겠어. 그가 당신에게 돈을 주었어?"

"아니요." 레베카가 대답했다. "그건……."

"열쇠를 내놔 봐." 로던이 대답했다. 그리고 그들은 함께 위층으로 올라갔다.

레베카는 하나만 제외하고는 모든 열쇠를 다 로던에게 넘겨 주었다. 열쇠가 하나 빠져 있다는 사실을 눈치 채지 못하길 바라면서. 그것은 아멜리아가 예전에 그녀에게 주었던, 베키가 남모르는 곳에 몰래 숨겨두었던 그 서랍장의 열쇠였다. 그러나 로던은 상자들을 모두 열고 서랍장들도 모두 열어 그 안의 온갖 잡동사니들까지 다 끄집어냈다. 마침내 그가 그 서랍장을 발견했다. 베키는 그것을 열지 않을 수 없었다. 그 안에는 서류들이며 오래전 연애편지들이며 온갖 종류의 자질구레한 장신구들이며 일기장 같은 것들이 들어 있었다. 그리고 수표가 든 지갑도 하나 들어 있었다. 몇 개는 십여 년 전에 발행된 것이었지만 하나는 꽤 최근의 것이었다. 스타인 경이 그녀에게 준 천 파운드짜리 수표였다.

"그가 당신에게 준 돈인가?" 로던이 물었다.

"네." 베키가 대답했다.

"오늘 그에게 이 돈을 돌려보내도록 하지." 로던이 대답했다.(이렇게 상자며 서랍장을 뒤지는 동안 이미 날이 밝아오고 있었던 것이다.) "그리고 우리 애한테 다정히 대해준 브리그스에게 돈을 갚고 다른 빚도 좀 갚아야겠어. 남은 돈을 당신에게 보내려면 어디로 보내야 할지 나중에 알려주구려. 이 돈 중에서 나를 위해 백 파운드 정도는 쓸 수도 있었을 것 같은데 말이오,

베키. 나는 언제나 내가 가진 걸 다 당신과 나눠왔는데."

"전 결백해요." 베키가 대답했다. 그러나 그는 다른 말없이 그녀를 떠나갔다.

그가 떠나고 난 후 그녀는 무슨 생각을 했을까? 로던이 떠난 후 해가 방 안으로 쏟아져 들어올 때까지 베키는 여러 시간 침대 가장자리에 혼자 앉아 있었다. 서랍들은 다 열려 있었고 그 안의 내용물들은 사방에 흩어져 있었다. 드레스와 깃털, 스카프와 장신구, 그밖에도 온갖 허영의 산물들이 난파선의 잔해처럼 바닥에 널브러져 쌓여 있었다. 머리카락은 어깨 위에 헝클어져 늘어뜨려져 있었고 로던이 다이아몬드 장식을 잡아떼느라 잡아 당긴 드레스는 찢어져 있었다. 자신을 두고 나간 지 몇 분 후 베키는 로던이 계단을 내려가 쾅하고 문을 닫더니 떠나는 소리를 들었다. 이제 다시는 돌아오지 않으리라는 것을 그녀는 알고 있었다. 그는 영원히 떠나고 말았다. 자살이라도 할 생각일까? 그녀는 생각했다. 스타인 경과 결투를 벌이기 전에는 죽지 않겠지. 그녀는 지나간 긴긴 세월이며 그동안 일어났던 온갖 우울한 일들에 대해 생각해보았다. 아, 정말 얼마나 적막하고 누추한, 외롭고도 보람 없는 세월이었던가! 아편이라도 먹고 이 삶을, 모든 희망이며 계략, 영광과 승리까지 모두 함께 끝내버리는 것이 차라리 나을 것인가? 프랑스 하녀가 들어와 이렇게 망연자실 앉아 있는 베키를 보았다. 두 손을 꼭 쥐고, 메마른 눈으로 엉망이 된 방 한가운데에 앉아 있는 그녀를. 그녀 역시 베키의 공모자로서 스타인 경이 돈을 주고 고용한 하녀였다. "아이고 세상에, 마님, 대체 무슨 일이에요?" 그녀가 물었다.

무슨 일이 있었냐고? 과연 베키는 유죄인가, 무죄인가? 그녀는 아니라고 말했다. 그러나 그녀의 입에서 나온 말들 중 무엇이 사실이고 무엇이 거짓인지 그 누가 알 수 있단 말인가? 아니, 그녀의 썩은 양심이 이번만은 정말 순수함을 지켰던 것일까? 그녀의 모든 거짓말과 계략, 이기주의와 음모, 기지와 영리함이 결국 이렇게 파국을 맞이하고 말았다. 하녀는 커튼을 닫더니 다정한 얼굴로 베키를 달래어 침대에 눕게 했다. 그리고 아래로 내려가 레베카가 남편의 명에 따라 던진 후, 스타인 경이 떠난 후에도 계속 그곳에 놓여 있던 장신구들을 주워 모았다.

* * *

54장
전투 후의 일요일

　로던이 이제 이틀 동안이나 입고 있던 무도회복 차림으로 계단을 닦고 있는 겁먹은 하녀 옆을 지나 형님 서재로 걸어갈 때 그레이트 곤트가의 피트 경 저택 사람들은 막 주일을 맞을 준비를 하고 있었다. 제인은 모닝 가운을 입고 위층의 아이들 방에 올라가 아이들이 제대로 옷을 입는지 살펴보고 아들과 딸이 그녀의 무릎에 앉아 기도문 외우는 것을 듣고 있었다. 피트 경이 주재하는, 집안의 모든 사람이 참석하는 공식적인 아침 예배 이전에 매일 아침 그녀와 아이들은 이렇게 따로 그들만의 예배를 드리곤 했다. 로던은 서재에 있는 준남작의 책상 앞에 앉았다. 책상에는 푸른색 책들이며 편지들이 가지런히 정리되어 있었고 사안별로 라벨을 붙여 말끔히 분류한 각종 영수증이며 넘어지지 않게 잘 쌓아둔 팸플릿 등이 놓여 있었다. 그 외에도 자물쇠로 잠가둔 회계장부며 휴대용 필기도구함, 문서 운송함, 성경, 《쿼털리 리뷰》,『신사록』등이 마치 주인의 검토를 기다리는 듯 나란히 줄을 지어 서 있었다.

가족용 설교 모음집 한 권도 서재 책상 위에 놓인 채 피트 경의 현명한 선택을 기다리고 있었다. 일요일 아침 예배를 드릴 때면 피트 경이 그중 하나를 골라 가족들에게 읽어주곤 했기 때문이다. 설교집 옆에는 피트 경이 혼자 읽곤 하는《옵저버》[1]가 물기를 머금고 단정하게 접혀 있었다.[2] 오직 피트 경의 하인만이 주인 책상에 신문을 갖다 두기 전에 꼼꼼히 그것을 읽을 기회를 가질 수가 있었다. 오늘 아침 서재에 신문을 가져다두기 전에 그는 '곤트 저택의 연회'라는 제목으로 화려하게 그날의 일을 묘사한 기사를 읽었다. 기사에는 전하도 참석하신 후작의 그 연회에 초대받은 모든 저명인사의 이름이 다 실려 있었다. 한때 피트 경 부인의 방이었던 곳에서 아침 차와 갓 구워 버터를 바른 토스트를 들고 있던 가정부와 그 조카딸에게 연회에 대한 이야기를 해주고 크롤리 부부가 어떻게 그렇게 출세를 할 수 있었을까 한 번 머리를 갸웃거린 다음 하인은 신문에 물을 뿌려 다림질을 하고 다시 한 번 잘 접어 가장이 손대기 전에 아무도 그것을 읽지 않은 것처럼 만들었다.

가엾은 로던은 신문을 집어 들더니 형이 올 때까지 그것을 읽어보려고 노력했다. 그러나 글자는 전혀 눈에 들어오지 않았으며 자신이 지금 무엇을 읽고 있는지조차 알 수 없었다. 신문에는 정부 관련 소식이며 인사 관련 소식(공인으로서 피트 경은 이런 정보를 익히 알고 있어야만 했다. 그렇지 않았더라면 그는 결코 일요판 신문이 자기 집에 배달되는 일을 허락하지 않았을 것이다.), 연극 비평, 백 파운드가 걸린 바킹 부처와 텃베리 펫 간의 권투 경기, 그리고 곤트 저택에서의 연회에 대한 바로 그 기사도 실려 있었다. 기사는 비록 조심스러운 어조이기는 하나 베키가 여주인공을 맡은 그 유명한 스타인 경 댁의 수수께끼 연극에 대해 최고의 상찬을 늘어놓고 있었다. 이 집의 가장이 모습을 드러내기 전에 앉아서 신문을 읽고 있던 로던의 눈앞에 이런 모든 기사들이 뿌옇게 스쳐 지나갔다.

검은 대리석으로 만들어진 서재 시계가 날카로운 종소리로 9시를 알리기 시작하자 곧 피트 경이 단정하고 말쑥한 모습으로 서재에 들어왔다. 창백하고 깨끗한 얼굴은 말끔히 면도가 되어 있었고 셔츠 깃은 구김 없이 빳빳했으며 숱 적은 머리카락은 기름을 발라 단정히 빗질이 되어 있었다. 풀 먹인 넥타이를 하고 회색 플란넬 실내복을 입은 채 위엄 있는 모습으로 손톱을 다듬으며 계단을 내려오는 그의 모습은 진정한 영국 신사의 전형, 단정함과 예의의 전형이라 할 만했다. 헝클어진 머리카락에 충혈된 눈, 구겨진 옷을 입고 서재에 앉아 있는 아우의 모습에 피트 경은 깜짝 놀랐다. 그는 로던이 필시 취한 상태일 것이며 지금껏 밤새 술자리에서 놀다 나온 길일 것이라고 생각했다. "대체, 로던." 그가 지겹다는 얼굴로 말을 꺼냈다. "이렇게 이른 시간부터 어쩐 일이냐? 왜 집에는 가지도 않고?"

"집이요?" 로던이 거칠게 웃음을 터뜨리며 대답했다. "놀라지 말아요, 형, 취한 것이 아니니까. 문을 좀 닫아주세요. 형에게 할 말이 있어요."

피트는 문을 닫고 책상 앞으로 다가와 로던의 맞은편 소파에 앉더니—그 자리는 집사나 대리인, 또 준남작과 거래를 하기 위해 찾아오는 중요한 손님들을 위한 자리였다.—지금까지보다 훨씬 더 사나운 태도로 손톱을 다듬기 시작했다.

"형, 다 끝나고 말았어요." 로던이 잠깐 멈췄다가 말을 했다. "전 끝났어요."

"내가 늘 이렇게 될 거라고 하지 않았니." 준남작이 말끔히 자른 손톱 끝으로 책상을 두드리며 짜증스러운 목소리로 소리를 질렀다. "벌써 수천 번도 더 경고를 하지 않았느냐 말이다. 이제 더 이상 도울 수가 없다. 한 푼 남김없이 다 쓸 데가 정해져 있는 돈이니까. 제인이 어제 너에게 갖다 준 백 파운드만 해도 사실 내일 아침 변호사에게 보내기로 되어 있던 돈인데 그걸 써버리는 바람에 아주 곤란한 상황이 되었단 말이다. 결국 너를 돕지 않겠다는 말은 아니다. 그러나 네 빚을 다 갚아주는 것보다는 차라리 나라 빚을 다 갚겠다고 하는 것이 나을 거야. 그건 정말, 바보짓이야. 터무니없는 바보짓이라고. 너도 좀 양보를 해야 하지 않겠니. 가족끼리 이러는 건 마음 아픈 일이다만, 요샌 다들 그렇게 하는 모양이더라. 지난주에는 래글랜드 경의 아들인 조지 카이틀리가 법정에 가서 채무변제인가, 그걸 받았다고 하더라. 래글랜드 경이 아들 빚에 대해서는 한 푼도 지불을 못하겠다고 해서, 그래서……."

"돈 이야기를 하려는 게 아니에요." 로던이 말을 끊었다. "제 사정을 말하러 온 것이 아니에요. 저한테는 무슨 일이 일어나도 신경 쓰실 것 없어요……."

"그럼 대체 무슨 일이지?" 피트 경이 다소 안심한 듯 대답했다.

"제 아들 이야기예요." 로던이 쉰 목소리로 대답했다. "혹시 제가 죽으면 제 아들을 보살펴주겠다고 약속을 좀 해주시면 좋겠어요. 마음씨 고운 형수님은 언제나 로던에게 다정하셨고 그 애도 자기 엄마보다 형수님을 더 좋아하니까요. 이런 제길. 형, 형도 제가 크롤리 고모님의 유산을 받도록 되어 있었다는 걸 아시잖아요. 저는 다른 집 차남들과는 달리 언제나 흥청망청 돈을 쓰고 빈둥빈둥 놀아도 괜찮을 것 같이 대접을 받았어요. 그렇지 않았으면 지금 전 꽤 다른 사람이 되었을지도 몰라요. 군대에 있을 때는 맡은바 임무를 제법 잘 처리했으니까요. 형님도 아시죠, 제가 어떻게 그 돈을 모두 잃게 되었는지, 또 결국 누가 그 돈을 받았는지 말이에요."

"내가 지금껏 널 위해 여러 희생을 치르면서도 널 돕고 지지한 걸 생각해보렴. 이제 와서 그런 비난을 해봐야 아무 소용없는 일이다." 피트 경이 대답했다. "결혼만 해도 내가 시킨 것이 아니라 네가 내린 결정이 아니냐."

"이제 다 끝났어요." 로던이 대답했다. "이제 다 끝났어요." 로던은 이 말을 하며 잇새로 신음을 내뱉었다. 동생의 그런 모습을 보고 피트는 깜짝 놀랐다.

"맙소사! 그녀가 죽기라도 한 거냐?" 피트 경이 진심으로 놀라고 걱정하는 목소리로 이렇게 물어보았다.

"차라리 제가 죽었으면 좋겠어요." 로던이 대답했다. "로던만 아니었다면 오늘 아침 제 목을 긋고, 그 망할 악당의 목도 같이 베어버렸을 거예요."

피트 경은 즉시 상황을 파악하고 로던이 죽이고 싶었던 사람이 스타인 경일 것이라고 짐작했다. 로던은 더듬거리며 짤막하게 무슨 일이 있었는지 형에게 설명했다. "그건 그 악당과 그 여자의 완벽한 음모였어요." 로던이 말을 했다. "정리들이 와서 저를 덮쳤죠. 집으로 가는 길에 그렇게 된 거예요. 그녀에게 돈을 부탁하는 편지를 보냈더니 아파서 누워 있다면서 다음 날 오겠다고 하더군요. 하지만 집에 도착해보니 다이아몬드를 주렁주렁 달고 그 악당 놈하고 단둘이 앉아 있지 뭐예요." 그러고 나서 그는 곧 자신이 스타인 경과 치러야 할 결투에 대해 서둘러 이야기했다. 이런 일에는 물론 단 하나의 결론밖에 없다면서 로던

은 형과 이야기가 끝나면 반드시 치러야 할 그 결투를 위해 준
비를 하러 갈 것이라고 설명했다. "어쩌면 저한테 돌이킬 수 없
는 일이 생길지도 모르니까, 그리고 아들에게는 엄마가 없는 셈
이니까, 그 애를 형과 형수님께 맡겨야 되겠어요." 로던이 갈라
진 목소리로 말을 했다. "형이 그렇게 해준다고 약속을 해주면
마음을 놓을 수 있을 것 같아요."

대단히 감동을 받은 로던의 형은 일찍이 본 적 없는 다정함을
보이며 로던의 손을 잡고 악수했다. 로던은 숱 많은 눈썹을 만
지작거렸다. "형, 고마워요, 형의 약속이라면 믿을 수 있어요."

"내 명예를 걸고 약속하마." 준남작이 이렇게 대답했다. 그렇
게 긴 말 없이 그들 사이에 이런 약속이 맺어졌다.

로던은 베키의 서랍장 속에서 발견한 작은 지갑을 주머니에
서 꺼내더니 그 안에 들어 있던 한 다발의 수표를 꺼냈다. "여기
육백 파운드가 있어요. 제가 이렇게 돈이 많은지 형님도 모르셨
겠죠. 형님이 이 돈을 브리그스에게 좀 전해주셨으면 좋겠어요.
그녀가 저희에게 돈을 빌려주었거든요. 그녀는 로던에게 언제
나 참 다정했는데, 그 가엾은 부인의 돈을 빌리고 갚지 않은 것
이 늘 부끄러웠어요. 그리고 여기 이 돈은 베키에게 주시면 좋
겠어요. 그녀도 살아야 할 테니까, 제가 쓸 돈은 몇 파운드밖에
빼지 않았어요." 이렇게 말하면서 또 다른 수표 다발을 형에게
건네주려는데 흥분으로 손을 떨던 로던은 그만 지갑을 떨어뜨
리고 말았다. 그러자 지갑에서 불운한 베키가 마지막으로 손에
넣었던 바로 그 천 파운드짜리 수표가 떨어졌다.

허리를 숙여 수표를 집어 올린 피트는 그 금액에 깜짝 놀랐
다. "그건 아니에요." 로던이 말을 했다. "그 돈의 주인 놈에게
총알 맛을 보여주면 좋겠어요." 로던은 그 수표로 총알을 감싸

서 그것으로 스타인 경을 죽이면 얼마나 멋진 복수가 될 것인가 생각했다.

대화를 나눈 형제는 다시 한 번 더 악수를 나누고 헤어졌다. 로던이 도착하는 소리를 들은 제인은 불길한 일이 일어났음을 여자다운 직관으로 감지하고 서재 옆 식당 방에서 남편이 내려 오기를 기다리고 있었다. 마침 식당 문이 열려 있어서 두 형제 가 서재 문에서 나올 때 그녀 역시 때를 맞춰 식당에서 걸어 나 왔다. 그녀는 로던을 향해 손을 내밀면서 같이 아침을 들게 되 어 잘됐다고 인사를 건넸다. 그러나 면도 하지 않은 수척한 얼굴의 시동생이며 남편의 어두운 얼굴을 보고 그녀는 지금 아 침이 문제가 아니라는 사실을 곧 알아차렸다. 로던이 자신에게 내민 형수의 작고 겁먹은 손을 꽉 움켜잡으며 약속이 있어서 가 봐야겠다고 몇 마디 변명의 말을 중얼거렸다. 애원하는 듯한 그 녀의 시선은 시동생 얼굴에서 재앙의 예감 말고 다른 무엇도 읽 어낼 수 없었다. 남편 피트 역시 그녀에게 아무런 설명을 해주 지 않았다. 아이들이 아버지에게 인사를 하러 다가오자 그는 평 소처럼 냉정한 태도로 그들에게 키스를 해주었다. 피트 경이 주 일용 정장이나 제복을 입고 부글거리며 끓는 찻주전자 맞은편 의자에 나란히 앉은 하인들에게, 그리고 가족들에게 기도문을 읽어줄 때 제인은 아이들 둘 모두를 바짝 끌어안고 아이들이 무 릎을 꿇고 기도를 올리는 동안 둘 모두의 손을 꽉 잡고 있었다. 로던의 방문으로 예배가 지연되는 바람에 아침 식사가 상당히 늦어져 아침을 먹는 동안 교회의 종소리가 울리기 시작했다. 사 실은 가족 예배를 보는 내내 온통 다른 생각을 하느라 머리가 복잡해서 그랬지만 제인은 그날 너무 몸이 불편해서 교회에 갈 수 없다고 말을 했다.

그사이 로던은 서둘러 그레이트 곤트가를 지나 곤트 저택 현관문 앞의 커다란 청동 메두사 머리 모양 문고리를 두들기고 있었다. 그러자 술에 취한 듯 얼굴이 붉고 뚱뚱한 이 집 문지기가 붉은색과 은색 조끼를 입고 문 앞으로 나왔다. 그 역시 옷차림이며 얼굴이 엉망인 로던을 보고 놀라 행여 그가 강제로 집안으로 들어갈까 걱정이라도 되는 듯 그를 가로막았다. 그러나 로던은 그저 명함을 하나 꺼내더니 스타인 경에게 꼭 전해달라고, 그리고 자기는 1시 이후 죽 세인트제임스가의 리젠트 클럽에 있을 것이며 집에는 가지 않을 것이라고 전해달라고 부탁했다. 얼굴이 붉고 뚱뚱한 하인은 돌아가는 로던의 뒷모습을 겁먹은 얼굴로 바라보고 있었는데 주일용 정장을 차려입고 일찌감치 집을 나선 사람들이며 빛나는 얼굴의 자선학교 아이들, 문 앞에서 빈둥거리던 식료품 가게 상인, 예배 시작에 맞춰 가게 앞 차양을 내리던 술집 주인 역시 모두 놀란 눈으로 로던을 쳐다보았다. 마차 정류장에 있던 사람들은 그의 모습을 보고 농담을 주고받기도 했다. 로던은 마차를 한 대 집어타더니 마부에게 나이츠브리지의 군부대로 가달라고 말을 했다.

로던이 군부대에 도착할 즈음에는 모든 교회의 종들이 울려대고 있었다. 밖을 보았더라면 그는 오랜 지인 아멜리아가 브롬프턴에서 러셀 스퀘어로 걸어가는 모습을 볼 수 있었을 것이다. 학생들 무리가 교회로 줄지어 걸어가고 있었고 마차 밖, 교외의 반짝이는 보도는 일요일을 맞아 즐거운 마음으로 집을 나선 사람들로 북적이고 있었다. 그러나 로던은 바깥 풍경을 볼 마음의 여유라곤 없었다. 나이츠브리지에 도착하자마자 그는 곧 오랜 친구이자 동지인 맥머도 대위의 방으로 달려갔다. 다행히도 그는 막사 안 자기 방에 있었다.

워털루 전투에도 참가했던 연륜 있는 군인 맥머도는 연대 내에서 대단한 신임을 얻고 있는 인물로서 돈만 좀 있었으면 충분히 높은 계급까지 얼마든지 승진할 수 있을 친구였다. 그는 조용히 침대에 누워 한가로운 오전을 만끽하고 있었다. 전날 밤 그는 조지 생크바르 대위가 브롬프턴 자택에서 연 저녁 파티에 초대받아 갔었다. 꽤 난잡했던 그 파티에는 부대의 젊은 병사 몇 명과 무용수 여러 명이 초대되었는데 나이와 계급에 상관없이 누구와도 편하게 지내며 장군, 애견가, 권투 애호가를 막론하고 모든 종류의 사람들과 잘 어울리는 맥머도 역시 늙은 나이에도 불구하고 초대를 받았다. 늦게까지 계속된 전날의 파티 때문에 피곤하기도 했고 근무도 없었으므로 그는 침대에 누워 편안히 쉬고 있었다.

방에는 결혼하면서 군에서 은퇴해 조용한 생활에 안착한 동료들이 주고 간 각종 권투선수 사진이며 경마 사진, 또 무희들 사진이 사방에 걸려 있었다. 이제 쉰 살이 거의 다 된 그는 부대에서 이십사 년이라는 긴 세월을 보냈기 때문에 그 방은 거의 일종의 박물관이나 다름없었다. 그는 영국에서도 제일가는 사격수 중 하나였고 덩치가 큰 편인데도 말을 대단히 잘 탔다. 사실 크롤리 중령이 군에 있을 당시 그는 언제나 사격과 승마에서 중령의 호적수이기도 했다. 하여튼 그리하여 중령이 들어갔을 때 이 용감하고 존경받는 군인 맥머도 대위는 침대에 누워 《벨스 라이프》에 실린 텃베리 펫과 바킹 부처 간의, 앞서도 언급된 바 있는 권투 경기 기사를 읽고 있었다. 다소 짧게 깎은 회색 머리에 비단 천으로 만들어진 침상용 모자를 쓰고 붉은 코와 얼굴을 무성히 자란 염색한 턱수염으로 덮고서.

로던이 대위에게 친구가 한 명 필요하다고 말하자 그는 즉시 그 친구가 어떤 우정의 의무를 수행해야 할 것인지 알아차렸다. 사실 그는 이미 수십 번이나 대단히 신중하고 노련하게 친구들을 위해 비슷한 일들을 처리해오기도 했었다. 이제 고인이 된 최고 사령관[3] 역시 같은 이유에서 맥머도 대위를 높이 평가한 바 있었으며 다른 신사들 역시 곤경에 처할 때면 예외 없이 그를 찾아오곤 했었다.

"그래, 무슨 일인가, 크롤리!" 나이 든 전사가 물었다. "우리가 마커 대위를 쏘았을 때처럼 도박 때문에 문제가 생긴 건 아니겠지?"

"이건, 이건, 내 아내에 관한 문제라네." 중령이 시선을 내리깔고 얼굴을 몹시 붉히며 대답했다.

대위는 휘파람 소리를 내며 "그녀가 자네를 배신할 것이라고 내가 늘 말하지 않았던가"라고 대꾸했다. 사실 부대며 클럽에서는 벌써부터 중령에게 곧 그런 일이 벌어질 것이라는 데 돈을 걸고 내기가 오가는 판이었으며 세상 사람들과 동료들 역시 진작부터 중령 부인에 대해 거침없이 경박한 이야기를 주고받는 판이었다. 그러나 자신의 질문에 대답을 하는 로던의 얼굴이 험악하게 일그러지는 것을 본 대위는 더 이상 아무 말 않는 것이 좋겠다고 생각했다.

"다른 방법은 없겠나, 친구?" 대위가 진지한 목소리로 물었다. "혹 단순한 의심인가, 뭐 증거라도 있는 건가? 편지 같은 것 말일세. 혹 그냥 지나갈 수는 없는 건가? 할 수만 있다면 이런 일은 그냥 조용히 지나가는 게 상책이네만." 대위는 속으로 '이제야 아내의 본모습을 알게 되다니'라고 생각하며 부대 휴게소에서 오갔던 크롤리 부인에 대한 온갖 추잡한 소문들을 떠올려보았다.

"이것 말고는 방법이 없네." 로던이 대답했다. "둘 중 하나는 죽어야 한단 말이야, 맥, 무슨 말인지 알겠나? 나는 길에서 붙잡혔어. 정리에게 잡혀갔다고. 그러고는 둘이서만 집에 있는 걸 발견했지. 그에게 거짓말쟁이에 겁쟁이라고 욕을 하고 호되게 주먹맛을 보여주었지."

"그런 놈은 그래도 싸지." 맥머도가 대답했다. "그래, 그게 누구였나?"

로던이 스타인 경이라고 대답했다.

"그 망할 놈! 후작이라고! 사람들 말이, 그러니까, 사람들 말이 자네가……"

"뭐라고? 자네, 그게 지금 무슨 말인가?" 로던이 소리쳤다. "자네, 그러니까 내 아내를 의심하는 이야기를 전에 한 번이라도 들은 적이 있다는 건가? 그런데도 나에게 말을 안 했다는 거야, 맥?"

"세상 사람들이란 원래 말이 많은 법이네. 바보 같은 치들이 하는 이야기를 자네한테 말해봤자 무슨 소용이란 말인가?"

"이런, 그건 정말 친구로서 도리가 아니지 맥!" 감정이 격해진 로던이 두 손으로 얼굴을 감싸며 대답했다. 그는 이제 감정을 억누를 수가 없었다. 그 모습에 맞은편의 오랜 동지 역시 동정심에 사로잡혀 더 말을 이을 수가 없었다. "이봐, 진정하게." 대위가 말을 했다. "대단한 귀족이든 아니든 간에, 하여튼 그에게 총알 맛을 보여주고 지옥에 보내주자고. 그리고 여자들은, 다 원래 그런 거라고."

"내가 그녀를 얼마나 좋아했는지 자네는 모를 거야." 반쯤 알아들을 수 없는 소리로 로던이 말했다. "망할, 난 마치 하인처럼 그녀를 따라다녔는데. 내가 가진 모든 걸 바치고, 그녀와 결혼하기 위해 거지가 되는 것도 마다하지 않았지. 이런 망할, 난 그녀가 좋아하는 걸 사주기 위해 내 시계도 전당포에 맡겼다네. 그런데, 그녀는 그동안 계속 자기 돈주머니를 따로 만들고 나를 감옥에서 꺼내기 위해 단돈 백 파운드도 쓰려 하지 않았던 거야." 그러더니 중령은 대위가 전에 한 번도 보지 못한 동요된 모습으로 사납게 지난밤 일을 두서없이 이야기하기 시작했다. 그러나 이야기를 듣던 중령의 상담자는, 일견 무시할 수도 있을 몇 가지 사실들을 발견해냈다.

"사실, 자네 아내는 결백할지도 몰라." 대위가 말을 했다. "그녀가 그렇다고 말을 했고 또 스타인 경은 이전에도 셀 수 없이 여러 번 그녀와 단둘이 그 집에 있었으니까."

"그럴지도 모르지." 로던이 슬프게 대답했다. "그러나 이번 일은 그렇게 보기 어려워." 그는 대위에게 자신이 베키의 지갑에서 발견한 천 파운드짜리 지폐를 보여주었다. "스타인 경이 그녀에게 준 돈일세, 맥. 그리고 그녀는 이 돈을 나 몰래 보관하고 있었어. 이 돈이 있으면서도 그녀는 내가 잡혀갔을 때 나를 풀어주기 위해 오지 않았던 거야." 대위 역시 돈이 오간 정황을 듣고 나니 참으로 더러운 음모였다는 사실을 인정하지 않을 수가 없었다.

이야기를 나누는 동안 로던은 맥머도 대위의 하인 중 하나를 커즌가로 보내 집안 하인에게 대령이 당장 꼭 필요한 옷가지들을 챙겨 보내게 했다. 하인이 심부름을 다녀올 동안 로던과 그의 친구는 존슨 박사의 사전을 찾아가며, 이 사전은 실로 큰 도움이 되었는데, 대단히 애를 쓴 끝에 스타인 경에게 보낼 편지를 하나 작성했다. 편지에서 맥머도 대위는 크롤리 중령을 대신해 경께 편지를 드리게 되어 영광이라고 적고, 자신이 결투에 필요한 모든 절차를 중령을 대리해 진행하도록 전권을 위임받았음을 알려드리는 바라고 적었다. 또 전날 새벽의 일 때문에 결투는 피할 수 없는 일이 되었으며 후작께서도 필시 결투를 신청하실 것이라는 사실을 믿어 의심치 않는다고도 적었다. 맥머도 대위는 또 대단히 정중하게 후작님 쪽에서도 부디 대리인을 한 명 지목하시어 자신이 그 대리인을 통해 일을 진행할 수 있게 해주시면 좋겠다면서 될 수 있으면 빨리 결투일을 잡는 것이 좋겠다고 덧붙였다. 추신에서 대위는 자신에게 상당한 액수의 수표가 있는데 크롤리 대위는 그 돈이 후작의 것이라고 생각할 이유를 가지고 있다면서 중령을 대신해 하루 속히 수표를 본래 주인에게 돌려드리기를 고대한다고 적었다.

편지를 다 작성했을 즈음 대위의 명령을 받고 커즌가의 크롤리 부부 집으로 떠났던 하인이 돌아왔다. 그러나 정작 옷가지며 소지품 가방은 들고 오지 않았다. 그는 아주 당황스럽고 알 수 없는 표정으로 말했다.

"가방을 주려고 하지 않아요." 하인이 말했다. "집이 아주 난장판이에요. 모든 것이 엉망진창이고 집주인이 와서 집을 차지하고 있었어요. 하인들은 객실에서 술을 마시고 있었는데 그이들 말이 중령님께서 식기를 챙겨 나가셨다고." 그러더니 그는 잠시 멈추었다가 다시 말했다. "하인 하나는 벌써 도망쳐 버렸대요. 술을 잔뜩 먹고 시끄럽게 소리를 질러대던 심프슨이란 남자는 밀린 월급을 받기 전에는 집 밖으로 아무것도 내보낼 수 없다고 하더군요."

메이페어의 집에서 일어난 이 작은 혁명에 대한 이야기를 들은 두 사람은 조금 놀라기도 했지만 그 덕에 하마터면 한없이 우울할 뻔했던 벗들의 대화는 명랑함을 회복했다. 그리하여 두

벗은 중령의 딱한 처지에 함께 웃음을 터뜨렸다.

"아들 녀석이 집에 오지 않아서 다행이야." 로던이 손톱을 물어뜯으며 말했다. "맥, 자네도 그 애를 기억하지? 그 애가 승마 학교에 다니던 때 보지 않았나? 사나운 말을 얼마나 잘도 탔던지! 그렇지 않았나?"

"그래, 그랬지." 마음씨 좋은 대위가 대답했다.

그때 어린 로던은 화이트프라이어스 학교의 예배당에 가운을 입은 다른 50명의 소년과 함께 앉아 설교에는 귀를 기울이지 않고 다음 주 토요일에 집에 갈 일만 생각하고 있었다. 아버지가 틀림없이 용돈을 주고 연극에도 데려가주실 것이다.

"그 애는 정말이지 좋은 애야," 여전히 아들을 생각하며 아버지가 말을 이었다. "맥, 나한테 무슨 일이 생기면, 혹 내가 죽기라도 하면, 자네가 그 애를 만나주면 좋겠어. 그리고 내가 무척 사랑했다고, 그렇게 말을 좀 해주게. 이런 제기랄, 이봐 맥, 그 애에게 이 금단추를 전해주게. 나한테 있는 것이라곤 이제 이것뿐이니까." 그가 다시 검은 손으로 얼굴을 감쌌다. 그 밑으로 눈물이 흘러 더러워진 얼굴에 흰 얼룩을 만들었다. 맥머도 역시 비단 천으로 만든 수면용 모자를 벗어 그것으로 눈물을 훔쳐냈다.

"내려가서 아침을 주문해둬." 그가 크고 명랑한 목소리로 하인에게 말했다. "뭘 들겠나, 크롤리? 겨자를 발라 구운 콩팥 요리나 청어를 먹도록 하지. 그리고 클레이, 중령님이 입으실 옷을 좀 꺼내오게. 우리는 체구가 늘 비슷했으니까 내 옷을 입으면 될 거야. 처음에 군에 들어올 때는 이렇게 몸이 무겁지 않았는데, 지금은 우리 둘 다 몸이 꽤 불었지." 이렇게 말하더니 대위는 중령이 옷을 갈아입을 수 있도록 벽을 향해 몸을 돌린 채 친구가 먼저 몸단장을 마치고 자신도 옷을 갈아입고 나갈 준비를 할 때까지 다시《벨스 라이프》를 읽기 시작했다.

　후작을 만날 예정이었기 때문에 그날 맥머도 대위는 특별히 공을 들여 몸단장을 했다. 콧수염에 왁스를 발라 반짝이게 윤을 내고 넥타이를 단단히 매고 단정한 담황색 가죽조끼를 차려 입었다. 그가 크롤리 중령과 함께 휴게실로 내려오자 아침을 먹던 젊은 군인들은 모두 오늘 아주 멋지다고 칭찬을 하면서 혹시 오늘 장가라도 갈 거냐고 물어보았다.

55장
앞 장에 이어서

두려움을 모르는 베키였지만 전날 밤 사건을 겪은 후 커즌가의 교회들이 오후 예배를 알리는 종을 울리기 시작할 때까지 혼란과 망연자실에서 회복하지 못한 채 침대에 누워 있었다. 오후 예배 종이 울릴 때야 일어난 그녀는 몇 시간 전 그녀를 눕혀두고 나간 프랑스 하녀를 부르기 위해 자리에서 일어나 종을 울렸다.

그러나 아무리 종을 울려도 오는 이가 없었다. 결국은 화가 난 베키가 줄이 끊어질 정도로 세게 종을 당겼지만 하녀 피핀[1]은 코빼기도 비추지 않았다. 마님이 끊어진 종 손잡이를 손에 들고 잔뜩 성이 나 머리를 어깨 위로 출렁이며 층계참까지 나와 몇 번이고 이름을 부르는데도 하녀는 결코 나타나지 않았다.

사실인즉 그녀는 벌써 몇 시간 전에 그 집을 떠난 터였다. 그러니까 흔히 프랑스식 도망이라고 부르는, 상대방에게 알리거나 허락을 구하지 않고 사라져버리는 도주를 감행한 것이다. 거실에 떨어져 있는 각종 장신구들을 주워 모은 후 피네트는 자기 방에 올라가 물건들을 챙긴 다음 짐 가방을 꾸려가지고 직접 가방을 들고 계단을 내려와 집 밖으로 나가 승합마차를 불러 탔다. 그녀는 누군가에게 부탁할 생각도 하지 않았다. 사실 하인들은 그녀를 얄밉게 생각하고 있었기 때문에 부탁을 한다 해도 거절했을 터였다. 그녀는 하인 누구에게도 인사도 하지 않고 혼자 유유히 커즌가의 크롤리 부부 집을 빠져나갔다.

이제 이 작은 집안은 끝장나고 말았다고 판단한 그녀는 승합마차를 타고 자기 갈 길을 갔는데, 사실 우리는 그녀보다 지체 높은 프랑스 귀족들 역시 비슷한 상황에서 그녀처럼 행동한다는 것을 익히 알고 있는 바이다. 그러나 그녀는 그런 귀족들보다 더 현명하거나 아니면 더 운이 좋았다. 자신의 원래 물건들을 챙겨왔을 뿐만 아니라 안주인의 물건들 역시 가지고 나왔으니 말이다.(사실 그 부인에게 자기 물건이라고 할 만한 것이 하나라도 있다면 말이지만.) 게다가 그녀는 앞서 언급된 장신구만 챙겨서 온 것이 아니었다. 마님 드레스 중에서 평소 마음에 꼭 들어 눈독을 들여왔던 드레스들이며 화려하게 도금된 루이 카토르즈 촛대, 금박 입힌 사진첩 여섯 개와 선물용 장식책, 삽화가 들어 있는 탁자용 장식책과 한때 마담 뒤 바리의 것이었던 금색 법랑질의 코담뱃갑, 베키가 그 사랑스러운 작은 분홍색 편지지에 글을 쓸 때 사용했던, 더할 수 없이 예쁜 작은 잉크스탠드며 자개로 만든 압지철 역시 하녀와 함께 커즌가의 저택에서 사라지고 말았다. 로던이 끼어들어 망쳐버린 그 작은 만찬을 위해 상 위에 차려져 있던 은식기들 역시. 도금을 한 다른 그릇들은 너무 부피가 크고 거추장스러워 남겨두고 간 것 같았다. 필시 같은 이유에서 그녀는 벽난로용 제구들이며 거울, 자단(紫

檀)으로 만든 수형(豎型) 피아노 같은 것도 들고 가지 않았을 것이다.

이후 그녀를 꽤 닮은 부인 하나가 파리의 엘데르가에서 장신구상을 운영하며 스타인 경의 후원 아래 좋은 평판을 누리고 살았는데, 그녀는 늘 영국 사람처럼 믿을 수 없는 종족들은 세상에 다시없으며 자신이 그 섬나라 사람들에게 아주 큰 사기를 당해 재산을 잃고 말았노라고 상점의 어린 점원들에게 이야기를 하곤 했다. 스타인 후작 역시 그녀가 큰 불행을 겪은 것은 것을 가엾게 여겨 생타마랑테 부인에게 그렇게 친절을 베푼 것이 틀림없었다. 부디 그녀가 합당한 번영을 누리도록 기원하는 바이나 이제 우리가 다루는 허영의 시장 내에서 다시 그녀를 만날 일은 없을 것이다.

아래층에서 소란스러운 소리가 들려오기도 하고 불러도 답하지 않는 하인들의 무례가 분하기도 하여 크롤리 부인은 모닝 가운을 두르고 당당하게 시끌벅적한 객실로 내려갔다.

요리사가 어두운 얼굴로 사라사 천으로 만든 아름다운 소파에 앉아 옆자리의 래글스 부인에게 체리주를 권하고 있었다. 평소 베키의 분홍색 서신을 운반하고 그렇게도 기민하게 작은 마차 주위를 뛰어다니던 급사 아이, 원뿔 모양 단추가 달린 조끼를 입은 그 급사 아이는 이제 손가락으로 접시의 크림을 찍어 먹는 데만 정신이 팔려 있었다. 마부는 수심 가득한 얼굴의 래글스 씨에게 말을 걸고 있었다. 문이 열려 있었을 뿐만 아니라 베키가 불과 몇 걸음 떨어지지도 않은 곳에서 계속해서 소리를 질러대도 누구도 그녀의 부름에 응답하지 않았다. "한 모금만 마셔보세요, 어서요, 래글스 부인." 베키가 흰색 캐시미어 화장 가운을 펄럭거리며 객실로 들어올 때 요리사는 래글스 부인에게 이렇게 권유하고 있었다.

"심프슨! 트로터!" 이 집의 안주인은 몹시 화가 나 소리쳤다.
"내가 부르는 것을 듣고도 어떻게 감히 이러고 있을 수가 있지?
어떻게 감히 내 앞에서 그렇게들 앉아 있어? 하녀는 어디로 갔
어?" 급사 아이가 잠깐 겁에 질려 입에 들어 있던 손가락을 쏙
뽑았다. 그러나 요리사는 이제 래글스 부인이 마실 만큼 마신
체리주 잔을 받아 들고 대번 그걸 홀쩍 마셔버리더니 도금된 잔
너머로 베키를 사납게 쏘아보았다. 잔속의 술이 이 사악한 반역
자의 용기를 북돋아준 것 같았다.

"마님의 소파라고요, 아, 참, 정말이지!" 요리사가 말을 했다.
"저는 지금 래글스 부인의 소파에 앉아 있는 겁니다. 래글스 부
인, 걱정하지 마세요. 전 지금 래글스 씨 부부의 소파에 앉아 있
는 거라고요. 이분들은 정직하게 돈을 주고 이 소파를 샀지요.
그것도 아주 비싸게 말입니다. 전 밀린 월급을 다 받을 때까지
이 소파에 앉아 있을 생각인데요. 아주 긴긴 시간 이곳에 앉아
있어야 할 것 같네요, 암요, 그래도 앉아 기다리고 말고요, 하!
하!" 그러더니 요리사는 체리주를 한 잔 더 가득 따라 좀 전보다
더 사악하고 냉소적인 표정으로 단숨에 그 술을 들이켰다.

"트로터! 심프슨! 저 주정뱅이 여편네를 어서 내쫓지 못해."
크롤리 부인이 소리쳤다.

"아뇨, 그렇게는 못하겠어요." 마부 트로터가 대답했다. "부
인께서나 나가시지 그래요. 밀린 월급을 주고 우리도 같이 내쫓
으시던지. 그러면 눈 깜짝할 사이에 이 집을 떠나드리죠."

"지금 모두 작정하고 나를 욕보이려는 거냐?" 베키가 분노
하여 소리쳤다. "크롤리 중령이 돌아오시기만 하면 너희를 모
두……."

이 말에 하인들은 모두 박장대소를 터뜨렸다. 그러나 래글스만은 여전히 아주 우울한 얼굴을 하고 그 폭소에 동참하지 않았다. "중령님은 이제 오시지 않을걸요." 트로터가 다시 말했다. "옷가지를 보내달라고 사람을 보냈으니까요. 래글스 씨는 보내주자고 했지만 내가 안 된다고 해서 짐을 보내지 않았죠. 그이는 이제 중령도 뭣도 아니잖아요. 빈털터리 파산자일 뿐이고 당신 역시 곧 남편 뒤를 따르게 될 거요. 당신들, 남편이나 당신이나 모두 사기꾼일 뿐이야. 날 협박할 생각은 말아요. 이젠 못 참겠으니까. 밀린 월급이나 내놓으란 말이오, 월급을 내놔요." 불쾌한 얼굴이며 더듬거리는 말투로 보아 그 역시 술기운에 더 대담해졌음에 틀림없었다.

"래글스 씨." 당황한 베키가 말을 꺼냈다. "설마 제가 주정뱅이 사내에게 이런 모욕을 받고 있는 걸 그냥 보고 계시지는 않으시겠지요?" "이제 좀 조용히 하게, 트로터, 이제 그만 좀 해." 또 다른 하인 심프슨이 말을 했다. 안주인이 이렇게 비참한 상황에 놓인 것을 보고 마음이 흔들렸던 것이다. 그리고 그는 '주정뱅이'라는 말에 발끈하여 사납게 덤벼드는 트로터를 제지해주었다.

"아, 부인." 래글스가 말을 했다. "정말 살아생전 이런 날이 오리라고는 꿈에도 생각하지 못했습니다. 저는 태어날 때부터 크롤리 집안사람이었습니다. 삼십 년 동안이나 크롤리 노숙녀님 댁에서 집사 노릇을 했고 크롤리 집안의 누군가가 제 신세를 망칠 거라고는, 정말이지 신세를 망칠 거라고는 생각조차 해본 적이 없습죠." 이 가엾은 노인네가 눈물을 흘리며 말을 했다. "마님, 제게 밀린 돈을 지불해주실 수 있을지요? 마님께서는 이 집에서 사 년 동안이나 사셨습니다. 이 집의 가구며 살림살이도 모두 사용하셨고 저희가 장만해둔 식기며 커튼, 침구까지 모두 사용하지 않으셨습니까. 이 댁에서 갖다 드신 우유와 버터값만 해도 이백 파운드나 됩니다. 부인의 오믈렛에 들어간 달걀도 부인이 직접 거둔 것은 아니었고, 부인 댁 스패니얼에게 먹인 크림도 부인이 직접 만드신 것은 아니었지요."

"자기 자식이 뭘 먹는지는 한번도 신경을 쓴 적이 없었는데 말이야." 요리사가 끼어들어 말을 했다. "내가 아니었다면 그 앤 노상 배를 곯았을걸."

"그러다가 이제는 자선학교에 다니는 신세가 되었으니." 술 취한 목소리로 "하! 하!" 웃으면서 트로터가 말을 했다. 래글스가 비탄에 잠긴 목소리로 다시 신세한탄을 시작했다. 그의 말은 모두 다 사실이었다. 그는 베키와 그녀 남편 때문에 완전히 신세를 망치고 말았다. 다음 주까지 지불해야 하는 채무들을 이제 그는 도저히 갚을 도리가 없었다. 크롤리가문을 믿었다는 사실 때문에 이제 집이며 가게가 모두 빚쟁이들 손에 넘어가고 말판이었다. 래글스가 울며 신세한탄을 늘어놓자 베키는 더욱더 화가 났다.

"다 나에게 덤벼들기로 작당을 한 모양이군." 그녀가 이를 갈며 말했다. "그래, 원하는 게 뭐지? 오늘은 일요일이니 밀린 월급을 줄 수 없어. 내일 다시 오너라, 그러면 돈을 모두 갚아줄 테니. 크롤리 중령님이 너희 돈을 알아서 다 주신 줄만 알았지. 중령님은 내일 돌아오실 거야. 내 말을 믿어도 좋아. 중령님이 오늘 아침 천오백 파운드를 가지고 나가셨어. 지금 나한테는 한푼도 없단 말이다. 중령님께 사정을 말해야지. 내 모자와 숄을 다오. 나가서 그이를 찾아야겠어. 오늘 아침 우리는 다투었어. 너희도 다 아는 모양인데. 내 약속하는데, 밀린 임금은 모두 틀림없이 받게 될 거야. 그이가 아주 좋은 자리에 임명되셨으니. 이제 나가서 중령님을 만나봐야겠다."

이렇게 대담한 호언장담에 래글스와 그 자리의 다른 하인들 모두가 무척 놀란 얼굴로 서로를 바라보았다. 그런 그들을 내버려두고 레베카는 객실을 떠났다. 이 층으로 올라간 그녀는 프랑스 하녀의 도움 없이 혼자 옷을 차려입었다. 로던의 방에 간 그녀는 이미 가방이 꾸려져 있고 그 위에 사람이 오면 가방을 보내도록 해달라는 연필 메모가 있는 것을 발견했다. 그다음 그녀는 하녀가 쓰던 다락방으로 가보았다. 방에는 아무것도 남아 있지 않았다. 서랍들도 깨끗이 비어 있었다. 그녀는 마루 위에 떨어뜨렸던 장신구들을 떠올리고 하녀가 도망친 것이 틀림없다고 확신했다. "이런, 어떻게 이렇게 운이 나쁠 수가 있담!" 그녀는 소리쳤다. "성공이 코앞에 있었는데 모두 다 놓치고 말다니. 이제 너무 늦은 걸까?" 아니, 아직은 한 번 더 기회가 있었다.

그녀는 옷을 입고 누구의 도움이나 방해도 받지 않고 혼자 밖으로 나갔다. 오후 4시였다. 그녀는 빠른 걸음으로(승합마차를 탈 돈조차 없었던 것이다.) 쉼 없이 걸어 그레이트 곤트가에 있는 피트 경 저택까지 단숨에 달려갔다. 레이디 제인이 계신지 물었더니 그녀는 교회에 갔다고 했다. 그녀가 집에 없는 것이 베키는 조금도 유감스럽지 않았다. 피트 경은 서재에 있었는데 아무도 들이지 말라고 하인에게 명령을 해둔 참이었다. 그러나 그녀는 그를 만나야만 했다. 그녀는 제복을 입은 하인 옆을 미끄러지듯 지나 깜짝 놀란 준남작이 신문을 미처 신문을 내려놓기도 전에 그의 앞으로 걸어갔다.

그는 대단히 경계하며 저어하는 표정으로 얼굴을 붉히며 몸을 뒤로 뺐다.

"그런 얼굴로 저를 보지 마세요." 그녀가 말을 했다. "저는 죄가 없어요. 아주버님, 아주버님은 한때 제 벗이 되어주셨지요. 하느님 앞에 맹세컨대, 저는 결백해요. 죄가 있는 것처럼 보이겠죠. 모든 것이 저에게 불리한 상황이니까요. 아! 하필이면 그런 순간에! 제 꿈과 희망이 모두 막 이루어지려던 참이었는데, 행복이 저희 앞에 준비되어 있었는데."

"그럼 내가 신문에서 본 기사가 사실이란 말이오?" 피트 경이 물었다. 그는 좀 전에 신문에 난 어떤 기사를 보고 퍽 놀라던 참이었다.

"네, 사실이에요. 스타인 경께서 제게 금요일 저녁, 바로 그 치명적인 파티가 있던 금요일 저녁에 말씀해주셨어요. 사실 지난 여섯 달 동안 그이는 계속해서 곧 임명될 거라는 약속을 받고 있었죠. 그런데 어제 식민지 사무국의 마르티르 씨께서 최종결정이 났다고 말하고 나서 바로 그렇게 불행한 연행이 이뤄졌던 거예요. 그렇게도 무시무시한 연행이 말이에요. 제게 죄가 있다면 너무 헌신적으로 그이 뒷바라지를 한 죄밖에는 없어요. 저는 이전에도 여러 번 스타인 경과 단둘이 시간을 보낸 일이 있어요. 사실 로던 몰래 가지고 있는 돈이 있었어요. 그러나 아주버님께서도 그이가 얼마나 돈을 헤프게 쓰는지 잘 아시지 않아요, 그러니 제가 어떻게 그 돈을 그이에게 맡겨둘 수 있겠어요?" 그러더니 그녀는 대단히 혼란스러워하는 아주버님에게 아주 앞뒤가 잘 맞는 이야기를 한 편 들려주었다.

베티는 아주 솔직한 태도로, 그러나 깊이 뉘우치고 또 통탄하며 사실 스타인 경은 자신을 특별히 좋아했다고 털어놓았다.(이 말에 피트는 얼굴을 붉히었다.) 그래서 베키는 정조를 지키면서도 이 위대한 귀족의 호의를 최대한 이용해 자신과 가족의 이익을 도모해야겠다고 결심하게 되었다고 했다. "저는 아주버님이 높은 자리에 오르시도록 돕고 싶었어요." 그녀가 말을 했다.(그러자 피트는 다시 한 번 얼굴을 붉혔다.) "저와 스타인 경은 이미 그 일에 대해서도 이야기를 나누었어요. 아주버님의 재능에 스타인 경의 후원이 더해져 그 일은 이미 성사된 것이나 다름이 없었지요. 이렇게 무서운 재앙이 모든 희망에 종지부를 찍지만 않았다면 말이에요. 그러나 고백컨대, 제 첫 번째 목적은 소중한 남편을 먼저 구해내는 것이었어요. 비록 남편이 저를 의심하고 부당하게 대하셔도 저는 그이를 사랑해요. 그래서 우리에게 닥쳐올 파국과 가난으로부터 그이를 구해내려 했던 거예요. 저는 스타인 경이 저를 특별히 총애하신다는 것을 알았어요." 그녀가 눈을 내리깔며 말을 했다. "고백컨대 저는 정직한 여성이 할 수 있는 범위 내에서 그분 마음에 들기 위해, 또 그분의 총애를 얻기 위해 최선을 다했어요. 코번트리 섬의 주지사가 죽었다는 소식이 도착한 것이 금요일 아침이었죠. 스타인 경께서는 곧 그이가 그 자리에 임명되도록 뒤를 보아주셨어요. 그이에게는 미리 말하지 않았죠. 오늘 신문에서 기사를 보고 깜짝 놀라게 해주려고 말이에요. 생각하기도 싫은 그 체포 때문에 그이가 잡혀간 후에도(스타인 경께서 관대하게도 그 문제를 해결해주겠다고 약속하셨기 때문에 저는 곧 그이를 구하러 가지 못했던 것이지요.) 스타인 경께서는 저와 함께 웃으면서 사랑하는 남편이 그렇게 뜻하지 않은 곳에서, 그러니까 정리의 구금소에서 그 임명 소식을 읽고 위안을 받을 것이 틀림없다고 말씀하고 계셨죠. 그리고 그때, 그때 그이가 집에 온 거예요. 그의 의심은 극에 달해서 잔인한, 잔인한 저의 로던과 스타인 경 사이에 차마 눈뜨고 볼 수 없는 광경이, 아, 하느님 맙소사, 이제 과연 무슨 일이 벌어질까요? 아주버님, 아주버님, 제발 저를 불쌍히 여기시고, 저희가 화해를 할 수 있도록 도와주세요. 네?" 이렇게 말하면서 그녀는 무릎을 꿇고 눈물을 흘리며 피트의 손을 잡고 맹렬히 그 손에 키스를 해댔다.

그녀가 그렇게 피트 경의 손을 잡고 키스를 퍼붓고 있을 때 교회에서 돌아온 제인이 베키와 남편과 함께 서재에 있다는 하인의 말을 듣고 곧바로 서재로 들어와 동서와 남편이 그러고 있는 꼴을 발견했다.

"저 여자가 감히 이 집에 발을 들일 생각을 하다니 믿을 수가 없군요." 얼굴이 아주 하얗게 질린 제인이 손발을 벌벌 떨며 말을 했다.(그녀는 아침 식사 후 바로 하녀를 커즌가의 크롤리 자택에 보내 그녀로부터 모든 소식을, 사실 하인들은 자신들이 알고 있는 것 이상으로 잔뜩 살을 붙여 떠들어댔는데, 전해 들었던 것이었다.) "어떻게 감히 크롤리 부인이, 이, 이 정직한 집안에 발을 들여놓을 수 있지요?"

평소 보지 못하던 아내의 당당하고 힘 있는 태도에 피트 경은 움찔 놀라며 주춤했다. 베키는 여전히 피트 경의 손을 꼭 잡고 무릎을 꿇고 있었다.

"부디 형님께 사실이 아니라고 말씀드려 주세요. 형님께 저는 죄가 없다고, 말해주세요, 아주버님." 베키가 울먹이며 사정했다.

"여보, 내 말을 들어봐요. 당신이 잘못 생각하고 있는 거요." 피트 경이 말했다. 그 말을 듣고 베키는 크게 안심했다. "사실, 나는 그녀가……."

"네, 그녀가 뭐라고요?" 제인이 소리쳤다. 이렇게 말을 할 때 그녀의 가슴은 거세게 요동치고 맑은 목소리는 사뭇 떨리고 있

었다. "그녀는 사악한 여인이고 무정한 어미이며 부정한 아내라
는 거지요! 그녀는 한 번도 자신의 귀여운 아들을 사랑한 적이
없었어요. 그 애는 늘 여기로 와 엄마가 자신에게 얼마나 잔인
하게 구는지 말하곤 했지요. 그녀는 궁상을 떨며 돈을 빌릴 때
가 아니면 이 집을 찾아오는 일이 없었어요. 그러면서 그 사악
한 아첨과 거짓말로 가장 신성한 애정들을 져버리고 망쳤지요.
그녀는 남편을 속였어요. 다른 모든 사람들을 속인 것과 마찬가
지로요. 그녀의 영혼은 허영과, 세속적 계산, 온갖 죄악들로 검
게 물들어 있어요. 그녀를 보니 몸이 다 떨려요. 내 아이들이 저
여자를 볼까 봐 무섭군요. 저는─."

"제인!" 피트 경이 벌떡 일어나며 소리쳤다. "정말 그런 말
은……."

"저는 지금껏 당신에게 성실하고 정직한 아내였어요." 제인
이 두려움 없이 말을 이어갔다. "하느님 앞에 맹세한 결혼 서약
을 언제나 지켜왔고 아내로서 지켜야 할 복종과 당신에 대한 예
를 지켰지요. 그러나 마땅한 복종에도 그 한계가 있는 법입니다.
전 결코 이런 일은, 저 여자가 이 집에 들어오는 일만은 참을 수
없어요. 저 여자가 이 집에 들어온다면 저와 제 아이들이 이 집
을 떠나겠습니다. 그녀는 기독교인들과 함께할 자격이 없는 여
자예요. 저 여자인지, 아니면 저인지 당신이 선택을 하셔야 할
거예요." 이렇게 말하더니 제인은 자신의 대담함에 놀라 몸을
떨며 그 방을 나가 버렸다. 피트 경과 레베카 역시 그녀의 용기
에 적잖이 놀라 당황하고 있었다.

그러나 베키는 전혀 상처를 받지 않았다. 오히려 그녀는 기뻐
하고 있었다. "아주버님은 정말 제 손을 꼭 잡아주셨어요." 피트
를 향해 손을 뻗으며 베키는 말을 했다. 그 집을 떠나기 전에(물

론 제인은 베키가 떠나는 것을 이 층 화장실 창문에서 내려보고 있었다.) 베키는 준남작에게 동생을 찾아가 그들 부부를 화해시키기 위해 노력해보겠노라는 약속을 받아냈다.

휴게실로 내려간 로던은 부대의 젊은 친구들 몇몇이 아침을 먹고 있는 것을 보고 큰 어려움 없이 식사에 동참하여 젊은이들이 혈기왕성하게 들고 있는 겨자 바른 닭고기와 소다수를 함께 들었다. 그러고 나서 그들은 그 시대, 또 그들 인생의 바로 그 시기에 어울리는 화제들에 대해 함께 대화를 나누었다. 예컨대 배터시에서 열리는 다음번 비둘기 사냥 대회에 대해 이야기를 나누며 로스와 오스볼디스턴²⁾에게 각각 돈을 거는가 하면 프랑스 오페라 여가수 아리안이 과거에 누구에게 버림을 받았으며 이후 어떻게 팬서 카를 만나 위로를 받았는지에 대해 떠들기도 하고 부처와 펫 간의 시합이며 그 승부가 미리 결정되어 조작되었을 가능성에 대해서도 의견들을 나누었다. 이제 겨우 열일곱 살밖에 되지 않았지만 친구들 사이에서 영웅 행세를 하는 젊은 군인 탠디먼은 열심히 양쪽 콧수염 날을 말아 올리려고 노력하고 있었다. 그는 그 권투 경기를 직접 봤던지라 아주 과학적인 태도로 그 시합이며 선수들 상태에 대해 의견을 전개했다. 그는 직접 마차에 부처를 태워 경기장까지 데리고 가기도 했고 전날 밤에도 계속 그와 함께 시간을 보냈다고 했다. 더러운 술수 없이 경기가 치러지기만 했다면 부처가 이겼을 것이 틀림없다고 그는 강변했다. 오만 잡다한 사기꾼들이 죄다 그 경기에 관여하고 있었으며 탠디먼 자신은 그런 경기에 결코 내기 돈을 걸 수 없다고, 그런 망할 경기에는 결코 돈을 걸지 않겠다고 그는 힘주어 말을 했다. 지금은 크리브 스포츠클럽³⁾에서 꽤나 알려진 인물인 이 젊은 기수는 그러나 일 년 전만 해도 이튼에서 회초리를 맞고 여전히 사탕을 좋아하던 어린애에 불과했다.

이렇게 그들은 맥머도가 나타나 어린 군인들 이야기에 끼어들 때까지 계속해서 무용수며 권투 시합, 술이며 창녀 등에 대해 떠들고 있었다. 어린 군인들에게 특별히 예를 갖출 필요는 없다고 생각했는지 맥머도는 그 자리의 가장 어린 난봉꾼이 좌중에게 들려준 이야기 못지않게 흥미진진하고 재미있는 이야기들을 늘어놓았다. 머리가 희끗한 나이 지긋한 그였지만 그는 나이 같은 것을 신경 쓰지 않았고 매끈한 피부의 젊은이들 눈치도 보지 않았다. 늙은 군인 맥머도는 평소에도 입담이 좋은 것으로 유명했다. 사실 귀부인들은 그를 별로 좋아하지 않았다. 그래서 그의 친구들은 본가보다는 정부 집에 그를 초대해 식사를 하는 편을 더 좋아했다. 사실 그는 더할 수 없이 천한 생활을 하고 있었다. 그러나 그는 자신의 삶에 만족하고 있었고 유쾌하고 소박하고 겸손하게 일상을 꾸려가고 있었다.

맥이 상당한 양의 아침을 먹어치웠을 무렵 대부분의 다른 사람들 역시 모두 식사를 마치고 난 뒤였다. 위그 대위가 시가를 피우는 동안 젊은 베리나스 경은 거대한 해포석 파이프로 담배를 피워 물었다. 나름 사나운 난봉꾼 탠디먼은 작은 불테리어 강아지를 다리 사이에 끼고 듀시스 대위와 몇 실링을 건 동전 던지기 게임을 하는 데 완전히 정신을 팔고 있었다.(그는 언제고 이런저런 돈내기 놀이를 했다.) 맥과 로던은 클럽을 향해 걸어갔다. 그들 중 누구도 물론 아침 식사 자리에서 정신을 온통 사로잡고 있는 바로 그 문제에 대해 사람들에게 일체 언급을 하거나 다른 이가 눈치를 챌 만한 행동을 하지 않았다. 오히려 그들은 제법 명랑한 태도로 젊은 군인들의 대화에 끼어들어 즐거운 시간을 보냈다. 아니, 그렇게 명랑한 대화를 대체 무슨 이유로 방해한단 말인가? 허영의 시장에서는 그 어떤 일이 일어난다 할지라도 연회와 음주, 음담패설과 폭소가 언제나 함께 진행되는 법이다. 로던과 그의 벗이 세인트제임스가를 지나 클럽으로 갈 무렵 사람들이 교회에서 쏟아져 나오고 있었다.

보통 클럽의 커다란 정면 유리창 앞에서 하품을 하거나 씩 웃음을 날리기도 하는 오래된 벗들이며 노상 그곳에 살다시피 하는 친구들은 아직 출근하지 않았고 신문을 읽는 방 역시 거의 텅텅 비어 있었다. 한 명은 로던이 모르는 사람이었고 또 한 명은 아는 사람이었는데 사실 전에 카드놀이를 하다가 그에게 조금 빚을 진 적이 있었기 때문에 로던은 별로 그를 마주치고 싶지 않았다. 다른 또 한 명은 테이블에서 (그것을 둘러싼 추문이며 왕과 교회에 대한 편파적 입장으로 유명한)《로열리스트》의 일요판 신문을 읽고 있다가 흥미로운 얼굴로 크롤리를 올려다보며 "이봐, 크롤리, 축하하네"라고 인사를 건네었다.

"무슨 소린가?" 중령이 물었다.

"《옵저버》에도 기사가 실렸던데,《로열리스트》에도 실렸구면." 스미스 씨가 말을 했다.

"뭐가 말이야?" 로던이 얼굴을 몹시 붉히면서 소리쳤다. 그는 스타인 경과의 일이 벌써 신문에 난 것이라고 생각했다. 스미스는 중령이 몹시 동요된 얼굴로 떨며 신문을 집어 읽는 모습을 바라보며 의아한 마음으로 미소 지었다.

스미스 씨와 브라운 씨(그가 바로 로던이 카드놀이를 하다가 빚을 지고는 아직 그 돈을 갚지 못한 신사였다.)는 로던이 들어오기 전에 그에 대해 이야기를 나누고 있던 참이었다.

"아주 운때가 잘 맞았는데 그래." 스미스가 말을 했다. "마침 크롤리 중령은 수중에 돈이라곤 한 푼도 없었을 텐데 말이야."

"두루두루 좋은 일이지 뭐." 브라운 씨가 말을 했다. "나한테 빚진 25파운드를 갚지 않고는 절대 아무데도 갈 수 없지."

"연봉이 얼마나 되지?" 스미스가 물었다.

"이삼천 파운드는 되지." 브라운이 대답했다. "그런데 날씨가 하도 지독해서 별로 오래 버티지를 못하더라고. 리버시지도 겨우 18개월밖에 버티지 못했지. 그 앞의 총독도 듣자 하니 6주 만에 가버렸다던데."

"사람들 말이 중령 형이 아주 수완이 좋다더라고. 난 그치가 아주 재미없는 샌님이라고 생각했는데." 스미스의 말이었다. "하지만 수완은 좋은 것이 틀림없어. 그치가 중령을 그 자리에 앉혔겠지."

"형이라고!" 브라운이 비웃으며 말했다. "푸, 자리를 얻어준 건 스타인 경이라고."

"그게 무슨 소리야?"

"덕 있는 아내는 남편에게 이런 자리도 물어다 주는 법이니까." 브라운은 이렇게 수수께끼 같은 말을 하더니 신문을 들고 읽기 시작했다.

로던도 《로열리스트》를 집어 들고 다음과 같이 놀라운 기사를 읽었다.

코번트리도(島) 총독 임명.—존더스 함장이 이끄는 황실 전함 엘로잭이 코번트리 섬에서 편지와 문서를 싣고 도착했다. H. E. 토머스 리버시지 경이 스웸프턴에 만연한 열병으로 사망했다. 번영하는 식민지 코번트리에서는 그의 죽음을 깊이 애도하고 있다. 새로운 총독으로는 워털루 전투에서 공을 세운 바 있으며 배스 훈장 수상자이기도 한 크롤리 중령이 임명되었다. 식민지 통치에는 공인된 용기뿐만이 아니라 행정력도 필요하다. 이번에 식민지청이 임명한 크롤리 중령은 코번트리 섬의 전 총독 고 리버시지 경의 빈자리를 채우고 장차 임무를 훌륭히 이행할 것으로 기대된다."

"코번트리 섬이라고! 대체 어디 있는 거지? 누가 중령을 그 자리에 임명한 거지? 이봐, 크롤리, 자네 나를 비서로 데리고 가야 하네." 맥머도 대위가 웃으며 말했다. 크롤리 중령과 맥머도 대위가 기사를 읽고 어리둥절해하며 자리에 앉으려는데 클럽 사환 하나가 웨넘 씨의 이름이 새겨진 명함을 가지고 와 그가 크롤리 중령님을 꼭 뵙고 싶어 한다는 전언을 주었다.

중령과 부관은 그가 스타인 경 사절로 온 것이 틀림없다고 제대로 판단하고 그에게로 걸어갔다. "중령, 어떻게 지냈나? 이렇게 보니 정말 반가우이." 웨넘이 대단히 다정하게 크롤리 중령의 손을 잡으며 온화한 미소와 함께 이렇게 말했다.

"웨넘, 스타인 경이 보낸……."

"응, 맞네." 웨넘이 대답했다.

"그렇다면, 인사하게. 이쪽은 내 친구, 근위대의 맥머도 대위라네."

"아, 이렇게 만나 뵈어 반갑습니다, 맥머도 대위님." 웨넘은 이렇게 대답하며 크롤리 중령에게 했던 것과 똑같이 또 한 번 손을 내밀며 다정한 미소를 지었다. 그러나 맥은 사슴 가죽 장갑을 낀 손가락을 하나 앞으로 내밀고 넥타이를 단단히 맨 목을 보일 듯 말 듯 굽히며 대단히 싸늘하게 웨넘의 인사에 답했다. 스타인 경이 적어도 중령급의 사람을 사절로 보내야 한다고 생각했던 그는 이런 민간인을 상대로 결투 절차를 진행해야 하는 것이 불만스러운 눈치였다.

"맥머도가 나를 위해 모든 일을 처리할 테고 또 내 계획을 모두 알고 있으니, 나는 이제 자네들끼리 이야기를 나누도록 가는 것이 낫겠네." 크롤리가 말했다.

"물론이지." 맥머도가 대답했다.

"아니, 크롤리 중령." 웨넘이 끼어들었다. "난 중령과 개인적인 이야기를 하기 위해 온 거야. 물론, 맥머도 대위님이 동석해도 전혀 문제는 안 되지만. 대위님, 사실 전 이 대화를 통해 중령이 예상하는 것과 완전히 다른, 상호간 우호적인 결론이 나오기를 바라고 있습니다."

"흥!" 맥머도 대위의 반응이었다.—저런 망할 민간인 자식 지옥에나 가라지, 대위는 속으로 생각했다. 저치들은 언제나 탁상공론을 하고 입바른 소리나 지껄여대거든. 웨넘은 권하지도 않았는데 의자에 앉더니 주머니에서 신문을 하나 꺼낸 다음 이야기를 계속했다.

"중령, 오늘 아침 신문에 실린 이 반가운 소식은 읽었나? 정부에서는 이번에 아주 귀한 인재를 확보한 거야. 이 자리를 받아들이기만 하면, 물론 당연히 그럴 거라고 생각하지만, 자네에게도 더할 수 없는 자리겠지. 일 년에 삼천 파운드 연봉에 날씨도 쾌청하고 근사한 관사가 있는데다, 식민지에서는 뭐든 자네 마음대로 할 수 있으니 말이야. 틀림없이 승진도 하게 될 테고. 정말 진심으로 축하하네. 그런데, 크롤리, 그리고 대위님께서도, 이런 인사가 누구 덕에 단행된 것인지는 알고 있겠지?"

"알 리가 없지 않소." 대위가 대꾸했다. 그러나 중령은 이 말에 무척 얼굴을 붉혔다.

"가장 위대한 신사 중 한 분이신, 가장 관대하고 친절한, 그리고 더할 수 없이 소중한 저의 벗이기도 한 스타인 후작님이 손을 쓰신 겁니다."

"이런 제길, 내 기어이 그놈을 끝장내고 말 테니." 로던이 신음하듯 내뱉었다.

"자네는 지금 내 고귀한 벗에게 화가 나 있는 것 같으이." 웨넘이 침착하게 이야기를 계속했다. "제발, 상식적으로 그리고 공정하게 왜 그렇게 화를 내는지 좀 말해주겠나?"

"왜냐고?" 로던이 놀라서 반문했다.

"왜냐고? 이런 젠장할!" 대위가 지팡이로 바닥을 쿵쿵 치며 대답했다.

"과연, 젠장할 일이야." 웨넘이 여전히 대단히 우호적인 미소를 띤 채 말을 받았다. "하지만, 자네도 나이가 들 만큼 든 사람이고 또 정직한 사람이니, 혹 오해를 한 것은 아닌지 한번 생각해보게. 집을 비웠다가 돌아와서, 그래, 자네가 보았지. 그게 뭐였던가? 스타인 경이 커즌가에 있는 자네 집에서 크롤리 부인과 저녁을 먹고 있었지. 그게 뭐 새롭거나 이상한 풍경인가? 그전에도 비슷한 상황이 수백 번은 있지 않았어? 한 명의 신사로서 내 명예를 걸고 하는 말이네만(이 말을 하면서 그는 국회의원 같은 태도로 조끼 위로 손을 올렸다.), 나는 자네의 의심이 더할 수 없이 잔인하고 또 근거 없는 것으로서 이미 셀 수 없이 여러 번 자네에게 호의와 은혜를 베풀어주신 덕망 높은 한 신사와 티끌 하나 없이 정숙하고 무고한 부인의 명예를 해치는 것이라고 생각하네."

"지금 크롤리 중령이 오해를 한 거라고 말하는 건 아니겠죠?" 맥머도가 다그쳤다.

"난 크롤리 부인이 내 아내 못지않게 정숙하다고 믿고 있네."

웨넘이 힘을 주어 대답했다. "나는 치명적인 질투심에 눈이 멀어 나의 벗 크롤리가 한결같은 친구이자 은인인 스타인 경, 지체 높은 귀족이지만 늙고 병약한 노신사인 스타인 경만이 아니라 아내와 스스로의 명예 그리고 아들의 향후 평판과 자신의 미래에까지 일격을 가했다고 생각해. 그사이 무슨 일이 있었는지 내 자네에게 말해줌세." 웨넘이 아주 엄숙한 말투로 이야기를 계속했다. "오늘 아침 스타인 경의 부름을 받고 댁으로 간 나는 경께서 아주 처참한 모습으로 누워 계신 것을 보았네. 사실 경처럼 늙고 병약한 사람이 자네처럼 힘 있는 사람과 일대일로 맞붙으면 어떻게 되는지는 굳이 말할 필요도 없을 거야. 내 자네에게 분명히 말해두겠네만, 그건 정말 잔인한 힘자랑이었어, 크롤리. 나의 존귀한 벗 스타인 경께서는 몸만 다치신 것이 아니라 마음에서도 피를 흘리고 계셨네. 그렇게 애정과 관심을 가지고 후원해온 사람으로부터 입에 담기도 민망한 모욕을 받으셨으니. 바로 이 임명, 오늘자 신문에 실린 이 임명 기사야말로 자네에 대한 그분의 후의를 입증하는 것이 아니고 무엇이겠는가? 오늘 아침 그분을 뵈었을 때, 차마 보기 어려운 모습으로 누워 계시는 그분을 만났을 때 그분은 자네 못지않게 당신께서 당한 그 치명적 모욕을 피로 갚겠다고 굳게 결의하고 계셨네. 경께서 이미 그런 결의의 증거를 보여주셨을 거라고 생각되는데, 크롤리."

"배짱은 두둑한 사람이니까." 중령이 대답했다. "그 치가 겁쟁이라고 말한 적은 없네."

"경께서 내게 내린 첫 번째 명은 결투 신청장을 써서 중령에게 주고 오라는 것이었네." 웨넘이 말했다. "둘 중 하나가 죽어야 지난밤의 모욕을 해결할 수 있을 거라고."

크롤리가 고개를 끄덕였다. "이제야 본론을 말하는군." 그가 대꾸했다.

"나는 경을 진정시키기 위해 할 수 있는 최선을 다했네. '아! 정말이지, 후작님.' 내가 소리쳤지. '크롤리 부인께서 함께 저녁을 먹자고 보내신 초대장에 저와 제 아내가 응하지 않은 것이 얼마나 한스러운지!'라고 말이야."

"부인이 자네를 저녁 식사에 초대했다고?" 맥머도 대위가 물었다.

"오페라가 끝난 후에. 여기 어디 초대장이 있을 텐데, 아니, 없군. 이건 다른 편지인데—여기 있을 줄 알았는데. 하지만 그건 중요하지 않아. 내 맹세라도 할 수 있네. 우리가 갔더라면—아내의 두통 때문에 갈 수가 없었지.—아내는 걸핏하면 두통에 시달리는데 봄이면 특히 더 심하거든.—우리가 가기만 했더라면 자네가 집에 왔을 때도 아무런 문제가 없었을 텐데. 의심도 모욕도 말이야. 그러니 결국 가엾은 내 아내의 두통 때문에 자네가 이렇게 명예로운 두 신사를 사지로 몰아넣고 대영제국에서도 가장 유서 깊고 명예로운 두 가문을 불명예와 슬픔으로 몰아넣으려고 드는 셈이 아니겠나."

맥머도는 대단히 혼란스러운 표정으로 친구를 보았다. 로던은 적수가 이런 식으로 빠져나가려는데 일종의 분노를 느꼈다. 그는 웨넘의 이야기를 한 마디도 믿지 않았다. 그러나 그 말이 거짓이라는 걸 대체 어떻게 입증할 수 있단 말인가?

웨넘은 국회에서 갈고 닦은 유창한 화술로 계속해서 웅변을 이어갔다. "나는 스타인 경 침대 옆에 한 시간 이상 머물면서 결투를 하겠다는 경의 마음을 돌리려고 애를 썼네. 경께 사실 상황이 충분히 의심할 만했다는 사실을 말씀드렸지. 그래, 의심할 만한 상황이었어. 나도 인정하네. 그런 상황에서라면 누구라도 자네 같은 생각을 하겠지. 나는 질투심에 사로잡혀 이성을 잃은 사람은 사실 미친 사람이나 다름없으니 그 행동도 그렇게 이해하셔야 할 거라고 말씀드렸지. 그리고 중령과의 결투는 결국 두 사람 모두에게 불명예가 될 것이며 무시무시한 혁명사상이며 대단히 위험한 평등주의 원칙 같은 것들이 평민들 사이에 널리 퍼진 요즘 같은 때 경처럼 지체 높은 분께서 공공연한 추문에 휩싸여서는 안 된다고도 말했네. 경께서 아무리 결백하다 해도 평민들은 결국 그를 죄인으로 만들고 말 거라고 말이야. 그러니까 제발, 결투 신청을 접어주십사고, 그분께 애원을 했네."

"자네 이야기는 한 마디도 믿을 수 없네." 로던이 이를 갈며 대답했다. "죄다 거짓말이라고, 자네가 거짓말을 하고 있다고 생각한단 말일세, 웨넘. 그가 먼저 결투를 신청하지 않는다면, 분명히 말해두지만, 내가 결투를 신청할 걸세."

중령이 사납게 말을 가로채자 웨넘은 아주 얼굴이 창백해져서 문 쪽을 보았다.

그러나 이때 맥머도 대위가 웨넘을 지지하고 나섰다. 그는 욕설을 내뱉으며 벌떡 일어서더니 로던의 언사를 꾸짖었다. "자네는 이 일을 내게 맡겼네. 그러니 자네가 아니라 내가 합당하다고 생각하는 대로 일을 처리해야 할 걸세. 그런 말로 웨넘 씨를 모욕할 권리가 자네에게는 없네. 이런 망할, 웨넘 씨, 당신은 사과를 받아야 마땅하오. 스타인 경에게 결투를 신청하려거든, 다른 대리인을 구하게나. 나는 하지 않겠네. 스타인 경이 그렇게 주먹질을 당하고도 참겠다면, 제기랄, 그렇게 하게 두란 말이야. 크롤리 부인에 대해서라면, 도무지 아무것도 입증된 것이 없지 않은가. 자네 아내가 결백하다고, 아무런 죄도 없다고, 웨넘 씨도 말하지 않았느냐 말이야. 어쨌든 간에 이것저것 다 떠나서 그저 입 딱 다물고 그 자리를 받아들이지 않는다면 자넨 정말 지독한 멍청이라고."

"맥머도 대위님, 정말 지당하신 말씀입니다." 무척 안도하며 웨넘이 대답했다. "중령님께서 화가 나서 하신 말씀 같은 건 벌써 다 잊었습니다."

"그래, 그럴 거라고 생각했네." 로던이 조롱하는 표정으로 대꾸했다.

"이봐, 그 입 좀 다물어, 이 멍청한 친구야." 대위가 달래는 목소리로 말했다. "웨넘 씨는 결투 상대가 아니니까. 그리고 저이 말이 다 옳아."

"제 생각으로는, 이번 일은 다시 입에 올리지 말고 잊고 묻어 버리는 것이 제일입니다." 스타인 경의 사절이 소리쳤다. "그날 밤에 관련된 그 어떤 이야기도 더 이상 한 마디도 이 집 문밖으로 나가서는 안 됩니다. 저는 저의 벗 스타인 경뿐만이 아니라 크롤리 중령을 생각해서 이렇게 말씀드리는 겁니다. 중령은 계속 저를 적으로 대하고 있지만 말입니다."

"스타인 경은 그 일을 더 이상 입에 올리지 않을 걸세." 맥머도 대위가 말했다. "그렇다면 우리 편에서 그 일을 들먹거릴 이유가 없지 않은가. 자네가 어떻게 생각하든 이 일이 그렇게 듣기 좋은 이야기는 아니니 말이야. 구설에 오르지 않으면 않을수록 좋은 거지. 맞은 건 상대편이지, 우리가 아니잖아. 그러니 맞은쪽에서 가만히 있겠다면 우리도 그래야지."

이 말을 듣고 웨넘은 모자를 집어 들더니 밖으로 나갔다. 맥머도 대위가 문까지 그를 따라 나가더니 이를 가는 로던을 안에 남겨두고 스타인 경의 사절과 클럽 밖으로 나가 문을 닫았다.

문밖에 둘만 남자 맥머도는 둥글고 명랑한 얼굴에 존경의 표정을 띠고 상대편 사절을 빤히 보았다.

"아주 대범하던걸요, 웨넘 씨." 그가 말했다.

"과찬이십니다, 맥머도 대위님." 미소 띤 얼굴로 상대방이 대답했다. "제 명예와 양심을 걸고 드리는 말씀입니다만, 크롤리 부인께서는 정말로 오페라가 끝난 후에 저희를 저녁 식사에 초대하셨습니다."

"물론 그랬겠지요. 그리고 선생 부인의 두통 때문에 가질 못했고 말입니다. 자, 여기 천 파운드짜리 수표가 있습니다. 영수증을 써주면 드리지요. 봉투에 스타인 경 앞이라고 써서 말입니다. 중령은 결투를 신청하지 않을 겁니다. 하지만 후작의 돈은 돌려주는 편이 낫겠습니다."

"그건 다 오해였습니다. 오해였어요, 대위님." 상대방이 아주 순진한 태도로 대답했다. 그가 맥머도 대위의 배웅을 받으며 클럽 계단을 내려올 때 피트 크롤리가 마침 클럽의 계단을 올라오고 있었다. 이 두 신사는 이미 면식이 있는 관계였다. 그래서 준남작과 함께 그의 동생이 있는 방으로 돌아가면서 대위는 비밀스레 자신이 스타인 경과 중령 사이의 문제를 원만히 해결했다고 언질을 했다.

이 소식에 피트 경은 물론 퍽 기뻐하며 일을 이렇게 조용히 처리한 것에 대해 동생에게 다정한 격려의 말을 해주었다. 물론 분쟁을 그렇게 해결하는 것이 근본적으로 그릇된 방식이며 결투가 얼마나 사악한 제도인지에 대한 도덕적 논평도 잊지 않고 함께 말이다.

이렇게 서두를 시작한 후 그는 로던과 아내를 화해시키기 위해 최선을 다해 능변을 펼쳤다. 베키가 한 이야기의 요지를 전달하며 그녀의 말이 진실일 가능성을 지적하는 한편, 자신은 그녀의 결백을 믿는다고 단언하기도 했다.

그러나 로던은 형의 말을 들으려 하지 않았다. "아내는 나 몰래 지난 십 년간 돈을 숨겨왔어요." 그가 말했다. "지난밤만 해도 아내는 스타인 경에게 아무것도 받지 않았다고 맹세를 했죠. 하지만 내가 곧 그 돈을 찾아내자, 아내 역시 모든 사실이 다 밝혀지고 말았다는 걸 알았어요. 설사 아내가 결백하다 해도, 형, 아내는 이미 나를 배신한 것이나 마찬가지예요. 전 아내를 다시 만나지 않겠어요, 다시는." 이렇게 말하며 그는 고개를 깊이 숙였다. 완전히 낙담해 비탄에 잠긴 채로.

"가엾은 친구." 맥머도가 고개를 저으며 말했다.

로던은 한동안 구역질나는 후원자가 마련해준 그 자리를 받아들이지 않겠다면서 아들 역시 스타인 경이 뒤를 봐줘 넣었던 그 학교에서 다시 데리고 오겠다고 고집을 피웠다. 그러나 형과 맥머도 대위의 설득과 간청에 못 이겨, 무엇보다 자기 손으로 적에게 그렇게 좋은 기회들을 마련해준 것을 생각하면 스타인 경이 얼마나 복장이 터지겠느냐는 맥머도 대위의 말에 넘어가 자신에게 제공된 혜택들을 받아들이기로 마음을 바꿨다.

스타인 후작이 그 사고 후 다시 바깥출입을 하게 되었을 때 식민국 비서관이 그를 보고 인사를 건네며 훌륭한 총독이 새로 임명된 것에 대해 후작과 식민국 모두를 위해 축하의 뜻을 전했다. 스타인 경은 감사의 뜻을 표하며 그 축하 인사를 받았지만, 후작의 입장에서 어떤 심정으로 그런 답례를 했을지는 쉽게 짐작할 수 있는 일이다.

웨넘이 제안했던 것처럼 그와 크롤리 중령 간의 불화를 둘러싼 비밀은 당사자와 중개인들 모두의 동의로 완전한 망각 속에 묻히고 말았다. 그러나 그 밤이 다 가기 전 허영의 시장에서 열린 50여 개의 저녁 만찬에서는 그들에 대한 이야기가 오가고 있었다. 크래클비만 하더라도 그날 저녁 일곱 개의 이브닝 파티에 참석해 매번 그 이야기에 논평과 수정을 가해 가며 사람들에게 이 스캔들에 대해 떠들어댔다. 그 이야기를 듣고 워싱턴 화이트 부인이 얼마나 기뻐했던지! 일링 대주교 부인은 이 소식에 말할 수 없는 충격을 받았고 주교는 바로 그날로 곤트 저택을 찾아가 방명록에 이름을 적고 스타인 경을 문안했다. 사우스다운 경은 그 소식을 듣고 무척 언짢아했는데 여동생 레이디 제인 역시 필시 이 소문에 퍽도 마음이 언짢았을 것이다. 사우스다운 미망인은 곧 희망봉에 있는 또 다른 딸에게 편지로 이 소식을 전했다. 이 추문은 적어도 사흘 동안 장안의 화젯거리였는데 웨넘 씨가 슬쩍 압력을 넣어 웨그 씨가 손을 쓴 덕에 다행히 신문에는 나지 않았다.

법정의 정리들과 빚쟁이들이 커즌가로 몰려들어 가엾은 래글스를 잡아가고 말았다. 그러나 그동안 이 작고 사연 많은 집에 마지막으로 머물렀던 아름다운 안주인은 대체 어디 있었던가? 아니, 그녀에게 관심을 갖는 이가 누구라도 있었던가? 하루 이틀이 지나고 나면 과연 누가 그녀의 소식을 물을 것이며 그녀가 결백한지 아닌지 문제 삼을 것인가? 우리는 세상이 얼마나 자비로운 곳인지, 또 누군가 의심받을 짓을 할 때 허영의 시장에서 내리는 판결이 어떤 종류의 것인지 모두 알고 있지 않은가. 누군가는 그녀가 스타인 경을 따라 나폴리로 갔다고 했고 또 누군가는 후작이 베키가 팔레르모로 갔다는 이야기를 듣자마자 런던을 떠나 그리로 갔다고 주장하기도 했다. 그런가 하면 또 어떤 사람들은 그녀가 비어슈타트에 살면서 불가리아 왕비의 몸종이 되었다고 했고 다른 또 누군가는 그녀가 불로뉴에 있다고 했으며, 그녀가 첼트넘의 한 하숙집에 살고 있다고 말하는 사람들도 있었다.

　로던은 그녀에게 인색하지 않게 생활비를 보내주었다. 또 그녀는 사람들 하는 말처럼 작은 돈으로도 많은 일을 할 수 있는 여성이었을 것이 틀림없다. 보험회사에서 생명보험을 들게 해주었으면 영국을 떠나기 전에 빚을 다 청산하고 싶었지만 코번트리 섬의 기후가 너무 나빴기 때문에 그 어떤 보험회사에서도 그의 연봉을 담보로 돈을 빌려주려 하지 않았다. 그러나 그는 영국의 형에게 때맞춰 송금하는 것을 잊지 않았고 어린 아들에게도 규칙적으로 꼬박꼬박 편지를 써 보냈다. 맥머도 대위에게 담배를 계속해서 보내주는가 하면 형수 제인에게는 조개껍질 장식이며 향신료, 매운 피클과 구아바 젤리 같은 식민지 특산물들을 넉넉하게 보내곤 했다. 그는 런던의 형에게 새로 부임한 총독을 열렬히 찬양하는 기사가 실린《스웸프 타운 가제트》를 보내기도 했는데 다른 한편 발행인의 아내가 총독 관저 파티에 초대받지 못했던《스웸프 타운 센티널》에서는 그를 폭군이라 칭하며 그와 비교하면 네로 황제도 교양 있는 박애주의자라 할 수 있다는 기사를 내보낸 바 있었다. 아들 로던은 이런 신문들을 구해서 아버지에 대한 기사를 찾아 읽곤 했다.

　로던의 어머니는 한 번도 아들을 만나려고 하지 않았다. 대신 일요일이나 공휴일에 로던은 큰어머니 집을 가곤 했다. 곧 그는 퀸스 크롤리의 모든 새 둥지들을 낱낱이 알게 되었으며 처음 햄프셔의 큰집을 방문했을 때 그렇게도 감탄하며 바라보았던 허들스턴 경 댁의 사냥개들을 데리고 말을 타러 다니게도 되었다.

56장
조지 신사가 되다

러셀 스퀘어의 할아버지 댁으로 간 조지는 그곳 생활에 잘 적
응하고 있었다. 한때 아버지가 쓰던 방을 차지한 조지는 그 저
택의 모든 부에 대한 명실상부한 상속자로 인정을 받았다. 얼굴
이 잘생긴 데다 행동거지가 호방하고 신사같이 의젓하게 구는
손자에게 할아버지는 완전히 마음을 빼앗기고 말았다. 그는 한
때 아들 조지에게 그랬던 것만큼 이 손자를 자랑스럽게 여기고
있었다.

아이는 아버지가 누렸던 것보다 훨씬 더 많은 사치를 누렸다.
최근 오스본 씨의 사업은 대단히 번창하여 그의 재력과 금융가
에서의 영향력 역시 그에 따라 증가했다. 전에는 아들 조지를
좋은 사립학교에 넣는 것만으로 충분히 만족했으며 아들이 군
에 입대한 것 역시 적지 않은 자랑거리로 여기던 그였지만, 손
자 조지에 대한 기대는 그보다 훨씬 더 거창했다. 내 이놈을 신
사로 만들고 말겠어, 어린 조지에 대해 말할 때면 그는 항상 이

렇게 다짐하곤 했다. 마음속으로 손자가 대학에 가고 국회의원이 되는 모습을, 그리고 어쩌면 준남작 정도의 작위를 얻게 되는 모습을 그려보기도 했다. 노인네는 손자가 이런 영예를 얻는 것을 볼 수 있다면 편안히 눈을 감을 수 있다고 생각했다. 그는 손자의 교육을 위해 대학 교육을 마친 최고의 선생을 물색했다. 잘난 척만 하는 놈들이나 사기꾼에게는 절대, 절대 손자를 맡길 수 없었다. 몇 년 전만 해도 그는 목사들이며 학자들을 죄다 싸잡아 욕하고 경멸했다. 그들이 다 허풍쟁이에 사기꾼으로서 라틴어나 그리스어를 좀 아는 덕에 밥벌이는 하지만 실은 그럴 만한 자격도 없는 것들이라고, 잘난 척을 하며 영국 상인들과 신사들을 깔보지만 사실 우리야말로 돈만 주면 그런 놈들 따위는 50명이라도 쉽게 살 수 있노라고 떠들어대곤 했다. 그러나 이제 그는 아주 엄숙한 태도로 자신이 제대로 교육을 받지 못했다는 사실을 한탄하며 고전 교육의 필요성과 중요성을 몇 번이고 거창한 말들을 써가며 조지에게 웅변했다.

함께 저녁을 먹는 자리에서 할아버지는 손자에게 그날 어떤 책을 읽었는지 물어보고 조지가 공부한 것을 보고하면 다 알아듣는 척하면서 대단히 주의 깊게 손자 말을 들었다. 그러나 그렇게 아는 척을 하느라고 그는 셀 수 없이 여러 번 어처구니없는 실수를 저질렀고 결국 자신의 무지를 여지없이 드러내고 말았다. 물론 할아버지에 대한 손자의 존경심이 이로 인해 더 커질 수는 없었다. 머리가 좋은데다 이미 상당한 교육을 받은 조지는 곧 할아버지가 멍청이라는 사실을 깨닫고 그에 따라 상대를 무시하고 아랫사람 대하듯 그 위에 군림했다. 조지가 전에 받은 교육은 소박하고 제한적인 것이었다. 하지만 할아버지가 그를 위해 세워둔 그 어떤 미래의 계획도 그를 더 훌륭한 신사로 만들 수는 없었다. 그는 오직 자신만을 자랑으로 여기는 상냥하고 다정하고 여성적인 어머니의 손에서 자랐다. 대단히 순수하고 온순하고 겸손한 그녀는 진정한 귀부인이었다. 그녀는 여성적인 일들, 조용한 의무들에 몰두했으며 멋지고 그럴듯한 말을 하지는 않았지만 불친절한 말을 하거나 그런 말을 생각하는 일조차 없었다. 꾸밈없고 소박하며 다정하고 순수한 우리의 벗 아멜리아, 그녀야말로 진정한 귀부인이라 할 수 있었다!

어린 조지는 이 다정하고 헌신적인 어머니의 왕이었다. 어머니의 소박하고 섬세한 성품과 이후 그를 양육한 아둔하고 늙은 할아버지의 조잡한 허세는 뚜렷한 대조를 이루었다. 그는 두 번째 양육자에게도 곧 왕으로 군림하게 되었다. 설사 왕자라 하더라도 조지보다 더 스스로를 대단하게 생각하며 크지는 못했을 것이다.

집에서 어머니가 그를 그리워하며 낮 내내, 그리고 추측컨대 외롭고 슬픈 저녁 시간의 대부분 역시 아들을 그리워하며 보낸 것과 달리 이 젊은 신사는 여러 가지 도락을 누리며 어머니와의 이별을 한결 쉽게 이겨내고 있었다. 학교에 갈 때면 어린 사내아이들은 울음을 터뜨리곤 하지만, 그건 불편한 곳으로 가기 싫어서 터뜨리는 울음이다. 순전히 엄마와 떨어지기 싫어서 우는 아이는 거의 없다고 봐도 좋다. 생강 빵 한 조각만 주어도 눈물을 뚝 그치는 아이들이나 자두 케이크 한 조각으로 충분히 엄마나 누이와의 이별을 이겨내는 아이들을 떠올려본다면, 아, 나의 벗들이여, 자식에 대한 우리의 각별한 마음 역시 뭐 그렇게 확신을 가질 일은 아닌 것이다.

어쨌거나 돈 많고 인심 좋은 노인네를 할아버지로 둔 조지 오스본 도련님은 할아버지가 마땅한 것이라고 생각하며 제공하는 온갖 호사와 사치를 누렸다. 할아버지는 마부에게 값은 상관없으니 조지에게 가장 멋진 조랑말을 사주라고 명령했다. 이 말을 데리고 조지는 우선 승마학교에서 말 타는 법을 익혔다. 받침대 없이 말에 올라타고 장애물도 제법 잘 뛰어넘을 수 있게 되자 뒤에 마부 마틴을 동반한 채 위엄 있는 모습으로 뉴 로드에서 리젠트 파크까지, 그리고 또다시 하이드 파크까지 말을 타고 나다녔다. 이제 일선에서 좀 물러나 젊은 동업자들에게 업무의 대부분을 맡긴 오스본은 종종 노처녀 딸을 마차에 태우고 손자가 다니는 그 유명한 드라이브 길을 함께 달리곤 했다. 어린 조지가 한껏 멋을 내고 말에 올라탄 채 천천히 그 길을 지날 때면 할아버지는 팔꿈치로 아이의 고모를 툭툭 치며 "얘, 저것 좀 봐라"라고 말을 걸곤 했다. 창밖으로 손자를 바라보며 고개를 끄덕일 때 그는 웃음을 터뜨리며 기쁨으로 얼굴을 환히 빛냈다. 마부가 마차를 향해 인사를 하면 마차의 하인도 조지 도련님을 향해 고개 숙여 절을 했다. 갑작스레 출세를 한 이 어린 조카가 한 손을 허리에 올리고 모자를 비스듬히 쓴 채 왕처럼 당당하게 말을 타고 이 길을 지날 때면 또 다른 고모인 프레더릭 불럭 역시 아이에게 쓰라린 질투와 증오의 시선을 던졌다.(마구와 안장에 황금 수소 문양이 새겨진 이 집의 사륜마차 역시 매일 이 드라이브 길에 나타났는데 마차 안에는 창백한 이 집의 세 아이들이 온통 신분을 드러내는 장식 문양과 깃털들로 덮인 모자를 쓰고 창밖을 내다보고 있었다.)

채 열한 살도 되지 않았지만 조지는 바지와 신을 연결하는 멜빵을 하고 마치 어른처럼 더할 수 없이 예쁜 작은 부츠를 신고 있었다. 박차에는 금박이 입혀져 있었고 채찍의 손잡이도 도금이 되어 있었으며 손수건에는 멋진 핀이 꽂혀 있었다. 손에는 랭스 콩뒤 가에서 살 수 있는 가장 단정하고 예쁜 새끼 염소 가죽 장갑을 끼고 있었다. 어머니는 그에게 넥타이 두 개를 만들어주고 정성스레 단을 쳐서 몸에 맞게 작은 셔츠도 몇 벌 만들어주었는데, 성경 속의 엘리[1]처럼 어머니를 만나러 왔을 때 어린 조지가 입고 있던 것은 그녀가 만들어준 것보다 훨씬 더 좋은 리넨 셔츠들이었다. 질 좋은 고급 면으로 만든 조지의 셔츠 앞섶에는 보석 박힌 단추들이 달려 있었다. 그녀의 소박한 선물들은 외면을 받았던 것이다. 나는 아마 조지의 고모인 오스본 양이 그것들을 마부 아들에게 주었을 거라고 생각한다. 아멜리아는 아이의 달라진 모습을 기쁘게 생각하려고 노력했다. 사실 아들의 멋진 모습은 보기 좋았다. 그녀는 아들의 잘생긴 외모에 감탄하고 말았다.

그녀는 1실링을 주고 아들의 흑백 초상화를 하나 그려서 침대 맡의 남편 초상 옆에다 걸어두었다. 어느 날, 조지는 여느 때처럼 말을 타고 좁은 브롬프턴 거리를 지나 어머니를 만나러 오고 있었다. 그 거리의 모든 사람들이 창문으로 고개를 빼고 조지의 위풍당당한 모습을 열심히 바라보았다. 그는 의기양양한 모습으로 방한 코트 안에서(망토와 벨벳 칼라가 달린 말쑥한 흰색 코트였다.) 모로코가죽을 씌운 붉은 상자 하나를 꺼내 어머니께 드렸다.

"엄마, 제 용돈으로 산 거예요." 그가 말했다. "엄마가 좋아하실 것 같아서요."

상자를 열어본 아멜리아는 기쁜 감동의 비명을 한 번 작게 내지르더니 아들을 잡고 여러 번 그를 껴안았다. 그것은 아주 잘 그려진 아들의 초상화였다.(물론 이 미망인은 틀림없이 그래도 실물만 못하다고 생각했을 것이다.) 조지의 할아버지는 사우샘프턴 거리를 지나다가 가게 창문에 걸린 그림을 보고 마음에 들어 그 그림을 그린 화가에게 손자 조지의 초상화를 하나 의뢰했다. 돈이라면 얼마든지 있는 조지는 화가에게 자신의 초상화를 작게 하나 더 그리면 돈이 얼마나 드는지 물어보기로 마음먹고, 그 값은 자기 용돈으로 치르겠다고, 그 그림을 엄마에게 드리고 싶다고 화가에게 말을 했다. 그를 기특하게 생각한 화가는 작은 금액만을 요구했다. 후에 이 이야기를 들은 오스본 노인은 기뻐서 탄성을 내지르며 조지에게 그림값의 두 배나 되는 돈을 더 주었다.

그러나 아멜리아의 환희에 대면 할아버지의 기쁨은 아무것도 아니었다. 아들로부터 엄마에 대한 애정을 보여주는 선물을 받은 그녀는 너무 기쁜 나머지 세상에 자기 아들 같은 아이는 둘도 없다고 생각하게 되었다. 그림은 그후로도 오랫동안 아멜리아를 기쁘게 해주었다. 그 그림을 베갯맡에 두자 전보다 더 잠을 잘 이룰 수가 있었다. 그녀는 그 그림에 얼마나 셀 수 없이 키스를 해대고 그 앞에서 얼마나 많은 기도를 올렸던 것인가! 사랑하는 사람들이 그렇게 작은 친절만 베풀어도 그녀의 소심한 마음은 감사와 기쁨으로 넘쳤다. 조지와 헤어진 후로 이렇게 큰 위안과 기쁨을 느낀 적이 없었다.

새집에서 조지는 왕처럼 군림했다. 저녁이면 식사 자리의 부인들에게 와인을 드시라고 더할 수 없이 우아하게 권하며 자신은 자기 몫의 샴페인을 들이켰는데 할아버지는 손자의 그런 기품 있고 우아한 모습에 완전히 매료되고 말았다. "저 앨 좀 보구려." 그는 기뻐서 상기된 얼굴로 옆자리 사람을 쿡쿡 치며 이렇게 말하곤 했다. "저렇게 의젓한 아일 본 적이 있어요? 아, 아! 저놈 이제 그다음엔 화장도구와 면도용 칼을 주문하려 들 거요.

내 장담하지. 암."

그러나 오스본 노인의 친구들은 조지의 버릇없는 장난들을 할아버지처럼 곱게 보지 않았다. 저스티스 코핀 씨는 조지가 대화중 끼어들어 이야기를 망치는 것이 불쾌했으며 포지 병장 역시 이 어린 아이가 반쯤 술에 취해 해롱거리는 것을 보는 것이 유쾌하지 않았다. 토피 씨의 아내 역시 조지가 팔꿈치로 잔을 쳐서 포도주 한 컵을 그녀의 노란 새틴 드레스 위에 쏟고는 재미있다고 웃어대는 것이 특별히 대견하다고는 생각하지 않았다. 조지가 러셀 스퀘어에서 그녀의 셋째 아들을 "손봐주었을 때" 역시, 조지의 할아버지는 아주 잘했다며 기뻐했지만, 그녀는 유쾌하지 않았다.(그는 조지보다 한 살 더 많은 소년으로 일링의 티클레우스 선생 학교에 다니다가 방학을 보내러 집에 온 참이었다.) 조지의 할아버지는 손자를 칭찬하며 파운드 금화 두 개를 주고는 그보다 나이가 많고 덩치도 큰 아이들을 이번처럼 때려눕히고 오면 더 큰 상을 주겠다고 약속했다. 대체 그런 싸움질이 뭐가 좋다고 부추겼는지는 알 수 없는 일이다. 그러나 그는 싸움질을 하고 커야 사내애들이 단단해지고 다른 사람 위에 군림하는 습관을 들여야 나중에 크게 성공할 수 있다는 막연한 생각을 가지고 있었던 것 같다. 영국의 젊은이들은 아주 오래전부터 그렇게 교육을 받았으며 아이들 사이에 통용되는 이런 불의와 폭력, 잔인함을 용인하고 또 숭배하는 사람들은 어디에나 있다. 토피 도련님을 때려눕힌 후 칭찬을 받아 의기양양해진 조지는 자연히 또 다른 누군가와 한판 붙으려고 별러대고 있었다. 어느 날 그가 새 옷을 쫙 빼입고 잘난 척을 하며 세인트판크라스 근처를 활보하고 있을 때 빵집 소년 하나가 조지의 옷차림에 대해 빈정거리는 말을 한마디했다. 그러자 이 젊은 도련님은 패기 있게 멋진 재킷을 벗어 옆에 있던 친구에게(그는 오스본 회사의 젊은 동업자 아들로 러셀 스퀘어의 그레이트 코럼가에 사는 토드 도령이었는데) 맡기고는 그 빵집 아들을 때려눕히려 덤벼들었다. 그러나 이번에는 전세가 그에게 불리하게 돌아가 빵집 아들이 그를 때려눕히고 말았다. 그는 결국 눈에는 시커멓게 멍이 들고 멋진 셔츠주름 깃 위로 온통 그 작은 코에서 나온 포도주처럼 붉은 피를 묻힌 채 집으로 돌아왔다. 그는 할아버지에게 거인처럼 덩치 큰 소년과 싸웠다고 말을 하고 브롬프턴의 가엾은 미망인에게도 그 싸움에 대해 사실과는 다른, 길고 장황한 이야기를 늘어놓아 어머니를 겁먹게 만들었다.

러셀 스퀘어의 코럼가에 사는 어린 토드는 조지 도령의 가까운 벗이자 열렬한 숭배자이기도 했다. 둘 다 그림과 연극을 좋아했고, 아몬드 사탕과 라즈베리 타르트를 즐겨 먹었으며 날씨가 추워지면 리젠트 파크나, 하이드 파크의 서펜타인 연못에서 스케이트와 썰매 타기를 즐겼다. 연극을 보러 갈 때면 종종 오스본 씨의 명에 따라 조지 도령의 전속 하인인 로슨이 그들을 극장까지 데려다 주었는데 그러면 소년들은 로슨을 옆에 두고 극장 앞자리에 아주 편안히 앉아 연극을 관람했다.

로슨의 안내를 받으며 이 두 소년은 런던 시내의 주요 극장 대부분을 방문했으며 그 덕에 드루리 레인에서부터 새들러스 웰스에 이르는 극장에 출연하는 배우들의 이름을 죄다 알고 있었다. 그들은 유명 인물들의 종이 모형을 가지고 마분지로 된 소형 무대 위에서 동년배 소년들 및 토드 집안 식구들을 상대로 여러 편 연극을 직접 상연하기도 했다. 인심 좋은 조지의 하인 로슨은 수중에 돈이 좀 있으면 연극이 끝난 후 곧잘 젊은 도령들에게 굴 요리나 자기 전 먹는 럼주 탄 과즙 따위를 사주기도 했다. 물론 이 하인이 자신들에게 제공한 편의와 도락에 대한 감사의 뜻으로 씀씀이가 호방한 조지가 로슨에게 섭섭지 않게 답례를 했을 것이라고 우리는 확신할 수 있다.

어린 조지의 몸치장을 담당하기 위해 웨스트엔드에서 유명한 재단사가 집으로 왔다.—오스본은 손자에게 홀본이나 시내 상업 지구의 서툰 재단사 옷을 입힐 수는 없다고 말을 했다.(사실 조지에게는 시내 재단사만 해도 충분했지만.)—오스본은 그에게 비용 따위는 신경 쓰지 말고 손자에게 멋진 옷들을 지어주라고 명령했다. 그래서 콩뒤가의 울시 씨는 마음껏 상상력을 발휘하여 아이에게 한 무리의 어린 멋쟁이들을 모두 치장할 수 있을 만큼 넉넉히 예쁜장한 바지며 조끼, 재킷 등을 보내왔다. 그래서 조지는 다 큰 어른처럼 이브닝 파티용 작고 하얀 조끼며 저녁 식사 때 입을 짧은 벨벳 조끼, 그리고 숄 형식의 사랑스러운 드레스 가운까지 모두 갖추게 되었다. 그는 매일 저녁 식사를 하기 전에 할아버지의 표현 그대로 "웨스트엔드의 멋쟁이들처럼" 옷을 차려입었다. 하인 하나가 특별히 임명되어 그가 몸단장하는 것을 도왔으며 언제나 그에게 온 편지들을 은쟁반에 받쳐서 그에게 가져갔다.

아침을 먹고 나면 조지는 거실에 있는 안락의자에 앉아 다 큰 어른들처럼 《모닝포스트》를 읽곤 했다. "도령님은 욕도 얼마나 **잘하는지**." 하인들은 조지의 조숙함에 감탄을 금치 못하면서 이렇게 뒷말들을 하곤 했다. 아버지 조지 대위를 기억하는 하인들은 도령님이 정말 아버지를 빼다 박았다고 말하기도 했다. 조지는 소년다운 활발함이며 거만한 태도, 하인들을 꾸짖거나 인심을 베푸는 등의 행동으로 집안에 활기를 불어넣었다.

조지의 교육은 개인 학교를 운영하는 인근의 한 학자에게 위탁되었다. 그는 "젊은 신사와 귀족 자제분들이 대학이나 국회, 전문 지식이 필요한 자리로 진출하기 위해 필요한 준비를 시켜 드리며 우리 학교는 오래된 학교들에서 여전히 시행하는 야만적인 체벌을 시행하지 않습니다. 학생 분들은 우리 기숙사에서 품격 있는 사회의 고상함과 신뢰, 가정의 애정을 발견하실 것입니다"라고 학교를 홍보했다. 이런 선전으로 바르아크르 백작 집안의 가목이기도 한 블룸스베리, 하트가의 로렌스 빌 목사는 아내 빌 부인과 함께 학생들을 유치하려 노력하고 있었다.

이런 홍보와 꾸준한 노력 덕에 이 가목과 그의 아내는 대개 한두 명의 기숙 학생을 유치하는 데 성공해왔다. 학생들은 상당한 금액을 지불하고 대단히 안락한 환경에서 생활하는 것으로 알려져 있었다. 기숙사에는 마호가니색 얼굴에 곱슬머리를 가진 서인도제도 출신의 덩치 큰 소년이 하나 있었는데, 아무도 만나러 오는 사람이 없는 그는 무척이나 몸치장에 신경을 쓰고 멋을 내는 학생이었다. 또 그동안 제대로 교육을 받지 못한 스물세 살의 뚱뚱한 청년 하나도 빌 부부를 통해 상류사회로 들어가기 위한 준비를 하기 위해 이곳에 머물고 있었다. 동인도회사에 있는 뱅글스 대령의 두 아들 역시 이 사숙에 머무르고 있었다. 조지가 그녀의 집을 처음 방문했을 때 이 네 명의 학생들은 빌 부인의 고상한 식탁에서 저녁을 먹고 있던 중이었다.

또 다른 여남은 명의 학생들처럼 조지도 통학 학생으로 이 학교에 등록했다. 아침에 로슨 씨의 수행을 받으며 학교에 갔다가 날씨가 쾌청하면 오후에는 마부를 뒤따르게 하고 말을 타고 산책을 가곤 했다. 조지 할아버지의 재력이 상당하다는 소문은 학교에도 전해졌다. 그래서 빌 목사는 조지를 따로 만나 할아버지의 재력에 대해 찬사의 말을 하고 나서 그는 높은 지위에 오를 운명이니 어릴 때부터 근면과 순종을 익혀 고귀한 의무를 담당하게 될 자신의 소명에 대비해야 한다고 당부를 하곤 했다. 어린 시절의 순종이야말로 훗날 다른 사람을 다스리기 위한 최고의 준비라면서. 그는 그러니 제발 학교에 사탕을 가져와 뱅글스 집안 도령들의 건강을 해치지 말아달라고 사정하면서 그들은 빌 부인의 품격 있고 부족한 것 없는 식탁에서 필요한 모든 것을 다 먹고 있다고 덧붙였다.

수업, 아니 빌 목사가 좋아하는 표현대로 이 학교의 '커리큘럼'은 대단히 방대한 분야를 섭렵하고 있어서 하트가의 이 학교를 다니는 젊은 신사들은 알려진 모든 학문에 대해 뭔가를 배웠다고 할 수 있었다. 빌 목사의 학교에는 천체 모형과 전기 실험 도구, 회전 선반과 연극 무대(세탁실에), 화학 실험 도구가 있었으며 그의 말을 빌자면 고대로부터 현대에 이르기까지 전 세계 각국의 가장 저명한 저서들로 엄선된 장서들을 도서관에 갖추고 있었다. 그는 학생들을 대영제국 박물관에 데려 가서 그곳의 역사적 유적이나 자연사 모형에 대해 장황한 설명을 늘어놓았는데 그러면 그 주위에 청중이 모여들곤 했다. 블룸스베리에서는 그가 대단한 학식을 가진 사람이라는 칭송이 자자했다. 또 그는 무슨 말을 하든(그는 언제고 뭔가를 떠들어대고 있었는데) 사전에서 찾을 수 있는 가장 길고 멋져 보이는 말을 쓰기 위해 노력했다. 더 웅장하고 멋지고 그럴듯한 단어를 쓴다고 시시한 단어를 쓰는 것보다 돈이 더 드는 것도 아니라는 현명한 판단 아래 말이다.

그래서 그는 학교에 온 조지에게도 이렇게 말을 하곤 했다. "어제 진정한 신사이자 고고학자인, 참된 고고학자인 나의 친애하는 벗 불더스 박사와 과학에 대한 저녁 토론회를 마치고 집으로 돌아오는 길에 나는 러셀 스퀘어의 존경하는 자네 조부의 웅장한 저택 창문이 마치 연회라도 열리는 듯 환히 밝혀진 것을 보았네. 나의 추측이 맞다면 오스본 선생께서 어제 저녁 선택받은 소수의 지인들과 함께 화려한 만찬을 즐기신 것 같은데?"

그러면 유머 감각이 상당한 조지는 기가 죽는 법도 없이 아주 능수능란하게 빌 목사의 말투를 흉내 내며, 선생님의 추측이 아주 정확하다고 대꾸를 하곤 했다.

"그렇다면 오스본 씨의 연회에 참석하는 영광을 누린 그 벗들께서는, 내 장담을 해도 좋네만, 제공된 만찬에 불만을 제기할 이유가 하등 없었을 것이라 내 확신할 수 있네. 나 역시 한 번 이상 오스본 씨의 만찬에 초대를 받았지. (그건 그렇고 오스본 자네 오늘 아침에도 조금 지각을 했지. 내 기억으로는 이렇게 지각을 한 것이 한두 번이 아닌데 말이야.) 비록 내가 별로 대단한 위치에 있는 것은 아니지만, 제군들, 나 역시 오스본 씨의 고상한 파티에 초대받을 자격이 있다고 간주되었다네. 사실 난 대단히 지체 높고 명망 있는 귀족 분들의 만찬에도 초대받아 갔었지만, 그러니까, 다른 여러 분들 중에서도 나의 친애하는 벗이자 후원자이신 조지 바르아크르 백작님 댁을 우선 꼽을 수 있겠지만, 영국 상인이신 오스본 씨의 식탁은 귀족 댁의 그것에 뒤지지 않는 것이었고 그분의 환대는 더 할 수 없이 고상하고 유쾌한 것이었다고 자신 있게 말할 수 있네. 자, 불럭 군, 그러면 이제 조지 군이 수업 시간에 늦게 들어오는 바람에 중단했던 에우트로피우스의 그 문장을 계속해서 읽어보도록 할까."

조지의 교육은 이 뛰어난 학자에게 한동안 맡겨졌다. 아멜리아는 그가 쓰는 말들에 당황했지만 그저 그가 대단한 학자라고만 생각했다. 이 가엾은 미망인은 자기 나름의 이유에서 빌 부인과 친분을 맺었다. 빌 부인의 집에 와서 조지가 학교에 오는 모습을 보는 것이 좋았기 때문이었다. 같은 이유로 그녀는 한 달에 한 번씩 열리는 빌 부인의 토론회에 초대받는 것도 좋아했다.(아테네 여신이 새겨진 분홍색 카드가 이 토론회의 초대장으로 발송되었다.) 그것은 빌 목사가 제자들과 그들의 친지나 벗을 초대해 맛없는 차를 마시면서 과학적 주제들에 대해 토론을 하는 모임이었다. 딱한 우리의 아멜리아는 한 번도 이 모임에 빠지는 일이 없었으며 조지가 그녀 옆에 앉아 있는 한 그 모임은 참으로 즐거운 것이라고 생각했다. 날이 아무리 궂어도 그녀는 브롬프턴의 집에서부터 블룸스베리의 학교까지 걸어갔으며 토론회에 참석한 일행들이 모두 자리를 뜨고 조지 역시 하인 로슨의 수행을 받으며 집으로 가고 나면 덕분에 즐거운 저녁을 보냈다며 눈물을 글썽이며 빌 부인에게 감사의 포옹을 하고 집까지 걸어가기 위해 망토와 숄을 걸쳤다.

온갖 학문을 섭렵한 이 명망 있는 스승으로부터 조지가 받은 가르침에 대해 말해보자면, 매주 이 소년이 할아버지에게 가져오는 보고서에 근거해 판단할 때 그의 발전은 눈부신 것이었다. 보고서에는 표가 그려져 있고 거기에 스무 개 이상의 그럴듯한 학과 이름과 각 영역에서 학생이 보여준 성취도가 빌 선생에 의해 기재되어 있었다. 조지는 그리스어에서 아리스토스(최우수)를 받았고, 라틴어에서는 옵티무스(최우수)를 받았으며 프랑스어에서도 **트레비앙**(최우수)을 받았는데 그 밖의 과목에 대해서도 대체로 이와 같은 식의 평가를 받아왔다. 한 해의 끝이 되면 모든 학생들이 무언가에 대한 상을 받았다. 심지어 친애하는 맥뮬 부인의 배다른 동생인 곱슬머리 젊은 신사 스워츠 군이나 농업 지역에서 이십삼 년 동안이나 교육을 받지 못하고 자랐던 젊은 신사 블럭 군, 앞서 언급된 적이 있었던 게으른 어린 장난꾸러기 토드 도령 역시 '아테네' 여신상과 함께 젊은 제자들에게 선생님이 한껏 멋을 내어 적어준 라틴어 문구가 새겨져 있는 18펜스짜리 작은 책을 상으로 받았다.

토드 도령의 식구들은 오스본가에 기대 살아가고 있었다. 오스본 노인이 서기에서 시작한 토드 씨를 자기 사업의 젊은 동반자 위치로 출세시켜 주었기 때문이다.

오스본 노인은 또 토드의 대부가 되어주었으며(나중에 그는 명함에 오스본 토드라고 자신의 이름을 새겼으며 확고한 상류 사회의 일원이 되었다.) 딸 오스본 양 역시 대모로서 토드 집 딸 마리아를 성수반(聖水盤)까지 인도하고 매년 호의의 표시로 대녀에게 기도책과 설교집, 그리고 저급한 저교회파(低敎會派)의 시집 등을 사주곤 했다. 오스본 양은 또 때때로 토드 집 아이들을 마차에 태워 드라이브를 시켜주었고 애들이 아플 때면 무릎까지 오는 큼지막한 플러시 천 반바지에 조끼를 입은 하인 편에 젤리며 다른 맛난 음식들을 들려 코럼가의 토드 집에 보내기도 했다. 코럼가의 토드 집 식구들은 말 그대로 오스본 집안을 벌벌 떨며 우러러보았다. 양고기 허리 요리를 낼 때면 종이를 예쁘게 오려 가장자리 장식을 그럴듯하게 만들어내는가 하면 순무나 당근으로 아주 멋들어지게 꽂으며 오리 따위를 조각해 낼 수 있는 토드 부인은 이 집안사람들이 줄여 부르는 말 그대로 '스퀘어'에 큰 연회라도 있는 날이면 달려가 요리 준비를 돕곤 하면서도 정작 자신은 만찬에 동석할 생각조차 하지 않았다. 초대받은 손님이 마지막 순간까지도 도착하지 않으면 토드 집안 가장이 식사에 초대를 받았다. 그런 날 저녁이면 토드 부인과 마리아가 스퀘어로 건너와 조심스레 문을 두드린 후 오스본 양이 다른 부인들을 이끌고 객실로 들어올 때에 맞춰 신사들이 올라오기 전까지 그 방에서 듀엣곡을 불러 부인들을 즐겁게 해줄 준비를 했다. 가엾은 마리아 토드, 가엾은 젊은 숙녀여! 스퀘어의 손님들 앞에서 선보이기 위해 코럼가의 자기 집에서 그녀는 노래곡이며 피아노 소나타를 얼마나 열심히 연습했던 것인지!

조지가 주위의 모든 사람들을 지배하는 것이며 친구들, 친척들, 또 하인들이 모두 이 작은 도령 앞에 허리 굽혀 절을 하고 굽실거리는 것은 마치 운명에 의해 이미 정해진 일인 것 같았다. 그가 이런 관계를 무척이나 즐겼으며 또 편안해했다는 사실 역시 분명히 밝혀두어야 하겠다. 대부분의 사람들이 그렇겠지만, 조지 역시 지배자 역할을 더 좋아했다. 어쩌면 태어날 때부터 남들 위에 군림하기를 좋아하는 기질을 타고 났는지도 모른다.

러셀 스퀘어에서는 모두가 오스본 노인을 두려워했지만 오스본 노인은 조지를 무서워했다. 그 애의 거침없는 태도며, 읽은 책이나 학교에서 배운 것에 대해 즉석에서 떠들어대는 말들, (멀리 브뤼셀에서 화해도 하지 못한 채 죽어버린) 그 애 아비와 꼭 닮은 점 같은 것들이 이 노인네를 두렵게 만들었고 결과적으로 조지가 할아버지를 지배하게 만들었다. 오스본 노인은 이 어린아이가 무심코 하는 말이며 그 애에게 드러나는 유전적 특징들에 깜짝깜짝 놀라며 혹 이 애 아버지가 다시 환생해서 눈앞에 나타난 것은 아닐까 하는 생각을 해보기도 했다. 노인은 손자가 원하는 것을 다 들어줌으로써 그 애 아비에게 무정하게 굴었던 잘못을 보상하려 노력했다. 사람들은 손자에 대한 오스본 노인의 다정한 태도에 놀라움을 금치 못했다. 그는 딸에게 언제나처럼 욕설을 퍼붓고 소리를 질러대다가도 조지가 아침을 먹으려고 아래층으로 내려오면 미소를 짓곤 했다.

조지의 고모 오스본 양은 사십여 년 이상 지루하고 학대받는 나날을 보낸 끝에 이제 늙고 시든 노처녀, 울적한 노처녀가 되어 있었다. 혈기 왕성한 조지가 이렇게 시든 고모를 마음대로 휘두르는 것은 어렵지 않은 일이었다. 고모로부터 뭔가를 얻어내고 싶을 때면, 이를테면 찬장의 잼이나 그녀 화구 상자 안의, 오래되고 말라서 쩍쩍 갈라진 물감 같은 것이 갖고 싶을 때면(이 화구 상자는 그녀가 아직 젊고 아름답던 시절, 스미 씨의 제자로 그림을 그리던 시절 사용했던 것인데) 조지는 그것들을 기어이 손에 넣었으며 일단 물건을 얻고 나면 고모에게는 더 이상 눈길조차 주지 않았다.

조지는 또 그를 떠받들고 칭찬해주는 늙은 학교 선생 하나와 나이는 조지보다 많지만 언제나 굽실거리며 그에게 맞아주기도 하는 저보다 나이 많은 형 하나를 친구로 두고 있었다. 토드 부인은 이제 여덟 살 난 귀여운 막내딸 로자 제미마를 조지와 함께 놀도록 두고 나오며 기뻐하곤 했는데, 둘이 함께 있는 모습이 어쩌나 그림 같았던지 이 다정한 어머니는 노상 (물론 '스퀘어'의 식구들 앞에서는 그런 말을 하지 않았지만) '앞으로의 일을 누가 알 수 있겠어? 저 애들 정말 잘 어울리지 않아?'라고 혼자 생각을 하곤 했다.

완전히 기가 죽은 외할아버지 역시 이 어린 폭군의 종이었다. 그렇게도 옷을 잘 차려입고 마부를 데리고 말을 타고 다니는 손자를 그는 우러러보지 않을 수 없었다. 조지로 말하자면 그는 친할아버지 오스본 노인, 동정심이라곤 없는 오래된 적 오스본 노인이 외할아버지를 상스러운 말로 비난하고 조롱하는 소리를 늘상 듣고 있었다. 오스본 노인은 세들리를 늙은 거지니 석탄 장수니 볼 것 없는 파산자니, 또 그밖에도 이런저런 천하고 모욕적인 호칭들로 불러댔다. 그러니 어린 조지가 어떻게 그렇게 영락한 외할아버지를 존경할 수 있었겠는가? 친할아버지 댁으로 오고 나서 몇 달이 지난 후 외할머니가 죽고 말았다. 사실 외할머니와 조지 사이에는 대단한 정이랄 것이 없었고 조지는 할머니의 죽음을 별로 슬퍼하지도 않았다. 아이는 새로 맞춘 멋진 상복을 입고 엄마 집에 와서 꼭 보고 싶었던 연극을 보러 가지 못하게 되었다며 화를 냈다.

늙은 어머니를 간호하는 것은 아멜리아의 일이자 다른 일들을 잊게 해주는 일종의 방어벽이기도 했다. 여자들의 희생정신에 대해 남자들이 무얼 안단 말인가? 많은 여성들이 말없이 인내하는 일상적 괴로움의 100분의 1만 참아내려 해도 남자들은 죄다 미치광이가 되고 말 것이다. 끝없이 노예처럼 봉사해도 보상이라곤 없으며 언제나 상냥하고 다정하게 보살펴도 잔인한 처우만이 돌아온다. 사랑과 노동, 인내와 주의를 다하고도 좋은 말 한마디 듣지 못하는 것이 여인들이다. 그런데도 얼마나 많은 여성들이 조용히 이 모든 것들을 견뎌내며 마치 아무것도 느끼지 못하는 것처럼 밝은 표정을 지어 보이는 것인가. 진정 온순한 노예들인 그녀는, 그러므로 약하고도 위선적일 존재랄 밖에.

앉아 있던 의자에서 침대로 옮겨진 후 아멜리아의 어머니는 결코 다시 그 침대를 벗어나지 못했다. 그리고 아멜리아는 조지를 만나러 갈 때가 아니면 결코 그 침대 곁을 떠나지 않았다. 늙은 어머니는 심지어 몇 번 되지도 않는 그 외출을 두고도 불평을 해댔다. 넉넉하게 살던 과거의 한때에는 그녀 역시 언제나 미소 짓는 다정한 어머니였지만 가난과 질병에 시달려 이제 이렇게 성미 사나운 노파가 되고 말았던 것이다. 그러나 아멜리아는 어머니의 병이며 냉담한 태도에 별로 마음을 쓰지 않았다.

오히려 그녀는 병자가 노상 그녀를 불러대는 덕분에 자신의 마음을 괴롭히던 다른 걱정들에서 벗어나 그럭저럭 그 시간을 버텨낼 수가 있었다. 아멜리아는 병든 어머니의 짜증을 상냥하게 받아주면서 한쪽으로 뭉친 베개를 반듯하게 펴주기도 하고 까다롭고 불평 많은 어머니의 부름에 언제고 상냥하게 응대했다. 그녀는 또 신심에서 우러나온 말들로 병자를 위로하며 희망을 주려고 노력했고 한때 그렇게도 다정하게 자신을 바라보던 어머니의 두 눈을 결국 자신의 손으로 감겨주었다.

어머니가 돌아가시자 아멜리아는 완전히 비탄에 잠긴 늙은 아버지를 위로하고 보살펴 드리는데 모든 시간과 마음을 쏟아부었다. 세들리 노인은 연이어 닥친 불운들에 넋이 빠진 채 완전히 홀로 세상에 남겨졌다. 아내와 명예, 재산, 그가 사랑한 모든 것이 그의 곁을 떠나갔다. 곁에는 이제 아멜리아만이 남아 그 연약한 팔로 상심해 쓰러지기 직전의 이 노인을 부축하고 있었다. 그러나 이 자리에서 그 이야기는 하지 않을 생각이다. 너무 지루하고 우울한 이야기이기 때문이다. 그런 이야기를 들으면 허영의 시장 사람들은 하품이나 해댈 것이 분명하니.

어느 날, 젊은 신사들이 빌 목사의 서재에 모여 친애하는 바르아크르 백작의 가목 빌 목사가 여느 때처럼 떠벌이는 소리를 듣고 있을 때 아테네 여신상이 새겨진 이 학교 현관 앞으로 멋진 마차 한 대가 다가오더니 두 신사가 마차에서 내렸다. 뱅글스 도령들은 혹시 봄베이에서 아버지가 오셨을지 모른다고 생각하며 서둘러 창문으로 다가갔다. 에우트로피우스의 구절을 읽느라고 남몰래 애를 태우던 스물세 살의 덩치 큰 청년은 유리창에 코를 박고는 마부석에서 하인이 튀어 내려 문을 열고 신사

두 분을 밖으로 인도하는 것을 내려다보았다. "마른 분 한 명과 뚱뚱한 분 한 명인데." 문에서 큰 노크 소리가 들리자 블럭 군이 말했다.

아들을 입학시키려는 학부모였으면 하고 바라는 이 학교의 교장부터 수업을 중단시킬 구실이면 뭐든 좋겠다고 생각한 조지까지 모두가 손님이 누구인지 기대에 차 기다리고 있었다.

빛바랜 구리 단추가 달린 낡은 제복에 언제나 꼭 끼는 코트를 입고 다니는 사환 아이 하나가 서재에 들어와 말을 했다. "오스본 도령님을 뵈러 신사 두 분이 찾아오셨습니다." 오늘 아침 학교에 불꽃놀이용 화약을 가져온 것 때문에 조지와 가벼운 언쟁을 벌인 빌 목사는 그러나 곧 평소의 상냥하고 공손한 표정을 지으며 말했다. "오스본 도령, 곧 가서 마차를 타고 온 손님 분들을 만나보도록 해요. 그리고 손님들께 나와 빌 부인의 인사를 꼭 전해드리고."

응접실로 달려간 조지는 평소처럼 오만한 태도로 고개를 똑바로 들고 낯선 두 신사를 올려다보았다. 콧수염을 기른 한 명은 뚱뚱했고 푸른색 군복 코트에 갈색으로 그을린 얼굴, 그리고 희끗희끗한 회색 머리를 가진 또 한 명의 신사는 마르고 키가 컸다.

"이런, 정말이지 아버지를 닮았군!" 키가 큰 신사가 깜짝 놀라 말했다. "우리가 누군지 알겠니, 조지?"

감동을 받을 때면 언제나 그렇듯 조지의 얼굴이 붉어졌고 눈빛이 밝아졌다. "다른 한 분은 모르겠지만, 아저씨는 틀림없이 도빈 소령님인 것 같은데요." 조지가 말했다.

과연, 그건 우리의 친구 도빈 소령이었다. 조지에게 인사를 건네며 아이의 두 손을 잡아 그를 자신 쪽으로 끌어당길 때 도빈의 목소리는 감격에 겨워 떨리고 있었다.

"어머니가 나에 대해 말씀해주셨겠지, 그렇지?" 도빈이 물었다.

"네, 셀 수 없이, 셀 수 없이 많이 말씀해주셨어요." 조지가 대답했다.

* * *

57장
동방으로부터의 귀환

  오스본은 다른 여러 가지 중에서도 한때의 경쟁자이자 적수
이며 은인이기도 했던 세들리 노인이 말년에 그토록 비참하게
망가지고 무너져 자신을 가장 모욕하고 상처 입힌 사람이 주는
금전적 도움을 받지 않을 수 없게 되었다는 사실에서 자긍심을
느끼고 그 관계를 기분 전환거리로 삼곤 했다. 세속적인 성공을
손에 쥔 오스본은 그래서 늙은 비렁뱅이에게 욕을 퍼부어대면
서도 때로 돈을 보내 숨통을 틔워주기도 했다. 조지 편에 아이
어머니에게 줄 돈을 들려 보내면서 오스본은 야비하고 비열한
방식으로 외할아버지는 비참한 파산자요, 식객일 뿐이며 이미
큰돈을 빚지고 있는데도 여전히 자신의 관대함 덕에 계속해서
원조를 받고 있으니, 도움을 주는 이에게 감사해야만 할 것이라
는 점을 아이가 충분히 이해할 만한 말들로 전하곤 했다. 조지
는 할아버지가 어지간히 잘난 척을 하며 건네준 그 돈을 어머니
와 완전히 맥을 놓은 홀아비 외할아버지에게 가져다주었다. 이

제 아멜리아는 이 노인네가 편안하게 지내도록 돌보아드리는 일에 일상을 모두 바치고 있었다. 돈을 가져올 때면 조지는 이 기운 없고 풀 죽은 노인네에게 은혜라도 베푸는 듯 생색을 내기도 했다.

아버지의 적이 보내온 원조금을 받다니, 아멜리아에게 혹 '합당한 자존심'이라곤 없는 게 아닐까 생각하는 분이 있을지도 모르겠다. 하지만 사실 이 가엾은 여인은 한 번도 '합당한 자존심' 같은 것을 가진 적이 없었다. 그녀는 워낙 순박하고 보호가 필요한 기질을 타고난 여인이었다. 게다가 지속적인 가난과 멸시, 일상이 되고 만 시련과 거친 말들, 다정한 보살핌 뒤에도 아무런 보상을 받지 못하는 날들이란 여자로 태어난 그날, 아니 어쩌면 조지 오스본과 불운한 결혼을 하게 된 그날부터 그녀의 운명이 되고 말았다고 할 수 있었다. 만약 당신보다 뛰어난 사람들이 매일 이런 수치를 견디고 불운을 그럭저럭 버텨내며 동정도 받지 못하고 외려 가난으로 멸시를 받으면서도 점잖음을 유지하고 살아간다면, 당신은 자신의 권좌에서 내려와 이 지치고 고단한 거지들의 발을 닦아줄 것인가? 그들 생각을 하는 것만으로 기분이 나빠지고 짜증스러워질 것이다. "세상에는 계급이 있어야만 한다, 가난한 사람과 부자가 존재해야만 한다." 누가복음에 등장하는 대부호 다이브스가 포도주 맛을 보며 하는 말이다. (떨어진 고기 조각 하나라도 창밖의 나사로에게 던져주었다면 좋았을 텐데 말이다). 참으로 맞는 말이긴 하다. 그러나 운명이란 참 얼마나 기이하고 알 수 없는 것인지, 어떤 운을 타고나느냐에 따라 어떤 사람은 화려한 자리에서 좋은 옷을 입고 살아가는 반면, 또 어떤 사람은 누더기를 걸치고 개를 벗 삼아 살아가야 하니.

어쨌거나 나는 아멜리아가 불평은커녕 오히려 감사에 가까운 마음으로 시아버지가 이따금 던져주는 푼돈을 받아 아비를 공양했다는 사실을 고백해야 하겠다. 분명, 그녀는 그것이 자신의 의무라고 생각했다. 그리고 그것이 이 젊은 여성의 본성이기도 했다.(여성분들이여, 그녀는 이제 벌써 서른 살이 되었는데도 나는 아직도 그녀를 젊은 여인이라 부르고 있다.) 사랑하는 사람의 발밑에 자신의 모든 것을 내던지고 또 자신을 희생하는 것이 그녀의 본성이었던 것이다. 어린 조지와 함께 살던 시절, 그녀는 긴긴 밤 부지런히 손을 놀려 어린 조지를 위한 옷들을 지어주고도 아무런 감사를 받지 못했다. 어머니, 아버지를 위해서도 그녀는 얼마나 많은 시련과 조롱, 가난과 멸시를 견뎌냈던가! 그뿐만이 아니다. 이 모든 외로운 체념과 보이지 않는 희생을 감내하는 와중에 그녀 역시 세상이 자신을 무시하는 만큼이나 자신을 무시하고 있었다. 나는 그녀가 속으로 자신을 성품 나쁘고 경멸당해 마땅한 존재로 평가하며 단점에 비하면 그래도 자신은 누리는 것이 많다고 생각했을 것이라고 믿는다. 아, 가엾은 여인들이여! 알아주는 이 없는 가엾은 순교자이자 희생자들이여. 생활 자체가 고문인 그대들은 침대 위에 팔다리를 묶이고 매일 단두대 같은 객실 테이블에 머리를 들이미는구나. 그대들의 고통을 지켜보는 남성들, 그 고문이 시행되는 어두운 공간을 들여다본 남성들은 마땅히 그대들을 동정해야 할 것이다. 그리고 자신이 수염을 가졌다는 사실에 대해 신에게 감사할지니. 나는 수년 전 천치들과 정신병자들을 수용하는 파리 근교의 비세트르 정신병원에서 수감 생활과 질병으로 완전히 망가지고만 한 가엾은 병자에게 우리 일행 중 하나가 아이스크림콘 모양으로 종이를 '접어' 반페니어치의 코담배를 건네주었던 일을 기억한다. 이 가엾은 간질병 환자는 그 친절에 너무 감격한 나머지 주체할 수 없는 기쁨과 감사의 표현으로 눈물을 터뜨리고 말았다. 누가 우리에게 일 년에 천 파운드를 주거나 목숨을 구해주었다 하더라도 그렇게 감동을 받기는 어려울 것이다. 그러니여자에게 제대로 폭군 행세를 하고 있는 사람들이라면 반 푼 어치의 친절만으로 그녀가 감동의 눈물을 흘리게 할 수 있으며 마치 그녀를 돕는 천사인 양 우세를 할 수 있는 법이다.

이런 정도의 은혜만이 운명이 가엾은 아멜리아에게 허락한 최선이었다. 비록 처음부터 가난하고 불우한 것은 아니었지만 아멜리아는 결국 이렇게 초라한 감옥에서 우울한 간병인 노릇이나 하는 신세가 되고 만 것이다. 어린 조지가 때로 감옥에 갇힌 그녀를 찾아와 희미한 위로의 불빛이 되어주곤 했으며 러셀스퀘어가 그녀가 나다닐 수 있는 행동반경의 한계였다. 그녀는 때로 조지가 있는 러셀 스퀘어까지 산책을 가기도 했지만 저녁이 되면 언제나 자신의 감방으로 돌아와 잠을 잤고 전혀 즐겁지 않은 의무들을 수행했으며 감사할 줄 모르는 병자의 침상 옆을 지키면서 낙담으로 불평불만만 늘어놓는 늙은이의 폭정과 짜증을 다 받아내었다. 이렇게 긴긴 노예 생활을 견디는 사람이, 대부분은 여자들이지만, 세상에는 얼마나 많은 것인지. 그들은 월급도 받지 못하고 일하는 병원의 간호사이자 로맨스도, 자기희생의 거룩한 감상도 없이 고행하고 단식하고, 병상을 지키고, 고통은 받지만 동정은 받지 못하는, 무시 받고 알아주는 이 없이시들어 사라지는 자선병원의 수녀들 같은 존재들이다.

안 보이는 곳에 숨어 인간의 운명을 결정하는 성질 나쁜 지혜의 신은 착하고 온순하며 지혜로운 사람들을 비참하고 수치스럽게 만들고 이기적이고 어리석고 사악한 인간들을 출세시키며 기쁨을 느끼는가 보다. 그러니 잘 먹고 잘사는 형제들이여, 부디 그대들의 성공을 부끄러워하기를, 그리고 그대들보다 나은 사람들, 아니 혹 더 낫지 않다면 운이 더 나쁜 이들에게 친절을 베풀기를. 당신의 미덕이란 그저 이미 충분히 있으니 유혹을 좀 덜 느끼는 것뿐이요, 성공은 운이 좋았던 덕이며 높은 지위는 조상 덕이고 부는 조롱의 대상이나 되어야 마땅한 이 마당에 어찌 다른 누구를 경멸할 수 있을 것인가.

아멜리아의 어머니는 아멜리아가 처음 조지와 결혼을 하기 위해 그곳에 갔던 날처럼 비오고 어두운 날 브롬프턴 교회의 공동묘지에 묻혔다. 멋진 새 상복을 차려입은 조지는 어머니 옆에 앉아 있었다. 그녀는 교회 서기와 좌석 안내인 노파를 기억할 수 있었다. 목사가 기도문을 읽는 동안 그녀는 오래전 일들을 떠올리며 다른 생각에 잠겨 있었다. 꽉 쥐고 있던 조지의 손만 아니었던들, 차라리 내가 죽었으면 좋았을 텐데, 그녀는 그렇게 생각했을 것이다. 그러나 평소처럼 그녀는 자신의 이기적인 생각을 꾸짖으며 조용히 자신의 의무를 다할 수 있는 힘을 주십사고 하느님께 기도를 올렸다.

그리고 있는 힘을 다해 늙은 아버지를 행복하게 해드리기 위해 노력하겠다고 결심했다. 그녀는 노예처럼 고생스럽게 일하면서 아버지의 옷을 기우고 수선하는가 하면 노래를 불러드리거나 카드 게임을 하기도 하고 신문을 읽어드리기도 했다. 또 늙은 세들리 노인을 위해 요리를 해 바치고 열심히 그를 모시고 켄싱턴 가든이나 브롬프턴 레인으로 산책을 다녔으며 지치지도 않고 위선적인 애정과 미소를 보이며 그의 이야기에 귀를 기울이기도 했다. 또 이 기운 없고 불평 많은 노인네가 정원 의자에 앉아 햇볕을 쪼이면서 자신의 과오나 슬픔에 대해 웅얼거릴 때면 가만히 옆에 앉아 자기만의 생각에 잠긴 채 과거의 추억들을 떠올리기도 하고 상념에 잠기기도 했다. 이럴 때 그녀의 머리에 떠오른 생각들이란 그 얼마나 슬프고 우울한 것이었을까! 정원의 넓은 길과 경사진 길을 위아래로 뛰어다니는 아이들을 보면 빼앗긴 아들 조지가 떠올랐다. 그녀는 그전에 이미 남편 조지를 빼앗겼었다. 그녀는 자신의 이기적이고 죄 많은 사랑에 대해 이렇게 두 번이나 가혹한 벌을 받았던 것이다. 아멜리아는 자신이 그런 벌을 받아 마땅하다고 생각하려고 노력했다. 자신은 정말 그렇게 비참하고 사악한 죄인이라고. 진실로 그녀는 세상에 홀로 남겨져 있었다.

　다소간 유쾌하고 희극적인 요소들, 그러니까 친절한 간수나 익살맞은 수비대장, 또 어디선가 튀어나와 라튀드의 수염 주위를 뛰어다니는 생쥐나 트렌크가[1] 손톱과 이쑤시개로 성 밑에 낸 지하 탈출구 같은 요소들로 흥을 돋우지 않는다면 이렇게 외로운 수감 생활 이야기가 얼마나 지루한 것이 되고 마는지 나도 잘 알고 있다. 그러나 아멜리아의 수감 생활에 대해서는 흥을 돋울 만한 이야깃거리가 전혀 없다. 이 시기에 그녀가 큰 슬픔에 잠겨 있으면서도 누군가 말을 걸기만 하면 언제나 미소를 짓고 천하다고까지야 못하겠지만 가난하고 비참한 생활을 하면서도 늙은 아버지를 위해 양말을 기우고 카드 게임을 하고 푸딩을 만들거나 노래를 부르는 모습을 한 번 상상해보시라. 그리고 그녀가 여주인공이 될 만한 인물이든 아니든 간에 독자 여러분과 나의 말년에도, 우리가 설사 파산자로서 남은 것은 잔소리밖에 없는 늙은이가 되고 만다 하더라도, 부디 그녀처럼 상냥한 이의 어깨 위로 고개를 누일 수 있기를, 그리고 그녀처럼 부드러운 손길이 통풍에 시달리는 우리의 침상 곁을 지켜주기를 기도하도록 하자.

아내가 죽은 뒤 세들리 노인은 딸을 무척 좋아하게 되었다. 그리고 아멜리아 역시 이 늙은 노인 옆에서 자신의 의무를 다하는 데서 마음의 위안을 얻고 있었다.

그러나 우리는 이 두 사람을 이렇게 비참하고 불행한 상황에 오래 버려두지 않을 것이다. 적어도 세속적인 의미에서의 행복이라면, 둘 앞에는 더 나은 내일이 기다리고 있었다. 눈치 빠른 독자 분들께서는 우리의 오랜 친구 도빈 소령과 함께 조지의 학교를 찾아간 덩치 큰 신사가 누구인지 벌써 짐작하셨을 터이다. 도빈 소령과 함께 영국으로 돌아온 그는 우리가 익히 아는 인물인데 이제 그의 귀환이 영국의 일가친지에게 큰 위안이 되어줄 것이다.

마음씨 좋은 사령관에게 급한 개인적 사정을 구실로 쉽게 휴가를 얻어낸 도빈 소령은 곧 마드라스로 출발했다. 그곳에서 다시 유럽으로 가는 배를 탈 예정이었다. 그러나 마드라스에 도착할 때까지 밤이고 낮이고 쉬지 않고 여행을 계속한 탓에 목적지에 도착했을 때 그는 심한 열병에 걸려 있었다. 그를 모시던 하인이 소령을 그곳에 있는 소령의 친구 집으로 모셔갔는데 그는 열에 시달려 정신이 오락가락하는 와중에도 유럽으로 출발하기 전까지만 그곳에 있겠다고 의견을 밝혔다. 그러나 상당한 기간 동안 사람들은 그가 다시 여행을 한다 해도 기껏해야 세인트조지 교회의 공동묘지까지밖에 갈 수 없을 거라고 생각하고 있었다. 그러면 많은 용감한 장병들이 고향을 천 리 밖에 두고 묻혀 있는 그곳에서 군부대가 소령의 무덤 위로 조포를 쏘아 올렸을 터였다.

가엾은 소령이 열에 시달리며 뒤척이는 동안 그곳에서 그를 지켜본 사람들은 그가 아멜리아의 이름을 불러대는 것을 들었을지도 모른다. 제정신이 잠깐씩 돌아올 때면 이제 다시는 그녀를 만날 수 없을지도 모른다는 생각이 소령의 가슴을 무겁게 짓눌렀다. 그는 이제 마지막 시간이 다가오고 있다고 생각하고 죽음에 대비해 엄숙한 준비들을 시작했다. 우선 처리할 일들을 해결한 다음 자기 소유의 얼마간 재산을 가장 도와주고 싶었던 사람들 앞으로 남겼다. 신세를 지고 있던 집의 친구가 유언장의 증인이 되어주었다. 그는 언제나 목에 걸고 다니던, 갈색 머리카락이 들어 있는 목걸이를 자신과 함께 묻어달라고 유언을 남겼다. 사실대로 말하자면, 그 머리카락은 그가 브뤼셀에 있던 시절 아멜리아의 하녀에게 얻은 것이었다. 그즈음 몽생장 고지에서 조지 오스본이 사망한 뒤 그의 젊은 미망인이 고열에 시달려 머리카락을 자른 일이 있었기 때문이었다. 그러나 본래 건강 체질이었던 그는 나쁜 피를 뽑아내고 약용으로 쓰는 감홍(甘汞)을 처방받는 등 치료를 받으면서 회복과 재발을 거듭한 끝에 마침내 어느 정도 상태가 호전되었다. 그러나 브래그 선장의 지휘 하에 캘커타에서 출발해 마드라스에 정박한 동인도회사의 램천더호에 올라탔을 때 그가 어찌나 해골처럼 말라 있었던지 그동안 소령을 간호해온 친구는 이 선량한 소령이 항해가 끝날 때까지 살아 있지 못할 것이며 어느 날 아침 시체로 발견되어 깃발과 해먹에 싸인 채 유품이 되고 만 목걸이를 건 채 바다에 던져질 것이라고 예언할 정도였다. 그러나 바다 공기 덕분인지 아니면 그의 가슴에 새롭게 일어난 희망 덕분인지, 배가 돛을 올리고 모국을 향해 항해를 시작한 바로 그날부터 소령은 원기를 회복하여 (비록 그레이하운드 사냥개처럼 비쩍 마른 모습이기는 했어도) 배가 희망봉에 도착할 즈음에는 상당히 건강한 상태가 되어 있었다. "커크는 이번에 소령으로 승진할 거라고 생각했을 텐데 실망이 클 거야." 도빈이 미소를 지으며 말했다. "연대가 도착할 즈음엔 관보에 승진 기사가 날 거라고 생각했을 텐데 말이야." 사실인즉, 소령이 그렇게 서둘러 마드라스에 도착한 후 병이 나 누워 있던 동안, 워털루 전투 때문에 서인도제도에서 돌아와 얼마 본국에 있지도 못하고 다시 외국으로 나갔다가 전투 후에는 또 플랑드르 지방에서 인도로 보내졌던 소령의 용감한 ××부대가 본국 송환 명령을 받은 바 있었다. 그러니 만약 소령이 마드라스에서 기다렸다가 부대와 함께 본국으로 가겠다고 했으면 동료들과 함께 영국으로 귀환할 수 있었다.

그러나 아마 그는 다시 글로비나의 간호를 받아야 하는 그런 피곤한 상태로 돌아가고 싶지 않았던 것이 분명하다. "만약 오다우드 양과 한 배를 탔다면 그녀는 나를 기어이 저세상으로 보내버린 다음 자네를 노렸을 거야, 조. 그리고 자네를 전리품 삼아 사우샘프턴 집으로 의기양양하게 들어갔을걸." 소령이 웃으며 함께 여행 중이던 승객에게 말했다.

그렇다. 우리의 뚱보 친구 역시 소령과 함께 램천더호의 승객으로 본국을 향해 여행을 하는 중이었다. 그는 이미 벵골에서 십 년을 근무했다. 연일 있는 만찬이며 거나한 점심, 도수 약한 맥주와 포도주, 막대한 서류 업무와 그곳에서 먹지 않을 수 없었던 물 섞은 브랜디 등은 용맹한 워털루 용사 세들리에게 심각한 영향을 끼쳤다. 그래서 그가 유럽으로 돌아가는 것이 좋겠다는 판단이 내려졌다. 인도의 요직에서 임기를 완전히 마쳤기 때문에 그는 상당한 양의 돈을 저금할 수 있었다. 따라서 자신의 뜻에 따라 본국으로 돌아가 상당한 연금을 받으며 편안하게 살거나, 아니면 그간의 경력이며 놀라운 재능 덕에 차지하게 된 인도에서의 직위를 다시 맡아 같은 임무를 계속 수행할 수도 있었다.

조는 우리가 마지막으로 그를 보았을 때보다 살은 조금 빠졌지만 풍채며 행동거지는 전보다 더 위엄 있고 당당해져 있었다. 그는 워털루 전쟁 당시 브뤼셀에 머물며 길렀던 콧수염을 다시 기르고 금띠가 둘러진 화려한 벨벳 모자에 온몸을 보석과 브로치로 굉장하게 장식한 채 잘난 척을 하며 갑판 위를 활보하고 다녔다. 그는 자기 선실에서 아침을 먹었으며 갑판에 나타나기 전에는 마치 본드 가나 캘커타의 경마장에 갈 때처럼 공을 들여 옷을 차려입었다. 인도 출신의 하인을 하나 데리고 왔는데 세들리의 시중을 들며 그의 파이프 담배를 들고 다니는 하인의 터번 위에는 은으로 만든 세들리 가문 문장이 달려 있었다. 이 동방의 하인은 조 세들리의 폭정 아래 괴로운 나날을 보내고 있었다. 세들리는 외모에 대해 여자 못지않게 허영심이 많아서 늙어시들어가는 미인 못지않게 몸치장에 긴 시간을 들였다. 승객 중의 젊은이들, 예컨대 150연대의 채퍼스나 세 번째 열병을 앓은 끝에 집으로 돌아가던 가엾은 리케츠 등은 종종 식당 테이블로 세들리를 불러내어 그가 호랑이나 나폴레옹에 맞서 싸웠던 일이며 그밖에도 그가 겪은 여러 가지 무서운 사건들을 이야기해 달라고 청하곤 했다. 세인트헬레나 섬 롱우드에 있는 나폴레옹의 무덤에 들렀을 때 그는 아주 의기양양하게 위에 언급된 청년들이며 배 안 다른 장교들에게 워털루 전투에 대해 장황한 연설을 늘어놓으며 조 세들리가 아니었으면 나폴레옹이 세인트헬레나 섬으로 귀양 오는 일은 없었을 것이라 큰소리를 땅땅 쳤다. 다행스럽게도 도빈 소령은 마침 그 자리에 없었다.

세인트헬레나 섬을 출발한 뒤 그는 인심 좋게 포도주며 저장고기, 자기가 먹으려고 따로 가져온 여러 통의 소다수 등, 배 창고에 비축되어 있던 식료품의 상당량을 사람들에게 대접했다. 배에는 숙녀가 한 명도 없었고 도빈 소령이 민간인인 조에게 상석을 양보했기 때문에 그는 식탁에서 주인 노릇을 했고 브래그 선장이며 램천더호의 다른 장교들로부터 그의 지위에 마땅한 대우와 존경을 받으며 지낼 수 있었다. 그러나 폭풍이 불었던 이틀 동안은 완전히 겁에 질려 갑판에 일체 모습을 드러내지 않고 선실 창문과 입구를 단단히 걸어 닫은 다음 침대에 누워 우리의 존경하는 에밀리 혼블로어 여사, 그러니까 사일러스 혼블로어 목사의 아내가 된 에밀리가 남편이 선교사로 일하는 희망봉에 도착해 배를 떠나면서 두고 간「핀칠리 공유지의 세탁부 여인」만을 읽고 있었다. 그러나 사실 그는 평소에 읽을 용도로 상당한 양의 소설이며 희곡을 챙겨 왔고 다른 승객들에게도 이를 친절히 빌려주어 여러 사람들에게 생색도 내고 호감도 얻은 바 있었다.

셀 수 없이 많은 밤, 노호하는 검은 밤바다 위로 배가 항해를 계속하고 머리 위로 달과 별이 환히 빛나며 시간을 알리는 종소리가 울려 퍼지는 그런 밤마다 조와 도빈은 배의 갑판 위에 앉아 소령은 여송연을 피우고 민간인 조는 하인이 준비해 준 수연통을 빨아대며 고향에 대한 이야기를 나누곤 했다.

이런 대화를 나눌 때마다 어떻게든 아멜리아와 그녀의 어린 아들에 대한 화제를 이끌어내곤 하는 소령의 집요함과 재간은 실로 놀라운 것이었다. 아버지의 불운이며 그로 인해 자신이 지게 된 부담에 대해 언짢아하는 조에게 소령은 노인이 늙고 불운을 겪었다는 사실을 상기시키며 그를 위로했다. 노인들은 젊은 사람과 생활 습관이나 방식이 다르니 다른 세계에 익숙해진 그로서는 부모님과 함께 살고 싶지 않은 것이 당연하다(이렇게 자신을 위해주는 말에 조는 고개를 끄덕였다.). 그러나 전처럼 독신자용 하숙집에 묵을 것이 아니라 런던에 조 세들리 이름으로 자택을 하나 장만하고 누이 아멜리아에게 살림을 맡기면 여러 가지로 얼마나 득이 될 것인가, 소령은 이렇게 조를 설득하며 아멜리아가 얼마나 고상하고 상냥하며 훌륭한 예의범절을 지녔는지 그에게 상기시켰다. 소령은 그녀가 조지 오스본 부인으로 브뤼셀이며 런던에 있을 당시 대단히 높은 신분의 사람들에게 존경을 받으며 사교계에서 얼마나 성공을 거두었는지를 이야기하고, 어머니와 늙은 조부에게만 맡겨두면 그 애를 망칠 수도 있으니, 조카 조지를 좋은 학교에 보내 훌륭히 교육시킨다면 그보다 더 당당한 일이 어디 있겠냐고 암시를 주는 것도 잊지 않았다. 그래서 이 영리한 소령은 결국 민간인 동료가 아멜리아와 그녀의 의지가지없는 자식을 돌보겠노라는 약속을 하게끔 만들었다. 도빈은 아직 런던의 세들리 집안에 일어난 일들, 그러니까 죽음이 이 집 늙은 안주인을 데려간 것이며, 돈 때문에 조지가 아멜리아 품을 떠나게 된 일 등을 전혀 모르고 있었다. 사랑에 사로잡힌 이 중년의 신사는 그저 언제나 온 마음을 다해 어떻게 하면 오스본 부인에게 도움이 되는 일을 할까 그 생각뿐이었다. 필시 의식도 하지 못한 채 그는 조를 어르고 달래고 기분 좋은 말들을 하며 그의 비위를 맞추기도 했다. 아직 결혼을 하지 않은 누이나 딸을 가진 남성들이라면 구혼을 하는 남자들이 여자 집안의 남자들에게 얼마나 유난히 친절하게 구는지 알고 있을 터이다. 그리고 어쩌면 음흉한 도빈 역시 비슷한 위선적 이유에서 그런 행동을 하고 있는지도 몰랐다.

사실 아주 허약한 몸으로 램천더호에 오를 때만 해도, 그리고 배가 마드라스 항구에 정박하고 있던 사흘 동안에도 소령의 건강은 전혀 회복할 기미가 없었으며 오랜 지인 조 세들리를 배에서 만나 인사를 한 후에도 전혀 더 기운을 차리는 눈치가 아니었다. 그러나 어느 날, 소령이 갑판 위에 기운 없이 누워 조와 이야기를 다소 나눈 후부터 상황은 달라지기 시작했다. 그는 아마 죽을 것 같다면서 유언장에 대자 조지 앞으로 재산을 조금 남긴 것과 오스본 부인이 부디 자신을 좋게 기억해주었으면 좋겠다는 희망을 조에게 밝히었다. 그리고 그녀의 두 번째 결혼이 부디 행복하기를 바란다고도 말을 했다. "결혼? 그게 무슨 소리야." 조가 대답했다. "그 애한테 편지를 받았는데 결혼에 대해서는 아무 말 없던걸. 그리고 오히려 도빈 소령이 결혼을 할 예정이고 소령님이 부디 행복하시기를 바란다고 써놨던데, 그것 참 이상한 일이네." 조의 대꾸였다. 영국에서 온 그 편지를 받은 것이 언제인지 도빈이 물었다. 조가 편지들을 꺼내 왔다. 편지는 소령이 받은 것보다 두 달 후에 부쳐진 것이었다. 배의 주치의는 이 새로운 환자에 대한 처방이 효과가 있었다며 기뻐하고 있었다. 이 환자를 자기에게 넘겨준 마드라스의 의사는 사실 소령이 회복되리라는 기대를 거의 하지 않고 있었는데 자신이 약 처방을 바꾼 바로 그날부터 도빈 소령이 좋아지기 시작했기 때문이었다. 결국 소령 자리를 기대하고 있던 유능한 커크 대위는 그만 승진 기회를 놓치고 말았다.

　세인트헬레나 섬을 지난 후부터 도빈 소령은 주위의 모든 승객들을 놀라게 할 만큼 체력이 회복되고 기분도 명랑해졌다. 그는 장교 후보생들과 농담을 주고받거나 동료들과 목검 경기를 하기도 하고 마치 어린아이처럼 돛대 위로 올라가는가 하면 어느 날 밤인가는 우스꽝스러운 노래를 불러 저녁 식사 후 물 탄 럼주를 마시며 모여 놀던 좌중들을 한바탕 웃겨주기도 했다. 소령이 어찌나 생기 있고 명랑하며, 또 주변 사람들에게 다정하게 굴었던지 처음에는 그를 병약하고 볼 것 없는 승객 중 하나로 생각했던 브래그 선장조차 결국 소령이 좀 수줍기는 하지만 아는 것이 많고 존경할 만한 장교라고 인정하게 되었다. 그는 부선장에게 말했다. "소령은 총독부 같은 곳에선 인정을 받지 못할 거야, 로퍼. 난 총독부에서 총독 각하 부부에게 아주 환대를 받았었지만 말이야. 그분은 좌중이 모두 보는 앞에서 나와 악수를 하고 식사 중에는 총사령관 앞에서 함께 맥주를 들자고 청하기도 하셨지. 하지만, 소령은 그런 상류사회 법도는 몰라. 그래도 그이에게는 뭔가 존경할 만한 점이 있단 말이야." 이로써 브래그 선장은 자신이 지휘자로서의 능력만이 아니라 한 인간으로서의 분별력 역시 가지고 있다는 사실을 입증했다.

그러나 바람이 불지 않아 영국에서 열흘 정도 거리의 항해만을 남겨놓은 시점에서 램천더호가 더 움직이질 못하자 도빈은 아주 초조해하며 짜증을 내 전에 그의 다정한 태도와 명랑함에 감탄했던 주변 사람들을 다시 한 번 놀라게 만들었다. 다시 바람이 불어오기 전까지 그는 통 그렇게 우울한 상태를 벗어나지 못했다. 그러다가 배가 영국 근처에 도착해 수로 안내인이 램천더호로 오르자 그는 너무도 흥분해 어쩔 줄을 몰랐다. 오, 사우샘프턴의 친근한 두 탑이 마침내 시야에 들어왔을 때 그의 가슴은 얼마나 뛰었던 것인지.

58장
우리의 친구 도빈 소령

　도빈 소령이 램천더호에서 어찌나 인기가 좋았던지 그가 세 들리와 함께 그들을 항구로 인도할 작은 배에 올라타자 배에 있던 모든 선원과 장교가 선장 브래그의 선창에 따라 도빈 소령을 위해 크게 만세 삼창을 외쳤다. 이런 애정의 표현에 도빈 소령은 무척이나 얼굴을 붉히며 감사의 표시로 고개를 끄덕였다. 만세 삼창이 자신을 위한 것이었다고 생각했음에 틀림없는 조는 금테 두른 모자를 벗어 위엄 있게 벗들을 향해 모자를 흔들었다. 그리고 그들은 그 작은 배로 해안까지 이동한 다음 대단히 위엄 있는 태도로 부두에 올라섰다.

　보기만 해도 입맛이 다셔지는 근사한 소고기며 진정한 영국식 본토 맥주와 흑맥주를 떠오르게 하는 은제 조끼는 외국 여행을 마친 후 본국에 돌아와 조지 호텔 커피 룸으로 들어오는 여행자들의 시선을 사시사철 잡아끄는 실로 그리운 것들이다. 마치 집처럼 편안하고 아늑한 이런 영국 호텔에 들어온 이라면 누구라도 며칠쯤 그곳에 머물고 싶어 하는 것이 당연한 일이다. 그러나 도빈은 호텔에 들어오자마자 곧 마차 이야기를 꺼내면 서 사우샘프턴에 도착한 순간부터 런던으로 출발하고 싶어 어 쩔 줄을 몰라 했다. 그러나 조는 그날 저녁 바로 떠나자는 도빈 의 말을 들으려 하지 않았다. 이 풍채 좋은 신사가 항해 내내 견 디어야 했던 비좁은 선실 침대 대신 크고 폭신한 깃털 침대가 눈앞에 준비되어 있는데 마차에서 그 밤을 지내다니 그게 될 말 인가. 그는 짐이 다 도착할 때까지 최소한 물 담배 파이프가 도 착할 때까지 여행을 재개할 수 없다고 못을 박았다. 그래서 소 령은 그날 밤 출발을 포기할 수밖에 없었다. 대신 그는 도착을 알리는 편지를 가족에게 보낸 다음 조에게도 가족들에게 귀국 을 알리는 편지를 보내라고 일렀다. 조는 그러겠다고 대답했지 만 약속을 지키지는 않았다. 선장과 의사, 한두 명의 승객들이 배에서 내려 그들과 함께 호텔에서 저녁을 먹었다. 조는 호기롭 게 일행을 위한 저녁을 주문한 다음, 내일 소령과 함께 런던으 로 가겠다고 약속했다. 호텔 주인은 세들리 씨가 흑맥주 첫 잔 을 시원하게 비우는 모습이 호방하다고 찬사를 던졌다. 시간 여 유가 있어 잠깐 다른 이야기를 해도 된다면 나는 외국에 나갔다 가 영국으로 돌아와 처음 마시는 한 파인트의 흑맥주 맛을 묘사 하기 위해 한 장 전체를 기꺼이 할애하고 싶을 정도다. 아, 그 맛 이란! 오직 그 한 잔의 맥주를 즐기기 위해서라도 영국을 일 년 정도 떠나 있어볼 만하다 할 수 있다.

다음 날 아침 도빈 소령은 평소처럼 말끔히 면도를 하고 반 듯이 차려입고 나타났다. 그러나 너무 이른 시각이었기 때문에 신기하게도 언제나 잠이 부족한 기색이란 없는 호텔의 구두닦 이들 말고는 일어난 사람이 없었다. 삐걱거리는 호텔의 침침한 복도를 지나며 소령은 통로를 울리는 투숙객들의 코 고는 소리를 들을 수 있었다. 잠 없는 구두닦이들은 살금살금 이 방 저 방을 돌며 현관 앞에 벗어놓은 블러처며 웰링턴, 옥소니언[1] 등의 각종 신발들을 모아 오고 있었다. 그때쯤 인도에서 데려온 조의 하인이 일어나 주인의 크고 무거운 의상과 물 담배 파이프를 준비하기 시작했다. 여자 하인들도 일어나 나왔다가 복도에 서 있는 얼굴 검은 사내를 보고 악마라고 생각하며 비명을 질러댔다. 그 바람에 인도 출신 하인과 도빈은 그만 하녀들이 호텔 바닥을 문질러 닦기 위해 내려둔 양동이에 걸려 넘어지고 말았다. 첫 번째 호텔 하인이 수염도 깎지 않은 채 나타나 호텔 문을 열자 소령은 출발할 시간이 왔다고 생각하고 곧 출발할 수 있도록 당장 마차를 불러달라고 부탁했다.

그리고 소령은 곧장 세들리의 방으로 가 조가 코를 골며 자고 있던 큰 가족용 침대의 커튼을 열어젖히더니 "세들리, 일어나게!"라고 소리쳐 그를 깨웠다. "이제 출발할 시간이야. 삼십 분이면 마차가 도착할 걸세."

조는 이불을 덮어쓴 채 지금이 대체 몇 시냐고 볼멘소리로 물었다. 그러나 얼굴이 붉어진 소령이(그는 아무리 자신에게 득이 되는 경우라도 결코 거짓말을 하거나 둘러대는 법이 없었다.) 진짜 시간을 알려주자 그는 이 자리에 다 옮길 수 없는 불평과 욕지거리를 한바탕 늘어놓기 시작했다. 그러나 도빈은 어찌어찌 그런 시간에 일어나는 것은 그의 영혼을 해치는 일이며, 도빈 소령 따위 지옥에나 가버리라는 것이며, 자신은 절대 도빈과 여행을 하지 않을 것이며, 이런 식으로 다른 사람의 잠을 방해하는 것은 가장 무례하고 신사답지 않은 행동이라는 등의 조의 메시지를 알아들을 수 있었다. 기가 꺾인 소령은 조가 자신 때

문에 방해받은 늦잠을 이어잘 수 있도록 방에서 물러나지 않을
수 없었다.

곧 마차가 도착했다. 소령은 더 이상 조를 기다리려 하지 않
았다.

설사 그가 여기저기 유람을 다니는 영국의 귀족이나 속보를
전해야 하는 급사라 했더라도(정부 문서들은 보통 훨씬 더 조용
히 전달되었지만) 지금보다 더 서둘러 여행을 하지는 않았을 것
이다. 마부 아이들은 그가 건네준 돈 액수에 놀라는 눈치였다.
차례로 이정표를 스쳐 지나며 달리는 마차 밖 시골 풍경은 얼마
나 싱그럽고 다정한 것이던가. 아담한 시골 마을 여관 주인들이
미소 짓고 절을 하며 그에게 인사를 건네었고 예쁜 길가 여관집
간판은 느티나무 위에 걸려 있었으며 수레를 끄는 인부들과 말
들은 잎사귀 틈 사이로 햇살이 쏟아지는 나무 그늘 밑에서 목을
축이고 있었다. 마차는 또 오래된 건물이며 공원, 회색빛 오래된
교회 주위로 옹기종기 모여 있는 시골의 작은 동네 옆을 지나
가슴을 푸근하게 하는 아름다운 영국 시골 풍경 속을 계속해서
달려갔다. 세상에 이런 곳이 다시 또 있을까? 외국을 여행하고
돌아오면 이런 풍경이 너무도 다정하게 느껴져 그 속을 달리고
있노라면 마치 풍경이 손을 내밀어 악수라도 청하는 기분이 들
게 마련이다. 그러나 도빈 소령은 사우샘프턴에서 런던까지 가
는 동안 길가의 이정표 이외에는 무엇에도 거의 시선을 주는 법
이 없었다. 그러니 그가 캠버웰에 있는 부모님을 얼마나 그리워
했는지를 우리는 어렵지 않게 짐작할 수 있다.

그는 피커딜리에서 그가 전에 자주 묵곤 했던 슬로터스 여관
까지 가는 데 드는 시간조차 아까워했다. 소령은 옛정을 배신하
지 않고 이곳에 거처를 잡을 생각이었다. 슬로터스 여관을 마지

막으로 본 이후 긴 세월이 흘렀다. 아직 젊었던 그와 조지는 이곳에서 여러 번 만찬을 열고 술판도 적잖이 벌였었다. 그러나 이제 그는 중년에 접어들고 있었다. 머리는 희끗희끗해지기 시작했고 젊은 시절의 패기와 열정 역시 그사이 회색이 되고 말았다. 그러나 여관집 늙은 주인은 똑같이 기름때 낀 검은 제복을 입고 전과 똑같이 갈라진 턱에 무기력한 표정으로 언제나처럼 시곗줄 끝에 한 무더기의 도장을 주렁주렁 매달고 주머니 속 동전을 짤랑거리며 문 앞에 서 있다가 일주일 전에 만났던 사람처럼 소령을 맞아주었다. "소령님 짐을 23호실로 가져가도록 해라. 그게 소령님 방이니까." 놀라는 기색이라곤 일체 없이 여관 주인 존이 짐꾼에게 말했다. "저녁으로는 닭고기 구이를 드시겠죠. 결혼은 안 하셨나요? 사람들 말이 결혼을 하셨다고 하던데―소령님의 스코틀랜드 출신 의사가 여기서 묵었거든요. 아니, 그 의사가 아니라 ××연대와 함께 인도에 주둔하고 있었던 33부대의 험비 대위가 한 말이었나. 더운물을 준비할까요? 근데 왜 역마차로 오지 않고 저런 이륜마차를 타고 오셨어요?" 자기 집에 묵었던 모든 장교를 다 기억하는, 십 년 전의 일도 어제쯤의 일로만 여기는 이 충직한 여관집 주인이 도빈을 전에 묵곤 하던 방으로 안내했다. 털실로 짠 커튼을 친 구식 큰 침대와 전보다 더 낡은 오래된 카펫, 빛바랜 무명천을 덮어둔 오래된 검은색 가구들까지 모두 그가 젊은 시절 봤던 모습 그대로였다.

그는 조지가 결혼식 전날 밤 이 방을 서성이며 손톱을 물어뜯고 늙은 부친이 필시 결혼식에 올 거라고, 혹시 오지 않는다 하더라도 자기는 전혀 신경쓰지 않을 거라고 다짐하듯 말하던 일을 기억했다. 도빈은 조지가 걸어 들어오며 바로 옆의 자기 방과 도빈 방문을 쾅 닫는 모습을 그려볼 수 있었다.

"이제 늙으셨군요." 존이 옛 친구 모습을 조용히 살펴보며 말했다.

도빈이 웃음을 터뜨렸다. "십 년이란 세월이 흐른 데다, 열병도 앓았으니 젊을 수가 없지 않은가, 존." 그가 대꾸했다. "그런데 자네는 나이를 먹지 않았군, 그래. 아니, 사실 자네는 언제나 지금처럼 늙어 있었지."

"오스본 대위의 미망인은 어떻게 지내시나요?" 존이 물었다. "참 잘생긴 젊은이였는데. 정말 돈을 얼마나 써댔는지. 여기서 나가 결혼을 한 그날 이후로는 다시 온 적이 없어요. 아직도 갚지 않은 3파운드의 빚이 있는데 말이에요. 여기 좀 보세요, 여기 장부에 적어두었으니. '1815년 4월 10일, 오스본 대위―3파운드'라고. 그이 아버지가 이 돈을 갚아주실지 어떨지 모르겠네요." 슬로터스 여관의 존은 이렇게 말하면서 오스본 대위에게 빌려준 돈을 기록해둔 수첩을 꺼내 들었다. 진짜 모로코가죽을 씌운 그 수첩에는 한때 이 집을 자주 드나들던 손님들에 관한 다른 여러 사항들도 기록되어 있었는데 조지의 3파운드 건 역시 기름때 끼고 빛바랜 페이지 위에 아직 적혀 있었다.

손님을 방으로 인도한 존은 조용히 자기 자리로 물러갔다. 도빈은 특유의 어색한 태도로 상기된 얼굴에 미소를 지으며 가방에서 자신이 가지고 있는 것 중 가장 민간인 같은 옷, 그리고 자신에게 제일 잘 어울린다고 생각되는 옷을 꺼냈다. 옷을 입은 후 화장대 위에 놓인 작고 낡은 거울을 바라보며 그는 그을린 얼굴이며 희끗해지기 시작한 머리를 보고 실소했다.

'존이 나를 잊지 않아 고마운걸.' 도빈은 생각했다. '그녀도 날 기억해주면 좋겠는데.' 이렇게 생각하며 그는 기운차게 여관을 출발하여 다시 한 번 브롬프턴 쪽으로 발걸음을 옮겼다.

아멜리아의 집을 향해 걸어가는 내내 그녀를 마지막으로 만났을 때의 일들이 차례로 이 변치 않는 마음을 간직한 소령의 마음에 떠올랐다. 그가 마지막으로 피커딜리를 지났을 때는 저런 아킬레우스상이며 핌리코 개선문은 아직 세워지지 않았다. 뚜렷하게 무엇이 바뀌었는지는 말할 수 없었지만 눈과 마음으로 그는 그동안 런던 거리에 셀 수 없이 많은 변화가 있었다는 사실을 알아차릴 수 있었다. 브롬프턴 거리로 접어들어 그렇게도 생생히 기억하고 있는 길, 그녀의 집으로 향하는 길을 따라 걸으며 그는 몸을 떨기 시작했다. 그녀는 재혼을 생각하고 있을까, 아닐까? 만약 그녀가 조지와 함께 있을 때 만나게 되면, 아, 맙소사, 무슨 말을 꺼내면 좋을까? 그는 한 여인이 다섯 살 정도 된 아이를 데리고 자기 쪽으로 걸어오는 것을 보았다. 혹 그녀일까? 그는 그녀를 만난다는 생각만으로도 몸을 떨고 있었다. 마침내 그녀가 살고 있는 주택가로 들어서 그녀의 집 문 앞에 도착하자 그는 문고리를 잡고 잠깐 멈추어 섰다. 필시 자신의 심장이 쿵쿵 뛰는 소리도 들을 수 있었을 것이다. '무슨 일이 있었든, 부디 그녀에게 신의 가호가 함께했기를.' 그는 이렇게 혼자 빌어보았다. "아, 그런데 어쩌면 이사를 갔을지도 모르겠군." 그는 이렇게 말을 하며 문 안으로 들어갔다.

전에 그녀가 쓰던 방 창문은 열려 있었고 방 안에는 아무도 보이지 않았다. 하지만 소령은 전처럼 사진이 놓인 피아노가 방 안에 그대로 있는 것을 볼 수 있었다. 그의 마음이 다시 요동치기 시작했다. 문에는 여전히 클랩 씨의 청동 간판이 걸려 있었는데 도빈은 그 문 앞의 노커를 두드려 사람을 불러보았다.

밝은 눈동자에 볼이 붉은 명랑한 표정의 열여섯 살 소녀 하나가 문 두드리는 소리에 내려와 작은 현관문 앞에 기대 서 있는 소령을 뚫어져라 보았다.

유령처럼 창백해진 소령은 거의 제대로 말을 할 수 없을 지경이었다. "혹시 오스본 부인이 여기 사시는지요?"

소녀는 한동안 그를 빤히 보고 있더니 소령과 똑같이 얼굴이 하얗게 질려져서는 "오, 맙소사, 도빈 소령님이시군요"라고 소리쳤다. 그녀는 떨리는 두 손을 앞으로 내밀며 소리쳤다. "저를 모르시겠어요?" 소녀가 물었다. "전 소령님을 언제나 봉봉과자 소령님이라고 부르곤 했는데." 이 말에 소령은 아이를 두 팔로 끌어안더니 키스를 해주었는데, 나는 그가 그런 행동을 한 것은 평생에 처음 있는 일이었으리라고 생각한다. 소녀는 히스테릭하게 웃고 또 울면서 있는 힘껏 "엄마, 아빠! 이리 좀 와보세요"라고 소리쳤다. 그러나 이 점잖은 집주인들은 이미 부엌의 창으로 소령을 내다보며 딸이 푸른색 프록코트에 흰색 마 바지를 입은 키 큰 신사와 좁은 길에서 껴안고 있는 것을 보고 기겁을 하던 참이었다.

"전 옛 친구입니다." 도빈이 얼굴을 붉히며 말을 했다. "절 모르시겠어요, 클랩 부인? 저에게 차와 맛 좋은 케이크를 대접해주시곤 하셨는데요. 제 생각이 나지 않으세요, 클랩 씨? 조지의 대부 도빈 소령입니다. 지금 막 인도에서 돌아왔어요." 늙은 부부는 곧 그의 손을 부여잡고 흔들었다. 클랩 부인은 너무나 기쁘고 반가운 나머지 몇 번이고 길에 선 채 하느님을 외쳤다.

집주인 부부가 소령을 세들리 씨 방으로 안내했다.(소령은 그 방에 있는 모든 것들, 한때는 꽤 예쁘장한 악기였던 슈토트하르트 제 청동 장식이 달린 오래된 피아노며 벽걸이, 석고로 만든 모형 묘비, 그 사이에 매달려 째깍거리는 세들리 씨의 금시계까지 모두 다 잘 기억하고 있었다.) 그는 집주인 내외 및 그 딸과

그 방 소파에 앉아 그들이 셀 수 없이 여러 번 한숨을 쉬며 들려
주는 지난 시절의 이야기를 들었다. 그들은, 우리는 이미 다 알
고 있지만 소령은 모르는 아멜리아의 지난 세월, 세들리 부인의
죽음이며 조지가 친할아버지 오스본 씨와 화해를 하게 된 사연,
또 미망인인 그 애 엄마가 아이를 어떻게 떠나보냈는지 하는 것
이며, 그밖에도 그녀에게 일어났던 여러 가지 일들을 소령에게
들려주었다. 두세 번쯤 소령은 그녀의 결혼에 대해 물어 보려
했지만 이들에게 마음을 들킬 것이 무서워 그만두고 말았다. 마
침내 소령은 오스본 부인이 날 좋은 오후면 저녁 식사 후 늘 아
버지를 모시고 나가는 켄싱턴 가든으로 지금 산책을 나가 있다
는 이야기를 들을 수 있었다.(이제 그는 병들고 짜증 많은 노인
이 되어 딸의 인생을 슬프게 만들고 있지만 그녀는 천사처럼 그
에게 다정하다고 그들은 말을 했다.)

"저녁엔 중요한 약속이 있고 그 전에도 시간이 별로 없는데,
그래도 오스본 부인을 뵙기는 해야겠고." 소령이 말을 했다. "혹
폴리 양이 오스본 부인이 계신 곳으로 나를 좀 안내해주면 어떨
까 싶은데."

폴리는 소령의 청에 놀라며 기뻐했다. 그녀는 그 산책길을
잘 알고 있으며 기꺼이 소령에게 길을 안내해드리겠다고 대답
했다. 오스본 부인이 외출하고 없을 때, 그러니까 러셀 스퀘어
에 갈 때면 그녀가 종종 세들리 씨를 모시고 산책을 나가곤 했
기 때문이었다. 폴리는 심지어 노인이 앉아 쉬기를 좋아하는 벤
치가 어디에 있는지도 잘 알고 있었다. 그녀는 자기 방으로 달
려가 곧 제일 좋은 모자를 골라 쓰고 소령님과 함께 외출하기에
부족함이 없는 차림새를 갖추기 위해 엄마의 노란 숄과 마노석
브로치를 빌려 걸치고 달고 한 후 내려왔다.

그러자 푸른색 프록코트를 입고 사슴 가죽 장갑을 낀 소령이 이 젊은 아가씨에게 팔을 내밀었다. 곧 둘은 발걸음도 명랑하게 공원을 향해 걸어갔다. 소령은 아멜리아와의 대면이 내심 좀 두렵던 차에 동반자가 생겨서 마음이 놓였다. 동행한 소녀에게 그는 아멜리아에 대해 숱한 질문을 던졌다. 아멜리아가 아들과 헤어져야 했던 일을 생각하니 소령의 다정한 마음은 사뭇 쓰렸다. 그녀가 대체 어떻게 그 이별을 견디어냈을까? 조지를 자주 만날 수는 있을까? 먹고사는 일에 대해서는 이제 세들리 씨 형편이 좀 나아진 것인가? 폴리는 설탕자두 소령이 던지는 질문들 모두에 할 수 있는 한 최선을 다해 대답을 해주었다.

그런데 아멜리아를 만나러 가던 중, 별다른 일은 아니지만 도빈 소령에게 큰 기쁨을 안겨준 작은 사건이 하나 있었다. 숱 적은 구레나룻에 빳빳한 흰색 넥타이를 맨 창백한 젊은 남자 하나가 양쪽 팔에 숙녀를 하나씩 끼고 말 그대로 샌드위치가 되어 길을 내려오고 있었다. 한 명은 키가 크고 억센 인상의 중년 여성이었는데 그 옆에서 함께 걷는 국교회 목사와 안색이며 얼굴 생김새가 상당히 비슷했다. 또 다른 한 명은 덜 자란 듯 작은 체구의 여성이었는데 얼굴이 검었다. 그녀는 멋진 새 모자에 흰색 리본을 달고 있었고 예쁜 외투에 가슴 위에 비싸 보이는 금시계를 걸고 있었다. 두 여자가 양쪽에서 팔짱을 끼고 있을 뿐만 아니라 양산이며 숄, 바구니까지 들고 있어 손을 전혀 움직일 수 없었던 이 신사는 메리 클랩 양이 그를 향해 인사를 하는데도 답례를 위해 모자 위로 손을 올릴 수도 없을 정도였다.

그는 메리의 인사에 답하기 위해 고개를 살짝 숙였는데 그 옆의 두 숙녀는 잘난 척하는 표정으로 그녀의 인사에 답하면서 동시에 폴리 양 옆에서 걸어가던 푸른색 코트에 대나무 지팡이를 든 신사를 뚫어져라 보았다.

"누구지?" 세 명이 지나가도록 길을 비켜준 후 그 특이한 일행을 보고 재미있어하며 소령이 물었다. 메리는 다소 짓궂은 표정으로 그를 보았다.

"저희 구역 부목사인 비니 목사님이세요."(그녀는 소령의 팔이 움찔하는 것을 느낄 수 있었다.) "그리고 그분 누나이신 비니 양이랑, 아, 그녀가 주일학교에서 저희를 얼마나 못살게 굴었던지, 그리고 그 옆에, 사시 눈에 멋진 시계를 걸고 있던 그 여자분은 이제 비니 부인이 된 그리츠 양이에요. 아버지는 켄싱턴 그래블 피츠에서 '리틀 오리지널 골드 티 팟'이라는 식료품 가게를 운영한다는데, 지난달 결혼한 후 이제 막 마게이트로 신혼여행을 다녀온 참이에요. 지참금으로 오천 파운드나 들고 왔다는데 그녀랑, 그 결혼을 주선한 시누이는 벌써부터 싸우기 시작한 모양이에요."

좀 전에는 살짝 움찔했던 소령이 이제 아주 몸을 떨며 힘을 주어 지팡이로 땅을 쿵쿵 내려찍었기 때문에 클랩 양은 놀라 "어머나!" 소리를 지르는 동시에 웃음을 터뜨렸다. 메리가 비니 목사에 대한 이야기를 하는 동안 그는 입을 벌린 채 말없이 멀어져 가는 신혼부부를 바라보며 그 자리에 멍하니 서 있었다. 비니 목사가 결혼을 했다는 소식 이외에 다른 말은 전혀 귀에 들어오지 않았다. 그는 지금 지고의 환희 속에 있었다. 이 우연한 만남 후에 소령은 더욱 빠르게 목적지를 향해 걸어가기 시작했다. 그러나 소령이 원했던 것보다 더 빨리 그들은 거리를 다지나 켄싱턴 가든 성벽 한쪽의 오래된 작은 문에 도착하고 말았다.(지난 십 년간 그렇게도 꿈에 그렸던 아멜리아와의 재회가 이제 눈앞에 있다고 생각하니 소령은 너무 떨려 시간이 좀 더 필요했던 것이다.)

"저기 계시네요." 폴리가 말을 했다. 그녀는 다시 한 번 팔짱을 끼고 있는 소령의 팔이 움찔하는 것을 느낄 수 있었다. 그녀는 즉시 이 모든 일의 은밀한 조력자 역을 맡아 수행하고 있었다. 마치 제일 좋아하는 소설『아빠 없는 패니』나『스코틀랜드의 족장』[2]에서 읽은 것처럼 그녀는 소령과 아멜리아 사이의 일을 모두 짐작할 수 있었다.

"가서 그녀에게 말을 좀 해주련." 소령이 말했다. 폴리는 미풍에 숄을 나부끼며 그녀를 향해 달려갔다.

세들리 노인은 무릎 위에 손수건을 놓고 아멜리아가 이미 셀 수 없이 여러 번 인내심 있게 미소를 띠며 들어준 과거의 일들을 평소처럼 주절거리며 벤치에 앉아 있었다. 최근 들어 그녀는 아버지의 말에는 거의 귀를 기울이지 않고 미소를 짓거나 다른 식으로 듣고 있다는 표시를 하면서 자기만의 생각에 빠져 있곤 했다. 자신을 향해 달려오는 메리를 보더니 아멜리아는 놀라 벤치에서 벌떡 일어났다. 혹 조지에게 무슨 일이 생겼나 하는 생각이 제일 먼저 떠올랐다. 그러나 소식을 전하러 온 메리 얼굴이 생기와 기쁨에 넘치는 것을 보고 이 겁 많은 엄마의 가슴에 일어난 두려움은 가라앉았다.

"기쁜 소식이 있어요, 기쁜 소식이오!" 도빈의 사신이 소리쳤다. "그분이 오셨어요! 그분이오!"

"누가 왔다고?" 여전히 아들을 떠올리며 에미가 되물었다.

"저길 보세요." 클랩 양이 몸을 돌려 가리키는 쪽을 보자 잔디밭 저쪽에서 호리호리한 도빈이 긴 그림자를 드리우며 잔디밭을 가로질러 성큼성큼 걸어오고 있는 것이 눈에 들어왔다. 이번에는 아멜리아가 깜짝 놀라며 얼굴을 붉히더니 당연히 평소처럼 눈물부터 흘리기 시작했다. 기쁜 일이 있을 때면 단순한 심성의 아멜리아는 언제나 **그랑드 조**3) 분수처럼 눈물을 쏟아내곤 했기 때문이다.

도빈은 그녀를 보았다. 그를 향해 두 손을 내밀고 달려오는 모습을, 더할 수 없이 애정 어린 시선으로. 그녀는 변하지 않았다. 조금 창백해졌고 살이 조금 붙은 것 같긴 했지만, 그 눈빛, 다정하고 신뢰로 가득 찬 눈빛은 그대로였다. 부드러운 갈색 머리에는 빛바랜 은회색 머리카락이 한두 가닥 얼핏 보일 뿐이었다. 그녀는 상기된 얼굴에 미소를 띠고 눈물을 흘리며 도빈의 정직하고 정겨운 얼굴을 바라보며 두 손을 그에게 내밀었다. 도빈은 그녀의 작은 두 손을 쥔 채 잠시 말없이 서 있었다. 대체 그는 왜 그녀를 껴안고 다시는 그녀를 떠나지 않겠노라 맹세하지 않은 것일까? 그랬더라면 그녀는 틀림없이 굴복하고 말았을 텐데. 그의 말을 따를 수밖에 없었을 텐데.

"저와 함께 온 분이 한 분 더 있습니다." 그가 잠깐 동안의 침묵을 깨며 말을 꺼냈다.

"도빈 부인 말씀이세요?" 아멜리아가 조금 뒤로 물러서며 물었다. 왜 미리 말을 하지 않았단 말인가?

"아닙니다." 그가 그녀의 손을 놓아주며 대답했다. "대체 누가 부인께 그런 거짓말을 한 거죠? 부인의 오라버니 역시 저와 같은 배편으로 영국에 왔으며 이제 곧 두 분 모두를 행복하게 해드리기 위해 집으로 올 거라고 말씀드리려던 참이에요."

"아버지, 아버지!" 아멜리아가 소리쳤다. "기쁜 소식이 있어요! 오빠가 영국에 오셨대요. 아버지를 보살펴드리기 위해 집으로 오고 계신대요. 여기 도빈 소령님이 말씀해주셨어요."

세들리 노인은 몸을 벌벌 떨며 벌떡 일어나더니 정신을 가다 듣고 앞으로 걸어와 소령에게 옛날식으로 허리를 숙여 인사를 건네었다. 그리고 그를 도빈 선생이라고 부르며 부친 윌리엄 경의 안녕을 빌었다. 그는 또 얼마 전에 부친께서 집을 방문해 안부를 물어주셨으니 자신도 윌리엄 경을 한번 찾아뵐 생각이라고 말하기도 했다. 사실 윌리엄 경은 팔 년 동안이나 이 늙은이를 한 번도 방문하지 않았는데 지금 세들리 노인은 팔 년 전의 방문을 두고 답례 차 한번 가보겠다느니 하는 소리를 하고 있는 것이었다.

"아버지는 지금 몸을 무척 떨고 계셔요." 도빈이 다가가 다정하게 노인과 악수를 할 때 에미가 소령의 귀에 대고 속삭였다.

그날 저녁 런던에서 아주 중요한 볼일이 있긴 했지만, 소령은 집에 가서 함께 차를 들자는 세들리 씨의 초대에 기꺼이 응했다. 아멜리아는 자기보다 어린 노란 숄의 아가씨와 팔짱을 끼고 앞장서 집을 향해 걸어갔으므로 세들리 노인을 상대하는 일은 도빈 소령이 맡게 되었다.

노인은 느릿느릿 걸으며 자신과 이미 죽은 가엾은 아내 베시, 또 잘나가던 시절이며 파산 등 과거지사를 한없이 늘어놓았다. 실패한 늙은이들이 흔히 그렇듯이 세들리 노인 역시 과거에 사로잡혀 있었다. 현재에 대해서는 여전히 생생한 아내의 죽음을 제외하곤 아무것도 생각하지 않았다. 소령은 너그러운 마음으로 그가 하고 싶은 말을 계속 중얼거리게 내버려두었다. 소령의 시선은 그러나 앞에서 걸어가는 그 인물, 낮잠을 자거나 꿈을 꿀 때면 나타나곤 했던, 언제나 그의 기도와 공상 속에 있었던 그 인물에 고정되어 있었다.

아멜리아는 그날 저녁 내내 무척 행복해 보였다. 시종일관 미소를 지은 채 그녀가 대단히 우아하고 공손하게 그 작은 모임의 안주인 노릇을 해냈다고, 도빈은 생각했다. 해질녘 함께 앉아 차를 마시는 동안 도빈의 시선은 그녀가 어디로 움직이든 아멜리아만을 따라다니고 있었다. 더운 바람을 맞고 지루한 행군을 하면서 멀리 인도에 주둔해 있는 동안 그는 얼마나 이 순간을 고대해왔으며 얼마나 그녀를 그리워해 왔던가. 지금 눈앞에 있는 그대로, 늙은 아버지의 요구를 다정히 들어주고 순순한 복종으로 가난마저 아름답게 만드는 그녀의 모습을. 소령의 취향이 대단히 고상하다거나 위대한 지성인 모두가 우리의 단순한 벗 도빈 소령처럼 평범하기 짝이 없는 행복에 만족을 느껴야 한다고 주장하려는 것은 결코 아니다. 그러나 좋든 나쁘든 간에 그가 바라는 행복은 바로 이런 것이었다. 아멜리아가 따라주기만 한다면 그는 존슨 박사[4]에 못지않게 얼마든지 차를 마실 준비가 되어 있었다.

이런 소령을 보고 아멜리아는 웃으며 얼마든지 차를 마시라고 그를 부추겼다. 그리고 연이어 그에게 차를 따라주면서 그녀는 아주 짓궂은 표정을 지었다. 사실 그녀는 소령이 아직 저녁을 먹지 않았으며 슬로터스 여관에서 그녀가 막 핑커턴 여학교를 졸업하고 집으로 돌아온 소녀였던 시절, 소령과 조지가 자주 함께 술을 들곤 했던 바로 그 자리에 식탁보를 펴고, 그 자리가 예약되어 있다는 것을 알리기 위해 식탁 위에 접시까지 준비해 두었다는 것을 모르고 있었다.

오스본 부인이 소령에게 첫 번째로 보여준 것은 조지의 작은 초상화였는데 그녀는 그걸 보여주려고 집에 도착하자마자 이층으로 뛰어 올라갔다. 그림 자체야 실물의 반만큼도 멋지지 않지만, 엄마에게 이런 선물을 할 생각을 하다니 참 대견하지 않냐고 그녀는 말했다. 하지만 아버지가 깨어 있는 동안, 그녀는 조지 이야기를 많이 하지 않았다. 지난 몇 달 동안 자신이 무엇보다 돈 많은 경쟁자가 보내준 보조금에 의지해 살아왔다는 사실을 잘 모르는 것처럼 보이는 세들리 노인은 오스본 집안이나 러셀 스퀘어 이야기를 듣고 싶어 하지 않았으며 그에 대한 암시만으로도 성을 내곤 했기 때문이었다.

도빈은 램천더호를 타고 오는 동안 있었던 일들, 아니 사실 그 이상을 노인에게 이야기해주었다. 그러면서 조가 아버지를 얼마나 끔찍이 생각하는지 또 늙은 아버지를 편히 모실 계획을 하고 있는지 사실보다 과장해서 늘어놓았다. 그러나 사실 항해 내내 동료 승객 조에게 이런 의무를 강력히 주입시키면서 누이와 어린 조카를 돌보겠다는 약속까지 기어이 받아낸 것은 소령 자신이었다. 조는 노친이 자기 이름으로 수표를 쓰고 물건을 사들인 것에 분개하고 있었는데 소령은 자신도 노인이 그에게 판매한, 우리도 잘 아는 그 형편없는 와인 때문에 아주 곤혹스러웠노라고 비슷한 경험을 우스꽝스럽게 들려주며 조의 기분을 풀어주었다. 그러고는 천성이 못되거나 이기적이지는 않은 조를 적당히 치켜세워 주고 기분 좋게 만들어줌으로써 모국에 있는 가족들에게 우호적인 감정을 갖도록 유도했다.

이런 이야기를 하자니 내가 다 부끄러운 마음이 드는데 소령은 결국 과장이 지나쳐 조가 다시 영국으로 온 가장 큰 이유는 나이 든 아버님을 뵙기 위한 것이라고까지 말하고 말았다.

평소와 비슷한 시간에 세들리 노인은 의자에 앉아 졸기 시작했다. 그러자 비로소 아멜리아도 말을 할 기회를 갖게 되어 소령에게 열심히 말을 하기 시작했는데 그녀의 이야기는 그저 온통 조지에 대한 것뿐이었다. 그러나 아들과 헤어질 때 얼마나 괴로웠는지에 대해서는 일언반구도 언급하지 않았다. 이 고결한 여인은 아들과의 이별이 죽는 것만큼 괴로웠음에도 불구하고 아들을 보낸 것에 대해 불평을 하는 것은 온당치 않은 일이라고 생각했던 것이다. 대신 그녀는 아들의 착한 성품이며 재능, 전도양양한 미래 등에 대해 할 수 있는 모든 이야기를 다했다. 천사 같은 모습이며 자신과 함께 살 때 보여준 관대한 태도와 고상한 성품에 대해서도 수백 가지 경우를 예로 들며 말을 했고 켄싱턴 가든에 갔을 때 공작부인이 멈춰 서 조지를 보고 칭찬을 해주었던 일에 대해서도 이야기를 해주었다. 아들이 지금 조랑말과 마부를 가지고 얼마나 호화롭게 생활하고 있는지, 얼마나 영리하고 이해가 빠른지, 아들의 스승인 로렌스 빌 목사가 얼마나 예의바르고 똑똑한 사람인지에 대해서도 그녀는 계속해서 말을 했다. "그분은 모르는 것이 없어요." 그녀의 말이었다. "그리고 아주 즐거운 파티를 열어요. 소령님께서도 아는 것이 많고, 책을 많이 읽으셨고, 게다가 머리가 좋고 교양이 있으시니까— 그렇게 고개를 저으며 아니라고 하지 마세요.—조지가 늘 소령님에 대해 그렇게 말하곤 했는 걸요—빌 목사님의 파티를 무척 좋아하실 거예요. 모임은 매달 마지막 주 화요일에 열려요. 목사님께서는 조지가 원하기만 하면 법정에서든 의회에서든 어떤 자리든 거뜬히 차지할 수 있을 거라고 하세요." 그러면서 그녀는 피아노에 달린 서랍으로 가더니 조지의 작문을 모아둔 서류철을 하나 꺼내 들었다. 조지의 어머니가 지금도 여전히 간직하고 있는, 이 어린 천재가 심혈을 기울여 작성한 글은 다음과 같은 것이었다.

이기심에 대하여.—인간을 타락시키는 모든 악덕 중에서도 이기심은 가장 사악하고 경멸받아 마땅한 악덕이다. 자아를 향한 부당한 애정은 인간을 가장 무서운 범죄로 인도하며 때로는 **국가**와 **가정** 모두에 최악의 불행을 불러온다. 이기적인 남편이 종종 집안을 가난하게 만들고 가족들을 파탄에 몰아넣듯이 이기적인 왕은 백성을 궁핍하게 만들고 자주 그들을 전쟁으로 내몰곤 한다.

예: 시인 호메로스가 기술하고 있는 바와 같이, 아킬레우스의 이기심은 수천 명의 그리스인에게 불행을 가져왔다. μνρί' Ἀχαιοῖς ἄλγε' ἔθηκε.(호메로스, 『일리아스』, A. 2) 고(故) 나폴레옹 보나파르트의 이기심은 유럽에 숱한 전쟁을 불러왔을 뿐만 아니라 그 자신에게 버려진 섬—대서양에 있는 세인트헬레나 섬—에서의 죽음을 안겨주었다.

이런 예들을 통해 우리는 자신의 이익과 야망만을 쫓아서는 안 되며 자신만이 아니라 타인의 이익 역시 고려해야 한다는 것을 알 수 있다.

조지 오스본

아테네 하우스, 1827년 4월 24일

"이것 좀 보세요. 그 애 나이에 벌써 그리스어를 인용하면서 이런 글을 쓰다니." 기쁨으로 가득 찬 어머니의 말이었다. "아, 윌리엄." 그녀가 소령을 향해 팔을 뻗으며 덧붙였다. "이런 아이를 주시다니 정말, 하느님이 얼마나 큰 선물을 주신 것인지. 제 인생에 그 애 같은 위안은 없답니다. 그 애는, 그 애는, 꼭 죽은 조지가 살아 돌아온 것만 같아요!"

'조지에 대한 마음을 버리지 않는다는 이유로 내가 그녀에게 화를 내야 하는 걸까?' 윌리엄은 생각했다. '무덤에 있는 친구를 질투하고 아멜리아처럼 오직 단 한 번, 영원한 사랑을 할 수 있는 마음을 탓해야 하는 걸까? 아, 조지, 조지, 하지만 넌 네가 누린 이 귀한 사랑의 가치를 얼마나 몰랐던 것인지.' 한 손에 든 손수건으로 눈물을 닦는 아멜리아의 또 다른 한 손을 쥐고 있던 윌리엄의 머릿속으로 이런 생각들이 빠르게 떠올랐다 사라졌다.

"소령님." 자신의 손을 쥔 소령의 손을 꽉 잡으며 아멜리아가 말했다. "소령님께서는 언제나 저에게 정말이지 친절하고 또 다정하셨어요! 어머, 아버지가 일어나시려나 봐요. 내일 가서 조지를 한번 만나보지 않으시겠어요, 네?"

"내일은 안 되겠어요." 도빈이 대답했다. "일이 좀 있어서요." 그는 아직 부모님과 누이동생 앤을 찾아보지 않았다는 사실을 고백하고 싶지 않았다. 확신컨대, 태도가 방정한 사람이라면 누구라도 소령의 이런 태만을 꾸짖을 것이 분명하기 때문이다. 곧 그는 자리를 뜨면서 나중에 도착할 조를 위해 자신의 런던 주소를 남겨두었다. 그렇게 런던에서의 첫 번째 날이 지나고 소령은 아멜리아를 만나고 돌아왔다.

그가 슬로터스 여관에 도착했을 때 구운 닭고기는 물론 차갑게 식어 있었지만 그는 차가운 닭고기를 저녁 삼아 그대로 먹었다. 가족들이 일찍 잠자리에 든다는 것을 알고 있었기 때문에 이렇게 늦은 시간에 그들의 잠을 방해할 필요는 없을 것이라고 판단한 그는 그날 저녁 헤이마켓에 있는 극장에 가서 반값에 연극을 감상했다. 그러니 우리 모두 부디 그가 즐거운 시간을 보냈기를 바라도록 하자.

59장

낡은 피아노

소령의 방문으로 존 세들리 노인은 대단히 흥분하고 또 동요
되었다. 그날 저녁 그의 딸은 평소 늘 하던 일들이나 오락거리
로는 도저히 아버지 마음을 가라앉힐 수가 없었다. 그는 그날
저녁 내내 조의 도착에 대비해 떨리는 손으로 묶어두었던 서류
들을 풀어 다시 정리하느라 분주했다. 그는 이미 거래인들 및
변호사와 주고받은 편지 및 영수증, 또 파일에 넣거나 끈으로
묶은 서류들을 더할 수 없이 말끔히 정리해 둔 바 있었다. 거기
에는 (눈부신 전망을 안고 출발했지만 결국 알 수 없는 사고 때
문에 실패하고 만) 와인 사업 관련 서류들이며 (자금 부족만 아
니었더라면 지금껏 발표된 사업 중 가장 큰 성공을 거두었을 것
이 틀림없었던) 석탄 사업 관련 서류, 또 특허를 딴 제재소 및 톱
밥 응축 사업에 대한 서류들이 모두 있었다. 그날 저녁 대단히
늦은 시간까지 그는 이런 서류들을 준비하느라 떨리는 손에 촛
불을 든 채 몸을 벌벌 떨며 이 방 저 방을 드나들었다. "이건 와

인 사업 서류고, 이건 톱밥 사업 그리고 또 이건 석탄 사업 서류들이야. 여기 내가 캘커타와 마드라스로 보낸 편지들이며 그에 대한 도빈 소령의 답장, 또 같은 건에 대한 조의 답장도 있구나. 조는 내가 무엇하나 허투루 처리하지 않았다는 걸 알게 될 게다, 에미야." 노인이 말을 했다.

에미가 미소를 지었다. "오빠는 그런 서류들에 별로 관심이 없을 거예요, 아빠." 그녀가 대답했다.

"얘, 넌 이런 일들에 대해 아무것도 모르니까 그런 소릴 하는 게지." 노인이 아주 진지한 표정으로 고개를 저으며 대답했다. 그리고 사실 안타깝지만 누군가는 그렇게 잘 알고 있는 이런 사안들에 대해 에미가 전혀 아는 바가 없다는 것은 부정할 수 없는 사실이기도 했다. 노인은 이 쓸데없는 서류들을 모두 작은 테이블에 올린 다음 (도빈 소령이 준 선물 중 하나인) 큰 손수건으로 조심스럽게 그것들을 덮었다. 그리고 집의 안주인과 하녀에게 대단히 엄숙한 말투로 내일 아침 당도하실 "명예로운 동인도회사 벵골 지부 문관" 조지프 세들리 씨를 위해 정돈해둔 서류에 손을 대지 말라고 단단히 당부했다.

다음 날 아침, 아멜리아는 아버지가 대단히 이른 시각부터 일어나서 그 어느 때보다 상기되어 몸을 떨며 안절부절못하는 모습을 보았다. "얘, 에미, 난 통 잠을 자지 못했단다." 그가 말을 했다. "불쌍한 네 어미 생각을 했지. 네 엄마가 살아 있어서 다시 한번 조의 마차를 탔더라면 얼마나 좋았겠니. 네 엄마도 한때는 전용 마차를 가지고 멋지게 귀부인 노릇을 하며 살았는데 말이다." 눈동자 가득한 눈물이 늙고 주름진 얼굴 위로 주르륵 흘러내렸다. 아멜리아는 아버지 얼굴의 눈물을 닦아주며 미소 띤 얼굴로 그에게 키스를 해주었다. 그리고 보기 좋게 넥타이를 매드리고 제일 좋은 셔츠의 주름 장식 위로 브로치를 달아드렸다. 그러고 상중에 입는 검은색 양복까지 차려입은 채 그는 아침 6시부터 앉아서 아들의 도착을 기다렸다.

그러나 우체부가 와 조가 누이동생 앞으로 보낸 편지를 전해 준 덕분에 가족들은 초조한 기다림에서 벗어나게 되었다. 편지에서 그는 긴 항해 끝에 피곤해서 그날은 도저히 출발할 수가 없고 다음 날 아침 일찍 사우샘프턴을 떠날 것이며, 그러면 저녁에는 아버지, 어머니를 뵐 수 있을 것이라고 적고 있었다. 아버지에게 이 편지를 큰 소리로 읽어주던 아멜리아는 어머니에 대한 부분에서 잠깐 멈칫했다. 오빠는 집에 무슨 일이 있었는지 모르고 있는 것이 분명했다. 사실 모르는 것이 당연했다. 도빈 소령은 귀국길을 함께 했던 동료가 하루 만에 런던으로 출발하지 않을 것이며 필시 구실을 만들어 사우샘프턴에서 더 미적거리고 있을 것이라고 제대로 추측을 했음에도 불구하고 아멜리아와의 대화에 열중한 나머지 집안의 불행한 소식을 알리는 편지를 제때 조에게 보내지 않았기 때문이다. 같은 날 아침 슬로터스 여관의 커피하우스에 있던 도빈 소령 역시 사우샘프턴의 친구에게 편지를 한 통 받았다. 편지에서 그는 전날 소령이 자신을 깨웠을 때 몹시 화를 낸 것에 대해 용서를 구하면서 (그는 밤새 두통에 시달려 그가 깨우러 왔을 때 막 잠이 든 참이었다고 했다.) 자신과 하인들이 묵을 편안한 방을 슬로터스 여관에 좀 예약해달라고 부탁하고 있었다. 본국까지 함께 돌아오는 동안 소령은 조에게 필요한 존재가 되어 있었다. 그래서 조는 이제 소령에게 매달리고 또 의존하고 있었다. 다른 승객들은 이제 모두 런던으로 가고 없었다. 리케츠와 채퍼스는 그날 역마차 편으로 길을 떠났는데 마부 옆에 앉은 리케츠는 보틀리에서 부터 채찍을 받아 직접 마차를 몰고 갔다. 의사는 포트시에 있는 가족에게 갔고 브래그는 시내의 동업자를 만나러 갔으며 부선장은 램천더호의 짐을 부리느라 분주했다. 사우샘프턴에 혼자 남은 조는 무척 외로웠다. 그래서 그날 저녁, 도빈 소령이 아버지 윌리엄 경의 식탁에 앉아 있던 바로 그 시각—그런데 이 자리에서 그의 누이동생은 곧바로 그가 벌써 조지 오스본의 미망인을 만나고 왔다는 사실을 밝혀냈다.(소령은 당최 거짓말을 할 줄 모르는 사람이었기 때문이다.)—조는 조지 호텔의 주인을 불러 술친구를 삼고 있었다.

사우샘프턴의 번화가에는 근사한 양복점들이 몇 곳 있었다. 반짝반짝한 유리창 안쪽으로 비단이나 벨벳으로 만든 금색과 진홍색의 온갖 멋진 조끼들이 걸려 있었고 최신 유행복들의 그림도 진열되어 있었는데 그림 속에는 외알 안경을 쥔 멋쟁이 신사들이 대단히 큰 눈에 곱슬머리를 가진 소년들을 데리고 승마복 차림에 말을 타고 앱슬리 하우스 앞 아킬레우스 동상 옆을 지나가는 여성들에게 추파를 던지는 모습이 그려져 있었다. 캘커타에서 구할 수 있는 가장 멋진 조끼들을 이미 몇 벌이나 가지고 있었지만, 조는 이곳에서 한두 벌 더 옷을 지어입지 않고 떠날 수는 없다고 생각했다. 금색 나비가 수놓인 진홍색 새틴 천과 흰색 세로줄 무늬가 들어간 검은색과 붉은 색의 타탄 천에 말려올라간 칼라가 달린 조끼를 지어 입기로 결정한 그는 진한 푸른색 새틴 스카프와 거기에 달 핀도 하나 골랐는데 핀 위에는 다섯 개의 창살이 달린 문을 뛰어넘는 기수의 모습이 분홍색 법랑으로 새겨져 있었다. 이렇게 옷이며 장신구를 주문하고 나서 조는 이만하면 남부끄럽지 않은 모습으로 런던에 들어갈 수 있겠다고 생각했다. 한때 수줍음을 많이 타고 걸핏하면 얼굴을 붉히며 말을 더듬곤 했던 소심한 조는 이제 자신의 가치를 솔직하고 용기 있게 드러내는 사람이 되어 있었다. 워털루의 용사 세들리는 친구들에게 이렇게 말하곤 했다. "난 멋을 내는 것이 좋아. 그리고 이런 사실을 밝히는 것이 조금도 부끄럽지 않다네." 총독 관저에서 개최된 무도회에서 부인들이 그를 보면 어쩔 줄 몰라 하고, 여자들의 시선을 받기만 하면 놀라 얼굴을 붉히며 다른 곳으로 가버리곤 했지만 그건 그가 결혼을 할 마음이 전혀 없었으며 따라서 혹 여자들이 그에게 구애를 할까 봐 걱정이 되어 그랬던 것뿐이었다. 하지만 듣자하니 그는 캘커타 최고의 멋쟁이로서 가장 멋진 옷을 차려입고 근사한 독신남 파티를 주최하여 다른 어느 곳에서도 볼 수 없는 최고의 요리들을 참석한 손님들에게 대접하곤 했다고 한다.

그러나 조처럼 덩치가 크고 지체 높은 사람의 조끼를 짓기 위해서는 적어도 하루의 시간이 필요했고, 그래서 조는 그동안 자신과 인도 출신 하인의 시중을 들기 위한 하인을 한 명 더 고용하고 대리인에게 자신의 짐과 상자, 전혀 읽지 않은 책이며 망고와 인도 향신료 처트니, 카레 가루 등이 담긴 궤짝, 그리고 아직 누구에게 줄지 결정하지 않았지만 선물용으로 들고 온 숄과 그 밖의 진귀한 동방 산물 등이 포함된 수하물을 어떻게 처리할지 지시하며 시간을 보냈다.

마침내 영국에 도착한 지 사흘째 되는 날 그는 새로 지은 조끼를 입고 런던을 향해 여유 있게 출발했다. 인도 출신 하인은 새로 구한 유럽인 하인 옆 마부석에서 숄을 두른 채 이를 딱딱 부딪치며 떨고 있었다. 마차 안쪽에 앉아 때때로 파이프를 물고 담배를 피우는 조의 모습이 너무도 위풍당당했기 때문에 소년들은 그를 향해 환호성을 내질렀고 많은 사람들이 그가 틀림없이 식민지의 총독일 거라고 생각했다. 그리고 내 장담컨대, 조는 허리를 굽신대며 아담한 시골 마을 여관에 들러 잠시 쉬고 요기도 하고 가라는 여관 주인들의 청을 결코 거절하지 않았을 것이다. 생선과 쌀, 잘 익힌 달걀 등으로 사우샘프턴에서 상당 양의 아침 식사를 이미 먹고 왔음에도 불구하고 윈체스터에 도착했을 즈음엔 다시 또 셰리주라도 한 잔 들지 않고는 더 이상 갈 수 없는 상태가 되었다. 앨턴에서는 하인의 청에 따라 마차에서 내려 그 지역 특산물인 에일을 약간 맛보았다. 파넘에서는 비숍스 캐슬 마을을 둘러볼 겸해서 내렸다가 뱀장어 스튜와 송아지 고기 커틀릿, 강낭콩에 포도주 한 병으로 가벼운 저녁을 들었다. 백숏 히스에 도착했을 즈음 인도 출신 하인이 점점 더 몸을 떨었고 그 역시 한기를 느꼈기 때문에 조 나리는 다시 또 물 섞은 브랜디를 얼마간 마셨다. 그래서 마침내 런던 시내로 들어갔을 때 그는 마치 증기 기관선의 식당 창고처럼 포도주와 맥주, 고기와 피클, 체리주와 담배로 가득 차 있었다. 이 다정한 신사가 도빈이 자기를 위해 잡아둔 슬로터스 여관 방으로 서둘러 가는 대신 우선 브롬프턴의 작은 문 앞에 요란한 마차 소리를 내며 멈춰 섰을 때는 저녁이 거의 다 되어 있었다.

그 거리에 사는 사람들이 죄다 창문으로 고개를 내밀고 조의 마차를 보았다. 어린 하녀가 재빨리 쪽문을 향해 달려갔고 클랩 집안 여자들은 부엌 창문에서 거리를 내다보았으며 흥분한 에미는 모자와 코트가 걸려 있는 복도에 서 있고 세들리 노인은 벌벌 떨며 객실에서 기다리고 있었다. 사우샘프턴에서 구한 새로운 하인과 추위 때문에 갈색 얼굴이 마치 칠면조 모래주머니처럼 납빛으로 변한 인도 출신 하인의 부축을 받으면서 조가 삐걱대며 흔들리는 계단을 밟으며 마차에서 내려왔다. 인도 하인의 모습은 그곳 사람들에게 곧바로 큰 충격을 주었다. 필시 아래층 소식을 엿듣기 위해 객실 문 앞에 내려와 있던 클랩 집안 여자 둘은 노란 눈알과 흰 이빨의 인도 출신 하인 롤 제와브가 코트를 입고 아주 기이하고 처연한 신음 소리를 내며 복도 안 의자에 앉아 떨고 있는 모습을 보았던 것이다.

이제, 조와 늙은 부친 가련하고 상냥한 누이동생 아멜리아가 안에서 그들끼리 만남의 시간을 갖도록 눈치 빠르게 그 방문을 닫아주도록 하자. 늙은 부친은 이 재회에 대단히 감동을 받았으며 딸 역시 마찬가지였고 조 역시 이 만남의 순간에 아무것도 느끼지 않은 것은 아니었다. 십 년이라는 세월을 떨어져 있다 보면 가장 이기적인 사람이라 하더라도 집이며 어린 시절의 관계들을 떠올리게 마련이다. 시간이 모든 것을 신성하게 만들고, 지나간 옛 시절을 곰곰이 추억하다 보면 그 시절의 기쁨과 행복 역시 과장되게 마련이다. 조는 한때 별로 사이가 좋지 않았던 아버지를 만나 다시 그의 손을 잡게 된 것이며 한때 그렇게 예쁘고 생글생글 잘도 웃던 누이동생을 다시 보게 된 것이 꾸밈없이 기뻤으며 세월과 슬픔, 불운이 무너진 노인에게 가져온 변화에 슬픔을 느꼈다. 에미가 상복을 입고 앞으로 나와 오빠에게 어머니의 죽음을 알려주고 부디 아버지 앞에서는 엄마 이야기를 하지 말라고 귓속말로 일러주었다. 그러나 정작 세들리 노인이 먼저 그 이야기부터 꺼내더니 한참 동안 죽은 아내에 대해 말한 후 실컷 눈물을 쏟았기 때문에 그런 주의를 준 것은 아무 소용도 없는 일이 되고 말았다. 인도 출신 문관은 그 소식에 적지 않은 충격을 받아 평소보다 자기 생각을 좀 덜하게 되었다.

만남의 결과는 대단히 만족스러운 것임에 틀림없었다. 조가 다시 마차를 타고 호텔로 떠나갈 때 에미가 상냥하게 아버지를 껴안으며 의기양양한 태도로 자신이 언제나 오빠가 마음씨착한 사람이라고 하지 않았느냐고 말했기 때문이다.

가족들의 초라한 모습에 무척 마음이 아팠던 조는 과연 귀국 후 가진 가족과의 첫 번째 만남 후 마음에서 우러나온 대범함과 온정에 기반해 가족들이 이제 다시는 가난이나 곤란을 겪지 않을 것이며 당분간 런던에 머물면서 자신의 집이며 그 밖의 모든 것을 그들과 나누겠다고 선언했다. 또 그는 누이가 새로운 가정을 꾸릴 때까지 자기 집에서 부족한 것 없는 안주인 노릇을 하게 될 것이라고도 말을 했다.

그러자 그녀는 슬프게 고개를 저으면서 여느 때와 마찬가지로 눈물을 흘리기 시작했다. 그녀는 오빠가 무슨 뜻으로 그런 말을 하는지 잘 알고 있었다. 그녀와 어린 친구는 소령이 방문했던 바로 그날 밤 이 문제에 대해 여러모로 이야기를 나누었다. 참을성 없는 폴리는 더 이상 참지 못하고 그녀가 그날 발견한 사실들을 아멜리아에게 털어놓았다. 그녀는 비니 목사님이 새신부와 함께 지나가는 모습을 본 소령이 이제 경쟁자가 없다는 사실을 알고 얼마나 놀라며 기쁨에 떨었는지 아멜리아에게 묘사해주었다. "부인께서 소령님께 결혼하셨느냐고 물어볼 때 소령님이 얼마나 떠는지 못 보셨어요? 그리고 소령님은 '누가 그런 거짓말을 했느냐?'라고 했지요." 폴리가 말을 했다. "아, 부인, 소령님은 한순간도 부인에게 눈을 떼지 않으셨어요. 아마 부인을 생각하시느라 그렇게 머리가 세어버린 것이 틀림없어요."

하지만 아멜리아는 남편과 아들의 초상화가 머리맡에 걸려 있는 침대를 한 번 바라보더니 어린 동무에게 이제 다시는, 다시는 그 이야기를 꺼내지 말아달라고 부탁했다. 도빈 소령은 남편의 가장 소중한 벗이었으며 자신과 아들 조지에게 그 누구보다 친절하고 다정한 후원자셨다고, 자신은 그분을 오라버니 같이 생각하고 사랑하고 있다고, 하지만 저렇게 천사 같은 분과 이미 결혼을 한 여자가—그녀가 벽에 걸린 사진을 가리키며 말했다.—어떻게 다른 사람과 다시 인연을 맺을 수 있겠냐고 아멜리아는 말을 했다. 폴리는 한숨을 내쉬었다. 폴리는 교회에서 언제나 그녀를 바라보는 병원의 톰킨스 씨를 생각해보았다. 그렇게 적극적인 시선만으로도 소심한 그녀의 심장은 터질 듯 두근거렸고 그녀는 곧바로 그 앞에 무릎을 꿇고 굴복하고 말 것 같은 기분이 들었었다. 그러나 만약 그가 죽는다면 자신은 어떻게 할까? 그녀는 그가 폐병을 앓고 있다는 걸 알고 있었다. 열 때문에 두 볼이 늘 상기되어 있고 허리도 남자 같지 않게 가늘었던 것이다.

그러나 정직한 도빈 소령의 마음을 알고 나서도 에미는 그를 싫어하거나 어떤 식으로던 거부 의사를 표현하지는 않았다. 그렇게 진실하고 충실한 신사의 애정에 화를 낼 수 있는 여자는 사실 어디에도 없을 것이다. 카시오가 자신을 각별히 생각한다는 것을 데스데모나 역시 분명히 알고 있었지만 그렇다고 해서 그에게 화를 내지는 않았다.(그리고 나는 그 비극에 고귀한 무어 출신 장군이 알게 된 것보다 더 많은 일이 있었으리라 믿는다.) 사실 우리는 미란다 역시 캘리번에게 같은 이유로 더 친절하게 굴었으리라 확신해도 좋을 것이다. 물론 그렇다고 그녀가 미개한 그 가엾은 괴물을 더 부추긴 것은 결코 아니었다. 아멜리아 역시 자신의 숭배자 소령을 부추기는 법은 결코 없었다. 그녀는 그의 탁월한 재능과 신실한 우정에 마땅한 존경을 표하고 그가 청혼을 할 때까지 솔직하고 다정한 태도로 그를 대할 생각이었다. 그때, 그가 청혼을 하는 바로 **그때**에 비로소 자신의 뜻을 밝히고 결코 실현될 가능성이 없는 그의 모든 희망에 종지부를 찍어주어도 필시 늦지는 않을 것이었다.

이렇게 폴리와 이야기를 나눈 그녀는 그날 밤 아주 푹 잘 수 있었고 다음 날 조의 도착이 예상보다 늦어지는 데도 불구하고 평소보다 더 밝고 명랑한 기분으로 오빠를 기다릴 수 있었다. '그분이 오다우드 양과 결혼하지 않아서 다행이야.' 그녀는 생각했다. '오다우드 대령님에게 윌리엄 소령님처럼 능력 있고 교양 있는 남자에게 어울리는 여동생이 있을 리 없으니.' 그렇다면 그녀가 아는 몇 안 되는 사람 중에 도빈의 아내가 될 만한 자격을 갖춘 여성은 대체 누구일까! 비니 양은 안 된다. 그녀는 너무 나이가 많고 성질이 나빴다. 그러면 오스본 양? 그녀도 나이가 너무 많다. 폴리는 아직 너무 어리다. 그래서 결국 오스본 부인은 잠들기 전까지 소령에게 어울릴 만한 여인을 아무도 찾지 못했다.

세인트마틴 레인에 아주 안락하게 자리를 잡은 조는 마음이 내킬 때면 대단히 유쾌한 기분으로 극장까지 뽐내듯 으쓱대며 걸어갈 수도 있고 더할 수 없이 편안하게 물 담배도 즐길 수 있었기 때문에 친구 도빈 소령이 옆에서 계속 부추기지만 않았다면 언제까지고 기꺼이 슬로터스 여관에 머물고 싶었을 것이다. 그러나 이 신사는 그가 아멜리아와 아버지를 위해 집을 하나 장만하겠다는 약속을 이행할 때까지 결코 이 벵골 관리를 쉽게 해주지 않았다. 사실 조는 누구에게든 별로 고집을 피우지 못하는 온순한 성격의 사람이고 도빈은 정작 자신의 안위는 별로 챙기지 않으면서 다른 사람의 일에는 발 벗고 달려드는 성격인지라 민간인 조는 이 마음씨 착한 책략가의 악의 없는 술수에 보기 좋게 넘어가고 말았다. 그는 친구가 권하는 것은 무엇이나 사고, 고용하고 또 무슨 일이라도 수행하며 기꺼이 양보할 준비가 되어 있었다. 세인트마틴 레인에 그 모습을 드러내기만 하면 동네 아이들이 너무도 짓궂게 그를 놀려댔기 때문에 롤 제와브는 윌리엄 도빈 경이 지분을 얼마간 가지고 있는 동인도회사의 레이디 키클베리호 편으로 캘커타로 돌아갔다. 떠나기 전 그는 조의 유럽인 하인에게 카레며 쌀 요리를 만드는 법과 물 담배 파이프 준비하는 법을 가르쳐주었다. 조는 자신과 도빈 소령이 인근의 롱 에이커에 주문해둔 멋진 마차의 제조 공정을 지켜보고 감시하는 일에 큰 즐거움을 느끼며 그 일에 상당한 시간과 관심을 쏟았다. 조는 근사한 말 한 쌍을 임대해서 마차에 매고 위엄 있게 공원으로 드라이브를 나가거나 인도에 있을 때 알게 된 지인들을 방문하러 다니기도 했다. 아멜리아 역시 때로 이런 나들이에 함께 했는데 그럴 때면 도빈 소령 역시 마차 뒷자리에 함께 타고 있었다. 때로는 세들리 노인이 딸과 함께 마차를 타고 드라이브를 나가기도 했는데 그럴 때면 흔히 아멜리아를 따라가곤 했던 클랩 양은 병원 앞을 지나갈 때 창문의 블라인드 너머로 예의 그 청년이 그 유명한 노란색 숄을 걸치고 마차에 앉아 있는 자신의 모습을 지켜보는 것에 큰 즐거움을 느꼈다,

조가 브롬프턴에 처음 모습을 드러내고 얼마 되지 않아 세들리 일가가 지난 십 년 동안 생활했던 이 초라한 오두막집에 참으로 슬픈 광경이 연출되었다. 어느 날 마차가(새로 만들고 있는 마차가 아니라 임시로 빌려 쓰고 있는 마차였다.) 집 앞에 서더니 늙은 세들리와 그의 딸을 데리고 영영 그 집을 떠났기 때문이다. 그날 이 집의 안주인과 이 집 딸이 흘린 눈물은 이 이야

468

기의 어디에서 등장했던 것보다 더 진실한 슬픔의 눈물이었다. 그렇게 오랜 시간 함께 지내며 친밀한 관계를 유지하는 동안 그들은 한 번도 아멜리아가 거친 말을 하는 것을 들어보지 못했다. 그녀는 언제나 다정하고 친절했으며 심지어 클랩 부인이 화를 내고 집세를 독촉할 때조차 상냥한 태도를 유지하며 고마워하는 마음을 잊지 않았다. 이렇게 상냥한 아멜리아가 영영 그 집을 떠나게 되자 이 집안주인은 그녀에게 거친 말을 하곤 했던 것을 몹시 자책하였다. 창문에 그동안 세들리 일가가 살던 작은 방들을 세놓는다는 안내문을 풀로 발라 붙이면서 그녀는 얼마나 눈물을 흘렸던가! 이제 다시는 그런 하숙인을 구하지 못할 것이다. 그건 분명한 사실이었다. 이후의 시간들은 이 우울한 예측이 사실임을 입증해주었다. 그래서 클랩 부인은 하숙인들에게 내놓는 양다리 고기와 차에 지나치게 비싼 식대를 청구함으로써 뜻대로 되지 않는 세상에 대한 나름의 보복을 감행했다. 하숙인들 대부분이 안주인을 탓하거나 불평을 해댔으며 일부는 돈을 내지 않았고 또 다른 일부는 곧 그 집을 떠나버렸다. 그러니 안주인이 이제 떠나버린 과거의 하숙인들을 무척이나 그리워한 것도 당연한 일이었다.

아멜리아와의 이별로 인한 클랩 양의 슬픔은 너무 대단해서 이 자리에서 묘사할 수 없을 지경이었다. 어린 시절부터 지금까지 그녀는 매일 아멜리아와 함께 지내왔으며 이 마음씨 좋은 부인에게 커다란 애정을 느끼고 있었다. 그래서 커다란 마차가 마침내 아멜리아를 으리으리한 새집으로 모셔 가기 위해 도착했을 때 이 소녀는 그만 친구의 팔에 안겨 기절을 하고 말았다. 아멜리아 역시 이 마음씨 고운 소녀 못지않게 이별을 슬퍼하고 있었다. 그녀도 그 소녀를 딸처럼 사랑했기 때문이었다. 지난 십일 년 간 소녀는 언제나 그녀의 친구이자 조력자였다. 그러니 이 이별은 아멜리아에게도 실로 마음 아픈 것이었다. 물론 아멜리아가 이제부터 살게 될 근사한 새 저택에 자주 놀러 와 묵고 가기도 하기로 벌써부터 약속이 오간 바 있었다. 그러나 좋아하는 소설책에서 나오는 표현을 흉내내어 종종 자기 집을 초라한 오두막이라고 부르곤 했던 클랩 양은 아멜리아가 새집에서 결코 자신들의 초라한 오두막에서 살 때처럼 행복할 수는 없을 것이라 확신하고 있었다.

부디 그녀의 판단이 틀렸기를 바라보록 하자. 사실 그 초라한 오두막에서 아멜리아는 별로 행복한 시간을 보내지 못했으니 말이다. 그곳에서는 답답하고 우울한 운명이 그녀를 옥죄었었다. 그 집을 떠난 뒤 아멜리아는 추호도 다시 그 집을 방문하거나 그 집안주인을 만나볼 마음이 없었다. 그녀는 기분이 나쁘거나 집세가 밀릴 때면 대단히 거들먹거리며 그녀에게 하대를 했고 기분이 좋을 때면 천박할 정도로 친한 척하기도 했는데 그녀로서는 이런 태도 역시 하대 못지않게 불쾌하고 기분 나쁜 것이었다. 에미가 다시 잘살게 되자 그녀가 보여준 비굴함과 아첨 역시 도저히 곱게 볼 수 없는 것이었다. 클랩 부인은 새집 곳곳을 돌아보며 감탄사를 내뱉었고 가구며 장식품 하나하나에 모두 찬사를 퍼부었다. 그녀는 또 오스본 부인의 옷자락을 만지작거리며 그 옷의 가격을 어림짐작해 보기도 하고 아멜리아에게는 그 어떤 값진 물건도 결코 과하지 않다고 단언하고 또 단언하는 것이었다. 하지만 지금 이렇게 굽실대며 천박한 아첨을 늘어놓는 클랩 부인이 한때 난폭한 폭군으로 자신을 얼마나 비참하게 만들었으며 집세가 밀릴 때면 얼마나 자주 조금만 기다려 달라고 애원을 해야 했는지 에미는 잊지 않고 있었다. 아멜리아가 병든 어머니, 아버지를 위해 맛난 음식이라도 사 들고 온 날이면 클랩 부인은 사치를 한다며 그녀를 꾸짖고 부끄럽게 만들어 마구 짓밟곤 했었다.

그러나 아멜리아가 운명의 일부로 겪어야 했던 이런 슬픈 사연들을 그녀 말고는 아는 이가 없었다. 그녀는 아버지에게 이런 일들을 전혀 말하지 않았기 때문이다. 자신이 겪는 비참한 상황의 대부분이 아버지의 경솔함 때문에 야기된 것이었는데도. 그녀는 아버지의 잘못으로 인해 야기된 그 모든 수치와 모욕을 견뎌냈고 그러면서도 무척 상냥하고 또 겸손했기 때문에 마치 태어날 때부터 희생자가 될 운명을 타고난 사람인 것처럼 보였다.

그러나 나는 이제 그녀가 이렇게 거친 대접을 받지 않기를 희망한다. 모든 슬픔에는 다 위안이 있게 마련이기에, 친구와의 이별 후 히스테릭한 상태에 빠진 클랩 양 역시 병원에서 온 젊은 톰킨스 씨의 치료를 받고 빠르게 기운을 회복했다는 사실 역시 밝혀두어야겠다. 브롬프턴을 떠나면서 에미는 초상화들과(침대 머리맡에 걸려 있던 두 장의 초상화) 피아노를 제외하곤 세들리 일가가 쓰던 모든 가구를 다 메리에게 주고 갔다. 그 작고 낡은 피아노는 이제 너무 낡아서 구슬프게 찡찡거리는 소리를 냈지만, 그녀는 나름의 이유로 그 피아노를 소중히 여겼다. 처음 부모님이 그 피아노를 사주셨을 때 그리고 처음 그것을 연주했을 때 그녀는 어린 아이였다. 그리고 독자 여러분도 기억하시겠지만, 그 피아노는 아버지가 파산을 했을 때 침몰하는 집 속에서 구조돼 다시 한 번 그녀에게 전달되기도 했었다.

기품 있고 안락하게 꾸며져야 한다고 강조했던 조의 새집 살림살이 장만이며 배치를 지켜보던 소령은 브롬프턴에서 이런저런 가방이며 상자 따위를 싣고 온 마차 안에 그 낡은 피아노가 있는 것을 보고 대단히 기뻐했다. 아멜리아는 그 피아노를 이층 객실, 아버지 방과 연결돼 있어서 노인네가 저녁이면 흔히 나와 쉬곤 하는 작고 예쁜 객실에 놓아둘 생각이었다.

인부들이 이 낡은 피아노를 들고 나타났을 때, 그리고 아멜리아가 앞서 말한 이 층 객실로 피아노를 가지고 올라가라고 지시했을 때 도빈은 무척이나 고양되어 "그걸 아직 가지고 계시다니 기쁘군요"라고 대단히 감상적인 말투로 이야기했다. "전 그 피아노를 대수롭지 않게 여기실 거라 생각했거든요."

"전 이 세상 그 무엇보다 이 피아노를 소중히 여기는걸요." 아멜리아가 대답했다.

"그래요, 아멜리아?" 소령이 소리쳤다. 사실 소령 자신이 그 피아노를 샀으며 그 일에 대해 한마디도 언급한 적은 없었지만, 소령은 아멜리아가 설마 다른 누가 그 피아노를 샀다고 믿고 있다고는 전혀 생각하지 못했으며 당연히 자신의 선물인 줄 알고 있을 거라고 생각했다. "그런가요, 아멜리아?" 그가 다시 또 물었다. 결정적 질문, 지금껏 참아왔던 결정적 질문이 그의 입술 위에서 떨리고 있었다. 그런데 그때 바로 아멜리아가 이렇게 대답했다.

"제가 어떻게 이 피아노를 소중히 여기지 않을 수 있겠어요? 그이가 제게 주신 선물을요."

"그렇군요." 가엾은 우리의 도빈이 낙담한 얼굴로 대답했다.

이때까지만 해도 에미는 상황을 제대로 파악하지 못했고 도빈의 얼굴에 떠오른 실망의 기색에도 별다른 주의를 기울이지 않았다. 하지만 나중에 다시 이 일에 대해 생각해본 그녀는 불현듯 자신의 상상과는 달리 그 피아노를 보낸 것은 조지가 아니라 윌리엄이었다는 사실을 깨달았다. 형언할 수 없는 부끄러움, 아픔과 함께. 자신이 그동안 남편에게 받은 유일한 선물이라고 생각하며 무엇보다 소중히 여기고 아껴왔던 피아노, 남편이 남긴 최고의 유품이자 기념물이기도 했던 그 피아노는 사실 조지의 선물이 아니었다. 그는 피아노를 향해 아들 조지 이야기를 하기도 하고 남편이 가장 좋아하던 곡들을 연주해주기도 했으며 저녁이면 긴긴 시간 그 앞에 앉아 자신이 할 수 있는 한 최선을 다해 낭만적이고 감상적인 곡조들을 연주하고 말없이 건반 위로 눈물을 흘리기도 했었다. 그러나 피아노는 조지가 남긴 선물이 아니었다. 이제 그 피아노는 아무런 가치도 없는 물건이 되고 말았다. 그래서 이후 세들리 노인이 피아노를 좀 쳐달라고 했을 때 그녀는 피아노 음이 너무 맞지 않는다거나 머리가 아프다거나 연주를 할 수 없다거나 하는 핑계를 대며 피아노에 다시 손을 대지 않았다.

그러고는 그녀는 평소처럼 자신의 생각 없고 배은망덕한 태도를 반성하며 비록 대놓고 말은 하지 않았지만 그가 사준 피아노에 대해 자신이 느낀 실망감에 대해 뭔가 사과를 해야겠다고 결심했다. 그로부터 며칠 후 그들이 거실에 함께 앉아 있을 때, 조는 저녁 식사 후 아주 편안히 잠이 들어 있었다, 아멜리아가 다소 떨리는 목소리로 소령에게 말을 했다. "사과를 드릴 일이 있어요."

"무슨 말씀이세요?" 도빈이 말을 했다.

"그, 그 작은 스퀘어 피아노 말인데요. 소령님이 그걸 주셨을 때 제가 아무런 감사도 드리지 못했잖아요. 아주, 아주 오래전, 제가 결혼을 하기도 전에 말이에요. 전 그 피아노를 다른 사람이 준 거라고 생각하고 있었거든요. 윌리엄, 고마워요." 그녀는 도빈을 향해 손을 내밀었다. 그러나 이 가엾은 여인의 가슴에서는, 물론 두 눈에서도 그랬지만, 피눈물이 쏟아지고 있었다.

윌리엄은 이제 더 이상 마음을 숨길 수가 없었다. "아멜리아, 아멜리아." 그가 말을 했다. "그래요, 당신을 위해서 제가 그 피아노를 샀어요. 그때도 지금처럼 당신을 사랑하고 있었으니까요. 이제 말을 해야겠어요. 난 조지가 약혼녀를 소개하기 위해 날 당신 집에 데려갔던 그날, 당신을 처음 만난 그 순간부터 당신을 사랑하게 되었다고 생각해요. 당신은 그때 굵은 고수머리를 늘어뜨린 소녀였지요. 노래를 하며 아래층으로 내려오고 있었어요. 기억하세요? 우리는 함께 복스홀에 갔었죠. 그때 이후 나는 이 세상에서 오직 한 명의 여인만을, 당신만을 생각해왔습니다. 지난 십이 년 동안 당신을 생각하지 않은 날은 하루도 없었어요. 인도로 가기 전에 당신에게 마음을 고백하러 왔었지만, 당신은 나에게 전혀 관심이 없었고, 그래서 차마 말을 꺼낼 용기가 나지 않았어요. 내가 런던에 있든 인도로 가든, 당신은 전혀 상관하지 않았으니까요."

"전 정말 배은망덕한 여자였어요." 아멜리아가 대답했다.

"아뇨, 무관심했던 것뿐이에요." 도빈이 필사적으로 말을 계속했다. "저는 여자들의 마음을 끌 만한 그 무엇도 가지고 있질 않으니까요. 지금 당신 마음이 어떨지 저도 알고 있습니다. 그 피아노에 대한 진실을 알아서, 그러니까 조지가 아니라 제가 보냈다는 걸 알게 되어서 마음이 아프시겠죠. 그 사실을 잊어버리거나, 아니면 절대 입 밖에 내서는 안 됐던 건데. 긴 세월 변치 않는 마음으로 당신만을 바라본 것이 헛되지 않았다고 생각하며 잠시라도 그렇게 바보 같은 짓을 한 것을 사과드려야 할 사람은 바로 접니다."

"소령님은 정말 잔인하시군요." 아멜리아가 얼마간 용기를 내어 말을 했다. "조지는 살아서나 죽어서나 제 남편입니다. 제가 어떻게 조지 말고 다른 사람을 사랑할 수 있겠어요? 저는 윌리엄 소령님이 저를 처음 보셨을 때와 마찬가지로 지금도 여전히 그이의 아내입니다. 저에게 소령님이 얼마나 관대하고 또 훌륭한 분인지를 말해준 것은 바로 그이였어요. 그리고 소령님을 오빠처럼 사랑하라고 가르쳐준 사람도요. 그동안 소령님은 저와 제 아들에게 더없이 친절하게 대해주시지 않았던가요? 가장 소중하고 진실한, 친절한 친구이자 보호자셨잖아요? 소령님이 몇 달만 빨리 오셨어도 제가 조지와 헤어지는 일을 막아줄 수 있으셨을 텐데. 아, 그건 정말, 마치 죽음과도 같은, 마음 아픈 이별이었어요, 윌리엄. 그러나 그렇게도 당신이 오시기를 기도했는데도, 당신은 오시지 않았어요. 그리고 그들은 내게서 조지를 빼앗아 가버렸죠. 아, 윌리엄, 그 애는 정말이지 고귀한 아이예요, 그렇지 않은가요? 부디 앞으로도 저와 그 애의 친구가 되어주세요." 여기까지 말하더니 그녀는 갑자기 말을 멈추고 그의 어깨에 얼굴을 묻었다.

소령은 두 팔로 그녀를 감싸 안고 마치 그녀가 아이라도 되는 듯 그녀를 안은 채 머리 위에 키스를 해주었다. "전 변하지 않을 겁니다, 아멜리아." 그가 대답했다. "내가 원하는 건 단지 당신의 사랑뿐이에요, 아멜리아. 지금과 달리 당신의 사랑을 받을 수 있을 거라고는 생각하지 않아요. 그저 당신 옆에 있으면서 자주 만날 수 있게만 해주어요."

"네, 자주요." 아멜리아가 대답했다. 그래서 윌리엄은 그녀를 바라보며 사모할 수 있는 자유를 가지게 되었다. 마치 돈 없는 학교 소년이 한숨을 쉬며 타르트 파는 여인의 쟁반을 바라보듯이.

60장
상류사회로 돌아가다

　행운의 여신은 이제 아멜리아를 향해 미소 짓기 시작했다. 나는 그동안 그녀가 몸을 낮추고 기어 다니던 그 비천한 공간에서 아멜리아를 데리고 나와 한때 우리의 또 다른 여주인공 베키가 드나든 곳처럼 대단하고 고상한 사회는 아니라도 여전히 상류사회인 척하기에 아무 부족함이 없는 교양 있는 사회에 그녀를 다시 소개하게 된 것을 기쁘게 생각한다. 조의 친구들은 모두 인도의 세 관할 지구 관리 출신이었으며 그의 새집 역시 모이라 플레이스를 중심으로 한 안락한 영인도 지구에 자리 잡고 있었다. 민토 스퀘어, 그레이트 클라이브가, 워런가, 헤이스팅스가, 오크털로니 플레이스, 플래시 스퀘어, 아세예 테라스(1827년에는 아직 앞쪽에 아스팔트 테라스를 가진, 벽토를 바른 집들을 함부로 '가든스'라고 부르지 못했다.) 등 은퇴한 인도 출신 고관들이 주로 거주하는 이 명망 높은 지역들, 웨넘 씨가 한마디로 '검은 구멍'이라고 부르곤 하는 이 지역을 모르는 이가 과연 있을 것인가? 조의 사회적 지위는 아직 은퇴한 식민지 인도의 의원들이나, 인도의 상사들에 투자한 사업가들만이 입성할 수 있는 모이라 플레이스에 집을 얻을 수 있을 정도로 높지 않았다.(이런 사업가들은 아내들에게 십만 파운드가량의 재산을 증여한 뒤 파산 선언을 하고는 은퇴하여 일 년에 사천 파운드의 연금을 받으며 조용한 곳에서 소박한 생활을 영위하고 있었다.) 그래서 그는 길레스피가에 두번째 혹은 세번째 등급 정도의 안락한 집을 하나 구한 후 스케이프 씨의 파산관리인으로부터 카펫이며 값비싼 거울, 세던스[1]가 제작한 고상하고 집에 잘 어울리는 가구들을 사들였다. 얼마 전까지 포글 페이크 크랙스먼의 대(大)캘커타 상회 동업자였던 스케이프 씨는 서식스의 으리으리한 저택으로 은퇴한 페이크 씨 자리를 대신하기 위해 한평생 정직하게 일해 번 돈 칠만 파운드를 그 회사에 투자했었다.(포글 일가는 회사에서 손을 뗀 지 오래되었고 호레이스 포글 경은 반다나 남작으로 귀족 명부에 올라갈 예정이었다.) 그러니까 포글 페이크 회사가 백만 파운드 가까운 손실을 보고 사업에 실패하여 인도 투자자의 절반 가까이를 파멸과 절망으로 몰아넣기 이 년 전에 스케이프 씨가 그 회사에 동업자로 참여한 것이었다.

예순다섯의 나이에 파산을 당한 정직한 스케이프 씨는 낙담해 회사를 정리하기 위해 캘커타로 떠났다. 아들 월터 스케이프는 이튼을 그만두고 한 상회에 취직을 했으며 두 딸 플로렌스 스케이프와 패니 스케이프는 어머니와 함께 볼로냐로 떠난 후 더 이상 아무 소식도 들리지 않았다. 간단히 말해, 조는 바로 이 스케이프 집에 가 카펫이며 찬장을 사들이고 스케이프 가족들의 다정하고 잘생긴 얼굴을 비춰주던 거울 앞에서 자신의 모습을 바라보며 감탄을 금치 못하고 있었던 것이다. 늘 제 값을 받고 이 집에 물건을 대왔던 상인들은 명함을 남겨두고 가면서 새로 이사 온 집에도 계속해서 물건을 대려고 애를 썼다. 스케이프 집안의 저녁 식사 시중을 들곤 했던 흰색 조끼 차림의 덩치 큰 하인들이며 식료품 가게 상인들, 은행 심부름꾼, 우유 배달부 등이 모두 자신들의 개인적 능력을 발휘해 집사에게 잘 보이려 애를 쓰며 주소들을 적어두고 갔다. 앞서 이 집에 살았던 세 집안의 굴뚝 청소를 맡았던 처미 씨도 집사와 그 밑의 사환 아이를 꾀려고 노력했다. 줄무늬 바지에 단추가 달린 제복을 입은 이 아이의 의무는 아멜리아가 산책을 나갈 때면 따라 나가 그녀를 호위하는 것이었다.

세들리 일가의 새집은 소박했다. 집사는 조의 시종 노릇도 겸하고 있었는데 작은 집안의 집사가 즐겨 마땅한 정도 이상으로 술을 마시는 법이 결코 없었으며 주인댁 포도주를 귀하게 여길 줄 아는 사람이었다. 에미는 교외에 있는 윌리엄 도빈 경의 영지 출신 여자아이 하나를 하녀로 두었다. 그런데 그 애는 참으로 얌전하고 겸손한 아이여서 처음에는 시중 들 하녀를 둔다는 생각에 깜짝 놀라 겁을 먹었을 뿐만 아니라 아랫사람을 어떻게 다룰지 몰라 하인들에게도 언제나 공손하고 예의 바른 말투만을 사용하던 아멜리아 역시 곧 편안해졌다. 게다가 이 하녀 아이는 거의 언제나 자기 방에만 틀어박혀서 그 집에서 벌어지는 여러 즐거운 일들에 코빼기도 비추지 않는 세들리 노인네를 요령 있게 돌봄으로써 집안에서 아주 쓸모 있는 일손이 되었다.

많은 사람들이 오스본 부인을 보러 왔다. 도빈 경의 부인과 그 집 딸들도 그녀가 다시 여유 있는 생활을 하게 된 것을 기뻐하며 인사를 하러 왔다. 러셀 스퀘어에서 오스본 양도 으리으리

한 사륜마차를 타고 아멜리아를 보러 왔는데 마차의 마부석은
리즈 문장이 새겨진 번쩍이는 천으로 덮여 있었다. 사람들 사이
에서는 조가 굉장한 재산가라는 소문이 나돌았다. 오스본 노인
은 손자 조지가 당연히 자신의 재산뿐만이 아니라 외삼촌의 재
산까지 받아야 한다고 생각했다. "제길, 그 애를 한 번 제대로 키
워보자 이거야." 그는 이렇게 말을 했다. "내가 죽기 전에 그 애
가 국회의원이 되는 걸 보고 말 거야. 얘, 난 절대 그 앨 만날 생
각이 없다. 하지만 넌 가서 이 애 어미를 한번 만나보고 오려무
나." 그래서 오스본 양이 올케를 만나러 간 거였다. 당연한 일이
지만, 에미는 시누이가 찾아와 준 것이 무척이나 반가웠다. 시누
이와 친분을 유지하면 아들 조지와도 더 가까워질 수 있기 때문
이었다. 조지 역시 전보다 훨씬 더 자주 외갓집을 방문할 수 있
게 되었다. 그는 일주일에 한두 번씩 길레스피가의 외갓집에서
저녁을 먹었고 러셀 스퀘어의 친가에서와 마찬가지로 여기에서
도 잔뜩 거들먹거리며 하인들이며 친지들을 제 마음대로 휘두
르려 들었다.

　그러나 도빈 소령에게는 언제나 존경하는 마음을 가지고 있
었고 소령이 있을 때면 태도가 한결 공손하고 얌전했다. 조지는
영리한 소년이었고 소령에 대해 경외심을 품고 있었다. 조지는
소령의 단순함이라든가 온화한 성품, 조용히 드러나는 다양한
분야에 대한 박학다식함, 진실과 정의에 대한 일반적 애정 같은
것들을 존경하지 않을 수 없었다. 조지는 아직까지 소령 같은
인물을 만나본 적이 없었으며, 그래서 소령에 대해 본능에 가
까운 애정을 느끼고 있었다. 그는 다정하게 대부 옆에 붙어 공
원으로 산책을 다니고 소령의 이야기를 듣는 것을 무척이나 좋
아했다. 도빈은 조지에게 돌아가신 아버지 이야기며 인도와 워

틸루에서 있었던 일 등, 자기 자신에 대한 이야기만을 제외하고 어떤 이야기든 해주었다. 조지가 유달리 건방지게 굴거나 잘난 척을 할 때면 소령은 농담을 던지기도 했는데 그럴 때면 오스본 부인은 소령이 너무 잔인하다고 생각했다. 어느 날 소령이 조지를 연극에 데리고 갔는데 아이는 일 층 좌석이 천하다면서 자리에 앉기를 거절했다. 그러자 소령은 그 애를 이 층 특별석으로 데리고 가 앉힌 후에 자신은 다시 일 층 좌석으로 내려와 앉았다. 그러나 일 층에 돌아온 지 얼마 되지 않아 그는 곧 염소 가죽 장갑을 낀 작고 예쁜 손이 그의 팔 밑으로 들어오더니 자신의 팔을 꽉 잡는 것을 느낄 수 있었다. 자신의 행실이 올바르지 않았다는 사실을 깨달은 조지가 이 층에서 내려온 것이었다. 잘못을 뉘우치는 작은 탕아의 얼굴을 바라보는 도빈의 얼굴과 시선에 상냥하고 관대한 미소가 떠올랐다. 아멜리아의 모든 것을 다 사랑하는 소령은 이 소년 역시 사랑했다. 조지가 이렇게 잘못을 뉘우치고 반성했다는 이야기를 들었을 때 아멜리아는 얼마나 기뻐했던가! 그녀는 그 언제보다 더 다정한 시선으로 도빈을 바라보았다. 그리고 자신을 그렇게 바라본 후 그녀가 얼굴을 붉혔다고, 도빈은 속으로 생각했다.

조지는 지치지도 않고 어머니에게 소령에 대한 칭찬을 늘어놓았다. "엄마, 저는 소령님이 좋아요. 소령님은 정말 아는 것이 많으시거든요. 그런데도 언제나 긴 단어들을 쓰면서 잘난 척을 하는 빌 교장님과는 완전히 달라요. 엄마도 아시죠? 학교에서 저희들은 그를 '긴 꼬리'라고 불러요. 제가 그 별명을 지었어요. 그럴듯하지 않아요? 도브 소령님은 라틴어를 영어처럼 술술 읽고 프랑스어랑 다른 말들도 하실 줄 알아요. 함께 산책을 가면 제게 아빠 이야기는 해주시지만 소령님에 대해서는 아무 말도 안 하시죠. 하지만 할아버지 댁에 온 버클러 대령이 말하는 걸 들었는데 소령님은 군대에서 제일 용감한 군인 중 한 명이고 굉장히 여러 번 큰 공을 세우셨대요. 할아버지는 그 말을 듣고 깜짝 놀라서 '도빈 그 치가! 난 그이가 아주 겁쟁이라고만 생각하고 있었는데'라고 하셨어요. 하지만, 전 소령님이 용감한 분이라는 걸 알고 있었죠. 엄마, 소령님은 정말 용감한 분이세요, 그렇죠?"

에미는 웃음을 터뜨렸다. 그리고 소령은 정말 능력 있고 용감한 사람일 것이라고 생각했다.

그러나 조지와 소령 간에 이렇게 진심 어린 애정이 존재한 반면, 외삼촌과 조카 사이에는 대단한 애정이랄 것이 전혀 존재하지 않았다. 조지는 볼에 바람을 넣어 뚱뚱하게 만든 다음 손을 조끼 허리춤에 대고 딱 조 같은 말투로 "맙소사, 그런 소릴 하다니"라며 외삼촌 흉내를 내곤 했는데 그 모습을 보면 누구라도 도저히 웃음을 참을 수가 없었다. 조지가 저녁을 먹다 말고 식탁에 없는 뭔가를 좀 달라면서 이런 표정을 짓고 외삼촌이 늘 하는 말들을 흉내 내면 하인들은 폭소를 터뜨렸다. 조지가 이런 흉내를 낼 때면 도빈조차 터져 나오는 웃음을 참지 못했다. 그러나 도빈이 하지 말라고 나무랐고 아멜리아도 겁에 질려 이 어린 개구쟁이에게 그만두라고 애원했기 때문에 조지는 외삼촌 앞에서까지 그런 장난을 치지는 않았다. 어린 조카가 자신을 멍청이로 생각할 뿐만 아니라 자신을 웃음거리로 만들고 싶어 한다는 사실을 어렴풋이 눈치 챈 점잖은 민간인 조는 조카 앞에만 서면 속으로는 벌벌 떨면서 겉으로는 물론 평소보다 더 잘난 척을 하며 위엄 있는 모습을 보이려 노력했다. 그래서 이 어린 신사가 길레스피가의 외갓집에서 엄마와 함께 저녁을 먹을 예정이라는 이야기를 듣기만 하면 조는 대개 클럽에 약속이 있다는 핑계로 집을 비우곤 했다. 그러나 조가 없어서 섭섭한 사람은 필시 아무도 없었을 것이다. 그런 날이면 세들리 노인 역시 이층에 있는 은신처에서 기어 나와 작은 가족 파티가 벌어지곤 했는데, 이럴 때면 도빈 역시 대개 그 파티의 일원으로 참석했다. 그는 이 집안 식구들 모두의 친구였다. 세들리 노인과 에미, 조지의 친구였으며 조에게는 상담자 겸 조언자이기도 했다. "우린 오빠를 통 볼 수 없으니, 이건 마드라스에 있는 거나 매한가지예요." 캠버웰의 집에서 도빈의 누이 앤은 이렇게 투덜거렸다. 아! 그러나 앤 양, 도빈이 결혼하고 싶어 하는 여인이 당신은 아니라는 걸 모른다는 말인가?

조지프 세들리는 지위에 걸맞은 위엄 있고 게으른 생활을 만끽했다. 런던에 정착하고 나서 한 첫 번째 일은 물론 오리엔탈 클럽의 회원이 되는 것이었다. 그는 그곳에서 인도 출신 동료들과 함께 오전 시간을 보내고 함께 저녁을 먹거나 아니면 집에서 식사를 하기 위해 일행들과 함께 집으로 오기도 했다.

아멜리아는 이런 신사들과 그들의 부인들을 맞아 집안의 안주인 노릇을 해야 했다. 이런 모임들에서 그녀는 스미스가 곧 의회에 입성할 것이라느니, 존스 씨가 수십만 파운드를 가지고 모국으로 돌아왔다느니, 키보브지 회사의 봄베이 지점에서 톰슨이 발행한 수표를 런던 지점에서 거절했다느니, 캘커타 지점 역시 틀림없이 파산하고 말 거라느니, 아무리 좋게 봐주려고 해도 (아메드너거르의 비정규병으로 있는 브라운의 아내) 브라운 부인이 호위부대의 스왱키와 내내 갑판에서 시시덕거리다가 희망봉에서 보트를 타고 나가 길을 잃었던 일은 분별없는 짓이었다니, 하디먼 부인이 시골 부목사 펠릭스 래비츠의 딸인 자매들

열세 명을 데리고 가 그중 열한 명을 결혼시켰는데 일곱 명은 인도 관청에서 아주 높은 직에 있는 사람과 연을 맺었다느니, 혼비는 아내가 유럽을 떠나지 않겠다고 해서 아주 화가 났다느니, 트로터가 움메라푸라의 징세관으로 임명되었다느니 하는 이야기들을 들었다. 만찬 자리에서 사람들은 언제나 이 비슷한 이야기들을 주고받았다. 그들은 똑같은 은접시에 똑같은 앙트레와 양 등심, 삶은 칠면조 고기를 담아 먹으며 똑같은 대화들을 나누었다. 디저트가 끝나면 곧 정치 이야기가 시작되었고 그러면 부인들은 이 층으로 올라가 자신들의 고충이며 자녀들 이야기를 나누었다.

장소가 바뀌어도, 오가는 이야기는 매한가지였다. 변호사들의 아내는 순회재판 이야기를, 군인들의 아내는 연대 내의 오만 소문에 대한 이야기를 나누기 마련이다. 성직자의 아내들은 주일학교에 대해 수다를 떨며 누가 누구의 보직을 맡게 되었다는 이야기를 하는가 하면 가장 지체 높은 부인들 역시 그들이 속한 작은 파벌 내의 뒷이야기를 나누며 시간을 보내지 않는가 말이다. 그러니 인도 출신 관리의 부인들 역시 그들 나름의 이야기를 나누지 못할 까닭이 무엇인가? 그러나 때로 가만히 앉아 그 이야기를 듣기만 해야 하는 문외한에게야 이런 이야기가 한 없이 지루하기만 할 것이 틀림없다.

오래지 않아 에미 역시 자신만의 방명록을 갖게 되었고 정기적으로 마차를 타고 다니면서 (배스 기사 훈장 수상자인 벵골 부대 로저 블루다이어 장군의 아내) 블루다이어 부인이나 같은 배스 기사 훈장 수상자로서 봄베이 군대를 이끄는 허프 장군의 아내 허프 부인, 또 동인도회사의 간부 파이스 경의 아내 파이스 부인 등을 방문하게 되었다. 삶의 변화에 적응하는 데는 긴 시간이 들지 않는 법이다. 세들리 댁 마차는 매일같이 길레스피가를 달려 외출을 나가곤 했고 단추가 잔뜩 달린 제복을 입은 소년 아이는 에미와 조의 명함을 든 채 부지런히 조수석을 오르내려야 했다. 약속된 시간이 되면 에미는 마차를 타고 클럽으로 가서 조를 태우고 함께 드라이브를 가기도 했고 때로는 세들리 노인을 태우고 리젠트 파크를 한 바퀴 돌기도 했다. 하녀와 마차, 방명록과 단추 많은 제복의 사환 아이, 이 모든 것들이 브롬프턴에서의 초라한 일상처럼 곧 아멜리아에게 익숙해졌다. 브롬프턴의 초라한 생활에 적응했던 것처럼 길레스피가에서의 새로운 삶에도 그녀는 곧 적응했다. 설사 운명이 그녀에게 공작부인이 되기를 명했다 해도 그녀는 기꺼이 그 역할을 감수했을 터였다. 세들리가와 친분이 있는 여성들은 아멜리아가 별로 대단한 점은 없어도, 참하고 얌전한 부인이라는 데 의견들을 모았다.

언제나처럼 남자들 역시 그녀의 꾸밈없는 친절함과 소박하면서도 세련된 태도를 좋아했다. 휴가를 받아 고향에 돌아온 용감한 인도 출신 멋쟁이들―이들은 정말이지 굉장한 멋쟁이들로 시곗줄을 늘어뜨리고 콧수염을 기른 채 웨스트엔드 호텔에 머물면서 야단스럽게 승합마차를 몰아 극장 구경들을 다니곤 했는데―역시 오스본 부인을 경애하면서 공원에서 그녀의 마차가 지나가면 허리 숙여 인사를 하고 오전 중 그녀를 방문하는 영광을 누리기를 희망했다. 어느 날 도빈 소령은 호위 부대의 스왱키, 휴가를 받아 영국에 와 있던, 인도 주둔 부대 전체를 통틀어 다시없을 멋쟁이인 위험스러운 청년 스왱키가 아멜리아와 마주 앉아 유머러스한 능변으로 야생 멧돼지 사냥을 했던 일을 떠벌리고 있는 것을 보았다. 소령은 후에 그녀 집 주변을 서성이던 호위 부대 병사, 키가 크고 마른 데다 야릇한 표정을 짓고 좀 늙어 보이는, 무미건조하지만 이야기를 할 때면 능변으로 상대를 압도하는 병사를 언급하기도 했다.

만약 소령이 약간이라도 개인적인 허영심을 가진 사람이었다면 상대방을 홀리는 위험한 벵골 출신 대위에게 필시 질투심을 느꼈을 것이다. 하지만 도빈은 너무나 심성이 단순하고 관대한 사람인지라 아멜리아에게 그 어떤 의심도 품지 않았다. 그는 젊은 남성들이 그녀에게 존경을 표하고 또 다른 사람들도 그녀를 우러러보는 것을 기쁘게 생각했다. 지금까지 거의 언제나 그녀의 여성성은 낮은 평가를 받고 또 학대를 받아오지 않았던가? 그래서 소령은 그녀가 예의 바른 사회에서 자신의 장점들을 드러내고 여유 있는 생활을 누리면서 더 명랑하고 밝아지는 모습을 지켜보는 것이 기쁘기만 했다. 아멜리아의 장점을 인정하는 사람들은 누구나 소령의 올바른 판단에 칭찬의 말을 했다. 물론 사랑에 눈이 먼 남자가 올바른 판단을 할 수 있는지는 별문제이겠지만.

*

궁전을 다녀온 후(조는 클럽에 화려한 궁정 출입복을 구색 맞춰 갖춰 입고 나타났는데 조를 데리러 온 도빈은 아주 낡고 초라한 제복을 입고 있었다.), 물론 우리는 그가 충성스런 폐하의 신하로서 알현의 의무를 다한 것이라 확신해도 좋을 터인데, 언제나 확고한 왕당파이자 조지 4세의 숭배자였던 그는 열렬한 토리당 지지자이자 국가의 기둥을 자처하며 아멜리아 역시 폐하를 알현하게 해야겠다고 생각하게 되었다. 이유는 알 수 없지만 그는 자신이 공공복지의 책임을 맡고 있으며 조 세들리 자신과 그의 가족이 세인트제임스 궁전 주위를 배회하지 않으면 폐하께서 결코 행복하실 수 없으리라고 굳게 믿게 되었던 것이다.

에미는 웃음을 터뜨렸다. "가족 대대로 내려온 다이아몬드 장식이라도 해야 할까요, 오빠?" 그녀가 물었다.

'내가 보석을 좀 사줄 수 있으면 좋겠는데.' 소령은 생각했다. '당신은 그 어떤 보석이든 누릴 자격이 있는데도.'

* * *

61장
두 개의 불이 꺼지다

그러나 세들리 일가가 만끽하던 상류사회의 점잖은 쾌락이
며 엄숙한 즐거움도 대부분의 집에서 일어나는 어떤 사건에 의
해 중단되는 날이 왔다. 객실에서 침실을 향해 계단을 올라가다
보면 (흔히 아이들 방이나 하인들 방이 위치하고 있는) 삼 층으
로 이어지는 계단을 밝히기 위한 작은 공간을 하나 보게 될 것
이다. 그러나 이 공간은 또 다른 용도를 가지고 있는데 그 용도
에 대해서는 장의사가 설명을 해줄 수 있으리라 생각된다. 장의
사들은 관을 그곳에 안치하거나 그 안에서 쉬고 있는 차디찬 사
자(死者)의 휴식을 그 어떤 무례한 언행으로도 방해하지 않기 위
해 그 통로를 통해 관을 밑으로 내리기도 하기 때문이다.

런던 저택 이 층에 있는 그 아치형 공간은 집안사람들이 지
나다니는 중심 통로를 장악하고 양쪽으로 트인 구멍을 통해 계
단 위아래에서 일어나는 일 모두를 지켜보고 있었다. 요리사들
은 해가 뜨기 전에 살금살금 그 옆을 지나 부엌의 냄비와 팬을

닦기 위해 아래층으로 내려갔고 집안의 젊은 도련님은 클럽에서 즐거운 밤을 보낸 후 새벽이 다 되어서야 살금살금 집안으로 들어와 현관에 부츠를 벗어놓고 그 계단을 올라 방으로 들어갔으며 이 집의 아름답고 영리한 아가씨는 새 리본을 달고 모슬린 드레스를 활짝 펼친 채 무도회에 나가 남자들을 홀릴 준비를 하고 그 계단을 지나 아래층으로 내려왔다. 토미 도련님은 위험 따윈 무시하고 계단으로 걸어 다니는 건 우습다고 생각하며 난간으로 미끄럼을 타며 내려오는 것을 좋아했다. 의사가 이제 그 사랑스런 환자가 아래층에 내려가도 좋다고 허락을 해주는 날이면 이제 막 어머니가 된 산모가 남편의 튼튼한 팔에 다정하게 안겨 월급을 받고 일하는 유모를 뒤에 데리고 미소를 지으며 조심스레 한 걸음 한 걸음 그 계단을 내려오기도 했다. 구두닦이 존은 해가 뜨기도 전에 하품을 하며 침대에서 일어나 복도에서 그를 기다리고 있는 신발들을 모아오기 위해 지글지글 기름이 튀는 수지 양초를 들고 그 계단을 올라갔다. 그 계단 위아래로 아기들이 안겨 다녔고 노인들이 부축을 받고 오르내렸으며 손님들이 그 길을 지나 무도회장으로 안내를 받았고 목사는 세례를 주기 위해 지나갔으며 의사가 환자 방을 찾아갔고 장의사 집 사람들이 위층으로 올라갔다. 그러니 층계참에 앉아 아치형으로 뚫린 그 구멍의 위아래를 바라보고 있노라면 그곳이 얼마나 대단한 삶과 죽음, 허영의 기념물인지 알 수 있을 것이다! 우리의 마지막 순간에도, 광대 옷을 입은 나의 친구여, 의사가 우리를 보기 위해 이 층으로 올라올 것이다. 간호사가 커튼을 젖히고 안을 들여다보아도 우리는 알지 못할 것이다. 그러면 간호사는 창문을 잠시 열어 신선한 공기가 들어오게 할 것이다. 그 다음에 사람들은 집 앞쪽 창 블라인드를 다 내리고 뒤쪽 방으로

가 변호사며 장의사 등을 부르러 사람을 보낼 것이다. 그때가 되면, 그동안 무대 위에서 상연되었던 당신과 나의 희극도 마침내 막을 내리고 우리는 무대에서 사라질 것이다. 트럼펫 소리와 고함 소리, 이런저런 잘난 척 허영들로부터 멀고 먼 곳으로. 만약 당신이 귀족이라면 사람들은 당신의 집 문 앞에 금색으로 수놓인 천사 그림과 "천국에서 편히 쉬기를"이라는 문구를 상가임을 알리는 문표와 함께 걸어둘 것이다. 당신의 아들은 집에 새 가구를 들이거나 아니면 집을 세놓고 더 현대적인 동네로 이사를 할 것이다. 당신이 다니던 클럽의 다음 해 회원 명단에서 당신의 이름은 '유고 회원' 명단에 들어갈 것이다. 당신의 부인이 아무리 당신의 죽음을 슬퍼했다 할지라도 그녀는 마당의 잔디가 깨끗이 손질되기를 바랄 것이며 요리사는 저녁을 어떻게 할지 묻기 위해 사환 아이를 보내거나 아니면 자신이 직접 마님을 보러 올라올 것이다. 살아남은 이는 곧 벽난로 선반 위의 당신 초상화를 아무렇지 않게 바라볼 수 있게 될 것인데 그마저도 곧 이제 이 집의 새 가장이 된 아들의 초상화를 걸기 위해 본래의 명예로운 자리를 내주어야 할 것이다.

그렇다면 죽은 후 가장 열렬히, 진심 어린 애도를 받는 것은 누구일까? 나는 살아남은 이들을 가장 적게 사랑했던 망자라고 생각한다. 아이가 죽으면 사람들은 미친 듯 울어대고 슬퍼한다. 그러나 당신이 죽었을 때는 아무도 이런 슬픔을 보이지 않을 것이다. 당신을 거의 알아보지도 못할 뿐만 아니라 일주일만 떨어져 있으면 당신을 잊고 말 아기의 죽음은 가장 가까운 친구나 당신만큼 나이 들어 자녀들을 두고 있는 장자의 죽음보다 더 큰 슬픔 속으로 당신을 몰아넣는다. 유다와 시므온에게는 엄격하고 가혹하게 대하면서 막내 벤야민[1]에게는 사랑과 연민의 마음이 절로 이는 것이다. 이 책을 읽는 독자 분들 역시 지금 그렇거나 장차 그렇게 될 터이지만, 부자로 늙건 가난뱅이로 늙건 간에 노인이 된 어느 날, 이런 생각이 들지도 모른다. '지금 내 주위에 있는 사람들은 모두 내게 친절하지만, 내가 죽어도 그다지 슬퍼하지는 않을 것이다. 난 부자니까, 다들 내 유산을 바라고 있겠지. 혹은 내가 가난하다면, 나를 먹여 살리는 것에 신물들이 날 테니.'

세들리 부인의 죽음을 애도하는 기간이 끝나자마자 조는 상복을 벗어 던지고 좋아하던 화려한 조끼를 입고 나타났다. 식구들이 모두 세들리 노인의 임박한 죽음을 확신했을 때, 즉 그가 곧 먼저 저세상으로 간 아내를 따를 것이 분명해졌을 때 조는 클럽에 가서 엄숙하게 공표했다. "내 아버지의 건강 상태가 좋지 않아서, 이번 시즌에는 큰 파티는 열 수 없게 되었다네. 하지만 이보게, 처트니, 6시 30분에 조용히 우리 집으로 와서 오랜 지인들 몇몇과 소박한 저녁을 드는 것이라면 언제든 환영한다네." 그래서 조와 친구들은 이 층에서 노인의 생의 모래시계가 끝을 향해 다가가고 있는 동안 조용히 저녁을 먹고 포도주를 마셨다. 집사는 발소리를 내지 않으려 살금살금 걸어 와인을 가져다주었다. 저녁을 먹고 나면 그들은 카드놀이로 시간을 보내기도 했는데 때로는 집에 온 도빈 소령 역시 그 판에 끼어 함께 시간을 보내기도 했다. 밤이 되어 이 층 환자가 침대에 눕고 늙은 이의 베개에 찾아오는, 그 쉽게 방해받는 선잠에 들고 나면 오스본 부인도 잠깐 아래층으로 내려오곤 했다.

병들어 누워 있던 동안 노인은 딸에게 무척이나 매달렸다. 노인이 다른 사람이 주는 약이나 죽은 도무지 먹으려 하지 않았으므로 그를 보살피는 것만이 아멜리아 생활의 전부가 될 정도였

490

다. 그녀는 아버지 방의 문을 열어두고 그 문 옆에 침대를 두고 잤는데 이 불평 많은 환자의 침대에서 아주 작은 기척이나 소리만 나도 얼른 벌떡 일어났다. 그러나 공정하게 말하자면, 늙은 아버지 역시 다정하고 쉬지 않는 간병인을 깨우지 않으려고 때로는 잠이 들지 않았는데도 몇 시간이고 소리 없이 침대에 누워 있곤 했다. 그는 딸아이가 어렸을 때보다 오히려 지금 더 애틋한 마음으로 아멜리아를 사랑하고 있었다. 공손히 자식으로서의 의무를 이행하고 상냥한 태도로 환자를 돌볼 때 이 단순한 존재는 그 어떤 때보다 더 눈부시게 빛을 냈다. '그녀는 마치 햇빛처럼 조용히 방으로 걸어 들어가는구나.' 그녀가 아버지 방을 드나드는 것을 보며 도빈은 생각했다. 명랑하고 다정한 표정이 조용하고 우아하게 이리저리 움직이는 그녀의 얼굴을 밝혀주고 있었다. 아이들을 안거나 병자의 방에서 부지런히 환자를 간호할 때 여성들의 얼굴에서 천사처럼 달콤한 사랑과 연민의 빛이 나는 것을 보지 못한 사람이 있단 말인가?

이렇게 해서 몇 년간이나 그들 사이에 존재하던 남모를 불화는 조용한 화해와 함께 치유되었다. 딸의 사랑과 친절에 감동을 받아, 죽기 전의 이 마지막 나날들에 세들리는 딸에게 품었던 불만이며, 부인과 함께 여러 밤 길게 성토하곤 했던 딸의 잘못들, 예컨대 아멜리아가 아들을 위해 모든 걸 다 포기한다거나 아들 생각만 하느라고 늙은 부모 생각은 도통 하지 않는다거나 아들 조지가 떠날 때 딸이 얼마나 어리석고 터무니없이 굴었으며 불손하게 슬픔을 표했던가 하는 것들에 대해, 모두 다 잊었다. 마지막 순간, 그는 아멜리아에 대한 원망을 다 잊고 상냥하고 불평할 줄 모르는 이 작은 순교자에게 공정한 평가를 내리게 된 것이다. 어느 날 밤, 그녀가 조용히 아버지 방에 들어가 보았을 때, 그는 자지 않고 깨어 있다가 아멜리아에게 다음과 같이 고백했다. "아, 에미, 우리가 너를 너무 거칠고 또 부당하게 대접해왔다고 생각하고 있었단다." 그는 차고 기운 없는 손을 내밀며 말했다. 그러자 아멜리아는 여전히 자신의 손을 잡고 기도를 올리는 아버지 침대 곁에 무릎을 꿇고 앉아 자신도 함께 기도를 올리기 시작했다. 우리 차례가 왔을 때, 벗이여, 우리의 마지막 기도에도 부디 아멜리아 같은 동반자가 함께하기를!

어쩌면 그가 그렇게 깨어서 누워 있던 동안, 그의 생명은 이미 그를 떠나고 없었는지도 모르겠다. 젊은 날의 희망에 찬 투쟁이며 남자다운 성공과 번영, 말년의 실패와 현재의 무기력한 상황―그는 자신을 정복한 운명에게 복수할 기회조차 가져보지 못했다. 남겨줄 돈도, 명성도 없었다. 패배와 실망으로 점철된 남루하고 무익했던 삶, 그 삶의 끝이 이제 눈앞에 도착해 있었다! 친애하는 독자 여러분께서는 돈 많고 유명한 사람으로 죽는 것과 실패하여 가난뱅이로 죽는 것 중 무엇이 더 나은 운명이라고 생각하시는지? 부와 명예를 가지고 있다가 억지로 내놓아야 하는 것과 게임에 참여하여 패배한 후 생이라는 무대에서 밀려나는 것 중 무엇이 더 나은 운명이라고 생각하시는지? 삶의 마지막 순간에 직면해 "내일이면 성공도 실패도 내게는 더 이상 중요하지 않을 것이다. 그래도 태양은 다시 떠오를 테고 수많은 사람들이 평소처럼 일어나 환락을 찾아 집을 나설 터이다. 그러나 나는 그 모든 소란들로부터 벗어나 있겠지"라고 말을 해야 할 때의 기분은 참으로 야릇할 것임에 틀림없다.

그렇게 또 어느 날 아침이 되어 해가 뜨자 이제는 운명과 싸우거나 희망을 품고 앞날의 계획을 세울 수 없는 세들리 노인, 아무도 모르는 고요한 브롬프턴 교회 묘지 한구석에, 먼저 간 아내 옆자리를 차지하고 눕게 될 세들리 노인을 제외한 모든 사람들이 일어나 여러 가지 일과 환락을 쫓아 분주히 돌아다니기 시작했다.

도빈 소령과 조, 조지가 상복을 입은 채 검은 천을 씌운 마차를 타고 무덤까지 그의 관을 따라갔다. 조는 장례식을 위해 특별히 리치먼드에 있는 스타 가터 호텔에서 돌아왔다가 이 비통한 예식이 끝나자 다시 그 숙소로 돌아갔다. 이해하시리라 생각되지만, 그는 노인이 앓는 동안, 그렇게 무거운 분위기의 집에서 지내고 싶지 않았던 것이다. 그러나 에미는 집에 남아 평소처럼 자신의 의무를 다했다. 그녀는 그 어떤 특별한 슬픔에도 낙담하지 않았고 슬픔에 잠겨 있기보다는 엄숙한 태도를 유지했다. 그녀는 자신의 마지막 순간 역시 아버지의 그것처럼 고통 없고 평화로운 것이기를 기원하며 병으로 누워 있던 동안 아버지가 들려준 믿음과 인종(忍從), 또 앞으로의 바람에 대한 말들을 신뢰와 존경의 마음으로 되새겨보았다.

그렇다, 저자는 최종적으로 둘 중에서 후자 쪽이 더 나은 결말이라고 생각한다. 당신이 아주 돈 많은 부자라서 마지막 순간 이런 유언을 남긴다고 생각해보자. "난 큰 부자고 상당히 유명한 인물이며 평생을 가장 훌륭한 사회에서 살아왔다. 감사하게도, 가장 좋은 집안 출신으로 왕과 국가를 위해 명예롭게 봉사해왔으며 몇 년 동안이나 국회의원으로 재직해왔는데 그곳에서 사람들은 내 연설에 귀를 기울이며 탄복과 함께 내 의견을 수용하곤 했다. 나는 누구에게도 단돈 1실링도 빚진 적이 없다. 반면 오랜 대학 시절 친구 잭 나사로에게 50파운드를 빌려준 일이 있지만, 내 유언 집행인이 그 돈을 내놓으라고 그를 괴롭히는 일은 없을 것이다. 나는 딸들에게 만 파운드씩의 유산을 물려줄텐데, 이는 딸들에게 주는 것으로는 상당한 금액이라고 생각된다. 아내를 위해서는 상당한 금액의 과부 급여와 함께 식기와 가구 및 베이커가의 집을 남기고자 한다. 부동산과 공채에 있는 돈, 그리고 베이커가에 보관된 질 좋은 와인들은 아들에게 물려줄 것이다. 하인에게는 일 년에 20파운드를 지급할 것이다. 내가 죽고 난 뒤 내 흉을 보는 사람들을 누구라도 나는 경멸하는 바이다." 혹은 죽음의 순간에 상당히 다른 종류의 마지막 노래를 부르는 경우도 생각해보자. "나는 평생 실패만을 겪어온, 시련 끝에 낙담한 가난한 늙은이일 뿐이다. 나는 뛰어난 두뇌도 없고, 그럴듯한 재산도 물려받지 못했으며 셀 수 없이 많은 실수와 과오를 저질렀다고 고백해야 할 것이다. 또 여러 번 내 의무를 망각했었다는 사실 역시 털어놓는 바이다. 나는 내가 진 빚을 갚을 능력도 없는 형편이다. 죽음을 기다리며 침상에 누워 있는 나는 아무것도 할 수 없는 초라한 늙은이로서 내 잘못들에 대한 용서를 구하며 뉘우치는 마음으로 전능하신 신의 자비로운 발 아래 내 한 몸을 맡기고자 한다." 이 둘 중 무엇이 독자 여러분의 장례식을 장식할 최고의 마지막 발언이 되리라고 생각하는가? 세들리 노인은 딸의 손을 쥔 채 겸허한 마음으로 두 번째 유언을 남기고 떠나갔다. 그리고 삶이며 낙담, 허영 모두가 그의 몸을 떠나갔다.

*

"조지, 우수한 능력과 근면, 정확한 투자 등의 결과가 무엇인지 너도 잘 알겠지. 나와 내 은행 계좌를 한번 보려무나. 그리고 네 외할아버지 세들리와 그의 실패를 생각해봐. 이십 년 전만 해도, 그가 나보다 나은 인간이었어. 그러니까, 수만 파운드나 더 가진 재산가였다 이 말이다." 오스본 노인은 조지에게 이렇게 말했다.

앞서 말한 사람들 외에 장례식에 참석하기 위해 브롬프턴에서 클랩 씨 일가가 온 것을 제외하면 세들리 노인의 죽음에 신경을 쓰거나 그런 인간이 있었다는 사실을 기억하는 사람은 한 명도 없었다.

(앞서 조지가 이미 우리에게 말해준) 버클러 대령으로부터 도빈 소령이 얼마나 뛰어난 군인인지 처음 들었을 때 오스본 노인은 믿을 수 없다는 듯 그를 얕잡아보는 발언을 하면서 도빈이 그렇게 머리가 좋고 명망이 높다는 사실에 놀라움을 표했었다. 그러나 오스본 노인은 이후로도 자신이 속한 사회의 다양한 사람들로부터 소령의 명성에 대한 이야기를 여러 번 들었다. 윌리엄 도빈 경은 아들을 아주 자랑스럽게 생각했고 아들의 학식과 용기, 세상 사람들의 높은 평가 등에 대해 사람들에게 자주 말을 하곤 했다. 결국 소령의 이름은 가장 유명한 귀족 파티 초대 명단에 오르게 되었는데 이것은 러셀 스퀘어의 늙은 귀족 오스본에게 막대한 영향을 행사했다.

소령이 조지의 후견인 역을 맡고 있었기 때문에 그는 현재 조지를 맡아 키우는 할아버지와 불가피하게 몇 번 만날 일이 있었다. 그리고 이런 자리 중 하나에서, 사업으로 단련된 날카로운 눈을 가진 오스본 노인은 피후견인 및 그 애의 어머니와 관련된 소령의 장부를 살펴보다가 그동안 가엾은 미망인과 그 아들의 생활비 일부가 도빈 자신의 주머니에게 나왔다는 사실을 알아챘다. 이 사실에 그는 무척이나 충격을 받았으며 고통과 기쁨을 동시에 느꼈다.

오스본 노인이 그 점을 따져 묻자 거짓말을 하지 못하는 도빈은 얼굴을 붉히고 무척이나 더듬거리며 결국 사실을 털어놓았다. "아드님의 결혼은……." 도빈이 말을 했다. (그 말에 도빈을 심문하던 노인의 얼굴이 어두워졌다.) "상당 부분 제가 성사시킨 것이라고 할 수 있습니다. 저는 조지가 이미 깊은 관계를 맺어왔고 약혼을 파기한다면 자신에게는 불명예를 오스본 부인에게는 죽음을 가져올 것이라 생각했습니다. 그러니 오스본 부인이 재산 없이 홀로 남게 되었을 때 살아갈 수 있도록 약간이나마 돈을 보태드리지 않을 수 없었던 겁니다."

"소령." 오스본이 얼굴을 무척 붉히고 그를 뚫어져라 쳐다보며 말했다. "자네가 내게 큰 상처를 준 것은 사실이지만, 그래도 자네가 정직한 사람이라고 말해주고 싶구먼. 내 혈육이 소령 덕에 연명하고 있었다는 사실을 몰랐지만, 이제 내 손을 잡아주게." 그래서 이 둘은 손을 잡고 악수를 했는데 자신의 자비로운 위선이 드러난 도빈 소령은 무척이나 당황해 어쩔 줄을 몰랐다.

그는 노인의 마음을 누그러뜨려 아들에 대한 원망을 풀어주려 노력했다. "그는 정말 훌륭한 친구였어요." 도빈이 말했다. "저희는 모두 그를 사랑했습니다. 그를 위해서라면 무엇이든 기꺼이 했을 거예요. 그땐 어렸지만 저는 조지가 저를 특별히 좋아한다는 사실 때문에 무척 의기양양했지요. 총사령관보다 조지와 함께 있는 것을 보여주는 것이 훨씬 더 기쁠 정도였으니까요. 용기며 대담함, 그밖에도 군인이 갖추어야 할 모든 자질에서 그보다 더 뛰어난 이를 저는 한 번도 보지 못했습니다." 이러면서 도빈은 자신이 기억하고 있는 조지의 용맹이며 여러 가지 업적에 대한 이야기를 모두 다 노인에게 들려주었다. "그리고 그의 아들 조지는 무척이나 아버지를 닮았습니다"라고도 덧붙였다.

"그래, 그 앤 너무 제 아비를 닮아서 때로 난 두려울 지경이
지." 조지의 할아버지는 대답했다.

소령이 오스본 노인과 식사를 함께하기 위해 한두 번 방문했
던 저녁(세들리 노인이 병석에 누워 있던 동안) 식사를 마친 후
함께 앉아 있을 때면 그들의 이야기는 온통 세상을 떠난 영웅
조지에 대한 것이었다. 죽은 이의 아버지는 과거에 늘 그랬던
것처럼 아들의 공적이며 용맹에 대해 떠들어대며 그를 찬양했
다. 망자가 된 가엾은 아들에게 아버지는 지난 십수 년간의 그
어느 때보다 더 너그럽고 우호적인 태도를 보였다. 진정한 기독
교인의 심성을 가진 다정한 소령은 노인의 마음에 평화와 아들
에 대한 사랑이 돌아온 것을 보고 기뻐했다. 두 번째 식사를 함
께하기 위해 방문하자 오스본 노인은 마치 그와 조지가 아직 소
년이던 시절 그랬던 것처럼 소령을 윌리엄이라고 이름으로 불
렀다. 정직한 도빈 소령은 이런 화해의 표시가 기쁠 뿐이었다.

다음 날 아침 식사 자리에서 본래 성격에 더해 나이가 들면서
성미가 더욱 사나워진 오스본 양이 감히 소령의 외모며 행동에
대해 한두 마디 무례한 평가를 내리려 들자 이 집의 가장이 그
녀를 가로막았다. "애, 그를 남편으로 얻을 수만 있다면 너는 아
마 좋아서 어쩔 줄 모를걸. 하지만 손에 쥘 수 없는 포도는 신법
이지. 하하! 소령은 좋은 사람이야."

"정말 그래요, 할아버지." 조지가 동의를 표하며 이렇게 말
하더니 노인에게 다가와 무성한 회색 구레나룻을 붙잡고 다정
하게 웃으며 키스를 해주었다. 그러고 나서 저녁에 조지는 엄
마 집을 방문하여 아멜리아에게 그 이야기를 들려주었는데 그
녀 역시 전적으로 소년의 의견에 동의하였다. "그럼, 그렇고말

고. 네 아버지도 늘 그렇게 말씀하셨단다. 소령님은 그 누구보다 반듯하고 훌륭한 분이시라고 말이야." 그런데 마침 그 이야기가 끝나자마자 도빈이 세들리 집을 방문하는 바람에 아멜리아는 필시 다소 얼굴을 붉혔을 것이 틀림없다. 그런데 이 장난꾸러기가 도빈에게 정작 이야기의 또 다른 면을 전하는 바람에 혼란은 더욱 가중되고 말았다. "도브 소령님," 소년이 말을 했다. "소령님과 결혼하고 싶어 하는 아주 드물게 멋진 아가씨가 있어요. 그녀는 돈이 많고 앞머리 가발을 하고 있지요. 그리고 아침부터 저녁까지 하인들을 혼낸답니다."

"그게 누구지?" 소령이 물었다.

"오스본 고모님이죠." 소년이 대답했다. "할아버지가 그렇게 말씀하셨어요. 아, 소령님이 제 고모부가 된다면 정말 얼마나 멋질까요." 그때 옆방에서 세들리 노인이 떨리는 목소리로 아멜리아를 부르는 바람에 그들은 웃음을 멈추었다.

오스본 노인의 심경이 변했다는 것은 분명한 사실이었다. 그는 조지에게 때로 외삼촌 조에 대해 물어보곤 했으며 소년이 조가 "오, 이럴 수가!"라고 외치며 수프를 게걸스레 먹어대는 모습을 흉내 낼 때면 웃음을 터뜨리곤 했다. 하지만 그는 곧 "너처럼 어린아이들이 친척을 놀려먹는 건 경우에 맞지 않는 일이란다. 얘, 마리아, 너 오늘 드라이브 나갈 때 세들리 씨 앞으로 내 명함을 좀 남겨두고 오너라, 듣고 있는 거냐? 그와 나 사이에는 싸울 일이 전혀 없으니까"라고 말을 하곤 했다.

조는 그 명함에 답례 인사를 곧 보냈고 조와 도빈 소령은 함께 오스본 댁의 저녁 식사에 초대를 받았다. 그날 만찬은 그동안 오스본이 연 그 어떤 만찬보다 더 어리석고 화려했다. 집안의 식기란 식기는 죄다 나왔으며 최고의 손님들이 초대를 받았다. 조 세들리가 오스본 양을 저녁 식사 자리로 안내했다. 그녀는 조에게 아주 공손하게 굴었지만 그녀로부터 좀 떨어져 오스본 씨 옆자리에 소심한 모습으로 앉아 있던 도빈 소령에게는 거의 한마디도 말을 걸지 않았다. 조는 아주 위엄 있는 말투로 그날의 수프는 지금껏 먹어본 것 중 가장 훌륭한 거북고기 수프였다면서 오스본 노인에게 포도주는 어디서 구입한 것인지를 물었다.

"저건 세들리 댁에서 가져온 포도주입니다." 이 집 집사가 주인에게 귓속말로 설명했다. "오래전에 손에 넣은 건데, 상당한 값을 치렀지요." 오스본이 하객에게 큰 소리로 대답하더니 바로 오른쪽 옆자리에 있던 또 다른 하객에게 귓속말로 "저건 세들리 노인 집이 넘어갈 때 가서 사 온 거지"라며 그 포도주를 어떻게 구했는지 설명했다.

오스본 노인은 여러 번 소령에게 오스본 부인에 대한 질문을 던졌는데 이 주제에 대해서라면 소령 역시 능변을 늘어놓을 수 있었다. 그는 노인에게 부인이 겪어야 했던 고통이며 남편에 대한 열렬한 사랑, 여전히 남편에 대한 기억을 소중히 간직하고 있다는 사실, 대단히 공손하고 다감하게 부모님을 공양해온 것, 자신의 의무라고 생각하며 아들을 포기했던 일 등에 대해 이야기했다. "부인이 얼마나 많은 고통을 참아야 했는지, 어르신께서는 모르실 겁니다." 도빈 소령이 떨리는 목소리로 말을 했다. "저는 어르신께서 부인과 화해하시기를 소망하고 또 그렇게 되리라 믿고 있습니다. 설사 부인이 어르신께 아드님을 빼앗아갔다 하더라도, 부인 역시 아들을 어르신께 내어드리지 않았습니까. 어르신께서도 아들 조지를 무척 사랑하셨겠지만, 부인은 아들 조지를 그 열 배나 더 사랑했을 텐데도 말입니다."

"자네는 정말이지, 참 착한 친구로군 그래." 오스본 노인이 대답했다. 노인은 과부가 된 아멜리아가 아들과 헤어지는 것을 그렇게 마음 아파했을 것이라거나 아들이 부자가 될 텐데도 아이와의 이별을 슬퍼했을 것이라고는 한 번도 생각해보지 못했다. 그는 곧 며느리와 화해를 하겠다는 분명한 의지를 드러냈다. 시아버지를 만난다고 생각하니 아멜리아는 무서워서 미리부터 가슴이 뛰기 시작했다.

그러나 그 만남은 결코 실현되지 못했다. 세들리 노인의 긴 병상 생활과 연이은 죽음 때문에 한동안은 만남이 불가능했기 때문이었다. 그러나 세들리 노인의 죽음이며 다른 이런저런 일들이 오스본 노인의 심경에 상당한 영향을 끼친 것 같았다. 그는 최근에 대단히 노쇠해졌으며 혼자 생각에 잠기는 일이 많았다. 그는 변호사를 부르러 보냈으며 아마도 유언장의 내용 일부를 바꾼 것 같았다. 그를 진찰한 의사는 그가 몹시 허약하고 심적으로 동요된 상태라며 방혈 요법을 취하고 바닷가에 가서 요양을 하는 것이 좋겠다고 말을 했다. 그러나 오스본 노인은 두 가지 처방 중 그 무엇도 실행하지 않았다.

어느 날, 아침 식사를 하러 아래층으로 내려와야 할 오스본 노인이 내려오질 않자, 하인이 이 층 드레싱 룸으로 올라가 그가 발작을 하며 화장대 발치 앞에 쓰러져 있는 것을 발견했다. 아버지의 상태를 전해 들은 오스본 양이 의사를 부르러 사람을 보냈으며 조지는 학교를 가지 않고 집에서 대기했다. 방혈을 할 사람들과 피를 받는 사람들이 도착했다. 오스본 노인은 부분적으로 의식을 회복했다. 한 번인가 두 번 결사적으로 뭔가를 말하려고 애를 썼지만 결국 다시 말을 하지 못했고 나흘 후에 운명하고 말았다. 의사들은 내려갔고 장의사 측 인부들이 이 층으로 올라왔다. 러셀 스퀘어 정원 쪽을 향해 난 창문들에 모두 덧문이 내려졌다. 시내 금융가에 있던 불럭이 서둘러 러셀 스퀘어로 달려왔다. "그 애 앞으로 유산을 얼마나 남겨줬지? 설마 절반은 아니겠지? 틀림없이 세 명의 손자에게 똑같이 유산을 남겼겠지?" 실로 긴장되는 순간이었다.

그 가엾은 노인네가 마지막으로 하려고 노력했던 그 말은 대체 무엇이었을까? 나는 그것이 아멜리아를 만나고 싶다는 말이었기를, 그리고 아들의 충실한 아내였던 그녀와 세상을 뜨기 전에 화해하고 싶다는 말이었기를 희망한다. 필시 그것이 그가 하려던 말이었을 것이다. 유언을 통해 그는 오랫동안 그녀를 향해 품어왔던 증오가 사라졌다는 것을 보여주었으니.

사람들은 그가 입고 있던 드레싱 가운 주머니에서 조지가 워털루에서 출전을 앞두고 아버지에게 보냈던, 크고 붉은 인장이 찍혀 있는 편지를 발견했다. 그는 쓰러지기 전날 밤 아들에 관련된 다른 서류들도 꺼내본 것이 틀림없었다. 관련 서류들을 넣어둔 상자의 열쇠가 주머니에 들어 있었기 때문이다. 또 봉인을 뜯어 열어본 여러 통의 봉투들이 있었는데 아마 발작을 일으키기 전날 밤, 그러니까 집사가 서재로 차를 가지고와 그가 붉은색 큰 가족용 성경을 읽고 있는 모습을 보았던 그날 밤 그는 이런 서류들을 뜯어 읽어보고 있었던 것이 틀림없었다.

유언장이 개봉되었고 노인이 재산의 절반을 조지에게, 그리고 남은 재산을 반씩 두 딸에게 남긴 사실이 밝혀졌다. 사위 불럭은 그들의 공동 이익을 위해 맡아왔던 상사의 일을 계속 맡아보아도 되고, 원한다면 그만두고 나가도 좋다고 쓰여 있었다. 그리고 조지 앞으로 남겨진 재산에서 매년 오백 파운드를 이제부터 다시 아들의 보호자가 될 그의 어머니, "나의 사랑하는 아들 조지 오스본의 미망인" 앞으로 보내라고 노인은 또 적고 있었다.

"사랑하는 아들의 벗 윌리엄 도빈 소령"이 유언 집행인으로 지목되었다. 또 "그들이 달리 생계 수단이 없던 시절, 내 손자와 아들의 미망인을 돕기 위해 그가 사비를 내어 생활비를 댄 관대함과 친절에 대해, (유언이 이어졌다.) 내 혈육에 대한 그의 사랑과 관심에 진심으로 감사하는 바이며 중령 자리를 사거나 그가 적합하다고 생각하는 다른 곳에 쓰기에 충분한 금액을 남기는 바이니 부디 흔쾌히 받아줄 것을 간청한다."

시아버지가 화해를 청했다는 말을 듣자 아멜리아의 마음도 누그러졌으며 자신 앞으로 재산을 남겨주신 것에 대해서도 고마움을 느꼈다. 그러나 자신이 다시 조지를 키울 수 있다는 사실이며, 누가 어떻게 그 일을 가능하게 했는지를 알았을 때, 또 그녀가 가난에 시달리던 시절 윌리엄이 어떻게 사비를 내어 그녀를 도왔으며 남편과의 결혼을 가능하게 하고, 또 아들 조지를 키울 수 있게 해주었는지 알았을 때, 그녀는 그만 무릎을 꿇고 이 변치 않는 다정한 마음의 소유자에게 신의 가호가 있기를 기도하였다. 그녀는 몸을 굽히고 겸허하게 그 아름답고 관대한 애정의 소유자 발에 기꺼이 키스라도 하고 싶은 심정이었다.

그렇게 놀라운 헌신과 은혜에 그녀가 할 수 있는 것이라곤 오직 감사, 감사뿐이었다! 뭔가 다른 방식으로 은혜에 보답할 생각을 하면 조지의 모습이 무덤에서 나타나 "당신은 내 아내야. 영원히, 나만의 아내라고"라고 소리치곤 했다.

윌리엄은 그녀의 마음을 잘 알고 있었다. 그는 그녀의 마음을 헤아리는 데 평생을 바쳐오지 않았던가?

오스본 노인의 유언이 세상에 알려졌을 때 오스본 부인 주변 사람들이 갑자기 그녀를 얼마나 높이 평가하기 시작했는지를 주목하는 것은 교훈적인 일이다. 전에는 아멜리아의 대수롭지 않은 명령들에도 의문을 제기하며 명령을 따라야 할지 말아야 할지에 대해 "주인님께 여쭤보겠다"라고 대꾸하곤 했던 조 집안의 하인들은 이제 감히 그런 식의 불복을 생각도 하지 못했다. 요리사들도 그녀의 낡고 초라한 드레스를 더 이상 비웃지 못했고(물론 일요일 저녁 예배에 참석하기 위해 옷을 차려입을 때면 그 초라한 드레스는 모습을 감추었지만) 그녀의 종소리에 투덜거리며 얼른 올라가지 않고 늑장을 부리던 다른 하인들 역시 태도를 싹 바꾸었다. 세들리 노인과 오스본 부인을 병원에 데려가기 위해 말과 마차를 준비해야 할 때면 불평불만을 늘어놓던 마부 역시 혹 오스본 집안 마부가 자기 자리를 차지할까 불안에 떨며 이제 대단히 민첩하게 마차를 준비한 다음 "러셀 스퀘어의 그놈들이 시내를 제대로 알기나 하나요, 그리고 **그런 것들**이 귀부인을 모신 마차 운전석에 앉을 자격이 있느냔 말입니다?"라고 덧붙이곤 했다. 조의 친구들 역시, 여자든 남자든 간에, 갑자기 에미에게 관심을 가졌으며 그녀의 현관 탁자 위에는 애도를 표하는 카드들이 수북이 쌓였다. 그녀를 마음 착하고 죄 없는 거지로 생각하며 먹을 것과 잘 곳을 제공하는 것만을 의무로 생각하던 조 역시 이제 누이동생과 조카를 무척 존경하면서 그동안 그렇게 고생을 하고 시련을 겪었으니 이제 좀 변화를 갖고 즐거움을 누려야 한다고 강력히 주장했다. 그는 "가엾은 아이 같으니"라고 말을 꺼내며 아침 식사 자리에 나타나 누이에게 오늘은 무얼 하며 시간을 보낼 생각인지 아주 각별한 관심을 갖고 물어보았다.

다시 조지를 맡아 기르게 된 아멜리아는, 유언 집행자인 소령의 동의를 구해, 오스본 양에게 부디 원하는 만큼 러셀 스퀘어의 저택에서 살도록 하라고 말을 했다. 하지만 오스본 양은 고맙다는 인사와 함께 그렇게 우울한 집에서 혼자 살 생각은 전혀 없다고 선언한 후 오랜 기간 데리고 있던 하인 둘과 함께 정식 상복을 입고 첼트넘으로 가버렸다. 나머지 하인들은 모두 후한 임금을 받은 후 해고되었다. 오스본 부인은 성실한 늙은 집사에게 계속 일을 해달라고 제안했지만 그는 은퇴해 그간의 저금을 선술집에 투자하고 싶어 했다. 그러니 부디 그의 투자가 실패하지 않기를 함께 바라도록 하자. 러셀 스퀘어를 떠나기로 결심한 오스본 양처럼 오스본 부인 역시 상의 끝에 그 우울하고 오래된 저택에 들어가지 않기로 결정했다. 그래서 집안 살림들을 처분하기 시작했다. 값비싼 가구와 집기, 무시무시한 샹들리에와 아무런 장식 없는 음산한 거울은 싸서 구석에 넣어버렸다. 값비싼 장미나무로 만든 응접실 바닥은 짚으로 덮었고 카펫은 둘둘 말아 끈으로 묶었다. 얼마 되지 않는 서고의 잘 제본된 책들은 두 개의 술 상자 속으로 들어갔고, 그 밖의 자잘한 살림살이들은 몇 대의 커다란 짐마차에 실려 팬테크니콘 가구 창고로 실려 갔는데 그것들은 조지가 성년이 될 때까지 그곳에 보관될 예정이었다. 그리고 어두운 색의 크고 무거운 식기 상자들은 스텀피로디 은행으로 보내졌는데 그것들 역시 같은 때가 올 때까지 그 저명한 은행의 지하실에 보관될 예정이었다.

어느 날 에미는 짙은 검은색 상복차림에 조지 손을 잡고서 소녀 시절 이후 가본 적 없었던 그 버려진 저택엘 가보았다. 마차가 와 짐을 싣고 떠나간 집 앞쪽에는 짚들이 여기저기 흩어져 있었다. 그들은 이제 텅 빈 커다란 방들 안에 들어가 보았다. 그림이며 거울이 걸려 있던 자리에 그 흔적이 남아 있었다. 그다음 그들은 모든 것이 다 치워진 커다란 계단을 지나 이 층 방들에도 가보았다. 조지가 귓속말로 저 방에서 할아버지가 돌아가셨다고 에미에게 말을 해주었다. 그리고 또다시 한 층을 더 올라가 그들은 조지의 방으로 들어갔다. 여전히 아들 조지의 손을 꽉 잡고는 있었지만 그녀는 아들이 아닌 다른 사람을 생각하고 있었다. 에미는 그 방이 아들 조지 이전에 그 애 아버지의 것이기도 했다는 사실을 알고 있었던 것이다.

그녀는 열린 창문 하나로 걸어갔다.(조지를 보낸 후 그녀는 쓰라린 마음으로 이 창문들을 바라보곤 했었다.) 창밖 러셀 스퀘어의 나무들 너머로 그녀가 태어나고 또 그렇게 다복하고 행복한 어린 시절을 보냈던 옛집이 보였다. 즐거웠던 휴일들이며, 다정했던 얼굴들, 아무 근심 없이 즐겁기만 했던 과거의 시간들 그리고 그 이후 그녀를 비참하게 만들었던 긴 고통과 시련의 시간들이 모두 마음에 떠올랐다. 이런 기억들과 함께 한결같은 보호자요, 훌륭한 조언자이며, 유일한 후원자이고 상냥하고 관대한 친구이기도 했던 한 남자를 떠올렸다.

"엄마, 이것 좀 보세요." 조지가 말했다. "유리에 금강석으로 G.O.라고 새겨진 글자가 있어요. 전에는 한 번도 못 봤는데. 제가 한 건 아니거든요."

"이 방은 네가 태어나기 한참 전부터 네 아버지가 쓰시던 방이란다, 조지." 아멜리아가 대답했다. 그리고 소년에게 키스를 하며 그녀는 얼굴을 붉혔다.

임시로 집을 임대해 쓰고 있는 리치먼드로 마차를 타고 돌아오는 내내 그녀는 대단히 조용했다. 그 집으로 만면에 미소를 띤 변호사들이 그녀를 만나기 위해 분주히 드나들었다. (그리고 물론 그 방문에 대한 비용도 청구했을 것이 틀림없다.) 피후견인을 위해 처리할 여러 일이 있었던 도빈 소령 역시 자주 찾아왔는데, 따라서 당연히 소령을 위한 방도 따로 준비되어 있었다.

이즈음 조지는 기한 없는 휴가를 얻어 빌 목사의 학교에 나가지 않고 집에 있었다. 그리고 조지 오스본 대위의 기념비 밑에 놓일 멋진 대리석 비석에 새겨질 문구를 준비하느라 여념이 없었다.

비록 그 어린 악마에게 아버지로부터 받을 것이라 기대했던 재산의 절반을 빼앗기긴 했지만 조지의 고모 불럭 부인은 조카와 애 엄마에게 화해를 청함으로써 자신이 자비로운 정신의 소유자라는 것을 보여주었다. 로햄프턴은 리치먼드에서 그다지 멀지 않았다. 어느 날 안장 덮개에 황금 황소 문장이 새겨진 사륜마차 한 대가 맥없는 아이들을 태우고 리치먼드의 아멜리아의 집을 방문했다. 아멜리아는 정원에 앉아 책을 읽고 있었고, 조는 평화롭게 정자에 앉아 딸기를 와인에 적셔 먹고 있었으며 인도에서 가져온 조끼를 입은 소령은 등을 구부려 조지가 그 위로 뛰어넘으며 놀 수 있게 해주고 있었다. 정원 안으로 불럭의 가족이 들어오자 조지가 소령의 머리를 넘어 훌쩍 뛰어내리더니 자신들을 향해 오는 불럭가의 작은 무리에게 뛰어가기 시작했다. 상중인 엄마를 따라온 불럭 집 아이들은 모자에 커다란 검은 리본을 달고 허리에도 거대한 검은색 띠를 두르고 있었다. '저 애는 딱 로자 또래구먼.' 이 다감한 엄마는 속으로 이렇게 생각하며 일곱 살 먹은 허약한 딸아이를 힐끗 보았다.

"로자, 가서 네 사촌에게 키스하렴," 프레더릭 부인이 말했다. "조지, 나를 모르겠니? 난 네 고모란다."

"네, 알고 있어요." 조지가 대답했다. "하지만, 키스는 하고 싶지 않아요." 조지는 이렇게 말하면서 엄마의 말을 충실히 따르려는 사촌을 피해 뒤로 물러섰다.

"이런, 개구쟁이 같으니. 우리를 네 어머니에게 안내해주렴." 프레더릭 부인이 대꾸했다. 그리하여 십오 년이 넘도록 서로 보지 못했던 이 귀부인들은 다시 서로를 마주하게 되었다. 에미가 가난과 불행에 시달리는 동안 불럭 부인은 한 번도 그녀를 찾아볼 생각을 하지 않았다. 그러나 이제 어디에 내놔도 부끄럽지 않을 부를 갖게 되자 시누이 불럭 부인은 자연스레 그녀를 보러 온 것이었다.

다른 사람들 역시 마찬가지였다. 우리의 오랜 친구 스워츠 양 역시 남편과 함께 햄프턴 코트에서 눈부신 노란색 제복을 입은 하인들을 데리고 요란스레 마차를 달려 그녀를 만나러 오더니 언제나처럼 강렬하게 친구에 대한 애정을 표현했다. 사실 아멜리아를 만날 수만 있었다면, 그녀는 언제라도 아멜리아를 사랑했을 것이다. 그 점을 의심할 필요는 없다. 하지만 상황이 그렇지 않은가? 이 거대한 도시에 친구가 보고 싶어 그 집을 방문할 시간을 가진 사람이 과연 있단 말인가. 낙오하여 추락하는 자들은 사라진다. 그리고 남은 이들은 그들을 잊고 계속 앞으로 나아간다. 허영의 시장에서는 누군가 사라진다 해도 결코 그 사람을 아쉬워하는 법이란 없는 것이다.

한마디로 오스본 노인의 애도 기간이 다 끝나기도 전에 에미는 자신이 진정한 상류사회, 그 사회에 들어오는 것이 별로 행복한 일이 아니라는 사실을 본인들은 정작 아무도 인식하지 못하는 그 세계의 중심인물이 된 것을 발견했다. 그 세계에서는 남편은 비록 시내에서 염료나 방부제를 판매하는 상인에 불과

하다 하더라도 부인네들은 어떻게든 친척으로 내세울 귀족 한 명쯤을 알고 있었다. 어떤 부인네들은 학식이 높고 대단히 지적이어서 서머빌 부인²⁾의 책을 읽는가 하면 왕립 과학기술원을 자주 드나들기도 했다. 또 다른 사람들은 아주 신심이 깊은 복음주의자들로서 엑서터 홀에서 열리는 종교 모임들에 참석하곤 했다. 에미는 그들이 나누는 이런저런 잡담들을 이해하지 못해 대단히 당황했으며, 프레더릭 불럭 부인의 호의를 도저히 거절할 수 없어 참석해야 했던 한두 번의 모임에서 상당히 고통을 겪어야만 했다. 불럭 부인은 계속해서 아멜리아에게 은혜를 베풀려고 들었고 실로 자비롭게도 그녀를 교양 있는 귀부인으로 만들겠다고 굳게 결심하고 있었다. 그녀는 아멜리아를 위해 장신구점을 추천해주는가 하면 집안 살림이나 예의범절에 대해서도 이러쿵저러쿵 훈수를 두었다. 그녀는 계속해서 로햄프턴에서 마차를 타고 와 별 재미도 없는 상류사회 이야기나 시시한 궁정의 가십들로 아멜리아를 즐겁게 해주려고 노력했다. 조는 그런 이야기 듣는 것을 좋아했지만, 소령은 그 여자가 오기만 하면 그 천박한 귀족 행세에 질려 낮은 신음 소리를 내며 다른 방으로 가버리곤 했다. 은행가 프레더릭 불럭 씨가 개최한 최고의 파티 중 하나에 초대받았을 때, 라틴어도 모르고 가장 최근 《에딘버러》에 최고의 기사를 쓴 사람이 누구인지도 모르며, 치명적인 가톨릭구제법에 대한 최근 필 씨의 그 더할 수 없이 치사한 변절의 언사에 대해서도 전혀 개탄할 줄을 모르는 아멜리아가 화려한 객실에서 부인들 사이에 앉아 아무 말 없이 창밖으로 반짝이는 온실이며 단정한 자갈길, 벨벳 같은 잔디밭을 멍하게 바라보고 있는 동안 소령은, 식사를 마친 후, 대머리 은행가의 면전에서 잠이 들고 말았다.(불럭은 여전히 오스본가의 예금을 스텀피 로디 은행에서 빼내 자신의 은행으로 옮길 것을 열망하고 있었다.)

"저 여자는 마음은 착해 보이는데 만사에 흥미가 없어 보이네요." 로디 부인이 말을 했다. "소령은 저 여자한테 아주 홀린 것 같은데."

"저 여자는 촌스럽기 그지없어." 홀리옥 부인이 말했다. "이봐요, 당신은 절대 저 여자를 세련되게 만들 수 없을 거예요."

"그녀는 정말 무지하고 또 아무 일에도 관심이 없군요." 마치 무덤에서 들리는 것같이 음산한 목소리로 슬픈 듯 머리와 터번을 흔들면서 글로리 부인이 말했다. "내가 그녀에게 교황이 자울스 씨의 견해대로 1836년에 죽게 될지 아니면 웹숫 씨의 견해대로 1839년에 죽음을 맞을지 물었더니 그녀는 글쎄 '가엾은 교황님, 그런 일이 없으면 좋겠어요, 그분이 대체 무얼 잘못 하셨지요?'라고 묻지 뭐예요."

"여러분, 그녀는 우리 오빠의 미망인이에요." 프레더릭 부인이 끼어들었다. "그러니까 저는 우리 모두 그녀에게 관심을 갖고 사교계 입문을 위한 충고를 아끼지 않아야 한다고 생각해요. 제가 상속 문제로 무척 낙담하고 있는 건 다 아는 사실이지만, 제 친절에 그 어떤 금전적 이익에 대한 고려가 없다는 걸 여러분은 짐작하실 수 있겠지요."

"가엾은 불럭 부인." 함께 마차를 타고 집으로 돌아가는 길에 로디 부인이 홀리옥 부인에게 말했다. "그 여잔 언제나 계략을 꾸미면서 뭔가를 도모한단 말이지. 오스본 부인이 우리 은행에 있는 예금을 자기 은행으로 옮겼으면 하는 거겠지. 게다가 조카에게 아첨을 하면서 눈빛이 흐린 로자 옆에 그 애를 앉히려고 하는 것 좀 보아. 정말 우습기 짝이 없는 짓이지."

"난 글로리 부인이 제발 그 '죄지은 인간'이니 '아마겟돈의
전투'니 하는 소리들 좀 집어치웠으면 좋겠어요." 옆자리에 앉
은 부인이 소리쳤다. 그리고 그들의 마차는 퍼트니 다리 위를
지나갔다.

하지만 이런 모임의 사람들이 어찌나 점잔을 빼고 잘난 척을
하는지 에미는 도무지 그 사회에 적응할 수 없었다. 그래서 외
국 여행을 가자는 제안이 나왔을 때 모두 기뻐하며 그 제안을
환영했다.

62장
라인 강변에서

앞서 말한 일상의 일들이 일어나고 몇 주가 또 흘렀다. 국회가 끝나고 여름이 다가오던 어느 화창한 날의 아침, 런던 내 상류층 사람들은 건강이나 즐거움을 위해 매해 떠나는 여름휴가를 위해 모두 런던을 떠날 준비를 갖추었고 증기선 바타비아는 영국을 떠나려는 일등 시민들을 가득 싣고 항해를 시작했다. 배의 뒤쪽 갑판에 차양이 펼쳐졌고 벤치와 통로들은 수십 명의 혈색 좋은 아이들과 법석을 떠는 유모들, 가장 멋진 분홍색 모자에 여름 드레스를 차려입은 부인들 및 여행용 모자에 마 재킷을 입고 이 여행을 위해 콧수염을 기르기 시작한 신사들 그리고 빳빳하게 풀 먹인 넥타이에 깨끗하게 솔질이 된 모자를 쓰고 종전 이후 계속 유럽 전역을 떠돌아다니며 대륙의 모든 도시로 영국의 악습들을 전하고 다니는 제대군인들로 북적거렸다. 모자 상자니 브라마 책상[1]이니 화장 용품 상자니 하는 짐들만 해도 엄청난 양이었다. 교수와 함께 노넨베르트나 쾨니히스빈터로 독서 여행을 가는 활기찬 케임브리지 학생들이 있었고 요란한 구레나룻에 보석을 잔뜩 달고 계속해서 말에 대한 이야기를 떠들며 갑판의 젊은 아가씨들에게 유난히 공손하게 구는 아일랜드 출신 신사들도 있었는데, 그들과는 달리 케임브리지의 학생들이나 얼굴이 창백한 그들의 선생은 처녀처럼 수줍어하며 갑판의 여성들을 외면하고 있었다. 배에는 또 팰맬가를 배회하는 늙은이들도 있었는데 그들은 그 시즌의 파티들을 마감하고 이제부터 룰렛 게임이나 카드 게임으로 재미를 볼 생각으로 엠스나 바이스바덴을 향해 뱃길 여행에 오른 참이었다. 배에는 어린 아내를 본 늙은이 므두셀라와 그녀의 양산 및 여행 책자를 들고 서 있던 호위부대의 파피옹 대위도 있었다! 젊은 메이도 신부와 함께 (그러니까 메이의 할머니와 같은 학교를 다닌 윈터 부인을 데리고) 유람 여행을 떠난 참이었다. 열두 명이나 되는 아이들에 그에 딸린 유모들까지 데리고 배에 탄 존 경과 부인도 계셨고 배의 조종키 가까운 곳에 앉아 사람들을 하나하나 빤히 바라보면서 정작 아무에게도 말을 걸지 않는 존귀한 바르아크르 백작 댁 일가도 있었다.

보관 무늬가 새겨진, 지붕에 번쩍이는 트렁크가 실려 있는 그들의 마차들은 여남은 대의 다른 마차들과 함께 앞쪽 갑판에 매여 있었다. 그 사이로 지나다니기란 쉽지 않은 일이었으며 그래서 딱하게도 앞쪽 선실에 묵고 있는 승객들은 별로 돌아다닐 공간을 확보할 수 없었다. 앞쪽 선실에는 하운드디치[2] 출신의 신사들이 타고 있었는데 화려하게 차려입은 그들은 자신들이 먹을 음식을 따로 준비해왔으며 돈에 대해서만 말하자면, 상류사회의 명랑한 귀족들 절반을 구매할 있을 정도로 굉장한 재력을 가지고 있었다. 콧수염을 기르고 화첩을 손에 든 몇몇 정직한 사내들은 배에 올라탄 지 삼십 분도 되지 않아 스케치를 하기 시작했다. 한두 명의 프랑스 하녀들은 배가 그리니치를 지나갈 무렵부터 몹시 멀미를 시작했고 관리를 맡고 있는 마구간 근처에서 빈둥거리던 한두 명의 말구종들은 증기선의 외륜[3] 옆에 기대서서 레저 경마에서 누가 우승을 할 것이며, 굿우드 컵에서는 어디에 돈을 걸어야 할지 이야기를 나누었다.

배 여기저기 짐을 부린 후 맡고 있는 주인들도 선실이나 갑판 위에 데려다 둔 여행안내자들도 한데 모여 담배를 피우며 수다를 떨기 시작했다. 유대인 신사들도 그들 무리에 합류해 마차쪽을 보았다. 그곳에는 열세 사람은 족히 태울 법한 존 경의 거대한 마차와 므두셀라 경의 마차, 바르아크르 백작 댁의 사륜마차와 무개마차 그리고 짐마차가 있었는데, 이런 것들은 누구나돈만 있으면 빌릴 수 있는 것들이었다. 대체 백작이 어떻게 이여행에 필요한 현금을 마련할 수 있었는지 도무지 알 수 없는일이었다. 그러나 유대인 신사들은 그가 어떻게 그 돈을 구했는지, 바로 그때 백작 주머니에 돈이 얼마나 있었는지, 그리고 그가 그 돈에 대해 얼마의 이자를 지불해야 하는지까지 모두 알고있었다. 마지막으로 아주 단정하고 예쁘장한 여행용 마차가 하나 있었는데 신사들은 그 마차의 주인이 누구일까 추측하기 시작했다.

"저 마차는 누구 거지?" 귀걸이를 하고 큰 모로코가죽 돈지갑을 든 여행 가이드 하나가 마찬가지로 귀걸이에 큰 모로코가죽지갑을 든 또 다른 가이드에게 프랑스어로 물었다.

"키르슈가 타고 온 걸 거야. 좀 전에 그가 마차에서 샌드위치를 먹고 있는 걸 봤거든." 질문을 받은 안내자가 독일어 억양이섞인 흠잡을 데 없는 프랑스어로 대답했다. 승객의 짐을 부리는 일을 맡고 있는 배의 짐꾼들에게 여러 나라 말로 된 욕설을 섞어가며 한바탕 지시를 내리던 키르슈가 곧 화물칸 근처에서 모습을 드러내더니 동료 여행안내자들에게 직접 그 마차에 대한 설명을 해주었다. 그는 그들에게 그 마차가 캘커타와 자메이카에서 온 대부호의 것인데, 자신이 그의 여행안내를 맡고 있다고 말을 했다. 그때 증기선의 외륜 덮개 사이에 있는 다리를 건너 다니지 말라고 주의를 들은 한 어린 신사 하나가 그곳에서 므두셀라 경의 마차 지붕 위로 풀쩍 뛰어내리더니 다시 다른 마차들 지붕이며 지붕 위의 트렁크 위를 건너뛰어 마침내 자기 마차 지붕 위에 도착한 후 아래로 내려와 그를 지켜보고 있던 여행안내자들의 박수를 받으며 창문을 통해 마차 안으로 쏙 몸을 집어넣었다.

"조지 도련님, 항해가 아주 순조로울 것 같습니다." 그의 여행안내자가 금테가 둘러진 모자를 들면서 프랑스어로 인사를 건네었다.

"프랑스어는 정말 싫어." 어린 신사가 대답했다. 그리고 바로 물었다. "비스킷이 어디 있지?" 이번엔 영어로, 아니 할 수 있는 한 영어와 비슷하게 말하려고 애쓰면서 키르슈가 어린 신사의 질문에 대답했다. 그는 모든 언어를 다 알고 있었지만 단 하나의 언어도 완벽히 구사하지 못했기 때문에 어떤 말이든 서툴고 불완전했다.

비스킷을 마구 씹어 먹던 도도한 어린 신사는(사실 배가 고플 시간이기도 했다. 리치먼드에서 아침을 먹고 벌써 꼬박 세 시간이 지났기 때문이었다.) 바로 우리의 어린 친구 조지 오스본이었다. 외삼촌 조와 어머니는 언제나 그들과 함께 있는 또 다른 신사 하나와 뒤쪽 갑판에 나와 있었다. 이들 넷은 여름 휴가를 가는 길이었다.

조는 그때 뒤쪽 갑판 차양 밑, 바르아크르 백작과 그 가족들 거의 바로 맞은편에 자리를 잡고 앉아 있었다. 이 벵골 출신 공무원은 귀족들의 일거수일투족을 지켜보느라 여념이 없었다. 백작 부부는 1815년, 조가 브뤼셀에서 그들을 만났던 탈 많았던 그해보다 더 젊어진 것 같았다.(물론 조는 인도에서 언제나 자신이 바르아크르 백작 부부와 개인적인 친분이 있다고 떠벌리고 다녔다.) 브뤼셀에서 보았을 때 짙은 갈색이었던 백작 부인의 머리카락은 황금빛 도는 아름다운 적갈색으로 바뀌어 있었다. 이전에는 붉은빛이었던 바르아크르 백작의 구레나룻 역시 지금은 햇빛 아래에서 초록색과 자주색이 감도는 진한 검은 색으로 변해 있었다. 그러나 이런 변화와 상관없이 이 귀족 부부의 일거수일투족은 조의 마음을 완전히 사로잡았으며 조는 그들의 존재에 완전히 매료된 나머지 다른 것에는 전혀 시선을 주지 않았다.

"조, 자네는 저분들에게 무척 관심이 많은 것 같군 그래." 조를 지켜보던 도빈이 웃으며 말했다. 아멜리아 역시 웃음을 터뜨렸다. 그녀는 검은 리본을 두른 밀짚모자 이외에는 여전히 상복 차림이었지만, 약간의 북적임이며 휴가차 떠나온 여행길에 설레며 기뻐하고 있었고 무척 행복한 얼굴이었다.

"날씨가 정말 좋은 걸요!" 에미가 말했다. 그러고는 참신하게도 "평화로운 항해가 되면 좋겠네요"라는 희망을 표현했다.

여전히 맞은편 귀족 부부에게 눈을 떼지 않으며 조가 조롱어린 시선에 손까지 흔들면서 대꾸했다. "우리가 겪은 것 같은 항해를 네가 겪는다면, 날씨 따윈 상관 하지 않을 게다." 하지만 그가 얼마나 대단한 여행자였던 간에 그날 밤 그는 마차 안에서 여행안내자가 갖다 주는 물 섞은 브랜디와 그 밖의 온갖 호사를 누리면서도 몹시 멀미를 하고 앓았다.

예정된 시간에 이 행복한 일행은 로테르담의 부두에 도착하여 그곳에서부터 퀼른으로 가는 또 다른 증기선으로 배를 갈아탔다. 퀼른에 도착해서 마차와 일행이 모두 바닷가로 나갔을 때 조는 퀼른 신문이 "세들리 백작 런던으로부터 수행원과 함께 퀼른 방문"이라고 자신의 도착을 보도한 것을 보고 적잖이 기뻐하였다. 그는 궁전출입복을 챙겨온 바 있었다. 그는 도빈 역시 군대 예복 및 장신구 일체를 모두 가져가야 한다고 주장했다. 외국 여행 중 그곳의 궁전을 방문할 예정이며 그곳 국왕께 인사를 드리고 싶다는 것이었다.

일행이 가는 곳마다 기회가 있기만 하면 조는 자신과 소령의 명함을 그 지역 공사 앞으로 남겨두었다. 주덴슈타트 자유시[4]의 영국 영사가 일행을 만찬에 초대했을 때 그 자리에 군인용 삼각모와 꽉 끼는 바지를 입고 가고 싶은 걸 자제하는 것이 조에게는 무척이나 어려운 일이었다. 그는 여행 내내 일기를 쓰면서 묵었던 호텔들과 맛보았던 와인 및 요리의 장단점을 꼼꼼히 기록했다.

에미는 대단히 행복하게 이 여행을 만끽하고 있었다. 도빈은 종종 그녀에게 작은 걸상과 스케치북을 가져다주면서 전에는 한 번도 그런 평가를 받아보지 못한 이 선량한 예술가의 작품에 찬사를 쏟아냈다. 그녀는 증기선 갑판에 앉아 바위산이며 성을 그렸고 당나귀를 타고 조지와 도빈을 보좌관 삼아 옆에 거느린 채 고대 도적들 성에 올라가 보기도 했다. 키가 큰 소령이 당나귀 등에 올라타자 긴 다리가 땅에 끌렸는데 그 우스운 모습에 아멜리아는 웃음을 참지 못했고 소령 역시 함께 웃음을 터뜨렸다. 그는 군 생활에 필요한 독일어를 잘 익히고 있었으므로 일행을 위해 통역을 담당했다. 그와 신이 난 조지는 라인 및 팔라틴 백작령 전투를 재현해보기도 했다. 몇 주간 여행을 하는 동안 키르슈의 옆자리에 앉아 열심히 그와 대화를 나눈 결과 조지의 독일어 실력은 일취월장하여 호텔의 급사나 마부에게 말을 걸 정도가 되었는데 어머니는 이런 아들을 자랑스럽게 생각했고 소년의 후견인 역시 이런 발전을 기쁘게 생각했다.

조는 일행의 오후 나들이에 함께하는 일이 별로 없었다. 저녁을 먹고 나면 그는 실컷 잠을 자거나 쾌적한 호텔 정원에 있는 정자에서 햇볕을 쬐며 누워 있곤 했다. 아, 아름다운 라인 강변의 정원들이여! 고상한 자줏빛 산등성이가 장대한 강물 위로 그림자를 던지는, 평화롭고 양지바른 그 지역의 풍광들, 그렇게도 다감하고 아름다운 풍경들에 대해 그리운 추억을 가지고 있지 않은 영국인이 있을 것인가? 펜을 내려놓고 아름다운 라인 강변을 생각하는 것만으로도 행복한 기분이 드는 것을. 여름밤의 이 시간 무렵이면 소들이 방울을 딸랑이며 무리 지어 언덕 아래 오래된 마을, 유서 깊은 해자며 성문, 첨탑과 풀밭 위로 길고 푸른 그림자를 드리는 참나무가 있는 마을을 향해 내려온다. 지는 노을 아래 하늘과 강이 황금빛과 주황빛으로 물들고 벌써 하늘에 뜬 달은 아직 남아 있는 태양 때문에 창백하다. 성벽이 세워진 웅장한 산등성이 너머로 해가 넘어가면 갑자기 밤이 찾아오고 강물 색은 점점 더 짙어지며, 오래된 성벽 위 창에서 비추는 불빛이 물결 위에서 떨리는 한 편 반대쪽 물가 언덕 밑 마을에서 비치는 불빛들도 물 위에서 평화롭게 반짝인다.

조는 이런 때 손수건을 얼굴에 덮고 실컷 잠을 자거나 아주 편안히 쉬면서 온갖 영국 신문들이며 갈리냐니의 존경할 만한 신문[5] 기사를 한 자도 빼지 않고 읽었다.(표절을 일삼는 이 신문의 창건자 및 경영자에게 외국에 나간 적 있는 모든 영국 남성의 축복이 있기를!) 깨어 있건 잠을 자건 간에 일행들 역시 별로 그를 아쉬워하는 것 같지는 않았다. 그렇다, 그들은 대단히 행복했다. 저녁이면 그들은 자주 아늑하고 허세 없는, 오래된 독일 마을의 극장들로 오페라 구경을 가곤 했다. 그곳에 온 귀족들은 한쪽에 앉아 눈물을 흘리거나 털실로 양말을 짜거나 했는데 반대쪽에는 상인들이 앉아 있었다. 공작 각하를 비롯해 대단히 뚱뚱하고 마음씨 좋아 보이는 공작 댁 가족들 모두는 가운데의 커다란 특별석에 앉아 있었고 일 층 자리에는 짚 색깔 콧수염을 기른, 하루에 2펜스 일급을 받는 날씬한 허리의 멋쟁이 군인들이 가득 들어차 있었다. 에미는 이런 오페라 극장에 가는 것을 무척 좋아했으며 그곳에서 처음으로 모차르트와 치마로자[6]의 음악을 접했다. 소령의 음악적 소양에 대해서는 이미 앞서도 언급한 바 있으며 그의 플루트 연주는 상당한 수준의 것이었다. 하지만 이런 오페라 극장을 방문할 때 그가 누린 주된 즐거움은 환희에 젖어 음악을 감상하는 아멜리아의 모습을 지켜보는 것이었다. 그토록 신성한 곡들을 처음 접한 그녀는 새로운 미와 사랑의 세계에 눈을 떴다. 그녀는 가장 섬세하고 예민한 감성의 소유자였다. 그런 그녀가 모차르트의 곡을 듣고 어떻게 아무런 감흥도 느끼지 않을 수 있겠는가? 「돈 조반니」의 감미로운 선율이 너무도 격렬한 환희를 일으켰기 때문에 저녁 기도 시간 그녀는 「베드라이 카리노」나 「바티바티」 같은 아리아를 들을 때 그녀의 작은 가슴을 꽉 채웠던 그런 강렬한 기쁨을 느끼는 것이 죄인지 아닌지를 종종 자문하곤 했다. 그러나 아멜리아가 자신의 종교적 조언자인 소령에게 이 문제를 질문하자 도빈은(그는 아주 경건하고 신실한 신앙의 소유자였는데) 자연과 예술의 모든 아름다움은 자신을 행복하게 만들 뿐 아니라 감사하게 만든다면서 훌륭한 음악을 들을 때의 기쁨은 밤하늘의 별을 바라보거나 아름다운 풍경 혹은 그림을 볼 때 느끼는 기쁨과 마찬가지로 은혜로운 하늘의 축복이며, 따라서 여타의 다른 세속적 축복과 마찬가지로 참된 감사와 함께 누려야 할 은혜라고 생각한다는 답을 주었다. 아멜리아가 (브롬프턴에서 생활하는 동안 읽었던 「핀칠리 공유지의 세탁부 여인」이나 그런 유파의 다른 종교 책자들에 기초하여) 소령의 의견에 미약한 반대 뜻을 밝히자 도빈은 그녀에게 태양 빛은 너무 눈부셔 견딜 수 없으며 나이팅게일은 가장 과대평가된 새라고 생각하는 올빼미에 대한 동방의 우화를 들려주었다. "나이팅게일의 본성은 노래하는 것인 반면 올빼미의 본성은 부엉부엉 야유하는 것이지요." 소령은 웃으며 말했다. "부인은 아름다운 목소리를 가지고 계시니 나이팅게일에 속해 마땅하지요."

나는 이 시기의 아멜리아 생활에 대해 자세히 기록을 남겨두고 싶다. 또 그녀가 명랑하고 행복하게 이 시간을 보냈다고 생각하고 싶다. 여러분도 아시겠지만 그녀는 지금껏 이런 생활을 별로 누려보지 못했고 취향이나 지성을 계발할 기회들을 갖지 못했다. 지금까지 그녀는 죽 천박한 지식인들의 손에 휘둘려왔기 때문이다. 사실 그것이 많은 여성들의 운명이기도 하다. 다른 모든 여성을 경쟁자로 간주하는 여성들은 그 자비로운 심판을 통해 소심함을 아둔함으로, 상냥함을 지루함으로 평가한다. 그리고 반길 수 없는 폭정들에 대한 소심한 부정이자 암묵적 항의의 표시이기도 한 침묵은 이런 여성들의 심판에서 결코 용서받을 수 없는 죄로 평가받는다. 나의 교양 있는 독자 분들이여, 어느 날 저녁 우리가 야채 장수들의 모임에 있었다고 생각해보자. 그곳에서 우리가 하는 말들은 아무 흥미도 끌지 못할 것이다. 그러나 반대로 야채 장수 하나가 당신의 세련되고 예의 바른 다과 자리에 참석했다고 생각해보자. 모두가 재치 있는 말을 하며 신분 높은 사람들이 더할 수 없이 즐거운 태도로 모두 친구들을 갈가리 찢어발기며 대화를 나누는 자리에서 이 이방인은 별로 할 말이 없을 것이며 다른 사람들의 대화에 흥미를 느끼거나 다른 사람들의 관심을 끌지 못할 것이다.

뿐만 아니라 이 가엾은 부인이 이전까지 결코 진정한 신사를 만나본 적이 없다는 사실 역시 잊지 말아야 할 것이다. 사실 신사란 우리 생각보다 퍽 드문 종류의 인간이라 할 수 있다. 주위 사람들 중에 생의 목적이 고결하고 신념이 한결같으며, 그 신념의 내용 역시 지고한 사람, 비열한 데 없이 성품이 단순하고 신분이 높거나 낮거나 똑같은 인간적 연민으로 상대를 대하면서 정직하게 세상을 마주할 수 있는 사람, 그런 사람을 몇이나 꼽을 수 있단 말인가? 잘 만든 근사한 코트를 가진 사람이라면 백 명은 알고 있으며 예의가 바른 사람도 족히 스무 명은 알고 있다. 소위들 말하는 상류사회에 속해 있으면서 사교계의 중심, 핵심에 진출한 행복한 사람들 역시 한둘은 꼽을 수 있을 것이다. 그러나 신사는 과연 몇 명이나 꼽아볼 수 있을까?

나는 아무런 의심 없이 나의 친구 도빈 소령을 내 신사 목록에 적어 넣을 것이다. 그는 다리가 너무 길고 얼굴빛이 누렇고 다소 혀 짧은 소리를 내서 첫눈에는 좀 우스꽝스러워 보일지 모른다. 하지만 그는 생각이 올바르고 두뇌도 상당히 명석하며 삶이 정직하고 진실할 뿐 아니라 마음이 소박하고 따뜻했다. 그는 분명 대단히 큰 손과 발을 가지고 있었으며 오스본가의 두 조지

는 이 손발을 두고 장난을 치고 또 놀려대곤 했다. 그리고 아마
도 이런 조롱과 비웃음이 가엾은 에미로 하여금 소령의 가치를
온전히 판단하지 못하게 하는 데 일조했을 것이다. 그러나 우리
들 모두 자신의 영웅들에 대해 잘못된 판단을 내리곤 하며 그들
에 대한 견해를 수백 번씩 바꾸곤 하지 않던가? 이 행복한 시기
동안 소령의 장점에 대한 에미의 평가 역시 중대한 변화를 겪게
되었다.

어쩌면 그 휴가는 이 둘 모두의 인생에서 가장 행복한 시간
이었을지도 몰랐다. 그들은 그 사실을 의식하지 못했을지도 모
르지만. 그러나 그런 순간을 알아차릴 수 있는 사람이 대체 있
기나 하단 말인가? 우리 중 누가 그 순간, 그 순간이 절정이었
다고, 인간으로서 느낄 수 있는 기쁨의 최고봉이었다고 말할 수
있을 것인가! 그러나 그럼에도 불구하고 이 커플은 시종일관 점
잖고 도를 넘지 않는 만족을 느끼고 있었으며 그해 영국을 떠
난 그 어떤 커플 못지않게 즐거운 여름휴가를 만끽하고 있었다.
연극 구경을 갈 때면 조지 역시 언제나 함께 갔지만 공연이 끝
난 후에 에미의 어깨에 숄을 둘러주는 사람은 소령이었다. 산책
을 나가거나 소풍을 갈 때면 소년은 언제나 앞장서서 탑의 계단
을 오르거나 나무를 타거나 했으며 그 동안 좀 더 차분한 성품
의 소령과 아멜리아 커플은 밑에서 시간을 보냈는데 소령은 아
주 편안하고 만족스럽게 시가를 피웠으며 에미는 주변의 역사
적 건물이나 유적들을 스케치하곤 했다. 거짓이라곤 한 마디도
없는 이 이야기의 작가가 기쁘게도 처음으로 그들을 만나 안면
을 트게 된 것 역시 바로 이 여름휴가 동안의 일이었다.

내가 도빈 중령과 그 일행을 처음 만난 곳은 작고 안락한 펌

퍼니켈 공작령의 한 마을이었다.(이곳은 피트 크롤리 경이 외교관보로 대단히 두각을 드러냈던 바로 그 도시였다. 그러나 그것은 아주 오래전, 아우스터리츠 전투 때문에 독일에 있는 모든 영국 외교관이 본국으로 송환되기 전의 일이다.) 여행안내원을 동반한 그들은 마차로 그 도시에서 가장 훌륭한 숙소인 에르브프린츠 호텔에 도착해 호텔 식탁에서 모두 함께 식사를 했다. 모든 사람들이 저녁 식사를 위해 주문한 요하니스베르거 와인을 홀짝이는, 아니 들이키듯 하는 조의 그 세련된 태도와 위엄 있는 풍채에 시선을 던졌다. 어린 소년 역시 영국인의 명예를 드높이는 당당한 태도로 상당한 식욕을 과시하며 햄과 구운 고기 및 감자, 크랜베리 잼과 샐러드, 푸딩, 구운 닭고기와 설탕에 절인 과일들을 먹어치우는 모습을 우리는 함께 지켜보았다. 거의 열다섯 접시의 요리를 먹은 후 그는 후식까지 먹고 식사를 마쳤는데, 후식의 일부는 심지어 식당 바깥으로 들고 나가기조차 했다. 함께 식탁에 앉아 있던 젊은 신사 몇몇이 소년의 침착하고 당당하면서도 편안하고 자연스러운 태도를 보고 즐거워하며 그에게 마카롱을 한 주먹 가지고 가라고 권했기 때문이다. 그는 극장으로 가는 길에 일행에게 그 이야기를 해주었다. 이 작은 독일 마을에서는 누구나 활기차고 사교적인 장소인 극장에서 여가시간을 보내곤 했다. 검은 옷을 입은, 소년의 어머니로 보이는 부인은 저녁시간 내내 미소를 짓거나 얼굴을 붉히며 소년이 여러 재주를 부리거나 장난을 칠 때면 무척 즐거워하는 동시에 수줍어하기도 했다. 나는 중령이―도빈 소령은 그 후 얼마 되지 않아 곧 중령이 되었다―이 소년에게 아주 진지한 태도로 그가 **먹지 않은** 접시들을 가리키며, 삼갈 것 없이 마음껏 더 들라고, 이런저런 요리들을 한 접시 더 먹는 것이 어떻겠냐고 농담을 던졌던 것을 기억한다.

그날 밤은 펌퍼니켈 공국의 왕립 호프, 아니 그러니까 왕립 극장에서 소위 말하는 객원 가수를 초빙해 공연을 하는 날이었는데 그 아름다움과 재능이 한참 절정을 구가하던 시기의 슈뢰더 데브리엔트 부인[7]이 아름다운 오페라 「피델리오」의 여주인공 역을 맡아 노래를 부를 예정이었다. 일 층 일등석에 있던 우리는 에르브프린츠 호텔의 슈벤들러 씨가 귀빈들을 위해 예약해둔 특별석에 호텔 식탁에서 만난 우리의 친구 네 명이 앉아 있는 것을 볼 수 있었다. 나는 그 놀라운 여배우와 음악이 오스본 부인에게—우리는 콧수염을 기른 뚱뚱한 신사가 그녀를 그렇게 부르는 것을 들었다.—어떤 영향을 주었는지를 보지 않을 수 없었다. 죄수들이 감동적인 합창을 부르고 그 위로 감미로운 여주인공의 목소리가 황홀한 하모니를 이루며 드높게 울려 퍼지자 이 영국 부인이 어찌나 감동과 환희에 사로잡힌 표정을 지었던지 만사에 시들한 젊은 외교관보 핍스까지도 안경을 아멜리아 쪽으로 돌리면서 "저렇게까지 감동할 수 있는 여인을 본다는 건 기분 좋은 일인걸"이라고 중얼거릴 정도였다. 감옥 장면에서 피델리오가 남편에게 달려가며 "아니, 아니 아무것도 아니에요, 나의 플로레스탄"이라고 외치는 장면에서 그녀는 완전히 몰입하여 손수건으로 얼굴을 가리고 말았다. 사실 그 장면에서 극장 안의 모든 여성들이 훌쩍였지만 내가 유독 그녀를 주목한 것은 아마 내가 그녀의 회고록을 쓰도록 이미 운명 지어져 있었기 때문이 아닌가 생각된다.

다음 날 극장에서는 또 다른 베토벤의 오페라 「비토리아의 결전」[8]이 상연됐다. 곡의 도입부에서 프랑스군의 힘찬 전진을 상징하는 말브룩 선율이 흘러나왔다. 그다음에는 북소리와 트럼

펫 소리, 천둥 같은 대포 소리와 죽어가는 병사들의 신음 소리
가 연주되고 마침내 웅장한 승리감의 고조와 함께 「신이여 왕을
구해주소서」가 연주되었다.

극장 안에는 스무 명 남짓한 영국 신사가 있었는데 그 익숙하
고 감동적인 곡조가 흘러나오자 그들 모두가, 일등석에 있던 젊
은 우리들과 존 경 및 레이디 불미니스터(그들은 아홉 자녀의
교육을 위해 펌퍼니켈 공작령에 집을 구해 머무르고 있었다.),
콧수염을 기른 뚱뚱한 신사와 흰색 마 바지를 입은 키 큰 소령,
소령이 그렇게도 다정하게 대하던 소년과 그를 데리고 온 부인,
심지어 맨 위층의 싸구려 관람석에 앉아 있던 여행안내인 키르
슈까지 자리에서 벌떡 일어나 그들이 자랑스러운 영국 국민임
을 보여주었다. 대리 대사인 테이프웜 역시 자리에서 일어나 마
치 자신이 전 제국을 대표하는 인물이라도 되는 듯 고개 숙여
절을 한 후 억지웃음을 지었다. 테이프웜은 팁토프 총사령관의
조카이자 상속자였다. 팁토프 총사령관은 워털루 전투가 있기
바로 전 도빈이 근무하던 ××연대의 지휘관으로 이미 소개된
바 있는데 물새알 젤리와 명예로 스스로를 가득 채운 후 그해에
사망한 그 대신 폐하께서 마이클 오다우드 대령을 새로 그 자리
에 임명해 여러 전투에서 용맹하게 ××연대를 이끌도록 한 바
있었다.

테이프웜은 도빈의 상관으로 있던 팁토프 총사령관 집에서
도빈 소령을 이미 한 번 만난 적이 있었던 것이 틀림없다. 극장
에서 처음 만난 그 밤에 바로 그를 알아보고 더할 수 없이 정중
한 태도로 자리에서 일어나 도빈에게 다가오더니 모두가 보는
앞에서 되찾은 친구와 악수를 나누었기 때문이다.

"저 망할 테이프웜이 수작을 부리는 것 좀 보라지." 1등석에

서 상관을 바라보며 핍스가 속삭였다. "예쁜 여자가 있는 곳이면 어디든 꼬리를 치며 다가간다니까." 그러나 나로서는 그런 일을 제외하면 대체 외교관이 달리 무슨 할 일이 있는지 알 수 없다.

"도빈 부인께 인사를 드려도 될는지요?" 환심을 사기 위한 미소를 만면에 띠고 대리 대사가 물었다.

조지가 웃음을 터뜨리며 "와, 이거 정말 재미있는 걸요"라고 소리쳤고 에미와 소령은 얼굴을 붉혔다. 우리는 일 층 자리에서 그들 모습을 볼 수 있었다.

"이분은 조지 오스본 부인이십니다." 소령이 대답했다. "그리고 제가 소개를 드려도 된다면, 이쪽은 부인의 오라버니 되는, 벵골 관청의 유능한 문관 세들리 씨이십니다."

대리 대사 테이프웜의 매혹적인 미소에 조는 그만 다리가 다 후들거릴 지경이었다. "펌퍼니켈에 머무실 계획인가요?" 그가 질문했다. "재미는 없는 곳입니다만, 좋은 분들을 기다리고 있지요. 할 수 있는 한 즐거운 시간을 보내시도록 최선을 다해 보겠습니다. 아, 저, 선생님, 흠흠, 아, 저, 그, 부인. 그럼 내일 아침 숙소로 찾아뵙도록 하겠습니다." 그러더니 그는 오스본 부인의 마음을 완전히 사로잡았음에 틀림없다 자평한 작별의 미소와 시선을 던지고 자리를 떠났다.

공연이 끝나고 젊은이들끼리 로비에 모여 어슬렁거리는 동안 우리는 상류층 관객들이 떠나는 것을 지켜보았다. 공작 미망인은 두 명의 충실한, 늙어 빠진 시녀들을 데리고 딸랑딸랑 종을 울리며 낡은 마차를 타고 떠났다. 갈색 소모사 가발에 훈장으로 뒤덮인 초록색 코트를 입은 지저분하고 배만 불룩한 신사 하나도 마차를 기다리고 있었는데 몸에 걸친 여러 훈장들 중에서도 성장(星章)과 펌퍼니켈 공작령 세인트마이클 훈장의 당당한 노란색 수장이 가장 두드러지게 눈에 띄었다. 북이 울리고 수비대가 경례를 올린 후 그의 낡은 마차도 떠났다.

그다음 공작 각하와 그 일가가 공식 관리들과 집안 하인들을 대동하고 나타났다. 경은 모두에게 조용히 인사를 건넨 뒤 호위대의 경례와 주황색 제복 차림으로 뛰어다니는 하인들 손에 들린 이글거리는 횃불 불빛을 받으며 첨탑 및 망루와 함께 산 위에 세워진 오래된 성으로 마차를 타고 출발했다. 펌퍼니켈에서는 서로 모르는 사람이 없었다. 외국에서 손님이 하나 오기라도 하면, 외무부 장관이나 공작령 내의 다른 크고 작은 관리들 중 몇이 에르브프린츠에 나타나서는 새로 온 사람이 누구인지 알아내곤 했다.

우리는 다른 이들이 극장에서 나오는 것도 보았다. 덩치 큰 사환아이가 언제나 들고 다니는 망토를 몸에 두르고 막 극장 밖으로 걸어 나오는 테이프웜의 모습은 꼭 돈 후안 같았다. 수상의 부인은 꽉 끼는 가마 안으로 몸을 구겨넣었다. 매력적인 그녀의 딸 아이다는 컬래시 모자에 나막신을 신고 있었다. 예의 영국인 일행이 나왔을 때 소년은 지루한 듯 하품을 해댔고 소령은 숄을 떨어뜨리지 않고 오스본 부인 머리 위로 덮어주려고 애를 쓰고 있었으며 세들리 씨는 접을 수 있는 오페라 모자를 비스듬히 쓴 채 한 손은 큼지막한 흰색 조끼 가슴 위로 올리고 대단히 위엄 있는 자세로 걸어 나오고 있었다. 우리는 모자를 벗어 호텔 식탁에서 만난 친구들에게 인사를 건넸다. 그러자 부인은 살짝 미소를 지으며 무릎과 허리를 숙여, 누구라도 고마운 마음이 들 답례를 해주었다.

호텔에서 나온 마차가 법석을 떠는 키르슈의 감독 아래 일행을 모시고 가려고 기다리고 있었다. 그러나 덩치 큰 신사는 자신은 집까지 걸으며 가는 길에 시가나 한 대 피우겠노라고 했고, 그러자 다른 셋은 우리에게 미소를 지은 후 고개를 끄덕이며 세들리 씨를 두고 떠났다. 키르슈가 시가 상자를 들고 주인의 산책길을 따랐다.

우리는 모두 그 뚱뚱한 신사와 함께 걸으며 이 지역의 여러 매력들에 대해 이야기했다. 이곳은 영국인들에게 아주 매력적인 곳이었다. 요란한 소리로 짐승을 몰아 잡는 사냥을 비롯해 여러 사냥 모임이 있었고 손님 접대를 즐기는 궁전에서는 각종 무도회와 향연이 펼쳐졌다. 상류층 사람들도 대체로 점잖은 편이었고 극장 공연은 굉장하며 생활비는 쌌으니까.

"대사님께서는 아주 유쾌하고 다정한 분이신 것 같더군요." 우리의 새 친구가 말했다. "그렇게 훌륭한 대사님과 좋은 의사 선생님이 계시니, 이곳이 아주 살기 좋은 곳이라는 생각이 듭니다. 그럼 안녕히 주무세요." 이렇게 말하고 나서 조는 촛불을 든 키르슈를 뒤에 데리고 삐걱거리는 계단 위로 올라갔다. 우리는 아름다운 그 부인이 한 동안 이 마을에 머물렀으면 하고 바랐다.

63장
옛 친구를 다시 만나다

테이프웜 경의 공손한 환대는 조 세들리의 마음에 대단히 긍정적인 인상을 남겼다. 바로 다음 날 아침 식사 자리에서 그는 펌퍼니켈이 이번 여행 방문한 도시 중 가장 매력적인 소읍이라고 생각한다는 의견을 밝혔다. 조가 왜 그런 말을 하는지 그 꿍꿍이속을 짐작하기는 어렵지 않았다. 이 민간인이 이미 잘 아는 듯 자연스레 테이프웜 성이며 그 집안 식구들에 대해 이야기하는 것을 보고 그가 오늘 아침 벌써 여행용으로 들고 다니는 귀족 명부를 찾아보았다는 사실을 눈치 챈 도빈은 위선자처럼, 사실 그는 위선자이기도 했지만, 소매 뒤로 얼굴을 가리고 웃음을 터뜨렸다. 그렇다, 그는 테이프웜 경의 아버지인 배그위그 백작을 만난 적도 있었다. 틀림없이 국왕 폐하를 접견하는 자리에서 보았던 것 같은데, 도빈은 그 사실을 기억하지 못한다는 말인가? 대리 대사가 약속했던 대로 일행을 방문하자 조는 대리 대사에게는 지나치다 싶을 정도로 공손하게 그를 맞아들였다. 대사의 도착과 함께 조가 키르슈에게 윙크를 하자, 그는 이미 지시를 받았던 대로 나가 차가운 고기와 젤리, 그 밖의 다른 진미들을 쟁반에 담아 방으로 가져오게 했다. 조는 고귀한 손님에게 그 음식들을 맛보시라고 강하게 권유했다.

오스본 부인의 밝은 눈동자를 바라보며 경탄할 기회를 가질 수 있는 한(에미의 화사한 안색은 밝은 햇빛 속에서 더욱 환하게 빛났다.) 테이프웜으로서는 세들리 일행의 호텔에 머무르며 시간을 보내라는 그 어떤 초대도 반갑지 않을 리 없었다. 그는 조에게 인도와 그곳 무희들에 대해 한두 가지 재치 있는 질문을 던지더니 아멜리아에게 그녀의 잘생긴 아들에 대해 질문을 하고 나서 어리둥절해하는 이 작은 여인에게 어제 극장에 온 손님들이 부인에게 얼마나 경탄을 했는지 모른다고 찬사를 해댔다. 그러고 나서 또 과거 전쟁에 대한 이야기며 지금 펌퍼니켈 공작령의 군주이신 세습공 휘하의 펌퍼니켈군의 공적에 대한 이야기를 함으로써 도빈의 환심을 사려고 노력했다.

테이프웜 경은 집안 대대로 내려오는 바람기를 다분히 물려받고 있었는데 자기가 다정한 시선을 한 번 던지기만 하면 거의 어떤 여자든 자기와 사랑에 빠진다는 것이 이 대리 대사의 행복한 믿음이었다. 그는 자신의 재치며 매력에 아멜리아 역시 완전히 사로잡히고 말았다고 생각하며 그들 숙소를 떠나 그녀에게 예쁘장한 작은 편지를 보내기 위해 자신의 집으로 돌아갔다. 그러나 사실 그녀는 그에게 매혹되지 않았으며 그의 미소며 억지웃음, 향수를 뿌린 면 손수건, 니스 칠을 한 굽 높은 부츠 등이 좀 특이하다고만 생각했다. 아멜리아는 그가 한 찬사의 절반도 이해하지 못했다. 지금껏 한 번도 진짜 바람둥이라 할 만한 사람을 만나보지 못한 그녀는 테이프웜 경의 태도가 유쾌하다기보다 이상하게 여겨졌으며 반하기는커녕 그의 행동거지가 당황스럽기만 했다. 그러나 조는 대단히 기뻐했다. "대사님은 정말 다감한 분이시로군." 조가 말했다. "본인의 주치의까지 소개시켜 주신다니 정말 친절하시지 뭐야! 키르슈, 지금 바로 슐뤼셀박 백작에게 우리 명함을 전해드리고 오게. 소령과 나는 가능한 빨리 백작님을 찾아뵙고 인사를 드릴 생각이니까. 우리의 제복도—우리 둘 모두의 제복 말이야.—꺼내 놓고. 방문한 지역의 군주를 찾아뵙고 우리나라를 대표해 현지 군주께 인사를 드리는 것이 영국 신사의 합당한 예의니까 말이지."

테이프웜 대사의 주치의이자, 공작 폐하의 전의이기도 한 글라우버 의사는 조를 방문해 진찰한 후 곧 펌퍼니켈의 온천수와 자신만의 처방이 분명 이 벵골 출신 문관을 젊고 날씬하게 해줄 것이라는 사실을 그에게 확신시켰다. "작년에 귀하보다 두 배나 더 체구가 큰 영국의 버클리 장군님이 이곳에 오셨었지요. 저는 세 달 만에 그분을 아주 날씬하게 만들어서 보내드렸는데, 두 달이 지났을 무렵 벌써 글라우버 남작 부인과 함께 춤을 추실 수 있을 정도가 되셨답니다."

조는 결심을 굳혔다. 온천이며 의사, 궁전, 대리 대사 등이 그의 마음을 확고하게 사로잡았던 것이다. 그래서 그는 이번 가을을 이 사랑스러운 마을에서 지내자고 제안했다. 게다가 약속대로 바로 다음 날 대리 대사는 조와 소령을 빅토르 아우렐리우스 17세에게 데리고 갔는데, 궁전 의전관인 슐뤼셀박 백작이 그들을 폐하에게 인도했다.

그 후 곧 그들은 궁전 만찬에 초대를 받았으며 그 도시에 머무르겠다는 그들의 계획이 공표되자 도시 내의 모든 귀부인이 곧 오스본 부인에게 인사를 드리러 찾아왔다. 돈은 별로 없었는지 몰라도 남작 이하 신분의 사람은 한 명도 없었기 때문에 조의 기쁨은 말로 다 할 수 없을 정도였다. 그는 클럽의 처트니에게 편지를 써 자신은 독일에서 아주 융숭한 대접을 받고 있으며 친구 슐뤼셀박 백작에게 인도식으로 돼지에게 창을 꽂는 법을 보여줄 계획이라고, 그리고 고귀한 벗 펌퍼니켈 공작 내외분이 더할 수 없이 교양 있고 친절한 분들이라고 적어 보냈다.

에미 역시 국왕 폐하 일가를 알현하게 되었는데 특정한 날에는 궁에 상복을 입고 출입할 수 없었으므로 그녀는 분홍색 크레이프 드레스를 입고 오빠가 선물로 준 다이아몬드 브로치를 가슴에 달고 궁전에 입장했다. 이렇게 차려입은 모습이 너무도 아름다웠기 때문에 (이브닝드레스를 입은 그녀의 모습을 전에는 거의 본 적이 없었던, 그래서 그녀가 스물다섯 살도 채 돼 보이지 않는다고 단언했던 도빈 소령이야 두말할 것도 없고) 공작이며 궁전의 모든 사람들이 다 그녀에게 감탄을 금치 못했다.

이렇게 이브닝드레스를 입고 그녀는 궁전 무도회에서 도빈 소령과 함께 폴로네즈를 추었다. 이 춤은 별로 어렵지 않았기 때문에 조 역시 곰사등이긴 했지만 자그마치 열여섯 개나 되는 훌륭한 영지를 갖고 있을 뿐만 아니라 독일 왕가의 절반과 친척 관계를 맺고 있는 슐뤼셀박 백작 부인을 모시고 춤을 추는 영광을 누렸다.

펌퍼니켈은 주위 땅을 비옥하게 만들어주는 펌프 강 물줄기가 반짝이며 흘러가는—이 강은 어딘가에서 라인 강과 합쳐지는데, 지금 지도가 없어서 정확히 어디쯤인지는 말하기 어렵지만—축복받은 계곡의 한가운데 자리 잡고 있었다. 강의 일부는 페리가 떠다닐 만큼 충분히 넓고 깊었으며 또 어떤 곳은 물레방아를 돌릴 만한 규모의 물줄기가 흘렀다. 펌퍼니켈을 가로

지르는 강 위에는 지금으로부터 3대 전, 잘 알려진 빅토르 아우 렐리우스 14세 대왕께서 건설하신 거대한 다리가 세워져 있었 는데, 다리 위에는 물의 요정이며 승리와 평화, 또 그밖에도 여 러 가지 상징물에 둘러싸인 그 자신의 동상이 높이 세워져 있었 다. 그는 쓰러진 터키군 위에 한 발을 올리고 있었는데―역사 에 따르자면 그는 폴란드 왕 소비에스키[1]가 터키군으로부터 비 엔나를 지켜냈을 때 그 전쟁에 참여하여 터키 병사를 직접 칼로 벤 일이 있다고 한다.―무시무시한 얼굴로 고통에 몸부림치며 발밑에 쓰러져 있는 마호메트교 병사의 신음에도 불구하고 그 는 동요 없이 온화한 얼굴에 미소를 지으며 곤봉을 들어 아우렐 리우스 광장 쪽을 가리키고 있었다. 그곳에 그는 위대한 영혼을 지닌 군주에게 충분한 자금만 있었다면 완성할 수 있었을, 시대 의 기념비가 될 만한 궁전을 새로 건설하기 시작했던 것이다. 그러나 몽플레지르(선량한 독일 국민은 이 궁전을 몬블레지어 라고 불렀다.) 궁전 건설은 자금 부족으로 인해 중단되었고 현 국왕의 궁전이 열 개는 들어갈 만한 공간에 지어진 그 궁이며 공원, 정원은 이제 다소 퇴색한 상태로 방치되어 있었다.

몬블레지어 궁의 정원은 베르사유 궁의 정원을 모방해 만들 어졌는데 계단 모양의 뜰과 관목 숲 한가운데에는 아직도 그때 지어진 거대한 우의적 분수가 자리 잡고 있어서 축제 때면 굉장 한 물줄기와 포말을 뿜어내며 하늘을 향해 솟아오르는 거대한 물줄기로 사람들을 경탄하게 만들었다. 분수에는 트로포니우스 의 동굴이 지어져 있었는데 그 안에는 납으로 만들어진 반인반 어 모양의 해신(海神)들이 있어 모종의 장치를 통해 물줄기를 내 뿜을 뿐만 아니라 납으로 된 나팔로 무시무시한 신음 소리를 내 고 있었다. 또 요정들의 연못과 나이아가라 폭포도 재현되어 있었는데 해마다 의회의 시작과 함께 열리는 장이나 이 작고 행복한 공작령 내 공작의 결혼기념일이나 생일 등을 축하하기 위해 열리는 축제 등을 보러온 인근 지역 사람들은, 이런 특별한 날이면 여전히 작동되는 분수의 장관에 말을 잊고 감탄하곤 했다.

그럴 때면 거의 10마일에 걸쳐 있는 공작령 내의 모든 마을들에서, 프로이센과 접한 공국의 서쪽 경계선에 위치한 볼쿰이며 공작의 사냥용 별장이 세워져 있는 그로그위츠, 또 펌프 강줄기에 의해 인근의 포첸탈 공국 영지와 갈라지는 지역의 읍내, 또 이 세 개의 큰 도시뿐만 아니라 이 행복한 공국의 사방에 흩어져 있는 작은 마을들, 펌프 강줄기를 따라 늘어서 있는 농장과 물방앗간들에서도 사람들이 붉은색 페티코트에 벨벳으로 된 머리 장식 혹은 삼각모를 쓰고 파이프를 문 채 공국의 수도로 몰려들어 축제와 장날의 여흥을 함께했다. 그런 날이면 극장은 무료로 개방되었고 몬블레지어 분수가 물을 뿜기 시작했으며(이 분수를 볼 때는 친구가 옆에 있으면 좋을 것이다. 혼자서 보기에는 무섭기 때문이다.) 야바위꾼들이 등장하고 말을 탄 기수들이 시내를 행진하기도 했다.(공작 전하께서 이런 기수 중 한 명에게 반한 사연은 잘 알려져 있는데 소문에 따르면 라 프티트 비방디에르라 불리는 그 여기수는 프랑스의 첩자라고 한다.) 이런 날이면 기쁨에 넘친 사람들은 웅장한 공작 궁에 들어가 이 방 저 방을 볼 수 있는 기회를 가졌는데 그들은 궁의 매끄러운 바닥이며 값비싼 커튼들, 셀 수 없이 많은 방문들 앞의 타구들에 감탄을 금치 못했다. 몬블레지어 궁에는 빅토르 아우렐리우스 15세의 지시로 만들어진 정자가 하나 있었는데—그는 분명 위대한 왕이었지만 지나치게 쾌락을 쫓았다.—듣자하니 그 정자는 실로 음탕한 호사 취미의 최고봉이라 할 만했다. 벽에는 바쿠스 신과 아리아드네의 신화가 그려져 있고 식탁에는 기계장치를 달아 사람 없이도 안팎으로 움직이게 함으로써 하인들의 방해 없이 손님들을 접대할 수 있게 만들었다. 그러나 아우렐리우스 15세가 죽고 미망인이 된 바르바라 공작 부인, 볼쿰 가문의 엄격하고 신실한 영애이자 후에는 아들이 성년이 될 때까지 섭정 정치를 편 공작 부인 바르바라는 남편의 죽음 이후 그가 자랑스러워했던 향락의 상징물을 폐쇄해버렸다.

펌퍼니켈 극장은 그 지방 인근에 널리 알려져 있었는데, 현 공작이 아직 젊던 시절 자신의 오페라를 그곳에서 상연해야겠다고 주장한 이래 다소 그 명성을 잃고 말았다. 어느 날 그는 리허설에 참석하여 오케스트라의 자기 자리에 앉아 있다가 불같이 화를 내며 뛰어나와 지휘 중이던 악장 머리를 바순이 깨지도록 내려친 뒤에 지나치게 느리게 직접 오케스트라를 이끌었다. 공작 부인 소피아는 가정 희극을 썼는데 그것은 대단히 지루한 것이었을 것임이 틀림없다. 그러나 이제 공작은 개인적인 자리에서만 음악을 연주했고 공작부인 역시 자신의 작고 친절한 궁을 방문하는 저명한 외국 손님이 올 때만 자기 연극을 무대에 올렸다.

궁은 대단히 화려하고 안락하게 관리되었다. 무도회가 열릴 때면 사백 명이나 되는 하객이 만찬에 초대되어도 레이스가 달린 진홍색 제복을 입은 하인이 손님 네 명마다 하나씩 배치되었으며 모든 하객들이 다 은식기에 식사를 대접받았다. 일 년 내내 축제와 향연이 열렸으며 더 권세 있는 군주들과 똑같이 공작은 시종 대신 및 궁전 말을 관리하는 시종 무관을 데리고 있었고 공작 부인 역시 의상 전담 시녀와 몸종을 여럿 거느리고 있었다.

공국은 과거 온건한 왕권 정치를 표방해왔으며 현재에도 여전히 그러한데, 선거를 통해 뽑을 수도 있고 다른 방식으로 임명될 수도 있는 의원들로 구성된 의회의 존재가 이런 전제정치 방식을 얼마간 보완하였다. 그러나 펌퍼니켈에 있는 동안 나는 한 번도 의회가 열렸다는 소식을 들어보지 못했다. 수상은 어떤 집 이 층을 빌려 살고 있었고 외무부 장관은 츠비박 과자점 위의 안락한 집에 거주하고 있었다. 군은 훌륭한 군악대로 이루어져 있었으며 때로 무대에서 그 의무를 이행하기도 했다. 터키식 복장에 입술연지를 바른 그들이 목검을 들고 행진하거나 오피클라이드[2]나 트럼본을 든 로마 전사로 분장하고 무대에 서는 것을 보는 것, 우리가 아침을 먹던 아우렐리우스 광장 카페 맞은편에서 오전 내내 연주를 한 그들을 저녁 무대에서 또 다시 보는 것은 즐거운 일이었다. 밴드 이외에도 셀 수 없이 많은 화려한 장교들과, 아마도, 몇몇 일병들이 군을 구성하고 있었다. 정규 보초 이외에도 서너 명이 더 상주하며 정찰병으로 궁을 호위하고 있었지만 그들이 말을 타고 있는 것은 한 번도 본 적이 없었다. 그러나 사실 그렇게 평화로운 시기에 정찰대가 무슨 소용이며 기병들이 대체 말을 타고 무엇을 정찰한단 말인가?

이곳의 모든 이들은—물론 이들은 다 귀족이다. 중간 계급에 속하는 사람들까지 알고 지낼 수는 없으니까.—이웃을 방문했다. 지고한 부르스트 부인께서는 일주일에 한 번 손님을 맞았고, 슈누어바르트 부인도 손님을 맞는 날을 정해두고 있었다. 극장은 일주일에 두 번 공연을 했으며 궁전은 감사하게도 일주일에 한 번씩 날을 정해 입성을 허락했다. 그래서 이곳 사람들은 소박하고 꾸밈없는 펌퍼니켈 방식으로 일상을 이런저런 즐거움의 연속으로 채워갈 수 있었다.

그러나 궁전 내에 불화가 존재한다는 사실은 아무도 부정할 수 없었다. 펌퍼니켈 공국 내의 정치적 반목은 상당히 심각한 것이었으며 경쟁하는 두 편은 서로 이를 갈고 있었다. 간단히 말해 그것은 영국 대사의 지원을 받는 슈트룸프 파벌과 프랑스 대리 대사 마카보의 지원을 받는 레더룽 파벌 간의 갈등이었다. 슈트룸프 부인이 경쟁자 레더룽 부인보다 세 음정이나 더 높은 소리를 낼 수 있었으므로 우리 대사께서 이 둘 중 더 탁월한 가수를 지지한 것, 또 그녀에 대해 프랑스 대사가 언제나 곧바로 반박할 의견을 개진한 것은 자연스럽고 타당한 일이었다고 나는 생각한다.

이 도시 내의 모든 사람들이 두 파벌 중 하나에 연루되어 있었다. 레더룽 부인은 분명 작고 어여쁜 가수였고 목소리도 (대단하달 것은 없어도) 무척 사랑스러웠다. 반면 슈트룸프 부인은 그렇게 젊지도 아름답지도 않았으며 게다가 사실 너무 뚱뚱했다. 벨리니의 「몽유병 걸린 여인」 마지막 장에서 잠옷 바람으로 램프를 손에 든 채 창문을 빠져나가 방앗간 널빤지 바닥을 지나갈 때 그녀는 창문 사이로 겨우겨우 몸을 빼냈으며 그녀가 올라서자 방앗간 바닥은 삐걱거리는 소리를 내기 시작했다. 하지만 그녀가 부른 오페라 피날레 곡은 얼마나 아름다웠던가! 상대를 질식시킬 정도로 격렬하게 엘비노의 품에 안기면서 그녀는 얼마나 굉장한 감성으로 그 마지막 곡을 불렀던가 말이다! 반면 더 어린 레더룽 부인은―그러나 이제 뒷이야기는 그만두기로 하자. 사실 이 두 부인은 펌퍼니켈 내 프랑스 당파와 영국 당파를 대표하는 깃발 역할을 하고 있었으며 궁전 사회는 두 강대국에 대한 친분 여부로 이분되어 있었다. 내무부 장관과 마필부(馬匹部) 장관, 공작의 개인 비서와 왕세자 교육을 맡은 선생이 영국 편이라면, 외무부 장관과 나폴레옹 휘하에서 복무했던 총사령관의 아내, 시종장과 파리의 유행에 맞춰 마카보 씨의 급사를 통해 옷이며 모자 등을 파리에서 공수해오는 것에 크게 만족하고 있는 그의 아내 등이 프랑스 편에 속해 있었다. 마카보의 사무관 그리냐크는 악마처럼 사악한 젊은이로서 사무실의 서류철마다 테이프웜을 조롱하는 그림을 그렸다.

그들의 본부 겸 만찬장은 마을의 또 다른 호텔 파리저 호프에 있었는데, 대중 앞에서는 그래도 예의 바른 말과 행동을 유지했지만 자기들끼리 있는 자리에서는 칼날처럼 날카로운 말들로 서로를 헐뜯어댔다. 나는 전에 데본셔에서 서로의 정강이를 걸어차고 차이면서도 얼굴에 전혀 고통의 기미를 드러내지 않는 레슬러들을 본 적이 있는데, 이 신사들은 꼭 그런 레슬러들 같았다. 테이프웜도 마카보도 본국 정부에 보내는 보고서에 상대에 대해 더할 수 없이 원색적인 비난을 빠뜨리는 일이 거의 없었다. 이를테면 우리 쪽 테이프웜 대사가 보낸 편지는 다음과 같은 식이었다. "현재 프랑스 대리 대사의 계속되는 재임으로 이곳 펌퍼니켈 및 독일 전역에서 대영제국의 이익은 크게 위협받고 있습니다. 너무도 사악한 이 대사는 자신의 목적을 달성하기 위해 그 어떤 범죄도 서슴지 않고 저지르며 그 어떤 거짓도 서슴없이 주장합니다. 그는 대영제국을 대표하는 사절을 악독하고 비열한 언사로 비난하며 이곳 궁중 사람들의 마음을 어지럽히고 있을 뿐만 아니라 불행하게도 그 무지와 자질 부족이 잘 알려져 있음에도 불구하고 영향력이 막대한 한 각료의 지지를 받고 있습니다." 다른 한편, 프랑스 편에서는 이런 보고서를 보내곤 했다. "테이프웜 대사는 전 세계에서 가장 위대한 나라에 대해 섬나라인다운 편협하고 오만한, 천박한 거짓말을 계속하고 있습니다. 어제는 그가 존귀한 베리 공작 부인을 두고 경박한 언행을 일삼는 것이 목격되었으며, 또 하루는 영웅적인 앙굴렘 공작 각하를 모욕하는가 하면 감히 오를레앙 공작께서 모반을 꾀한다는 암시를 담은 발언을 하기도 했습니다. 자신의 어리석은 위협이 효과를 내지 못하는 곳에서는 언제든 금품으로 사람들을 매수합니다. 하나둘씩 그는 궁전 사람들을 손에 넣어 왔는데 이 사악한 독사를 처리하지 않으면 펌퍼니켈 공화국은 결국 평화를 유지하지 못할 것이며, 프랑스는 존중받지 못할 것이고, 유럽 대륙은 행복을 갖지 못할 것입니다." 기타 등등. 영국 쪽이든 프랑스 쪽이든 간에 특별히 더 신랄한 보고서를 보낸 날이면 그 내용은 어떻게든 반드시 새어 나와 다른 쪽 귀에도 들어갔다.

겨울이 깊어지기 전, 에미가 하루 날을 정해 대단히 예의 바르고 겸손한 손님들을 집으로 초대했다는 사실이 실제로 공국의 기록에 남아 있다. 그녀는 프랑스어 선생님을 두고 있었는데 그는 에미의 발음이 정확하고 배운 내용을 잘 이해한다며 그녀를 칭찬하곤 했다. 사실 그녀는 오래전에 프랑스어를 배운 적이 있었으며 그 뒤로도 조지에게 가르쳐줄 생각으로 프랑스어 문법을 따로 또 공부한 일이 있었다. 또 노래를 지도하기 위해 슈트룸프 부인이 그녀를 찾아오기도 했는데 이 수업 시간에 그녀가 진실한 목소리로 대단히 아름답게 노래를 불렀기 때문에 맞은편 건물 수상 거처 아래층에 묵고 있던 소령 방 창문은 수업 시간만 되면 언제나 그 목소리를 듣기 위해 열려 있었다. 취향이 소박하고 퍽 감상적인 독일 귀부인 몇은 아멜리아에게 완전히 반해 곧바로 그녀에게 말을 놓고 '두(du)'라고 부르기 시작했다. 비록 사소하기는 하나 이런 것들은 행복하던 그 시절의 면면을 보여주는 예들이다. 소령은 조지의 선생 노릇을 맡아 아이와 함께 카이사르의 저술이나 수학책들을 함께 읽곤 했다. 그들은 독일어 선생을 구했으며 저녁이 되면 말을 타고 에미의 마차 옆을 호위해 함께 산보를 나가기도 했다. 에미는 겁이 많아 말이 조금이라도 동요하거나 마차가 흔들리면 무섭게 소리를 질렀다. 그래서 드라이브를 나갈 때면 언제나 친하게 지내는 독일 친구 하나를 옆에 끼고 다녔는데 그럴 때면 조는 4인승 대형 마차 뒷자리에서 잠을 자곤 했다.

조는 부터브로트가의 그래핀 파니 양에게 퍽 호감을 갖기 시작했는데 대단히 착하고 겸손한 이 어린 아가씨는 백작 가문의 딸이자 수도회의 일원이기도 했음에도 불구하고 일 년에 10파운드의 연수입도 가지고 있질 못했다. 파니는 만약 아멜리아의 동서가 될 수만 있다면 하늘이 자신에게 선사하는 최고의 축복이 될 거라고 선언했다. 그리고 펌퍼니켈 공국의 왕세자와 험보르크슐리펜슐로펜의 사랑스러운 공주 아멜리아 간의 혼인을 축하하기 위해 화려한 축제가 열렸던 그때, 여러 가지 사건들이 발생했던 그때, 어쩌면 조는 마차와 포크에 새겨진 자신의 문장 옆에 백작 가문의 방패와 보관을 함께 새겨 넣을 수도 있었을 것이다.

이 축제에서는 방탕한 빅토르 아우렐리우스 14세 이래 이 작은 독일의 공국에서 한 번도 볼 수 없었던 굉장한 향연이 펼쳐졌다. 이웃 지역의 왕자들과 공주들, 지체 높은 귀족들이 모두 초대되었고 방이 귀해 펌퍼니켈 호텔의 하루 숙박료가 반 크라운까지 치솟았다. 군대는 사방에서 도착하는 폐하와 전하, 각하를 위해 의장대 사열을 하느라 녹초가 되고 말았다. 아멜리아 공주는 아버지의 공국에서 슐뤼셀박 백작을 신랑 대리 삼아 면

저 결혼식을 올렸다. 결혼을 축하하기 위해 엄청난 양의 코담배 갑이 선사되었고(궁전 보석상에게 듣자 하니 왕가에 그 코담배 갑을 팔았던 그는 나중에 사람들에게 그것을 되사들였다고 한다.) 펌퍼니켈 공국의 장크트미하엘 훈장이 무더기로 귀족들에게 하사되었으며 슐리펜슐로펜 공국에서도 둥근 바퀴 모양의 장크트카타리나 수장 및 장식품들을 한 바구니 가득 상대편 궁전으로 보냈다. 프랑스 대사는 두 훈장을 모두 받았다. 그 어떤 훈장도 부착하지 못하게 하는 규정에 따라 아무것도 달지 못한 영국 대사 테이프웜은 그를 두고 "그 프랑스 대사 놈, 상으로 주는 수레용 말처럼 온통 리본으로 뒤덮여 있더군"이라고 비꼬았다. "그래, 실컷 휘감으라고 하지. 그래 봤자 진짜 승자는 누구겠어?" 사실 이 결혼은 영국 측 외교의 승리였다. 프랑스 쪽에서는 포츠타우젠드 도너베터 집안의 영애를 신붓감으로 밀면서 그녀와의 결혼이 성사되게 하려고 최선을 다했는데 우리 쪽에서는 물론 그 결혼에 반대했다.

모든 사람이 결혼 축하 파티에 초대받았다. 젊은 신부를 환영하기 위해 화환과 축하의 뜻을 담은 아치형 문이 길을 따라 설치되었고 거대한 장크트미하엘 분수에는 유난히 신 포도주가 흘렀으며 아틸러리 플레이스 분수에는 맥주 거품이 부글거렸다. 몬블레지어 궁의 거대한 분수가 물을 뿜었고 공원이며 정원들마다 신이 난 소작농들이 올라가 그 위에 매달린 시계며 은 포크, 분홍색 리본에 매달린 근사한 소시지 등을 따 갈 수 있는 긴 장대들이 꽂혔다. 조지 역시 구경꾼들의 흥을 돋워주면서 장대 위로 기어 올라가 소시지 하나를 잡아채더니 마치 분수의 물줄기처럼 빠르게 미끄러져 내려왔다. 그러나 그는 단지 사람들의 환호를 받기 위해 그렇게 한 것이었다. 그래서 거의 소시지를 잡을 뻔했다가 실패하고 미끄러져 장대 밑에서 엉엉 울고 있던 소작농에게 그 소시지를 주었다.

프랑스 대사관은 우리보다 장식용 램프를 여섯 개나 더 가지고 있었지만 젊은 부부가 행진하는 모습과 우스꽝스러울 정도로 프랑스 대사를 닮은 불화의 신이 도망치는 모습을 담은 우리 쪽 램프 장식 그림이 상대편 그림을 완전히 압도하고 있었다. 나는 그 덕에 테이프웜 대사가 승진을 하고 이후 배스 십자 훈장도 받게 되었다는 사실을 조금도 의심하지 않는다.

외국인들도 다수 축제에 참석했는데 물론 그중에는 영국인들도 많이 있었다. 궁전에서 벌어지는 무도회 이외에도 시청과 무도회장에서도 일반인들을 위한 무도회가 개최되었다. 뿐만 아니라 시청에서는 축제 기간에 한해 엠스와 엑스라샤펠에서 온 유명한 독일인들에 의해 트랑테카랑트 카드 게임과 룰렛 게임판이 벌어졌는데 펌퍼니켈 공국 시민과 공무원은 참가할 수 없었고 이방인들이나 소작농의 아내들, 그 외에도 판에 끼어 돈을 잃거나 얻고 싶은 사람은 누구나 도박을 즐길 수가 있었다.

주머니에 언제나 돈이 잔뜩 있는 어린 장난꾸러기 조지 오스본은 다른 친척들이 궁전의 대연회에 참석하고 있는 동안 삼촌의 여행안내인 키르슈를 따라 시청 무도회장에 놀러갔다. 바덴바덴에 들렀을 때 도빈의 팔에 매달려 도박장을 한 번 슬쩍 구경한 적이 있는, 그러나 물론 도박을 해도 좋다는 허락은 받지 못했던 이 개구쟁이는 도박판에 무척 흥미를 보이며 다가가 진행자들과 도박꾼들이 한창 판을 벌이고 있는 테이블 주위를 동경하듯 빤히 바라보았다. 그곳에는 여자들이 있었는데 몇몇은 가면을 쓰고 있었다. 축제가 한창 무르익어 방종과 향락이 허락되는 이런 시기에는 가면을 쓸 수도 있었던 것이다.

밝은색 머리카락의 한 여성이 어디로 보나 지은 지 한참 된 것 같은 천박한 드레스에 검은 가면을 쓰고 손에는 카드와 핀을 든 채 자리 위에 플로린 금화 두어 푼을 놓고 룰렛 테이블 앞에 앉아 있었다. 가면 구멍 사이로 보이는 그녀의 시선이 이상스럽게 반짝였다. 게임진행자가 숫자와 색깔을 말하자 그녀는 대단히 조심스럽게 그리고 일정한 규칙을 가지고 카드를 뽑은 다음 검은색과 붉은색이 일정하게 몇 번씩 나온 후 각각의 색깔에 돈을 걸었다. 그런 그녀의 모습을 보고 있자니 이상한 기분이 들었다.

그러나 그렇게 치밀하게 계산을 하고 신경을 썼음에도 불구하고 그녀의 추측은 맞지 않았고 마지막으로 건 2플로린은 무자비한 목소리로 당첨된 색깔과 숫자를 외치며 판돈을 거둬 가는 진행자의 갈퀴 아래 차례로 쓸려가고 말았다. 그녀는 실망한 기색으로 가운 밖으로 너무 많이 드러난 어깨를 한 번 으쓱하더니 테이블 위에 놓인 카드 위로 핀을 내리 던진 다음 한동안 그 핀을 톡톡 두들기며 앉아 있었다. 그러다가 주위를 둘러보던 그녀는 조지가 순진한 얼굴로 룰렛 판을 지켜보는 모습을 발견했다. 이런 개구쟁이 같으니! 대체 이런 곳에 무얼 하러 온 거야?

가면을 쓴 채 반짝이는 눈으로 그를 빤히 바라보던 여인이 소년에게 "게임을 하러 온 게 아닌가요?"라고 프랑스어로 물었다.

"아니에요." 소년이 대답했다. 가면을 쓴 여인은 소년의 프랑스어 억양으로 그가 어느 나라 출신인지 파악했음에 틀림없었다. 곧 "한 번도 게임을 해본 적이 없다면, 제 부탁을 하나 들어주지 않겠어요?"라고 다소 외국인 같은 억양의 영어로 소년에게 다시 물었기 때문이다.

"무슨 부탁인데요?" 조지가 다시 얼굴을 붉히며 물었다. 키르슈는 루주에누아르 카드 게임에 빠져서 도련님 쪽은 쳐다보지도 않고 있었다.

"괜찮다면 저를 위해서 한번 돈을 걸어 주세요. 이걸 아무 번호, 아무 번호 위에나 걸어주세요." 그러면서 그녀는 가슴에서 지갑을 꺼내더니 지갑 안 유일하게 하나 남아 있던 금화를 꺼내 조지의 손에 쥐어 주었다. 소년은 웃으며 시킨 대로 했다.

소년이 고른 바로 그 번호가 당첨되었다. 처음 도박을 시작하는 사람에게는 번호를 맞히는 힘이 있다고들 하지 않는가.

"고마워요." 돈을 자기 쪽으로 끌어오며 그녀가 말했다. "고마워요. 이름이 뭔가요?"

"오스본이에요." 조지가 대답했다. 그리고 막 자기도 한번 해볼까 생각하며 주머니 속의 돈을 만지작거릴 때 궁전 무도회에 참석했던 제복 차림의 소령과 후작처럼 차려입은 조가 모습을 나타냈다. 다른 사람들은 궁전 무도회가 따분하다고 생각하면서 시청의 연회에 참석하기 위해 좀 더 빨리 궁정을 떠났다. 그러나 조와 소령은 먼저 집으로 갔다가 조지가 거기 없는 것을 알고 이리로 온 것 같았다. 소령이 곧바로 조지에게 다가오더니 소년의 어깨를 잡고 그 유혹의 장소에서 아이를 휙 잡아끌어 데리고 나왔기 때문이다. 그 뒤 방을 둘러본 소령은 앞서 말한 것처럼 키르슈가 노름에 빠져 있는 것을 보고 그에게 가 어떻게 감히 도련님을 이런 곳에 데려왔느냐고 다그쳤다.

"날 좀 내버려둬요." 술과 도박으로 대단히 흥분한 키르슈가 프랑스어로 대답했다. "나도 재미 좀 봐야겠소. 제길, 난 당신 하인이 아니란 말이오."

그가 어떤 상태인지 파악한 소령은 키르슈와 말다툼을 하는 대신 조지를 그 자리에서 데리고 나오는 것으로 만족했다. 그는 조에게도 함께 가지 않겠느냐고 물었다. 조는 이제 제법 운이 따라 돈을 따기 시작한 가면 쓴 여인에게 바짝 붙어 선 채 대단히 흥미롭게 게임을 지켜보고 있었다.

"같이 가는 것이 낫지 않겠나, 조." 소령이 물었다. "조지와 나는 지금 가려고 하는데."

"난 좀 있다가 저 키르슈 놈과 가겠네." 조가 대답했다. 조금 전과 같은 이유로 소년 앞에서 과한 말은 하지 않는 것이 좋겠다고 생각한 도빈은 조에게 더 권유하지 않고 밖으로 나와 조지와 함께 집으로 걸어갔다.

"도박을 했니?" 집으로 가는 길에 소령이 물었다.

소년은 "아니요"라고 대답했다.

"신사로서의 명예를 걸고 앞으로도 결코 도박은 하지 않겠다고 약속을 해다오."

"왜요?" 소년이 물었다. "아주 재미있는 놀이 같던데요." 그러자 유려한 웅변과 인상적인 태도로 소령이 왜 도박을 하면 안 되는지를 설명해주었다. 아버지 조지를 예로 들어 자신의 교훈을 전달할 수도 있었겠지만, 아버지에 대해 나쁜 인상을 갖게 될까봐 소령은 하지 않았다. 소년을 집에 데려다 주자 아이는 곧장 침실로 들어갔고 아멜리아 방 옆의 그 작은 방에서 잠시 후 불이 꺼지는 것이 보였다. 삼십 분쯤 지난 후 아멜리아 방의 불빛 역시 꺼졌다. 소령이 무엇 때문에 그 방 불빛이 꺼지는 것을 그렇게 주의 깊게 바라보고 있었는지 모르겠다.

그러나 조는 뒤에 남아 계속 룰렛 게임 판을 지켜보고 있었다. 그는 노름꾼은 아니었지만 가끔 놀이 삼아 도박을 하는 것에 반대하지 않았다. 궁정 예복 조끼에 달린 수놓인 주머니 속에는 몇 개의 나폴레옹 금화가 짤랑대고 있었다. 그는 그중 하나를 자기 앞에서 게임을 하고 있는 작은 도박꾼의 하얀 어깨 너머로 내려놓았다. 그리고 그들이 돈을 땄다. 가면을 쓴 여인은 조금 옆으로 움직여 조가 앉을 수 있도록 자리를 내주면서 빈 의자 위에 걸쳐 있던 드레스 치맛자락을 끌어당겼다.

"이리 와서 제게 행운을 주세요." 여전히 외국인 같은 억양의 영어로 그녀가 조에게 말을 걸었다. 조지가 자신의 부탁을 들어 주었을 때 답례를 하며 사용했던 솔직하고 완벽한 영어와는 사뭇 다른 영어였다. 이 덩치 큰 남자는 혹 지체 높은 사람이 자신을 보고 있지나 않은지 주변을 한 번 둘러본 후 자리에 앉으며 중얼거렸다. "아, 그래, 좋아요. 신의 가호가 함께하기를. 저는 아주 운이 좋아요. 제가 틀림없이 행운을 드릴 수 있을 거예요." 그 외에도 그는 다른 찬사의 말들이며 두서없는 말들을 더 늘어 놓았다.

"많이 거실 건가요?" 가면을 쓴 외국 여인이 물었다.

"나프(nap)화를 한두 개 걸겠소." 조가 20프랑짜리 프랑스 금화를 하나 꺼내 던지며 대단히 위엄 있는 태도로 대답했다.

"네, 식사 후에는 낮잠(nap)이 필요한 법이죠." 가면을 쓴 여인이 짓궂은 말투로 대답했다. 조가 깜짝 놀란 표정을 지었지만 그녀는 프랑스어 억양이 섞인 예쁘장한 말투로 말을 계속했다. "돈을 따기 위해 게임을 하시는 건 아니시겠죠. 저도 그렇답니다. 잊기 위해서 하는 거예요. 그러나 잊을 수가 없어요. 과거를 잊을 수는 없답니다, 선생님. 선생님의 어린 조카는 아버지를 아주 빼닮았더군요. 그리고 당신은, 당신은 변하지 않으셨어요. 아뇨, 변하셨죠. 모두 변하고 모두들 잊어버리니까요. 아무도 가슴 아파해주는 사람은 없어요."

"맙소사, 당신은 대체 누구죠?" 조가 떨리는 목소리로 물었다.

"누군지 모르시겠어요, 조지프 세들리 씨?" 그 작은 여인은 슬픈 목소리로 이렇게 물으며 가면을 벗고 그를 보았다. "저를 잊으셨군요."

"맙소사! 크롤리 부인!" 조가 놀라 소리쳤다.

"레베카라고 불러주세요." 맞은편 여인이 자기 손을 조의 손 위에 올리며 대답했다. 하지만 그를 바라보는 동안에도 그녀는 게임을 계속하고 있었다.

"저는 엘러펀트 여관에 묵고 있어요." 그녀가 말을 계속했다. "로동 부인을 찾으시면 돼요. 오늘 아멜리아를 보았어요. 얼마나 예쁘고 또 행복해 보이던지! 선생님도 그렇게 보이세요! 비참하게 버림받은 저를 제외하고는 모두 행복한 것 같군요." 이렇게 말하면서 찢어진 레이스가 달린 손수건을 꺼내 눈물을 닦는 동안에도 그녀는 어쩌다 보니 실수로 건드렸다는 듯 돈을 붉은 패에서 검은 패로 옮기고 있었다. 그러나 다시 한 번 붉은 패가 나왔고 그녀는 판에 걸었던 돈을 모두 다 잃었다. "나가요." 그녀가 말했다. "잠시만 저와 함께 가주세요. 저희는 오랜 친구가 아니던가요, 그렇지요? 세들리 선생님?"

이때쯤 돈을 다 잃은 키르슈도 주인을 따라 달빛이 비치는 바깥 거리로 걸어 나왔다. 조명등은 꺼져가고 있었고 우리 대사관 장식등에 그려진 그림 역시 이제 거의 보이지 않았다.

* * *

64장
방랑자 베키

레베카 크롤리 부인의 지난 몇 년의 일부는 아무래도 언급하지 않고 지나가는 것이 좋겠다. 사회가 그런 종류의 섬세함과 명랑함을 요구하니까 말이다. 우리의 도덕적인 세계는 사실 악덕을 딱히 거부하는 것도 아니면서 정식으로 그 이름을 들먹이는 것에 굉장한 반감을 표하곤 한다. 허영의 시장에는 사람들이 모두 익히 알고 있을 뿐만 아니라 노상 하는 일인데도 절대 입에 담아서는 안 되는 것들이 존재한다. 마치 아리만을 숭배하는 이교도들이 악마를 숭배하면서도 정작 악마의 이름을 언급하지는 않는 것처럼. 진정 교양 있는 영국 혹은 미국 여성들이 자신의 순결한 귀에 궁둥이 같은 무례한 단어가 들리는 것을 용납하지 않는 것처럼 점잖은 독자 분들 역시 사악한 부덕을 사실대로 묘사한 글을 차마 읽지 못하실 것이다. 사실 악덕도 궁둥이도 새삼스러울 것도 없이 매일 우리 면전에서 이 세계를 활보하고 다닌다. 하지만 그들이 우리 앞을 지날 때마다 얼굴을 붉힌다면 대체 얼굴색이 어떻게 되겠는가! 그러니 그것들이 공공연히 언급될 때만 경각심이나 분노를 드러내는 것은 실로 타당한 일이다. 그런 고로 필자는 이 이야기 내내 우리 사회의 이런 풍습과 정서를 존중하여 입에 담기 민망한 추잡한 일들을 다룰 때면 누군가의 유쾌한 기분을 망치지 않을 정도로 부담 없이, 가볍고 유쾌한 필치로 언급하고 지나가려 노력했다. 베키가 여러 단점과 부덕을 가진 것은 부인할 수 없는 사실이지만, 그렇다 하더라도 이 책에서 그녀가 소개될 때는 언제나 대단히 예의 바르고 호감 가는 모습만을 보여왔다는 사실을 부정하는 독자분이 계시다면 나는 결연히 그에 항의하고자 한다. 미소를 지으며 노래를 부르고 사람들을 꾀고 유혹하는 이 세이렌을 묘사하면서 본 필자가 한 번이라도 예의에 어긋나게 물 밑에 있는 그 괴물의 무시무시한 꼬리를 독자 분께 드러낸 적이 있었는지 소박한 자신감을 가지고 물어보는 바이다. 아니, 결코 아니다! 원하는 분들은 상당히 투명한 그 물 밑으로 시선을 돌려 송장들 주변을 배회하며 뼈들 사이로 꼬리를 치는, 악마처럼 소름 끼치고 무시무시한 모습으로 꿈틀거리는, 끈적이는 그 꼬리를 목격하셔도 무방할 것이다. 그러나 적어도 수면 위는 모든 것이 예법에 맞고, 상스러운 데가 없으며 보기에 유쾌하지 않았던가? 허영의 시장에서 가장 까다로운 도덕가라 하더라도 흠잡을 점을 찾지 못하실 터이다. 그러나 이 세이렌이 시야에서 사라져 시체들이 있는 물속 깊이 들어가면 그녀가 잠수한 자리의 물은 당연히 아주 뿌옇게 흐려지기 때문에 호기심을 가지고 그 밑을 보려고 해봤자 헛수고일 뿐이다. 바위 위에 앉아 하프를 튕기며 빗질을 하고 노래를 부를 때, 한 손에 거울을 들고 이리 오라고 손짓을 할 때 그들은 대단히 아름답다. 그러나 일단 본래 속한 세계로 돌아가면, 아, 내 장담하지만, 그 인어들은 아름다운 것과는 거리가 멀다. 그것들이 소금물에 전 불쌍한 희생자들의 살을 뜯으며 잔인한 바닷속 향연을 펼치는 광경일랑은 지켜보지 않는 것이 최선이다. 그러니 베키가 우리 눈앞에서 사라졌을 때 그녀가 별로 바람직한 일을 하지는 않았으리라 확신할 수 있으며, 그 시기의 그녀 행실에 대해서는 될 수 있는 한 적게 언급하는 것이 나을 것이라 사료된다.

커즌가에서의 파국 이후, 베키가 지난 이삼 년간 했던 일들을 모두 자세히 밝힌다면 몇몇 독자분은 이 책이 부적절한 내용을 담고 있다고 판단하실 것이다. 허영심 많고 무자비하며 쾌락을 좇는 사람들은 대단히 자주 부적절한 행동을 하는 법이다.(여담으로 하는 말이지만, 근엄한 얼굴에 흠잡을 데 없는 평판을 유지하는 여러분과 마찬가지로 말이다.) 하물며 신의도, 사랑도, 또 이렇다 할 평판도 없는 여자들의 행동은 어떻겠는가? 나는 베키가 후회나 양심상의 가책보다는 일종의 절망에 사로잡혀 있던 시기, 그리고 너무도 철저히 인격적 무시를 받은 끝에 평판 같은 것에 신경조차 쓰지 않았던 시기가 있었다고만 생각하고 싶다.

그러나 절망과 몰락이 한꺼번에 그녀를 덮친 것은 아니었다. 그것들은 그 파국 뒤에 천천히, 베키가 어떻게든 다시 한 번 얼굴을 들고 살아보려고 각고의 노력을 기울인 뒤 천천히 그녀를 사로잡았다. 희망이 남아 있는 동안은 어떻게든 난파한 배의 돛대를 움켜쥐고 갑판 위로 올라가 보려 애를 쓰던 사람이 애써봤자 소용없다는 사실을 깨달으며 두 손을 놓아버리는 것처럼.

그녀는 남편이 새 부임지로 떠나기 위한 준비를 하는 동안 런던 주위를 배회했다. 사람들 말로는 그녀가 아주버님 피트 크롤리 경을 만나 이미 전에 거의 그녀 편으로 만드는 데 성공했던 그의 감정에 다시 한 번 호소하려는 시도를 적어도 한 번 이상 했다고 한다. 피트 경이 웨넘 씨와 국회의사당을 향해 걸어가고 있을 때 웨넘 씨는 검은 베일을 드리운 로던 부인이 의사당 근처에 숨어 있는 것을 발견했다. 웨넘 씨와 눈이 마주치자 그녀는 살그머니 다른 길로 가버렸고 결국 준남작을 만나려던 계획은 수포로 돌아가고 말았다.

여기에는 제인 부인 역시 한몫을 했을 것으로 생각된다. 나는 그녀가 이 문제에 대해 아주 강건한 입장을 취하면서 절대로 다시 베키와 교류하는 일은 없을 거라는 확고한 결심으로 남편 피트 경을 놀라게 했다고 들었다. 이를 위한 나름의 조치로 제인은 로던을 집으로 불러 코번트리 섬으로 떠나기 전까지 곤트 가의 형님 집에서 머물게 했다. 로던이 피트 경 댁에 묵고 있으면 베키가 감히 그 집 문을 열고 쳐들어올 수 없다는 걸 알고 있었기 때문이다. 그녀는 또 남편이 베키와 서신 연락을 주고받지 못하도록 피트 경 앞으로 배달되어 오는 모든 편지의 수취인 란을 꼼꼼하게 살피기도 했다. 그래도 마음만 먹었다면 능히 편지를 보낼 수 있었겠지만, 레베카는 피트 경 자택으로 직접 편지를 보내거나 그 집에 가서 그를 만나려는 시도는 하지 않았다. 그리고 그를 만나려고 한두 번 시도해본 뒤 부부간의 문제에 대해서라면 부디 변호사를 통해서만 연락을 해달라는 피트 경의 요청에 동의했다.

사실 피트 경은 베키에 대해 나쁜 소문을 듣고 그녀에 대한 호감을 접었다. 스타인 경과 관련된 그 사건이 벌어지고 얼마 되지 않아 준남작과 함께 있던 웨넘 씨가 퀸스 크롤리가의 가장을 기겁하게 할 만한 베키의 과거를 들려주었기 때문이다. 웨넘 씨는 베키에 대해 모든 것을 다 알고 있었다. 아버지가 무엇을 하는 사람이었고 어머니가 몇 년도에 오페라 무대에서 춤을 추었으며, 그녀가 과거 어떤 일들을 했었고 결혼 기간 동안 행실이 어떠했는지까지 모두 말이다. 나는 그 이야기의 상당 부분이 사실이 아닐 뿐만 아니라 사적인 이해관계가 반영된 악의적 스캔들이라고 생각하기 때문에 이 자리에서 웨넘 씨의 그 말들을 다시 언급하지는 않으려 한다. 그러나 한때 그녀 편을 들었던 친척이자 지방 출신 신사인 피트 크롤리 경의 마음에 베키는 대단히 유감스러운 인상을 남기고 말았다.

코번트리 섬의 도지사 연봉은 대단한 것이 아니었다. 게다가 큰 빚이며 채무 관계들을 정산하기 위해 연봉의 일부를 떼어놓아야 했고 높은 직책을 유지하는 데 들어가는 비용도 적지 않았기 때문에 아내 앞으로 일 년에 삼백 파운드 이상은 보내기 어려웠다. 그는 그녀가 그를 귀찮게 하지 않는다는 조건으로 그 돈을 주겠다고 제안했다. 그러지 않으면 추문이며 이혼, 이혼 전담 변호사 같은 일들을 연이어 겪어야만 하기 때문이었다. 베키를 영국에서 내쫓고 그 불쾌한 사건에 대해 더 이상 구설수가 돌지 않게 해야 한다는 데 웨넘과 스타인 경, 로던 및 다른 모든 사람들의 이해가 일치했다.

베키는 남편의 변호사와 이런 일들을 처리하느라 너무 바쁜 나머지 아들 로던에 대해서는 신경쓸 여유가 전혀 없었던 것 같다. 심지어 한 번 가서 아들을 만나볼 생각조차 하지 않았다. 이제 이 어린 신사는 큰아버지와 큰어머니 손에 완전히 맡겨졌는데 그 아이는 언제나 큰어머니에게 큰 애정을 느끼고 있었다. 그의 어머니는 런던을 떠나 불로뉴에 있을 때 아들에게 학업에 전념하라고, 자신은 유럽 여행을 할 생각이며 다시 또 편지를 쓰겠다고 알리는 단정한 편지 한 통을 보낸 일이 있었다. 그러나 그녀는 그 후 일 년 동안 한 번도 편지를 보내지 않았다. 언제나 병약했던 피트 경의 외아들이 백일해와 홍역으로 결국 죽고 말 때까지 한 번도 편지를 쓰지 않았다. 로던의 어머니는 이 일로 아들이 퀸스 크롤리의 후계자로 결정되고, 따뜻한 마음으로 이미 그 아이를 자식으로 생각하고 있던 큰어머니와 로던이 그 언제보다 가까운 관계가 되었을 때 비로소 사랑하는 아들에게 애정 넘치는 편지를 보내었다. 이즈음 키가 크고 잘생긴 소년으로 성장한 로던은 그 편지를 받고 얼굴을 붉히며 "아, 큰어머니, 제 어머니는 큰어머니예요! 이분은, 이분은 제 어머니가 아니에요"라고 소리쳤다. 하지만 그래도 그는 피렌체의 하숙집에서 살고 있던 레베카 부인에게 다정하고 예의 바른 답장을 써 보내었다. 그런데 지금 이야기를 너무 앞질러 가고 있는 것 같다.

우리의 벗 베키가 처음 도망을 친 곳은 영국에서 그다지 멀지 않은 곳이었다. 그녀는 많은 무고한 영국인들이 망명지로 선택하곤 하는 프랑스 불로뉴 해안가에 둥지를 틀고 호텔에 방을 두어 개 빌려서 하녀 한 명을 데리고 점잖은 미망인 같은 생활을 영위했다. 호텔 식당에서 사람들과 식사를 했고 사람들은 그녀가 대단히 명랑하고 유쾌한 부인이라고 생각했다. 그녀는 아주 버님 피트 경이나 지체 높은 런던 지인들 이야기로 자리에 있는 사람들을 즐겁게 해주었는데 귀족 사회 내부의 그렇고 그런 시시껄렁한 이야기들은 신분 낮은 사람들에게 깊은 감명을 주었다. 그곳의 많은 사람들이 그녀를 중요한 인물로 생각했고, 그녀는 자신의 작은 방에서 소박한 티파티를 여는가 하면 해수욕이나 무개마차를 타고 나가는 소풍, 해변 산책이나 극장 구경 같은 소소한 즐거움을 그곳에서 사귄 사람들과 누리기도 했다. 여름 동안 가족과 함께 불로뉴 호텔에서 묵고 있던 인쇄업자 버조이스 부인은—남편 버조이스는 토요일과 일요일에만 와서 가족과 시간을 보내고 갔는데—망할 남편이 베키에게 너무 관심을 기울이기 시작하기 전까지 그녀가 매력적인 부인이라고 공언하고 다녔다. 그러나 사실 그들 사이에는 아무 일도 없었다. 그저 베키는 언제나처럼, 남자들에게 특별히 더 사랑스럽고 명랑하고 친절하게 굴었을 뿐이었다.

사교 시즌이 끝날 무렵 많은 사람들이 평소처럼 외국 여행길에 올랐고 베키는 지체 높은 런던 사교계 지인들이 자신을 대하는 태도를 보고 '상류사회'가 자신의 행실을 어떻게 평가하는지 충분히 알 수 있는 기회를 가졌다. 베키가 얌전하게 불로뉴 부둣가를 산책하고 있던 어느 날, 영국 해안가 절벽들이 깊고 푸른 바다 건너편에서 햇살에 반짝이던 어느 날, 그녀는 파틀렛 경 부인 및 그녀의 딸들과 마주쳤다. 파틀렛 경 부인은 양산을 흔들며 딸들을 가까이 불러 모은 뒤 부둣가에서 물러서면서 혼자 그곳에 서 있던 베키를 무섭게 노려보았다.

부두에 정기 여객선이 들어왔던 또 다른 날, 미풍이 상쾌하기도 하고 배에서 내리는 사람들의 우수에 젖은 멍청한 표정을 보는 것이 언제나 취향에 잘 맞았기 때문에 베키는 또 부두에 나가 있었다. 그날 마침 슬링스톤 부인이 그 배에 타고 있었는데 그녀는 오는 내내 몹시 멀미를 한 끝에 배가 항구에 도착했을 때는 너무 지쳐 배의 갑판을 지나 부두까지 걸어올 기운조차 없었다. 그러나 분홍색 모자 밑에서 장난스럽게 미소 짓는 베키를 보자마자 그녀는 갑자기 다시 불끈 힘이 솟아올라서 그 어떤 여자라도 몸이 오그라들 것 같은 경멸의 시선을 던지더니 부축도 받지 않고 세관에게 걸어갔다. 베키는 그저 웃을 뿐이었다. 그러나 그녀가 그런 경멸을 좋아했다고는 생각하지 않는다. 그녀는 외롭다고, 무척 외롭다고 생각했다. 그녀가 결코 건널 수 없는 바다 너머 멀리 영국 해안의 절벽들이 반짝이고 있었다.

그 변화의 의미가 무엇인지 나는 잘 모르겠지만, 남자들의 행동에도 변화가 나타났다. 그라인스톤은 별로 유쾌하지 않게 친한 척을 하며 이빨을 드러내고 그녀 앞에서 웃음을 터뜨렸다. 세 달 전만 해도 모자를 벗고 곤트 저택 앞에 줄지어 서 있는 그녀의 마차를 보기 위해 1마일이라도 기꺼이 빗속을 달려갔던 젊은 보브 서클링은 어느 날 (히호 경의 아들인) 근위대의 피추프와 부두에서 이야기를 나누고 있었다. 베키도 바로 그 부둣가를 산책하고 있었다. 그런데 베키를 보고도 그는 모자를 벗지 않고 어깨 너머로 고개를 끄덕하며 아는 척을 하더니 히호 가문의 장자와 이야기를 계속했다. 톰 레이크스는 입에 시가를 문 채로 호텔에 있는 그녀 방에 들어가려 했는데 그녀가 그의 눈앞에서 방문을 닫아버렸다. 그의 손가락 하나가 이미 문 안에 들어와 있지만 않았다면 문을 아주 잠가버렸을 터였다. 그녀는 정말 너무 외롭다고 느끼기 시작했다. "그이가 여기 있었더라면, 저런 겁쟁이들이 감히 나를 이렇게 모욕할 생각조차 못 할 텐데." 그녀는 혼잣말을 했다. 그녀는 큰 슬픔에 잠겨 '그이'를 생각했다. 그의 정직함이며 바보 같지만 한결같은 다정함과 신뢰, 끝없는 복종, 호방한 성격이며 담대함과 용기 같은 것들을 무척이나 그리웠을 것이 틀림없다. 필시 그녀는 눈물을 흘리기도 했을 것이다. 그날 저녁, 평소보다 더 진하게 연지를 바르고 저녁 식탁에 나타났기 때문이다.

그녀는 이제 늘 연지를 발랐고 하녀는 호텔 청구서에 적힌 것 이외에도 그녀를 위해 코냑을 더 사다 날라야 했다.

그러나 그래도 몇몇 부인들이 그녀에게 보인 동정보다는 남자들의 모욕이 차라리 더 참을 만했다. 크래컨베리 부인과 워싱턴 화이트 부인이 스위스로 가는 길에 불로뉴에 들렀을 때(그들은 호너 대령과 젊은 보모리스의 호위를 받고 있었는데 일행 중에는 크래컨베리 노인과 화이트 부인의 어린 딸도 물론 포함되어 있었다.) 그들은 베키를 모르는 척 외면하지 않았다. 대신 킬킬거리고 호들갑스럽게 떠들어대는가 하면 위로하고 달래주는 척하면서 마침내 베키가 화가 나 미쳐버릴 지경이 될 때까지 선심이라도 베풀듯 그녀를 가지고 놀았다. **저들 따위에게 동정을 받다니!** 그녀에게 키스를 한 후 일행이 거짓 웃음을 지으며 가버릴 때 베키는 생각했다. 계단에서 보모리스의 웃음소리가 들려왔는데 그녀는 그 웃음의 의미를 잘 알고 있었다.

그들이 방문한 뒤, 매주 꼬박꼬박 호텔비를 지불하고, 호텔에 묵는 모든 사람들에게 싹싹하게 굴었으며 호텔 안주인에게는 미소를 짓고 급사들을 "선생님"이라고 높여 부르며 하녀들에게도 돈이 적어 미안하다고 (그러나 그녀에게는 결코 적은 돈이 아니었다.) 공손하게 인사를 하며 월급을 주곤 했던 베키는 호텔 주인에게 방을 비워달라는 통지를 받았다. 그녀가 이 호텔에 묵기에 적당치 않은 사람이며 영국 귀부인들이 그녀와 같은 숙소를 쓰려고 하지 않을 것이라는 이야기를 들었다는 것이었다. 그래서 그녀는 결국 하숙집으로 거처를 옮겼는데 하숙집은 너무 외롭고 지루해서 그녀는 대단히 적적한 날들을 보내야만 했다.

그러나 이런 경멸과 무시에도 불구하고 그녀는 여전히 기죽지 않고 다시 좋은 평판을 얻어 추문을 잠재워보려고 노력했다. 꼬박꼬박 교회에 나가 누구보다 크게 찬송을 불렀으며 난파한 배 선원의 미망인들을 위한 일을 하거나 퀴시부 선교단을 위해 봉사 활동을 하고 그림을 그리기도 했다. 또 기금 모금을 위한 댄스파티에 돈을 내고도 가서 춤을 추지는 않았다. 한마디로 좋은 평판을 얻기 위해 할 수 있는 모든 일을 다 했다고 할 수 있었다. 바로 그 때문에 지금 우리가 좀 더 애정을 가지고 그녀 삶의 이 시기를 미주알고주알 기록하고 있는 것이기도 하다. 이 시기 이후의 삶은 그다지 바람직한 것이라 할 수 없기 때문에. 그녀는 사람들이 자신을 외면하는 것을 보면서도 최선을 다해 그들에게 미소를 지어 보였다. 그러니 얼굴만 보아서는 그녀가 속으로 그런 모욕 때문에 얼마나 상처를 받고 있는지 아무도 알 수 없을 정도였다.

그녀의 과거는 일종의 미스터리가 되고 말았다. 사람들은 그녀를 둘러싸고 두 편으로 갈라져서 누군가는 그녀가 죄인이라고 열을 내며 주장했고 또 다른 누군가는 그녀가 양처럼 순진한 부인이며 진짜 나쁜 놈은 그녀의 남편이라고, 잘못은 그 남편에게 있다고 주장하기도 했다. 그녀는 아들 이야기를 하며 울음을 터뜨리고 아들 로던의 이름이 언급되거나 아들 또래의 사내애들을 볼 때마다 극적인 슬픔을 연출해 상당수 사람들을 자기편으로 만들었다. 그녀는 그런 식으로 앨더니 부인의 마음도 얻어냈다. 그녀는 영국인에게 자주 만찬이며 무도회를 열어주며 불로뉴에 있는 영국인들 사이에서 대모 노릇을 하는 부인이었다. 휴가를 어머니와 함께 보내기 위해 찾아온 부인의 아들을 보고 레베카는 눈물을 쏟았다. "아드님께서 제 로던과 나이가 같군요. 어쩌면 저렇게도 닮았을까요." 베키는 슬픔에 목이 멘 소리로 이렇게 말했다. 그러나 사실인즉 두 소년은 다섯 살이나 나이 차가 났고 친애하는 독자 여러분과 여러분의 충실한 종 사이에 닮은 점이 없는 것처럼 그들 사이에도 일체 닮은 데가 없었다. 스타인 경을 만나기 위해 키싱겐으로 가던 길에 불로뉴에 들른 웨넘 경이 앨더니 부인에게 진실을 밝혀주었다. 그는 로던에 대해서라면 그 애의 어머니보다 자신이 훨씬 더 잘 알고 있으며 정작 그 애의 어머니는 아들을 미워한 것으로 유명하고 아들을 한번 만나보지도 않았다고 말했다. 그는 또 앨더니 도련님은 이제 겨우 아홉 살인 데 반해 로던은 열세 살이 되었으며 앨더니 도련님은 피부색이 검은 편이지만 로던은 하얗다고도 설명해주었다. 그의 말을 들은 부인은 베키에게 호감을 가졌던 것을 후회했다.

베키가 굉장히 공을 들이고 애를 써 다만 몇 명이라도 친구를 만드는 데 성공하면 그때마다 누군가 나타나서 모든 노력을 수포로 돌아가게 만들었기 때문에 그녀는 모든 것을 다시 처음부터 시작해야만 했다. 그건 정말이지 고단한, 너무도 고단하고 외롭고 또 가슴 아픈 일이었다.

교회에서 베키가 아름답게 노래하는 모습이며 종교적 주제들에 대해 반듯한 견해를 펼치는 모습에 매료되어 뉴브라이트 부인 역시 한동안 베키의 편이 되어준 일이 있었다. 그런 주제들에 대해 베키는 이전에 퀸스 크롤리에 있을 때 피트 경으로부터 상당한 교육을 받은 바 있었던 것이다. 그녀는 종교 책자들을 받아왔을 뿐만 아니라 그것들을 읽기도 했고 쿼시부 선교단을 위해 플란넬 페티코트를 만드는가 하면 코코아넛 인디언을 위해 면으로 된 수면 모자를 만들기도 했다. 그녀는 또 교황과 유대인들의 개종을 요구하는 피켓에 그림을 그렸고 수요일에는 라울스 씨의 설교를 듣는가 하면 목요일에는 허글턴 씨의 설교를 듣고 일요일 저녁에는 다비파[1] 볼러 씨의 설교를 듣는 것 이외에도 두 번이나 예배에 참석했다. 그러나 이런 노력들도 다

헛수고일 뿐이었다. 뉴브라이트 부인은 피지 섬 원주민들을 위한 온탕기 기부 관련 기금 모집 계획과 관련하여 사우스다운 백작 부인과 편지를 교환할 기회가 있었는데(두 부인 모두가 이 은혜로운 자선 사업 운영을 위한 여성위원회의 일원으로 참여하고 있었기 때문이다.) 그녀가 편지에서 자신의 '다정한 친구' 크롤리 부인을 언급하자 백작 부인이 곧 베키에 대한 이런저런 이야기와 각종 암시, 사실, 거짓말, 사람들이 공공연히 떠들고 다니는 추문 따위를 모두 적어 보내는 바람에 그녀와 베키 사이의 우정은 바로 끝나고 말았던 것이다. 비슷한 일이 투르에서도 한 번 더 있었다. 이곳의 상류사회 인사들 역시 그런 소문을 들은 즉시 이 탕아와 더 이상 친분을 유지하려 하지 않았다. 외국에 있는 영국인 거주지를 아는 사람들이라면 영국 사람들이 어디에 정착을 하건 그들만의 자부심과 환약, 편견과 하비 소스, 고추가루 및 집안의 수호신을 싸 들고 가 그곳에 작은 대영제국을 세운다는 사실을 익히 알 것이다.

이런 해외의 영국인 거주지들을 베키는 이곳저곳 불안하게 떠돌았다. 볼로냐에서 디에프로, 디에프에서 캉으로, 캉에서 또 투르로. 그녀는 평판을 회복하기 위해 혼신의 힘을 다했지만 아, 딱하게도, 결국은 언제나 누군가에 의해 과거 소행이 들통 나는 바람에 그곳의 갈가마귀 떼 부리에 쪼여 우리에서 쫓겨나고 말았다.

흠잡을 데 없는 여인으로서 포트먼 스퀘어에 집을 가지고 있는 혹 이글스 부인도 베키가 이렇게 정처 없이 떠돌던 중 사귀게 된 친구였다. 베키가 디에프로 도망을 갔을 때 이글스 부인 역시 그곳의 한 호텔에 머물고 있었다. 그들은 해수욕을 즐기다가 처음 만났는데 이후 또 호텔 식당에서 마주쳤다. 이글스 부인 역시 스타인 경과 관련된 베키의 추문을 얼마간 알고 있었다.—아니, 그 일을 모르는 사람이 대체 누구란 말인가? 그러나 베키와 좀 이야기를 나눈 후 그녀는 크롤리 부인이 천사 같은 여인이며 그녀의 남편은 악당이고 스타인 경은 모두 아는 바와 같이 방탕한 늙은이라고 선언하고 크롤리 부인을 음해하는 모든 소문들은 파렴치한 웨넘이 그들과 공모하여 꾸며낸 가증스럽고 사악한 거짓이라고 주장했다. "여보, 당신이 용기 있는 남자라면, 이다음에 클럽에서 웨넘을 만날 때 부디 그 악당 놈 따귀를 한 대 갈겨주세요." 그녀는 남편에게 이렇게 말하기도 했다. 그러나 이글스 부인의 남편 이글스는 지질학에 관심이 많은 조용한 늙은이에 불과한 데다 누군가의 따귀를 때릴 수 있을 만큼 키가 크지도 않았다.

이글스 부인은 그때부터 크롤리 부인에게 온정을 베풀면서 파리에 있는 자기 집에서 같이 살자고 베키를 데려가기도 하고 자신이 후원하는 베키를 인정하지 않는다는 이유로 그곳 대사 부인과 싸움을 벌이기도 했다. 그 외에도 그녀는 베키가 좋은 평판을 회복하고 덕을 지키며 살아갈 수 있도록 여자로서 할 수 있는 모든 일을 다 하였다.

처음에 베키는 얌전하게 점잖은 부인네 행세를 했다. 그러나 오래지 않아 이렇게 점잖은 생활이 견딜 수 없을 정도로 지루해지기 시작했다. 똑같은 일상이 매일 계속 되었고 변함없는 권태와 오락, 볼 것 없는 부아 드 불로뉴 거리로의 똑같은 드라이브와 저녁이면 만나는 똑같은 얼굴들, 일요일 저녁마다 듣는 똑같은 블레어 목사의 설교, 수없이 반복되는 언제나 똑같은 오페라들. 베키는 따분하고 지루해서 죽을 것만 같았다. 그때 다행스럽게도 케임브리지에서 젊은 이글스가 돌아왔는데 자신의 벗이 아들에게 어떤 영향을 주는지를 관찰한 이글스의 어머니는 곧바로 베키에게 경고를 주었다.

　그 후 그녀는 여자 친구와 함께 살려고 해봤지만 사이가 나빠져 서로 싸우기 시작했고 빚도 지게 되었다. 그다음 그녀는 하숙집에 들어가 살기로 결심하고 한동안 생타무르 부인이 운영하는 파리 루아얄가의 유명한 저택에 기거하면서 생타무르 부인의 살롱을 출입하는 한물간 멋쟁이들과 늙어버린 한때의 미인들을 상대로 자신의 우아함과 매력을 뽐내 보기도 했다. 베키는 사교계를 사랑했다. 그리고 마약 중독자가 아편 없이 살 수 없는 것과 마찬가지로 사교계 없이는 살아갈 수 없었다. 생타무르 부인의 하숙집에 사는 동안 그녀는 충분히 행복했다. "이곳 여자들은 메이페어의 여자들 못지않게 재미있어." 베키는 오래전 알고 지내던 런던 친구를 만나 이렇게 얘기했다. "물론 좀 낡은 드레스들을 입고 남자들도 새 장갑 대신 세탁한 장갑을 끼긴 하지만 말이야. 아, 물론 좀 건달 같은 치들도 있기는 해. 그래도 그들이 런던의 건달들보다 더 나쁠달 것도 없지. 이 집안주인이 좀 천박한 건 사실이지만 그녀가 아무개 귀부인보다 더 천박하다고는 생각지 않아." 그러면서 그녀는 당대 사교계의 가장 지체 높은 귀부인 이름을 들먹였는데 그 이름을 이 자리에서 밝히느니 나는 차라리 죽는 편을 택하고 싶다. 사실 저녁에 환히 불이 밝혀진 생타무르 부인의 살롱 안을 들여다보면, 에카르테 카드 테이블 주변에서 메달이며 표훈을 달고 서 있는 남자들과 조금 떨어진 곳에 모여 있는 부인들을 보았다면, 독자분들 역시 여러분이 아주 훌륭한 사교계를 보고 있으며 생타무르 부인이 정말 백작 부인일 거라고 생각할지 모른다. 많은 사람들이 실제로 그렇게 생각하곤 했으니까. 그리고 베키는 생타무르 백작 부인의 이 살롱에서 한동안 가장 잘나가는 숙녀 중 하나였다.

그러나 이 딱한 여인이 다소 갑작스레 파리를 떠나 브뤼셀로 도망을 간 걸 보면 아마 1815년 무렵 그녀가 빚을 졌던 아주 오래전 채권자 하나가 파리에서 그녀를 찾아냈던 것으로 짐작된다.

베키는 얼마나 생생하게 그 도시를 기억하고 있었는지! 그녀는 자신이 묵었던 작은 호텔 중 이 층을 올려보며 씩 미소를 짓고 바르아크르 백작 일가가 호텔 현관 앞에 마차를 대기시킨 채 말을 구해 피난을 가려고 안달복달하던 모습을 떠올렸다. 워털루와 라켄에도 가보았는데 그곳에 세워진 조지 오스본의 기념비를 보고 무척 마음이 흔들려서 잠시 그 기념비를 스케치해보기도 했다. "가엾은 큐피드 같으니라고!" 그녀가 말했다. "열렬히도 나를 좋아했지. 얼마나 멍청한 사내였는지! 에미가 아직 살아 있기는 한지 모르겠구나. 마음씨 착한 아이였는데. 그 애의 그 뚱보 오빠는 어떻게 되었는지 몰라. 그 뚱보를 그린 우스꽝스러운 그림이 아직도 내 서류들 속에 있을 텐데. 다 착하고 단순한 이들이었어."

브뤼셀에서 베키는 생타무르 부인이 추천해준 보로디노 백작부인 하숙집을 찾아갔다. 그녀는 나폴레옹 휘하의 장군으로 유명했던 보로디노 백작의 미망인이었는데 영웅이었던 남편이 죽으면서 남긴 것이라고는 하숙집 식당에 있는 커다란 식탁과 카드놀이 테이블뿐이었다. 이류의 멋쟁이들과 늙수그레한 난봉꾼들, 노상 송사를 벌이는 과부들과 이 집에서 '대륙의 사교계'를 경험하고 있다고 생각하는 순진한 영국인들이 보로디노 백작부인 하숙집에서 밥을 먹거나 테이블에 돈을 걸고 카드놀이를 하곤 했다. 호기 어린 젊은이들은 호텔 식탁에 둘러앉은 일행에게 샴페인을 내거나 여자들을 데리고 말을 타고 나가거나 말을 세내 시골로 소풍을 가기도 했다. 그들은 또 돈을 추렴하여 오페라나 연극의 특별석을 예매하는가 하면 카드판이 벌어지는 테이블 위 숙녀들의 하얀 어깨 너머로 돈을 걸기도 했는데 그러면서 데본서에 있는 부모님께 편지를 써 자신들이 참으로 운 좋게도 대륙의 사교계에 입문하게 되었다고 알리는 것이었다.

파리에서처럼 여기에서도 베키는 하숙집의 여왕으로 군림하면서 몇몇 잘나가는 하숙집 사회를 통치했다. 그녀는 결코 샴페인이나 꽃다발, 교외로의 드라이브나 극장의 개인 특별석을 거절하는 법이 없었다. 그러나 그녀가 그중에서도 가장 좋아했던 것은 저녁마다 벌어지는 카드놀이 판이었다. 이런 판에서 그녀는 아주 대담하게 게임을 하곤 했다. 처음에는 잔돈푼이나 걸었지만 곧 5프랑짜리 동전을 걸게 되었고 그다음에는 나폴레옹 금화를 걸었으며 그다음에는 은행에서 발행한 수표를 걸고 놀음을 했다. 자연스레 그달 치 하숙비를 내지 못하는 일도 생겼는데 그럴 때면 주변 젊은 신사들에게 돈을 빌렸다. 그러다가도 다시 현금이 수중에 들어오면, 돈이 없어 쩔쩔 맬 때는 아쉬운 소리를 하며 살살 달래던 보로디노 부인에게 큰소리를 치고 그녀를 위협했다. 수중에 한 푼도 없을 때면 한 판에 10수를 걸고 노름을 하다가도 분기별로 들어오는 생활비가 입금되면 보로디노 부인에게 밀린 하숙비를 갚아주고 다시 한 번 로시뇰 씨나 라프 훈작을 상대로 제대로 된 카드 노름을 시작했다.

베키가 브뤼셀을 떠났을 때 슬프게도 그녀는 분명 세 달 치 하숙비를 보로디노 부인에게 빚지고 있었다. 보로디노 백작 부인은 갚지 않은 외상이며 그녀의 노름 습관, 술버릇, 그녀가 영국 국교회 목사인 머프 씨 앞에 무릎을 꿇고 돈을 빌린 일이며 누들 경의 아들이자 머프 목사의 제자이기도 한 마일러 누들에게 꼬리를 쳐 그를 걸핏하면 자기 방으로 데리고 들어가거나 카드 게임에서 그에게 상당한 금액을 후려내기도 했던 것, 그밖에도 셀 수 없이 많은 그녀의 거짓말이며 사기 행각들을 자기 집에 묵는 모든 영국인에게 낱낱이 알려주고 로던 부인은 독사나 다름없는 여자라고 단언했다.

이렇게 우리의 작은 방랑자는 마치 오디세우스나 뱀필드 무어 커루[2]처럼 유럽 이곳저곳에 임시 거처를 마련하고 정처 없이 떠돌아다녔다. 입방아에 오르내릴 천박한 일들을 그녀는 점점 더 즐기게 되었고 오래지 않아 완전한 떠돌이 부랑자가 되어 머리가 쭈뼛 설 만큼 무서운 사람들과 무리를 지어 다니게도 되었다.

유럽 도시 어디에나 영국 출신 부랑자들이 모여 사는 구역이 있게 마련인데 보안관 헴프 씨는 법정에서 정기적으로 이들의 이름을 호명하곤 했다. 이런 무리에 속한 젊은 신사 중에는 때로 아주 좋은 집안 출신들도 있었다. 가문에서도 이미 완전히 포기한 그들은 당구장이나 담배를 피울 수 있는 카페를 들락거리며 그 지역 경마장이나 노름판의 주요 고객 역할을 담당했으며 채무자 구금소를 채우고 술을 먹고 흰소리를 해대며, 싸움질을 하거나 큰 소리로 떠들고 소란을 피우기도 했다. 외상을 하고 도망을 가버리는가 하면, 프랑스나 독일의 군인들과 결투를 벌이기도 하고 카드놀이판에서 속임수로 순진한 이들을 등쳐먹기도 했다. 돈이 좀 생기면 멋진 사륜마차를 타고 바덴으로 드라이브를 갔으며 결국 이길 거라는 믿음 아래 두 배로 판 돈을 걸고 노름을 하거나 빈 주머니로 노름판 주위를 어슬렁거리며 돈 한 푼 없는 주제에 되도 않게 허세를 부리고 먹히지도 않는 위협을 하면서 가짜 수표로 유대인 은행가를 속여먹거나 또 다른 순진한 이들을 찾아 주머니를 후려내기도 했다. 이런 이들이 사치와 빈곤 사이를 오가는 모습이란 참으로 기이하기 짝이 없는 것이었다. 실제로 그들의 삶은 실로 흥미진진했을 것이 틀림없다. 베키 역시—이런 사실을 밝혀야만 할까?—이런 삶을, 그것도 결코 싫어하는 기색 없이 살아갔다. 그녀는 이런 방랑자 무리에 섞여 이 마을 저 마을로 떠돌아다녔는데 독일 내 노름판에서는 이 운 좋은 로던 부인을 모르는 이가 없을 정도였다. 그녀는 크뤼슈카세 부인과 함께 피렌체에서 도박장을 운영하기도 했다. 들리는 말로는 뮌헨에서 추방 명령을 받았다는데 내 친구 프레더릭 피전 씨는 로잔에 있는 그녀 집에서 저녁을 먹을 때 최음제가 든 음식을 먹고 로더 소령과 듀시스 경에게 팔백 파운드를 잃었다고 주장하기도 했다. 아시다시피 베키의 인생사를 얼마간 설명하지 않을 수는 없다. 물론 이 시기의 일들은 될 수록 적게 말하는 편이 좋겠지만.

사람들 말로는 노름판에서 운이 나빠 돈이 궁할 때면 로던 부인이 이곳저곳에서 콘서트를 열거나 음악 레슨을 하기도 했다고 한다. 사실 빌트바트에서도 분명 '왈라키아의 군주'라는 악단 수석 피아니스트인 스포프 씨의 반주에 맞춰 로동 부인이라는 이가 마티네 음악회를 연 적이 있었다. 또 안 가본 데 없이 돌아다니며 오만 사람들 소식을 다 듣고 다니는 내 친구 이브스는 언제나 자신이 1830년 스트라스부르 극장에 있을 때 마담 레베크라는 여가수가 오페라 「블랑슈 부인」에 출연해 객석에서 성난 관객들이 대소동을 벌인 적이 있었다고 주장하기도 했었다. 관객들이 야유를 퍼붓는 바람에 그녀는 결국 퇴장을 해야만 했는데 이는 부분적으로 그녀 자신의 결점 때문이었지만 그보다는 주로 (수비대 군인들이 앉아 있던) 극장 앞좌석 관객들의 경솔한 선동과 그에 대한 동조 때문이었다고 했다. 그런데 이브스는 이 불운한 문제의 오페라 데뷔 가수가 로던 크롤리 부인이라고 확신하고 있었다.

그녀는, 사실, 이 세상의 부랑아였다. 돈이 있을 때면 도박을 했고 도박으로 돈을 잃으면 어떻게든 궁여지책으로 생활을 꾸려갔다. 대체 그녀가 무슨 수단으로 어떻게 그렇게 생활을 꾸려 갔는지는 물론 아무도 알 수 없는 일이다. 들리는 말로는 잠깐 상트페테르부르크에 머물고 있을 때 곧 경찰이 그녀를 그 도시에서 추방했다고 한다. 그러니 그녀가 후에 비엔나와 테플리츠에서 러시아의 스파이로 일했다는 보도는 손톱만큼도 사실일 가능성이 없다. 나는 그녀가 파리에서 자신의 혈육을 만났다는 소문을 들었다. 다름 아닌 그녀의 외할머니였는데, 그녀는 물론 몽모랑시 가문과는 아무 상관없는, 대로변 극장에서 개인 특별석의 문을 열어주는 늙고 추한 노파에 불과했다. 더러 그 해후에 대해 알고 있는 사람들도 있는 모양인데, 그것은 대단히 감동적인 것이었음에 틀림없다. 그러나 필자는 그 만남에 대해 더 이상의 자세한 이야기는 전할 수 없다.

언젠가 한번 그녀가 로마에 있을 때 반년 치 생활비가 그곳의 주요 은행으로 입금된 일이 있었다. 예금액이 500스쿠디 이상 있는 사람은 누구나 그해 겨울 상인들 사이의 군주로 행세하는 이 은행장이 개최한 무도회에 초대를 받았다. 베키 역시 이 명예로운 초대장을 받아 폴로니아 공 부부의 화려한 저녁 연회에 참석했다. 공비는 계보상 로마 두 번째 왕의 후손이자 올림푸스에게리아 여신의 자손이었다. 반면 폴로니아 공의 할아버지 알레산드로 폴로니아는 비누며 향유, 담배와 손수건을 팔고 신사들 심부름을 하며 얼마 안 되는 푼돈으로 사채업을 하기도 한 인물이었다. 로마의 지체 높은 인사들이 모두 그의 살롱에 모였다. 군주들과 공작들, 대사와 예술가, 악사와 대주교, 버릇없는 젊은이들과 그 가정교사들, 다시 말해 지위 고하를 막론하고 온갖 사람들이 다 공의 살롱에 모였다고 할 수 있었다. 공의 거실은 광휘와 위엄으로 빛났다. 금박을 한 (그림) 액자들이 번쩍이고 있었으며 진품 여부가 확실치 않은 골동품들, 고귀한 소유주의 거대한 도금 왕관 및 문장, 진홍색 들판 위에 그려진 황금 버섯이며(진홍색은 공의 조부가 팔던 손수건 색깔이었다.) 폼필리 가문의 은색 분수 등이 지붕과 문, 벽의 그림판, 교황과 황제를 환영하기 위해 준비된 벨벳 천개(天蓋) 등을 장식하며 반짝이고 있었다.

피렌체에서 장거리 승합마차를 타고 로마로 와 검소하게 한 여관에 머물고 있던 베키도 폴로니아 공의 연회에 초대를 받았다. 하녀는 평소보다 신경을 써 베키의 몸치장을 도왔고 그녀는 그즈음 함께 여행을 다니던 로더 소령의 호위를 받으며 이 멋진 무도회에 참석했다.(로더 소령은 다음 해 나폴리에서 라볼리 공에게 총을 쏜 바로 그자이자 카드게임에 사용하는 트럼프 외에 모자 속에 네 개의 또 다른 킹 패를 들고 다니다 존 벅스킨 경에게 회초리를 맞았던 바로 그 사내였다.) 이 한 쌍의 남녀는 함께 무도회장으로 들어갔다. 베키는 그곳에서 정숙하지는 않았지만 그 사실을 들키지 않았던, 좋았던 시절 알고 지낸 낯익은 얼굴들을 여럿 발견했다. 로더 소령은 단추 구멍에 더러운 줄무늬 리본을 달고 더러운 셔츠가 보이지 않게 하기 위해 스카프 따위를 매고 있는, 날카로운 인상의 구레나룻 기른 외국인들을 많이 알고 있었다. 그러나 같은 영국인들은, 사람들도 눈치를 챘을 텐데, 소령을 외면했다. 베키 역시 프랑스 출신 과부라든가, 남편에게 부당한 대접을 받았다는 정체가 불분명한 이탈리아의 백작 부인이라든가 하는 사람들을 몇몇 알고 있었다. 하, 그러나 허영의 시장에서 가장 고상한 사람들과 사귀어왔던 우리가 이런 폐물들이며 허접한 인간쓰레기들을 두고 무슨 말을 할 것인가? 게임을 하려거든 이렇게 더러운 카드가 아니라 깨끗한 카드를 가지고 할 일이다. 그러나 무수히 많은 영국 여행객 부대에 끼어본 적이 있는 사람이라면 누구나 다른 사람 돈주머니나 노리는 떠돌이 비정규군들이 님이나 피스톨[3]처럼 주력 부대를 따라다니는 것을 목격했을 것이다. 그들은 영국 국기를 들고 자신들의 임무를 과시하지만 정작 자기들 잇속만 챙기다가 길가에서 공개 처형을 당하기도 한다.

하여튼, 그래서 베키는 로더 소령의 팔에 매달려 이 방 저 방 돌아다니면서 연회에 나온 샴페인을 적잖이 마셔댔다. 만찬이 차려진 상 앞에서 사람들, 특히 소령의 떠돌이 부대원들은 맹렬하게 식탐을 과시했다. 그러나 양껏 먹고 난 베키와 로더 소령은 이 방 저 방을 계속 드나들다 마침내 분홍색 벨벳으로 장식된 공비의 살롱까지 들어갔다. 연이어진 내실의 제일 끝 방에서 (그 방에는 비너스 여신상이 세워져 있었고 은제 테두리의 베니스산 거울이 있었다.), 공의 가족들이 만찬이 차려진 둥근 테이블을 앞에 놓고 가장 저명한 귀빈들을 접대하고 있었다. 그것은 베키가 스타인 경 저택에서 참가한 적 있었던, 최고의 귀빈만을 모신 그런 작은 규모의 엄선된 만찬이었다. 그런데, 거기, 폴로니아 공의 만찬 테이블 앞에 그가 앉아 있었다. 베키는 그를 보았다.

그의 번쩍이는 하얀 대머리 이마에 다이아몬드 장식으로 인해 생긴 상처가 타는 듯 붉게 아로새겨 있었다. 붉은 구레나룻은 자주색으로 염색돼 있었는데 그 때문에 창백한 얼굴이 더 창백해 보였다. 그는 훈장이며 훈장의 경식장(頸飾章), 가터 훈장과 그 훈장에 딸린 푸른색 리본을 달고 있었다. 그 자리에는 세도 있는 공작과 왕족, 그 부인들도 있었지만 스타인 경은 그들 중에서도 가장 지체 높은 손님이었다. 경의 옆에는 글란디에르 가문 출신의 아름다운 벨라도나 백작 부인이 앉아 있었다. 그녀의 남편(파올로 델라 벨라도나 백작)은 굉장한 곤충 표본 수집본을 가지고 있는 것으로 유명했는데 모로코 황제 사절단으로 파견되어 오랫동안 집을 비우고 있었다.

이 친숙하고 저명한 인사의 얼굴을 보자 베키는 갑자가 로더 소령이 너무도 천박하게 여겨졌으며 꼴도 보기 싫은 룩 대위의 담배 냄새에 진절머리가 나기 시작했다! 순식간에 그녀는 상류 사회 귀부인 티를 내면서 다시 한 번 메이페어에 있을 때처럼 보이려고, 또 그렇게 느껴보려고 애를 썼다. '저 여자는 멍청하고 아주 따분해 보이는걸.' 그녀는 생각했다. '저 여자가 그분을 즐겁게 해드릴 수 있을 리가 없지. 없고말고. 그분은 저 여자랑 있는 것이 틀림없이 지루하실 거야. 나랑 있을 때는 지루해하신 적이 한 번도 없었는데.' 그 어느 때보다 반짝이는 눈으로(눈꺼풀까지 바른 연지 때문에 눈두덩도 반짝이고 있었다.) 이 위대한 귀족을 바라보는 그녀의 가슴은 수백 가지 애처로운 희망과 두려움, 추억으로 고동치고 있었다. 스타 가터 클럽에서 모임이 있는 저녁이면 스타인 경은 실로 위엄 있는 태도를 보였다. 사실이 그랬지만 그는 위대한 귀족처럼 말했고 또 위대한 귀족처럼 보였다. 베키는 편안하고 고상하면서도 위엄 있는, 호사스런 미소를 짓고 있는 스타인 경을 존경하는 눈빛으로 보았다. 아, 맙소사, 그는 정말 얼마나 유쾌한 동료였으며 얼마나 눈부신 기지를 가지고 있었는지, 얼마나 풍부한 화제와 기품 있는 태도를 지니고 있었는지! 그런데 저런 분을 놓치고 이제 시가며 브랜디 냄새를 풀풀 풍기는 로더 소령이며 경마장에서나 오가는 농담과 권투장에서 사용하는 속어 따위를 달고 사는 룩 대위 등속과 어울리고 있으니. '저분이 나를 알아보실까?' 그녀는 생각해보았다. 스타인 경은 옆자리의 저명한 귀족 부인과 이야기를 나누며 웃다가 고개를 들어 베키를 보았다.

경과 눈이 마주치자 베키의 가슴은 마구 요동치기 시작했다. 그녀는 할 수 있는 한 가장 매력적인 미소를 짓고 그를 향해 소심하게, 애원하듯 살짝 무릎을 굽혀 절을 했다. 그는 마치 저녁 만찬에 갑자기 나타난 뱅쿼의 유령을 마주친 맥베스처럼 깜짝 놀라 잠시 그녀를 보더니 입을 다물지 못하고 그녀를 노려보았다. 그러자 로더 소령이 겁에 질려 그녀를 잡아끌었다.

"로던 부인, 연회실로 다시 갑시다." 소령이 말했다. "저 귀족들이 게걸스럽게 음식을 먹는 걸 보니 나도 배가 좀 고파졌어요. 가서 늙은 은행장이 낸 샴페인이나 듭시다." 베키는 소령이 이미 샴페인을 마실 만큼 마셨다고 생각했다.

다음 날 그녀는 혹 스타인 경을 다시 만날 수 있을까 하는 희망에서 로마의 한가한 이들에게 런던의 하이드 파크와 같은 곳인 핀초 언덕으로 산책을 나갔다. 그러나 그곳에서 그녀가 만난 것은 스타인 경이 아니라 경의 충복인 피슈였다. 그는 베키에게 아는 척을 하며 인사를 건네고 모자에 손을 대 예를 표하며 다가왔다. "부인이 여기 계실 줄 알았습니다." 그가 말했다. "호텔에서부터 따라왔으니까요. 부인께 좀 드릴 말씀이 있습니다."

"스타인 후작께서 전하는 말씀인가요?" 그녀는 할 수 있는 한 위엄 있는 태도를 취하면서, 그러나 기대와 희망 때문에 적지 않게 마음의 동요를 느끼며 물었다.

"아니요." 그 시종이 대답했다. "제가 드리는 말씀입니다. 로마에서 생활하시는 것은 건강에 좋질 않습니다."

"이 철에는 괜찮아요, 피슈 씨. 부활절 이후까지는 괜찮답니다."

"아니, 부인. 지금도 좋지 않아요. 이곳에는 언제나 말라리아를 앓고 있는 사람들이 있으니까요. 망할 습지의 바람이 계절에 상관없이 여러 사람 목숨을 앗아갔어요. 제 말을 들으세요, 크롤리 부인. 부인은 언제나 **좋은 분**이셨습니다. 그리고 저는 **진심으로** 부인을 생각해서 드리는 말씀이에요. 부디 제 말을 새겨들으시고 로마를 떠나세요. 그러지 않으면 병이 나서 목숨을 잃게 되실 겁니다."

베키는 분노가 치밀어 올랐지만 웃음을 터뜨렸다. "뭐라고요! 그러니까 저같이 힘없고 불쌍한 여자를 암살이라도 하겠다, 이건가요!" 그녀가 소리쳤다. "낭만적이기도 하지! 후작님은 짐꾼들 사이에 자객을 데리고 다니고 **짐마차** 속에 단검이라도 넣어 다니시는지요? 하! 저는 그분을 괴롭히기 위해서라도 이곳에 계속 있겠어요. 여기에도 저를 보호해주실 분들 정도는 있으니까요."

이번에는 피슈 씨가 웃음을 터뜨릴 차례였다. "부인을 보호한다고요." 그가 되물었다. "그런데 누구 말씀입니까? 그 소령이나 대위, 아니면 부인이 알고 지내는 그 도박꾼들 누구든 백 루이만 건네면 부인 목이라도 기꺼이 가져올 텐데요. 우리도 로더 소령에 대해 좀 아는 것이 있습니다.(제가 후작이 아닌 것처럼 그치도 결코 소령이 아니지만요.) 그리고 마음만 먹으면 그를 죄수로 갤리선에 보내거나 더 지독한 곳에 보낼 수도 있죠.

저희는 모든 것을 다 알고 있으며 어디에나 친구들을 가지고 있습니다. 부인이 파리에서 누굴 만났는지, 그곳에서 어떤 친척을 찾았는지도요. 네, 부인도 저희를 볼 수 있지만, 저희 역시 부인을 볼 수 있지요. 유럽 어느 곳에서도 부인을 받아주지 않으니 어떻던가요? 부인은 어떤 분을 모욕하셨습니다. 그분은 결코 그 일을 용서하지 않으실 겁니다. 어제 그분이 부인을 보셨을 때 부인에 대한 그분의 분노는 갑절로 커졌습니다. 지난밤 집에 돌아오신 후 미친 것처럼 화를 내셨죠. 벨라도나 부인께서도 부인 때문에 어젯밤 몹시 흥분해 후작님께 화를 내셨고요."

"아, 그러니까 벨라도나 부인이 시켜서 온 거군요, 그런가요?" 좀 전에 들은 말 때문에 겁을 먹고 있던 베키가 얼마간 안심하며 물었다.

"아니요, 그분 때문이 아닙니다. 벨라도나 부인의 시샘이야 노상 있는 일이니까요. 제가 온 건 후작님 때문입니다. 그분 앞에 나타난 건 잘못한 일이었어요. 여기 계속 계시다가는 후회하게 되실 겁니다. 제 말을 명심하세요. 이런, 저기 경의 마차가 오는군요." 거의 값을 매길 수 없을 만큼 훌륭한 말이 끄는, 문장 장식이 번쩍이는 스타인 경의 사륜마차가 오솔길을 돌아 달려오자 그가 베키 팔을 잡고 얼른 샛길로 몸을 피했다. 마차에는 피부색이 어둡지만 한참 피어나는 벨라도나 부인이 쿠션에 늘어져 침울한 얼굴로 앉아 있었다. 무릎에는 스패니얼 개 한 마리가 있었고 머리 위로는 하얀 파라솔이 흔들리고 있었다. 늙은 스타인 경은 그녀 옆에서 흑색 얼굴에 마치 죽은 이의 그것 같은 눈빛으로 기운 없이 앉아 있었다. 때로 증오나 분노, 욕망 등이 일 때면 이따금 다시 한 번 빛나기도 했지만 경의 눈은 이제 좀처럼 빛나는 일이 없었다. 모든 쾌락과 지고의 아름다움조차

이 지쳐빠진 불행한 노인네에게 더 이상 아무 감흥을 불러일으키지 못하는 것 같았고 바깥세상을 바라보는 일에도 그는 이제 흥미를 잃고 만 것 같았다.

"경은 그날 밤의 충격을 절대, 절대 잊지 못하십니다." 마차가 쏜살같이 그들 옆을 지나갈 때 피슈 씨가 크롤리 부인에게 속삭였다. 그녀는 몸을 숨긴 관목 뒤쪽에서 마차를 힐끗 곁눈질해 보았다. '그렇다니, 그래도 좀 덜 분하구나.' 베키는 생각했다. 피슈 씨 말처럼 스타인 경이 정말 베키를 해칠 마음을 가지고 있었고 이 시종이 그 암살 계획에 반대를 한 것인지 (후작이 죽은 후 그는 고향으로 돌아가 그곳 영주에게 피치 남작이라는 칭호를 구매해 대단히 존경을 받으며 살아갔다.) 아니면 그가 단지 주인이 겨울을 보내려는 도시에서 이 위대한 귀족을 대단히 불쾌하게 만들 것이 틀림없는 크롤리 부인을 겁주어 쫓아내려 한 것인지는 확인할 수 없다. 그러나 그의 협박은 이 작은 여인에게 제대로 효과를 발휘했다. 그녀는 더 이상 오랜 후원자 앞에 모습을 드러낼 생각을 하지 않았다.

1830년, 프랑스에서 7월 혁명이 일어난 지 두 달 뒤 그가 나폴리에서 쓸쓸히 운명을 달리한 것은 모두 알고 있는 사실이다. 존귀한 조지 구스타프 경이자, 스타인 후작이고, 아일랜드에 곤트 성과 곤트 백작 칭호를 가지고 있으며 헬버러 자작이자, 핀칠리와 그릴스비의 남작이고 가장 영예로운 가터 훈장 기사 칭호에 더해 스페인의 황금 양털 훈장 및 러시아의 일등급 성 니콜라스 훈장, 터키의 신월 훈장을 수여받은 바 있으며 일등 화장관이자 궁내관이고, 곤트가와 섭정공 민병대 장군이자 대영 박물관 이사이고 트리니티 하우스 원로 조합원이며 화이트 프라이어스 승단의 이사장이고 민법 박사이기도 했던 그는, 신문

보도에 따르자면 유서 깊은 프랑스 왕가의 몰락에 몹시 충격을 받은 끝에 몇 차례 발작을 일으킨 후 마침내 사망했다고 했다.

그의 미덕과 위용, 재능과 선행을 나열하는 장엄한 추모의 글이 주말판 신문에 실렸다. 인척 관계를 주장하기도 했던 프랑스의 저명 가문에 대한 그의 애정과 연민은 그렇게도 굉장한 것이어서 그는 도저히 이 위대한 친족 가문의 불운을 견디어낼 수 없었다고 했다. 몸은 나폴리에 묻혔지만 심장─언제나 가장 관대하고 고상한 감정으로 고동치던 그 심장─은 항아리에 담겨 곤트 성으로 돌아왔다. 웨그 씨는 선언했다. "경의 죽음으로 인해 가난한 사람들과 예술가들은 관대한 후원자를 잃었으며 사회는 가장 눈부신 성원을 상실했고 영국은 가장 고귀한 애국자이자 정치가를 잃었다."

그의 유언을 두고 굉장한 분쟁이 일어났으며 벨라도나 백작부인으로부터 스타인 경이 언제나 두 번째 손가락에 끼고 다니던 '유대인의 눈'이라는 별칭의 유명한 다이아몬드 반지를 강제로 환수하려는 시도가 감행되기도 했다. 떠도는 말로는 경의 비통한 죽음 뒤 그녀가 후작의 손에서 그것을 빼냈다고 했다. 그러나 경의 충실한 친구이자 시종인 피슈 씨가 후작이 죽기 이틀 전 반지를 벨라도나 부인에게 선물했다고 증언했다. 그는 또 후작의 상속자들이 상처 입은 여인에게 반환을 요구한, 경의 서랍에서 발견된 은행권이며 보석, 나폴리와 프랑스의 채권 등에 대해서도 후작이 백작 부인에게 남긴 것이 맞다고 증언했다.

65장
이런저런 일들과 쾌락들

　도박장에서 베키를 만난 다음 날, 조는 유난히 신경을 써 화
려하게 몸단장을 했다. 굳이 가족에게 전날 밤 만난 친구에 대
해 언급을 하거나 같이 산책을 가자고 권유하지도 않고 일찌감
치 집을 나선 그는 곧 엘러펀트 호텔 문 앞에서 뭔가를 물어보
고 있었다. 축제 때문에 여관은 손님들로 가득 차 있었고 거리
에 놓인 테이블은 벌써부터 담배를 피우고 그 지역의 도수 약한
맥주를 마시는 사람들로 북적대고 있었다. 호텔 라운지에도 담
배 연기가 자욱했는데 예의 거들먹거리는 태도에 서투른 독일
어로 자신이 찾는 손님에 대해 물어본 그는 몇몇 행상인들이 머
물면서 보석이며 아름다운 무늬를 넣어 짠 직물들을 늘어놓고
파는 이 층 방들을 지나 도박판을 운영하는 무리가 본부 삼아
묵고 있는 삼 층과, 잘 알려진 떠돌이 곡예사들 무리가 묵고 있
는 여관 제일 꼭대기 층까지 지나 지붕 밑 작은 다락방으로 안
내를 받아 올라갔다. 학생들과 출장 판매원들, 소상인들과 축제

를 보러온 시골 사람들이 묵는 그곳에 베키는 작은 둥지를 틀고
있었다. 아마 이렇게 작고 더러운 은신처에 베키 같은 미녀가
들어온 것은 전례 없는 일이었을 것이다.

그러나 베키는 이곳에서의 생활이 좋았다. 그녀는 그곳의 모
든 이들, 행상인이며 투전꾼, 곡예사와 학생 등의 투숙객과 편안
하게 함께 지냈다. 취향에서나 환경에서나 베키는 보헤미안이
었다고 할 수 있는 어머니, 아버지에게 야성적인 방랑자의 본성
을 물려받고 있었다. 그래서 주인이 옆에 없으면 그녀는 짐꾼과
도 더할 나위 없이 즐겁게 이야기를 나누었다. 시끄러운 소음이
며 야단법석, 술과 담배 연기, 유대 행상인들의 객담이며 쥐뿔도
없는 곡예사들이 무게를 잡으며 잘난 척하는 태도들, 도박판 앞
관리들의 교활한 이야기, 학생들의 허풍이며 노래, 이런 여관에
늘 있게 마련인 웅성거림과 북적거림, 이런 것들이 이 작은 여
인에게는, 심지어 운이 나빠 여관비를 낼 돈 마저 없을 때도 즐
겁고 유쾌했다. 그런데 하물며 지금 그녀의 지갑에는 어젯밤 조
지가 대신 따준 돈이 가득 들어 있으니 이 모든 북적거림이 얼
마나 더 사랑스럽게 생각되었겠는가!

삐걱거리는 소리를 내며 마지막 계단까지 숨이 턱에 차 올라
온 조는 계단참에 도착해 아무런 말도 못하고 손수건으로 얼굴
을 닦으며 찾는 사람이 묵고 있다는 92호실을 찾아보았다. 90호
라고 쓰인 맞은편 방문이 열려 있었는데 방 안에는 긴 장화를
신고 더러운 실내복을 입은 학생 하나가 긴 파이프로 담배를 피
우며 누워 있었다. 긴 노란 머리에 실을 꼬아 만든 코트를 입고,
멋은 제법 냈지만 구질구질한 또 다른 학생 하나는 92호실 앞에
무릎을 꿇고 앉아 열쇠 구멍에 대고 안에 있는 사람에게 애원의
말을 외치고 있었다.

"가세요." 익히 알고 있는 그 목소리에 조는 몸을 떨었다. "손님을 기다리고 있어요. 할아버지를 기다리고 있다고요. 그분이 당신이 거기 있는 걸 보면 안 돼요."

"천사 같은 영국 부인!" 밝은 갈색 곱슬머리에 손에 큰 반지를 낀 무릎 꿇은 학생이 소리쳤다. "부디 저희를 불쌍히 생각해서 한 번만 만나주세요. 공원에 있는 식당에서 저와 프리츠와 식사를 해주세요. 저희가 구운 꿩고기와 흑맥주, 자두 푸딩과 프랑스 와인을 대접하겠습니다. 부인께서 거절하신다면 저희는 죽어버릴 거예요."

"네, 죽어버릴 거예요." 90호실 침대에 누워 있던 또 다른 젊은 신사가 거들었다. 조는 그 자리에 서 그 대화를 엿듣고 있었다. 그러나 한 번도 제대로 공부하지 않은 독일어로 이런 말이 오갔기 때문에 조는 그 내용을 전혀 알아들을 수 없었다.

"실례합니다만, 여기가 92호실인가요?" 말을 할 수 있게 되었을 때 조가 가능한 위엄 있게, 그러나 영어 억양이 섞인 프랑스어로 물었다.

"92호실!" 무릎을 꿇고 있던 학생이 벌떡 몸을 일으키며 독일어 억양이 섞인 프랑스어로 말하더니 자기 방으로 들어가 문을 닫아걸었다. 조는 그가 방 안 침대에 누워 있던 친구와 웃음을 터뜨리는 소리를 들을 수 있었다.

벵골 출신 신사가 학생의 행동에 당황해 어리둥절한 채 서 있을 때 92호실 문이 열리더니 교활하고 장난기 가득한 베키의 작은 얼굴이 비죽 밖으로 나왔다. 그녀는 조를 보고 반색을 했다. "오셨군요." 그녀가 밖으로 나오며 말했다. "얼마나 기다렸는지 몰라요! 잠깐만요, 아직 들어오시면 안 돼요. 1분이면 돼요." 그 짧은 시간 동안 그녀는 연지통과 브랜디 술병, 먹고 남은 고기

조각이 담긴 접시를 침대 속에 밀어 넣고 머리를 한 번 매만진 후 마침내 손님을 방 안으로 안내했다.

그녀는 오전용 실내복 대신 분홍색 헐렁한 망토 같은 옷을 입고 있었는데 망토는 색이 바랜 데다 때가 타 있었고 여기 저기 향수 얼룩들도 묻어 있었다. 그러나 헐렁한 소매 사이로 빛나는 팔은 하얗고 아름다웠으며 군살 없는 몸매를 잘 드러낼 수 있도록 가는 허리 주위로 끈을 매고 있었다. 그녀는 손을 잡고 조를 자신의 다락방 안으로 데리고 들어갔다. "들어오세요." 그녀가 말했다. "들어와서 저와 이야기를 해요. 저기 저 의자에 앉으세요." 그러면서 그녀는 잡고 있던 조의 손을 한 번 힘주어 잡더니 웃으며 그를 의자 위에 앉혔다. 자신은 침대 위에 앉았는데 물론 술병이며 접시를 밀어 넣은 자리에는 앉지 않았다. 혹 침대에 앉았다면 조가 그 위에 앉았을지도 모를 일이다. 그렇게 그녀는 자리를 잡고 앉아 한때 그녀를 연모한 적이 있었던 신사와 이야기를 나누기 시작했다.

"세월이 이렇게 흘렀는데도 하나도 변하지 않으셨어요." 그녀가 다정히 조에게 관심을 표하며 말을 걸었다. "어디에서라도 선생님을 알아볼 수 있겠는데요. 낯선 사람들 사이에서 이렇게 오래된 친구의 정직한 얼굴을 다시 보는 것이 얼마나 위로가 되는지 모르겠네요!"

그러나 사실대로 말하자면 바로 그 순간 이 정직하고 솔직한 친구의 얼굴에 떠오른 것은 결코 정직하고 투명한 표정이 아니었다. 그의 얼굴에는 당황과 의아함이 가득했다. 조는 한때 숭배했던 여인이 머물고 있는 그 야릇한 작은 방을 둘러보고 있었다. 드레스 하나는 침대 위에 널려 있었고 또 다른 하나는 문에 달린 옷걸이에 걸려 있었으며 거울은 베키의 모자로 반쯤 가려져 있는데 그 위에는 대단히 예쁘장한 한 쌍의 청동색 부츠가 같이 걸려 있었다. 침대 옆 협탁에는 수지로 만든 싸구려 양초와 프랑스 소설책 한 권이 있었다. 베키는 그 양초도 침대에 넣어버릴까 망설였지만 평소 자기 전 촛불을 끌 때 사용하는, 종이로 된 작은 수면 모자로 덮어두고 말았다. "어디에 계시더라도 알아봤을 거예요." 그녀가 말을 계속했다. "여자들은 어떤 것들을 결코 잊지 못하는 법이니까요. 그리고 선생님은 제가, 제가 처음으로 만나본 진짜 남자셨지요."

"제가요, 정말입니까?" 조가 물었다. "아, 맙소사, 별, 별말씀을 다 하시는군요."

"선생님의 동생분과 치즈윅을 막 나왔을 때 저는 아이나 다름없었어요." 베키가 말을 계속했다. "사랑스러운 아멜리아는 어떻게 지내고 있나요? 아, 그녀의 남편은 참으로 철없고 사악한 남정네였지요. 가엾게도 그 아이는 저를 질투했답니다. 제가 그분에게 무슨 연심이라도 품고 있는 것처럼 말이에요! 하! 그때는 제게도 남편이 계셨는데 말이에요. —하지만, 아니, 지나간 일은 이야기하지 말기로 해요." 그러면서 그녀는 레이스가 너덜너덜해진 손수건으로 눈가를 훔쳤다.

"전혀 다른 세계에 속해 있던 여인이 이런 곳에 살다니 이상하지 않으셔요? 조지프 세들리 씨, 저는 그사이 너무나 많은 억울한 일들과 슬픔을 겪었답니다. 너무 잔인한 고통들을 견뎌야 했기 때문에 때로는 정신을 잃을 것 같았죠. 아무 곳에도 정착하지 못하고 정처 없이 불행하게 이곳저곳을 떠돌아야 했어요. 친구들은 모두 제게 등을 돌렸죠. 모두가요. 세상에 정직한 사람이란 없는가 봐요. 비록 누군가 때문에 홧김에 한 결혼이긴 했지만, 그러나 그런 건 신경 쓰지 마세요, 저는 누구보다 진실한 아내였어요. 저는 그이에게 진실했어요. 그러나 그이는 저를 짓밟고 가버렸어요. 저는 누구보다 다정한 엄마이기도 했지요. 아이가 하나뿐이었는데, 제 유일한 사랑이자 희망, 기쁨이기도 한 그 아이를 저는 엄마의 애정으로 가슴에 품었지만 제 인생이자 기도이고 축복인 그 아이를, 그들이, 그들이 제 품에서 빼앗아 가버렸어요." 그러면서 그녀가 슬픔이 복받친다는 듯 손을 가슴에 대고 얼굴을 잠시 침대에 파묻었다.

침대 속에 밀어 넣은 브랜디병이 차갑게 식은 소시지가 담겨 있던 접시에 부딪혀 쨍그랑 소리를 냈다. 물론 베키가 그렇게 큰 슬픔을 표현하는 바람에 접시도 병도 감동을 받아 움직인 것이었다. 문 앞에서 듣고 있던 막스와 프리츠는 베키가 흐느끼는 소리며 우는 소리를 듣고 무슨 일인가 의아해했고 조 역시 한때의 연인이 이렇게 딱한 처지에 놓인 것을 보고 상당히 놀라고 또 연민을 느끼는 것 같았다. 이렇게 슬픔을 표시한 베키는 곧 지난 일을 이야기하기 시작했다. 그 이야기가 어찌나 군더더기 없이 깔끔하고 꾸밈없이 정직하던지 그 이야기를 들은 사람이라면 누구나 하늘에서 내려온 흰옷 입은 천사가 지상의 사악한 악당들과 그들의 추접한 간계에 말려들었다고, 그래서 티끌 하나 묻지 않은 지고의 존재가 그만 죄 없는 가련한 순교자가 되어 지금 조 앞의 침대, 브랜디병이 숨겨진 그 침대 위에 앉아 있는 것이라고 믿어 의심치 않을 정도였다.

그곳에서 그들은 길고 다정하고 은밀한 이야기를 주고받았다. 그리고 이런 대화를 나누던 중 조 세들리는 베키가 그의 매력적인 모습을 처음 봤을 때 난생처음으로 가슴이 두근거렸던 것이며 조지 오스본이 분명 그녀에게 온당치 않은 구애를 한 적이 있었고 그 때문에 아멜리아가 자신을 질투하고 결국 둘 사이가 다소간 멀어지게 됐지만 베키 자신은 그 불운한 군인을 조금도 부추긴 일이 없으며 조를 처음 본 날 이후로 단 하루도 그를 잊은 적이 없다는 것, 또 결혼한 여자로서 지켜야 할 의무가 막중하며 자신은 언제나 그 의무에 충실해왔고 죽는 날까지 혹은 크롤리 중령이 재직하는 섬의 나쁜 기후 때문에 그동안 그녀를 부당하게 구속해온 잔인한 굴레를 벗게 되는 날까지 앞으로도 계속 그 의무를 다할 것이라는 것 등을 (조금도 불쾌하거나 불편하지 않은 방식으로) 알게 되었다.

조는 베키가 더할 수 없이 매력적인 동시에 더할 수 없이 정숙한 여인이기도 하다는 사실을 확신한 후 그녀의 행복을 위해 자신이 할 수 있는 온갖 자비를 구상하며 집으로 돌아갔다. 그녀는 계속 시련을 겪을 수 없었으며 자신이 본래 속한 상류사회로 돌아가야 했다. 그리고 조는 이런 일들이 실행될 수 있도록 힘을 보탤 생각이었다. 그녀는 저 여관을 떠나 조용한 숙소를 구하게 될 것이다. 아멜리아가 와서 그녀를 만나보고 다시 그녀와 친구가 되어야 할 것이다. 그가 가서 이런 일들이 실행되도록 손을 쓰고 소령과도 이 문제를 상의할 것이다. 베키는 그와 헤어질 때 진심 어린 감사의 눈물을 흘리면서 이 체격 좋은 멋쟁이 신사가 그녀에게 작별의 키스를 하기 위해 허리를 구부릴 때 그의 손을 꼭 쥐었다.

베키는 마치 그 작은 다락방이 자신의 궁전이기라도 한 듯 대단히 우아한 태도로 조에게 절을 하며 작별을 고했다. 이 뚱뚱한 신사가 계단 아래로 사라지자 막스와 프리츠가 입에 파이프를 물고 그들 방에서 모습을 드러냈다. 베키는 차가운 빵과 소시지를 우걱우걱 씹어 먹고 그녀가 제일 좋아하는 물에 탄 브랜디를 몇 잔이고 들이켜면서 그들 앞에서 조의 흉내를 내며 재미

있게 놀았다.

조는 위엄 있는 태도로 도빈의 하숙집으로 가 그곳에서 그에게 금방 자신이 듣고 온 베키의 가슴 아픈 사연을, 물론 전날 밤 그녀를 도박장에서 만났었다는 이야기는 하지 않고, 들려주었다. 그리고 두 신사는 베키가 조 때문에 먹다 말고 치워두었던 약식 오찬을 끝내는 동안 머리를 맞대고 앉아 크롤리 부인을 도와줄 최선의 방법들을 논의하고 있었다.

그녀는 어떻게 이 작은 독일 마을까지 오게 된 것일까? 대체 왜 그녀는 친구 하나 없이 외로이 이곳저곳을 방랑하는 것일까? 어린 소년들은 처음 라틴어를 배울 때 '저승으로 가는 내리막길은 쉽다'라는 베르길리우스의 시구를 배운다. 그녀가 이렇게 타락하기까지의 과정은 구구한 설명없이 지나가도록 하자. 사실 운이 좀 나빠졌을 뿐 그녀가 딱히 잘살던 과거보다 더 타락했다고도 할 수 없으니까.

아멜리아는 너무도 아둔하고 온순한 여자라서 누구라도 불행에 처해 있다는 말을 듣기만 하면 곧바로 고통 받는 사람에게 연민을 느꼈으며 한 번도 큰 잘못을 저지른 적 없기 때문에, 훨씬 많은 것을 알고 있는 도덕군자들처럼 부덕에 대해 증오감을 품어본 적도 없었다. 그녀는 지나친 친절과 칭찬으로 주위 모든 사람들 버릇을 망쳐놓았다. 벨을 흔들어 하인을 불러놓고 수고를 끼쳐 미안하다고 사과를 했고 비단을 꺼내 보여준 가게 점원 아이에게도 사과를 했으며 거리의 청소부에게도 비질 덕분에 도로가 얼마나 깨끗해졌는지 모르겠다고 칭찬의 말을 건네며 고개를 숙여 인사를 건네었다. 이런 각종 어리석은 일들을 다 할 수 있는 부인이니만치 한때 알고 지내던 친구가 불행해졌다는 말을 들으면 그이를 동정할 것이 틀림없었으며 그렇게 불행을 겪어도 싸다는 혹자의 이야기에 결코 동의를 표하지 않을 것이 분명했다. 그녀 같은 기질의 통치자가 다스리는 국가는 질서 정연한 사회가 되지는 못할 것이다. 그러나 물론 그녀 같은 여성, 아니 적어도 그녀 같은 지배자는 별로 없다. 만약 그녀가 나라를 다스린다면 그녀는 세상의 모든 감옥과 처벌, 수갑과 채찍질, 가난과 질병, 배고픔을 사라지게 했을 텐데, 그녀는 이렇게 기개 없고 마음 약한 존재였기 때문에 — 우리는 그 사실을 인정하지 않을 수 없다. — 심지어는 너무도 치명적인 모욕마저 잊을 수 있었다.

조에게 조금 전의 감상적 만남에 대해 듣고 난 소령은 그러나, 이 점을 분명히 해둬야 하겠는데, 벵골 출신 신사만큼 그 만남에 흥미를 느끼지는 않았다. 그 역시 관심을 갖긴 했지만 즐겁거나 유쾌한 관심과는 거리가 멀었다. 사실 소령은 곤경에 처한 그 딱한 여인에 대해 "그 골치 아픈 여인이 또 나타났단 말인가?"라고 짧고도 부적절한 의견을 내놓았을 뿐이다. 그는 한 번도 베키에게 조금의 호감도 가진 적이 없었다. 그는 그녀의 초록색 눈이 처음으로 그의 눈을 마주한 후 시선을 외면하던 바로 그 순간부터 지금까지 죽 그녀를 마음 깊이 의심하고 있었다.

"그 작은 악마는 가는 곳마다 말썽을 일으키고 다니지." 소령은 무례하게 이렇게도 말을 했다. "그녀가 대체 어떻게 살아왔는지 누가 알겠나? 이런 외국에서 혼자 살면서 무슨 일을 해왔는지 말이야? 그녀가 모함을 받았다는 둥 그녀를 미워하는 사람이 있다는 둥 그런 말은 하지 말게. 정직한 여성은 언제나 친구가 있는 법이고 결코 가족과 떨어지지 않는 법이야. 그녀는 대체 왜 남편과 헤어진 건가? 그는 분명 자네 말처럼 평판이 좋지 않은 망나니였는지 모르지. 과거에도 늘 그랬으니까. 나는 그가 망할 사기꾼이었다는 것이며 그가 불쌍한 조지를 속여 돈을 우려먹기 위해 어떤 수법을 썼는지도 기억하고 있네. 그들 부부의 이혼을 둘러싸고 추문이 있지 않았던가? 나도 그에 대해 이야기를 좀 들었는데." 소문에 그다지 귀를 기울이는 편이 아닌 도빈 소령이 말했다. 조는 소령에게 베키 부인이 어느 모로 보나 대단히 덕망 높은 부인이며 지금 중상모략으로 깊이 상처를 입고 있을 뿐이라는 점을 납득시키려고 헛수고를 계속하고 있었다.

"그래, 그래, 오스본 부인께 물어보도록 하지." 교활한 외교관처럼 소령이 제안했다. "가서 부인에게 의견을 물어보자구. 부인이 언제나 훌륭한 판관이며 이런 일에 어떻게 처신하는 것이 올바른지 안다는 점에 대해서는 자네도 동의하겠지."

"흠! 에미는 좋은 애지." 사실은 동생을 별로 좋아하지도 않는 조가 대답했다.

"좋은 애라고? 맙소사, 그녀는 내가 만나본 여성 중 가장 훌륭한 여성이야." 소령이 대꾸했다. "그러니 즉시 에미에게 가 그 여자를 보러 가봐야 할지 어떨지 물어보세. 그녀의 결정에 기꺼이 따를 테니." 꾀 많고 교활한 소령은 마음속으로 자신의 승리를 확신하고 있었다. 에미가 한때 합당한 이유에서 레베카를 몹시 질투했으며 그녀의 이름을 말할 때마다 경악과 공포를 드러냈던 것을 기억하고 있었던 것이다. 질투하는 여인은 연적을 결코 용서하지 않는 법이다, 도빈은 생각했다. 그래서 이 둘은 길 건너 슈트룸프 부인에게 음악 수업을 받으며 편안하고 행복하게 노래를 부르고 있는 아멜리아를 찾아갔다.

음악 선생이 떠난 후에 조가 평소처럼 거들먹거리는 말투로 용건을 이야기하기 시작하였다. "얘, 아멜리아." 그가 말을 꺼냈다. "내가 좀 전에 아주 특별한―그래.―아, 맙소사! 정말이지 특별한 만남을 가졌단다. 오랜 친구—그래, 정말이지 네가 깜짝 놀랄 만한, 옛 친구, 오래 전 네 친구가 막 이 마을을 찾아왔단다. 네가 가서 그녀를 만나보면 좋겠구나."

"친구요!" 아멜리아가 물었다. "누구죠? 도빈 소령님, 죄송하지만 제 가위를 망가뜨리지 말아주세요." 소령은 아멜리아가 가끔 가위를 걸어 허리에 매고 다니는 고리 둘레로 가위를 비틀다가 하마터면 자기 눈을 찌를 뻔했다.

"제가 무척 싫어하는 여인입니다." 소령이 고집을 굽히지 않고 말했다. "그리고 부인이 사랑할 이유가 전혀 없는 사람이지요."

"레베카군요. 그래요, 레베카예요." 아멜리아가 얼굴을 붉히며 무척 동요된 모습으로 말했다.

"맞아요, 당신은 언제나 맞지만." 도빈이 대답했다. 브뤼셀과 워털루의 일들이며, 먼, 먼 옛날의 사건들, 슬픔과 고통, 이런저런 기억들이 아멜리아의 연약한 가슴에 떠올라 잔인한 파장을 일으켰다.

"만나지 않을래요." 에미가 말을 이었다. "만날 수 없어요."

"내가 그렇게 말하지 않던가." 도빈이 조에게 말했다.

"지금 무척 형편이 딱해, 그리고 뭐 이런저런 일들로 아주 가난하고 도와주는 이가 하나도 없는 데다, 무척 아팠던가 봐." 조가 아멜리아를 설득하려 들었다. "아주 심하게 병을 앓았다는군. 그리고 그 건달 같은 남편이 그녀를 버리고 가버렸대."

"아!" 아멜리아가 외쳤다.

"친구라고는 하나도 없는데, 너만은 친구로 생각한다더구나." 조가 제법 영리하게 말을 계속했다. "지금 아주 비참한 신세에 처해 있어, 에미. 너무 슬픈 나머지 거의 제정신을 잃을 뻔했었다고 하더라. 난 그녀 이야기를 듣고 무척 감동을 받았어. 내 명예를 걸고 하는 말인데, 그건 정말 감동적인 이야기였어. 그렇게 잔인한 탄압을 그렇게 천사같이 조용히 견디어 내다니. 가족들이 가장 잔인하게 굴었다는군."

"가엾게도!" 아멜리아가 대답했다.

"정 기댈 친구를 얻지 못하면, 그냥 죽어버릴까 한다는 구나." 조가 낮고 떨리는 목소리로 말을 이어갔다. "아, 세상에! 그녀가 자살 기도까지 했던 걸 알고 있니? 아편을 몸에 지니고 다니더라. 방에 그 약병이 있는 것을 보았지. 정말 작고 초라한 방이었어. 삼류 호텔 엘러펀트에서도 제일 꼭대기 층 다락방에 묵고 있더라고. 좀 전에 그곳엘 다녀왔지."

그러나 에미는 별로 동요하지 않았다. 심지어 살짝 미소를 짓기까지 했다. 아마 조가 숨을 헐떡이며 계단을 올라가는 모습을 상상했을지도 모르겠다.

"슬픔으로 거의 제정신이 아니야." 조가 다시 말을 계속했다. "그녀가 겪은 시련과 고통을 듣는다면 너도 놀랄 거야. 그녀에게도 조지와 같은 나이의 아들이 하나 있다더군."

"네, 맞아요. 기억나요." 에미의 말이었다. "그런데요?"

"세상에 둘도 없이 잘생긴 아이, 엄마를 무척이나 따르는 천사 같은 아이였다는데." 대단히 비대한 데다 또 감상적이기 짝이 없는 조는 베키가 들려준 아들 이야기에 무척 감동을 받았다. "그런데 그 악당들이 울며 비명을 지르는 애를 그녀 팔에서 빼앗아 간 다음 절대 아이가 그녀를 만나지 못하게 했다는거야."

"저런, 오빠." 에미가 갑자기 벌떡 일어나며 소리쳤다. "바로 가서 그녀를 만나도록 해요." 그러면서 그녀는 옆에 붙은 자기

방으로 달려가 서둘러 모자를 쓰고 숄을 손에 든 채 나오더니
도빈에게도 따라오라고 명령했다.

도빈은 그녀를 따라 나와 그녀의 어깨 위로 숄을 덮어주었다.
그것은 소령이 인도에서 보내준 하얀 캐시미어 숄이었다. 그는
그녀 말을 거역할 수 없다는 걸 알고 있었다. 에미가 손을 소령
팔에 끼웠고 그들은 함께 엘러펀트 호텔로 출발했다.

"4층 92호실이야." 조가 말했다. 아마 다시 그 계단을 오르고
싶지 않은 모양이었다. 대신 그는 엘러펀트 호텔 쪽이 내다보이
는 자신의 객실 창문 옆에 앉아 도빈과 에미가 시장을 지나 걸
어가는 모습을 보고 있었다.

베키 역시 자신의 다락방에서 그들을 본 것이 틀림없었다. 사
실 그녀는 좀 전에 왔다간 신사가 자기 할아버지라면서 조가 왔
다가 가는 것을 지켜본 두 명의 학생들과 자기 방에서 수다를
떨고 낄낄거리며 조의 외모에 대해 농담을 하고 놀고 있었다.
그러나 오스본 부인이 독일 궁전에서 호평을 받는 인물이라는
사실을 알고 있던 여관집 주인이 부인에게 경의를 표하고 부인
과 소령을 격려해가며 함께 계단을 올라 지붕 밑 꼭대기 층까지
손님들을 모시고 올라오기 전에 그녀는 잽싸게 학생들을 내보
내고 방을 정돈해두었다.

"마님, 마님!" 여관 주인이 베키의 방문을 두드리며 소리쳤다.
어제까지만 해도 그는 베키를 부인이라고 불렀으며 결코 공손
한 태도를 취하는 법이 없었다.

"누구세요?" 베키가 머리를 내밀며 대답했다. 그러더니 작게
비명을 내질렀다. 에미가 몸을 떨며 서 있었고 그 옆에 키 큰 도
빈 소령이 지팡이를 짚고 서 있었기 때문이다.

도빈은 조용히 서서 무척 흥미롭다는 듯 두 여인의 조우를 지

켜보고 있었다. 그러나 에미는 곧바로 두 팔을 벌리고 레베카를 향해 뛰어들더니 그녀를 껴안고 진심 어린 키스를 했다. 아, 가엾은 여인, 당신의 입술은 한 번이라도 그렇게 순수한 키스를 받아본 적이 있었던가?

66장
연인 간의 불화

　사랑을 모르는 베키 같은 탕아 역시 아멜리아의 진심어린 다정한 포옹에 감동을 받은 것처럼 보였다. 에미의 포옹과 다정한 말에 그녀는, 비록 그 감정이 지속되진 않았지만, 적어도 그 순간에는 꽤 진실한 감사와 감동을 담아 답례의 말을 했다. "울부짖는 아이를 품에서 빼앗아갔다"라는 말이 베키에게 이런 행운을 가져다준 셈이었다. 가슴 미어지는 불운 덕에 친구를 되찾게 된 셈이랄까. 두말할 것도 없이, 우리의 단순한 벗 에미가 되찾은 친구에게 만나자마자 꺼낸 말도 아이에 대한 것이었다.

　"그래, 그들이 사랑하는 아이를 네게서 빼앗아 갔다면서?" 바보 같은 에미가 소리쳤다. "아, 레베카, 가엾은 나의 벗, 나도 아들을 빼앗기는 심정이 어떤 건지 알고 있어. 그래서 진심으로 그런 사람들을 동정할 수 있단다. 자비로운 신의 섭리로 조지가 다시 내게 돌아온 것처럼 부디 하느님께서 아들을 네게 돌려보내 주시면 좋겠구나."

"아이, 아들? 아, 그래, 그 슬픔은 정말 견딜 수 없는 것이었어." 필시 다소간 양심의 가책을 느끼면서 베키가 대답했다. 자신을 그렇게 믿어주고 진심으로 동정을 표하는 사람에게 바로 거짓말을 해야만 하는 것이 그녀에게도 그다지 마음 편한 일은 아니었다. 이것이 이런 식의 거짓말을 하는 사람이 결국 직면해야 하는 불운이다. 사소한 거짓말도 일단 들통이 나면 그것을 막느라 또 다른 거짓말을 해야 하고 이런 일이 반복되어 거짓말이 거짓말을 낳는 상황이 계속되면 쌓인 거짓말들 때문에 들통이 날 위험도 매일 점점 늘어나는 것이다.

"사람들이 그 애를 빼앗아 갔을 때 내 슬픔은 정말 무서운 것이었어.(저 애가 술병 위에 앉으면 안 되는데.)" 베키가 말을 계속했다. "죽어버려야겠다고 생각했지. 그러나 때마침 뇌염에 걸렸고 의사도 나를 포기했지만, 결국 회복되어 이렇게, 친구도 돈도 없이 여기까지 오게 되었단다."

"아이가 몇 살이나 되었니?" 에미가 물었다.

"열한 살이야." 베키가 대답했다.

"열한 살이라고!" 아멜리아가 외쳤다. "그럼, 조지와 같은 해에 태어났네, 우리 조지도……."

"그래, 그래." 사실 아들 로던의 나이 따위는 완전히 잊고 만 베키가 소리쳤다. "슬픔 때문에 나는 많은 것을 잊고 말았단다, 사랑하는 아멜리아. 나는 아주 변해 버렸어. 때로는 반쯤 미친 건 아닌가 싶은 생각도 들지. 그들이 그 애를 빼앗아 갔을 때 그때 열한 살이었어. 정말 잘생긴 아이였는데, 그 뒤로 한 번도 만나지 못했지."

"그 애 머리가 금발이니, 아니면 검은색이니?" 상황에 어울리지 않게도 아멜리아는 이런 질문을 계속 던져댔다. "그 애 머리카락을 한 번 보여주렴."

베키는 아멜리아의 단순함에 거의 웃음을 터뜨릴 지경이었다. "아니, 오늘은 안 돼. 이다음에 라이프치히에서 트렁크가 도착하면 보여줄게. 여기 오기 전까지 라이프치히에 있었거든. 그 짐 속에 행복했던 시절 그려둔 그 애의 작은 초상화가 있어."

"가엾은, 가엾은 베키!" 에미가 말했다. "난 정말 얼마나 신께 감사해야 하는지."(이런 이유로 나는 어린 시절 우리가 여성들에게 반복해 배우는 경건한 기도, 다시 말해 우리가 다른 사람보다 잘 살고 있기 때문에 드리는 감사의 기도가 과연 합리적인 종교적 실천인지 의문을 갖고 있다.) 그러고 나서 그녀는 평소처럼 자기 아들이 세상에서 제일 잘생겼으며 가장 뛰어나고 또 영리한 아이라고 생각하기 시작했다.

"나중에 우리 조지를 만나보렴." 이것이 그녀가 베키를 위로하기 위해 생각해낸 최선의 말이었다. 그녀는 필시 그 말이 베키를 위로해줄 수 있을 것이라 믿었다.

이렇게 두 여인은 한 시간 이상 이야기를 계속했는데 그동안 베키는 되찾은 친구에게 지금껏 겪어온 일들을 남김없이 들려줄 기회를 가졌다. 그녀는 자신과 로던의 결혼을 크롤리 집안쪽에서 얼마나 반대하고 증오했는지, (교활한) 시댁 형님이 어떻게 자기 흉을 봐 남편과 자기를 이간질했는지, 남편 로던이 어떻게 수치스런 관계들을 맺고 그녀에게 마음을 돌렸는지 등을 이야기했다. 또 그동안 오직 아이를 생각해 가장 사랑하는 사람의 냉대와 무시, 가난 등을 견디어냈다는 것, 불한당 같은 남편이 베키의 평판을 포기하면서까지 대단히 신분 높고 영향력이 있지만 타락한 스타인 후작에게 한자리 차지하게 해달라고 부당한 요청을 했을 때 도저히 그런 모욕을 견디어낼 수 없어 부득이 남편과의 이혼을 요구하지 않을 수 없었던 일도 그녀는 모두 아멜리아에게 이야기해주었다. 정말이지 로던 크롤리는 입에 올리기도 무서운 악당이었다.

다사다난했던 지난 시절 중에서도 이 부분을 이야기할 때 베키는 특히 대단한 여성적 섬세함을 발휘해 정절을 위협받을 뻔했던 그 사건에 극도의 분노를 드러내었다. 이런 모욕을 받은 후 어쩔 수 없이 남편 집을 떠나게 된 베키에게 비겁한 남편은 아이를 빼앗아 감으로써 보복을 하려 들었다. 결국 친구도 돈도 없이, 이렇게 비참하게 떠도는 신세가 되고 말았다고 그녀는 아멜리아에게 털어놓았다.

에미는 상당히 긴 그 이야기를 그녀를 아는 사람이라면 누구든 상상할 수 있을 태도로 경청했다. 야비한 로던과 추접한 스타인 경의 행실을 들을 때는 분노로 몸을 떨었다. 베키가 귀족 친척들을 열거하며 그들이 어떻게 자신을 박해했는지, 그리고 남편이 어떻게 타락해 갔는지를 묘사할 때 아멜리아의 눈동자는 베키의 문장 마다마다에 감탄의 빛을 드러냈다.(베키는 남편을 비난하지 않았다. 그녀는 분노보다는 슬픔에 찬 목소리로 말하면서 자신은 그저 남편을 사랑했을 뿐이라고 설명했다. 어쨌든 아이의 아버지가 아니냐면서.) 아이와 헤어지는 장면을 묘사할 때는 줄곧 손수건으로 눈물을 닦았는데 더할 나위 없이 훌륭한 이 비극 배우는 그 모습을 보며 자신의 연기가 관객에게 불러일으킨 효과에 심히 기뻤을 것이 틀림없다.

부인들끼리 대화를 나누는 동안, 언제나 아멜리아 곁을 떠나지 않는 소령은(그들의 대화를 방해하고 싶지도 않고 좁은 계단에서 삐걱삐걱 소리를 내며 서성이는 것이며 낮은 복도 천장에 자꾸 모자 윗부분이 쓸리는 것이 거슬리기도 해서) 일 층으로 내려와 엘러펀트 호텔을 드나드는 사람 누구에게나 개방되어 있는 커다란 홀로 들어갔다. 계단은 그 홀에서 시작해 위층으로 이어졌다. 이 홀은 언제나 연기로 가득 차 있었고 어디에나 맥주 거품이 반짝이고 있었다. 더러운 테이블 위에는 수십 개의 수지 양초와 그 양초 개수만큼의 놋쇠 촛대가 줄지어 서 있었는데 각 방 열쇠가 그 초 위에 걸려 있었다. 얼마 지나지 않아 에미가 얼굴을 붉히며 온갖 사람들이 모여 있는 이 방을 가로질러 소령에게 다가왔다. 티롤 지방 출신의 장갑 장수며 도나우 지방 출신 리넨 장수들이 짐 꾸러미를 들고 있었고 학생들은 버터 빵과 고기를 먹고 있었으며 할 일 없는 사람들은 맥주가 쏟아진 지저분한 테이블 위에서 카드나 도미노 게임을 하고 곡예사들은 공연 사이 쉬는 틈을 타 이곳에서 기운을 회복하고 있었다. 다시 말해 축제 기간 동안 독일의 여관에서 볼 수 있는 모든 종류의 연기와 소음이 이 홀 안에도 다 있었다고 할 수 있다. 급사는 당연히 소령에게도 맥주를 한 조끼 가져다주었다. 소령은 담배를 꺼내 물고 에스코트를 맡고 있는 여인이 그를 찾으러 올 때까지 그 해로운 기호 식품과 신문을 즐기고 있었다.

곧 모자를 비뚜름하게 쓰고 박차를 짤랑거리며 문장에다 큼지막한 술까지 화려하게 달린 파이프를 든 막스와 프리츠가 나타났다. 테이블 위 초에 90번 방 열쇠를 걸어놓고 그들은 제 몫의 버터 빵과 맥주를 주문했다. 이 한 쌍의 청년들은 소령 옆자리에 앉아 대화를 시작했기 때문에 소령은 얼마간 그 대화를 듣지 않을 도리가 없었다. 대화는 주로 '푹스'와 '필리스터'[1] 결투와 인근 쇼펜하우젠 대학에서 있었던 술 마시기 내기 등에 대한 것이었다. 그들은 그 유명한 배움의 전당에서, 그들 말대로라면, 옆자리에 베키도 타고 있던 우편 마차 편으로 펌퍼니켈에서 열리는 혼인 축제를 구경하기 위해 얼마 전 이리로 놀러온 것 같았다. "저 영국 부인에게는 이곳이 '앙 베이 드 고네상스'²⁾인 모양인데." 프랑스어를 아는 막스가 친구 프리츠에게 말했다. "뚱보 할아버지가 가고 난 후엔 예쁜 영국 부인이 왔더라고. 두 사람이 부인 방에서 같이 이야기하고 훌쩍거리는 소리를 들었어."

"그녀 콘서트에 갈 표를 사야겠는데." 프리츠의 말이었다. "너 돈 좀 있니, 막스?"

"쳇." 막스가 대답했다. "그 콘서트라는 게 믿을 만한 것이 못돼. 한스가 그러는데 그녀는 라이프치히에서도 콘서트를 한다고 광고를 했었대. 그래서 학생들이 표를 많이 샀는데, 공연도 하지 않고 떠나버렸다는군. 어제 마차에서 하는 말로는 피아니스트가 드레스덴에서 병이 나서 그랬다는데. 내 생각에는 노래를 할 수 없는 것 같아. 너처럼 갈라지는 목소리를 가졌으니까. 흥, 술에 절어가지고, 잘난 척은!"

"목소리가 갈라지더군. 나도 그녀가 창문에서 끔찍한 목소리로「내 창가의 장미」라는 영국 민요를 연습하는 것을 들었어."

"술을 그렇게 먹는데 노래를 부를 수가 없지." 노래보다는 술을 좋아하는 것이 틀림없는 프리츠가 벌건 코로 이렇게 의견을 밝혔다. "안 돼, 그 공연 티켓은 사면 안 돼. 내가 봤는데 그녀가 어제 트랑테카랑트 카드 게임에서 돈을 땄거든. 어린 영국 남자아이에게 자기 대신 돈을 걸게 하더라고. 표를 살 돈으로 우리도 노름을 하거나 극장에 가자. 아니면 아우렐리우스 공원에 가서 그녀에게 프랑스 와인이나 코냑을 사도 좋고. 하지만 콘서트 표는 안 돼. 자, 어떻게 할 거야? 어쨌든 맥주 한 잔 더 할까?" 그러더니 둘은 차례로 금발 구레나룻을 맛없는 맥주에 적셔가며 맥주를 마신 다음 수염을 꼬아 올려 멋을 내고 거들먹거리는 걸음으로 축제를 보러 나갔다.

90번 방 열쇠를 고리에 거는 것을 본데다가 두 사람의 대화까지 엿들은 소령은 쉽게 그들 이 말한 여자가 베키라는 사실을 짐작할 수 있었다. '그 작은 악마가 옛날에 쓰던 속임수들을 또 쓰는구나.' 그는 생각했다. 그리고 그녀가 필사적으로 조에게 꼬리를 쳤던 일이며 그 시도가 우스꽝스럽게 실패하고 말았던 한참 전 일을 기억해 내고 미소를 지었다. 그와 조지는 이후에도 종종 그 일을 이야기하며 웃음을 터뜨리곤 했다. 결혼을 하고 몇 주 후 조지 역시 이 작은 키르케3)의 함정에 빠져 그녀와 야릇한 관계를 맺기 전의 말이지만. 도빈은 그 관계를 분명히 눈치 챘지만 모르는 척하기로 결심했었다. 조지가 후회와 가책을 담아 언젠가 한번 넌지시 그 일을 언급한 일이 있었지만 도빈은 그렇게 수치스러운 비밀을 털어놓으라고 하기에는 그 일에 너무 큰 충격을 받고 부끄러움을 느끼고 있었다. 그것은 워털루 전투가 있던 날 아침의 일이었다. 비가 오는데 두 젊은 친구는 대열 앞줄에 서서 맞은편 언덕에 대치하고 있던 검은색 프랑스 군 대열을 응시하고 있었다. "어떤 여자하고 바보 같은 일을 벌였지 뭔가." 조지가 말을 꺼냈다. "이렇게 출정을 하게 되어 다행이야. 내가 만일 죽는다 해도 에미가 그 일을 절대로 모르면 좋겠는데. 애당초 그런 일은 하지 않았으면 좋았을걸!" 도빈은 아내를 두고 출정한 조지가 카트르 브라에서의 첫 번째 전투를 치른 후 경건하고 애정 어린 태도로 아버지와 아내 이야기를 했다고 기억하고 싶어 했으며 실제로 몇 번인가 그 이야기로 가엾은 조지의 미망인을 위로해주기도 했었다. 도빈은 또 오스본 노인과 이야기를 나눌 때면 그런 일화들을 대단히 강조해 죽을 날이 얼마 남지 않은 노신사가 아들에 대한 기억과 화해할 수 있

594

도록 도모하기도 했다.

'이 악마 같은 여자가 아직도 옛날의 간계들을 쓰는구나.' 윌리엄은 생각했다. '어디 멀리에 있으면 좋을 텐데. 다니는 곳마다 불운을 몰고 다니니.' 얼굴 아래 아직 읽지 않은 지난주《펌퍼니켈 가제트》를 놓고 두 손으로 머리를 감싼 도빈이 이렇게 불길한 예감이며 불편한 생각들을 떠올리고 있을 때 누군가 양산 끝으로 그의 어깨를 가볍게 쳤다. 고개를 들어보니 아멜리아가 서 있었다.

그녀는 도빈 소령을 대할 때면 폭군 같은 태도를 취하곤 했다.(가장 약한 사람이라도 언제나 짓밟을 다른 누군가를 갖고 있는 법이다.) 그녀는 이런저런 것들을 명령하고 그를 툭툭 치기도 했으며 마치 그가 커다란 뉴펀들랜드 종 개라도 되는 듯 그에게 이런저런 것들을 물어오고 물어가라고 명령을 내렸다. 사실 그녀가 "도빈, 빨리!"라고 외치기만 한다면 도빈은 물속에라도 기꺼이 뛰어들 태세였으며 아멜리아의 손가방을 입에 물고 그녀 뒤를 따라다니는 것도 마다하지 않을 태세였다. 독자분들이 아직도 소령이 그런 팔푼이라는 사실을 알아차리지 못했다면 이 소설은 지금껏 헛수고를 해온 셈이라고 할 수 있다.

"왜 기다리고 있다가 저와 같이 내려오시지 않았나요?" 그녀가 고개를 약간 들고 냉소적인 태도로 인사를 하며 물었다.

"그 복도에 서 있을 수가 없었어요." 소령이 장난스럽게 애원하는 표정으로 대답했다. 그리고 반갑게 그녀에게 팔을 내주고 담배 연기 자욱한 무서운 홀을 빠져나왔다. 어린 사환이 여관 문간까지 쫓아 나와 마시지도 않은 맥주 값을 달라고 그를 불러 세우지 않았다면 소령은 사환이 맥주를 갖다 주었다는 사실 따위는 생각도 하지 않고 여관을 걸어 나왔을 터였다. 에미가 웃음을 터뜨리며 돈을 내지도 않고 도망을 치려고 한 나쁜 사람이라고 그를 놀리더니 좀 전의 상황이며 도수 약한 맥주에 대해 몇 마디 그럴듯한 농담을 던지기도 했다. 그녀는 의기양양했고 매우 기분이 좋았으며 대단히 활기차게 시장을 지나 숙소로 걸어갔다. 그리고 곧바로 조를 만나보고 싶어 했다. 소령은 아멜리아의 충동적인 애정에 웃음을 터뜨렸다. 그녀가 오빠를 '바로' 만나야겠다고 하는 일은 좀처럼 없었기 때문이었다.

조는 이 층 살롱에 있었다. 그는 에미가 여관 다락방에 묵고 있는 친구와 밀담을 나누던 지난 한 시간, 소령이 아래층 홀의 더러운 테이블 위를 손가락으로 툭툭 두들기고 있던 지난 한 시간 동안 적어도 백 번은 엘러펀트 여관이 있는 시장 너머 쪽을 쳐다보고 손톱을 물어뜯으며 방 안을 서성이고 있었다. 조 역시 에미 못지않게 초조히 동생을 기다리고 있었던 것이다. "그래, 어떻더냐?" 그가 물었다.

"딱하게도, 아주 고생을 하고 있지 뭐예요!" 에미가 대답했다.

"그래, 그렇지." 조가 머리를 끄덕이며 대답했다. 그 바람에 그의 볼이 마치 젤리처럼 출렁거렸다.

"그녀가 페인의 방에 묵도록 하고 페인은 이 층으로 올라가라고 해야겠어요." 에미가 말을 이었다. 페인은 얌전한 영국인 하녀로 오스본 부인의 몸종이기도 했다. 키르슈는 의무라도 되는 듯 그녀에게 구애를 해댔고 조지는 그녀를 '놀려줄' 양으로 일부러 무서운 독일의 도둑이나 유령 이야기를 그녀에게 들려주곤 했다. 그녀는 불평을 하거나, 여주인에게 이런저런 일을 시키거나, 그도 아니면 다음 날 아침 고향 클래펌으로 돌아갈 생각이라는 의중을 밝히며 대부분의 시간을 보냈다. "베키가 페인 방을 쓰면 돼요." 에미의 말이었다.

"뭐라고요, 설마 지금 그 여자를 집에 들이겠다는 건 아니겠죠?" 소령이 펄쩍 뛰며 소리쳤다.

"물론 그럴 생각이에요." 아멜리아가 무구하기 짝이 없게 대답했다. "화내지 마세요, 소령님, 가구를 부수지도 마시구요. 물론 그녀를 이리 데려올 생각이에요."

"물론이지, 아멜리아." 조가 거들었다.

"어쨌거나 그렇게 고생을 했는데, 가엾게도." 에미가 말을 계속했다. "그녀의 못돼 먹은 은행가는 파산한 뒤 도망을 쳤고 남편은―그 사악한 악당은―그녀를 저버리고 아이까지 빼앗아 가버렸대요." (이 말을 하며 아멜리아가 작은 두 주먹을 아주 위협적인 태도로 꽉 쥐어 내보였기 때문에 소령은 이 대담한 여장부 모습이 귀엽다고 생각했다.) "가엾은 베키는 외롭게 혼자 살며 생계를 위해 노래 수업을 할 수밖에 없었다는데, 그런데도 그녀를 이리로 데려오지 않는다니요!"

"그러면 차라리 그녀에게 수업을 받으세요, 부인." 소령이 소리쳤다. "하지만 그녀를 이 집에 들이는 건 안 됩니다. 제발 부탁이니 그렇게는 말아주세요."

"푸." 조가 코웃음을 쳤다.

"언제나 다정하고 선량하신 소령님께서, 하여튼 지금까지 전 죽 그렇게 생각했는데, 정말 소령님, 소령님께 깜짝 놀랐어요." 아멜리아가 소리쳤다. "그녀가 이렇게 비참할 때 돕지 않는다면 대체 언제 그녀를 돕는단 말이에요? 지금이 바로 그녀를 도와주어야 할 때라고요. 그녀는 제가 아주 오래전부터 알고 지내던 친구고, 그리고……."

"그녀가 언제나 친구였던 것은 아니었지요, 아멜리아." 화가 난 소령이 말했다. 그러나 이 말에 담긴 암시는 에미에게 너무

과한 것이었다. 그녀는 사나운 표정으로 소령의 얼굴을 노려보며 "정말이지, 소령님!"이라고 소리쳤다. 그리고 대단히 거만한 태도로 걸어 나가 자기 방으로 가더니 상처 입은 자존심과 뒷모습을 뒤로 하고 문을 쾅 닫았다.

"그런 암시를 하다니!" 문을 닫은 뒤 아멜리아가 내뱉었다. "그 일을 다시 생각나게 하다니, 정말이지 잔인해." 그러면서 그녀는 언제나처럼 아들의 그림 위에 걸려 있는 조지의 초상화를 보았다. "정말 너무 잔인해. 내가 그이를 용서했어도 소령님이 그런 말을 하셨을까? 아니야, 내 질투가 얼마나 사악하고 근거 없는 것인지를 알려준 것은 바로 소령님이었어. 그래요, 하늘에 있는 나의 수호신, 당신은 아무 죄가 없는데도!"

그녀는 분노로 몸을 떨며 방 안을 서성였다. 그 위에 조지의 초상화가 걸려 있는 서랍장 앞으로 가 거기에 몸을 기댄 채 조지의 초상화를 보고 또 보았다. 초상화 속의 두 눈이 꾸짖는 시선으로 그녀를 내려보고 있는 것만 같았고 바라보면 볼수록 점점 더 노기를 띠는 것도 같았다. 짧았지만 더 바랄 것 없었던 사랑의 순간들, 그 옛날의 소중하고 소중한 기억들이 다시 한 번 떠올랐다. 세월이 흘러도 전혀 아물지 않은 상처에서 새롭게 피가 흘렀다. 아, 얼마나 쓰라린 기억인지! 그녀는 눈앞에 있는 남편의 꾸중을 더 이상 견딜 수가 없었다. 그럴 리가 없다. 절대, 절대로.

가엾은 도빈. 가엾은 우리의 도빈! 그 불운한 한마디로 인해 긴긴 세월 공들인 탑이 한순간 모두 무너지고 말았다. 한결같은 마음과 사랑으로 한평생 애써 지어 올린 탑이 말이다. 숨겨진 열정과 말 못할 갈등과 비밀스런 희생을 바탕으로 남모르게 토대를 쌓고 그 위로 탑을 쌓아 올렸지만 단 한마디 말로 공들여

쌓은 아름다운 희망의 성은 무너지고 말았다. 단 한마디 말로 평생 손에 넣으려 노력해왔던 새가 그만 날아가고 만 것이다!

아멜리아의 표정을 보고 큰 위기에 봉착했음을 알아차렸지만 윌리엄은 계속해서 할 수 있는 가장 강력한 말들로 부디 레베카를 경계하라고 경고했다. 그리고 열심히, 거의 미친 사람처럼 조에게 그녀를 이 집에 들이지 말라고 간청했다. 적어도 그녀에 대해 좀 알아보기라도 하라고 부탁했다. 그녀가 도박꾼들이며 평판 나쁜 사람들과 어울려 다닌다는 이야기를 들은 것도 말해주었다. 그녀가 과거에 얼마나 나쁜 짓들을 저질렀는지, 그녀와 크롤리가 어떻게 가엾은 조지를 유혹하여 파산 지경으로 몰아갔는지, 스스로 고백하듯이 지금은 남편과도 헤어졌는데 거기에도 다 그럴 만한 이유가 있는 것이 아니겠느냐고도 말을 해보았다. 세상일이라고는 아무것도 모르는 누이에게 베키가 얼마나 위험한 친구인지 모르겠냐면서! 윌리엄은 레베카를 이 집에 들이지 않기 위해 할 수 있는 모든 웅변과 조용한 그에게서 평소에 좀처럼 찾아볼 수 없는 열정을 쏟아가며 조에게 간청했다.

차라리 조금 덜 열정적이었다면 혹은 조금 더 교묘하게 설득을 했더라면 조를 설득하는 데 성공을 거둘 수 있었을지도 몰랐다. 그러나 조는 소령이 계속 우월한 사람처럼 행세한다고 생각했고 그래서 소령에게 상당히 고까운 감정을 느끼고 있었다.(사실 여행안내인 키르슈에게 벌써 이런 의견을 말한 적도 있었다. 소령이 그의 여행경비 영수증을 꼭꼭 확인하곤 했기 때문에 키르슈는 당연히 주인 조의 편을 들었다.) 조는 소리를 버럭버럭 지르며 자기도 명예를 아는 사람이며 쓸데없는 간섭은 받고 싶지 않으며 한 마디로 딱 잘라 말해 소령 의견에 따르지 않을 의지와 능력 정도는 가지고 있다는 사실을 일장연설로 늘어놓았다. 그러나 그의 길고 사나운 연설은 아주 간단히, 그러니까 베키가 초라한 짐과 함께 엘러펀트 호텔에서 짐꾼과 함께 도착함으로써 끝이 나고 말았다.

그녀는 다정하게 경의를 표하며 집주인에게 인사를 건네고 다소 주춤하면서도 호의적인 태도로 도빈에게 인사를 건네었다. 그녀는 본능적으로 즉시 도빈이 그녀의 적이며 지금까지 자신에게 불리한 이야기를 하고 있었다는 사실을 감지했다. 베키의 도착으로 웅성거리는 소리며 덜그럭거리는 소리가 들려오자 아멜리아가 방에서 나왔다. 에미는 걸어 나와 더할 수 없이 다정하게 자신의 손님을 껴안으며 한 번 화난 시선을 한 번 던진 후 소령에게는 눈길조차 주지 않았다. 그것은 아멜리아가 태어난 후 이 딱한 여인의 얼굴이 지었던 표정 중 가장 부당하고도 조롱어린 시선이었다. 그러나 그녀는 그녀 나름의 이유를 가지고 있었으며 그래서 계속해서 소령에게 화를 풀지 않았다. 부당한 태도에 분노한 도빈은 뜻을 굽히지 않고 그 작은 여인이 그에게 작별 인사를 하면서 보여준 것 못지않게 도도한 태도로 아멜리아에게 인사를 하고 나서 그 자리를 떠나버렸다.

그가 떠나자 에미는 유난스레 명랑한 태도로 베키에게 별나게 다정하게 굴면서 분주히 집 이곳저곳을 안내하는가 하면 이 조용한 부인에게 평소 보기 힘든 활기와 열기를 가지고 손님을 그녀가 묵을 방으로 인도했다. 부당한 행동을 하려고 할 때, 특히 유약한 사람들이 그런 일을 하려고 할 때는 재빨리 해치우는 것이 상책이다. 에미는 자신의 행동이 고 조지 오스본 대위에 대한 자신의 변함없는 마음이며 합당한 감정, 또 존경심을 충분히 보여주었다고 생각하고 있었다.

축제 구경을 갔던 조지가 저녁을 먹으러 돌아와 평소처럼 식탁에 네 명분의 요리 접시가 놓여 있긴 하지만 도빈 대신 한 부인이 그 자리를 차지하고 있는 것을 보았다. "저 왔어요! 소령님은 어디 있어요?" 젊은 신사가 평소처럼 꾸밈없는 말투로 물었다. "도빈 소령님은 밖에서 식사를 하시려는가 봐." 어머니가 아들을 가까이 끌어당기고 그에게 여러 번 키스를 한 후 이마에서 머리카락을 치워주며 대답했다. 그러고는 크롤리 부인을 소개했다. "내 아들이야, 레베카." 마치 세상이 이런 아들을 또 본 적이 있니? 라고 묻기라도 하듯이 오스본 부인이 말했다.

베키는 황홀하다는 듯 그를 바라보더니 다정하게 그의 손을 꽉 잡았다. "사랑스럽기도 하지!" 그녀가 말했다. "이 앤 정말 딱 내……." 그러나 목이 메어 다음 말은 계속할 수 없었다. 그러나 뒷말을 마저 듣지 않아도 아멜리아는 베키가 사랑하는 자기 아들을 생각하고 있다는 걸 짐작할 수 있었다. 그러나 친구가 곁을 지켜준 덕분에 위로를 받은 크롤리 부인은 저녁 식사에서 왕성한 식욕을 보여주었다.

저녁을 먹는 동안 몇 번쯤 베키가 말을 할 기회가 있었는데 그때마다 조지는 그녀를 쳐다보며 그녀 이야기에 귀를 기울였다. 후식을 먹는 동안 에미는 잠깐 집안일을 살펴보러 나가고 조는 《갈리냐니》를 읽다 큰 의자에서 꾸벅꾸벅 졸고 있었다. 조지는 새로 온 손님 가까운 자리에 앉아 있었는데 몇 번이나 알 것 같다는 얼굴로 그녀를 보던 그가 마침내 호두까기를 내려놓으며 말을 꺼냈다.

"저기요." 조지가 말을 했다.

"네 무슨 일이죠?" 베키가 웃으며 대답했다.

"루주에누아르 테이블에서 가면을 쓰고 계셨던 그 부인이시죠."

"쉿! 영리하시기 하시지." 베키가 그의 손을 잡고 그 손에 키스하며 말했다. "도련님의 외삼촌도 그곳에 계셨답니다. 하지만 어머니가 그런 사실을 알아서는 안 돼요."

"네, 절대 안 돼요." 어린 조지가 대답했다.

"이것 좀 봐, 우리는 벌써 좋은 친구가 되었어." 베키가 돌아온 에미에게 말했다. 우리는 오스본 부인이 가장 현명하고 상냥한 친구를 집에 들였다는 사실을 인정하지 않을 수 없을 것 같다.

대단히 분노한 윌리엄은 그러나 아직 자신을 기다리고 있는 다른 배신들은 예상하지 못한 채 심난한 마음으로 마을 이곳저곳을 걸어 다녔다. 그러다가 우연히 대리 대사 테이프웜을 만났는데 그가 소령에게 같이 저녁을 먹자고 청했다. 식사를 나누며 이야기를 하던 중 소령은 로던 크롤리라는 여자가 런던에서 좀 문제를 일으켰다고 들었는데 혹 그 여자에 대해 아는 바가 있는지를 물었다. 그러자 런던 내의 모든 소문을 훤히 꿰고 있을 뿐만 아니라 곤트 부인의 친척이기도 한 테이프웜 경은 놀란 소령의 귀에 질문자를 경악하게 할 만한 베키와 그녀의 남편 이야기며 그 추문을 둘러싼 온갖 시시콜콜한 뒷이야기를 모두 쏟아부어주었다. 사실 본 필자도 몇 년 전 바로 그 테이블에서 같은 이야기를 들은 바 있었다. 터프토 경이며 스타인 경, 크롤리가문 남자들 및 그들이 겪은 일들을 포함해 베키와 그녀 과거에 관련된 모든 것들이 세상에 불만 많은 이 외교관의 비망록에 모조리 기록되어 있었다. 오만 가지 세상사에 대해 그는 모든 것, 아니 그 이상을 알고 있었다. 그렇게 그는 순진한 소령에게 실로 놀라운 사실들을 폭로했다. 오스본 부인과 세들리 씨가 그녀를 집에 들였다고 말하자 테이프웜은 소령이 깜짝 놀랄 만큼 요란한 웃음을 터뜨리며 차라리 감옥에 사람을 보내 머리를 밀고 노란 재킷을 입은 채 두 명씩 조를 지어 쇠사슬을 차고 펌퍼니켈 거리를 청소하는 죄수들을 한둘 데려다 집에 묵게 하면서 어린 개구쟁이 조지의 선생으로 삼는 편이 낫지 않겠냐고 말을 했다.

소령은 그의 이야기에 적잖이 놀라고 경악했다. (아직 레베카를 만나기 전) 아침에 아멜리아와 소령은 그날 저녁 같이 궁전에서 열리는 무도회에 참석하기로 한 바 있었다. 소령은 그곳에서 아멜리아를 만나 이 이야기를 해야겠다고 생각했다. 그래서 집으로 가 제복을 입고 나서 오스본 부인을 만날 생각을 하며 궁전으로 갔다. 그러나 그녀는 오지 않았다. 소령이 하숙집으로 돌아왔을 때 세들리 일가가 묵고 있는 집의 불은 이미 모두 꺼져 있었다. 그러니 아침까지는 아멜리아를 만날 수가 없었다. 이렇게 무서운 비밀을 안고 잠자리에 들었으니 소령이 그날 밤 대체 어떻게 휴식을 취할 수 있었는지 모르겠다.

사람을 보낼 수 있는 가장 이른 시간에, 소령은 부인에게 긴히 전할 말이 있다는 내용의 쪽지를 들려 하인을 길 건너 집으로 보냈다. 그러나 하인은 오스본 부인이 무척 몸이 좋지 않아 방 밖으로 나오실 수 없다는 답변을 가지고 돌아왔다.

아멜리아 역시 밤새 한숨도 자지 못하고 깨어 있었다. 그녀는 이전부터 수백 번이나 마음을 흔들어왔던 한 가지 일에 대해 계속해서 생각하고 있었다. 셀 수 없이 여러 번 그녀는 거의 굴복하기 직전까지 갔다가도 도저히 그럴 수 없다는 생각에 차마 무릎을 꿇지 못하고 제자리로 돌아오곤 했었다. 그의 사랑과 한결같은 마음, 소령에 대한 자신의 확고한 인정과 존경, 감사의 마음에도 불구하고 그녀는 도저히 무릎을 꿇을 수가 없었다. 그러니 은혜며 변치 않는 마음, 미덕이 다 무엇이란 말인가? 여자의 곱슬머리 한 가닥 혹은 남자의 콧수염 한 오라기에도 이런 덕목들을 한순간에 뒷전으로 물러나기 마련이다. 에미 역시 이런 덕들을 다른 여자들보다 더 중요하게 생각하지 않았다. 그녀는 소령의 덕들을 시험했고 그가 포기하고 물러나게 만들 수 있기를 바라기도 했지만 성공하지 못했다. 그러다가 이제 적당한 구실을 하나 발견한 이 무자비한 여인은 그 번민으로부터 자신을 해방시키기로 결심했다.

오후가 되어 마침내 소령이 아멜리아를 만날 수 있다는 허락을 받아냈을 때 오랫동안 그를 맞아주던 다정하고 애정에 찬 인사 대신 아멜리아는 소령에게 깍듯하게 무릎을 구부려 인사를 하며 장갑 낀 작은 손을 내밀었는데 그나마도 소령이 잡자마자 뒤로 빼버렸다.

그 방에 같이 있던 레베카 역시 미소띤 얼굴로 손을 내밀면서 그에게 인사를 하기 위해 다가왔다. 그러나 도빈은 당황스러운 표정으로 물러서며 "실례합니다만 부인, 저는 지금 당신의 친구로서 온 것이 아니라는 사실을 밝혀야만 하겠습니다"라고 말했다.

"하! 이런 제길, 이 방에서 그따위 짓은 하지 말자고!" 볼썽사나운 일이라도 벌어질까 봐 불안해하며 조가 기겁해 소리쳤다.

"레베카에 대해 무슨 나쁜 이야기를 하시려는 건지 모르겠군요." 아멜리아가 다소 떨리긴 하지만 낮고 분명한 목소리로 말했다. 그녀의 시선은 대단히 단호했다.

"내 집에서 이런 일이 벌어지는 걸 보고 있진 않겠어." 조가 다시 끼어들었다. "그냥 보고 있지는 않겠다고 내 분명히 말을 했네, 도빈. 그러니 이제 그만하게." 그러더니 그는 몸을 떨며 주위를 한 번 둘러본 후 얼굴을 붉히고 담배 연기를 한 번 크게 내

뽐더니 자기 방을 향해 걸어갔다.

"제발, 아멜리아!" 레베카가 천사같이 온순한 태도로 말을 했다. "제발 소령님이 나에 대해 뭐라고 하시는지 들어나 보아."

"다시 한 번 말하지만, 난 듣지 않겠어." 조가 꽥 소리를 지르더니 드레싱 가운을 챙겨 들고 방을 나가 버렸다.

"이제 여자 둘만 남았어요." 아멜리아가 말했다. "이제 하고 싶은 말을 하실 수 있겠어요, 소령님."

"나를 이런 식으로 대하다니, 이건 정말 당신에게 어울리지 않는 일이오, 아멜리아." 소령이 당당하게 대꾸했다. "내가 평소 여자들에게 가혹하게 구는 사람이라고는 생각하지 않아요. 나역시 지금 수행하려는 의무가 달갑지는 않습니다."

"제발 부탁이니 빨리 끝내주세요, 도빈 소령님." 점점 더 화가 난 표정으로 아멜리아가 다그쳤다. 아멜리아의 무례한 말을 듣고 있는 도빈의 얼굴 역시 전혀 즐거워 보이지 않았다.

"크롤리 부인, 부인이 여기 계시니 그냥 부인 앞에서 말을 해야겠군요. 저는 부인이 제 친구의 집에 들어와 살면 안 된다는 이야기를 하기 위해 왔습니다. 남편과 떨어져 본래와 다른 이름을 사용하며 여행을 다니고 공공 도박장을 출입하는 여자는⋯⋯."

"저는 무도회장에 간 것뿐이에요." 베키가 소리쳤다.

"⋯⋯오스본 부인과 그 아들에게 합당한 친구가 될 수 없습니다." 도빈이 말을 계속했다. "이곳에는 당신을 알고 있는 사람들, 제가 감히 오스본 부인 앞에서, 그 앞에서 입에 담고 싶지 조차 않은, 그런 부인의 과거 행실들을 안다고 주장하는 사람들이 있다는 사실 역시 덧붙여야 되겠습니다."

"도빈 소령님은 아주 공손하면서도 편리하게 저를 비난하시는군요." 레베카가 대답했다. "그러니까 소령님은 결국 밝히지도 않을 죄목으로 저를 비난하시겠다는 거군요. 대체 그게 뭔가요? 제가 남편에게 불성실했다는 이야기인가요? 저는 그런 소문을 경멸합니다. 그리고 그런 말을 하는 사람 누구에게라도 이의를 제기합니다. 그러니까 소령님께도 항의를 해야겠습니다. 저를 중상한 가장 악의적인 적의 명예가 손상되지 않은 것처럼 저의 명예도 손상된 일이 없습니다. 소령님은 제가 가난하고 버림받고 또 비참한 신세가 되었다는 이유로 저를 비난하시는 건가요? 네, 그렇다면 저는 분명 죄가 있지요. 그리고 그 죄들에 대해 매일 벌을 받고 있습니다. 에미, 난 이제 가야겠어. 너를 만나지 않았다고 생각하면 그뿐이야. 오늘이라고 어제보다 더 나빠질 것도 없으니까. 밤이 지나 처량한 방랑자가 다시 길을 떠난다고 생각하면 그만이지. 에미 우리가 옛날, 그리운 그 옛날 부르곤 했던 그 노래 기억하니? 난 그때 이후 죽 방랑을 해왔단다. 아무것도 없다는 이유로 모욕 받고 가련한 신세라는 이유로 조롱받는, 버림받은 불쌍한 여자니까. 날 가게 해주어. 내가 여기 있으면 이 신사분의 계획에 방해가 될 거야."

"그렇습니다, 부인." 소령이 말했다. "제가 이 집에 그 어떤 권리라도 가지고 있다면……."

"권리라고요, 그런 건 없어요!" 아멜리아가 끼어들었다. "레베카, 나와 함께 지내자. 네가 중상모략을 당한다고 널 버리지는 않을 테야. 그리고, 그리고 도빈 소령님은 너를 모욕하려고 결심하셨어도 난 널 모욕하지 않겠어. 레베카 이리로 와." 그러더니 이 두 여인은 문을 향해 걸어갔다.

윌리엄이 문을 열었다. 그리고 그들이 밖으로 나갈 때 그가 아멜리아의 손을 잡고 물었다. "잠시만 나와 이야기를 좀 하지 않겠어요?"

"나 없이 너와 이야기를 하고 싶으신가 봐." 레베카가 순교자 같은 표정을 지으며 말했다. 아멜리아는 대답 대신 친구의 손을 잡았다.

"명예를 걸고 하는 말이지만, 부인에 대한 이야기가 아닙니다." 도빈이 말했다. "들어와요, 아멜리아." 그러자 그녀가 들어왔다. 도빈은 그녀 뒤로 문을 닫으며 크롤리 부인에게 고개숙여 인사를 했다. 아멜리아가 유리창에 기댄 채 그를 바라보았다. 그녀의 얼굴이며 입술은 아주 창백했다.

"좀 전에 내가 실수를 했어요." 잠시 후 소령이 말을 꺼냈다. "권리라는 말은 잘못 사용한 겁니다."

"네, 그러셨어요." 아멜리아가 몸을 덜덜 떨며 대답했다.

"그러나 적어도 부인께 제 말을 들어달라고 청할 권리 정도는 있지 않나요." 도빈이 말을 계속했다.

"저희가 소령님께 신세를 지고 있다는 사실을 깨우쳐주시다니, 참 너그럽기도 하시군요." 그녀의 대답이었다.

"내가 말한 권리는 조지의 아버지가 내게 남겨준 것입니다." 윌리엄이 설명했다.

"네, 그리고 소령님은 그이에 대한 기억을 모욕했어요. 어제 그렇게 하셨지요. 소령님도 소령님께서 그러셨다는 것을 아시잖아요. 절대 소령님을 용서하지 않겠어요. 결코요!" 아멜리아가 소리쳤다. 그녀는 격정과 분노로 떨면서 문장을 마디마디 내뱉었다.

"진심은 아니겠지요, 아멜리아?" 윌리엄이 슬프게 물었다. "다급한 순간 튀어나온 그런 말들이 일생에 걸친 헌신보다 더 무게가 나간다고 말하려는 건 아니겠지요? 나는 내가 어제 그런 말을 했다고 해서 조지에 대한 기억이 훼손되었다고는 생각하지 않습니다. 그리고 우리가 이렇게 서로를 비난하게 되었다면, 적어도 나로서는 그의 미망인과 아들과의 관계를 더 유지할 이유가 없습니다, 여유가 있을 때 다시 생각해보세요. 그러면 당신의 양심이 나에 대한 비난을 거둘 겁니다. 사실 지금도 부인의 양심은 그 비난을 거두고 있겠지만." 아멜리아는 고개를 숙였다.

"당신 마음에 동요를 일으킨 건 어제 내가 한 말이 아니었습니다. 그건 핑계에 불과해요, 아멜리아. 그렇지 않다면 난 지난 십오 년 간 아무 보람 없이 당신을 지켜보고 사랑해온 걸 겁니다. 나도 그동안 당신의 마음을 읽고 당신의 생각을 들여다보는 법을 배웠어요. 당신의 애정이 무엇인지 나도 알고 있습니다. 당신은 충실하게 기억에 매달리며 몽상을 소중히 여기고 있지요. 하지만 제가 당신에게 바쳐온 마음은 소중히 여기지 않아요. 당신보다 너그러운 여자에게 제가 받을 수도 있었을 애정을 느낄 줄도 모르고요. 네, 당신은 내가 그동안 바쳐온 그런 사랑을 받을 만한 자격이 없습니다. 인생을 걸고 손에 넣으려 했던 그 상이 사실 그럴 만한 가치가 없다는 사실을 난 줄곧 의식하고 있었습니다. 그러니 얼마 남지 않은 부인의 사랑을 바라고 모든 진심과 열정을 투기한 나 역시 환상에서 헤어 나오지 못한 바보였을 뿐입니다. 그러나 이제 그런 거래는 그만하렵니다. 물러서겠어요. 당신을 비난하는 것은 아닙니다. 당신은 정말 마음씨 고운 사람이에요. 그리고 당신이 할 수 있는 최선을 다했습니다. 그러나 당신은, 내가 바쳤던 사랑의 경지에 이르지 못했어요. 부인보다 고귀한 영혼을 가진 여인이라면 그 사랑을 자랑스레 함께 나눌 수도 있었을 텐데요. 잘 있어요, 아멜리아! 그동안 당신의 갈등을 보아왔습니다. 이제 그 갈등을 끝내도록 합시다. 우리 모두 지쳤으니까요."

윌리엄이 갑자기 그녀에게 묶여 있던 쇠사슬을 끊고 독립과 우월성을 선언하자 아멜리아는 겁을 먹고 말없이 서 있었다. 그가 너무 오랫동안 발밑에 몸을 굽히고 있었기 때문에 이 딱한 여인은 그를 짓밟는 것에 익숙해져 있었던 것이다. 그와 결혼하고 싶지는 않았지만 그를 계속 옆에 두고는 싶었다. 그에게는 아무것도 주고 싶지 않았지만 그는 그녀에게 모든 것을 바쳐야만 했다. 이는 연인 사이에서는 심심찮게 일어나는 거래이다.

윌리엄의 공격은 그녀를 완전히 무찔러 쓰러뜨렸다. 그녀의 공격은 이미 오래전에 끝났으며 그녀는 이제 완전히 항복하고 있었다.

"그럼 이제…… 떠나시겠다는…… 건가요, 윌리엄? 그런 말인가요?" 그녀가 물었다.

그는 슬프게 웃었다. "전에도 한 번 떠난 적이 있었죠." 그가 말했다. "그리고 십이 년 후에 돌아왔고요. 그때는 우리도 젊었었는데, 아멜리아, 그럼 잘 있어요. 난 이 연극에 인생을 이미 충분히 탕진한 것 같군요."

그들이 이야기를 하는 동안 오스본 부인의 방문은 줄곧 아주 조금 열려 있었다. 계속 손잡이를 잡고 있던 베키는 도빈이 방을 떠나자마자 손잡이를 제자리로 돌려놓았다. 그녀는 둘 사이에 오고 간 말을 하나도 남김없이 엿들었다. '소령은 정말 고상한 심성을 지녔구나'' 그녀는 생각했다. '그런데 아멜리아는 얼마나 못돼 먹게 그의 마음을 우롱하고 있는지!' 그녀는 도빈에게 존경심을 품었다. 그가 그녀에게 불리한 말들을 한 것에 악감을 품지도 않았다. 그것은 경기 중 나온 합당한 한 수였으며 그는 공정하게 그것을 사용했다. '아!' 베키는 생각했다. '저런 분을, 저런 마음과 두뇌를 가진 분을 남편으로 가질 수만 있다면! 발이 큰 것쯤은 신경 쓰지 않을 텐데.' 그러고 나서 그녀는 자기 방으로 달려가 뭔가를 골똘히 생각하더니 소령에게 바로 떠나지 말고 며칠만 기다려달라고, 그러면 자기가 A의 마음을 되돌려 보겠다고 간청하는 쪽지를 한 장 썼다.

작별은 끝이 났다. 가엾은 윌리엄은 문으로 가 다시 한 번 떠나버렸다. 이 모든 상황을 야기한 장본인인 작은 미망인은 자신의 뜻을 이루고 승리를 손에 거머쥔 채 기쁨을 만끽하기 위해 뒤에 남겨졌다. 부인들은 부디 그녀의 승리를 부러워할지니.

단란한 저녁 시간, 조지 도령이 나타나 다시 한 번 '도브'의 부재를 언급했다. 식탁에 앉아 있던 사람들은 아무 말 없이 식사를 계속했다. 조의 식욕은 감소하지 않았지만 에미는 전혀 음식을 먹지 못했다.

저녁 식사 후 조지는 낡고 큰 창문 옆 쿠션에서 빈둥거리고 있었다. 박공벽에 기대 있는 그 창문은 삼면을 향해 나 있었는데 그중 하나로부터 엘러펀트 여관이 있는 시장 쪽을 내다볼 수 있었다. 조지가 도로 건너편 소령 집에서 뭔가 움직이는 것 같다고 말했을 때 그의 어머니는 바로 옆에서 분주히 다른 일을 하고 있었다.

"이런!" 조지가 내뱉었다. "저건 도브 소령님 마차잖아. 사람들이 마차를 마당으로 몰고 나오는데." 조지가 말한 문제의 '마차'는 소령이 영국 돈으로 6파운드를 주고 산 것이었는데 사람들은 그 마차를 두고 그를 적잖이 놀리곤 했었다.

에미는 약간 움찔했지만 아무 말도 하지 않았다.

"저것 좀 보세요!" 조지가 말을 계속했다. "프랜시스가 여행

가방을 가지고 나오네요. 애꾸눈 기수장 쿤츠가 회색 말을 데리고 시장 길을 따라 내려오고요. 저이 부츠랑 노란색 재킷 좀 보세요. 저 사람 좀 이상해 보이지 않아요? 어라. ……말을 소령님의 마차에 매고 있네요. 소령님 어디 가세요?"

"그래." 에미가 대답했다. "소령님이 여행을 가신단다."

"여행을 가신다고요, 그럼 언제 돌아오시는데요?"

"소령님은…… 안 돌아오실 거야." 에미의 대답이었다.

"안 돌아오신다고요!" 조지가 펄쩍 뛰어내리며 소리쳤다. "애, 여기 그냥 있어라." 조가 소리를 질렀다. "가지 말아라, 조지." 어머니도 매우 슬픈 표정으로 말했다. 소년은 가지 않았다. 대신 방 여기저기를 툭툭 차며 걸어 다니고 창문 옆 자리에서 무릎을 꿇고 엉덩이를 들었다 내렸다 하면서 온갖 불안과 호기심의 징후들을 드러내고 있었다.

말이 마차에 매였다. 짐들도 실려 묶였다. 프랜시스가 주인의 검과 지팡이, 우산을 한데 묶어 나오더니 마차 안 오목한 곳에 내려놓았다. 휴대용 책상과 주석으로 만든 낡은 삼각모 상자는 좌석 밑에 내려놓았다. 그는 또 붉은색 캠릿 방수포로 안을 댄, 낡아서 여기저기 얼룩이 있는 푸른색 코트도 가지고 나왔는데 이 코트는 지난 십오 년 동안 언제나 주인을 감싸왔으며 요즘 가장 인기 있는 노래 가사처럼 '숱한 풍상을 이겨낸'[4] 옷이었다. 워털루 전쟁 때만 해도 그 코트는 아직 새 것이었고 카트르 브라에서의 밤을 보낸 다음 날 조지와 윌리엄을 덮어주기도 했었다.

하숙집 주인 늙은 부르케가 나왔고 그 뒤 프랜시스가 다른 짐을 또 가지고 나왔다.─그게 마지막 짐이었다.─그다음으로 윌리엄 소령이 나왔는데 부르케는 소령에게 작별의 키스를 하고

싫어 했다. 소령은 관계를 맺은 모든 사람들에게 사랑과 존경을
받았던 것이다. 이런 애정의 표현을 거부하는 것은 쉽지 않은
일이었다.

"맙소사, 가봐야겠어요!" 조지가 소리쳤다. "그분에게 이걸 전
해주렴." 관심을 가지고 지켜보던 베키가 소년의 손에 종이 하
나를 건네주며 말했다. 그는 계단을 달려내려 단숨에 거리를 가
로질러 뛰어갔다. 노란색 재킷을 입은 기수장이 채찍을 부드럽
게 휘두르고 있었다.

집주인의 포옹에서 벗어난 윌리엄은 이미 마차에 올라타 있
었다. 조지는 소령이 이미 올라탄 마차로 뛰어올라 소령의 목
을 감싸 안으며(아멜리아와 조는 창문에서 이 광경을 지켜보고
있었다.) 이런저런 질문들을 퍼붓기 시작했다. 그러고 나서 조
끼 주머니를 더듬어 베키가 준 쪽지를 소령에게 건네주었다. 윌
리엄은 애타는 표정으로 쪽지를 받아 떨리는 손으로 그것을 열
어보았다. 그러나 편지를 읽자마자 안색이 바뀌었다. 그는 편지
를 두 조각으로 찢어버린 후 마차 뒤로 던졌다. 소령은 조지의
이마에 키스를 해주었다. 그러자 소년은 두 주먹으로 눈물을 닦
으며 프랜시스의 도움을 받아 마차 밖으로 내려왔다. 그는 떠나
지 않고 마차에 손을 댄 채 서성이고 있었다. 이제 출발하지! 하
는 말과 함께 노란 재킷을 입은 기수장이 채찍을 힘차게 휘둘렀
고 프랜시스는 마부석으로 훌쩍 뛰어올랐으며 회색 말들이 달
리기 시작했다. 도빈은 고개를 가슴 위로 푹 숙이고 있었다. 마
차가 아멜리아의 창문 밑을 지날 때도 도빈은 결코 고개를 들지
않았다. 거리에 홀로 남겨진 조지는 주변에 몰려든 사람들 앞에
서 울음을 터뜨리고 말았다.

에미의 하녀는 조지가 그날 저녁 또다시 우는 것을 듣고 도련

님을 달래기 위해 설탕에 절인 살구를 몇 개를 그에게 가져다주기도 했다. 하녀 역시 조지와 마찬가지로 소령이 떠난 것을 슬퍼하고 있었다. 가난하고 순박하고 정직한 모든 이들, 소령을 아는 모든 선량한 사람들이 이 단순하고 다정한 신사를 사랑했던 것이다.

그렇다면 에미는 어땠을까? 이제 그녀는 자신의 의무를 다하지 않았던가? 위로가 필요하다면, 그녀에게는 조지의 사진이 남아 있었다.

67장
출산과 결혼, 그리고 죽음

도빈의 진정한 사랑을 성사시켜 주기 위한 베키 나름이 계획
이 무엇이었든 간에 그녀는 비밀이 지켜질 것이라 생각했다. 그
리고 사실 다른 사람의 복지보다는 자신의 복지가 훨씬 더 중요
했기 때문에 해결해야 할 본인의 당면 문제들이 도빈 소령이 이
생에서 어떻게 행복을 누릴 것인가 하는 문제보다 훨씬 더 그녀
의 마음을 사로잡고 있었다.

베키는 자신이 갑작스럽고 예기치 않게 대단히 안락하고 편
안한 환경에 놓였다는 사실을 발견했다. 오랫동안 누리지 못했
던 친구들과 친절함, 다정한 심성을 가진 사람들이 그녀를 둘러
싸고 있었다. 어쩔 수 없는 상황 때문에, 또 타고난 천성 때문에
방랑자로 살아오긴 했지만 그녀에게도 휴식과 안정이 달콤할
때가 있었다. 단봉낙타를 타고 한평생 사막을 돌아다니는 가장
무심한 아랍인들조차도 때로는 물가 야자나무 밑에서 쉬거나
도시의 저잣거리로 가 다시 약탈을 위해 사막으로 떠나기 전 공

중목욕탕에 가서 세신을 하고 모스크에 가서 기도를 올리고 싶은 기분이 드는 법이다. 이와 마찬가지로 이 작은 사막의 방랑자에게도 조의 텐트와 필라프는 달콤한 것이었다. 그녀는 말을 말뚝에 매어두고 무기도 걸어 놓은 다음 그의 불 옆에서 편안하게 몸을 녹였다. 지금껏 정처 없이 떠돌던 그녀에게 그 잠깐의 정착은 더할 수 없이 안락하고 위안이 되는 것이었다.

자신을 위한 안락과 위안을 확보하자 그녀는 다른 사람을 즐겁게 해주기 위해 있는 힘껏 최선을 다했다. 우리는 그녀가 다른 사람을 즐겁게 해주는 분야에 있어 저명하고 실력 있는 기술자라는 사실을 알고 있다. 조에 대해서라면 이미 엘러펀트 여관 다락방에서 있었던 그 잠깐의 만남 동안 베키는 그에게 호감을 얻어낼 수 있는 방법을 발견한 바 있었다. 한 주 만에 이 민간인은 그녀의 공공연한 노예이자 광적인 신봉자가 되었다. 베키처럼 활기차지 않은 아멜리아와 있을 때는 저녁 식사 후 으레 잠을 자곤 하던 그가 이제는 밥을 먹고도 잠을 자지 않았다. 그는 무개차를 타고 베키와 드라이브를 나갔으며 그녀를 접대하기 위해 작은 파티를 열거나 이런저런 작은 향연들을 생각해냈다. 그렇게도 무자비하게 그녀를 모욕했던 대리 대사 테이프웜도 조와 함께 저녁을 먹기 위해 집으로 왔으며 곧 매일 베키에게 인사를 하기 위해 그 집을 방문하게 되었다. 전에도 늘 말수가 적었던 가엾은 에미는 도빈이 떠난 후 그 언제보다 더 우울하고 말없는 사람이 되어 이 우월한 천재가 모습을 드러낼 때면 아무런 주목도 받지 못한 채 소외되어 있었다. 프랑스 쪽 경쟁자 역시 영국 대사 못지않게 베키에게 매료되어 있었다. 도덕적인 문제에 대해 결코 까다롭게 구는 법이 없는 독일 부인들은 오스본 부인의 매력적인 친구의 영리함과 재치에 즐거워했고 베키 쪽에서 궁전을 방문하겠노라 청하지는 않았지만 가장 존귀하고 지체 높은 왕실 인물들 역시 그녀의 매력에 대해 전해 듣고 관심을 보이며 그녀를 만나보고 싶어 했다. 그녀가 유서 깊은 영국 귀족 가문 부인이며 남편은 근위대 중령으로 코번트리 섬의 도지사라는 사실도 알려졌다. 여전히 괴테의 『베르테르』를 읽고 『친화력』이 교훈을 주는 도덕적 책이라고 간주되는 나라에서는 별문제도 아닌 사소한 부부간의 문제로 남편이 아내와 떨어져 있을 뿐이라는 사실이 알려지자 이 작은 공국의 가장 높은 사회에서는 누구도 베키를 거절하지 않았다. 한때 아멜리아에게 셀 수 없이 많은 애정과 호의를 표현했던 부인네들은 그때보다 더 기꺼이 베키를 '두'라고 친근하게 부르면서 그녀와의 영원한 우정을 맹세했다. 이 단순한 독일인들은 사랑이니 자유니 하는 것들을 요크셔나 서머셋셔 사람들이 거의 이해할 수 없는 방식으로 해석했던 것이다. 그래서 이성적이고 문명화된 도시들에서 어떤 여인은 여러 명의 남편과 여러 번 이혼을 한 후에도 여전히 사교계에서 자신의 명성을 유지할 수 있었다. 조가 집을 장만한 이래 그의 집이 레베카와 머무른 이때처럼 명랑했던 시기는 한 번도 없었다. 그녀는 노래를 부르고 피아노를 쳤으며 웃고 두세 가지 언어로 대화를 나누었다. 모든 사람을 집으로 초대하고 조에게는 조 자신의 뛰어난 사교적 능력과 재치 덕에 도시의 사람들이 그 주위로 모여드는 것이라고 믿게 만들었다.

청구서 대금을 지불할 때가 아니면 전혀 집의 안주인 노릇을 하지 못하는 에미를 위해 베키는 곧 그녀를 위로하고 즐겁게 해줄 방법을 찾아냈다. 베키는 그녀에게 계속해서 떠난 도빈 소령 이야기를 꺼내고 거리낌 없이 고상한 마음을 지닌 그 훌륭한 신사에 대한 존경심을 드러냈으며 에미가 그에게 너무 잔인했노라 단언을 하기도 했다. 에미는 자신의 행동을 변호하면서 그것은 가장 순수한 종교적 원칙에 의해 실행된 것이며 일단 결혼한 여자, 그것도 자신처럼 천사 같은 남자와 결혼을 하는 지복을 누린 여자는 영원히 그와 맺어진 것이라고 주장했다. 그러나 그러면서도 그녀는 베키가 도빈 소령을 실컷 칭찬하는 소리를 곧잘 듣고 있었으며 실제로 매일 수십 번씩 도빈 소령에 대한 화제로 이야기를 끌어가곤 했다.

조지와 하인들의 환심을 살 만한 방법들을 찾는 것은 쉬운 일이었다. 앞서도 말했지만 아멜리아의 하녀는 그 관대한 소령을 진심으로 좋아했다. 그래서 그가 안주인을 떠나게 만들었다는 이유로 처음에는 베키를 싫어했던 그녀 역시 베키가 윌리엄 소령의 가장 열렬한 지지자이자 방어자라는 사실을 발견하고 곧 크롤리 부인과 화해하게 되었다. 파티가 끝난 후 두 부인이 밤 늦게 둘만의 대화에 몰두할 때, 그리고 페인 양이 노란 머리 타래와 갈색 머리 타래라고 부르는 '그들의 머리를 빗겨줄 때' 이 소녀는 늘 그 다정하고 마음씨 착한 신사 도빈 소령에 대한 이야기를 꺼내곤 했다. 레베카가 소령에 대한 존경심을 표현할 때 화를 내지 않았던 것처럼 소령에 대한 하녀 아이의 옹호 역시 아멜리아를 성나게 하지 않았다. 그녀는 조지가 계속 소령에게 편지를 쓰도록 했고 추신에는 엄마의 다정한 안부 인사를 꼭 적어 넣도록 했다. 저녁에 남편의 초상화를 볼 때면 그의 시선은 더 이상 그녀를 꾸짖지 않았다. 그러나 윌리엄이 떠난 지금은 아마 그녀가 죽은 남편을 꾸짖고 있었을 터였다.

그런 영웅적 희생 뒤에 에미는 별로 행복하지 못했다. 그녀는 멍할 때가 많았고 신경질적이었으며 말이 없었고 비위를 맞추

기 어려웠다. 가족들은 그녀가 그렇게 신경질적인 모습을 지금
껏 한 번도 본 적이 없었다. 그녀는 점점 더 창백해지고 또 수척
해졌다. 아멜리아는 몇몇 노래들, 소령이 특별히 좋아하던 노래
들을 즐겨 부르곤 했다.(「홀로 있어도 나는 외롭지 않네」도 그
중 하나인데 젊은 부인들이여, 베버의 이 낭만적인 사랑 노래는
여러분이 아직 태어나지도 않았던 시절에 살던 사람들 역시 사
랑을 하고 또 노래를 부를 줄 알았다는 사실을 보여준다.) 황혼
이 깃들 무렵 객실에서 이런 노래들을 부르다가 그녀는 중간에
갑자기 노래를 멈추고 옆에 있는 자기 방으로 들어가 버리곤 했
다. 물론 그녀는 그곳에 있는 남편 초상화에서 마음의 안식을
구했을 것이 틀림없다.

　도빈이 떠난 후에도 그의 이름이 적힌 소령의 책 몇 권이 집
에 남아 있었다. 예를 들어 책날개에 '××연대의 윌리엄 도빈'
이라고 적힌 독일어 사전이나 그의 이니셜이 적혀 있는 여행안
내 책자, 그리고 소령에게 속한 또 다른 두세 권의 책이 여전히
집에 남아 있었다. 에미는 이런 책을 정리해서 자신의 재봉 상
자와 필기도구함, 성경과 기도 책이 들어 있는 서랍장 속에 넣
어두었다. 두 명의 조지 사진이 걸려 있는 벽 밑의 그 서랍장에.
길을 떠나면서 소령은 장갑 역시 두고 갔는데 얼마간 시간이 지
난 후 어머니의 서랍을 뒤지던 조지는 그 장갑이 단정하게 접힌
채 우리가 흔히 비밀 서랍장이라고 부르는 곳 안에 놓여 있는
것을 발견했다.

　사교계를 좋아하지 않고 그런 곳에 가면 침울해지고 마는 에
미가 여름밤의 큰 즐거움으로 삼고 있는 것은 조지와 함께 긴
산책을 하는 것이었다.(그동안 레베카가 집에서 조의 손님들을
접대하고 있었다.) 산책을 하면서 어머니와 아들은 도빈 소령에

대한 이야기를 나누곤 했는데 그 대화의 내용은 소년마저 미소 짓게 만드는 것이었다. 그녀는 윌리엄 소령님이 세상에서 제일 훌륭한 분이라고 생각한다고, 그분은 가장 상냥하고 친절하며 용감하고 겸손한 분이라고 아들에게 말을 했다. 몇 번이나 그녀는 그들이 이 세상에서 가지고 있는 모든 것이 이 다정한 친구의 자비로운 보살핌 덕분이라고 아들에게 말을 했다. 그녀는 또 그들이 가난과 불운으로 고통 받던 시절 내내 그가 어떻게 그들의 친구가 되어주었으며 아무도 그들을 돌봐주지 않을 때에 어떻게 그들을 보살펴 주었는지, 그 자신은 한 번도 자신의 용감한 행동에 대해 언급하는 일이 없는데도 불구하고 동료들 모두가 얼마나 그를 존경하는지, 조지의 아버지가 다른 누구보다 그를 얼마나 신뢰했는지, 그리고 선량한 윌리엄이 어떻게 언제나 아버지의 곁을 지켜주었는지 등에 대해서도 조지에게 이야기를 해주었다. "있잖니, 아버지가 어린 소년이었을 때 말이다." 그녀가 말을 했다. "아버지가 종종 해주신 이야긴데 윌리엄이 두 사람이 함께 다니던 학교의 폭군으로부터 아버지를 지켜주었었단다. 그날부터 네 아버지가 돌아가시던 날까지 두 분의 우정은 계속되었지."

"도빈 소령님이 아버지를 죽인 프랑스군을 죽였나요?" 조지가 물었다. "그랬을 거라고 확신해요. 그놈을 잡을 수만 있었다면 틀림없이 그렇게 하셨을 거예요. 그렇지 않아요, 엄마? 입대를 하면 전 프랑스 놈들을 증오할 거예요. 꼭 그럴 거예요."

이런 대화를 나누며 어머니와 아들은 긴 시간을 함께 보내곤 했다. 이 순박한 부인은 아들에게 속마음을 이렇게 모두 털어놓았던 것이다. 조지는 소령을 아는 다른 모든 사람들과 마찬가지로 윌리엄의 친구였다.

다른 한편, 감상적인 면에서 뒤처지지 않는 베키 역시 자신의 방에 작은 초상화 하나를 걸어 여러 사람들을 놀라고 또 즐겁게 만들었으며 그 그림의 본래 주인, 다름 아닌 우리의 벗 조를 기쁘게 해주었다. 세들리 일가를 처음 방문하던 날 무척이나 작고 초라한 짐을 가지고 왔던 이 작은 부인은 아마 남루한 여행 가방이며 모자 상자가 부끄러웠던 모양인지 몇 번이나 허세를 섞어 라이프치히에 두고 온 가방에 대해 말하면서 그 도시에서 짐이 곧 도착할 것이라고 이야기를 하곤 했다. 여행자가 지금 갖고 있지 않은 짐 가방의 위용에 대해 계속해서 떠든다면, 젊은 이들이여, 부디 그자를 경계할지어다. 십중팔구 사기꾼이기 십상이니.

그러나 조도 에미도 이런 중요한 사실을 알지 못했다. 베키가 눈앞에 없는 트렁크에 좋은 옷을 잔뜩 가지고 있는지 어떤지에 그들은 전혀 관심도 없는 것 같았다. 그러나 어쨌든 베키가 지금 입고 있는 옷이 대단히 낡고 초라했기 때문에 에미는 자기 옷을 몇 벌 꺼내 주기도 하고 그녀를 그 도시의 제일가는 양복점으로 데리고 가 옷을 맞춰주기도 했다. 그래서 단언컨대, 이제 더 이상 베키가 칼라가 찢어지거나 어깨에 빛바랜 비단 천이 너덜거리는 옷을 입고 다니는 일은 없게 되었다. 환경이 달라짐에 따라 베키는 평소 습관들도 바꾸었다. 연지 통을 치웠고 평소 탐닉하곤 하던 또 다른 쾌락도 멀리했다. 아니, 적어도 공공연히 즐기지는 않았다. 그래서 에미와 소년이 산책을 나가고 없는 여름 저녁, 조가 강권을 하면 그저 물에 탄 술을 약간 마시는 정도로만 만족했다. 그러나 베키가 마시지 않더라도 여행안내인이 술을 마셔댔다. 망할 키르슈는 도저히 술병에서 멀어질 수 없었던 것이다. 게다가 일단 마시기만 하면 얼마나 마셨는지를 도무지 기억할 수 없었다. 그래서 그는 때로 세들리 씨의 코냑이 다 사라진 것을 보고 스스로도 깜짝 놀라곤 했다. 참 말하기 곤란한 주제지만 하여튼 베키는 이 법도 있는 집안에 들어온 후 술을 전처럼 마시지는 않았던 것 같다.

마침내 어지간히 허풍을 떨어댔던 가방들이 라이프치히에서 도착했다. 결코 크지도 화려하지도 않은 가방 세 개가. 뿐만 아니라 가방이 도착한 후에도 베키가 그 상자들에서 옷이나 장신구를 꺼내는 일은 없었다. 그러나 그 상자들 중 하나, 그녀의 서류 뭉치들이 보관되어 있던 한 상자에서(그것은 로던 크롤리가 베키가 숨겨둔 돈을 찾기 위해 분노에 떨며 뒤졌던 바로 그 상자였다.) 베키는 아주 명랑하게 그림 한 장을 꺼내더니 그녀 방 벽에 핀으로 붙인 후에 조를 불러와 그것을 보여주었다. 그것은 연필로 그린 한 신사의 초상화였는데 얼굴은 특별히 핑크색으로 칠해져 있었다. 코끼리를 탄 신사는 몇 그루의 야자나무와 탑 하나를 뒤로 하고 행진하고 있었다. 동방의 풍경이었다.

"이런 세상에, 이건 내 초상화잖아." 조가 소리쳤다. 그것은 과연 1804년 유행하던 재단의, 남경목면 재킷을 입고 한창때의 젊음과 미색을 구가하던 조 자신의 초상화, 러셀 스퀘어의 벽에 걸려 있었던 조의 오래된 초상화였다.

"제가 샀어요." 베키가 감정의 동요 때문에 떨리는 목소리로 말했다. "다정한 친구들을 위해 제가 뭐 도울 일이라도 있을까 해서 그곳에 갔었지요. 전 한 번도 저 그림을 떼놓고 다닌 적이 없답니다. 앞으로도 절대 그러지 않을 거예요."

"정말입니까?" 조가 형언할 수 없는 만족과 환희의 표정으로 소리쳤다. "정말 저를 위해 저 그림을 사서 그렇게 소중히 간직해 오셨다는 겁니까?"

"네, 그랬어요. 선생님도 아시잖아요." 베키가 대답했다. "그러나 이제 그런 이야기를 하면 뭐하겠어요, 그런 생각, 과거 일들 돌아봐서 무엇 하겠어요. 이제 다 너무 늦어버린 걸요."

조에게 그날 저녁의 대화는 달콤한 것이었다. 집으로 돌아온 에미는 너무 피곤하고 몸이 좋지 않아 침실로 바로 들어가 버렸다. 조와 그의 아름다운 손님은 마주 앉아 즐거운 시간을 가졌는데 옆방에서 잠들지 못하고 깨어 있던 누이 레베카가 조에게 1815년의 오래된 노래들을 불러주는 소리를 들을 수 있었다. 놀라운 일이지만 조 역시 그날 저녁 아멜리아 못지않게 통 잠을 이룰 수가 없었다.

바야흐로 6월이었고 당연히 런던에서는 사교계가 한창 절정에 달하는 시기였다. (이 여행자의 제일가는 친구이자) 비할 데 없이 훌륭한 신문《갈리나니》를 매일 빠짐없이 읽는 조는 아침 식사 때면 신문 기사의 일부를 숙녀들에게 읽어주곤 했다. 이 신문은 매주 군대 동정에 대해 자세한 기사를 실었는데 한때 군 부대를 가까이서 지켜보았던 이로서 조는 이 기사에 특별한 관심을 가지고 있었다. 어느 날 그는 이런 기사를 읽어주었다. "×× 연대 귀국. 6월 20일. 동인도회사의 램천더호가 오늘 아침 14명의 장교와 이 용감한 부대의 백삼십이 명의 병사를 태우고 템스 강 그레이브젠드항으로 들어왔다. 영광스러운 워털루 전투에서 맹활약을 한 다음 해 인도로 출항하여 이후 버마 전쟁에서 눈부신 활약을 한 그들은 지금까지 십사 년 동안 영국을 떠나 있었다. 배스 훈장 수상자인 노련한 연대장 마이클 오다우드 경은 부인과 누이를 동반하고, 포스키, 스터블, 맥크로, 멀로니 대위 및 스미스, 존스, 톰슨, F. 톰슨 중위, 또 힉스, 그레디 소위 등과 어제 런던에 도착했다. 부두에서 악대가 국가를 연주했고 그들이 와이어트 호텔로 행진할 때 군중이 열렬히 그들을 환영했으며 호텔 측에서는 대영제국의 수호자들을 위해 성대한 만찬을 준비했다. 와이어트 호텔에서 두말이 필요 없는 최고의 연회를 개최하는 동안 군중들이 계속해서 너무도 열렬하게 그들을 연호하였으므로 오다우드 부인과 연대장이 발코니로 나와 와이어트 호텔 최고의 포도주를 한 잔 가득 따라 동족들의 건강을 위해 건배를 들지 않을 수 없었다."

또 한 번, 조는 도빈 소령이 채텀에서 ××연대에 합류했다는 짤막한 기사를 읽어주었으며 그 후에는 배스 훈장 수상자인 마이클 오다우드 연대장과 (밸리멀로니의 몰로이 멀로니 부인으로 불리는) 오다우드 부인, 그리고 (레이디 오다우드로 불리는) 글로비나 오다우드 양이 접견실에서 폐하를 알현했다는 기사에 대해 말해주기도 했다. 이 기사를 읽어준 후 곧바로 도빈의 이름이 중령들 이름 사이에 등장했다. 늙은 팁토프 사령관이 ××연대가 마드라스에서 돌아오는 길에 죽었기 때문에 폐하께서 영국으로 돌아온 마이클 오다우드 연대장을 기꺼이 장군으로 승진시키면서 도빈 소령이 그가 오랫동안 지휘해온 이 뛰어난 부대의 중령이 돼야 한다는 의중을 비추셨기 때문이었다.

아멜리아 역시 이런 소식들을 부분적으로 알고 있었다. 조지와 후견인 사이의 편지 왕래는 중단 없이 계속되고 있었기 때문이다. 윌리엄은 심지어 그녀를 떠난 뒤 아멜리아에게도 한두 번 직접 편지를 보낸 일이 있었다. 그러나 편지의 말투가 너무도 단호하고 냉정하고 차가웠으므로 이 가엾은 여인은 이제 그에 대한 지배력을 완전히 잃었다고 느꼈으며 그가 말한 대로 소령은 이제 자신에게 완전히 벗어났다고 생각했다. 그는 그녀를 떠났고 그녀는 버려졌다. 그의 숱한 봉사며 고상하고도 다정한 배려에 대한 기억이 마음에 떠올라 낮이고 밤이고 그녀를 괴롭혔다. 그녀는 늘 하던 대로 이런 기억들을 곰곰이 떠올려보며 자신이 하찮게 여겨왔던 소령의 애정이 지닌 순수함과 아름다움을 깨닫고 그런 보물을 내팽개쳐 버린 자신을 꾸짖었다.

그 사랑은 이제 정말 떠나고 말았다. 윌리엄의 사랑은 끝이 난 것이다. 그는 이제 더 이상 과거처럼 아멜리아를 사랑하지 않는다고 생각했다. 다시는 그녀를 그렇게 사랑할 수 없었다. 그렇게 긴 세월 충실하게 바쳐온 그런 마음은 일단 한 번 내동댕이쳐져 부서지고 나면 흉터 없이 원래대로 수선될 수 없었다. 그 작고 부주의한 폭군이 그것을 그렇게 파괴하고 말았다. '아니, 내가 그동안 속인 것은 바로 나 자신이었다.' 윌리엄은 생각하고 또 생각했다. '감언이설로 나를 설득하면서. 만약 그녀가 내가 바친 것 같은 사랑을 받을 자격이 있었다면 이미 오래전에 그 사랑에 화답했을 것이다. 그건 낭만적인 착각이었다. 인생이란 모두 그런 착각으로 이루어진 것이 아니던가? 설사 그녀를 얻었다 해도 그 승리의 바로 다음 날 내 환상은 깨어지지 않았을까? 그러니 패배를 슬퍼하거나 부끄러워할 이유가 무엇이란 말인가?' 자신의 긴 인생행로를 돌이켜 보면 볼수록, 그는 더 분명하게 자신의 미망을 깨달을 수 있었다. "다시 내 일로 돌아가 하늘이 내게 맡긴 자리에서 의무를 다하도록 해야겠다." 그는 이렇게 결심했다. "부대원들의 제복 단추가 제대로 반짝이는지, 하사관 보고서에 실수는 없는지 감독하고 부대 식당에서 밥을 먹으며 스코틀랜드 출신 의사가 하는 이야기나 듣도록 하자. 늙고 병이 들면 휴직급으로 생활하면서 누이의 잔소리를 들어야지. 『발렌스타인』의 소녀가 말하듯이 나는 '사랑해봤고 또 살아도 보았으니'[1] 이제는 끝이다.—돈을 내고 시가를 한 대 가져오게 프랜시스, 그리고 오늘 저녁 무슨 연극을 하는지 알아보고. 내일은 바타비아 정기선 편으로 바다를 건너야지." 로테르담 부두 옆 린덴 가로수 길을 걸으며 소령이 한 이런 말들 중 프랜시스는 오직 마지막 두 줄만을 들었다. 바티비아호는 내만에 정박되어 있었다. 그는 자신과 에미가 그 행복한 항해 길에 함께 앉아 있곤 하던 배의 후갑판을 바라볼 수 있었다. 크롤리 부인이 전하려던 말은 대체 무엇이었을까? 흥! 내일이면 배를 타고 다시 영국으로, 집으로, 그리고 일로 돌아갈 텐데, 뭐!

6월이 끝나면 펌퍼니켈의 이 작은 궁전 사람들은 독일식 풍습에 따라 모두 각지의 온천장으로 흩어졌다. 그곳에서 약수를 마시고 당나귀를 타거나 돈이 좀 있고 마음이 내키면 회관에 가도박을 하거나 이런저런 사람들과 함께 식도락을 즐기기 위해 호텔 식당으로 몰려다니기도 하면서 한가한 여름철을 보냈다. 영국 쪽 외교관들은 토플리츠와 키싱겐으로 떠났고 프랑스 측 라이벌도 공사관 문을 닫고 사랑스런 드 강 대로로 잽싸게 떠났다. 공작 일가 역시 온천을 찾아가거나 사냥터로 휴가를 떠났다. 모두가 법도에 어긋나지 않는 이런저런 구실들을 만들어 휴가를 떠났으며 그들과 함께 궁전 전문의 글라우버 선생 역시 남작부인인 아내를 데리고 휴가 길에 올랐다. 온천욕을 즐기는 이철은 의사인 그에게 가장 생산적인 시기였다. 업무와 휴식을 결합할 수 있었기 때문이다. 그가 가장 좋아하는 휴가지인 오스텐트는 독일인들에게 가장 사랑받는 장소였는데 글라우버 의사는 이곳에서 자신과 아내를 위해 바닷물 '입수'라는 처방을 실행했다.

그의 흥미로운 환자 조는 이제 의사에게 정기적인 수입을 보장해주는 젖소 같은 존재가 되었는데 그는 어렵지 않게 이 민간인을 설득하여 본인과 너무나 쇠약해진 매력적인 누이 모두의 건강을 위해 그해 여름을 그 끔찍한 항구 도시에서 보내게 만들었다. 에미는 어디로 가든 별로 상관하지 않았다. 조지는 다른 곳으로 간다는 말에 좋아서 펄쩍 뛰었다. 베키 역시 조가 구입한 멋진 사륜마차의 안쪽 네 번째 자리에 앉아 함께 오스텐트로 향했다. 어쩌면 그녀는 오스텐트에서 만나게 될 친구들이며 그들이 떠들어댈지 모를 숨기고 싶은 이야기들에 대해 조금 걱정을 했을지도 모르겠다. 흥, 그러거나 말거나! 그녀는 이제 스스로를 방어할 수 있을 만큼 튼튼한 입지를 가지고 있었다. 조에게 단단히 닻을 내리고 있었기 때문에 어지간히 강력한 폭풍이 불지 않는 한 그녀는 흔들리지 않을 터였다. 그녀가 방에 걸어둔 그림은 그를 완전히 베키의 포로로 만들었다. 베키는 그 코끼리 그림을 뗀 다음 그것을 아주 먼 옛날 아멜리아에게 받은 이래 늘 지니고 다녔던 작은 상자 안에 넣었다. 에미 역시 자신의 수호신─두 조지의 초상화─을 떼어왔고 일행은 마침내 엄청나게 비싸면서도 불편하기 짝이 없는 오스텐트의 하숙집에 짐을 풀었다. 그곳에서 아멜리아는 온천을 즐기면서 온천욕의 이점들을 취했다. 베키를 아는 수십 명의 사람들이 그녀 옆을 지나가며 아는 척도 하지 않고 그녀를 무시해도 함께 걷고 있던 오스본 부인은 그 사실을 알아차리지 못했다. 아는 사람이 전혀 없었으므로 자신이 그렇게 현명하게 동료로 선택한 친구가 사람들에게 어떤 취급을 당하고 있는지 의식하지 못했던 것이다. 물론 베키 역시 순진한 아멜리아에게 무슨 일이 벌어지고 있는지 굳이 알려줄 필요가 있다고 전혀 생각하지 않았다.

그러나 로던 크롤리의 옛 친구들 중 몇 명은 퍽 반갑게─아마도 베키가 바란 것 이상으로 반갑게 그녀에게 아는 척을 해왔다. 그중에는 (소속이 없는) 로더 소령과 (과거 소총 부대에 있었던) 룩 대위도 있었는데 언제나 둑 위에서 담배를 피우며 여자들을 곁눈질하던 그들은 조지프 세들리의 품격 있는 일행과 손님 접대를 소홀히 하지 않는 그들의 하숙집에 재빨리 인사를 드렸다. 사실 그들은 상대방의 의사 따위는 개의치 않았다. 베키가 집에 있든 없든 무조건 쳐들어와 오스본 부인의 객실에 코트며 콧수염에 뿌린 향수 냄새를 퍼뜨리고 다녔다. 그들은 조를 "어이 친구"라고 불렀으며 그의 식탁에 제멋대로 끼어 그곳에서 몇 시간이고 웃으며 술을 마시기도 했다.

"대체 그 사람들 하는 말 다 무슨 뜻이에요?" 이 신사들을 좋아하지 않는 조지가 물었다. "전 어제 소령이 크롤리 부인에게 이렇게 말하는 걸 들었어요. '아니, 안 되지, 베키, 그 친구를 당신 혼자 해먹게 두진 않을 거야. 우리에게도 뭐 좀 돌아오는 것이 있어야지. 안 그러면, 제길, 다 불어버리고 말겠어.' 엄마, 소령이 한 말이 대체 무슨 뜻이에요?"

"소령이라니! 그 사람 소령이라고 부르지 말거라!" 에미가 대답했다. "그 사람 말이 무슨 뜻인지를 너에게 말해줄 수는 없단다." 로더 소령과 그 친구는 이 작은 여인에게 견딜 수 없는 혐오와 공포를 일으켰다. 그들은 술에 취해 그녀에게 찬사를 해댔고 식탁 너머로 추파를 던지기도 했다. 대위가 그녀에게 접근해 올 때면 그녀는 욕지기를 할 것 같은 거부감을 느꼈으며 조지가 곁에 있을 때가 아니면 아예 그를 보려고도 하지 않았다.

레베카 역시 둘 중 누구라도 아멜리아와 단둘이 남겨두려 하지 않았다. 소령도 아멜리아에게 접근할 수가 없었는데 그는 자신이 그녀를 차지하고 말겠노라 다짐을 하곤 했다. 이 한 쌍의 악당들은 순진한 아멜리아를 두고 다투는가 하면 그녀의 식탁에 앉아 그녀를 걸고 도박을 하기도 했다. 비록 자신을 두고 벌어지는 악당들의 음모를 알지는 못했지만 아멜리아는 그들 앞에만 있으면 무섭고 불안했으며 어서 빨리 자리를 피하고 싶었다.

그녀는 조에게 떠나자고 애원하고 또 애원했다. 그러나 그는 그러려고 하지 않았다. 그는 움직임이 굼떴을 뿐만 아니라 주치의와 다른 몇몇 끈들에 매여 있었다. 베키도 영국으로 돌아가고 싶어 하지 않았다.

마침내 그녀는 커다란 결심을 하고 그 모험을 실행에 옮겼다. 바다 건너에 있는 친구에게 편지를 썼던 것이다. 그녀는 누구에게도 말을 하지 않고 직접 숄 밑에 편지를 넣어 우체국까지 가서 편지를 부치고 돌아왔다. 편지에 대해서는 일절 아무런 말을 하지 않았다. 그러나 조지가 그녀를 보았을 때 그녀는 무척 얼굴을 붉히고 동요하는 기색이었으며 그날 저녁 그를 여러 번 껴안고 키스를 했다. 산책을 다녀온 뒤 그녀는 자기 방에서 나오지 않았다. 베키는 로더 소령과 룩 대위가 그녀를 놀라게 한 모양이라고 생각했다.

'아멜리아는 여기 있으면 안 돼.' 그녀는 생각했다. '그 어리석고 멍청한 아이는 이곳을 피해 떠나야 해. 십오 년 전 죽어버린 얼간이 남편을(아주 잘 죽어버렸지 뭐야!) 두고 아직도 훌쩍거리고 있으니. 저 애가 이 남자들 중 하나와 결혼을 해서는 안 되지. 로더 소령이 그따위 짓까지 하게 둘 수는 없어. 그렇게는 안 돼. 그녀는 그 대나무 지팡이하고 결혼을 해야 해. 내가 오늘 밤에 일이 그렇게 되도록 힘을 써봐야겠다.'

그래서 베키는 차를 한 잔 가지고 그녀의 방으로 찾아갔다. 침울하고 초조한 상태로 오스본 부인은 초상화들을 벗 삼고 있었다. 베키가 차를 내려놓았다.

"고마워." 아멜리아가 말했다.

"내 말을 들어, 아멜리아." 베키가 아멜리아를 앞에 두고 방 안을 서성이며 상대가 어린애라도 되는 듯 경멸 섞인 다정함으로 그녀를 내려보았다. "너한테 말하고 싶은 것이 있어. 넌 여기서 떠나야 해. 저 무례한 사내들을 피해 떠나야 한다고. 네가 그런 남자들에게 괴롭힘을 당하게 두진 않겠어. 네가 계속 여기 있으면 그들이 널 모욕할 거야. 그들은 악당이고 감옥선에나 보내져 마땅할 위인들이야. 내가 그들을 어떻게 아는지는 궁금해할 건 없어. 난 모든 사람을 다 알고 있으니까. 조는 널 보호해줄 수가 없어. 그는 너무 약하고 그 자신도 보호자를 필요로 하는 형편이니까. 너는 품 안의 아기 같아서 이런 속된 세계에 살기엔 적합지가 않아. 넌 결혼을 해야 해. 그러지 않으면 너도, 너의 소중한 아들도 다 인생을 망치게 될 거야. 넌, 세상일이라곤 아무것도 모르는 넌, 남편이 있어야 한다고. 내가 아는 최고의 신사 중 하나가 너에게 족히 백 번은 청혼을 했는데 넌 그를 거절했지. 어리석고 무자비하고 은혜도 모르는 것 같으니!"

"난 노력해봤어.……최선을 다해서 노력했다고, 정말로 그랬어, 레베카." 아멜리아가 탄원조로 대답했다. "하지만 난 잊을수가……." 그러면서 그녀는 문장을 마치는 대신 남편의 초상화를 올려다보았다.

"그를 못 잊겠다!" 베키가 소리쳤다. "자기밖에 모르는 그 허풍쟁이, 배운 것 없이 자란 코크니 출신 멋쟁이, 겉만 번지르르한 얼간이, 기지도 매너도 진심도 없는 그런 자를. 너를 엘리자베스 여왕과 비교할 수 없는 것처럼 그자는 대나무 지팡이를 들고 다니는 네 친구에 감히 비교할 수도 없는데. 얘, 그이는 너한테 싫증을 느껴서 도빈이 그에게 약속을 지키라고 강요하지 않았더라면 너를 차버리고 말았을 거야. 이건 네 남편이 한 말이란다. 그는 한 번도 너를 좋아한 적이 없어. 자주 나에게 너를 비웃는 말들을 했고 너와 결혼한 후 한 주 만에 나에게 구애까지 했었다고."

"거짓말! 거짓말이야!" 아멜리아가 벌떡 일어나며 소리쳤다.

"이 바보야, 이걸 좀 봐." 베키가 여전히 상대방을 자극하는 명랑한 태도로 이렇게 말하면서 허리띠에서 작은 종이 하나를 꺼내 그것을 에미의 무릎 위로 던졌다. "그의 필체를 알고 있겠지. 그가 그 편지를 내게 보냈어. 자기랑 같이 도망치자는 그 편지를……. 그가 총에 맞아 죽기 바로 전날 밤, 바로 네 얼굴 앞에서 말이야. 그러니 그렇게 죽어도 싸지 뭐냐!" 베키가 다시 한번 소리쳤다.

에미는 그녀의 말을 듣지 않고 있었다. 그녀는 그 편지를 보고 있었다. 그 쪽지는 리치먼드 공작 부인의 무도회가 있던 날 밤 그가 꽃다발에 끼워 베키에게 건네주었던 바로 그 쪽지였다. 베키가 말한 것처럼 편지에서 이 어리석은 젊은이는 그녀에게 함께 도망가자고 청하고 있었다.

에미의 고개가 푹 꺼꾸러졌다. 이제 이 이야기에서 눈물을 흘리는 것은 이번이 아마 마지막이 될 터인데, 그녀는 그렇게 눈물을 흘리기 시작했다. 그녀는 고개를 가슴 위로 숙이고 두 손으로 눈을 가린 채 한동안 그렇게 감정을 쏟아내고 있었다. 베키는 옆에 서서 그녀를 지켜보고 있었다. 대체 누가 그 눈물을 분석해 그것들의 맛이 쓴지, 단지를 말할 수 있단 말인가? 평생의 우상이 발밑에서 산산이 부서진 것을 그녀는 슬퍼했던 것일까, 아니면 그녀의 애정이 그렇게 경멸당한 사실에 분노했던 것일까, 그도 아니면 정숙이라는 덕이 그녀와 그녀의 새로운, 진정한 사랑 사이에 만든 장벽이 사라져버린 것을 기뻐했던 것일까? '이제 나를 가로막는 것은 아무것도 없다.' 그녀는 생각했다. '이제 온 마음을 다해 그를 사랑할 수 있겠다. 아, 그렇게 해야지, 그렇게 해야겠다. 그분이 나를 받아들이고 또 용서해주시기만 한다면.' 나는 바로 이런 결심이 그녀의 작고 연약한 마음을 뒤흔든 다른 여러 생각들을 압도했을 것이라고 믿고 있다.

실제로, 그녀는 베키가 예상했던 것처럼 그렇게 많이 울지는 않았다. 베키는 그녀에게 키스를 해주고 그녀를 위로했다. 로던 부인에게서 쉽게 볼 수 없는 동정적 태도였다. 그녀는 아이 대하듯 에미의 머리를 다독여주었다. "이제 펜과 잉크를 가져와서 바로 그에게 편지를 쓰도록 하자." 그녀가 말을 했다.

"난, 난 오늘 아침 그분께 편지를 썼어." 에미가 얼굴을 몹시 붉히며 대답했다.

베키가 웃음을 터뜨리며 소리쳤다.—"편지요." 그녀가 로지나의 가사를 빌려 노래했다. "편지 여기 있어요!"[2] 그녀의 카랑카랑한 노랫소리가 집 전체에 울려 퍼졌다.

이런 일이 있고 나서 이틀 후의 아침, 비가 오고 돌풍이 몰아치는데도 불구하고 지난밤 통 잠을 자지 못하고 바람 소리에 귀를 기울이며 이런 날씨에 육로나 해로로 여행을 하는 사람을 걱정하던 아멜리아는 아침 일찍부터 일어나 조지와 함께 둑에 산책을 나가겠다고 고집을 부렸다. 빗방울이 얼굴 위로 마구 떨어지는데도 그녀는 둑 위를 서성이며 높은 파도가 해안으로 거품을 내고 구르며 몰려드는 어두운 바다의 서쪽을 바라보고 있었다. 이따금 소년이 겁을 먹고 있는 어머니에게 뭔가 위로와 보호의 뜻을 담은 말들을 한두 마디 한 것을 제외하면 둘 다 별로 말이 없었다.

"이런 날씨에 바다를 건너오지 않으시면 좋겠는데." 에미가 말했다.

"저는 아저씨가 꼭 오실 것이라고 확신해요." 소년이 대답했다. "저기 보세요, 엄마, 저기 증기선 연기가 보여요." 분명 그건 증기선의 연기였다.

그러나 증기선이 출항을 했다 해도 소령이 그 배에 타고 있으리란 보장은 없었다. 그는 편지를 받지 못했을지도 모른다, 어쩌면 받고도 오지 않기로 했을지도 모른다.—제방으로 몰려오는 파도처럼 빠르게 수백 가지 걱정들이 연이어 작은 가슴에 떠올랐다.

연기에 이어 증기선이 보이기 시작했다. 멋진 망원경을 가지고 있던 조지가 아주 노련한 자세로 망원경을 증기선에 맞추었다. 배가 파도에 출렁이며 점점 더 가깝게 다가오자 조지는 또 배가 부두에 접근하는 방식에 대해 그럴듯한 항해 용어를 써가며 몇 마디 의견을 내기도 했다. 영국 배가 도착한다는 신호 깃발이 부두에 있던 기둥 위로 펄럭거리며 올라가기 시작했다. 나는 감히 아멜리아의 심장 역시 비슷하게 펄럭이고 있었을 것이라 단언하는 바이다.

에미는 조지의 어깨 너머로 망원경을 보려고 노력했다. 그러나 아무것도 볼 수가 없었다. 그녀의 눈에는 위아래로 획획 움직이는 검은 그림자밖에 보이지 않았다.

조지가 다시 망원경을 들고 배를 자세히 살펴보았다. "배가 정말 심하게 흔들리는걸!" 그가 말했다. "뱃머리로 파도가 몰려드는데. 조타수 말고는 갑판 위에 두 명밖에 없어요. 한 사람

은 누워 있고 또 한 명은, 망토를 입고, 만세! 저건 틀림없이 도
브 아저씨예요!" 조지가 망원경을 치며 환호를 하고 두 팔을 뻗
어 어머니를 안았다. 부인의 반응에 대해서는, 가장 사랑받는
시인의 다음과 같은 시구를 빌려 그녀의 상태를 묘사하도록 하
자.—"눈물 속에 짓는 미소."[3] 그녀는 그 사람이 윌리엄이라는
사실을 확신했다. 다른 사람일 리는 없었다. 그가 오지 않았으면
하고 바랐던 좀 전의 말은 모두 거짓에 불과했다. 물론 올 것이
다. 어떻게 그가 오지 않을 수 있단 말인가? 그녀는 그가 올 거
라는 사실을 알고 있었다.

배는 천천히 부두 가까이로 다가왔다. 배를 맞기 위해 부두에
있는 양륙장으로 다가갈 때 에미는 다리가 너무 후들거려서 빠
르게 걸을 수도 없을 정도였다. 그녀는 무릎을 꿇고 앉아 그곳
에서 감사의 기도라도 올리고 싶은 심정이었다. 아, 평생토록이
라도 기꺼이 감사의 기도를 올릴 것이다, 그녀는 그렇게 생각했
다! 날이 너무 사나웠기 때문에 배가 부두를 향해 다가올 때 부
두 근처에는 사람이라곤 한 명도 없었다. 심지어 증기선의 몇
안 되는 승객을 검사하러 나온 관리 하나 찾아볼 수 없었다. 어
린 장난꾸러기 조지 역시 빠르게 어디론가 사라져버렸다. 그래
서 붉은색 안감을 댄 낡은 망토를 입은 신사가 부두로 걸어 내
려왔을 때 그곳에서 일어난 일을 지켜볼 사람은 하나도 없었는
데, 그 장면을 간단히 묘사하자면 다음과 같다.

물이 뚝뚝 떨어지는 하얀 모자에 숄을 걸친 부인이 작은 두
손을 앞으로 내밀고 그를 향해 걸어가다가 바로 다음 순간 그
낡은 망토 자락 밑으로 자취를 감춰버렸다. 그녀는 있는 힘껏
그의 한 손에 키스했는데 그동안 다른 한 손은 그녀를 그의 가
슴에 꼭 안아 그녀가 쓰러지지 않게 부축해주고 있었으리라 나

는 생각하는 바이다.(그녀의 키는 꼭 그의 가슴에 닿을 정도였다.) 그녀는 망토 밑에서 어색하고 부자연스런 자세로 용서, 사랑하는 윌리엄, 사랑하는, 사랑하는, 사랑하는 친구, 키스, 키스, 키스 등등의 단어들을 웅얼거리며 내뱉고 있었다.

그녀가 망토 밑에서 모습을 드러냈을 때 그녀는 여전히 윌리엄의 한 손을 꼭 붙잡은 채 그의 얼굴을 올려다보고 있었다. 그의 얼굴은 슬픔과 온화한 애정, 그리고 연민으로 가득 차 있었다. 그녀는 그의 얼굴에 담긴 질책을 이해하고 고개를 떨구었다.

"이번에는 당신이 나를 불렀군요, 아멜리아." 그가 말했다.

"다시는 떠나지 않으실 거죠, 윌리엄?"

"네, 안 떠날 겁니다." 그가 대답했다. 그리고 다시 한 번 이 작고 사랑스러운 부인을 자신의 가슴 위에 껴안았다.

그들이 세관 지역을 벗어나자 조지가 눈에 망원경을 댄 채 그들 앞에 튀어나와 요란하게 환영의 웃음을 터뜨렸다. 그는 이 한 쌍의 주위를 빙빙 돌면서 그들 앞에 서서 집까지 가는 동안 여러 가지 익살스러운 장난을 치기도 했다. 조는 아직 일어나기 전이었고 (사실 블라인드를 통해 이미 그들이 오는 것을 보았지만) 베키는 모습을 드러내지 않았다. 조지는 아침이 준비되었는지 보기 위해 달려갔다. 페인 양이 나와 복도에서 그녀의 젖은 모자와 숄을 받아주자 에미는 윌리엄의 망토 단추를 끌러주러 갔다. 그러니 우리는 이제, 여러분이 괜찮으시다면, 조지와 함께 가서 도빈 중령을 위한 아침 식사가 제대로 준비되었는지 살펴보기로 하자. 배는 부두에 들어왔고 그는 평생 그렇게 갈구하던 상을 손에 넣었다. 마침내 그가 쫓던 새가 품속에 날아든 것이다. 이제 그 새는 그의 어깨 위에 머리를 기댄 채 부드러운 두 날개를 떨며 그에게 내밀고 그의 가슴 언저리에 부리를 비벼대며 구구 울어대고 있었다. 이것이 그가 지난 십팔 년 동안 매일, 매 순간 바라온 것이었다. 이것이야말로 그가 갈망해오던 것이었다. 지금 그의 눈앞에 ─정상이, 최종 목적이, 마지막 페이지가 놓여 있었다. 잘 가시오, 중령. 정직한 윌리엄, 그대에게 신의 가호가 함께하기를! 잘 가시오, 아멜리아. ─작고 부드러운 기생충처럼 그 늙고 거친 떡갈나무에 달라붙어 다시 한 번 젊음을 구가하시오!

인생에서 처음으로 자신을 보호해주었던 그 단순하고 다정한 존재에 대한 양심의 가책 때문이었는지, 아니면 그렇게 감상적인 장면들 일체가 딱 질색이기 때문이었는지, 이 일을 성사시키는 데 자신이 수행한 역할에 만족한 레베카는 도빈 중령이나 그가 결혼한 여인 앞에 결코 다시는 모습을 드러내지 않았다. 그녀가 "특별한 일"이 있다면서 브뤼헤로 가버렸기 때문에 결혼식에는 조지와 그의 외삼촌만이 참석했다. 식이 끝나고 조지가 부모님과 살게 되자 (며칠 되지 않아서) 베키가 외로운 독신남 조지프 세들리를 위로하기 위해 돌아왔다. 그는 유럽에서의 생활이 더 좋다면서 누이 및 매부와 한 집에서 같이 살자는 제안을 거부했다.

에미는 조지의 편지에 대해 듣고 또 그걸 직접 읽기 전에 남편 도빈에게 편지를 쓴 것을 진심으로 기뻐하고 있었다. "나도 다 알고 있었소." 윌리엄이 말했다. "하지만 내가 어떻게 그 가엾은 친구에 대한 당신의 추억을 망치고 말 그 무기를 사용할 수 있었겠소? 그래서 난 그날 당신의 행동에 그렇게 상처를……."

"그날 이야기는 이제 하지 말아주세요." 에미가 너무도 뉘우치는 표정으로 기가 죽어 애원했기 때문에 소령은 화제를 돌려 돌아와 달라는 편지가 그에게 도착했을 때 그와 함께 앉아 있던 글로비나와 늙은 페기 오다우드 부인에 대한 이야기를 시작했다. "당신이 나를 부르지 않았다면, 글로비나의 성이 지금 무엇일지 누가 알 수 있겠소?" 그가 웃음을 터뜨리며 덧붙였다.

지금 그녀는 글로비나 포스키(포스키 소령 부인)가 되어 있었다. 그 연대 이외의 사람과는 절대 결혼하지 않겠다고 결심한 그녀가 포스키의 첫 번째 부인이 죽자마자 그를 손에 넣었던 것이다. 오다우드 부인 역시 그 연대에 대단히 애착을 느끼고 있었기 때문에 만약 믹에게 무슨 일이 생긴다 하더라도 꼭 연대로 돌아와 부대 사람 중 하나와 재혼을 할 거라고 말하기도 했다. 그러나 오다우드 소장은 대단히 건강했고 오다우드타운에서 한 무리의 비글을 데리고 위풍당당하게 살아가고 있었다. 그 지역에서는 (아마 이웃인 호가티 성의 호가티를 제외하면) 그가 가장 저명하고 지체 높은 인물이라고 할 수 있었다. 그의 부인은 여전히 지그 춤을 추었으며 주지사가 개최한 지난번 무도회에서는 마필부 장관과 함께 춤을 추겠다고 고집을 부리기도 했다. 그녀와 글로비나 모두가 도빈이 글로비나에게 **모욕을 주었다**고 선언했지만, 포스키가 자신에게 무릎을 꿇자 글로비나는 마음을 풀었고 파리 산 아름다운 터번 선물을 받은 오다우드 부인 역시 결국 도빈에 대한 화를 풀고 말았다.

도빈 중령은 결혼 후 곧 군대를 제대하고 퀸스 크롤리에서 멀지 않은 햄프셔에 작고 예쁜 시골집을 하나 세내어 살았다. 선거법 개정 법안이 통과된 이래 피트 경과 그 가족은 죽 퀸스 크롤리에 거주하고 있었다. 귀족 명부에 들어가겠다는 생각은 이제 불가능한 것이 되고 말았고 의회에 가지고 있던 준남작의 두 좌석 역시 상실되고 말았다. 피트 경은 그 재난으로 인해 돈도 잃고 풀도 죽었을 뿐만 아니라 건강도 나빠져서 대영제국은 곧 망하고 말 것이라는 예측 따위나 하고 있었다.

레이디 제인과 도빈 부인은 아주 가까운 친구가 되어 중령 집이 있는 에버그린스와(도빈은 이 집을 가족과 함께 외국에 가 있는 친구 폰토 소령에게서 빌렸다.) 크롤리 저택 사이에는 언제나 조랑말이 끄는 마차가 오가곤 했다. 제인은 도빈 부인 아기의 대모가 되어주었는데 그 아이는 대모의 이름을 받았으며 아버지의 직업을 물려받은 제임스 크롤리 목사에게 세례를 받았다. 케임브리지 대학에 함께 들어간 조지와 로던 역시 돈독한 우정을 유지하며 방학 때면 함께 사냥을 즐기고 레이디 제인의 딸을 두고 서로 다투기도 했다. 두 청년 모두가 그녀를 사랑했던 것이다. 조지와 그 어린 숙녀 사이의 결혼은 양가 어머니 모두의 오랜 숙원이었지만 나는 정작 크롤리 양 자신은 사촌을 더 좋아한다는 이야기를 들은 적이 있다.

양쪽 집 모두에서 더 이상 로던 부인의 이름이 언급되는 일은 없었다. 그녀에 대해 모두 침묵을 지키는 데는 몇 가지 이유가 있었다. 조지프 세들리가 가는 곳 어디나 그녀가 있었는데 이 얼빠진 사내는 완전히 그녀의 노예가 된 것처럼 보였다. 도빈의 변호사들은 도빈에게 그의 처남이 거액의 생명보험을 들었으며, 아마 빚 청산을 위해 돈을 구하고 있는 것 같다는 이야기를 해주었다. 그는 동인도 관직의 휴가도 결국 연장했는데 실제로도 그의 신병은 나날이 심각해지고 있었다.

보험에 대한 이야기를 들은 아멜리아는 무척 놀라 남편에게 당시 조가 머무르고 있던 브뤼셀로 가서 상태를 좀 봐달라고 간청했다. 중령은 마지못해 집을 떠나(그는 여전히 그를 완전히

사로잡고 있던 〈편잡의 역사〉에 깊이 몰두하고 있었을 뿐만 아
니라 막 수두에서 회복된, 그가 우상처럼 숭배하는 어린 딸 때
문에 무척 놀란 직후였던 것이다.) 브뤼셀로 간 다음 그 도시의
셀 수 없이 많은 호텔 중 하나에 살고 있는 조를 찾아냈다. 전용
마차를 가진 크롤리 부인은 같은 호텔의 다른 호실을 하나 차지
하고 자신이 주관하는 파티를 열기도 하면서 상류사회 부인처
럼 지내고 있었다.

중령은 물론 그 부인을 만나고 싶어 하지 않았다. 하인을 통
해 몰래 조에게 서신을 보낸 것을 제외하고는 자신이 브뤼셀에
도착했다는 사실 역시 누구에게도 알리지 않는 것이 좋겠다고
생각했다. 조는 크롤리 부인이 저녁에 연극을 보러 가기 때문에
그들끼리만 만날 수 있는 그날 저녁 바로 와서 자신을 만나달
라고 부탁했다. 도빈은 처남의 건강이 실로 보기에 딱할 정도로
악화되었으며 열렬히 그녀를 칭찬하고 있음에도 불구하고 실은
레베카를 몹시 두려워하고 있다는 사실을 발견했다. 그녀는 조
가 전례 없는 질병들에 계속해서 시달리는 내내 감복할 만한 정
성으로 그를 간병해왔으며 그에게 딸과 같은 존재가 되어주었
다고 했다. "그러나, 그러나, 오, 맙소사, 제발 이리로 와서 근처
에서 살면서, 부디……가끔 나를 보러 와주게나." 이 불운한 사
내는 애처로운 목소리로 이렇게 사정했다.

이런 간청에 도빈의 표정은 어두워졌다. "그럴 수는 없네,
조." 그가 대답했다. "여러 가지를 고려해볼 때 아멜리아가 이리
로 올 수는 없어."

"내 맹세컨대, 내 성경에 대고 맹세컨대, 그녀는 자네의 아내
만큼 무고하고, 아이처럼 순수한 여자라네." 조가 성경에 키스
를 하려 들면서 헐떡이며 말을 계속했다.

"그럴지도 모르지." 도빈이 침울한 목소리로 대답했다. "하지만 에미는 올 수 없네. 남자답게 행동하게 조. 이렇게 불명예스러운 관계를 청산하고, 자네의 본래 가족이 있는 집으로 돌아오게. 자네의 재산이 잘못 이용되고 있다는 소식을 들었네."

"잘못 이용되었다고!" 조가 소리쳤다. "누가 그런 중상모략을 한 거지? 내 돈은 모두 가장 수익이 높은 곳에 맡겨져 있어. 크롤리 부인이…… 그러니까 내 말은, 그 돈이 가장 이율이 높은 투자처에 맡겨져 있다고."

"그렇다면 빚을 지지 않았다는 건가? 대체 생명보험은 왜 든 건가?"

"난, 만약에 일어날지도 모를 일을 대비해서…… 그녀에게 작은 선물로. 자네도 내 건강 상태가 극히 취약하다는 걸 알지 않나. 그냥 감사의 뜻으로, 자네도 알지 않나. 그리고 나는 내 돈을 모두 자네에게 남길 생각이야. 보험금은 수입에서 충당할 수 있어, 그렇고말고." 윌리엄의 허약한 처남이 소리쳤다.

중령은 조에게 즉시 떠나라고, 크롤리 부인이 쫓아갈 수 없는 인도로 돌아가라고 그에게 돌이킬 수 없이 치명적인 결과를 가져올지도 모를 그 관계를 청산해버리라고 간청했다.

조는 두 손을 부여잡고 소리쳤다. "인도로 갈 생각이야. 뭐라도 할 생각이야, 내게 그럴 시간이 있기만 하다면 말이야. 그러나 크롤리 부인에게는 아무 말도 하면 안 되네. 그녀가 그 사실을 알면 나를 죽이고 말 거야. 자네는 그녀가 얼마나 무서운 여자인지 몰라." 이 가엾은 사내가 대답했다.

"그렇다면 왜 나와 함께 가지 않나?" 도빈이 대답했다. 그러나 조에게는 용기가 없었다. "아침에 다시 만나도록 하세. 여기 왔다는 말은 절대 하면 안 되네. 이제 가보게나. 베키가 돌아올

테니." 도빈은 불길한 예감을 잔뜩 안고 그 자리를 떠났다.

그는 다시 조를 보지 못했다. 세 달 후에 조지프 세들리는 엑스라샤펠에서 죽고 말았다. 그의 재산은 모두 투기로 탕진되었으며 남은 것은 이런저런 유령 회사의 가치 없는 주식뿐임이 밝혀졌다. 남겨진 재산이라고는 생명보험에 들어둔 이천 파운드뿐이었는데 그것은 "……의 아내이자 사랑하는 누이인 아멜리아와, 병중의 친구이자 더할 나위 없이 소중한 간병인이었던 배스 훈장 수상자 로던 크롤리 중령의 부인 레베카에게 반씩 똑같이 남겨져" 있었다. 레베카는 또한 그의 유언집행자로 지명되어 있었다.

보험회사 변호사는 이 건이 자신이 그동안 본 것 중 가장 더러운 사건이라고 단언하면서 조의 죽음을 조사하기 위해 엑스라샤펠로 사람을 보내야 한다고 주장했으며 보험회사에서는 보험금 지불을 거부했다. 그러나 크롤리 부인, 혹은 스스로 부르는 호칭에 따르자면 레이디 크롤리가 (타비스 인의 자기 변호사들, 버크, 터텔, 헤이스 씨를 대동하고[4]) 곧 런던에 나타나 보험금 지불을 거절할 테면 어디 한번 해보라고 덤벼댔다. 그녀의 변호사들은 사건의 검토를 요청했고 그녀가 한평생 그녀를 괴롭힌 악명 높은 음모의 희생자라고 주장했으며 마침내 승리했다. 보험금이 지불되었고 그녀의 명성 역시 회복되었다. 그러나 도빈 중령은 자신들 몫의 유산을 보험회사로 돌려보낸 후 레베카와 그어떤 종류의 교신도 주고받지 않겠다고 단호히 선언했다.

자신은 계속해서 스스로를 레이디 크롤리라 불렀지만 레베카는 결코 레이디 크롤리가 아니었다. 코번트리 섬 총독 로던 크롤리 중령은 황열병에 걸려 코번트리 섬에서 죽었다. 그는 그곳에서 큰 사랑을 받았으며 그의 죽음은 큰 슬픔과 애도를 불러왔다. 그로부터 육 주 후에는 형 피트 경 역시 죽고 말았다. 영지는 자연히 현 준남작 로던 크롤리 경에게 상속되었다.

새로운 준남작 역시 어머니를 만나지 않겠다고 선언했으며 그가 보내주는 돈이 아니라도 이미 상당히 부유한 것처럼 보이는 베키에게 넉넉한 생활비를 보내주었다. 준남작은 레이디 제인 및 그녀의 딸과 함께 계속 퀸스 크롤리에서만 살았다. 반면 레이디 크롤리, 레베카는 주로 배스와 첼트넘에서 살았다. 그곳에서는 한 무리의 대단히 저명한 인사들이 그녀를 몹시 상처 받은 여인으로 간주하고 있었다. 그녀에게는 적들이 있었다. 그러나 누군들 적이 없으랴? 그녀의 삶은 그 적들에 대한 그녀의 답이었다. 그녀는 경건한 일들로 분주한 나날을 보냈다. 언제나 하인을 대동하고 교회에 갔으며 모든 기부 명단에 이름을 올렸다. 가난한 오렌지팔이 소녀들이며, 아무도 신경 쓰지 않는 세탁부 여인들, 곤궁한 머핀 장수들에게 그녀는 관대하고 지속적인 후원자가 되어주었다. 자선 바자회가 열릴 때마다 베키는 불운한 존재들을 돕기 위한 매대를 운영했다. 얼마 전 아이들을 데리고 중령과 함께 런던을 방문한 에미는 바로 이런 바자회들 중 하나에서 베키가 운영하는 매대를 마주쳤다. 베키는 예의 바르게 시선을 내리깔고 그들이 멀어져 갈 때 미소를 지었다. 에미는 (이제 멋진 젊은이로 성장한) 조지의 팔을 잡고 종종걸음으로 그 자리를 떠났고 중령은 세상 그 누구보다 더 사랑하는―심지어 『편잡의 역사』보다 더 소중히 여기는―어린 딸 제니를 안아 올렸다.

'그이는 나보다 제니를 더 좋아하셔.' 에미는 한숨을 쉬면서 생각했다. 그러나 중령은 결코 아내에게 무례하거나 불친절한 말을 하는 일이 없었고 그녀가 바라는 것을 들어주려고 노력하지 않는 적도 없었다.

　아! 헛되고도 헛되도다! 우리 중 누가 대체 이 세계에서 행복
할 수 있단 말인가? 우리 중 누가 과연 자신이 원하는 것을 손에
넣을 수 있단 말인가? 설사 원하는 것을 손에 넣었다 한들 만족
하는 사람이 어디 있단 말인가? 아이들아, 이리 오너라, 이제 우
리의 인형극이 끝났으니 꼭두각시 인형들을 집어넣고 상자의
뚜껑을 덮자꾸나.

주해

34장 제임스 크롤리의 담뱃불이 꺼지다

1) 아미앵 평화 회담(1802) 협정 후 파리에서 폭스는 당시 제1집정관이던 나
   폴레옹을 만났다.
2) 톰 크립(Tom Cribb)은 1811년 은퇴한 영국인 권투 선수로, '톰 크립스 암'
   은 '톰 크립의 팔'이라는 뜻.
3) 제임스는 『이튼 라틴 문법 *Eron Latin Grammar*』을 잘못 인용하고 있다.
4) 극작가 리처드 셰리든(Richard Sheridan)으로 훌륭한 국회 연설가이자 폭
   스의 친구였다.
5) 당시 막 고급 주택지로 형성되고 있었던 런던의 베이커가를 이르는 말.
6) 파리에서 발간되던 영어 일간지. 1830년대에 새커리가 특파원으로 일했다.

35장 미망인이자 어머니가 되다

1) 호라티우스(Horatius)의 시구절

36장 무일푼으로 한 해를 잘 살아내는 법

1) 버클리 스퀘어에 있는 제과점이자 출장 연회업체.

2) 재정적 어려움을 겪고 있는 영국인들이 선호하는 도피처.

3) 토머스 모턴(Thomas Morton)의 희극 「쟁이질을 서둘러라」("Speed the Plough")의 등장인물. 고상한 체하는 중년 부인의 전형.

4) 팔레루아얄에 있는 도박장들 이름.

5) 보통 일 층과 이 층 사이에 위치한 층간방. 천장이 낮아 흔히 창고나 하인들 방으로 사용되었다.

37장 앞 장에 이어서

1) 각각 옥스퍼드 가와 세인트제임스 가에 있는 실내장식업을 겸한 가구상.

2) 새커리 소설에서 계속 등장하는 상류층 카드 사기도박꾼을 가리키는 이름.

38장 영락한 집안

1) 유명한 런던 머천트뱅크.

2) 무어필즈에 헨리 알렉산더(Henry Alexander)라는 중개인이 있었다.

3) 에스파냐 왕 페르난도 7세의 왕비 마리아 크리스티나(Maria Chistina)는 1833년 페르난도 7세가 서거한 뒤 평민인 페르난도 무노스(Fernando Munoz)와 재혼했다.

4) 17세기 토마스 대피(Thomas Daffy)에 의해 처음 판매되기 시작한 유아용 강장제. 때때로 알코올음료인 진을 섞기도 하는 것으로 알려져 있었다.

5) 키니네가 든 기나 나무껍질 분말.

6) 리젠트 가 남쪽 끝의 건축 양식.

7) 'la perfide Albion'(기만적인 영국)이라는 이 프랑스어 관용구는 드 히메네스 후작(Marquis de Ximenes)을 가리키는 말이기도 했다.

8) 석탄 등의 단위. 1홀드런은 36부셸(1부셸은 약 36리터), 약 1,296리터에 해당한다

9) 17세기 중반 교수형 집행인. 인형극 「펀치와 주디」("Punch and Judy")에서 등장인물 이름으로 쓰였고, 사형 집행인을 가리키는 일반 용어가 되었다.

40장 베키, 크롤리가문의 인정을 받다

1) 당시에는 유아에게 염화수은을 약으로 흔히 사용했다.

2) 윌리엄 로(William Law)가 쓴 『경건하고 성실한 삶에의 신실한 소명*A Serious Call to the Devout and Holy Life*』을 말한다.

3) 1658년 출간된 무명작가의 작품으로 인기가 많았다.

4) 세라 시돈스(Sarah Siddons). 1822년 맥베스 부인으로 분한 명배우.

42장 오스본가 근황

1) 오스본 노인이 프랑스어를 잘못 발음한 것이다. 온트리는 '앙트레(entrees)' 를, 스워리는 '수아레(soirees, 연회)'를 가리킨다.

2) 베키의 아버지로 짐작된다.

43장 희망봉을 돌아 인도로

1) 로마의 풍자시인 유베날리스(Juvenalis)의 시구.

46장 고난과 시련들

1) 로마의 역사가.

2) 도빈의 남동생.

3) 아일랜드 시인이자 극작가 존 홈(John Home)의 『더글라스*Douglas*』에서 자주 암송되는 부분.

4) 『샌드포드와 머턴*Sandford and Merton*』은 토머스 데이가 쓴 어린이책이고, 『부모님의 조수*Parent's Assistant*』는 마리아 에지워스(Maria Edgeworth)의 여섯 권짜리 동화집이다.

47장 곤트가

1) 칠년전쟁(1756~1763) 중 1759년 영국군이 프랑스군에게 승리했던 전투.

2) 이후의 조지 4세와 그의 연인으로 셰익스피어의 『겨울 이야기*The Winter's Tale*』에서 페르디타 역을 연기한 메리 로빈슨(Mary Robinson)을 말한다.

3) 메리 앤 클라크(Mary Anne Clark)는 석수의 아내로 요크 공작의 애인이 었다.

4) 초상화가 리처드 코스웨이(Richard Cosway)를 말한다.

5) 종교에 관한 책자를 여러 편 펴낸 제임스 1세를 가리킨다.

6) 작곡가이자 황태자파였던 찰스 모리스(Charles Morris).

7) 황태자의 친구였던 맘스베리 백작 제임스 해리스(James Harris).

8) 작가인 호레이스 월폴(Horace Walpole).

9) 조지아나 캐번디시(Georgiana Cavendish). 1774년 데번셔 공작과 결혼한 이후 영국 사교계의 여왕으로 군림했다.

10) 이후의 헨리 5세. 셰익스피어의 『헨리 4세*Henry IV*』에서 폴스타프가 그를 할 왕자라 부른다.

11) 신교도의 순교자.

12) 예수교의 창시자.

13) 런던 북부의 외곽 지대.

48장 독자들, 최고의 사회로 초대되다

1) 조지 4세의 별명.

2) 새커리와 함께 차터하우스 학교에 다닌 조지 무디(George Moody)를 가리킨다.

3) 차터하우스 학교를 '도살장 학교'로 부른 것.

4) 18~19세기 가발에 가루를 뿌리고 손을 씻을 수 있도록 상류층 침실 한쪽에 마련해둔 공간.

5) 섭정 공으로 있는 동안 조지 4세는 또한 브라운슈바이크 공국을 다스렸다.

6) 알렉산더 포프(Alexander Pope)의 소설. 『머리타래의 강탈*The Rape of the Lock*』.

7) 팰맬가에 있는 미술 중개 상점.

8) 각각 루이 14세와 루이 15세의 애첩.

9) 셰익스피어의 『리어 왕*King Lear*』의 등장인물로 리어 왕의 큰딸과 둘째 딸.

49장 세 가지 코스 요리와 디저트를 즐기다

1) 이전의 블랑슈 바르아크르. 스타인 경의 맏아들 곤트 경의 아내.

2) 이전의 패니(또는 '조앤') 존스. 스타인 경의 둘째 아들 조지의 아내.

3) 1815년에 뉴올리언스에서 미국군과 맞붙은 영국군은 이천여 명의 군사를 잃은 후 퇴각했다.

4) 올리버 골드스미스(Oliver Goldsmith)의 희곡 『그녀는 정복하기 위해 굴복한다 *She Stoops to Conquer*』의 등장인물로 하층계급의 여성들에게 매력을 느꼈다.

50장 마음 아픈 사연

1) 9일 동안 잉글랜드의 여왕이었다가 1554년 참수되었다.

51장 수수께끼 연극이 상연되다

1) 티버니아는 마블 아치 인근, 벨그라비아는 벨그레이브 광장 인근의 부유층 지역.

2) 기원전 273년 로마인들이 파괴한 번영한 도시. 현재의 팔미라.

3) 레이디 헤스터 스탠호프(Hester Stanhope). 유명한 동방 여행가. 그녀의 베이커가 저택에 외삼촌인 윌리엄 피트(William Pitt)가 1803년부터 1806년까지 머물렀다. 그녀는 1810년 유럽을 떠나 레바논의 한 마을 수녀원에 은거했다.

4) 이 책 7장 주 3) 참조.

5) 헨리 애딩턴(Henry Addington). 윌리엄 피트의 어린 시절부터 친구이자 정치적 동지.

6) 소설가인 월터 스콧 경(Walter Scotte)을 가리킨다.

7) 노예제 폐지 운동가 윌리엄 윌버포스(William Wilberforce)를 가리킨다.

8) A. W. 킹레이크(A.W. Kinglake)는 여행기 『이오선 *Eothen*』에서 레바논에서 레이디 헤스터를 만난 경험을 기록했다.

9) 샤를 10세.

10) 보르도산 포도주 샤토라피트.

11) 『비극, 카토 *Cato, a Tragedy*』는 독재자 카이사르에게 굴복하기보다 차라리 자살을 택한 공화주의자 카토를 다룬 비극이다.

12) 영국 작가 월터 스콧의 소설 『아이반호 *Ivanhoe*』의 등장인물.

13) 당시 서구에는 회교도들이 여자를 벌주기 위해 자루에 싸서 강에 던진다는 이야기가 동방에 대한 신화로 널리 퍼져 있었다.

14) 2막으로 구성된 모차르트의 오페라.

15) 이 수수께끼 연극의 답이 바로 Agamemnon이다. 첫 번째 장면에서는 터키의 관리를 뜻하는 두 음절 Aga가 표현되고 두 번째 장면에서는 전설적인 에피오피아의 왕 Memnon을 암시하는 설정이 제시된다. 마지막 장면에서는 전체 단어 Agamemnon에 대한 힌트가 제시된다.

16) 프랑스 희가곡 작곡가 F.-A. 부아옐디외(F.-A. Boïeldieu)의 1812년 작품.

17) 프랑스어로 나이팅게일이라는 뜻.

18) 이 수수께끼 연극의 답이 바로 나이팅게일(nightingale)이다. 무언극은 각각 night, inn, gale을 표현하고 마지막 장면에서는 전체 단어 nightingale을 모두 표현해 준다.

19) 당대의 가장 유명한 남성 무용수.

20) 마리아 타글리오니(Maria Toglioni). 유명한 이탈리아 발레리나.

54장 전투 후의 일요일

1) 1791년 창간된 토리당의 일요판 신문. 휘그당의 신문은 1802년 창간된 《에딘버러 리뷰》.

2) 귀족들의 집에서는 주인이 신문을 읽기 전에 하인들이 물을 뿌려 다림질을 해두는 것이 관례였다.

3) 요크 공작 프레더릭 어거스터스(Frederick Augustus). 1789년 5월 레녹스 대령(Colonel Charles Lennox)과 결투를 했다.

55장 앞 장에 이어서

1) 53장에서는 피네트라고 불렀다. 전형적인 새커리식 실수.

2) 실제 운동선수였던 조지 오스볼디스턴(George Osbaldeston)과 호레이쇼 로스(Horatio Ross)를 가리킨다.

3) 전직 권투 선수 톰 크립(Tom Cribb)이 헤이마켓 팬턴 가에서 운영하던 스포츠클럽.

56장 조지 신사가 되다

1) 구약성경 속 인물 사무엘을 가리킨다. 새커리의 실수.

57장 동방으로부터의 귀환

1) 장앙리 마세르 드 라뤼드(Jean-Henri Maser)는 바스티유를 비롯해 여러 프랑스 감옥을 탈출했다. 오스트리아인인 프리드리히 프라이헤르 폰 데어 트렌크(Friedrich von der Trenck)는 글라츠의 감옥에서 탈출해 『회상록 *Memoris*』에 이를 썼다.

58장 우리의 친구 도빈 소령

1) 블러처는 반(半)장화, 웰링턴은 반짝이는 가죽으로 만든 무릎 길이 혹은 그보다 조금 더 짧은 길이의 부츠, 옥소니언은 끈 대신 단추로 여미는 신발을 의미한다.
2) 작자 미상의 『아버지 없는 패니 *Fatherless Fanny*』와 1810년 출간된 제인 포터(Jane Porter)의 소설 『스코틀랜드 족장 *Scottish Chiefs*』을 가리킨다.
3) grandes eaux. 베르사유에 있는 가장 큰 분수의 이름.
4) 사전 편찬가로 유명한 존슨 박사는 차를 많이 마시는 것으로 유명했다.

60장 상류사회로 돌아가다

1) 그레이스 인 거리의 가구 제작자.

61장 두 개의 불이 꺼지다

1) 모두 구약성경에 나오는 야곱의 아들들.
2) 과학책을 저술하며 여성교육의 필요성을 주창했던 메리 서머빌(Mary Somerville, 1780~1872) 부인을 말한다.

62장 라인 강변에서

1) 조지프 브라마(Joseph Bramah)가 만든 여행용 휴대 책상.
2) 런던 동부의 유대인 지구.
3) 배의 측면 또는 후면에 달린 바퀴 모양 추진기.
4) 프랑크푸르트암마인을 가리킨다.
5) 유럽 대륙에서 발행된 영자 신문 《갈리나니스 메신저》는 영국 신문에서 대부분의 내용을 그대로 가져왔다.

6) 이탈리아 오페라 작곡가 도메니코 치마로자(Domenico Cimarosa).

7) 빌헬미네 슈뢰더 데브리엔트(Wilhelmine Schroeder-Devrient). 당시의 유명
소프라노 가수.

8) 영국의 웰링턴 장군이 1813년 에스파냐의 비토리아에서 프랑스군에 승리
한 것을 묘사한 베토벤의 오페라.

63장 옛 친구를 다시 만나다

1) 폴란드 왕 존 3세. 1683년 비엔나에서 터키군에게 승리했다.

2) 저음 금관악기의 일종.

64장 방랑자 베키

1) J. N. 다비(J. N. Darby)가 세운, 플리머스 형제 교회의 한 교파.

2) 18세기의 유명한 방랑자로 1788년 회상록 『생애와 모험 *Life and Adventures*』
을 출간했다.

3) 셰익스피어의 『헨리 4세』에 나오는 희극적 인물들로 신분이 낮고 행실이
경박한 병사들.

66장 연인 간의 불화

1) 각각 대학 신입생과 도회지 사람을 지칭하는 독일 속어.

2) en bays de gonnaissance. 독일식으로 잘못 발음한 프랑스어로 '익숙한 영토'
라는 뜻.

3) 호메로스의 『오디세이아 *Odyssey*』에 나오는 요부.

4) 카를 폰 홀타이(Karl von Holtei)의 극 『레노어 *Lenore*』에 나오는 「코트의 노
래 "coat song"」 가사.

67장 출산과 결혼, 그리고 죽음

1) 프리드리히 실러(Friedrich Schiller)의 『발렌스타인 *Wallenstein*』 삼부작 중 두
번째 작품 『피콜로미니 *Piccolomini*』에 나오는 여주인공의 노래 '나는 살아
보았고 사랑해 보았노라.' 도빈은 여기에서 '살아 보았고' 대신 '사랑해 보
았고'를 먼저 말한다.

2) 안토니오 로시니(Antonio Rossini)의 『세비야의 이발사 *Barber of Servilie*』에서 피가로가 로지나에게 그의 구혼자에게 편지를 쓸 것을 권유하자 그녀가 이미 썼다고 대답하는 부분의 노래 가사.

3) 호메로스의 『일리아스 *llias*』 4권 484행.

4) 타비스 인은 본래 홀본에 있던 형법 재판소의 이름이고 버크, 터텔, 헤이스는 세 살인자의 이름이다. 앞의 두 명은 교수형에 처해진 실존 인물이고 헤이스는 새커리의 소설 『캐서린 *Catherine*』에 등장하는 반영웅 주인공의 이름이다.

허영의 시장 II

초판 1쇄 인쇄 2019년 2월 20일
초판 1쇄 발행 2019년 2월 26일

지은이 윌리엄 M. 새커리 **옮긴이** 서정은

발행인 이재진 **단행본사업본부장** 김정현 **편집주간** 신동해
편집장 김경림 **책임편집** 박민희 **마케팅** 이현은 문혜원
홍보 박현아 최새롬 **국제업무** 최아림 박나리 **제작** 류정옥

브랜드 웅진지식하우스
주소 경기도 파주시 회동길 20
주문전화 02-3670-1595 **팩스** 031-949-0817
문의전화 02-3670-1513(편집) 02-3670-1024(마케팅)
홈페이지 www.wjbooks.co.kr
페이스북 www.facebook.com/wjbook
포스트 post.naver.com/wj_booking

발행처 ㈜웅진씽크빅
출판신고 1980년 3월 29일 제406-2007-000046호

© ㈜웅진씽크빅, 2019
ISBN 978-89-01-23042-9 04840
ISBN 978-89-01-23040-5 (세트)